록로즈

꽃글 장편소설

vol. 1

록로즈 1

초판 1쇄 인쇄일 | 2018년 08월 27일
초판 1쇄 발행일 | 2018년 09월 04일

지은이 | 꽃글
펴낸이 | 박성면
펴낸곳 | (주)동아

출판등록 | 제406-2012-000056호
주소 | 경기도 파주시 문발로 115, 세종출판벤처타운 201호
전화 | (031)8071-5201
팩스 | (031)8071-5204
E-mail | bear6370@hanmail.net

정가 | 12,800원

ISBN 979-11-5641-115-4 (04810)
      979-11-5641-114-7 (set)

Rock Rose

록로즈

꽃글 장편소설

vol. 1

CHIC
NOVEL

목 차

01. 우연한 것에서 비롯된 (1)   7

02. 우연한 것에서 비롯된 (2)   39

03. 우연한 것에서 비롯된 (3)   95

04. 우연한 것에서 비롯된 (4)   132

05. 그해, 물결치는 (1)   157

06. 그해, 물결치는 (2)   271

07. 그해, 물결치는 (3)   299

08. 비 오는 날 흙냄새 (1)   336

09. 비 오는 날 흙냄새 (2)   376

10. 비 오는 날 흙냄새 (3)   427

11. 비 오는 날 흙냄새 (4)   483

12. 비 오는 날 흙냄새 (5)   552

01. 우연한 것에서 비롯된 (1)

　호텔 룸의 문이 닫히자마자 여자가 남자의 목을 껴안았다. 가느스름히 뜬 눈으로 여자의 얼굴을 바라보면서 남자가 살짝 인상을 찌푸렸다. 혀끼리 질척하게 엉킨 소리가 고요함을 흔들었다. 성급히 정장 재킷을 벗기려는 여자의 손을 진정시키며 침대까지 안내하는 남자의 태도가 익숙했다.

　뾰족한 구두 한쪽이 벗겨져 비틀거리는 여자의 등을 넘어지지 않도록 남자가 단단히 붙잡았다. 다리 사이가 은밀하게 얽혀 들었다. 그러면서 키스는 중단되지 않았고 오히려 더 깊어졌다. 커다란 창문은 하나의 프레임이 되어 화려한 야경을 작품처럼 담아냈다. 흐릿하게 그려진 두 사람의 그림자가 하나로 포개졌다. 못 참겠는지 또다시 서두르는 기세로 옷을 벗기려는 여자를 남자가 이번엔 고개까지 떼 저지시켰다. 정돈되지 않은 상황은 불쾌하기만 했다.

"제대로 해."

"……."

"급할 이유 있어?"

진한 키스로 여자의 호흡은 흐트러져 있었으나 그런 여자를 지그시 내려다보는 남자는 평이하기만 했다. 살짝 번진 립스틱 자국을 엄지로 문질러 닦아 주며 남자가 여자에게 가볍게 입을 맞추었다. 옅게 웃음 띤 남자의 얼굴이 수려했다. 여자의 눈빛이 몽롱하게 바뀌었다. 욕실이 있는 방향을 친절하게 가르쳐 준 남자의 손가락을 따라 여자의 고개가 돌아가면서 풍성하게 웨이브 진 머리와 귀걸이가 함께 물결쳤다.

도도한 성정의 여자였다. 명문 집안의 외동딸이란 걸 겸손 떨며 감추기보단 똑똑하게 자기 커리어로 활용해 데뷔하자마자 신인 시절 없이 주연 자리만 꿰찬, 잘나가는 배우가 직업이기도 했다. 여자는 뒤늦게 정신을 차린 모양이었다. 남자의 말처럼 급할 이유가 전혀 없었다. 벗겨진 구두까지 마저 신고선 완벽한 모습으로 여자가 욕실로 사라졌고, 곧 샤워하는 소리가 들려왔다.

바닥에 떨어진 제 차 키를 줍기 위해 남자가 허리를 굽혔다. 얇은 셔츠 바깥으로 올곧게 짜인 등 근육의 움직임이 내비쳤다.

* * *

술자리가 거했다. 핸드폰을 확인하니 여배우와 사라진 제 친구에게서 아직까지 들어온 연락이 없었다. 줄기차게 욕이 내뱉어졌다.

비서가 뒷좌석 문을 열자 순간 졸음이 잊힐 만큼 차가운 공기가 한꺼번에 밀려들어 왔다. 비틀거리며 차에서 내린 겨울이 이맛살을 찌푸렸다. 가만히 서 있기도 힘든 숙취 탓인지 본가의 정원이 오늘따라 유독 광활하게 느껴지는 것 같았다.

현관에 다다를수록 겨울의 걸음걸이가 살금살금 바뀌었다. 비밀번호 풀리는 소리가 천둥처럼 크게 들려와 잠시 굳어 있었다. 빼끔히 고개를 빼 2층을 중점으로 유심히 살폈다. 다들 자고 있을 시간답게 집안은 어디든 적막했다. 다행이었으나 아직 안심하기는 일렀다. 이제 됐다, 하며 섣부르게 마음을 놓았다가 큰코다쳤던 경험이 여럿 떠올랐다. 불과 며칠 전에도 그런 일이 있었다.

어렸을 적부터 뭐든지 마무리가 중요한 법이라고 배웠다. 처음엔 주입식으로 받아들였는데 나이를 먹어 갈수록 전적으로 동의하게 됐다. 배운 걸 실천으로 옮기기 위해 겨울이 큰 덩치를 구깃구깃 구겼다. 그딴 좀팽이 같은 꼴로 심혈을 기울인 일이란 외박한 걸 들키지 않고자 최대한 소리가 나지 않게끔 현관문을 닫는 거였다. 콧잔등에 삐질 땀까지 맺혔다.

……겨우 성공했네.

완벽한 마무리에 안도하며 뒤를 돈 순간 겨울은 제자리에서 펄쩍 뛸 수밖에 없었다.

"아. 깜짝이야!"

팔짱을 낀 채 등 뒤에 누군가 서 있었다.

"버들아."

막내였다. 아무런 인기척도 없이 대체 언제 어디서 나타났는지 모르겠다.

"형 때문에 깬 거 아니지?"

형제가 총 여섯이었다. 그중 서열 꼭대기를 버젓이 차지하고 있는 건 다름 아닌 버들이었다. 스무 살 가까이 나이 차가 나는 큰 형님까지도 버들의 눈치를 봤고 심지어 강고한 성격으로 정평이 난 대기업 회장님인 아버지 역시 장 여사 다음으로 유일하게 약해지는 인물이 바로 버들이었으니, 서열이 바닥에 깔린 것으로 모자라 현재 하지 말란 짓까지 저지른 겨울은 막내 앞에서 바짝 쪼그라들 수밖에 없었다.

"언제 일어났어?"

쌀쌀맞게 흘겨보는 버들에게 겨울이 어색하게 웃어 보였다.

"형. 지금 들어오는 거야?"

잠시 머물렀던 뉴욕에서 버들이 무사히 귀국한 게 작년이었다. 다른 형제들에 비해 유독 더 방탕하게 살아온 겨울은 그때부터 독안에 든 쥐 신세로 전락했다. 연락 없이 자정을 넘겨 귀가하는 게 금지됐고, 납득할 만한 사정이 아닌 이상 외박 역시 호락호락하지 않게 됐다. 본래 타고난 성격과 전혀 맞지 않는 바른 생활을 그것도 나이 서른에 하고 있자니 기가 찼다. 그렇지만 막내를 독차지해 살고 있는 이상 감안해야지 별수 없다.

겨울이 바삐 머리를 굴리기 시작했다. 오늘의 외박 사유는 과연 납득할 만한 사정으로 볼 수 있을까. 잠시 뒤 결론에 도달한 겨울의 가슴이 당당하게 펴졌다. 비즈니스 관계자들과 가졌던 술자리였으니 외박 사유로 마땅했다.

"지금 들어오는 거 맞지?"

"보면 몰라? 지금 막 출근하려던 참이었어."

당당하게 펴졌던 겨울의 가슴은 버들과 눈이 마주치자마자 곧장 쪼그라들었다.

"거짓말."

"진짜야. 지금 출근하는 거 맞아."

"이렇게나 일찍?"

"형도 나름 사장님인데 일찍 출근하는 날도 있어야지."

벗었던 구두에 발을 꿰며 겨울이 버들의 시선을 회피했다. 형 다섯 명을 꼼짝 못하게 만드는 버들의 무기는 아마 또랑또랑하게 큰 눈일지도 모르겠다. 눈동자가 꼭 머루처럼 새까맸다. 거기다 맑고 곱기까지 하니 불량하게 살았던 저들 삶이 그대로 투영되는 것 같아 본인도 모르게 움츠러들었다.

겨울의 팔을 버들이 덥석 붙잡았다.

"불어 봐."

"뭘."

음주 측정을 하겠단 버들에게 겨울이 말귀를 못 알아들은 척 시침을 뗐다. 그럼 뭐 하나. 술 냄새가 그득하게 담긴 호흡을 버들에게 쏟지 않으려 한껏 고개를 치켜든 폼이 도둑이 제 발 저린 격이었다.

"빨리 불어."

추궁하는 버들에게 결국 겨울이 살살 숨을 내쉬었다.

"무슨 술을 이렇게나 많이 마셨어?"

버들이 질색했다. 술 냄새가 아주 고약했다.

"일 때문에."

"술 마시는 게 일이야?"

"일 때문에 술 마시는 게 필요했어."

"말이나 못 하면."

"야 인마. 형은 뭐 마시고 싶어서 마셨겠어?"

비굴하게 굴어 봤자 어차피 통하지 않으니 겨울이 원래대로 뻔뻔해졌다.

"너 용돈도 주고 먹여 살리려면 어쩔 수가 없었어."

"나 때문에 마셨다고?"

이제야 말이 통한단 듯 겨울이 고개를 끄덕거렸다.

"그냥 형이 좋아서 마신 거잖아."

"……."

"일한 게 아니라 여태 신나게 놀고 온 거지?"

"……."

"안 봐도 뻔해."

"……."

"아무튼 빨리 들어와."

오늘은 진짜 쫓겨나는구나 싶었는데 이게 웬 떡이지? 희희낙락하며 집 안으로 들어온 겨울이 제 슬리퍼 짝을 찾아 주고 있는 버들을 와락 껴안았다. 아이고. 내 새끼. 그 말이 절로 튀어나왔다. 태어나자마자 여러 이유들로 온 가족의 걱정을 절로 샀기에 더 애틋할 수밖에 없는 막내였다.

"저리 가."

술 냄새에 질식하게 생긴 버들이 버둥거리며 겨울의 품에서 벗어났다.

"속은 어때."

"아프지."

한심하단 듯 혀를 차면서도 버들이 제 형을 데리고 주방으로 들어갔다.

"여태 공부했어?"

"응."

"잠은?"

"좀 자다가."

식탁 위에 여러 권 펼쳐진 버들의 책을 둘러보는 겨울의 눈초리가 못마땅했다.

"잘 시간에는 좀 자."

"아예 안 잔 것도 아닌데 뭐. 앉아."

남들 다 잘 시간에 혼자 일어나 책 따위를 들여다보고 있으니까 키가 크다가 말았지. 176cm인 버들의 키가 객관적으로 작다고 평할 순 없으나 저를 비롯해 다른 형제들은 거뜬하게 185cm를 넘겼다 보니 한탄이 나왔다.

"아. 더 저어 줘."

"다 저은 거야. 안에 꿀 다 녹았어."

마시기 알맞은 온도로 타 온 꿀물을 건네주는 버들에게 겨울이 고마운 줄 모르고 귀찮게 굴었다. 겨울의 투정에 하는 수 없이 버들이 도로 티스푼을 꺼내 왔다. 그러곤 일부러 겨울의 눈앞에 대고 꿀물을 몇 번 더 휘저었다. 유리로 된 컵과 쇠로 된 티스푼이 부딪히는 소리가 쓸데없이 청량했다.

"됐지?"

"응."

겨울이 꿀물을 단숨에 들이켰다.

"더 타 줄까?"

"응."

컵을 받아 가려 다가온 버들을 겨울이 다시 와락 껴안았다.

"내 새끼. 진짜 장가는 어떻게 보내지?"

제 막냇동생을 바라보는 겨울의 눈에서 꿀이 뚝뚝 떨어졌다.

"아주 아까워 죽겠네."

"그게 무슨 뜻이야?"

"장가가지 말고 형이랑 평생 살래? 잘해 줄게."

곰곰이 생각해 보던 버들이 인상을 썼다.

"아. 싫어."

"그럼 형 두고 장가가겠다고?"

탁. 방문 닫히는 소리가 났다. 어슴푸레 남아 있던 새벽빛이 밝아 아침이 올 때였다. 카디건을 추스르며 주방으로 들어선 장 여사가 소중하고 또 귀한 막내아들을 괴롭히는 넷째 아들의 등짝을 사정없이 퍽퍽 내려쳤다.

유 회장과 장 여사는 연애결혼을 했다. 각각 외롭게 외동으로 자라 다복한 가정을 이루는 게 두 사람의 공통된 소망이었다. 이름도 미리 지어 놓으며 행복한 신혼에 젖어 들었다. 봄, 여름, 가을, 겨울. 소망처럼 집안은 북적였다. 첫째, 둘째, 셋째, 넷째…… 다섯째. 계획에 없었던 다섯째마저 소중하게 보듬으며 하늘이란 이름을 지어 주었다. 봄 하늘, 여름 하늘, 가을 하늘, 겨울 하늘. 장 여사의 감성이 그대로 녹아들었다. 흠이 있다면 감성적인 이름과 상반되게 죄다 사내놈들이란 점이었다.

우람한 체격의 유 회장을 닮아 발육도 또래 애들보다 뛰어나고, 에너지까지 넘치다 보니 다섯 형제 때문에 안팎으로 하루도 조용한 날이 없었다. 겁이 없는 게 제일 문제였다. 높은 곳까지 기어올라 슈퍼맨이 되어 펄쩍펄쩍 뛰어내리다가 병원 신세를 번갈아 가며 지고, 자기들끼리 정한 무슨 의식인 것처럼 초등학교에 입학하자마자 줄줄이 유리창을 깨 먹었다. 생김새는 물론 단체로 유 회장의 리더십 있는 성격까지 빼다 박아 크고 작은 사건 사고들에는 늘 형제들이 앞장서 있었다. 유 회장과 장 여사는 손 꼭 붙잡고 학교로 상담하러 가는 게 한동안의 일상이었다.

그러던 중 여섯째가 들어섰다. 본인이 임신했단 걸 장 여사조차 까맣게 모르고 있었다. 얼떨떨했다.

자기들이 사내새끼란 걸 과시하듯 다섯 형제들은 배 속에서부터 참 유별났더랬다. 입덧도 심했고, 뻥뻥 발길질을 해 대는 통에 쉬이 잠을 잘 수 있는 날이 드물었다. 허리가 끊어질 것처럼 배가 부풀어 고생스러웠다.

하지만 여섯째는 달랐다. 임신이란 것도 병원에 정기 검진을 하러 가서 우연히 알게 됐을 정도니 말 다 했다. 14주째였다. 입덧 기간을 잠잠히 지나친 것이 참으로 놀라웠다. 배 모양도 앞으로만 볼록 나와 있었을 뿐이었다. 그대로 집에 돌아온 장 여사는 생각에 잠겼다. 그냥 지나쳤던 꿈 하나가 그때서야 몹시 심상치 않았단 걸 깨달았다. 꿈속에서 자신은 유 회장과 나란히 화원을 걷고 있었는데, 이때 유독 흐드러지게 피어 있던 꽃이…… 복숭아꽃이었다.

세상에! 딸이구나, 싶었다. 새 식구의 소식은 경사였다. 딸이라니! 여동생이라니!

「축하드립니다. 아들입니다.」

태몽에는 복숭아꽃만 있었던 게 아니라 푸릇한 버드나무도 같이 우거져 있었다.

하루 빨리 만나고 싶어서 그날만 손꼽아 기다리고 있었던 탓일까. 버들이란 이름으로 막내는 예정일보다 이르게 태어났다. 미숙아에 심장까지 약했다. 가족들을 조마조마하게 만들었던 버들은 인큐베이터에서 나와 퇴원이 가능한 시점부터 무탈하게 살이 오르기 시작했다. 보드레한 버들의 두 뺨에 생기가 감돌았다.

원래 애들은 싸우면서 큰다고 저들끼리 서슴없이 치고받던 다섯 형제들도 버들을 대할 땐 달랐다. 서로 경쟁하며 소중히 업어 키웠다. 버들은 싫다는데 뽀뽀하고, 껴안고, 스킨십이 과할 정도였다. 화목한 가정에서 사랑 듬뿍 받아 가며 버들은 모나지 않게 자라났다.

순서대로 첫째와 둘째가 결혼을 하면서 분가를 했다. 중학교를 졸업할 시기에 버들은 둘째 형이 있는 뉴욕으로 넘어갔다. 유학이라고는 하나 공부보다 더 중요하게 신경 써야 할 게 있었다.

뉴욕 생활은 3년간 이어졌다. 귀국하고 나니 때마침 입시였다.

기업을 이어야 하는 후계자로서 경영 수업이 불가피했던 다른 형제들과 달리 버들은 그런 여건을 신경 써야 할 필요가 조금도 없었다. 하고 싶은 게 있으면 그걸 하면 됐다. 적성에 맞는 게 무얼까. 다섯 형들이 전부 활동적으로 뛰어다니고 있을 때 버들은 홀로 바닥에 철퍼덕 주저앉아 얌전히 놀며 시간을 보냈다. 그때 해가 지는 것도 모를 정도로 푹 빠져들었던 게 조각이었다. 돌이나 나무, 흙을 만지고 깎는 게 즐거웠다. 적성에도 잘 맞고 재능도 타고났지만 이

론에 대한 지식이 부족해 그걸 배우고자 버들은 1년 전, 조소과에
입학했다.

오늘은 오전에만 수업이 있는 날이었다.

—어디야. 수업 끝났어?

"응. 지금 집이야."

겨울의 전화를 받으며 버들이 이제 막 제 방에 들어섰다.

—고생했네. 추웠지?

"차 타는데 뭐 얼마나 춥겠어."

찬 공기에 그새 버들의 코끝이 새빨개져 있었다.

"왜 전화했는데?"

—심부름 하나 부탁해도 돼?

"또 뭐 깜박했어?"

이런 적이 한두 번이 아닌 만큼 버들이 태연히 겨울의 서재로 걸
음을 옮겨 갔다. 복잡한 데스크 주변을 쭉 둘러보니 어떤 심부름을
시킬지 충분히 예상이 갔다. 버들이 빨간색 외장하드를 움켜쥐었다.

—형 책상에 외장하드 있을 거야.

"빨간색? 그거 말하는 거지?"

—어. 그거.

그럼 그렇지.

—급해서. 형 회사에 지금 가져다줄 수 있어?

"알았어. 또 뭐 필요한 건 없어?"

—응. 그것만.

전화를 끊으려는데 호들갑 떠는 겨울의 목소리가 핸드폰을 타고
쩌렁쩌렁 울려 퍼졌다. 급한 용건인가 싶어 덩달아 급해진 버들이

왜 그러냐고 물었다.

　―아직 추우니까 목도리 꼭 하고. 장갑도 끼고.

　"……그런 건 내가 알아서 할게."

　―외투도 가장 두꺼운 걸로 골라 꺼내 입어.

　"아. 알았다니까."

　또 뭐라고 겨울이 간섭할세라 버들이 전화를 뚝 끊어 버렸다. 성인이 되었어도 형들은 아직도 저를 애로 보는 거 같아 요즘엔 그게 가장 큰 불만이었다. 버들의 얼굴이 칭칭 휘두른 목도리에 반이나 가려졌다. 코트를 아직 벗기 전이라 번거로움이 줄었다. 가방을 챙겨 1층으로 내려오자 가사도우미와 운전기사가 동시에 아는 척을 해 왔다. 점심 식사는 어떻게 하실 건지. 어디 가시는 길인지.

　"점심은 생각 없어서 괜찮아요. 잠깐 나가는 거라 저 혼자 다녀올게요."

　웃으며 대답 후 버들이 밖으로 나갔다.

　꽃샘추위답게 바람이 매섭게 불었다. 3월 초에 펑펑 쏟아진 눈이 미처 녹지 않아 길이 미끄러웠다. 한 발, 한 발 넘어지지 않게 조심히 걸으며 버들이 이어폰을 귀에 꽂았다. 길 따라 하얗게 피어난 목련이 눈에 띄었다. 곧 개나리와 벚꽃들도 볼 수 있을 것이다.

　한산한 도로에서 오래 기다렸다가 잡은 택시 안의 공기가 히터 때문에 텁텁했다. 답답해진 버들이 코가 나오게끔 목도리를 잡아당겼다. 김이 서려 창문 밖이 잘 보이지 않았다. 겨울의 회사는 경사가 완만한 언덕 위에 있었다. 옆으로 다른 차는 잘만 지나가고 있는데, 눈 때문에 길이 미끄러워 거기까진 못 올라간다는 기사의 걸걸한 불만에 버들이 순순히 택시에서 내렸다. 택시는 바로 다음 손님을 태우고 쌩하니 사라졌다.

이어폰을 뺀 버들이 장갑을 찾았다. 집을 나오기 전 분명 챙겼던 것 같은데 이상했다. 장갑을 늘 넣어 두는 가방 앞쪽이 텅 비어 있었다. 추위에 약한 체질이라 버들의 손끝 주변이 벌겋게 변했다. 따끔따끔했다. 감각이 더 둔해지기 전에 버들이 재차 손가락을 말았다가 폈다.

"금방 도착한다니까."

짜증 섞인 목소리에 버들이 고개를 들었다. 통화를 하며 앞서 걷고 있는 남자가 보였다. 가로로 곧게 뻗은 어깨가 넓었다.

"10분. 응."

가는 방향이 같았다. 그때였다. 남자의 코트 주머니에 아슬아슬 꽂혀 있던 머플러가 나풀거리며 떨어졌다. 남자의 어깨를 타고 내려간 버들의 시선이 머플러로 향했다. 그걸 눈치채지 못했는지 전화를 끊은 남자의 걸음에는 전혀 지체가 없었다. 몇 발자국 더 걸어가자 버들의 발끝 아래 머플러가 닿았다.

"저기요."

저를 부르는 소리에 걸음을 멈춘 정우가 뒤돌았다. 귀찮아서 무시하고 싶었지만 제 성격이 어떤지 모르는 사람들은 몸에 손을 대면서까지 아는 척을 하려는 경우가 있어 방어 차원으로 굳어진 반응이었다.

"이거 떨어뜨리셨어요."

희뿌옇게 입김이 퍼졌다.

"받으세요."

버들이 주워 든 머플러를 내밀었다.

"그쪽 거 맞죠?"

"아닙니다."

단호하게 부정한 뒤 정우가 다시 걷기 시작했다. 당황한 버들의 눈이 빠르게 깜박였다. 분명 주머니에서 머플러가 떨어지는 걸 직접 봤다. 더 멀어지기 전에 버들이 서둘러 정우의 앞을 가로막았다.

"이거 그쪽 거 맞아요."

오르막길 위쪽에 서 있는데도 남자를 올려다보기 위해 버들의 턱이 살짝 들렸다. 저에겐 익숙한 시선 처리였다. 제 형들만큼이나 남자가 컸다.

"받으세요."

정우가 인상을 딱딱하게 굳혔다.

"그거 버려 줄래요?"

"……버려요?"

혹시 잘못 들었나 싶을 만큼 남자의 음성이 무척 차분해 되물을 수밖에 없었다. 둘 사이로 바람이 지나갔다. 숱 많은 버들의 곱슬머리가 바람이 부는 방향대로 사정없이 휘날렸다. 가만히 서 있는 버들에게 안 보이냐는 식으로 정우가 턱을 까닥였다.

"더러워졌잖아요. 그죠?"

그러니 더 귀찮게 굴지 말란 뜻이었다.

"아! 혹시 이거 묻은 거 때문에 그래요?"

저를 비켜 가려는 정우를 따라 버들도 왼쪽으로 움직였다.

"이거 빨면 없어질 텐데……."

혼잣말처럼 버들이 중얼거렸다. 눈에 젖은 흙이 묻은 머플러 끝자락이 조금 지저분했다. 고작 이것 때문에 버리기엔 머플러 상태가 좋아서 아까웠다. 또 일기예보에선 한동안 머플러가 필요할 만큼 낮은 기온이 계속될 거라고 그랬다.

"제가 털어 드릴게요."

머플러에 묻은 흙을 열심히 털어 내고 있는 버들의 손끝이 꾀죄죄했다. 정우의 인상이 짙어졌다. 오늘따라 여러모로 짜증 나는 일만 생겼다.

겨울이 운영하는 회사 사옥은 한옥으로서 그 일대에선 단연 눈에 띄었다. 전래 동화 속에서 나올 법한 표현대로 고래만 한 집채에 대문까지 으리으리했다. 그새 가빠진 숨을 정리한 뒤 버들이 카드키를 가져다 댔다. 문을 열고 들어가자 제 본가만큼이나 널찍한 정원이 펼쳐졌다. 하늘을 배경 삼은 기와가 고급스러운 풍경을 자아냈다. 처마 아래에 다양한 크기로 주렁주렁 매달려 있는 고드름에선 쉴 새 없이 물이 뚝뚝 흘러내리고 있는 중이었다.

건물 뒤쪽에서 개 짖는 소리가 들려오자 버들의 눈이 커졌다. 이윽고 황금빛 털을 휘날리며 강아지 두 마리가 앞다퉈 뛰어왔다. 격하게 흔들리는 꼬리가 금방 떨어져 나가게 생겼다. 두 다리를 들고 껑충껑충 뛰면서 반가움을 표현하는 강아지들은 못 보던 사이 더 자란 것 같았다. 버들의 얼굴이 해사해졌다.

"잘 있었어?"

강아지 두 마리의 머리를 버들이 번갈아 가며 쓰다듬었다.

"옷 누가 사 줬어?"

춥지 말라며 강아지에게 입혀 놓은 털 조끼가 그렇게 앙증맞을 수가 없다. 워낙 활발하게 움직이는 탓인지 조끼에 매달린 모자가 살짝 삐뚤어져 있었다. 그걸 버들이 차례로 단정히 만져 주었다.

"오셨습니까."

"강아지 옷 너무 귀여워요."

강아지들의 주인은 비서였다. 반려동물을 키워도 되는 아파트에 살고 있기는 하나 대형견으로 자라날 강아지들을 위해 전원주택 쪽으로 이사를 계획 중이라고 그랬다. 사옥의 정원이 넓으니 이사 전까지 강아지들을 잠시 기를 수 있도록 편의를 봐주기로 한 걸로 아는데 그게 벌써 3개월 전이었나? 아무튼. 그 기간이 길어질수록 버들은 환영이었다.

비서와 인사를 나눈 버들은 겨울이 있는 대표실로 향했다.

"형. 나 잠깐만."

저가 왔단 걸 겨울에게 알린 뒤 버들이 찾은 곳은 화장실이었다. 꽁꽁 얼어붙었던 손에 뜨거운 물이 닿자 전기가 퍼지듯 저릿했다. 페이퍼로 물기를 제거한 뒤 가방을 열었다. 짐이 하나 늘었다. 진회색의 머플러. 그걸 물끄러미 내려다보는 버들의 속눈썹이 길었다.

유 회장은 물론 위로 다섯이나 있는 제 형들까지 외모가 잘난 편이라 웬만한 연예인을 보고도 별생각이 안 드는 게 사실이었다. 그러니 생소했다. 머플러 주인을 보고 잘생겼단 감탄이 제일 먼저 들었으니까. 그것도 무의식중에.

"지워지려나."

흐르는 물에 버들이 머플러를 가져갔다. 아까 질척한 흙이 묻은 자국을 털어 보려고 노력했지만 왜인지 그럴수록 더러운 자국은 큰 범위로 번져 버렸다. 얼마나 난감했었는지 모른다. 저를 내려다보는 남자의 시선이 무던히도 차가웠다. 침묵이 지속되는 중 어쩐지 사과를 해야 할 것 같아 막 입을 열었을 때였다. 남자가 웃었다. 냉혈한 인상이 바뀌는 건 삽시간이었다. 거기에 홀려 저도 모르게 남자의 얼굴을 멍하니 쳐다봤다. 나지막한 음성으로 남자는 쓰레기통이 어디에 있는지 알려 줬다. 친절하고 상냥했다.

……아. 친절하고 상냥했던 게 맞긴 한 건가? 애매했다.

건조기의 뜨거운 바람에 머플러를 바싹 말린 뒤 상태를 꼼꼼하게 확인했다. 지저분한 자국은 처음에 비해 많이 흐려지긴 했으나 완벽히 지워지지 않았다. 버들이 콧잔등을 찌푸렸다. 어차피 머플러가 깨끗해져도 남자가 그렇게 가 버려 원래의 주인에겐 돌려주지 못하겠지만 이게 뭐라고 속상했다. 머플러를 차곡차곡 개켜 가방에 집어넣었다. 아무래도 집에 가서 세제를 이용해 차분히 닦아 봐야겠다.

대표실로 들어온 버들을 보며 겨울이 빙글댔다.

"내 새끼."

"그렇게 부르지 말라니까."

"왜?"

"부르지 말라면 부르지 마."

"내 새끼를 내 새끼로 부르지 못하고."

"나 집에 가 버린다."

협박을 하면서도 버들은 고급스러워 보이는 가죽 소파에 가방을 내려놓았다. 코트도 벗어 걸었다.

"고마워서 어쩌지?"

버들은 집에서 잘 챙겨 가지고 온 외장하드를 테이블에 올려놓았다.

"새삼."

"아니야. 진짜 고마워서 그래. 이거 진짜 소중한 거라."

"소중한 거면 잘 챙겨서 다녀."

새파랗게 젊어 가지고. 꿍얼꿍얼 제 건망증을 걱정하는 버들을 보며 겨울이 코로 웃었다. 사실 외장하드에 들어 있는 서류들은 전부 별거 아닌 것들이었고, 중요한 거라고 해도 비서를 시켰으면 됐다. 그런데도 굳이 점심때에 맞춰 주기적으로 버들에게 심부름을 시키는 이유는 맛있는 걸 사 먹이고 싶어서.

결혼한 첫째와 둘째, 학위 때문에 외국에 나가 있는 셋째, 현재 군 복무 중인 다섯째. 다섯 형제들 중에서 버들에 대한 애정도가 유독 극성맞은 게 겨울이었다. '눈에 넣어도 안 아플 자식새끼'란 말을 총각의 입장에서 충분히 공감하고 있을 정도이니 거의 중증이었다.

"코트 저게 제일 두꺼운 거야?"

버들의 옆자리로 이동해 앉으며 겨울은 점심 식사 후 잠깐 비는 시간을 어떻게 활용하면 좋을지 멋대로 정해 통보했다.

"너 옷 사러 가야겠다."

"일주일 전에도 옷 샀잖아."

"그래. 그건 일주일 전에 산 옷이고."

"집에 옷 넘쳐 나거든?"

"형한테 자꾸 말대꾸할 거야?"

노크 후 비서가 버들을 위한 차를 내왔다. 중국에서 공수해 온 화차였다. 티 포트에 커다란 꽃봉오리가 폈다.

"옷 많은데 왜 자꾸 사려고 해."

"야, 인마."

"왜."

"형이 뭐 아무 남자한테나 옷 사 줄 사람처럼 보여?"

그래 보였다.

"너니까 옷도 사 주는 거지."

"두꺼운 코트를 왜 사? 곧 봄이거든?"

"그럼 봄옷 사러 가자."

"아, 진짜."

버들은 웃는 겨울이 얄미워 째려보다가 메시지가 도착했다는 소리에 핸드폰을 꺼냈다. 과 동기들과 몇몇 후배, 선배들이 끼어 있는 채팅 그룹이 있는데 이름을 봐도 누가 누군지 잘 모르겠다. 저녁 몇 시쯤 어디서 놀고 있을 거니 올 수 있는 사람들은 오란 내용이 공지로 띄워졌다. 다들 친한 건지 주고받는 메시지만으로 왁자지껄했다. 전공이 같다 보니 어쩌다 그룹 채팅에 초대를 받긴 했지만 그뿐이었다. 여태 채팅은 물론 모임에도 단 한 번 참여해 본 적이 없었다.

어깨를 슬쩍 기울인 겨울이 버들의 핸드폰 화면을 엿보았다.

"아!"

다짜고짜 볼을 꼬집힌 버들이 들고 있던 핸드폰을 놓쳐 버렸다.

"까져 가지고."

"뇌!"

"밤늦게 어딜 놀러 가겠단 거야?"

누가 놀러 가겠다고 했다는 거야? 억울했다.

"놀러 갈 거면 형이랑 같이 가."

"형이 거길 왜 가?"

"너만 보내기 불안하니까 그러지."

"놀러 간다는 건 어떻게 알았어? 지금 내 핸드폰 몰래 훔쳐본 거지!"

"훔쳐보다니. 보이니까 본 거지."

양심 없는 겨울이 남은 버들의 한쪽 볼마저 꼬집었다. 말랑말랑했다.

"유버들."

"왜."

"너 형한테 이게 무슨 짓이야."

버들이 참지 않고 겨울의 귀를 덥석 움켜잡은 터였다.

"좋은 말 할 때 놔라."

"형부터 놔."

서른 살, 스물한 살의 기 싸움이 환장하게 유치했다. 팽팽히 대립해 봤자 어차피 결과가 뻔히 정해진 싸움이었다.

······아. 버들의 엄살에 놀란 겨울이 먼저 떨어져 나갔다. 그때만 노리고 있던 버들이 겨울의 귀를 쭉쭉 잡아당기며 응징했다. 추운데 기껏 심부름까지 해 줬더니!

간신히 버들의 손아귀에서 겨울이 벗어났다. 어찌나 세게 힘을 줬는지 귀에 뜨거움이 몰려들었다. 가차 없는 새끼 같으니라고. 불만에 통통거리면서도 제 막냇동생을 향한 겨울의 눈빛이 마냥 유했다.

"몇 시까지 놀 거야?"

버들이 차를 한 모금 들이켰다.

"나도 몰라."

"놀러 안 나갈 거야?"

"응."

"왜. 형이랑 가자. 계산만 하고 형은 빠질게."

고개를 내젓는 버들의 옆구리를 겨울이 쿡쿡 찔렀다.

"왜 자꾸 찔러."

"왜 자꾸 찌르겠냐."

뾰족한 버들의 반응이 귀여워서 자꾸 건들게 됐다. 나 좀 내버려 두라며 갑자기 입을 다문 버들을 겨울이 간질이기 시작했다. 피하려 발버둥 치다 보니 점점 뒤로 밀려나게 된 버들이 어느덧 소파에 완전히 눕고야 말았다. 구겨졌던 버들의 눈가가 휙 휘어졌다. 억지로 간질여도 간지러운 건 간지러운 거였다. 생리적인 웃음을 참지 못하고 버들이 터트렸다. 그때였다. 노크도 없이 대표실 문이 벌컥 열렸다.

심기가 불편하단 게 여과 없이 드러난 표정으로 서 있는 정우와 겨울의 눈이 부딪쳤다. 그대로 문을 쾅 닫고 나가 버린 황 대표를 겨울이 크게 불렀다. 한숨을 내쉬며 황 대표가 다시 모습을 드러냈다. 그러거나 말거나 겨울은 구겨진 제 막냇동생 옷을 펴 주느라 여념이 없었다.

"끈적끈적하게 뭐야. 회사로 여자 불러도 돼?"

대놓고 쏘아붙인 황 대표의 말이 너무 터무니가 없어 겨울이 콧방귀를 꼈다.

"왜. 그러면 안 되냐? 넌 출근도 늦게 해 놓고."

"안 되기로 서로 못 박았지 않았냐?"

"부르기만 했어. 누가 뭘 해?"

"귀 빨렸네. 빨간 거 보니."

버들의 속눈썹이 파르르 떨렸다. 여자라고 오해받은 적이 처음은 아니었지만 그럴 때마다 시무룩해지는 건 어쩔 수가 없었다. 버들이 일부러 고개를 빳빳하게 세웠다. 이러면 내 목젖이 보이겠지?

"버들아, 인사해라. 여기는 다른 대표 형."

다른 대표 형? 버들이 그제야 황 대표를 향해 시선을 들었다. 아!

"그리고 이쪽은 우리 집 막내."

황 대표 역시 버들을 보고 미세하나 분명 놀란 기색을 비쳤다. 하지만 언제 그랬냐는 듯 금세 태연한 얼굴로 돌아간 황 대표는 버들을 본체만체하며 곧장 공기 청정기로 향했다. 전원을 누르는 손길에서 신경질이 다분했다.

"정말 근처에 있었나 봐?"

"전화로 출근하는 중이라고 그랬잖아."

편하게 대화를 주고받고 있는 두 사람의 관계는 동갑내기 친구이기도 했고, 함께 회사를 운영하는 공동 대표이기도 했다. 그걸 알게 된 버들의 큼지막한 눈이 호기심으로 반짝였다. 두 번 다시 못 만날 줄 알았던 머플러 주인을 형 친구로 소개받게 되다니 전혀 상상도 못한 일이었다. 가방에 고이 넣어 둔 머플러를 떠올린 버들이 속으로 안도했다. 쓰레기통에 버리지 않아서 무조건 다행이었다.

"너 또 차 버리고 왔냐?"

개인 비서에게 전화를 걸어 차를 찾아 놓으란 황 대표의 지시를 들은 겨울이 황당한 표정을 지어 보였다. 답도 안 나올 정도로 심각한 길치인 황 대표가 대꾸 없이 인상을 찌푸렸을 뿐이다. 커피 잔을 들자 주변으로 진한 원두 향이 물들었다.

"아. 근처 도로 확장 공사 때문에?"

오늘부터 확장 공사가 시작돼 출입이 불가하게 된 도로는 하필 황 대표가 회사에 오고 갈 때 고정으로 이용하는 도로였다. 어쩔 수 없이 새로운 경로를 찾아야 했을 거고, 길치답게 황 대표는 그대로 길을 잃어버렸을 게 뻔했다. 아니, 그러면 애초에 그 자리에서 비서를 부르든가 하지. 그것 좀 기다리는 시간이 귀찮다며 차를 버려 버리는 황 대표의 성질머리가 아무리 친구라도 이해가 되지 않았다.

"택시 탔겠네?"

"어디서 나 지켜보고 있었어?"

"꼭 봐야 아는 거겠어?"

이런 적이 한두 번이었어야지. 한심하단 듯 황 대표를 향해 쯧, 혀를 찬 겨울이 버들의 어깨에 팔을 둘렀다. 그러고선 훈계조로 나불거렸다.

"버들아. 넌 커서 저딴 어른 되면 큰일 난다. 알겠지?"

저딴 어른이 어때서. 버들이 황 대표를 힐긋거렸다. 내리깐 황 대표의 속눈썹이 참 고왔다. 그래서 자꾸만 시선이 끌렸나 보다.

"점심은."

겨울이 황 대표에게 물었다.

"별로 생각 없어. 일 얘기나 해. 급한 거 있다면서."

두 사람의 대화에 자리를 피해 주려고 슬그머니 일어난 버들을 겨울이 풀썩 주저앉혔다.

"어디 가려고."

"……집."

"점심 먹고 가."

"집에서 먹으면 돼."

"형이 맛있는 거 사 주고 싶어서 그러지."

"괜찮아. 형 바쁜 거 같은데."

곤란한 표정으로 버들이 겨울과 황 대표를 번갈아 가며 쳐다봤다. 별로 배가 고프지도 않건만 그런 제 사정이야 안중에도 없이 바지 자락을 붙잡고 늘어진 제 형의 진상에 버들의 얼굴이 새빨개졌다. 차분한 황 대표와 겨울을 절로 비교하게 됐다. 둘이 이렇게나 다른데 진짜 친구 맞아?

"왜 이래. 여기 집 아니거든."

"형이랑 점심 먹을 거야, 말 거야. 응?"

까닥하다간 바지가 벗겨지게 생긴 버들이 더 버티지 못하고 점심 먹고 가겠다며 억지로 고개를 끄덕거렸다. 그제야 흡족한 얼굴로 겨울이 버들을 놓아주었다. 불시에 그 꼴을 지켜보게 된 황 대표가 문득 커피 잔을 내려놓으며 미간을 찌푸렸다.

"너 뭐 하냐."

"뭐가."

버들을 대할 때와 다르게 겨울이 정색한 채 대답했다. 같이 사업하는 파트너로서 서로 원치 않을 때조차 붙어 다닐 일이 많았기에 황 대표 역시 유 대표의 유명한 막냇동생 사랑을 모를 수가 없었다. 매번 혀 짧은 소리로 통화하는 것만 듣다가 실제로 그 모습을 보게 된 건 오늘이 처음이었다. 정말 가관이었다. 나잇값이건 사회적 지위건 몽땅 날려 먹은 유 대표의 꼴값에 황 대표가 속으로 질색했다.

"잠깐만."

갑자기 걸려 온 전화를 받으며 겨울이 잠시 자리를 뜨자 둘만 남겨지게 되었다.

황 대표와 시선이 부딪히기 직전 버들이 제 무릎께로 고개를 푹 숙여 버렸다. 단순히 형 친구로 끝난 사람이라면 이러지 않을 텐데, 머플러가 상기되다 보니 황 대표를 의식하게 됐다.

맞은편에 앉아 있는 버들을 천천히 훑어 내리는 황 대표의 눈빛이 서늘했다.

……내 새끼라고? 앳되고 뽀얗다. 감상은 그걸로 끝이었다. 아무리 집안의 막내라지만 저렇게 다 큰 사내새끼를 물고 빤다는 게 황 대표의 머리로선 도무지 받아들이기 어려웠다.

"버들아."

통화를 끊고 돌아온 겨울이 버들을 불렀다.

"밖에서 잠깐만 기다려 줄래? 일 얘기만 끝내고 점심 먹으러 가자."

"응."

버들이 자리에서 일어나 제 코트와 가방을 챙겨 들었다. 머플러는 깨끗하게 세탁해서 돌려주겠다고 미리 말을 해 두는 편이 나으려나. 버들의 발이 문 앞에서 머뭇거렸다. 살짝 고개를 뒤돌려 황 대표를 바라봤다. 왜 나한테 아는 척을 하지 않지? 아까 분명 나를 알아본 것 같았는데. 선뜻 입이 열리지 않는 버들이 끝내 황 대표에게 말을 걸지 못하고 대표실을 나갔다.

"급한 일이 대체 뭐야?"

버들이 나가자 황 대표가 겨울에게 본론을 물었다.

"너 그날 술자리에서……."

겨울 역시 냉랭하게 표정을 굳힌 채 본론을 깠다.

"말해."

"소희랑 잤어?"

"술자리가 어디 한둘이었어?"

황 대표가 인상을 찌푸렸다.

"소희는 기억해? 아. 소희란 이름이 어디 한두 명이었어야지."

겨울이 방금 전 황 대표의 말을 빗대 빈정거렸다.

"여배우 소희. 너 잤어?"

정재계 집안에서 태어난 둘은 당연히 물려받아야 할 기업에 딱히 관심이 없었다. 더 정확히 말하자면 기업을 물려받으면서 마치 그에 합당한 대가라도 되듯 이래라저래라 할 간섭이 싫었다. 일찍이 따로 독립한 둘은 엔터테인먼트 사업체로 크게 성공했다. 다양한 시도를 할 수 있을 만큼 자본력이 탄탄하게 갖춰진 상황에서 머리 회전이 빠르고, 사업 수완까지 좋은 두 남자가 뭉쳤다 보니 처음부터 어려움이 없었다.

황 대표가 시나리오를 구성하면 그걸 토대로 유 대표가 상품화를 시켰다. 본전만 뽑아도 어디냐는 요즘같이 어려울 때 손익 분기점을 거뜬하게 넘기는 영화로 제일 먼저 거론되는 것이 두 사람의 작품이었다. 흥행이 보장되다 보니 돈과 사람이 같이 엉겨 붙었다. 대본을 받아 보기 위해. 또 투자를 하기 위해.

"배우들이랑 되도록 어울리지 말라니까."

겨울의 조언에 황 대표가 콧방귀를 뀌었다.

"작품 때문에 서로 잔 거 아니야."

"그렇겠지. 소희 위치 정도면."

"그럼 뭐가 문제야."

"혹시나 질 낮은 헛소문이 돌 수도 있으니까 애초에 책잡힐 일은 만들지 말자고."

비서가 자리를 비웠는지 보이지 않았다. 코트에 남은 팔을 마저 끼우며 버들이 정원으로 걸음을 옮겼다. 강아지 두 마리가 어쩐 일인지 묶여 있었다. 넙죽 엎드려 있는 모습이 왠지 뛰어놀지 못해 기가 죽어 보였다. 버들을 발견한 강아지 두 마리가 벌떡 일어나 꼬리를 흔들었다. 누가 묶었지? 왜 묶어 놨지? 생각을 멈춘 버들이 우선 목줄부터 풀어 주었다. 덕분에 다시 자유를 얻게 된 강아지들이 활개를 치며 날아다니기 시작했다. 그걸 보며 흐뭇해하던 버들이 벨소리가 울리기 시작한 핸드폰을 꺼냈다. 집에서 걸려 온 전화였다.

"유버들! 들어와!"

통화를 끝내고 나자 타이밍 좋게 안쪽에서 겨울의 목소리가 들려왔다.

"형! 유 회장님 집에 오셨대."

"아. ……아버지?"

"같이 점심 먹자고 전화 하셨어. 집에 갈 거지?"

사무실로 들어와 버들이 한 말에 현재 유 회장에게 혼날 거리가 한두 가지가 아닌 겨울이 갑자기 바쁜 척 굴었다. 그 옆에서 빨리 집에 가자며 버들이 재촉했다. 아무 서류나 부산스럽게 뒤적거리고 있던 겨울이 짐짓 심각한 어투로 입을 열었다.

"버들아."

"응?"

"형이 급한 일이 있단 걸 깜박했네."

겨울의 비루한 변명을 옆에서 듣고 있던 황 대표가 코로 비웃었다.

"급한 일? 아까까진 같이 점심 먹자고 그랬잖아."

"형이 돈 많이 벌잖아. 그래서 급한 일도 갑자기 막 생기고 그래."

"바빠?"

"응."

"밥도 못 먹을 정도로?"

"응. 어쩌지?"

아쉽기는 하나 버들이 알겠다며 고개를 끄덕거렸다.

"일하면서 배고프지 않겠어? 샌드위치라도 사다 줄까?"

급한 일이 생겼단 게 거짓말인지 모르고 걱정을 쏟아 내는 제 막냇동생을 겨울이 껴안았다.

"유 대표. 너 회사에 계속 있을 거야?"

황 대표가 툭 물었다.

"응. 일이 쏟아져서."

겨울이 측은한 척 대꾸했다.

"그럼 네 차 내가 가져간다."

키가 큰 두 대표가 나란히 섰다.

"형. 그럼 나 먼저 집에 가 있을게."

"응. 기사님 바깥에 계셔?"

"나 택시 타고 왔어."

버들의 말이 떨어지기가 무섭게 겨울이 황 대표의 앞을 가로막았다. 황 대표의 손에는 이미 겨울의 차 키가 들려 있었다.

"황 대표님."

"……."

"길 잃고 차 버리고 오신 황 대표님."

"……."

"내 차 빌려 가는 황 대표님."

황 대표가 눈살을 찌푸렸다. 겨울이 말을 마저 이었다.

"가는 길에 내 새끼, 집 앞에 좀 모셔다 줘."

버들이 얌전히 조수석에 올라탔다. 이내 시동이 걸렸다. 서로 주
고받는 대화 없이 침묵이 감돌고 있어 침을 삼키는 것도 괜히 조심
스러웠다. 그러한 분위기가 집에 갈 때까지 쭉 이어질 줄 알았다.
다행인지 불행인지 사옥을 출발한 뒤로 경로를 이탈했던 기계음이
잦아 차 안은 조용할 틈이 없었다.

경로를 재탐색합니다.

경로를 이탈하였습니다.

경로를 재탐색합니다.

핸들을 꺾던 황 대표가 눈썹을 일그러뜨렸다. 내비게이션이 알려
주는 100m 앞이나 300m 앞을 길치인 황 대표가 가늠하지 못해 헷
갈리는 중이었다.

"유버들 씨."

"……네?"

갑자기 제 이름이 불리자 꼬여 있던 가방끈을 풀던 버들이 퍼뜩
고개를 들었다. 저도 모르게 손을 올려 가만히 귓바퀴를 만지작거
렸다. 나지막한 톤으로 제 이름을 불렀던 황 대표의 목소리가 계속

해서 귓가 주변을 맴돌고 있는 것 같다. 유버들 씨라니. 전혀 특별할 게 없는 제 이름 석자가 낯설게 들려오더니 그 여운이 참 오래도록 간다.

"집에 어떻게 가는지 알아요?"

"알아요."

아까 지나쳤던 허름한 약국이 또다시 정면에 보이자 인상을 쓴 황 대표가 차라리 내비게이션을 꺼 버렸다.

"설명해 줄래요?"

손가락으로 방향을 짚어 가며 버들이 황 대표에게 길을 설명했다.

"이쪽 골목?"

"아니요. 한 블록 더 가셔야 돼요."

종종 눈이 마주쳤다.

"여기 맞아요?"

"네."

"그리고?"

핸들을 쥐고 있는 황 대표의 손을 무심코 바라본 버들이 넋을 잃고야 말았다. 짧게 다듬어진 손톱이 말끔하고, 손가락 하나하나 곱다. 속눈썹도 곱더니 다 고우시네. 버들의 두 눈에 황 대표는 온통 고운 사람이라고 각인되는 순간이었다. 그 전까지 어떤 모양인지 의식하지 않으며 살았던 제 손톱과 황 대표의 손톱을 문득 비교해 봤다. 아무래도 전공이 전공이다 보니 조각하느라 손톱이 상할 대로 상해 있었다.

"버들 씨?"

"네?"

"어디로 가요?"

서둘러 정신을 차린 버들이 주변을 살펴 대답했다. 황 대표가 꾸준히 존대를 써 주고 제 이름을 높여 불러 주고 있단 것에 속이 다 울렁거린다. 어느새 집 앞이었다. 안전벨트를 푼 버들이 가방을 챙기면서 황 대표를 힐긋거렸다. 다음 일정을 위해서 황 대표는 핸드폰을 확인하는 중이었다. 손목에 채워진 시계가 황 대표의 이미지와 잘 어울린다. 황 대표에게 말을 붙이기 전 긴장한 버들이 아랫입술을 혀로 훑았다. 형이랑 같이 사업하는 친구니까…….

"제가 뭐라고 부르면 돼요?"

황 대표의 눈썹이 순간 꿈틀거렸다. 바래다 달랬고, 바래다 줬다. 이로써 제 할 일은 전부 끝냈다. 그런데 빨리 안 내리고 뭐 하는 건지 모르겠다. 인상을 쓴 채 황 대표가 버들을 쳐다봤다. 귀찮고, 길바닥에서 버린 시간은 아깝고. 그런 감정들이 뒤섞여 있는 황 대표의 눈빛은 감사나웠다.

"안 내려요?"

"내릴 건데……."

말과 달리 미적거린다.

"대표님이라고 부르면 돼요?"

결심했단 듯 버들이 물었다.

"유버들 씨."

"네?"

"저한테 월급 받아요?"

친절한 어조였지만 눈치 빠른 사람들은 바로 알아차릴 정도로 선 긋고 있는 태도가 분명했다.

"……그럼 뭐라고 불러요?"

황 대표가 속으로 욕을 내뱉었다. 네가 나를 부를 일이 앞으로 뭐가 있겠냐며 쏘아붙이고 싶은 걸 유 대표 동생이라고 하니 애써 참았다.

"제 이름이 궁금한 거예요?"

"……네. 성은 알아요."

"성은 알아요?"

"황 씨……. 겨울이 형이 황 대표님이라고 말해서."

버들의 목소리 끝이 바닥을 기었다. 자그맣게 한숨을 내쉰 황 대표가 지갑을 열었다. 제 개인 번호가 아니라 수행 비서 연락처가 찍힌 명함을 꺼내 건넸다. 버들의 얼굴이 환해졌다. 차에서 내린 버들이 얼른 명함에 찍힌 이름부터 확인했다. 뭔가 들뜬다. 아, 맞다. 바래다줘서 고맙단 인사를 하지 않았단 게 떠올랐다. 하지만 돌아보았을 땐 이미 늦었다. 빠른 속도로 저 멀리 차가 사라지는 중이었다. 아쉬움이 감돈다. 그러고 보니 머플러 얘긴 꺼내지도 못했네.

"황정우."

소리 내어 뱉어 본 이름의 발음이 단정하다.

02 우연한 것에서 비롯된 (2)

개강 직후부터 쏟아진 과제가 쌓여서 지금은 엄청나게 불어났다. 뭘 우선으로 해야 하는지 버들이 신중하게 제 일정을 정리했다. 아침, 저녁으로 기온이 쌀쌀했지만 불어오는 바람엔 훈기가 감돌았다. 강의실, 식당, 도서관 등 캠퍼스는 어딜 가든지 활기를 띠었다.

하루 일과를 꽉 채우고 지친 기색으로 버들이 터덜터덜 방으로 들어왔다. 샤워를 끝낸 뒤 책상 앞에 앉아 몇 권의 책을 뒤적거리거나 스케치를 하고 있는 사이 시간은 벌써 자정에 가까워졌다. 버석하게 마른 제 머리카락을 버들이 손으로 빗어 내렸다. 태어났을 때부터 곱실거렸던 머리가 헤집어질수록 풍만하게 부푼다. 버들이 불을 끄고, 침대 속에 파고들었다. 차차 시야가 어둠에 적응되어 어렴풋하게 천장이 보인다. 버들의 눈동자가 말똥말똥하다. 오늘은 피곤해서 곧바로 잠들 수 있을 줄 알았는데……. 벽을 향해 버들이 몸을 뒤틀었다. 이런 식으로 잠을 설친 지 꼬박 일주일을 채웠다. 그리고 입맛을 잃었다.

반쯤 열어 뒀던 창문을 닫는단 걸 깜박했다. 차라리 잘됐다. 이불을 끌어안던 버들이 너무 뛰어 대는 심장을 진정시키기 위해 숨을 깊게 들이마셨다. 청량하면서 쌀쌀한 밤공기가 코끝을 파고든다.

「유버들 씨.」

기분이 멍해진다. 나지막한 목소리가. 길고 고왔던 손가락이. 사나워 보였던 눈매가. 예뻤던 속눈썹이……. 황 대표의 여럿 모습들이 비눗방울처럼 주변을 둥둥 떠다니는 거 같다.

돌연 침대에 걸터앉은 버들이 서랍을 열었다. 조심히 손에 쥔 건 황 대표에게서 받은 명함이었다. 불을 켜지 않아도 또렷하게 보이는 이름 석 자를 소리 내어 뱉어 본 순간 손끝이 다 간지러워졌다.

나쁜 짓을 저지르는 것도 아닌데 괜스레 망설여지는 이유를 모르겠다. 어쩌지. 갈팡질팡하던 버들이 드디어 고민을 끝내고 핸드폰을 꺼내 번호를 하나씩 꾹꾹 눌렀다. 숫자를 전부 바르게 찍은 것인지 명함과 여러 번 대조해 가며 꼼꼼히 확인했다. 황정우 대표님. 저장했다가 곧바로 수정 버튼을 찾았다. 그리고 뒤의 대표님, 세 글자는 삭제했다. 황정우. 이름만 남게 됐다. 무슨 큰일이라도 해낸 것처럼 온몸의 힘이 쭉 빠진 기분에 버들이 벌러덩 드러누웠다.

*　　*　　*

"안 간다니까."

"아, 와라. 응?"

과는 다르나 1학년 때 우연히 같은 교양 수업을 듣게 된 이후로 버들이 유일하게 말을 터놓고 지내는 동기인 정민이 불쑥 나타나 앞을 가로막았다. 버들의 콧잔등에 주름이 졌다. 거기에 아랑곳하지 않고 버들의 가방끈을 붙잡아 획획 흔들며 정민이 본격적으로 조르기 시작했다.

"가방에 돌 넣고 다녀?"

"책 넣고 다닌다."

"그걸 몰라서 물어봤겠어? 안 무거워?"

"나 바빠."

아직 두 개의 수업이 더 남아 있었다.

"모임에 나와라."

"네 친구들이랑 노는 모임 아니야?"

"어차피 동갑이니까 내 친구들이 네 친구들이 될 수도 있는 거지."

"모임에서 뭐 하는데."

별로 궁금하진 않았지만 물어본 말이었다.

"인생에 대해서 고민도 나누고. 응?"

술 마신다는 소리를 희한하게 한다. 그럴 시간에 차라리 빨리 집에 가서 쉬는 게 낫다.

"좋은 말 할 때 이거 놔."

버들의 으름장에 정민이 피식거렸다. 워낙에 하얗고 순한 인상인지라 버들이 표정을 구겨 봤자 타격이랄 게 없었다.

"나 수업 있거든?"

"여기서 너만 학생이야? 나도 수업 있어."

"그럼 각자 갈 길 가면 되잖아."

뭐가 어째? 눈을 부릅뜬 정민이 버들을 향해 섭섭한 자기 마음을 쏟아 내리던 차였다.

"정민아."

갑자기 뒤에서 아는 척하며 다가온 선배에게 정민이 꾸벅, 인사했다.

"오늘도 훈련?"

"예. 뭐……."

탐탁지 않은 표정으로 정민이 말끝을 늘렸다. 선배와 이야기하느라 방심한 찰거머리를 드디어 내팽개친 버들이 부랴부랴 본관으로 향했다. 우려와 달리 뒤에서 쫓아오는 소리가 들리지 않는다. 한 번도 안 쉬고 걸은 보람이 있다. 수업까지 약 7분 정도가 남은 상태다.

자판기에서 뽑아 든 생수가 손바닥을 시원하게 적신다. 버들이 건물 뒤쪽 벤치에 가서 앉았다. 학교 내 흡연할 수 있는 장소 중 여기가 가장 인적이 드물어서 좋다. 가방 안쪽에서 꺼낸 담배를 입에 물고 라이터를 켜는 버들의 모습이 능숙하다. 붉은 입술을 비집고 담배 연기가 여유롭게 흘러나왔다. 반쯤 감긴 눈꺼풀을 버들이 느릿하게 깜박였다. 부는 바람에 섞인 연분홍이 어릿어릿하다. 작년보다 벚꽃의 개화 시기가 앞당겨졌다고 그랬다. 그새 날씨가 더워져 간다.

수업이 끝나는 대로 버들이 곧장 집으로 돌아왔다. 손을 씻고선 제 방보다 더 먼저 찾아간 게 겨울의 서재였다. 데스크는 늘 그렇듯 서류며, 파일이며, 반지며, 시계며, 저금통이며, 온갖 잡동사니들로 난장판이었다. 그중에서 뭔가를 고른 버들이 제 방으로 옮겨 갔다.

-내 새끼.

신호음이 울린 지 얼마 안 돼서 겨울이 전화를 받았다. 침대에 걸터앉은 버들이 겨울의 서재에서 들고 나온 만년필로 제 허벅지를 꾹꾹 찔렀다.

"형. 뭐 해?"

-일하지.

"그럼 회사겠네?"

자꾸 머뭇거리게 된다.

-응. 형은 회사지. 넌 어디야?

"난 학교 갔다가 이제 막 집에 왔어."

잠시 숨을 골랐다.

"있잖아. 형."

-응?

"내가 회사로 갈까?"

-갑자기?

"서재 보니까 형 결재할 때 쓰는 만년필 있던데?"

-잠깐만.

핸드폰을 타고 겨울의 목소리가 아닌 다른 사람의 목소리가 들려 왔다. 얼굴이 순간 달아올랐다. 누구 목소리인지 파악하기 위해 바짝 집중한 버들의 모습이 꼭 핸드폰 속으로 빨려 들어갈 것 같다. 그러나 금세 기대가 식고 김이 팍 샜다. 목소리의 정체는 비서였다.

-응. 버들아. 만년필이 뭐라고?

"만년필, 내가 회사로 가져다줄까?"

―아니야. 필요 없어.

"왜? 가져다줄게."

―됐어. 당장 필요한 것도 아니야.

전에는 이거 가져다 달라, 저거 가져다 달라 잘도 시키더니 필요할 땐 제 마음도 몰라주는 형이 야속하다. 한참 통화 후 겨우 회사에 와도 좋단 심부름 허락이 떨어졌다. 애를 먹었지만 어찌됐건 결과가 좋으니 됐다.

"이상한가?"

거울 앞에 선 버들이 고개를 갸웃거렸다. 여럿 옷들을 몸에 대보느라 드레스 룸이 금방 엉망이 됐다. 회사에 갔다가 혹시나 황 대표를 만날 수도 있는 거니까 마음이 초조해진다. 고민을 거듭하던 버들이 가장 나은 것 같단 판단으로 청재킷을 걸쳤다. 맨 처음 골랐던 옷이었다.

한 고비를 건너니 새로운 고비가 나타났다. 청재킷 소매를 어쩌지? 걷는 게 낫나? 내리는 게 낫나? 끙끙거리던 버들이 삼십 분 만에 소매는 내리기로 결정했다. 바닥에 너저분하게 어질러진 옷가지들을 한데 뭉쳐 구석으로 몰아 놓았다. 지금은 옷 정리 따위가 중요한 게 아니었다. 아. 뭐로 해. 버들은 어차피 신발 신으면 보이지도 않을 양말을 어떤 색으로 신을지 한참이나 머리를 굴렸다.

빗을 찾아 버들이 거울 앞에 섰다. 머리를 빗으면 빗을수록 점점 인상이 찌푸려진다. 어느 방향으로 빗어 넘겨도 꼬불꼬불 웃기는 모양새다. 머리숱까지 많다 보니 제어가 잘 되지 않는다. 계속 빗질을 하고 있던 통에 팔이 다 아프다. 머리는, 그냥 포기다.

버들이 팔을 내리고 바른 자세를 취했다. 기다란 속눈썹을 깜박거리며 거울에 비친 제 모습을 뚫어져라 바라봤다. 바삐 움직였던 탓에 버들의 귓가에 체온이 올라 조금 발개졌다. ……이상하네. 혼잣말을 작게 중얼거렸다. 오늘따라 왜 이렇게 못나 보이지? 들인 시간에 비해 만족 못한 버들이 부루퉁하게 입술을 삐죽거리며 돌아섰다.

무릎 꿇고 앉아 서랍장 깊숙한 곳으로 손을 집어넣었다. 혹시나 다른 사람이 만질까 봐 꽁꽁 감춰 두고 있던 황 대표의 머플러를 버들이 꺼내 들었다. 지워 보려 애를 썼던 진흙 자국은 완전히 물들어 버려 하나의 무늬처럼 남게 됐다. 머플러에 코를 폭 파묻은 버들이 최대한 깊숙하게 숨을 들이마셨다.

아. ……냄새 좋아. 이게 황 대표님이 쓰는 향수 냄새일까?

보고 싶다.

*　　*　　*

황 대표를 만나지 못한 지 거의 한 달 가까이 됐다. 개나리와 철쭉으로 울긋불긋 물들었던 봄이 유유히 지나간다. 버들의 속이 바짝 탔다. 일부러 심부름을 만들어 회사에 찾아가는 목적은 오직 하나였다. 황 대표가 보고 싶으니까. 그런데 회사에서 저를 맞아 주는 건 번번이 제 형뿐이었다. 시무룩한 버들의 옆에서 겨울은 왜 이렇게 형을 자주 보고 싶어 하냐면서 호들갑을 떨어 댔다. 오늘도 그런 날이었다. 비서가 내온 쿠키 끝을 분지르자 가루가 흩날렸다. 손가락을 비벼 털던 버들이 지나가는 말투로 꾸며 물었다.

"다른 사장 형은 어디에 있어?"

버들의 목소리가 작았다. 황 대표의 안부를 겨우 물어봤지만, 못 들었는지 겨울은 오로지 자기 이야기만 늘어놓을 뿐이었다. 버들이 한숨을 폭 내쉬었다. 아마 여섯 형제들이 물에 빠지면 겨울의 주둥이가 가장 높이 뜰 것이다. 가뜩이나 입맛이 없는데 겨울에게 잡혀 저녁까지 먹고 집으로 돌아온 버들의 어깨가 축 처져 있다.

소득 없이 또 한 번의 밤이 깊어 간다.

「유버들 씨.」

반대쪽으로 돌아눕던 버들이 베개 아래 손을 넣어 핸드폰을 꺼냈다. 번호를 저장하기 잘했다. 메신저에 들어가니 자동으로 뜬 친구 목록 중에 황 대표의 프로필이 새로 생겼다. 크게 화면을 확대해 구석구석 살펴보았다. 그게 벌써 몇 번째인지 모르겠다. 보고 또 보고. 아무리 봐도 질리지 않는다.

황 대표의 프로필을 채우고 있는 사진은 모래사장이 광활하게 펼쳐진 바닷가였다. 여기가 어딜까? 비스듬한 각도가 운치까지 있다. 직접 찍으신 거겠지? 여기는 언제 갔다 오신 걸까? 풀리지 않은 궁금증이 차곡차곡 쌓여 간다. 그때였다. 벌컥 문이 열렸다. 소스라치게 놀란 버들이 벌떡 일어났다.

"내 새끼."

"아. 뭐야. 형. 지금 집에 들어와?"

저녁을 먹인 뒤 버들을 집에 데려다주고 나서 겨울은 다른 스케줄 때문에 차를 돌려야 했다. 버들이 시계를 확인했다. 새벽 한 시다. 불을 켠 뒤 겨울이 비틀거리며 버들의 침대로 다가갔다. 아. 버들이 인상을 쓰며 코를 붙잡았다. 꼬부랑꼬부랑 혓바닥이 굴러갔을 때부터 알아봤다. 술독에 빠졌다가 나왔는지 겨울이 다가올수록 독한 술 냄새가 진동을 한다. 정장 재킷을 아무렇게나 벗어 던지고 겨울이 버들의 침대에 엎드렸다. 진짜 미쳤나 봐. 버들이 그런 겨울의 등을 퍽퍽 내려쳤다. 아프지도 않은지 겨울이 꿈쩍도 하지 않는다.

"왜 남의 방에 함부로 들어와?"

"우리가 남이야, 새끼야? 피를 진하게 나눈 사이에."

꿍얼거리면서도 버들이 겨울을 위해 한쪽으로 비켜 더 넓게 자리를 내주었다.

"형은 진짜 언제 철들 거야?"

"······내일."

"내일 되면 철들 수 있어?"

"응."

"진짜?"

"그렇다니까."

두 형제가 헛소리를 정답게 주고받았다.

"가서 씻고 빨리 자."

"여기서 자면 안 돼?"

"형 방에 가서 자."

"데려다줘."

"유 회장님 부를 거야."

"새끼가. 치사하게."

그 찰나 잠들었는지 겨울이 잠시 잠잠했다.

"버들아."

얼마 지나지 않아 꽉 잠긴 목소리로 겨울이 말을 걸었다.

"버들아. 왜 대답 안 해."

"왜. 말해."

"형. 물."

"아. 귀찮아."

투덜투덜, 잔소리를 하면서도 버들이 제 형을 위해 물을 떠다 줬다. 물 한 컵을 금방 비운 겨울이 다시 드러누웠다. 빳빳하게 잘 정돈되어 있던 침대 시트가 잔뜩 구겨져 버렸다. 내가 못 살겠다, 진짜. 한참 겨울을 노려보다가 버들이 고개를 절레절레 흔들었다. 핸드폰 충전기와 핸드폰, 베개를 챙겼다. 어차피 방은 많다.

"버들아."

"또 왜?"

귀신같이. 문을 나가기 직전 겨울이 버들을 불러 세웠다.

"형. 핸드폰 어디에 있지?"

"그걸 왜 나한테 물어."

"빨리 찾아 줘."

아. 진짜.

"형, 바지 주머니에 없어?"

"없어."

베개를 내려놓고 버들이 침대 위로 한쪽 무릎을 올렸다. 겨울의 바지 주머니 양쪽을 톡톡 건드려 봤지만 아무것도 잡히지 않는다. 이어 바닥에 떨어져 있는 정장 재킷을 주워 들었다. 무게부터가 묵직하다. 자. 찾은 핸드폰을 버들이 겨울에게 내밀었다. 졸리면 빨리 자든가 하지 뭐 하는 거야. 버들이 들으란 듯 한숨을 크게 내쉬었다. 뜨이지 않는 눈을 억지로 떠 겨울이 핸드폰을 건네받았다. 그리고 최신 통화 목록에 뜬 이름을 그대로 눌렀다.

"야. 황정우."

막 껐던 불을 버들이 다시 켰다. 겨울이 누워 있는 제 침대로 빠르게 다가가선 한쪽 귀퉁이에 얌전히 자리를 잡고 앉았다.

"너 씨. 곧장 집에 가라."

통화는 짧았다. 혹시나 핸드폰을 타고 들려올 목소리를 들을 수 있진 않을까, 기대하기도 전이었다. 허무해서 맥이 쭉 빠진다. 미련 없단 듯 저 멀리 던져 버린 겨울의 핸드폰을 버들이 소중하게 주워 왔다. 슬쩍 바라본 겨울은 어느새 두 눈이 꾹 감겨 있다.

"형."

"……응."

"술, 황 대표님이랑 마셨어?"

"응."

그렇구나.

"……."

"……."

둘 다 입을 다물자 사방이 고요해졌다. 그러길 잠깐, 버들이 겨울의 배에 손을 올리고 흔들었다.

"……형. 자?"

겨울에게서 아무런 반응이 없다. 숨소리까지 일정한 걸 보아 완벽히 곯아떨어진 모양이다. 버들이 겨울의 핸드폰 액정을 환하게 밝혔다. 비밀번호가 설정되어 있다. 뻔하다. 애인 생일이 항상 겨울의 핸드폰 비밀번호였다. 요 근래 자주 네 발로 걸어 다니는 주정뱅이가 되어 집에 들어오는 거로 보아 겨울은 현재 솔로일 거다. 그리고 솔로일 경우 겨울의 핸드폰 비밀번호는 장 여사님의 생일로 고정이었다.

역시나.

장 여사님의 생일을 입력하자 잠금이 풀렸다.

"마마보이."

찰싹. 겨울을 때리면서도 버들의 시선은 올곧게 핸드폰만 주시하고 있었다. 이것저것 만지다가 스케줄러를 발견했다. 전혀 예상치 못한 행운이었다. 빠르게 뛰는 가슴을 진정시키며 버들이 스케줄을 확인했다. '황'이라고 쓰여 있는 몇몇 날짜들이 있다. 깊게 생각할 필요도 없다. 황 대표와 같이 가지는 공동 스케줄일 게 분명하다. 그걸 버들이 친히 메모해 옮겼다.

*　　*　　*

미리 타이머를 맞춰 놓은 커피 머신에서 커피가 내려지는 소리가 들린다. 원두 향기가 주변을 그득하게 채워 자정을 알아차렸다. 깜박이는 커서를 죽어라 노려보고 있던 황 대표가 자리에서 일어났다. 커피를 따른 컵을 들고 곧장 노트북 앞으로 돌아왔다. 뜨거운 커피가 목구멍으로 넘어가니 뾰족하게 날이 서 있던 신경질이 약간이나마 누그러진다. 낮게 한숨이 터졌다. 딱히 체력적으로 피곤한 건 아닌데 한동안 빽빽했던 일정 탓에 몸이 묵직하다. 천천히 목 근육을 회전하며 이완시켰다.

쉴 새 없이 공기 청정기가 작동되고 있는 집 안은 얼마 없는 가구로 깔끔하다 못해 휑할 지경이었다. 주방 선반에는 오로지 컵만 진열되어 있을 뿐이었다. 커피 마실 때. 와인 마실 때. 맥주 마실 때. 물을 마실 때. 구실만 다를 뿐 종류별로 달랑 하나씩이다. 집주인의 성질머리가 인테리어에 그대로 녹아 있는 격이었다.

거추장스러운 게 싫다. 그게 황 대표의 집 안에 화분 하나 없는 이유였다. 시끄러운 것도 마찬가지다. 자동차 경적 등 생활 잡음마저 딱 질색이라 주거하는 곳은 언제나 고층이었다. 그렇지만 잠을 잘 동안에는 백색 소음을 어느 정도 필요로 했다. 어지간히 까다로운 남자였다.

작게 틀어 놓은 라디오를 끄고 황 대표가 책장 앞으로 걸어갔다. 직접 의뢰를 맡겨 제작한 책장은 두꺼운 원목 소재로 천장까지 닿아 어느 역사 깊은 도서관처럼 웅장한 분위기를 조성했다. 빽빽하게 꽂혀 있는 책들이 흡족하다. 국내에 출간되지 않는 원서들이 탐이 나면 기꺼이 외국까지 날아가 수집할 정도였다. 지금은 사업 때문에 시간적 여유가 넉넉지 않아 다른 사람을 시킬 수밖에 없지만, 영어와 불어를 제외한 언어들은 직접 개인 번역가를 고용해 가며 독서를 즐기는 편이었다.

현재 집중해 집필하고 있는 시나리오에 참고할 서적들을 황 대표가 몇 권 골라냈다. 없는 건 작은 메모지에 휘갈겨 써 두었다. 내일 비서를 통해 구해 오라고 지시를 내릴 예정이다. 잘 보이는 곳에 메모지를 붙여 둔 뒤 돌아서자 핸드폰이 울렸다.

"응."

어느덧 커피는 바닥을 보였다.

-나올래?

예의 없이. 의자 깊숙이 몸을 눕히며 황 대표가 지그시 눈을 감았다.

　-왜 아무런 대답이 없어?

"내가 어디에 있는 줄 알고 나오라고 해."

　-어디든. 나와.

"내가 혼자 있는 게 아니면. 방금 전화 실례야."

어르듯 말을 끝마친 뒤 황 대표가 뒤늦게 핸드폰 액정을 확인했다. 이름 없이 달랑 번호만 떠 있다. 그럼 적어도 내 개인 번호는 알고 있는 사이라는 건데. 누구더라. 목소리만 듣고서 제게 전화를 건 여자를 황 대표가 유추했다.

　-……다른 여자랑 있어?

잠깐의 머뭇거림 끝에 던져진 물음이 귀엽다. 새벽에 턱 하니 전화해 다짜고짜 나오라고 조르고 있으면서. 황 대표가 커튼을 살짝 젖혔다. 도로를 수놓았던 자동차 불빛들도 잠잠해지는 시각이었다.

"있으면."

　-나 사랑한다고 그랬잖아.

"하지. 사랑."

대답이 쉬웠다.

　-여기 호텔이야. 우리 전에 갔던.

"아. ……우리 잤던 사이야?"

　-뭐?

여자의 목소리가 찰나 높아졌다.

　-황정우.

"응."

—술이든 밥이든 먹게 나 보러 나와.

가는 곳만 가고, 먹는 것만 먹는다. 초행길이면 어김없이 주변을 헤매게 되는데 그때 낭비하는 시간들이 아까워 가는 곳만 가게 된다. 먹는 것만 먹는 이유는 신경이 예민해 몸으로 직접 들어오는 음식들에 대한 기준점이 높기 때문이다. 물건들 역시 익숙한 걸 추구하는 편이었다. 고장이 나거나 흠집 난 물건들이 생기면 미련 없이 버려 버리되 똑같은 디자인으로 새롭게 주문했다. 대체적으로 애착이나, 정 같은 걸 황 대표에게선 찾아볼 수 없었다. 그런 습성이 사람을 대할 때에도 이어졌다.

"우리 잤냐니까."

—지금 무슨 말을 하는 거야?

"궁금하니까 묻는 거야. 우리 잤던 사이냐고."

나긋나긋한 목소리 톤이었다.

—어. 며칠이나 됐다고 그걸 잊어?

피곤하다.

"한 번 잤으면 됐지."

잠시 정적이 흘렀다.

"전화 끊을까?"

꾸준히 태연한 황 대표와 달리 여자의 숨소리는 거칠어졌다.

—나 사랑한다면서.

"그래. 사랑하니까 섹스했겠지."

—나랑 잔 건 기억해?

식사를 한 뒤 준비한 선물을 건네주고, 사랑한단 말을 속삭이며 즐거움을 나눈다. 이미 잤던 사이면…… 어차피 똑같은 그 과정을 거치는 건데 흥미 없다.

"너 이름이 뭐였지?"

짧게 욕설이 들려왔다. 황 대표의 입가가 부드럽게 호선을 그렸다. 그대로 뚝 끊겨 버린 전화가 처음처럼 예의 없다. 핸드폰을 내려놓는 황 대표의 손가락이 곱다. 취향이라고 할 건 없지만 되도록 도도하고 자존심이 센 여자들이 좋다. 피차 하룻밤 즐겼으면 됐지. 도도하고 자존심이 센 여자들은 공통적으로 그 생각을 갖고 있기에 본인들을 낮춰 구질구질하게 매달리는 경우가 없다.

그러니까, 귀찮지 않아서 좋다.

* * *

"유버들!"

버들이 인상을 썼다.

"내 이름 그렇게 크게 부르지 마."

"보자마자 툭툭거릴래? 툭툭?"

"내가 언제 툭툭거렸다는 거야?"

"지금도 툭툭거리네. 툭툭."

남들이 보면 같은 과인 줄 알겠다. 불쑥 나타난 정민을 버들은 반기지 않았다.

"너 이제 수업 없지?"

"없으면 뭐."

"놀러 가자."

등 뒤로 노을이 진다.

"넌 공부 안 해?"

진짜 궁금해서 물어봤다.

"시험 한참 남았는데?"

"……나 바빠."

지나쳐 가려는 버들의 가방끈을 어김없이 정민이 붙잡았다. 쉽게 놔주지 않는 정민의 등을 결국 힘껏 때려 주고 나서야 버들은 간신히 학교를 빠져나올 수 있었다. 버들이 대기하고 있던 기사에게 오늘은 집에 가기 전 백화점에 들러 달라고 부탁했다. 하루 내내 이 순간만을 기다렸던 버들의 커다란 눈이 반짝였다.

백화점은 사람들로 복잡했다. 원하는 브랜드 매장으로 버들이 쏙 들어갔다. 더워지는 계절에 맞춰 가벼운 액세서리로 가득한 진열대가 화려했으나 버들은 한눈팔지 않았다. 되도록 황 대표의 머플러와 같은 디자인으로 구하고 싶었지만 그건 아주 오래전에 출시된 상품인 데다 한정판이었기 때문에 어렵단 답변이 돌아왔다. 대신에 황 대표의 이미지와 잘 어울리는 머플러를 골라 주문을 넣어 놓고 연락이 오길 며칠을 기다렸다. 미리 통화를 했던 브랜드 관계자와 조용조용 이야기를 나누는 동안 버들의 뺨이 발그스름하게 물들었다.

몇 분 뒤 백화점을 나왔을 때는 버들의 품에 예쁘게 포장이 된 상자가 들려 있었다.

집에 돌아온 버들이 황 대표의 머플러를 꺼내 안고 침대 위에서 뒹굴었다.

"아. 냄새 좋아."

시간이 지날수록 희미해지는 향수 냄새가 마냥 아깝다. 그래. 이건 버리라고 하셨으니까 허락 없이 내가 가져도 되는 거겠지? 버들이 머플러에 다시 코를 깊숙하게 파묻었다. 오늘 백화점에서 새로 사 온 머플러는 검정색이었다. 이걸 황 대표에게 전해 줄 생각을 하니까 상상만으로도 벅차오른다. 아⋯⋯. 언제 만날 수 있을까.

버들이 핸드폰을 향해 팔을 뻗었다. 황 대표 이름을 누르자 대화 창이 떴다. 뭔가를 썼다가 지웠다가. 또 혼자서 끙끙거리느라 바쁘다. 아 어떡하지?

[안녕하세요.]

마지막 마침표를 뺄까, 넣을까? 너무 딱딱해 보이지 않나? 낯간 지러워진 버들이 침대 끝과 끝을 데굴데굴 굴러다녔다. 마침표를 그대로 둔 채 전송 버튼을 누르는 버들의 손가락이 살짝 떨렸다. 대화창 옆에 새빨간 숫자 1이 괜스레 부끄럽다. 심장이 팔딱팔딱 난리다. 심호흡을 한 뒤 버들이 바로 이어서 '저 버들이에요.' 하고 저를 알렸다.

새벽이 깊어진 동안에도 한참을 핸드폰만 쳐다보고 있었다. 그러다가 저도 모르게 깜박 잠이 들었나 보다.

아침 햇살에 눈이 부셔 잠에서 깬 버들의 눈가가 퉁퉁 부은 채다. 엄지와 검지 사이의 근육이 시큰거린다. 자는 동안에도 핸드폰을 꼭 쥐고 있던 탓이었다. 버들이 얼른 대화창을 열었다. 기대와 달리 숫자 1은 사라지지 않았다. 푹 수그러진 버들의 머리는 폭탄이라도 맞은 것처럼 산발이 된 상태였다. 차분한 성격과 어울리지 않게 잠버릇이 고약한 탓에 늘 그랬듯 파자마 한쪽이 어깨 아래로 축 내려가 있었다. 숨을 꾹 참자 버들의 곧은 쇄골이 도드라졌다.

"······어?"

순간 버들이 굳었다. 잘못 본 줄 알았는데 아니다. 숫자 1이 지금 막 사라졌다. ······읽었다. 황 대표님이, 내가 보낸 메시지를 읽은 거다. 누가 지켜보고 있는 것도 아닌데 버들이 얼른 핸드폰을 베개 아래로 감췄다. 놀라다 못해 숨이 멎을 것만 같다.

그 후론 핸드폰과 거의 한 몸처럼 지냈다. 수업을 들을 때도, 교수님과 면담할 때도, 밥을 먹을 때도, 정민이 낮술 마시러 가자며 지랄할 때도. 제 방 의자에 버들이 풀썩 주저앉았다. 황 대표에게 곧 답장이 올 거라고 생각했는데 핸드폰은 하루 종일 죽은 듯이 잠잠했다. 대화창에는 저가 보낸 메시지 두 줄이 전부다. 책상 위에 엎드린 버들이 기운 없어 보인다. 바쁘신가? ······하긴. 대표님이니까 당연히 많이 바쁘시겠지? 그렇지만 아무리 바빠도 답장으로 점 하나 찍을 틈이 없는 건 아닐 텐데.

납득했다가, 기대했다가, 낙담했다가.

초 단위로 마음이 여러 갈래로 나뉘면서 복잡해진다. 숫자 1이 사라진 게 오히려 더 쓸쓸하다.

「유버들 씨.」

어른을 대하듯 저를 그렇게 불러 주던 낮은 음성이 다시 듣고 싶다.

편한 옷으로 갈아입은 버들이 깨끗하게 잘 세탁된 앞치마를 챙겨 들고 작업실로 들어갔다. 덩어리로 묶어 놓은 흙의 상태를 관찰하는 버들의 눈빛이 제법 진지하다. 이목구비의 구체적 형성을 위해 정확하게 비례를 나누고 머리카락 양까지 고려하며 작업을 이어 나 갔다. 조각도를 쥐고 있는 버들의 손등 피부가 거칠다.

"……내가 누군지 모르나?"

문득 그런 생각이 들었다. 내 이름을 까먹으셨나?

"맞아. 그럴 수도 있어."

혼자 묻고 혼자 답했다. 같은 나이인 제 형도 건망증이 심한 편 이잖아. 버들이 열심히 고개를 끄덕거렸다. 꽉 막혀 있던 속이 그렇 게 생각하고 나니까 약간 풀리는 거 같다. 손에 덕지덕지 묻어 있는 흙을 닦을 정신조차 없었다. 찰칵! 조금 흔들렸지만 아예 못 알아볼 정도는 아니다. 그대로 제 얼굴을 찍은 사진을 전송한 뒤, 숫자 1을 긴장한 채 지켜봤다.

빨리 만나고 싶다.

*　　*　　*

황 대표에게 박살이 나도록 깨진 뒤 수행 비서가 비틀비틀 패잔 병처럼 걸어 나왔다. 번듯한 대학을 우수한 성적으로 졸업한 인재 이나 청소기 필터를 제때 갈지 않아 혼이 났다. 쪽팔려서 어디 가 서 하소연도 못 하는 사연이다. 더럽고 치사해서 다 때려치우고 싶 지만 매달 갚아야 하는 대출금에 속을 억눌렀다. 가슴팍에서 진동 이 울린다. 다짜고짜 자기 버들이라는 통성명의 메시지를 가볍게 무시했었다. 유 대표의 모든 가족들이 죽고 못 사는 막둥이의 이름 과 똑같네, 딱 그 생각뿐이었다. 제 핸드폰 번호로 유 대표의 막냇 동생이 친히 메시지를 보내 올 일은 없을 거니까 우연히 겹친 줄로만 알았다. 그런데…….

액정 가득 환하게 웃고 있는 버들의 사진에 수행 비서가 당황했다.

재차 진동이 울렸다.

[황 대표님. 바쁘세요?]

역시나 발신자는 버들이었다.

*　　*　　*

주말이다. 여름을 향해 계절이 착실하게 흘러가고 있는 만큼 중천에 떠 있는 햇볕이 나른하다. 유 회장과 버들이 이른 아침부터 화단을 가꾸는 중이었다. 쪼그리고 앉아 있던 버들이 조그마한 삽을 내려놨다. 직접 손바닥으로 흙을 정성껏 꾹꾹 눌렀다. 오늘 심은 묘목들은 전부 장 여사가 좋아하는 꽃들이었다. 오래 기다릴 필요도 없다. 6월이나 7월이면 만발한 꽃들을 볼 수 있다고 한다.

샤워를 끝마친 버들이 달그락 소리가 나는 주방으로 들어갔다.

"가서 쉬지."

"괜찮아요. 재밌어요."

"재밌어?"

"네."

유 회장이 허허 웃었다. 무뚝뚝한 형제 놈들 사이에서 어떻게 이런 놈이 나왔을꼬.

"이거 버리고 올까요?"

"그래."

주말이면 유 회장은 온전히 장 여사만을 위해 시간을 냈다. 직접 닭 뼈를 손질하고 있는 모습이 능숙하다. 닭죽은 장 여사가 물리지 않고 먹는 음식 중 하나였다. 유 회장의 곁에 바짝 붙어 소금을 치고, 닭죽이 냄비 바닥에 눌러 붙지 않게끔 부지런히 국자를 휘저어 가며 버들이 일손을 도왔다. 이윽고 고소한 닭죽이 완성됐다. 며칠 입맛이 없었는데 식욕이 돋았다. 호, 불어 가며 버들이 죽 한 그릇을 뚝딱 비워 냈다.

때마침 장 여사가 일어났다. 장 여사와 함께 식사를 하기 위해 기다리고 있던 유 회장이 바지런히 상을 차렸다. 오붓하게 두 분이서 시간을 보내시라며 버들이 2층으로 향했다. 어제 진탕 술을 퍼마시고 들어온 겨울은 일이 있어 일찍이 출근하고 없었다. 형도 배고플 텐데.

외출복으로 갖춰 입고 1층으로 내려와 보니 장 여사와 유 회장 역시 나가기 위해 준비를 서두르고 있었다. 꺼내 놓은 장비들로 보아 날이 풀렸으니 등산을 갈 모양이었다. 웃으며 버들이 두 분을 배웅했다. 주방으로 들어온 버들이 보온병을 꺼내 닭죽을 담았다. 잊지 않고 꼼꼼히 수저도 챙겨 넣은 가방이 무겁다.

4월의 바람은 선선하고 날씨는 화창하다. 음악을 들으며 좀 걸을까 싶었지만 시계를 확인하고 나니 그럴 여유가 없단 걸 깨달았다. 과제 때문에 오늘 꼭 가야만 하는 전시회가 두 개나 됐다. 시간이 촉박할 거 같아 큰 길로 걸어 나온 버들이 택시를 잡아탔다.

"왜 묶여 있어?"

버들이 강아지들에게 물었다. 강아지들이 잔디밭에 코를 파묻고 킁킁거리다가 버들을 발견하고선 반갑게 아는 척을 했다. 목청 높여 짖는 소리가 확실히 예전에 비해 또렷해졌다. 영특한 강아지들은 버들이 자기들을 항상 오냐오냐해 준다는 걸 이미 파악한 상태였다. 방금까지 묶여 있어도 아무렇지 않아 하다가 낑낑거리고 난리가 났다.

"답답해서 그래?"

버들이 목줄을 풀어 줬다. 마당을 활개 치며 뛰노는 강아지들의 커다란 귀가 펄럭거렸다. 안으로 들어오자 비서 자리가 비어 있다. 문이 조금 열려 있는 겨울의 대표실에서 어렴풋이 대화가 들려왔다.

"형."

별생각 없이 겨울을 부르며 대표실 안으로 들어간 버들이 뻣뻣하게 굳어 버렸다. 그동안 잠도 설치게 하고 입맛도 잃게 만들었던, 그 정도로 보고 싶어 했던 얼굴이 있었다. 순간 숨이 차올랐다. 혹시 꿈을 꾸고 있는 걸까? 남몰래 제 팔을 꼬집어 본 버들이 인상을 찌푸렸다. 아프다.

"연락도 없이 웬일이야? 들어와."

겨울이 제 옆자리를 툭툭 두드렸다.

"들어가도 돼?"

"당연하지. 빨리 들어와."

겨울의 옆에 버들이 다소곳하게 앉았다. 정면으로 황 대표가 보였다. 아찔하다. 만날 수 있지 않을까 우연을 기대하며 심부름을 자청하고, 선물을 준비하고, 메시지를 보내고. 그랬던 버들이 정작 황 대표가 눈앞에 있자 어찌할 바를 모른 채 소극적으로 움츠러들었다.

"왜 이렇게 얌전해?"

아무런 말이 없는 버들의 얼굴을 보고자 겨울이 고개를 비스듬히 기울였다. ⋯⋯아무것도 아니야. 웅얼거리며 버들이 대꾸했다. 회사에 올 때면 황 대표를 만날 것을 대비해 항상 신경 써서 옷을 골라 입었었다. 하지만 오늘은 겨울의 얼굴만 잠깐 보고 나올 터였기에 후줄근한 차림새로 집 밖을 나왔는데, 하필 이런 날 황 대표와 우연히 마주치게 될 줄 몰랐다. 그런 버들의 앓는 속이야 알 리 없는 겨울이 턱 하니 어깨에 손을 올렸다. 그러고는 부들거리는 버들의 말간 볼을 매만졌다.

"형한테 인사해야지."

"안녕."

겨울이 웃었다.

"그래. 형한테도 하고. 다른 사장 형한테도 해야지?"

"⋯⋯안녕하세요."

버들이 꾸벅 고개를 숙였다.

"네. 안녕하세요."

존댓말⋯⋯. 두근거린다.

용기 내어 버들이 고개를 들어 보았다. 단정한 황 대표의 모습이 절로 넋을 잃게 만든다. 저가 보낸 메시지가 떠오르자 긴장감에 주먹이 꼭 쥐어진다. 왜 답장 안 했냐고 물어봐도 되는 걸까? 우물쭈물하던 버들의 입술이 한숨을 삼키며 곧게 다물어졌다. 떨려서 도무지 말을 못 걸겠다.

두 대표가 서로를 노려봤다. 버들이 들어오면서 흐름이 뚝 끊겼지만 욕설까지 섞어 한창 다투던 중이었다.

"아."

여기까지 오게 된 이유를 뒤늦게 버들이 생각해 냈다. 가방을 열어 보온병을 꺼냈다. 황 대표를 만나게 될 줄 알았더라면 머플러 선물을 챙겨 왔을 텐데. 아쉬움이 별똥별처럼 꼬리를 문다.

"형. 어제 술 마시고 아무것도 안 먹었지?"

보온병 뚜껑을 열며 버들이 소곤거렸다.

"응. 형은 술 잘 마시잖아."

"그걸 무슨 자랑처럼 말해."

"자랑이지. 그럼."

"그게 무슨 자랑인데?"

"형은 뭐든 다 잘한다는 뜻이니까."

뭔 헛소리냐며 버들이 눈가를 찌푸렸다. 황 대표만 없었더라면 눈치 보지 않고 철없는 제 형의 등짝을 퍽퍽 때려 줬을 거다. 보온병 뚜껑을 열자 고소한 닭죽 냄새가 퍼지면서 김이 모락모락 올라왔다. 옆에서 그걸 구경하던 겨울이 갑작스레 걸려 온 전화를 받으러 잠깐 자리를 떴다.

"저기······."

발바닥부터 끌어올린 용기가 미미했다. 버들의 목소리가 바닥을 기었다.

"황 대표님."

황 대표는 핸드폰을 들여다보고 있는 중이었다.

"황 대표님."

처음보다 더 큰 목소리로 버들이 황 대표를 불렀다.

"……"

"……"

버들이 당황했다. 분명 들렸을 텐데, 황 대표가 저를 쳐다봐 주지 않았다.

"……황 대표님."

"네. 버들 씨."

그 잠깐의 기다림 사이, 천국과 지옥을 오고 간 버들의 손바닥엔 땀이 흥건하게 찼다. 황 대표와 눈이 마주쳤다. 저한테 반응해 준 것에 안도를 하기 전이었다. 서늘하다 못해 사나운 황 대표의 눈빛에 버들이 허둥거렸다.

"혹시 닭죽 좋아하세요?"

황 대표가 눈살을 찌푸렸다. 업무적으로 유 대표와 나눠야 할 말들이 남아 있어 자리를 못 뜨는 중이었다. 달그락. 버들이 황 대표를 향해 그릇을 내밀었다. 하마터면 욕이 튀어 나갈 뻔했다. 흉측한 버들의 손을 보고 있자니 비위가 다 상한다. 친구 동생이란 걸 다시금 상기했다. 제 성질을 누르며 황 대표가 한숨을 내쉬었다.

"고마워요."

입가에 웃음이 그려질 것 같아 버들이 애써 표정 관리를 했다.

"형. 이거 먹어."

바깥에 나갔다가 돌아온 겨울에게도 버들이 닭죽을 권했다. 그러는 와중에도 시선은 자꾸만 황 대표를 향했다. 버들의 머릿속엔 전시회나 과제 따위 이미 까맣게 잊힌 뒤였다.

"아. 이제 속이 좀 풀리네."

닭죽을 한 입 떠먹은 겨울이 아저씨 같은 감상평을 내놨다.

"형. 술 좀 적게 마셔."

헝클어져 있는 버들의 앞머리를 겨울이 정리해 줬다.

"내 새끼 용돈 줘야겠다. 형이 술 마시면서 돈 많이 벌어 왔으니까."

능청스럽게 겨울이 진짜 지갑을 꺼냈다. 수표 사이 영수증이 보인다. 그걸 꺼내 용돈이라면서 겨울이 버들의 손에 쥐여 주었다. 꿍얼거리면서 그걸 펴 본 버들의 눈이 동그랗게 커졌다.

……이게 다 얼마야? 영수증에 찍혀 있는 액수의 동그라미를 세어 보던 버들의 속눈썹이 빠르게 깜박거렸다. 뒤늦게 아차 싶은 겨울이 영수증을 도로 뺏으려고 했으나 버들이 휙 몸을 돌려 피했다.

"형. 이거 카드 긁었어?"

정말 사업하느라 필요해서 긁은 거였고, 그래 봤자 푼돈이었다.

"카드 좀 아껴 써."

겨울이 소리 내어 웃었다. 뒤따라 황 대표도 옅게 웃음을 터트렸다. 카드값 걱정하는 재벌가 막내아들이라니.

"그러게. 돈 너무 많이 썼다, 형이."

"어쩌려고 그래?"

버들만 혼자서 계속 심각했다.

"내 새끼. 형 용돈 좀 줘라."

"……나 학생이야."

"근데."

"돈 없어."

금수저 정도가 아니라 아예 다이아몬드 스텝을 밟고 태어났기에 버들의 명의로 자연스레 주어지는 재력은 실로 엄청났다. 막상 버들의 지갑엔 현금은 얼마 없지만 형들이 경쟁하듯 줄줄이 꽂아 준 카드들은 대체로 한도가 없는 것들이었다.

둘을 보고 있던 황 대표가 자리를 박차고 일어났다.

"이따 전화해."

"우리 아직 할 말 남아 있지 않냐?"

"그러니까. 이따 전화하라고."

밖으로 나가는 황 대표를 보며 버들도 뒤따라 자리에서 일어났다.

"형. 나도 갈게."

"벌써?"

"친구 만나기로 했거든."

거짓말까지 쳐 가며 버들이 황급히 대표실을 빠져나왔다. 입구에 서 있는 황 대표를 발견한 버들이 잠시 멈춰 선 채 제 모습을 살폈다. 신발 속 양말 색깔도 마음에 차지 않지만 별수 없다. 숨죽인 버들이 황 대표의 뒤로 천천히 다가갔다. 셔츠 바깥으로 황 대표의 등 근육이 꿈틀거렸다. 골격이 정말 근사하다. 버들이 저도 모르게 꼴깍, 침을 삼켰다.

"대표님."

황 대표의 옆에 버들이 조심히 섰다.

"비서 어디 갔는지 알아요?"

"아. 저 왔을 때부터 자리에 안 계시던데."

질서 없이 정원을 누비고 있는 개들 때문에 황 대표의 걸음이 묶였다. 꼭 개를 묶어 놓으라고 그렇게 다그쳤건만. 언제 또 풀어놨는지 모르겠다.

"저……. 황 대표님."

하얗게 질린 황 대표의 표정을 살피던 버들이 혹시나 싶어 넌지시 물어보았다.

"강아지 무서워하세요?"

무서워하는 것과 싫어하는 것의 차이는 엄청나다. 그리고 자신은 개를 무서워하는 게 아니라 싫어한다. 그걸 확실히 짚고 넘어가고자 황 대표가 입을 열었지만 타이밍이 어긋났다. 저만치 멀어진 버들이 박수까지 쳐 가며 강아지들을 제 쪽으로 유도하기 시작했다. 황 대표의 시선이 그쪽으로 향했다. 머리숱이 굉장한가 보다. 이따금씩 부는 미약한 바람에도 버들의 머리카락이 민들레 홀씨처럼 휘날렸다. 그 꼬락서니를 물끄러미 바라보고 있던 황 대표의 미간이 확 찌푸려졌다. 이미 자신이 개를 무서워하리라 혼자서 판단이 끝난 상황에서 뭘 말한다고 한들 들어 먹지 않을 것 같다.

왜 저러나 싶다. 막말로 내가 개를 무서워한다고 쳐도 내 일이니까 신경을 꺼야 하는 게 맞지 않나? 생각이 하나둘씩 늘어날수록 은근히 피곤함이 커진다. 머릿속을 의도적으로 막 비웠을 때다.

"황 대표님."

눈이 마주쳤다. 버들의 눈꼬리가 초승달처럼 획 휘어졌다.

"제가 잡고 있을 테니까 지나가세요."

그렇게 말을 하는 버들의 모습이 오히려 개에게 잡혀 있는 것처럼 보였다.

"잠깐만 얌전히 있어."

버들이 종알거렸다. 무럭무럭 자라나는 중인 강아지 두 마리를 한꺼번에 안는 건 무리였다. 한 마리를 겨우 안아 들었는데 그마저도 무게가 무거워 버겁다. 한 품에 쏙 들어왔을 때도 있었는데 언제 이렇게 컸는지 모르겠다. 강아지의 얼굴을 들여다보는 버들의 눈에 애정이 뚝뚝 묻어난다. 노는 건줄 알았는지 안긴 강아지가 버둥거리며 버들의 턱 아래를 연신 핥아 댔다. 안기지 못한 또 다른 강아지가 저한테도 관심을 보여 달라며 버들의 무릎을 딛고 일어나 꼬물거렸다.

황 대표가 가느다랗게 신음했다. 저 단편적인 장면이 무척 소란스럽게 느껴진다. 얼씬도 하기 싫다.

"괜찮아요. 아직 애기들이라, 물려도 아프지 않아요."

꿈쩍도 하지 않는 황 대표를 보며 버들이 걱정했다.

"제가 잡고 있는데도 무서우세요?"

욕이 맴돈다. 자리를 비운 채 전화까지 받고 있지 않는 비서를 떠올리며 황 대표가 이를 바득 갈았다. 조금이라도 빨리 여길 뜨고 싶어졌다. 그러려면 얼씬도 하기 싫은 저길 우선 거쳐야만 했다. 딱딱하게 표정을 굳힌 황 대표가 버들의 옆을 쓱 지나쳤다. 안기지 못한 강아지가 그런 황 대표를 멀뚱멀뚱 바라보다가 컹, 짖었다. 버들의 얼굴에 당혹감이 스쳤다. 얼른 제 발에 매달려 있는 강아지를 부르며 주의를 분산시켰다. 덕분에 대문을 나서는 순간까지 황 대표는 개털에서 무사할 수 있었다.

불쾌하고 기분 나쁘다. 버들의 노고로 강아지와 닿지 않았으면서 제 옷을 툭툭 털어 내는 황 대표의 손길에 신경질이 그득하다. 한 블록 위에 위치한 전용 주차장을 향해 황 대표가 걸음을 옮겼다. 차 키를 꺼내 드는데 뒤에서 인기척이 느껴졌다.

"대표님."

돌아보지 않았다.

"황 대표님."

"……월급 드려야겠네."

뒤에 서 있던 버들이 옆으로 오자 황 대표가 인상을 썼다.

"대표님."

샘처럼 맑은 버들의 눈빛은 오로지 황 대표의 옆얼굴에 닿아 있었다. ……잘생겼다. 엄청. 자꾸 감탄하게 된다. 버들이 아랫입술을 꾹 깨물었다가 놓았다. 눈의 깜박거림도 차차 느려졌다.

돌부리에 걸려 잠깐 휘청거린 순간조차 버들의 눈에는 황 대표로만 한가득 채워져 있었다.

"뭡니까."

제게 달라붙던 불편한 시선을 떼어 내고자 황 대표가 낮게 쏘았다.

"강아지 있잖아요."

"……."

"둘이 좀 닮았죠?"

"……."

"금동이랑 감자에요, 이름."

버들이 종알거렸다.

"구분하는 방법 알려 드릴까요?"

더 빨리 걷기 시작한 황 대표를 버들이 바지런히 쫓았다. 언덕길이라 숨이 찼지만, 급한 호흡에도 자꾸만 황 대표에게 말을 걸고 싶었다. 거스러미 하나 없이 둥글게 깎인 황 대표의 손톱을 빤히 쳐다보던 버들의 시선이 다시 황 대표의 얼굴로 올라왔다.

"감자는 진짜 얼굴형이 감자 같고요."

"……."

"금동인 색이 더 금색처럼 짙어요."

황 대표의 눈썹이 꿈틀거렸다. 개 이름 따위 알아 봤자 평생 부를 일 없을 거다. 카드키를 가져다 대고 황 대표가 주차장 안으로 들어갔다. 매장에 온 것처럼 외제 차가 빽빽이 들어차 있다. 유 대표의 취미가 장난감 모으듯 외제 차를 수집하는 거였다. 두 대표의 성격이 비슷한 것 같으면서도 차이가 난다. 변덕이 죽을 끓는 황 대표는 새로운 차가 끌고 싶어지면 기존의 차부터 먼저 처분하는 편이었다.

"강아지 무서우면, 다음에 제가 또 도와 드릴까요?"

버들이 가슴을 움켜쥐었다. 결국엔 이 말이 하고 싶었다.

"다음에 또 도와 드릴 수 있어요."

황 대표가 자기 차 옆에서 멈췄다.

"저한테 연락하시면 되는데……."

"……."

"오시기 전에요. 그럼 제가, 강아지 미리 와서 붙잡고 있을게요."

주차장 안은 축축한 공기가 감돌았다. 그런 것과 상관없이 봄날처럼 상기된 버들의 양쪽 볼이 붉게 달아올랐다.

"저 회사 잘 안 나와요."

그런 것 같았다. 그러니까 그렇게 회사를 들락거려도 보지 못했지.

보고 싶었다. 그리고 또 보고 싶을 게 분명하다.

매일 매일 볼 수 있으면 얼마나 좋을까?

"……"

"……"

어느 틈에 가까워진 버들을 뒤늦게 눈치챈 황 대표가 놀랐는지 움찔거렸다. 비록 육안으로는 보이지 않지만 개털이 잔뜩 묻어 있을 게 분명한 버들을 황 대표가 운전석에 올라타는 걸로 피했다. 쾅, 닫힌 문소리가 유독 크게 주변을 울렸다. 버들의 눈썹 끝이 처졌다. 창문이 어두워 황 대표의 모습이 일절 보이지 않는다. 그런데도 버들이 앞에서 기웃거렸다. 또 만나기까지 얼마나 기다려야 하는 걸까?

"저기……."

버들이 창문을 톡톡 두드렸다.

하. 미치겠네. 황 대표가 욕을 짓씹었다. 친구의 동생만 아니었으면 진작 차를 출발하고도 남았을 거다. 잠깐 시선을 비틀어 버들을 바라보았다. 그냥…… 하얗고 말갛다. 두 번째 봤다고 첫인상이 달라지진 않았다. 오히려 점수가 더 깎였다. 아까 돈 없난 유 대표의 물음에 고개를 끄덕였던 버들의 모습에서 저도 모르게 웃음이 나오긴 했지만 세상 물정 모르는 다 큰 사내놈으로 시시하게 느껴졌다. 노는 물이 다르단 표현이 적합하겠다. 유 대표의 동생이 아니었다면 아마 살면서 일절 부딪힐 일이 없었을 거다.

불편한 표정을 감춘 뒤 황 대표가 창문을 반쯤 열었다. 하고 싶은 말도 있고 묻고 싶은 말도 있는데, 혹시 이대로 헤어질까 봐 침울해졌던 버들이 다시 활기를 찾았다.

"대표님. 있잖아요."

"버들 씨."

귀가 녹는 게 아닐까?

"……네?"

황 대표가 조수석에 있던 상자를 들었다.

"치즈케이크 좋아해요?"

"치즈케이크요?"

"아까, 저 도와준 것에 대한 보답."

창문으로 황 대표가 상자를 건넸다. 빨간색 리본이 조잡스럽게 장식된 상자의 정체는 치즈케이크였다. 버들의 손끝과 닿지 않게 황 대표가 교묘하게 피했다. 멍하게 버들이 상자를 내려다봤다.

"이거, 저 주시는 거예요?"

"혹시 치즈케이크 안 좋아해요?"

그렇지 않다며 버들이 고개를 가로저었다. 머리카락이 너풀거렸다.

"다행이네요."

"아. 저기. 대표님."

창문이 올라가자 버들이 다급해졌다.

"메시지, 보내도 돼요?"

"……바빠서요."

아……. 버들의 얼굴에서 아쉬움이 드러났다. 감정을 숨기는 게 서투른 것인지, 아니면 그런 걸 아예 안 하는 것인지. 얼굴을 보면 무슨 생각을 하고 있는지 쉽게 간파가 되었다. 제 개인 연락처를 가르쳐 주지 않은 건 정말 다행이었다. 유 대표님 막냇동생에게 메시지가 왔단 보고를 하는 비서에게, 말이 떨어지자마자 짜증을 냈었다. 시시콜콜한 내용을 전부 듣고 있을 정도로 자신이 한가해 보이냐고. 중요한 것만 골라 보고하라고. 그것 때문에 월급 주는 거라고. 그 뒤로 비서에게 메시지 건에 대해서 들은 말이 없었다.

"많이 보내는 건 아닌데……."

버들이 우물쭈물했다.

"……."

"……."

뭐 어쩌랴 싶다. 나한테 오는 메시지도 아닌데.

"답장은 잘 못 할 거예요."

"괜찮아요! 답장은!"

버들이 기운 차렸다.

"운전 조심하세요."

황 대표에게 인사를 건넸지만 대꾸가 없었다. 저 멀리 사라지는 차를 버들이 물끄러미 바라봤다. 오늘도 머플러 이야긴 꺼내지도 못했네. 그렇지만 메시지를 보내도 된단 허락을 받았다. 그것만으로 둥실둥실, 기분이 뜬다.

"아. 내 가방!"

그제야 겨울의 집무실에 두고 나온 제 가방을 떠올렸다. 원래라면 가겠단 자신을 꽁꽁 붙잡아 어딜 가는 것인지, 몇 시에 들어올 것인지 추궁하듯 캐묻고도 남았을 겨울이 왜 그냥 순순히 보내 줬는지 알 것 같다. 가방을 가지러 다시 돌아와야 한단 걸 알았을 거다.

대문을 밀며 들어간 버들에게 강아지들이 마구잡이로 달려들었다.

"……안 돼."

치즈케이크가 망가지지 않도록 상자를 머리 위로 높게 치켜든 버들이 강아지들을 피해 간신히 안으로 들어갔다. 아까는 보이지 않던 비서가 자리를 지키고 있었다. 누구랑 통화 중인 것인지 쩔쩔매고 있다. 꾸벅, 인사한 뒤 버들이 대표실 앞에서 망설였다. 얼굴에서 곤란함이 드러났다. 어쩌지. 이거 황 대표님이 나 먹으라고 준 건데. 형이랑 나눠 먹어야 하나? 먹기 너무 아까운데. 버들이 한숨을 폭 내쉬었다. 치즈케이크로 치사해진 건 이 치즈케이크를 다른 누구도 아닌 황 대표가 줬기 때문이었다.

"친구 잘 만나고 왔냐?"

불량한 모습으로 소파에 길게 누워 있던 겨울이 들어온 버들에게 아는 척을 했다.

"유버들."

갑자기 불린 이름에 버들이 뜨끔했다.

"왜."

"너 이리 와."

겨울이 두 눈을 가느스름하게 떴다. 삐걱거리는 버들의 태도가 영, 수상쩍다.

"왜. 거기서 말해."

아무렇지 않으려고 버들이 최선을 다했다.

"유버들."

"응?"

심호흡을 한 뒤 버들이 겨울을 쳐다봤다.

"너 배 속에 뭐 감췄어?"

"……아무것도 없어."

주먹만 한 치즈케이크를 옷 속에 감춰 둔 상태라 상자의 단면대로 버들의 배 부분이 볼록하게 튀어나와 있었다. 피하려던 버들이 결국 겨울에게 손목이 붙잡혔다. 치즈케이크를 들켰지만 겨울이 그것에 관심이 없어 보이자 내내 불안해하던 버들이 그제야 안도했다.

"진짜 친구 만나기로 했어?"

"원래는 전시회장에 가려고 했는데⋯⋯."

"했는데, 뭐."

"그냥 집에 가려고."

"그래? 형이랑 같이 가."

"형 집에 갈 거야?"

"주말이니까 형도 쉬어야지. 잠깐만."

보온병을 닫고 주변을 정리하는 겨울을 기다리면서 케이크 상자에 매달린 리본을 매만지는 버들의 손길이 무척 조심스럽다. 다음에 황 대표님을 만난다면 좋아하는 음식이 뭔지 물어봐야겠다.

"너 치즈케이크 별로 안 좋아하잖아."

"이거 치즈케이크인지 어떻게 알았어?"

"형은 모르는 게 없다."

"나 치즈케이크 좋아해."

"치즈도 안 먹는 놈이 무슨."

"아니야. 치즈도 좋아하고, 치즈케이크도 좋아해."

"언제부터?"

"⋯⋯오늘부터."

그걸 누가 줬더라. 무슨 기념일을 맞은 직원 누구였던 거 같은데.

예약이 밀릴 만큼 유명한 제과점 제품이라고 그랬다. 대표님들은 안 가져갈 거 같다면서 직원이 각자 개인 비서들에게 차 속에 미리 챙겨 달라고 부탁까지 해서 어쩔 수 없이 받은 거였다. 그게 오늘 아침이었다.

"버들아."

"응?"

그거 냉장고에 다섯 개나 있다고 말해 주려고 하던 찰나 전화가 울려 겨울이 잠시 자리를 떴다.

*　　*　　*

"형."

겨울이 퇴근하기만 기다리고 있던 버들의 얼굴에 화색이 돌았다. 겨울은 넥타이를 풀다 말고 제 막냇동생의 젖은 머리를 쓱쓱 쓰다듬었다. 하지 마. 버들이 겨울의 손길을 피했다.

"나 물어볼 거 있어."

"너는 씻었으면 머리를 말렸어야지."

"나중에 말리면 돼."

"감기 걸려. 가서 말리고 와."

"나중에 말린다고 했잖아."

"형 일단 씻고 나올 테니까 넌 머리 말리고 있어."

씻고 나왔지만 버들의 머리는 여전히 젖은 채였다.

"새끼. 진짜 말 안 듣는데."

겨울이 버들을 끌어다가 의자에 앉혔다. 드라이기를 작동시키자 주변이 소란스러워졌다. 거울에 비친 버들을 보며 겨울이 헛웃음을 지었다. 수발을 받는 버들의 모습이 자연스럽다. 아주 상전이 따로 없지. 숱 많은 버들의 머리카락이 버석하게 말라 갔다.

"야."

"응?"

겨울이 드라이기를 내려놓았다.

"형. 어깨 좀 주물러."

"왜?"

"네 머리 말리다가 형 팔 빠지게 생겼다."

"내가 말려 달라고 한 것도 아닌데."

믿지 않게 버들을 흘기던 겨울이 이어서 자기 머리를 말리기 시작했다. 버들이 틈을 노려 겨울의 핸드폰을 낚아챘다. 아주 당연하게 장 여사의 생일을 입력했는데, 음? 어쩐 일인지 비밀번호가 틀렸다고 나온다. 숫자를 잘못 누른 건가 싶어 심혈을 다해 다시 네 자리 수를 눌렀다. 그런데 비밀번호가 맞지 않았다.

"형. 여자 친구 생겼어?"

겨울이 씩 웃었다. 스트링팬츠만 입고 있던 터였다. 그걸 툭 잡아당겼다가 놓으며 섹시하냐고 버들에게 물었다. 어처구니가 없다. 너무나 아저씨 같다며 버들이 냅다 인상을 확 구겼다. 애들이 뭘 알겠냐며 겨울이 드라이기를 정리했다. 탄탄한 겨울의 복근을 바라보다가 버들이 제 배를 만져 보았다. 홀쭉하기만 하다.

황 대표님 배는 어떤 모양일까? 근육이 있을까? 혼자 상상해 본 황 대표의 복근에 더워진 버들이 창문을 벌컥 열었다. 그것도 모자라 테이블에 납죽 엎드렸다. 차가운 유리에 달아오른 볼이 맞닿았다. 시원하다.

"가서 자라, 인마."

"형. 겨울이 형."

가서 자란 말에 정신이 번쩍 돌아왔다.

"핸드폰 비밀번호 뭐야?"

"형 핸드폰에는 게임 같은 거 없어."

"내 핸드폰에도 게임 같은 거 없거든?"

"근데. 뭘 보려고."

전에 적어 뒀던 스케줄 메모를 잃어버렸다. 대답을 못 한 채 버들이 애꿎은 제 입술만 우물거렸다. 그러는 사이 핸드폰까지 빼앗겨 버렸다.

"형."

"응."

버들이 심호흡을 했다.

"대표님 말이야."

아무렇지 않은 척 운을 뗐다.

"대표님? 누구? 황 대표?"

"······응."

겨울이 눈을 가늘게 떴다.

"난 네 입에서 다른 대표 나오는 거 영 별로다."

능글맞게 대꾸하며 장난을 걸어오려는 겨울에게 버들이 하고 싶은 말을 꺼냈다.

"황 대표님은 진짜 착한 거 같아. 친절하시고."

겨울이 코로 웃었다. 착해? 누가? 황정우가? 친절하다고? 당사자인 황 대표 역시 방금 버들이 한 말을 들었다면 어이없어서 웃었을 거다.

"형 친구들 중에 황 대표님이 처음이야. 나한테 존댓말 해 주시는 거."

혀를 찬 겨울이 버들의 뒷머리를 쓰다듬었다. 인마, 그게 친절해서 존댓말을 하는 거겠어? 선 긋는 거지.

원래부터 물기 그렁그렁한 버들의 눈이 황 대표 이야기를 꺼내면서 반짝거렸다. 다시금 겨울이 혀를 찼다. 이렇게나 사람 볼 줄 몰라서 큰일이다. 이 험난한 세상을 어찌 살아가려고 그러지?

"넌 형 두고 장가갈 생각하지 마라."

"뭐래. 형, 황 대표님이랑 나도 친해질 수 있을까?"

"왜 친해지게, 그 새끼랑."

"그냥. 어른스럽잖아."

"어른스럽다고? 어른 다 죽었겠다."

버들의 대답에 겨울이 투덜거렸다.

"야. 형도 황 대표랑 동갑이야. 어른스럽다고 말해."

"형은 아직 철도 덜 들었으면서."

"이놈 이거 오늘따라 얄밉네. 확 깨물어 버릴라."

"물기만 해. 가만 안 둘 거야."

"어떻게 가만 안 두게? 엄마한테 가서 이를 거냐?"

"유치해."

"넌 뭐 어른스럽냐?"

"형보다는 어른스러워."

"이리 와. 물어 버릴 거야."

두 형제가 야밤에 티격태격했다.

"겨울이 형."

"뭐. 형 삐쳤어."

"황 대표님……. 아무것도 아니야."

황 대표로 노래를 불러도 불만이겠지만, 말을 하다가 마니까 더 거슬린다. 애가 왜 이러지?

"형. 핸드폰 비밀번호 뭐야?"

"궁금해?"

"빨리 가르쳐 줘."

"이리 와서, 뽀뽀 한 번 해."

겨울이 제 볼을 톡톡 건드렸다. 버들이 열여섯 살 때까지 아무렇지 않게 행해졌던 애정 행각이었다.

"……안 그럴걸? 나 애 취급 안 할걸?"

"뭔 소리야. 누가 뭘 안 해?"

"뽀뽀! 애 취급 안 할걸? 나한테 뽀뽀하라고도 안 그럴 거야!"

"아, 귀청이야."

정말이다. 황 대표만은 어른 대하듯 저를 대해 줄 거 같다. 뽀뽀하라고 장난도 안 칠 거고.

갑자기 버럭버럭 화를 내며 버들이 방문을 쾅 닫고 나가 버렸다. 홀로 남겨진 겨울이 맹하다. 그러다가 확 인상을 구겼다.

"유버들! 너 누구랑 뽀뽀할 건데? 어? 누가 너한테 뽀뽀하자고 해도 절대로 하면 안 된다! 형들 다섯 명한테 전부 허락 맡고 해! 새끼야! 야! 이 새끼, 왜 방문은 잠그고 난리야? 야, 인마!"

* * *

벤치에 앉은 버들이 길게 담배 연기를 내뿜었다. 짧아진 꽁초를 재떨이에 던져 넣고 핸드폰을 꺼냈다. 바뀌지 않는 황 대표의 프로필을 물끄러미 바라보길 한참이다. 머뭇대던 버들의 손가락이 대화창을 눌렀다. 어젯밤 저가 보낸 메시지의 숫자 1이 사라진 상태였다.

[대표님. 저희 형이랑 절교하세요.]

⋯⋯이건 취소하고 싶은데. 겨울을 통하지 않으면 황 대표를 만날 수 없단 걸 깨닫고 버들이 침울해졌다. 만나고 싶을 때 만나려면 대체 어떻게 해야 하는 거야? 아, 정말. 보고 싶을 때 바로바로 볼 수 있으면 소원이 없을 거 같다.

수업이 끝나는 대로 집에 돌아온 버들이 작업실에 콕 틀어박혔다. 내리깐 시선으로 모델의 사진과 작품을 번갈아 가며 비교했다. 단지 큰 덩어리에 불과했던 흙덩어리가 점점 입체적인 얼굴로 표현되고 있었다. 이목구비의 세부 형태를 보다 더 살리기 위해 버들이 조각도를 다잡았다. 미리 열어 두었던 창문으로 바람이 불어왔다. 그럴 때마다 커튼이 나부꼈다. 버들은 아무것도 생각하지 않고 오로지 눈앞의 작업에만 무아지경으로 빠져들었다.

해가 질 때쯤 작업이 마무리됐다. 한 자세로 오랫동안 집중하고 있던 탓인지 팔과 목이 뻐근하다. 욕실로 향하던 중 무심코 앞치마에 손을 집어넣은 버들이 그대로 걸음을 멈췄다. ⋯⋯설마. 바스락거리며 손끝에 걸린 무언가를 천천히 꺼내든 순간 버들의 눈이 크게 뜨였다. 잃어버렸다고 생각했던 메모를 앞치마 주머니 속에서 발견했다. 황 대표의 스케줄을 직접 옮겨 적은 메모였다. 찬찬히 내용을 훑어보던 버들이 부리나케 욕실로 향했다. 오늘 날짜에 황 대표의 스케줄이 적혀 있었다. 장소는 호텔에 있는 레스토랑이었다.

머리 위에 덮어 쓰고 있던 젖은 수건을 던져 버리고 버들이 드레스 룸을 뒤적였다. 형들이 바리바리 사다 나르는 통에 옷은 수북했지만 도대체 뭘 입어야 할지 막막하다. 버들의 머리카락에서 흘러내린 물방울이 그대로 목을 가로질러 쇄골에 고였다.

"이게 뭐야."

잔뜩 공들여 고른 옷을 입어 보고 나니 셔츠와 청바지 차림으로 학교 가는 것과 별로 다를 게 없어 보인다. 드레스 룸을 휘젓고 다니는 사이 물기로 촉촉했던 버들의 피부가 자연히 말라 보송보송해졌다. 황 대표님은 어떤 옷을 입고 계셨더라. 주로 무채색 옷이었지?

외출 준비를 끝낸 버들이 집을 빠져나왔다. 따라 나오려는 기사를 만류하고 택시에 올라타 시간을 확인하니 계획보다 30분이 늦었다. 노을의 끝자락이 하늘을 붉게 물들였다.

……아. 치즈케이크에 대한 답례를 해야겠지?

황 대표가 준 치즈케이크는 애지중지 보관만 하다가 상해서 몽땅 내다 버려야 했다. 푸르게 핀 곰팡이를 보며 얼마나 절망스러웠는지 모르겠다. 아무리 아까워도 한 입 정도는 먹어 볼걸. 후회를 하던 중 치즈케이크 상자 곁에 붙어 있던 새빨간 리본이 눈에 들어왔다. 그걸 조심히 떼어 냈다. 머플러뿐이었던 버들의 보물은 현재 리본까지 더해져 두 개로 늘어났다.

황 대표님은 오늘 무슨 옷을 입고 나올까? 머리는 어떤 모양일까? 알고 있는 황 대표의 스케줄은 시간과 장소뿐으로 극미했다. 그렇지만 그간 심부름을 자청하며 수차례 헛된 발걸음을 한 것에 비교하면 만날 수 있는 확률이 월등하게 높았다.

「유버들 씨.」

택시 차창에 버들이 툭 고개를 기대었다. 아른거리는 자동차 불빛 새로 황 대표가 겹쳐졌다. 여유롭고, 차분하고, 어른스럽고. 황 대표에게 느껴지는 고유한 분위기가 부럽다. 그래서 호기심이 생기고, 관심도 가나 보다.

레스토랑에 도착했다. 우연한 만남을 가장하려고 했던 버들의 얼굴이 출입을 거부당하면서 침울해졌다. 회원제로 운영되는 곳인지 몰랐다. 이런 곳들을 자주 다녀 봤기에 어떤 분위기인지 버들은 바로 알아차렸다. 사회적 지위를 갖춘 인물들이 주 고객층이고 그들의 프라이버시를 위한 공간이니 원칙이 엄격할 수밖에 없을 것이다. 그래서 회원일 게 분명한 제 형이 곧 올 텐데 안에서 기다리고 있으면 안 되냐고 묻지도 않았다. 입구에 서 있던 매니저가 나가는 방향을 알려 줬다. 기가 죽은 채 버들이 고개를 끄덕거렸을 때였다.

"유버들 씨?"

너무 보고 싶으면 환청 같은 것도 막 들리나? 뒤를 돈 버들이 숨을 들이켰다. 머플러에 흐릿하게 남아 있는 향수 냄새가 가까이 다가온 황 대표로 인해 진하게 스며들었다. 갑자기 더워진다. 인사를 하며 버들이 허둥거렸다. 그런 버들을 내려다보며 황 대표의 눈썹이 살짝 일그러졌다.

보이니까 이름을 불렀을 뿐인데 괜한 짓을 한 것 같다. 서로 마주
보고 있는 사이 몇 번의 시선이 스쳤다. 누가 물은 적 없는 말을 버
들이 주섬주섬 늘어놓기 시작했고, 더듬거리며 나온 단어들을 황 대
표가 조합했다. 단지 밥 먹으러 왔다고? 밤 아홉 시가 넘는 시간에?

"저희 형도 만날 겸……."

"형? 유 대표?"

"네."

레스토랑에서 우르르 몰려나오는 사람들을 피해 황 대표와 버들
이 벽 쪽으로 비켜섰다. 의도치 않게 구석으로 몰린 버들이 황 대표
를 힐긋거렸다. 셔츠 색깔이 똑같다. 무채색인 검정. 뿌듯한 한편
부끄러워진다. 머리를 쓸어 올리는 황 대표의 손길이 한만하다. 뜸
들이던 버들이 황 대표의 행동을 쫓아 제 머리를 쓸어 넘겨 보았다.
아. 이게 아닌데. 흉내를 내는 것조차 어려운 황 대표의 저런 분위
기가 탐이 난다.

"아. 대표님."

버들이 황 대표를 불렀다. 치즈케이크 답례로 사 온 걸 꺼내 조
심히 건넸다.

"이거요."

"……저 주시는 거예요?"

"네."

"왜요."

"치즈케이크, 잘 먹어서요."

사실은 상해서 먹진 못했지만 그렇게 둘러댔다.

"받으세요."

버들의 손에 들린 걸 내려다본 황 대표의 눈매가 무감했다. ……꽃? 어디까지 봐줘야 하는 거야. 이걸. 친구 동생이니까 어쩔 수 없이 허용해야 하는 범위들이 거슬린다. 해바라기 한 송이가 버들의 손에서 황 대표에게 넘어갔다. 꽃을 포장하고 있는 투명한 비닐이 바스락거린다. 치즈케이크는 어차피 버릴 거였다. 버릴 것을 떠넘겼더니 또 다른 쓰레기가 생겼다. 하. 황 대표가 낮은 한숨을 내쉬었다.

"유 대표 늦는다고 하던데."

"……아."

"안에서 기다릴래요?"

"네."

불과 몇 분 전만 해도 출입을 거부당한 레스토랑에 황 대표의 동행자로서 버들이 안으로 들어갔다.

황 대표의 뒷모습을 마음껏 바라보았다. 분명 허락 없이 온 거라 겨울이 화를 낼지도 모르겠지만 그런 건 모조리 뒷전으로 미뤄 버렸다. 황 대표의 손에 꼭 멱살이 잡힌 것처럼 해바라기가 들려 있다. 어찌되었건 선물을 했단 게 중요하다. 동요하는 가슴 언저리를 버들이 움켜쥐었다.

"배고파요?"

"어……. 아니요."

"그럼 단거 좋아해요?"

"네."

많은 말을 하고 싶은데 어쩐 일인지 단답형이 최선이다. 땀으로 축축해진 손바닥을 버들이 제 허벅다리에 쓱 문질러 닦았다. 황 대표가 버들의 몫으로 디저트를 골라 주문했다. 버들이 꾸벅, 고개를 숙이며 잊지 않고 감사의 인사를 전했다.

"황 대표님. 잘 지내셨어요?"

얼핏 저와 눈을 맞추고 내뱉는 버들의 물음에 황 대표가 웃었다. 짜증은 나나 비즈니스의 연장선이라고 생각하면 어려울 것도 없다.

"버들 씨는 잘 지냈어요?"

"……저는. 저는요."

"네."

"저는, 보고 싶었어요."

"……."

예측할 수 없는 비즈니스는 역시 별로다.

"저를요?"

"……네."

"왜요."

"그냥요."

무심한 눈빛으로 황 대표가 버들을 훑어보았다. 냅킨을 비비 꼬고 있는 버들의 손이 대체 뭘 하다 온 것인지 오늘따라 더 심각하다. 땅이라도 파나? 조명 아래 버들이 눈을 내리깔자 속눈썹으로 인해 긴 그림자가 떠올랐다. 눈 아래의 살이 신기할 정도로 도톰하다. 버들이 옅게 미소를 지을 때마다 그게 더 선명히 볼록해졌다.

"대표님."

"네."

"아무것도 아니에요."

버들이 싱겁게 웃었다. 황 대표와 단둘이 마주 앉아 이야기하고 있단 게 현실감이 떨어진다. 낯설 정도로 간지러운 기분을 참아 가며 버들이 옆에 놓인 물을 벌컥벌컥 들이마셨다. 때마침 달그락거리며 디저트가 버들의 앞에 놓였다. 포크로 시트 부분을 가르자 안을 가득 채우고 있던 초코 시럽이 흘러나왔다.

"와. 엄청 달아요."

"그래요?"

"맛있어요. 아주."

"다행이네요."

자주 만나야겠다. 버들이 속으로 다짐 아닌 다짐을 했다. 자주 만나면, 그만큼 친해질 수 있는 거니까. 아. 가방에 넣어 온 머플러 선물이 떠올랐다. 저기. 막 입을 뗐지만 그대로 다른 사람의 목소리에 묻혀 버렸다.

"일찍 왔네?"

여자가 다가와 황 대표의 어깨를 다정하게 감쌌다.

"응. 앉아."

황 대표가 익숙하게 옆자리를 가리켰다.

"누구야?"

"유 대표 동생."

"아."

저도 모르게 굳어 버린 얼굴이 느껴졌다. 언제 달았냐는 듯 입안에 번진 초콜릿이 그저 껄끄럽다. 황 대표와 단둘이라서 잔잔히 깔려 있던 기류가 셋이 되면서 깨졌다. 버들이 물컵을 쥐었다. 여자와 나누는 대화의 내용이나 편해 보이는 황 대표의 모습에서 서로가 친근한 관계란 걸 쉽게 알아차릴 수 있었다. 황 대표에게 하고 싶은 말이 있었지만 버들은 입만 벙긋거리다가 말았다.

깨끗한 여자의 손끝을 턱을 괸 황 대표가 살며시 잡아당겼다. 왠지 보면 안 되는 걸 보게 된 것 같아 화들짝 놀란 버들의 고개가 푹 숙여졌다. 테이블 위의 해바라기를 버들이 응시했다. 아까는 겨울이 늦게 왔으면 좋겠다고 바랐는데 지금은 서둘러 와 줬으면 좋겠다. 이렇게 셋이 있는 것보단 나을 거 같으니까.

그때 전화벨 소리가 울렸다.

"응. 말해."

걸려 온 전화를 받는 황 대표의 음성이 그대로 버들의 귓가에 녹아들었다. 고개를 겨우 들었더니, 여자에게 귓속말을 하고 있는 황 대표의 모습이 눈에 들어왔다.

"알았어."

여자가 대답 후 자리에서 일어났다. 인사도 없이 바깥으로 나가 버린 여자를 보며 버들의 눈꺼풀이 빠르게 깜박거렸다. 드르륵. 의자를 밀며 일어난 황 대표를 따라 버들의 고개가 위로 향했다.

"어디 가세요?"

그걸 물어 올지 몰랐는지 황 대표가 잠깐 주춤했다.

"화장실."

버들이 무구하게 고개를 끄덕였다. 겨울이 형이 오기 전까지 황 대표님이랑 둘이 있을 수 있는 거겠지?

껄끄러웠던 초코 시럽이 다시 달아졌다. 버들은 멀어져 가는 황 대표의 뒷모습을 보다가 해바라기 옆에 머플러 선물을 내려놓았다. 다리를 동동 굴렀다.

엘리베이터 바깥으로 야경이 펼쳐졌다. 미리 나와 기다리고 있던 여자가 황 대표의 목에 팔을 걸며 매달렸다. 황 대표는 급할 필요 없다며 차분히 여자를 떼어 놓고선 구겨진 옷을 정리했다.

"이렇게 그냥 나와도 돼?"

"그럼. 친구 동생한테 섹스하러 간다고 말이라도 하고 나와?"

"그런가."

"어차피 유 대표 만나러 온 거라니까."

"유 대표님은?"

"늦는다고 전화 온 거잖아. 서로 연락하겠지."

섹스는 농밀하고 거리낌 없었으며 그만큼 서로가 만족스러웠다.

"어떻게 할래? 바래다줄까?"

"난 오늘 여기서 자고 갈래."

여자가 누운 채 길게 기지개를 켰다. 조명등을 대신 낮춰 준 뒤 황 대표가 씻고 나왔다. 지친 기색이라 바로 잠들었을 줄 알았던 여자가 모로 누워 황 대표를 향해 웃어 보였다. 가느다란 손목에는 황 대표가 선물한 팔찌가 호화롭게 번쩍거리고 있었다. 머리를 말리고 옷을 입는 동안 대화가 오고 갔다. 보통의 연인 사이처럼 대화의 내용들 중엔 간간히 약속이 섞여 있었다. 어디에 어떤 음식점이 오픈 했다던데 맛이 괜찮다고 하니 가 보자, 외국 어디에서 전시회가 개최되었는데 투자 가치가 있는 작품이라고 하니 쇼핑하러 같이 가 보는 게 어떠냐, 같은. 응. 전부 수긍하는 대답을 내놓았으나 기약이란 없었다. 유유상종이었기에 황 대표도 여자도 빈껍데기와 같은 약속을 딱히 염두에 두지 않았다.

모든 것이 완벽한 채로, 작별 인사를 막 앞두고 있을 때였다.

"유 대표님 동생은 몇 살이야?"

던져진 물음이 참 난데없었다.

"……글쎄."

"몰라?"

"내가 알아야 돼?"

"미성년자일까? 어려 보이던데."

황 대표의 머릿속에 저절로 하얗고 앳된 얼굴이 슥 그려졌다.

"관심 없어서."

"관심이 없어도 너무 없는 거 아닌가."

"알아 둔다고 나한테 도움이 되는 것도 아니잖아."

"같이 사업하는 사람 가족인데 너무하네."

훈계를 두는 거 같은 어조로 여자는 재미있단 듯 빙글거렸다.

"키스는 해 주고 갈 거지?"

가까이 다가온 황 대표의 넥타이를 여자가 잡아당겼다.

*　　*　　*

새벽 한 시가 훌쩍 넘자 직원이 찾아와 마감 시간을 알려 줬다. 홀로 자리를 지키고 있던 버들이 당황하며 화장실로 황 대표를 찾으러 가 보았지만 텅 비어 있었다. 그러는 사이 시간은 벌써 두 시로 레스토랑 마감할 때가 됐다. 버들이 해바라기와 머플러를 챙겨 로비로 나왔다. 주변을 두리번거렸지만 황 대표의 모습은 어디서도 보이지 않았다.

……길 잃어버리셨나? 시간이 늦은 탓인지 길거리가 고요했다.

버들이 호텔 앞 주변을 서성거렸다. 차가운 새벽 공기에 재채기가
터졌다.

"유버들. 너 거기 딱 서라."

살금살금 집에 들어간 버들이 그대로 겨울에게 뒷덜미를 붙잡혔
다. 불량했던 형들에게 보고 배운 게 있어 지금 집에 들어온 게 아
니라 나가는 거라고 둘러댔지만 애초에 통할 핑계가 아니었다. 늦
게 집에 들어오면 어떻게 하냐고 겨울이 온갖 잔소리를 퍼부어 댔
다. 속상한 마음에 뭐라고 대꾸할 의욕이 생기지 않아 버들이 가만
히 듣고만 있었다.

"잘못했지?"

"응."

계속 상대해 주기 귀찮아서 버들은 겨울이 원하는 대답을 바로
들려줬다. 혼낼 거 다 혼냈고, 원하는 대답을 듣기도 한 겨울이 이
만하면 됐다 싶었는지 버들을 데리고 욕실로 향했다. 밖에 있는 동
안 차갑게 식은 버들의 발과 손에 겨울이 뜨거운 물을 쏘아 체온을
높여 줬다.

"형은 어디에 있었어?"

분명 레스토랑 스케줄은 대표 두 명의 공동 스케줄이었다.

"야. 형은 모범 시민으로서 일찍……."

"레스토랑에 왜 안 왔어?"

"응?"

"지키지도 않을 스케줄은 뭐 하러 적어 놨는데?"

뒤늦게 겨울이 펄쩍 뛰었다.

"너 뭐야. 레스토랑? 너 거기 왜 갔어?"

겨울이 닦달했다.

"말해 봐. 너 레스토랑에 있다가 온 거야?"

"⋯⋯거기서 황 대표님 봤어."

버들에게 수건을 꺼내 주며 겨울이 미간을 찌푸렸다.

"레스토랑에 가긴 간 거야? 왜? 어떻게 알고?"

"그게 중요해?"

"형 만나러 갔었어?"

"나도 거기에서 약속 있었어."

"거짓말하지 말고. 너 거기 못 들어간단 말이야."

속상함이 물씬 커지는 순간이었다.

"응. 형 보러 갔었어."

"어떻게 알고 갔냐니까."

"⋯⋯있어."

훌쩍거리는 버들의 코끝을 겨울이 쥐고선 흔들었다.

"뭐가 있어. 말 똑바로 안 해?"

"아. 아파."

자꾸 괴롭히는 겨울을 피해 제 방으로 도망친 버들이 덜커덕 문을 잠가 버렸다. 문 하나를 사이에 두고 두 형제가 대치했다. 그러다가 궁금한 걸 서로 하나씩 묻고 답하기로 합의를 봤다.

"레스토랑에 왜 안 왔어?"

"같이 가기로 한 사람이 있었는데⋯⋯."

"응."

"그 사람 일정이 좀 틀어져서 못 가게 됐어."

"황 대표님 말고 거기서 만날 사람이 또 있었어?"

응, 겨울이 짧게 대답했다.

"넌 거기 어떻게 알고 간 거야."

이어진 겨울의 추궁에 버들은 그냥 자는 척을 했다. 사업하는 사람이 저렇게 허술해서 큰일이다. 사나이가 정정당당해야지. 내가 너를 그렇게 키웠냐며 겨울은 문 너머에서 오랫동안 시끄럽게 굴어 댔다. 다음날에도 겨울은 퇴근하자마자 어김없이 버들의 방에 들어왔다.

"너 어제처럼 연락 없이 또 늦어 봐. 그땐 진짜 혼날 줄 알아."

"알았어. 그러는 형은…… 레스토랑에 안 올 거면 미리 연락해."

"그걸 누구한테 연락하라는 건데."

"나."

"네가 뭔데."

코로 웃던 겨울이 버들에게 뭔가를 내밀었다. 제 이름이 찍힌 레스토랑 회원증을 받아 든 버들이 눈을 빠르게 깜박였다. 겨울이 와인과 스테이크가 훌륭하다며 칭찬을 덧붙였다가 어느새 제 막냇동생이 스테이크에 와인을 곁들일 수 있는 나이란 걸 자각하고선 감회를 남달리 했다.

*　　*　　*

황 대표가 커피를 내렸다. 창밖의 세상은 이제야 동이 트기 시작한지라 아직은 어슴푸레하다. 환기를 시키기 위해 창문을 열자 서늘한 바람이 기다렸단 듯 휘몰아쳤다. 미약한 두통이 어젯밤부터 이어지고 있었다. 데스크에 팔꿈치를 괴고 엄지 손끝으로 짓누른 관자놀이가 뜨끈뜨끈하다. 황 대표의 손가락 사이 끼워져 있던 볼펜이 툭 떨어졌다.

일정이 빠듯하게 잡혀 있는 날이었다. 그러니 지금이라도 억지로나마 잠깐 눈을 붙여 두는 게 컨디션에 도움이 될 테지만 어디까지나 생각일 뿐이다. 침대에 눕는다고 한들 쉽게 잠들 수 없을 거란 걸 미리 알았다. 이러나저러나 괜한 시간만 버리는 짓이다.

그대로 차 키를 들고 황 대표가 수영장으로 향했다. 오픈 전이라 아무도 없는 시간이었다. 크게 팔을 휘저으며 물살을 갈랐다. 물 밖으로 나와 가쁜 호흡을 정리하는 그의 표정이 한결 편안해졌다. 좌우로 목을 뚝뚝 꺾으며 수건을 챙겼다. 걸을 때마다 등과 허벅지 근육들이 사납게 갈라졌다.

03. 우연한 것에서 비롯된 (3)

　전투적이고 왁자지껄한 활기찬 분위기 속에서 심란한 버들이 홀로 동떨어져 있었다. 밥을 먹는 둥 마는 둥 하고 있는데 옆에서 누군가 팔꿈치로 툭툭 건드려 왔다. 눈이 마주치자 시원한 입매가 씩 웃어 보였다. 허락도 맡지 않고 정민이 들고 있던 식판을 버들의 맞은편에 내려놨다. 운동하는 애라 그런지 먹성이 좋나 보다. 볶음밥이 무슨 산처럼 수북하게 쌓여 있다.

　"우리 과에서 조만간 놀러 갈 건데 너도 끼어라."

　"곧 시험인데 무슨."

　정민이 인상을 썼다.

　"시험이 중요하냐."

　"과제도 많아."

갑자기 간지러운 눈가를 긁적이며 버들이 대꾸했다. 식어 버린 국물을 휘저었다. 조막만 한 두부와 유부 몇 개가 딸려 오는 걸 버들이 다시 담갔다.

"소꿉장난해?"

"……죽을래?"

크게 뜬 밥을 입에 넣으면서 정민이 말을 걸었다.

"봄 타?"

"응?"

"입맛 없어 보이는데?"

"그냥, 좀."

며칠 전 호텔 레스토랑에서 만난 황 대표가 시도 때도 없이 떠오르면서 정신을 빼놓고 있었다. 화장실에 간다고 나가셨는데 중간에 길을 잃어버린 게 아닐까 걱정이 된다.

정민이 놀러 갈 장소에 대해 설명하기 시작했다. 우리 시골 할아버지 댁인데 거기 가면 산도 있고, 강도 있고, 계곡도 있어서 너도 가면 분명 마음에 들어 할걸? 처음부터 관심이 없었던 만큼 버들은 이래저래 시큰둥한 반응뿐이었다.

＊　　＊　　＊

시나리오가 완성됐다. 가장 큰 난관인 캐스팅을 앞두면서 연속으로 회의가 잡혔다. 여럿 배우들이 물망에 올랐지만 결정된 건 아무것도 없었다. 회의에 지친 직원들이 퀭한 좀비 같은 몰골로 뿔뿔이 흩어졌다. 답답하게 조이고 있던 넥타이를 두 대표가 느슨히 풀어

내렸다.

"유 대표."

황 대표가 운을 뗐다.

"그날 말이야."

"그날이 언젠데. 나 거기 티슈 좀."

"우리 레스토랑에서 만나기로 했었잖아."

"새끼가 곱게 좀 주지. 그걸 던져서 주냐?"

못마땅한 겨울이 욕을 내뱉었다.

"아. 맞다. 내 새끼 케이크 사 줘서 고맙다. 맛있었다고 하더라."

"……."

"우연히 만났다면서?"

잠시 침묵이 이어졌다.

"그게 끝이야?"

"뭐 더 있어야 돼?"

"아니."

비서가 내온 커피 잔에 황 대표가 손을 뻗었다. 차를 끌고 호텔을 벗어났을 땐 늦은 새벽이었다. 겨우 별 몇 개가 떠 있는 게 전부인 빈곤한 밤하늘처럼 도로 역시 한산했다. 버스 정류장이었나. 아니면 그냥 벤치였나. 희미한 가로등 아래 앉아 있던 인영을 그대로 지나쳤었다. 유 대표의 동생이란 걸 알아차렸음에도 불구하고.

만약 새벽 내내 금쪽같은 자기 새끼를 바깥에 뒀단 걸 유 대표가 알았다면 벌써 난리가 났을 터였다. 그렇지만 그저 케이크를 사 줘서 고맙단 말만 흘린 걸 보아 심각할 건 없는 것 같다. 애초에 레스토랑에 나온 이유를 버들이 '저희 형도 만날 겸…….'이라고 말을 하기도 했었고.

그러니 늦는다는 연락도 당연히 서로 주고받았겠지.

"몇 살이야."

"누구."

"버들 씨."

"아. 이제 대학교 2학년이야."

어려 보이긴 했지만 미성년자는 아니었다. 황 대표가 한결 개운한 태도로 다시 진지하게 영화와 관련한 일 이야기를 이어 갔다.

* * *

모든 수업이 끝난 뒤 버들이 흡연이 가능한 공간 중 운동장이 보이는 벤치를 골라 앉았다. 열기를 담아 묵직해진 바람이 불어오면서 옷차림이 한결 가벼워졌다. 아직 꽃구경도 제대로 못 했는데 여름이 오네. 아쉬움은 잠깐뿐이었다. 꽃, 하니까 스위치를 누른 것처럼 버들의 머릿속엔 짙은 노란색을 뿜어내는 커다랗고 건강한 해바라기가 피어났다. 황 대표에게 선물한 해바라기는 주인을 잃어버린 채 시들어 버렸다. 그걸 함부로 버리지 못하고 작업실 화병에 꽂아 뒀다.

"……친해지기 되게 어렵네."

한숨을 내쉰 버들이 등에 메고 있던 가방을 앞으로 돌려 담배를 꺼냈다. 입술 끝에 필터를 물고 라이터를 찾기 위해 한창 몸을 수색 중이었다. 황 대표님은 담배 피울까? 하루 내내 황 대표의 생각은 이런 식으로 이어졌다. 밥상머리를 앞에 두면 황 대표님은 식사했을까 궁금해지고, 차를 타고 이동할 때면 황 대표님은 지금 어딜까 궁금해졌다.

"몸에 좋지도 않은 거 뭐 하러 피우냐."

운동장에서 한참 흙먼지를 일으키며 뛰어다니던 정민이 버들을 발견하고 글러브를 낀 채로 다가와 참견했다.

"부러워서 그래?"

"그게 부럽겠냐?"

"너도 피우고 싶어서 그런 거 아니야?"

"나 체대야."

"그래서 뭐."

"몸 관리해야 돼서 못 펴."

"자랑하지 마."

"어떤 점이 자랑으로 들린 거야?"

바람이 불었다. 곰곰이 생각하던 버들이 따지듯 물었다.

"너 그런데 술은 마시잖아."

"마시지. 술은."

"술이나 담배나."

"그냥 한잔 정도야. 분위기 맞추기 위한 그런?"

아아. 사회생활이란 건가. 버들이 고개를 끄덕이며 수긍했다. 담배 케이스를 가방에 챙겨 넣는 버들의 꼴을 유심히 바라보고 있던 중이었다. 고개를 획 돌린 버들과 예기치 못하게 눈이 정통으로 마주친 정민이 그대로 굳어 버렸다.

"저기 너 부르는 소리 아니야? 가서 운동해. 운동하는 중이었던 거 같은데."

"그냥. 음료수 내기 경기야."

"안 가도 돼?"

"응. 괜찮아."

버들이 자기를 빤히 응시해 오자 정민의 목이 빨개졌다.

"뭘 보냐."

"너 영어 못 하지?"

"……갑자기 영어는 왜?"

"너 그 모자 쓰지 마."

"왜?"

정민의 눈이 둥그렇게 커졌다.

"뜻 되게 이상해."

"야. 이거 디자이너 제품이거든?"

"아무튼. 그거 뜻 되게 이상해."

정민을 뒤로하고 버들이 유유히 교문으로 향했다. 핸드폰을 넣어
둔 주머니에서 진동이 울려서 꺼내어 받았다.

−버들아.

"나 지금 수업 중이야."

−다 끝난 거 알고 전화한 거니까 까불지 마라.

콧방귀를 뀌며 겨울이 말을 받아쳤다. 입술에 힘이 들어가면서
버들의 턱 아래에 작게 호두가 생겼다.

−이쪽으로 와.

"어디? 회사?"

−어.

"왜? 뭐 시킬 거 있어?"

-밥이나 먹자는 거지.

버들의 표정이 시큰둥하다. 바쁘다고 막 거절을 할 참이었다. 옆에서 다른 사람의 목소리가 들려왔다. 또 비서일까? 기대가 크면 실망도 크단 걸 알기에 버들이 애써 들끓는 속을 모르는 척했다.

-차 보내 놨으니까 그거 타고 와.

"누구랑 밥 먹을 거야?"

-나랑. 유 회장님이랑. 유 이사님이랑.

"아……."

-황 대표랑.

버들이 손으로 이마를 가렸다. 손을 내렸을 땐 말간 버들의 얼굴이 다소 상기되어 있었다. 바삐 교문을 나오자 겨울이 보냈단 차가 보였다. 그쪽으로 뛰어가려던 버들이 과일의 단내에 잠시 주춤거렸다. 날씨가 더우니까 골이 얼얼할 정도로 시원한 주스가 당긴다. 캐릭터로 꾸며진 과일 간판이 앙증맞다. 주스를 주문하고 그 잠깐을 기다리면서도 버들은 몇 번이나 시계를 확인했다. 빨리 만나고 싶다.

버들이 대표실 문을 열었다. 데스크 앞에서 막 벗어나던 참인 겨울이 자기 눈을 손바닥으로 가리며 법석을 떨어 댔다. 다리를 꼬고 앉아 핸드폰을 바라보고 있는 황 대표를 발견한 버들이 입술을 말아 물었다. 떨린다. 비틀거리며 걸어간 겨울이 황 대표의 옆자리에 털썩 주저앉았다. 그러곤 어깨에 고개를 기댔다.

"치워라. 얼굴."

"새끼야. 나도 바로 후회했거든?"

서로를 잠깐 째려봤다.

"형."

겨울을 부르면서도 버들의 시선은 황 대표에게 향해 있었다. 황 대표가 다시 핸드폰에 집중했다. 이런 식으로 우연히 부딪히게 되는 날이 쌓이다 보면 서로 전화 통화도 할 수 있을 만큼 친해지지 않을까? 조급하게 굴지 않기로 다짐했다.

"버들아. 어디에 있어?"

"형 바로 앞에 있잖아."

"눈부셔서 보이지가 않네."

꼴값을 떠네. 10분 전까지만 해도 직원들에게 온갖 성질을 버럭버럭 부려 대더니 같은 사람인가 싶다. 언제 그런 일이 있었냐는 듯 얼굴 근육 다 허문 채 팔불출 짓을 서슴지 않고 저지르는 겨울을 보며 황 대표가 미간을 찌푸렸다.

"이쪽으로 와."

가방을 내려놓은 버들이 겨울이 가리킨 자리에 가서 앉았다.

"학교 잘 갔다 왔어?"

"그렇지 뭐."

"그건 뭐야?"

겨울이 턱으로 버들이 들고 있는 비닐봉지를 가리켰다. 아. 버들이 정신을 퍼뜩 차렸다. 서둘러 회사에 오고 싶은 마음에 주문한 음료 세 개 중 두 개를 취소했다. 딱 하나 사 들고 온 주스를 버들이 꺼내기 전 꼴깍 침을 삼켰다.

"과일 주스인데……"

말끝이 바닥을 긴다.

"형은 딸기 싫어하지?"

"뭔데. 그거 딸기야?"

버들이 여러 번 고개를 끄덕거렸다.

"저기. 황 대표님. 이거 드세요."

겨울의 무릎을 건너, 황 대표 앞에 버들이 얼른 주스를 내려놨다. 빨대가 분홍색이다. 플라스틱 컵 안에 얼음이 미끄러지면서 청아한 소리를 냈다.

"형 거는 없어?"

"……딸기밖에 안 팔아서."

"와. 그럼 다른 거라도 사 와야지."

버들의 하얀 얼굴을 겨울이 흘겨봤다.

"자식새끼 키워 봤자 다 소용없는 짓이라더니."

조급하지 않기로 다짐한 지 이제 10분 남짓 되었을까. 의식하지 않으려고 해도 의식이 된다. ……왜 안 드시지?

겨울이 잠깐 자리를 떴다. 등 뒤의 창문으로 햇볕이 쏟아지고 있었다.

"황 대표님. 과일 주스 싫어하세요?"

주스는 바라보지도 않은 채 황 대표가 고마워요, 낮게 중얼거렸다. 워낙 잘나 남들이 베푸는 호의가 익숙했다. 거절하거나 사양하면 왜 거절하는지, 왜 사양하는지 이유를 물어 오는 게 대다수다. 피곤한 걸 피하려면 무연히 받아들이는 게 차라리 낫다. 어차피 버려 버리면 되니까.

"과일, 어떤 거 좋아하세요?"

"……."

"저희 학교 앞에 과일 주스 파는데 다 맛있거든요."

"······."

"바나나랑 키위랑 아, 자몽도 있어요."

"······."

"제가 다음에 또 사다 드릴게요."

그제야 황 대표의 눈길이 주스에 닿았다. 잠깐 스친 것과 마찬가지다. 무심한 태도로 황 대표가 고개를 기울였다. 저걸 들고 왔을 버들의 손이 언제나 그랬듯 흉했다. 인상이 써지기 전 황 대표가 알아서 표정 관리를 했다.

"유 대표는 어떤 과일 좋아해요?"

"아. 저희 형은, 바나나요."

교묘히 주제를 바꿔 넘겼다.

"······."

"······."

정적이 찾아왔다. 과일 별로 안 좋아하나? 버들이 계속 황 대표를 신경 썼다.

"가자. 밥 먹으러."

밖에 나갔다가 돌아온 겨울이 두 사람을 재촉했다. 겨울이 운전하는 차로 다 같이 이동했다. 안전벨트를 꼭 쥐고 있는 버들의 폼이 쓸데없이 야무지다. 시선은 계속 정면이었다. 제 앞의 조수석에 탄 황 대표가 얼핏 보였다. 유 대표와 황 대표가 끊이지 않고 이야기를 주고받았다. 사업에 관련된 내용이라 어려워 알아듣지 못하지만 낮게 울리는 황 대표의 음성만은 피부로 스며드는 거 같았다. 버들이 작게 재채기를 터트렸다.

"버들아. 추워?"

곧장 고개를 뒤로 돌려 겨울이 물었다.

"아니. 안 추워."

"손 시려?"

"아직."

손끝과 발끝이 차가워 사계절 내내 고생이었다. 발이야 양말이랑 신발을 신으면 됐지만 손은 무대책이었다. 장갑을 낄 수 없는 여름에 어떻게 하면 좋을지 고민하다 터득한 노하우대로 버들이 티셔츠 아래를 들춰 손을 집어넣었다. 신체 중 가장 체온이 높은 제 배에 차가워져 꼭꼭 찌르듯 아픈 손끝을 달랬다.

식사가 나오기 전 가볍게 시작된 경매가 점점 활기를 띠어 갔다. 치열하게 경쟁 중인 유 회장과 첫째, 유 이사의 표정이 똑같이 심각해졌다. 엎치락뒤치락하던 끝에 경매의 승자는 유 회장으로 결정이 나면서 며칠 전 버들이 마무리한 조각품을 차지하게 됐다. 평소보다 많은 용돈을 얻게 된 버들의 표정이 처음엔 얼떨떨해하더니 금방 환해졌다. 형들이 꽂아 준 카드가 여러 개지만 딱히 그걸 써 본 적은 드물었다. 백화점에서 황 대표에게 주려고 산 머플러 값도 조각품을 팔아 모은 거였다.

"이거는요……."

막 경매 낙찰이 된 제 작품에 대해 버들이 어떤 것에 영감을 받았고, 또 작업 시간은 얼마나 소요가 되었는지 조곤조곤 설명했다. 사고 친 게 한두 가지가 아니라 할 말이 있으니 같이 식사를 하잔 유 회장의 호출에 가히 두려웠다. 그래서 겨울은 황 대표를 방패로 삼고 버들을 무기로 내세웠다. 작전은 당연히 성공했다. 화기애애한 식사 자리에 여 보란 듯 유 대표가 팔꿈치로 툭툭 건드리자 황 대표의 미간이 꿈틀거렸다. 유 대표야 원래부터 정상은 아니었으니까 이해는 했다만. 평소 근엄한 유 회장과 냉혈한 유 이사가 이렇게 헤벌쭉 웃는 모습을 처음 보는 거라 적응이 안 된다.

"형. 철 좀 들어."

급하게 앞당겨야 하는 일정으로 인해 유 회장과 유 이사가 나란히 자리를 뜬 뒤였다.

"형한테 그게 무슨 말버릇이야."

"뭐 사고 친 거 있지?"

"여자 문젠가……."

"잘한다. 진짜."

버들이 콧잔등을 찌푸렸다.

"내일, 내일 철든다는 게 벌써 몇 번째야."

황 대표가 식사를 이어 갔다. 고깃덩어리에 칼끝을 찔러 넣자 접시 위로 피가 고였다.

"너 자꾸 형 혼낼 거야?"

"형도 나한테 바가지 긁잖아."

"그런 적 없어."

겨울이 발뺌했다.

"전에 나 집에 늦게 들어갔을 때 엄청 바가지 긁었잖아."

"넌 그때 더 혼났어야 돼. 세상 위험한 줄 모르고 어딜 연락도 없이."

능청스러웠던 겨울의 얼굴이 진지해졌다.

"근데. 둘이 친해?"

겨울이 턱 끝으로 버들과 황 대표를 까닥였다.

"언제 그렇게 친해졌어?"

"……무슨 말이야. 그게?"

괜스레 조마조마해진 버들의 목소리 끝이 떨렸다.

"아니. 레스토랑에서. 케이크만 먹진 않았을 거 아냐."

황 대표의 시선이 유 대표를 향했다.

"그러고 보니까 혼날 사람은 황 대표, 너네."

버들이 다급히 말려 보았지만 이미 겨울의 눈이 탐탁지 않게 뜨인 뒤였다.

"케이크 먹이고 어디 가서 놀았어?"

"뭔 소리야."

"케이크만 먹지 않았을 거 아냐."

잠시 황 대표가 버들을 주시했다.

"새벽이 다 뭐냐. 아침 다 되는 시간에 애를 돌려보낸 게 말이 돼?"

조명이 어두웠지만 새빨개진 버들의 얼굴은 잘 보였다. 황 대표가 차분히 와인을 들이켰다. 시선은 계속해서 버들을 향한 채였다. 새벽녘 호텔을 나섰을 때 스쳐 지나가며 본, 협소한 가로등 불빛 아래 앉아 있던 버들의 모습이 시간이 지났음에도 꽤 또렷하게 떠오른다. 유 대표와 늦게라도 만났을 줄 알았는데 그러기는커녕 늦는단 연락도 주고받지 않은 모양이었다. 그럼 그 시간에 뭐 하러 거기 앉아 있었던 거지?

"그때 나 황 대표님이랑 안 있었어. 내 친구들이랑 있었어."

"친구? 친구들 누구?"

초조한 것 같은 버들을 황 대표가 외면했다. 어쨌든…… 자신이 심각할 건 없었다.

곧이어 디저트가 종류별로 한 상 차려졌다.

"나 이거 다 못 먹어……."

"새끼야. 노력이라도 해."

와인 잔을 내려놓으며 황 대표가 버들을 향해 고개를 들었다. 스푼을 물고 있는 버들의 입술이 도톰했다.

"버들 씨."

황 대표가 낮은 음성으로 저를 부르는 것에 버들은 순간 눈을 깜박이는 것도 잊었다.

"살 빠졌어요?"

"아니야. 내 새끼 몸무게 똑같아."

황 대표의 물음에 겨울이 민감하게 반응했다.

"……저 살 빠진 거 어떻게 아셨어요?"

"너 살 빠졌어?"

황 대표 때문에 잠도 못 자고 입맛도 잃어 체중이 준 건 당연했다. 겨울의 닦달에 버들이 3킬로그램 정도 살이 빠졌다며 솔직히 고했다. 느릿하게 황 대표가 턱을 괴었다. 그러곤 버들을 노골적으로 바라봤다. 볼살은 똑같이 보동보동하나 어깨의 폼이 좀 더 가느다래졌다. 그걸 보고 살이 빠졌단 걸 알 수 있었다.

칼로리 높은 아이스크림을 푹 떠먹여 주려는 겨울이 유난스럽다. 난감한 기색으로 버들이 고개를 획 돌려 피했다. 그러는 와중에 "버들 씨."라고 존댓말을 써 준 황 대표를 살짝 훔쳐봤다.

식사가 끝난 뒤 우물쭈물하며 버들이 황 대표의 뒤에 섰다.

"잘 먹었습니다."

"그래. 오냐."

계산은 황 대표가 했는데 버들의 인사는 겨울이 받았다. 진동으로 울리는 핸드폰을 들고 겨울이 먼저 내려가 있으라며 자리를 피했다. 황 대표와 버들이 나란히 엘리베이터에 올라탔다. 좁은 공간에서 단둘이 있게 되다니. 버들이 저도 모르게 주먹을 꼭 말아 쥐었다. 쭉쭉, 내려가는 엘리베이터의 속도를 늦출 수만 있다면 얼마나 좋을까. 무연히 지나치는 시간이 아깝다.

그래서 용기를 냈다. 버들이 황 대표의 머리부터 발끝까지 천천히 시선을 미끄러뜨렸다. 그러다가 홀리듯 빠져들었다. 저도 모르게 침을 삼킨 버들의 목울대가 올각거렸다. 작은 소리였지만 그래도 기척이 느껴졌을 텐데 황 대표는 낮아지는 숫자만 바라보며 서 있는 채다.

"⋯⋯예뻐요."

느릿느릿, 감상이 제멋대로 흘러나왔다. 황 대표의 고개가 버들이 있는 쪽으로 향했다. 황당하다. 나한테 하는 말이야?

"속눈썹이랑 코끝 모양이랑 손톱이랑."

"⋯⋯."

"예뻐요."

황당하니까 헛웃음이 켜졌다.

"그리고 있잖아요."

슬랙스 아래 드러난 황 대표의 발목을 버들이 멍하게 바라봤다.

"복숭아뼈도 예뻐요."

"……."

"만져 봐도 돼요?"

허락한 적 없는데 이미 황 대표의 앞에서 버들이 허리를 숙인 뒤였다. 뭐 말릴 틈도 없이 버들의 팔이 황 대표를 향해 뻗어졌다. 살갗에 닿은 버들의 서늘한 손끝 체온에 황 대표가 움찔거렸다. 그리고 움켜쥐듯 세게 버들의 팔을 붙잡았다. 거기에 놀란 버들이 순간 중심을 잃고 앞으로 쓰러졌다. 얼굴이 푹 파묻힌 곳이 황 대표의 바지 앞섶이었다. 욕을 짓씹으며 황 대표가 잡고 있던 버들의 팔을 강하게 올려 일으켜 세웠다. 뜨거운 콧김이 얼굴 가까이에서 쌕쌕 쏟아졌다. 발그레한 버들의 양쪽 뺨에 황 대표의 눈썹이 일그러졌다. 그때 일층에 도착한 엘리베이터 문이 열렸다.

*   *   *

버들이 이불을 코 아래까지 끌어당겼다. 역시나 뒤척거림이 시작됐다. 답답하다. 몸에 열이 도는 거 같다. 결국 이불을 걷고 일어나 앉은 버들이 제 얼굴을 조심히 더듬거려 보았다. 그러자 사고에 가까웠던 접촉이 떠올랐다. 얼굴 전체를 뒤덮었던 황 대표의 다리 사이 감촉이 생생하다.

묵직했지? 엄청. 어마어마하게.

"……큰가 봐."

엄청.

어마어마하게.

잠 못 이루는 밤이 지나간다.

새벽이 지나며 바깥이 희끄무레하다. 적막함이 안개처럼 내려앉았다. 최대한 소리가 나지 않게끔 문을 닫기 위해 땀까지 삐질 흘리고 있는 겨울의 뒤태가 영락없이 도둑놈이다. 주방과 2층을 번갈아 가며 주시했다. 다행히 잠잠하다. 그제야 겨울은 모양 빠지게 굽히고 있던 허리를 떳떳이 폈다.

"아. 깜짝이야!"

호기롭게 물 한 잔을 벌컥벌컥 들이켠 뒤 유유히 걸음을 옮기던 겨울이 제자리에서 펄쩍 뛰었다. 소스라치게 놀란 만큼 심장 박동이 순간 치솟았다. 소파에 누군가 있다. 무릎을 세우고 앉아 있는 버들을 발견한 동시에 겨울의 호기로움은 폭삭 무너졌다.

"……버들아."

작게 말을 걸었다.

"형 출근한다, 이제."

"……."

"돈 많이 벌어 올게. 알았지?"

"……."

"갔다 올게."

구두에 한쪽 발을 꿰던 겨울이 문득 버들을 향해 시선을 던졌다. 버들의 눈꺼풀이 느릿느릿 움직인다. 겨울이 다시 어물쩍 집 안으로 들어왔다. 지금이 몇 시냐며 당장 으름장을 놓거나, 주정뱅이는 필요 없다고 쫓아내고도 남았을 텐데 버들의 입술이 꾹 다물린 채 열릴 줄을 모른다. 옆에 앉은 겨울이 말간 버들의 얼굴을 물끄러미 응시했다. 대체 누구 새끼기에 이렇게 잘났지?

"유버들."

정면만 바라보며 버들이 계속 멍하다. 앞에 뭐가 있나 덩달아 주시했지만 특별할 게 없다. 겨울이 버들의 볼을 콕콕 찔러 보았다. 말랑말랑한 감촉에 한 번 찌를 거 두 번 찌르게 되고, 두 번 찌를 거 세 번 찌르게 된다. 그러다 보니 금방 열 번이 넘어갔다. 하지 말란 짜증을 예상하고 저지른 짓인데 아무런 반응이 없다. 뭐지. 이쯤 되니 불안해진다. 외박했다고 새롭게 주는 벌인가.

"버들아."

결국 버들의 턱을 잡아 제 쪽을 보게 했다.

"……형."

한참 뒤 버들이 자그맣게 웅얼거렸다.

"왜 그래? 형한테 너무 술 냄새나?"

"……."

"그래서 무시하기로 했어?"

"……."

"술 냄새는 씻으면 되는 거잖아. 새끼야."

"……."

"외박도 이제 안 해."

"……."

"그러니까 남자답게 한 번만 용서해 줘. 응?"

어쩐 일인지 겨울이 차분한 어조로 제 잘못을 순순히 인정했다. 버들의 호흡이 찰나 흐트러졌다. '남자답게'란 말이 가슴에 콕 박히면서였다. 몽롱했던 버들의 눈동자가 차차 또렷해졌다. 물이라도 떠 와서 먹이려고 겨울이 자리에서 일어났을 때다. 그런 겨울의 허리를 버들이 덥석 끌어안았다.

"형······."

오래 뜸 들여 저를 부른 버들의 이마를 겨울이 짚었다. 다행히 열은 없는지 서늘하다.

"왜 그래. 무슨 일 있어?"

"있잖아. 형."

"어. 말해. 뭐야."

나쁜 꿈이라도 꾼 건가. 마음을 놓지 못하고 겨울이 계속 걱정스레 버들을 살폈다.

"나······."

통통한 제 아랫입술을 버들이 질끈 물었다가 놓았다.

"······되게 건강한가 봐."

몽정했다. 나이가 몇인데 몽정이 물론 처음은 아니었다. 꿈에는 황 대표가 나왔다. 실내였는지, 실외였는지 장소까지 기억은 안 나지만 황 대표와 나란히 앉아 있었던 건 확실했다. 마디마디 참 고운 황 대표의 손가락이 제 손과 얽혀 들면서 깍지가 껴졌다. 그 은밀한 느낌에 아랫배가 찰랑찰랑 간지러웠다.

"건강하면 좋은 거지."

"형은 아무것도 모르면서."

"왜. 뭐야. 진짜 무슨 일 있는 거야?"

아무것도 아니라며 뒤에 겨울을 남겨 두고 제 방에 들어온 버들이 한숨을 폭 내쉬었다. 같은 남자고, 친해지고 싶은 사람이 꿈속에서 손을 잡았다고 몽정을 하다니.

얼굴을 식히는 데 집중하던 버들이 불쑥 서랍을 열었다. 머플러와 치즈케이크 박스에 장식되었던 빨간 리본을 지나쳐 손에 쥔 건

가죽으로 된 수첩이었다. 뉴욕에 있었을 때 우연히 주운 것이었다.

손끝으로 수첩을 쓸어 보던 버들이 아무 장이나 펼쳐 종이 냄새를 깊숙이 들이마셨다. 정말 오랜만이다. 이렇게 만져 보는 것도. 이렇게 냄새를 맡아 보는 것도. 수첩 속에 휘갈겨 적힌 글씨는 뜻밖에 한글이었다. 소설처럼 은밀한 느낌으로 적혀진 그 내용을 보고 태어나 처음 몸이 달았다.

……그러니까, 흥분했었다. 귀 뒤로 땀이 흐를 만큼 쩔쩔맸었다. 꼿꼿하게 서 버린 제 아래를 그저 손바닥으로 꾹꾹 누르는 것으로 버들은 태어나 처음 파정을 맞았다.

한 손에는 머플러, 한 손에는 수첩을 든 버들이 침대에 누웠다. 머플러에 남아 있는 희미한 황 대표의 향수 냄새와 수첩의 축축한 종이 냄새가 의외로 잘 어울린다. 높다란 천장은 평소와 다를 바 없는데 어찌된 일인지 멀미가 난 것처럼 온 세상이 소란스러운 거 같다.

잠들지 못하고, 입맛을 잃고, 울적해지고, 시도 때도 없이 떠오르고, 보고 싶고, 만나면 기쁘고. 따로따로 떠오른 감정들이 하나로 뭉쳐지니까…… 곧 터져 버릴 것처럼 심장 박동이 치솟았다.

유독 동그란 달이 떴다. 활짝 열어 둔 창문 밖으로 차 소리가 들리자 작업실에 틀어박혀 있던 버들의 표정이 순간 환해졌다. 하루 중 이때를 가장 기다리고 있었다. 흙이 묻어 지저분한 손을 씻고 물기를 앞치마에 대강 문지르며 나오니 이제 막 귀가한 겨울이 보였다.

"안 잤어?"

"아직 10시밖에 안 됐잖아."

"그럼 형 기다렸어?"

"응."

졸졸 따라오는 버들에게 겨울이 어깨동무를 했다. 아, 왜 이래.
무겁다며 싫어하는 버들의 뾰족한 반응에 오히려 더 체중을 실었
다. 허리가 반으로 숙여진 채 버둥거리는 버들을 겨울이 와락 껴안
았다가 놓아줬다. 피가 쏠리는 바람에 빨개졌던 버들의 얼굴이 점
차 원래대로 돌아왔다. 겨울의 핸드폰을 손에 쥔 버들이 비밀번호
를 꾹꾹 눌렀다. 아직 여자 친구랑 안 헤어진 모양이다. 겨울과 눈
이 마주치자마자 버들이 궁금한 걸 물었다.

"바빴어?"

"바쁘지. 항상."

"그럼, 저녁은?"

"응?"

"저녁 먹었어?"

"……뭐."

애매한 대답이었다.

"먹었어? 안 먹었어?"

"그냥 요기 정도만 했어. 왜?"

"아무리 바빠도 그렇지. 왜 저녁을 안 먹어?"

"대충 먹기는 했다니까."

"먹으려면 확실히 먹어야지."

갈아입을 옷을 고르다 말고 겨울이 뿌듯하게 가슴을 폈다. 요 근
래 버들이 제 방에서 머무는 시간이 길었다. 하루의 피곤이 풀린다.

"왜 이렇게 예쁜 짓 하지?"

"······내가?"

금시초문이란 얼굴로 버들이 뚱해졌다.

"형이 그렇게 걱정돼?"

성의 없이 버들이 고개를 끄덕였다. 겨울이 씻고 나오는 동안 얌전히 앉아서 기다렸다.

"형. 오늘 바빴다고 그랬잖아. 그럼 황 대표님도 바빴겠네?"

"지금 회사 자체가 정신없을 때야."

"황 대표님도 저녁 식사 안 하셨어?"

"글쎄."

"무슨 대답이 그래?"

관심 없단 겨울의 말투에 한숨이 절로 폭 새어 나온다.

"황 대표님, 배고프면 어떡해."

"배고프면 뭐. 알아서 뭐든 찾아 먹겠지. 어린 애도 아니고."

"그래도 끼니는 제때 챙겨 먹는 게 좋은 거잖아."

"그러는 너는 삼시 세끼 다 챙겨 먹었냐?"

"황 대표님은 어떤 음식 좋아해?"

"알 게 뭐야."

카레 좋아하시면 좋겠다. 나 카레 잘 만드니까. 버들의 혼잣말이 드라이기의 과한 소음을 뚫고 제대로 혹혹 귓구멍에 처박혔다. 가만, 묘하게 이상하단 생각이 든다. 우선 드라이기를 끈 겨울이 젖은 머리를 대강 수건으로 훑었다. 거울을 통해 비춰지는 버들을 가늘게 뜬 눈으로 흘겨봤다. 열이 받는다. 며칠 내 이런 패턴이었다. 처음만 제 걱정이지 그다음부터 버들의 관심은 황 대표로 퍼져 나갔다. 아, 이걸 왜 이제 알아차렸지?

"형. 형."

버들이 즐겁게 종알거렸다.

"황 대표님, 매운 거 잘 먹어? 형은 친구니까 알지?"

겨울이 팔짱을 꼈다.

"황 대표님……."

"아, 잠깐만."

버들의 말을 겨울이 단호히 가로막았다. 버들에게 새로운 입버릇이 생겼는데 그게 '황 대표'였다. 황 대표님은…… 하고 운을 떼는 게 부쩍 자연스럽기까지 하다.

"황 대표 얘기는 왜 자꾸 해?"

"그게 아니라, 형. 황 대표님, 성격 진짜 좋은 거 같아. 그치?"

웃긴다. 진짜.

"나는 황 대표 그 새끼처럼 돈 밝히고, 성격 더럽고, 싸가지 없는…… 아!"

황 대표를 나쁘게 말하는 겨울의 못된 주둥이를 버들이 가차 없이 손끝으로 때려 응징했다. 표정도 새치름하다. 황당해하던 겨울이 도망가려는 버들을 어렵지 않게 붙잡았다. 그리고 곧장 바깥 다리를 걸었다. 겨울의 팔에 아등바등 매달려 어떻게든 버텨 보고자 노력했지만 힘에서 밀린 버들이 기어이 바닥에 엉덩방아를 찧고야 말았다. 시무룩하게 버들의 눈썹이 처졌다. 그러기도 잠깐이다. 벌떡 일어나 오목조목 겨울에게 따졌다.

"황 대표님 착해."

"네가 뭘 안다고."

"하나를 보면 열을 알아."

"그 하나가 뭔데?"

"예뻐. 예쁜 사람은 성격 좋아."

외모로 사람을 평가하다니. 저 새끼. 위험한 새끼일세.

"야, 인마!"

겨울이 버럭 큰 소리를 내질렀다. 그리고 눈높이를 맞춰 버들에게 제 얼굴을 가까이 가져갔다.

"형도 예쁘다고 말해."

"유치하거든?"

예뻐 보이고자 턱 아래를 다소곳이 받힌 손이 민망해졌다. 갈수록 커지는 민망함을 감추고자 헛기침을 터트리며 겨울이 기절한 척했다. 그냥 좀 지나치지 버들이 그런 겨울을 집요하게 흔들었다. 그래도 끝까지 기절한 척하는 겨울의 감긴 눈을 버들이 억지로 손가락으로 들어올렸다. 순간 웃음이 터진 겨울이 마지못해 먼저 항복을 선언했다.

"형. 있잖아. 황 대표님한테 내 칭찬 좀 해 줘."

"네 칭찬을 뭐 하러 해."

"잘 보이고 싶으니까 그렇지. 친해지고 싶단 말이야."

"황 대표랑 네가 친해져서 뭐 하게."

"형 친구기도 하고. 친해지면 좋은 거 아니야?"

겨울이 버들의 하얀 얼굴을 유심히 들여다봤다. 크게 말썽을 피운 적도 없었고, 특별한 것에 욕심을 부린다거나 떼를 쓰는 경우도 없었다. 뭘 사 준다고 하면 오히려 마다하는 편이었다. 남다른 스케일로 다섯 형제들이 사춘기를 요란 법석하게 보낸 것에 비해 버들은 늘 한결같았다. 그마저 버들의 성격다웠다.

버들이 뉴욕에 가 있느라 떨어져 지냈을 때조차 겨울은 하루에도 여러 번 화상 통화를 걸어 대며 제 막냇동생을 거의 옆구리에 끼고 살았었다. 그만큼 버들의 대해선 샅샅이 파악하고, 이해하고, 알고 있노라 생각했는데 불현듯 심란함이 번져 왔다. 내가 모르는 게 있나? 놓친 게 있는 건가? ······아닌데.

"너 황 대표 타령 왜 하는 거야?"

"멋있잖아."

"아깐 예쁘다면서?"

"당연하지."

"뭐가 당연해?"

"멋있기도 하고 예쁘기도 하니까."

겨울이 질색했다.

"조각, 피사체로서?"

버들이 감탄했다. 초승달처럼 휘어진 채 웃음을 담는 눈매가 선하다.

"야, 인마. 지금 웃을 때 아니야."

"······그럼?"

발육이 늦되더니 때늦은 사춘기가 온 건가. 황 대표에 관한 버들의 과한 관심을 겨울이 동경으로 초점을 맞췄다. 닮고 싶은 롤모델, 뭐 이런 건가 싶은 거다.

"위로 형이 다섯이나 있고 그중에서 제일 잘생긴 나랑 같이 살고 있으면서 왜 황 대표야."

"갑자기 그게 무슨 말이야?"

"몰라, 새끼야."

괜히 동생 뺏긴 거 같아 부아가 치민다.

"형은 안 멋있어? 멋있잖아."

"수염 좀 깍지?"

"야. 이게 멋이란 말이야."

콧방귀 뀌며 버들이 문을 닫고 나가 버렸다.

*　　*　　*

사옥에 도착한 버들이 대문 아래를 내려다보면서 웃음을 터트렸다. 버들이 온 걸 강아지들이 알아차리고선 대문의 작은 틈새로 주둥이를 내민 채 반가워서 난리가 났다. 벌름거리는 까만 콧구멍이 발랄하다. 앞에 쪼그려 앉아 톡톡 두드리자 손끝에 축축함이 묻어났다.

조심히 대문을 열고 들어가자 이때만 기다렸던 강아지들이 껑충껑충 뛰어 댔다. 볼 때마다 쑥쑥 크는 거 같다. 잘 있었어? 밥 잘 먹었어? 버들의 정다운 안부에 강아지들의 꼬리가 떨어져 나갈 것처럼 빨라졌다. 비서 자리가 비어 있다. 손부터 씻은 다음 버들이 알아서 제 마실 것을 챙겨 겨울의 대표실로 향했다. 인기척에 뒤를 돌자 막 자리에 앉으려던 비서와 눈이 마주쳤다.

"아. 유 대표님, 영화 관계자 미팅 때문에 지금 자리에 안 계십니다."

네. 고개를 끄덕인 뒤 버들이 대표실 안으로 들어갔다. 실내 온도가 쾌적하게 맞춰져 있다. 익숙하게 가방과 컵을 내려놓은 뒤 버들이 에어컨 앞에 섰다. 옷자락을 붙잡고 한참 펄럭이며 서 있자 배꼽 부근이 싸해진다. 시원하다.

"겨울이 형은 좋겠다."

마음만 먹으면 하루 종일 황 대표님이랑 있을 수 있는 거니까. 그런 면에서 금동이랑 감자도 부럽다. 나보다 훨씬 더 황 대표님을 우연히 볼 수 있는 확률이 높으니까. 부러움에 버들의 눈썹이 찌푸려졌다.

에어컨을 뒤로하고 버들이 소파에 앉았다. 겨울과 나란히 앉던 자리가 제 지정석이었지만 슬그머니 그 맞은편으로 옮겨갔다. 황 대표가 매번 앉던 자리였다. 버들의 입매가 부드러워졌다. 고작 황 대표가 앉던 자리에 앉아 보는 것만으로도 웃음이 밴다. 해바라기가 상하지 않게 조심히 테이블에 올려 뒀다. 오늘은 황 대표님이랑 꼭 만났으면 좋겠다. 막연히 희망하며 버들이 가방을 열어 책을 꺼냈다.

공부를 좀 하다가, 탄산수를 들이켰다가, 에어컨 바람 좀 쐬었다가, 버들이 하품했다. 강하게 들어오는 햇볕에 공기 중에 둥둥 떠다니는 먼지들이 꼭 보석처럼 반짝거렸다. 나른한 오후다. 무거워진 눈꺼풀을 비볐다. 그래도 눈이 가물가물하다. 잠깐만 쉬어야겠다. 버들이 소파에 누웠다. 저절로 눈이 감겼다.

*　　*　　*

자기 대표실에 있던 황 대표가 겨울의 대표실로 향했다. 복도를 걸으며 고개를 좌우로 꺾자 뚝뚝 피곤한 소리가 났다. 영화가 곧 제

작에 들어간단 소문은 빠르게 퍼졌다. 시나리오 내용까지 멋대로 추측하며 온갖 군데의 관심이 모아지고 있었다. 어떤 관심이 됐건 아직은 시기상조다. 쓸데없는 소문들이 만들어지면 작품에 득이 아니라 독이 되니까. 황 대표가 진동이 울리는 핸드폰을 꺼내 들었다. 유 대표에게 걸려 온 전화일까? 확인한 발신인에 소희의 이름이 찍혀 있다. 황 대표의 입에서 한숨이 샜다. 요 며칠 밤낮을 가리지 않고 소희에게 자주 전화가 걸려 왔다. 서로 재미있게 잘 놀아 놓고선 왜 이러실까. 영화 들어가는 것에 관심을 보이며 제 매력을 깎아 먹고 있었다. 전화는 받지 않았다.

겨울의 대표실 문을 열자 색색 고른 숨소리가 들렸다. 소파를 독차지한 채 반듯하게 누워 잠이 든 버들이 보였다. 금방 회사에 도착한단 메시지를 유 대표에게 받고 유 대표의 대표실로 넘어온 황 대표가 인상을 썼다. 자기 동생이 와 있을 거란 말은 없었다. 황 대표가 문을 닫고 안으로 들어갔다. 버들의 하얀 얼굴은 오늘도 변함이 없다. 살짝 벌어진 도톰한 아랫입술도 그렇고. 위로 둥글게 말려 있는 속눈썹도 그렇고. 직전까지 별생각 없었는데 버들을 보고 있자니 묘하게 신경이 날카로워진다.

으음……. 버들의 칭얼거림에 그 맞은편에 앉아 핸드폰을 내려다보고 있던 황 대표의 고개가 위로 들렸다. 손이 시린 버들이 잠결에 따뜻한 곳을 찾아 꼬물거렸다. 옷을 들춰 습관처럼 배꼽 주변을 만졌다. 그런 버들의 모습에 황 대표의 눈썹이 꿈틀거렸다. 속살이 뽀얗다. 뽀얀 속살과 끝이 전부 갈라진 것으로 모자라 조그맣게 멍이 생긴 손톱이 비교돼서 더 흉측하게 부각된다. 버들의 납작한 배를 외면하고 자리에서 일어난 그 순간이었다. 쿵! 소파에서 버들이 굴러 떨어졌다.

"김 실장. 욕 나오게 일처리 그 따위로 할 거야!"

억세게 문을 열고 유 대표가 들어왔다.

"뭐야."

문 앞에 서서 제 동생과 황 대표를 번갈아 가며 바라보길 잠시. 유 대표가 냅다 인상을 찌푸렸다. 예. 제가 다 설명하겠습니다. 그게 뭐냐면……. 자기한테 물어본 말인 줄 알고 지레 겁먹은 김 실장이 차분히 상황을 풀어 나갔다. 유 대표의 손에 들린 핸드폰을 황 대표가 턱을 까닥이며 가리켰다. 핸드폰 너머로 얼핏 들려온 김 실장의 말을 그냥 흘려듣지 않았다. 정확히 숫자를 밝히는 부분에서였다. 유 대표를 향해 중요한 내용인 것 같으니까 집중해서 통화하라고 황 대표가 지적했다.

"야. 황 대표."

통화가 채 끝나지 않았는데 유 대표가 핸드폰을 들고 있는 손으로 삿대질을 퍼부었다.

"너 버들이 밀쳤어?"

말도 안 되는 유 대표의 오해에 거르지 않고 욕이 튀어 나갔다.

"뭘 밀쳐. 버들 씨랑 나랑 서로 떨어져 있는 거 안 보여?"

밀치려고 해도 접촉이 있어야 하는 건데 생각만 해도 싫다. 유 대표의 시선을 따라 황 대표의 고개가 무심코 움직였다. 소파에서 굴러 떨어질 때 소리가 꽤 크게 났는데 버들은 잠에서 깨지 않았다. 길게 들이마시고, 짧게 내뱉는 호흡대로 오르락내리락하는 아랫배의 움직임이 일정하다. 옷에 반만 가려져 드러난 배꼽이 쏙 파여 하얗다. 사내새끼가 참 쓸데없다.

"나중에 다시 불러."

"그게 언젠데?"

"한가해지면."

"우리한테 한가해질 때가 있긴 해?"

수긍할 수밖에 없는 유 대표의 말이었다. 앞으로 펼쳐질 일정이란 미친 듯이 바쁘든가, 적당히 바쁘든가 둘 중 하나였다. 대표실을 유유히 빠져나가려던 황 대표의 앞을 유 대표가 기가 막힌 타이밍으로 가로막았다. 둘 다 훤칠하게 큰 만큼 바닥에 드리워진 그림자도 길쭉했다.

─대표님? 유 대표님!

재차 저를 부르는 김 실장에게 유 대표가 잠깐만 있어 보라고 대꾸했다.

곧바로 확인해야 하는 서류를 찾는 것도 급하고, 바닥에 퍼질러져 잠든 제 막냇동생을 챙기는 것도 급하고, 황 대표에게 시비를 거는 것도 급하고. 몸이 하나라 동시에 세 가지 일을 할 수 없단 게 억울해지는 순간이었다. 유 대표가 우선 버들을 안아 소파에 올려두고 노트북이 있는 곳으로 걸어갔다.

"나 일해야 하니까 대신 좀 깨워."

뻔뻔한 요청에 황 대표가 미간을 일그러뜨렸다.

"나도 일하다가 왔어."

"아, 좀 깨우라고. 그게 어려운 일이야?"

"네가 해."

"내 새끼 저렇게 자다가 담 걸리면 어떡할 거야."

"억지 좀 쓰지 마. 그게 내 탓으로 돌릴 일이야?"

"아, 좀 깨워."

"네 새끼라며. 네 새끼니까 네가 깨워."

티격태격, 말다툼이 끊이지 않았다.

"공동 대표가 말이야. 네 일, 내 일 가려 하면 되겠어?"

"말 똑바로 해. 네 일, 내 일 가린 적 없어. 네가 네 일을 억지로 나한테 떠넘기려는 거지."

둘 다 기본은 말로 먹고 살고 있는 만큼 줄다리기가 팽팽했다. 마우스를 흔들다 말고 유 대표가 황 대표를 노려봤다. 황 대표의 가로로 긴 눈매가 냉담할 뿐이다. 야박한 새끼. 저 인정머리라곤 하나도 없는 새끼. 유 대표가 황 대표를 향해 욕을 줄기차게 내뱉었다.

맺고 끊음이 지나칠 정도로 분명한 황 대표의 성격은 아주 어렸을 때부터 한결같았다. 태어나길 저 따위로 태어난 새끼이건만. 뭐? 착해? 예뻐? 멋있어? 버들이 입버릇처럼 재잘재잘 늘어놓았던 장황한 칭찬이 아깝다 못해 배알이 꼴릴 지경이다. 황 대표, 저놈 저거본래의 성격을 알아야지만 버들이 더는 황 대표님은, 하고 말을 꺼내지 않게 될 텐데.

난제가 따로 없다. 황 대표의 성격이 어떤지 직접 보고 겪길 바라면서도 바라지 않게 된다. 내 새끼 좋은 것만 보고 자랐으면 좋겠으니까. 비밀번호를 입력해 여러 개의 폴더를 펼쳤다. 유 대표가 빠르게 마우스를 까닥거려 필요한 자료들만 골라 구분했다. 넓은 모니터 화면이 금세 그래프들로 복잡해졌다.

"김 실장."

-네. 유 대표님.

"처음부터 다시 설명해."

―…….

정적이 짧게 유지됐다. 핸드폰 너머 김 실장의 모습이 눈에 선해서 황 대표는 작게 실소를 터트렸다. 이내 그의 시선은 자고 있는 버들에게 향했다. 비웃음이 커졌다. 담이 걸리기는 개뿔. 안방에 누워 있는 걸로 착각할 정도다. 그만큼 색색 내쉬는 버들의 숨소리가 안정적이었다.

"예상 수익률 오차가 너무 크잖아."

짜증을 내며 유 대표가 김 실장을 들들 볶았다. 테이블에 아무렇게나 펼쳐져 있는 책들과 펜들이 어수선함을 키운다. 팔을 뻗은 황 대표가 가장 가까이에 놓인 전공 서적을 들어 올렸다. 유버들. 꾹꾹 눌러쓴 글씨체로 이름과 함께 학번이 기록되어 있었다. 나이를 계산하니 자신과 아홉 살 차이가 난다.

"그 자료 나한테 있어."

황 대표가 자리에서 일어났다.

그렇게 두 시간 정도가 흘렀다. 두 대표가 정신없이 일에 몰두했다. 여태 잘 자고 있는 버들이 콧잔등이 간지러운지 문지르며 칭얼거렸다. 바닥에 몇 번 굴러 떨어졌으니 눈에 보이지만 않을 뿐 온갖 먼지들을 뒤집어썼을 게 분명하다. 위생에 대해 민감한 황 대표가 눈살을 찌푸렸다.

* * *

영화 때문에 회사가 바빠졌다.

회사에 잘 안 나오던 황 대표가 꾸준히 출근을 한다.

새롭게 얻은 정보를 버들이 활기차게 써먹었다. 학교와 집만 오가던 일정에 회사가 추가됐다. 아마 직원이었다면 근태가 훌륭하단 소리가 진작 나왔을 거다. 그만큼 버들은 주말도 없이 회사를 들락거렸다. 가서 하는 일이라곤 겨울의 대표실에 앉아 책을 읽으며 시간을 보내는 게 전부였다. 하지만 거기에서 얻어지는 수확은 엄청났다. '유버들 씨.'하고 제 이름을 불러 주는 낮은 음성을 듣는 행운이 생기기도 하고, 아주 찰나지만 황 대표의 시선이 저를 스쳐 지나갈 때도 있었다.

아침부터 추적추적 비가 내렸다. 빗방울의 무게를 견디지 못하고 나뭇잎이 몸을 떨었다. 커피 향기가 진하다. 겨울의 눈을 피해 버들이 황 대표를 따라 나갔다. 머리부터 발끝까지. 황 대표만 바라보는 것으로 꼬박 하루를 할애할 수 있을 거 같다. 황 대표의 넓은 어깨와 큰 키는 저뿐만이 아니라 남자라면 다들 부러워할 게 틀림없다. 손목에 채워진 황 대표의 시계를 가만히 응시하던 버들이 가방을 열었다. 회사에 나올 때면 항상 꽃집부터 들러 해바라기를 산다. 그 해바라기는 언제나 황 대표만을 위한 선물이었다. 버들이 가만히 숨을 참았다.

"황 대표님."

걸음을 멈춘 황 대표가 뒤를 돌았다.

"……."

"……."

말없이 버들이 해바라기를 내밀었다. 황 대표가 해바라기를 받아 가자 버들의 볼이 상기됐다. 도망치듯 그 자리를 벗어나며 수줍은 기분에 버들이 아랫입술을 말아 물었다. 비는 오후가 되어서야 멎었다.

"버들아. 일어나. 저녁 먹으러 가게."

소파에 기우뚱 쓰러져 잠이 든 버들을 겨울이 흔들어 깨웠다. 몽롱한 버들의 모습에 겨울이 주책을 떨어 댔다. 옆에 있는 황 대표의 옆구리를 찔렀다. 내 새끼 좀 봐. 자고 일어나니까 더 예쁘지 않냐? 황 대표가 동의하지 않았다. 네 새끼, 네 눈에나 예쁜 거고.

회사 회식에 버들이 참석했다. 얼결이었다. 의무적으로 잠깐 얼굴을 비친 뒤 두 대표는 회식 장소에서 빠져나와 호텔 레스토랑으로 향했다. 버들도 제 형 옆에서 당당히 그곳 회원 카드를 꺼냈다. 테이블에 음식들이 가득히 채워졌다. 커다란 창밖으로 펼쳐진 야경에 버들이 정신을 팔렸다.

"빨리 먹어라."

겨울의 채근에 버들이 포크를 들었다.

"다른 거 먹으면 안 돼?"

"다른 거? 뭐."

곧바로 겨울이 버들의 품에 메뉴판을 안겨 줬다.

"여기 싫어. 다른 데 가면 안 돼?"

"싫지? 그치? 와. 버들아. 잘 생각했다."

과하게 겨울이 버들을 칭찬했다.

"다음엔 형이랑 둘이 더 맛있는 거 먹으러 가자."

슬쩍 어깨를 움츠리며 버들이 물었다.

"황 대표님은?"

"며칠 지켜보고도 모르겠냐? 저 새끼는 먹는 것만 먹어. 질리지도 않나."

본인 욕을 하는 건데도 황 대표는 무심한 태도였다. 그런 황 대
표의 앞에 놓인 접시를 버들이 고개를 쭉 빼 물끄러미 응시했다. 그
러고 보니까 황 대표님은 매번 같은 음식을 주문한다. 먹는 것만 먹
는다는 게 여기 레스토랑의 메뉴인 저 스테이크라는 뜻인가? 겉면
만 살짝 익힌 고기에 핏기가 돈다.

아! 퍼뜩 떠오른 생각에 버들이 겨울의 귀를 움켜잡았다. 그리고
자기 쪽으로 당겨 소곤거렸다. 제 형을 통해 황 대표에게 자신을 어
필할 수 있는 좋은 기회였다.

"어? 너무 작게 말해서 안 들렸어."

"나 잘하는 거. 내 칭찬 말이야. 그거 지금 해 줘."

자기 칭찬을 해 달라며 조르는 버들을 겨울이 잠시 흘겨봤다. 버
들의 입에서 나오는 황 대표 타령은 더 늘어났다. 못마땅하긴 하나
버들이 원한다면 못 해 줄 것도 없다.

"야."

황 대표를 부르는 겨울의 어조가 껄렁했다.

"버들이 잘하는 거 있다."

황 대표는 딱히 관심 없어 보인다. 그런데도 버들이 잔뜩 긴장한
채 속눈썹을 파르르 떨었다.

"우리 버들이 사탕 잘 먹더라."

버들의 볼이 확 달아올랐다. 너무 황당하다. 무슨 칭찬을 그런 걸
로 해. 심지어 사탕을 잘 먹지도 않은 버들이 제 형의 허벅지를 찰
싹 때렸다. 아, 이거 아니야? 버들을 보며 도리어 겨울이 당황스러
운 기색을 내비쳤다. 다시 야, 하며 겨울이 황 대표를 불렀다. 긴가

민가하다. 입술을 달싹이던 걸 멈추고 겨울이 버들에게 물었다.

"너 초콜릿 잘 먹었던가?"

도움이 하나도 안 된 겨울이 전화를 받기 위해 잠시 자리를 비웠다. 옷매무새를 단정히 정리도 할 겸 화장실을 다녀온 버들이 그 후부터 초조하게 굴며 황 대표의 눈치를 봤다. 버들의 손끝에서 냅킨이 너덜너덜 걸레가 됐다. 바짝 타는 입안에 버들이 연거푸 물을 들이켰다. 어쩌지. 나가자고 해도 되는 걸까?

방금 전 화장실을 다녀오면서 황 대표와 아는 여자를 보게 됐다. 벌써 몇 주나 흘렀다. 겨울의 핸드폰을 통해 알아낸 스케줄로 황 대표와 만나고 싶어 무작정 찾아왔던 호텔 레스토랑 바로 여기에서 봤던 여자였다. 황 대표와 다정하게 이야기를 주고받던 그 여자가 아까 다른 남자의 팔짱을 끼고 복도를 걸어가고 있었다. 혹시나 그 모습을 우연히 보게 된 황 대표가 상처받을까 봐 버들이 새빨개진 얼굴로 전전긍긍하는 중이었다. 꼭 죄지은 것처럼 버들의 고개가 푹 숙여졌다. 이내 마음을 굳혔다. 나가자고 해야겠다.

"대표님, 아······."

버들의 입술이 조그맣게 벌어졌다. 어떤 여자가 황 대표의 어깨를 만지며 아는 척을 하고 있었다. 어디에다가 눈을 둬야 할지를 모르겠는지 버들이 허둥거렸다. 여자에게 황 대표가 친절하게 웃어 줬다. 잘생겼다. 기분이 멍해진다. 그때였다. 비스듬히 얼굴 각도를 꺾은 여자가 그대로 황 대표를 향해 허리를 숙였다. 서로의 입술이 농밀하게 포개졌다. 버들의 얼굴이 사색이 됐다. 순간 숨이 꽉 막혔다.

"전화해."

"응."

황 대표의 셔츠 깃을 쓰다듬은 여자의 손길에 여운이 가득했다. 작별 인사가 그대로 끝이 아니라 다음 만남을 예고하고 있었다. 버들이 제 손을 내려다봤다. 얼마나 힘을 꽉 주고 있었던지 주먹을 펴자 손가락이 다 저릴 정도였다. 황 대표와 버들의 눈이 마주쳤다. 곱다고 감탄했던 황 대표의 입술에 립스틱 자국이 흐릿하게 번져 있었다. 냅킨으로 그 자국을 닦아 내는 황 대표를 버들이 반대쪽으로 고개를 돌려 외면했다. 부랴부랴 가방을 챙겼다. 어, 먼저가 보겠습니다. 고개를 숙이고 인사까지 했으면서 버들이 잠시 멈칫거렸다.

오늘이 아니면 시들어 버리니까……. 품에 안고 있던 가방을 열어 버들이 해바라기를 건넸다. 손끝이 미세하게 달달 떨리고 있었다. 고마워요. 거친 버들의 손이 닿지 않게끔 꽃을 받아 간 황 대표가 평소처럼 말했다.

로비 구석에서 버들이 겨울에게 전화를 걸었다. 길게 이어지던 통화를 막 끝낸 참이었는지 근처에 있으니 금방 데리러 오겠다고 한다. 기분이 너무 이상하다. 제 나름대로 혼란을 덜고자 생각을 정리해 보았지만 어떤 소용도 없다. 그저 마음만 더 답답해지고야 말았다.

아. 황 대표님이다. 기운 없이 처져 있던 버들이 엘리베이터에서 내린 황 대표를 발견하자마자 기둥에 몸을 감췄다. 로비 밖으로 나가려던 황 대표가 방향을 틀었다. 버들이 그대로 얼어붙었다. 황 대표가 해바라기를 쓰레기통에 버렸다.

04. 우연한 것에서 비롯된 (4)

뒤척거리기 한참이다. 평소라면 듣기 좋았을 바람 소리마저 거슬린다. 안 되겠다 싶었는지 버들이 무릎으로 일어나 침대 옆 창문을 닫았다. 고요함이 천장으로부터 내려앉는다. 참으려고 했는데 한숨이 폭 나와 버렸다. 애써 감은 눈꺼풀이 미세하게 꿈틀거렸다. 아까부터 계속 노력 중이지만 머릿속이 어지러우니 좀처럼 잠들기가 쉽지 않다. 숨을 크게 들이켠 버들의 가슴이 부풀었다. 후. 길게 내뱉은 숨에 부풀었던 버들의 가슴이 천천히 가라앉았다.

심호흡을 여러 번 반복해 봐도 어딘가 꽉 막힌 느낌은 조금도 나아지지 않았다. 코 아래까지 덮고 있던 이불을 버들이 긴 다리로 휘적휘적 차 내고선 대자로 뻗었다. 그러고 있길 또 한참. 결국 잠자는 걸 포기했다. 버들이 차가운 물을 틀어 오랫동안 세수를 했다. 턱 아래로 뚝뚝 고이는 물을 대충 손등으로 밀어 닦으며 숙였던 허리를 폈다.

방 안의 불을 켜자 해바라기부터 눈에 담겼다. 처음엔 한 송이였던 게 지금은 두 송이다. 하나는 황 대표가 놓고 간 거고, 하나는 황 대표가 버린 거다. 쓰레기통에 처박혔어도 샛노란 색감의 꽃은 싱그러웠다. 더럽단 생각도 못 하고 버들이 쓰레기통 속으로 기꺼이 손을 넣어 그걸 주워 왔다. 지금은 두 송이 모두 시들어 버린 상태다.

「유버들 씨.」

탁하고 낮은 황 대표의 목소리를 겨우겨우 밀어냈다. 밀어내어 생긴 빈 공간으로 황 대표의 고운 손가락이 꽉 들어찼다. 이거 아니야. 버들이 황급히 고개를 내저었다. 고운 황 대표의 손가락을 밀어내니까 바로 이어서 가로로 올곧은 넓은 어깨가 생각이 났다. 운동하시는 거겠지? 어떤 운동을 하시는 걸까? 시계가 채워진 황 대표의 손목을 타고 손등까지 푸르게 돋아난 핏줄이 떠올랐다. 문득 파자마 소매를 돌돌 말아 버들이 제 팔을 접어 보았다. 턱이 바들바들 떨릴 정도로 힘을 줬지만 알통이라고 할 게 전혀 없다. 황 대표의 몸과 제 몸을 비교하느라 잠깐 방심했다. 갑자기 황 대표의 모든 것들이 머릿속을 휘젓기 시작했다. 마치 도미노가 와르르 무너지는 것처럼 걷잡을 수가 없었다. 발목이, 속눈썹이, 손톱이, 코끝이……. 아아. 낙담하며 버들이 침대 위로 쓰러졌다.

애인, 있으신 건가.

*   *   *

도서관에 들러 필요한 책을 빌린 후 버들이 교문을 빠져나갔다.

미리 와서 기다리고 있던 기사가 버들을 반겼다.

"오늘은 저 알아서 갈게요."

기사가 열어 준 뒷좌석 문에 버들이 무거운 가방만 집어넣었다. 흰머리가 희끗희끗한 기사가 부쩍 걱정스럽게 버들을 바라봤다.

"좀 걸으시려고요?"

"네."

"날씨가 너무 덥지 않겠습니까."

"아직 5월인데요."

밝게 웃으며 버들이 대꾸했다. 차가 멀어지는 방향으로 걷다 보니까 어느덧 대학가를 벗어났다. 폭이 넓은 횡단보도를 건너자 한적한 동네가 나왔다. 아무렇게나 골목을 들락날락하던 중 웬 고등학교 앞에 다다랐다. 뚱한 표정으로 처음엔 그냥 지나쳤던 버들이 다시 돌아와 운동장이 잘 보이는 스탠드 자리에 골라 앉았다.

햇볕은 뜨겁고 모래바람은 휘날리고 있는데 공을 빼앗기 위해 몇몇이 열정적으로 달리고 있었다. 함성이 시끄럽다. 격하게 운동을 하면서도 다들 힘든 기색이 없어 보인다. 종이 울리자 학생들이 한꺼번에 우르르 사라졌다. 엉덩이를 툭툭 털고 일어난 버들이 어느덧 텅 빈 운동장 가운데로 들어섰다. 골대 아래에 덩그러니 놓인 낡은 공을 발끝을 툭 밀쳤다. 데굴데굴 잘 굴러간다. 담배 생각이 간절해졌다.

*　　*　　*

"형."

겨울의 대표실 문을 열고 들어간 버들이 가방을 열어 외장하드를 꺼냈다.

"누차 말하잖아. 소중한 거면 잘 챙기고 다니라니까."

"바로 가 봐야 할 거 아니지?"

버들이 고개를 끄덕였다. 날씨가 화창한 주말의 아침이었다.

"그럼 이따가 너 여름옷 사러 가야겠다."

무조건 여름옷을 사 줘야겠단 겨울과 싫다는 버들이 실랑이를 벌였다. 팽팽히 맞서길 잠깐, 딱 한 벌만 사는 걸로 서로 합의점을 찾았다. 합의한 결과가 마음에 들지 않는 건지 버들의 얼굴이 잔뜩 심통이 났다. 그런 버들의 모습을 옆에서 겨울이 쪼개며 바라봤다. 볼을 막 꼬집으려는 참에 김 실장이 대표실 안으로 들어왔다.

"버들아. 형 잠깐 회의 좀 하고 올게."

버들이 고개를 끄덕였다.

"형한테 뽀뽀 안 해 줄 거지?"

"빨리 나가. 김 실장님 기다리고 계시잖아."

쌀쌀맞은 태도로 버들이 문 쪽을 향해 턱을 까닥였다.

혼자 남겨진 회의실에서 한 시간이 흘렀다. 신문 따위들을 들춰보던 버들이 낱말 게임을 발견했다. 볼펜을 꺼내 머리를 굴리며 빈칸을 채우는데 열중하고 있던 참이었다.

"유 대표."

문이 열리기에 당연히 제 형인 줄 알았던 버들의 눈이 동그랗게 떠졌다.

"유 대표, 어디 갔어요?"

오늘만큼은 회사에 나오면서 맹세코 기대란 걸 하지 않았다. 아무런 기대감 없이 갑자기 마주하게 된 황 대표의 얼굴에 여태 평온했던 버들의 마음이 금방 복잡해졌다. 손가락에 아슬아슬 걸쳐져 있던 펜이 톡 떨어졌다. 희미하지만, 분명하게 맡아지는 황 대표의 향수 냄새에 버들의 가슴이 소란스러워졌다.

"회의실에……."

"회의실에 없던데요. 회의실에 간다고 나갔어요?"

"아뇨. 회의하러 간다고 나갔어요."

애인, 있으시겠지?

"언제 나갔어요?"

"……."

"음?"

"……."

"버들 씨?"

유 대표 번호를 찾아 통화 버튼을 눌렀지만 신호만 가고 연결이 되지 않자 황 대표가 버들에게 물었다. 오랜만에 만난 황 대표를 빤히 쳐다보느라 정신이 나가 있던 버들의 입술이 슥 벌어졌다.

"……아. 한 시간 정도 됐어요. 근데 금방 온다고 하고 나간 거예요."

버들의 말을 듣고 황 대표가 재차 겨울에게 전화를 걸었다. 역시나 연결되지 않는다. 머리를 쓸어 넘기는 황 대표의 손길이 대단히 짜증스럽다. 자기가 잘못한 것도 없는데 버들이 괜한 눈치를 봤다. 형은 회의하러 간대 놓고 회의실에 없으면 어쩌자는 거야.

버들이 낱말을 맞추던 신문을 향해 고개를 숙였다. 가죽 소파에서 나는 소리를 따라 고개가 들렸다. 맞은편에 황 대표가 앉았다. 아무래도 겨울이 올 때까지 기다리려나 보다. 버들의 심장이 빠른 속도로 펄떡거리기 시작했다. 입안도 왠지 바짝 마르는 것 같고. 얼굴 전체로 저릿하게 전기가 퍼지는 것 같기도 하고.

등 뒤로 부서지는 햇살에 황 대표가 반짝반짝 빛이 난다.

"야. 너 시간이 몇이야."

겨울에게서 전화가 걸려 왔는지 편편했던 황 대표의 미간이 험악하게 구겨졌다.

"빨리 들어오기나 해."

—나 지금 김 실장이랑 잠깐 나왔어. 갑자기 미팅 잡혀서.

"오늘 스케줄 확인 안 했어?"

—스케줄? 뭐가 있더라?

황 대표가 눈을 지그시 감으며 짧게 욕을 내뱉었다.

"나랑 소품 주문한 거 상태 보러 가기로 했었잖아."

—아. 그거 오늘이었던가?

싸한 정적이 찾아왔다.

"장난해?"

살벌한 기운이 역력했다. 손가락을 꼼지락거리며 버들이 입 안쪽 살을 우물거렸다.

—거기 우리 버들이도 아는 곳이거든?

"버들 씨?"

—응. 거기 버들이 있지? 내 새끼 지금 뭐 하냐? 자?

들려온 제 이름에 버들의 어깨가 움찔거렸다.

-자면 깨우고.

나 안 자는데. 버들이 코를 훌쩍거렸다.

-길 안내받고, 수고했으니까 맛있는 거 사 먹여서 돌려보내.

기가 막힌다. 황 대표가 헛바람을 켰다.

-아무튼 나는 지금 못 들어가니까 그리 알고.

"너 일 이따위로 할 거야?"

-나도 지금 일하려고 나온 거야. 새끼야.

전화가 끊기면서 정적이 깔렸다.

기분 나쁜 표정으로 황 대표가 자리에서 일어났다. 버들의 뺨이 달아올랐다. 무슨 일인지는 잘 모르겠지만 황 대표가 저에게 말을 걸 것 같으니까 기분이 팔랑팔랑 나부낀다. 그러나 제 예상과 다르게 황 대표는 문 쪽으로 향했다.

……뭐야. 분명 급한 일 같았고, 나한테 말을 걸 거라고 생각해서 마음의 준비도 끝내 났는데. 제자리에 서 있던 버들이 황 대표가 대표실 문을 열자 서둘러 움직였다. 그 바람에 소파 장식에 허벅지를 부딪쳤지만 아파할 틈도 없었다.

"황 대표님."

제 앞을 가로막은 버들을 황 대표가 무심히 내려다봤다.

"저……."

버들이 띄엄띄엄 말을 했다.

"죄송해요."

"……."

"전에 엘리베이터에서 제가 발목 만졌잖아요. 그리고……."

떠오른 기억에 황 대표의 미간이 꿈틀거렸다.

"무슨 일 있는 거 아니에요?"

거리가 좁혀진 만큼 황 대표의 향수 냄새 역시 가까워졌다. 문득 메신저 프로필 창에서 보았던 바닷가의 풍경이 떠올랐다.

"제가 필요한 거 맞죠? 통화 내용이 들려서요."

버들의 커다란 눈이 순하다.

"아니요."

거절인지 부정인지 딱 자른 황 대표의 말이 아쉬움을 남겼다. 저를 스쳐 지나가 버린 황 대표를 버들이 뒤쫓았다.

"황 대표님."

뒤를 쫓다 보니 어느새 황 대표의 대표실 앞까지 와 있었다. 황 대표의 대표실은 별채처럼 독립된 곳에 위치해 있었다. 다시 외출하려는 건지, 대표실 안에서 겉옷만 챙겨 들고 나온 황 대표와 마주했다.

"……싫으세요?"

"……."

"해바라기, 싫어하세요?"

버들에게로 무심한 황 대표의 눈길이 닿았다. 나지막한 황 대표의 한숨이 유독 가슴에 맺히듯 들려왔다. 지금 좀 바빠서. 버들을 스쳐 지나가려는 황 대표의 뒤로 다시 질문이 들려왔다.

"대표님. 좋아하는 꽃, 따로 있으세요?"

황 대표가 잠시 걸음을 멈췄다. 좋아하는 꽃, 따로 있냐고? 질문이 웃겼다.

"있으면요."

나긋한 어조였다.

"좋아하는 꽃으로 선물하고 싶어서요."

손목에 채워진 시계를 확인하며 황 대표가 다시 걷기 시작했다. 버들이 안달을 냈다.

"저한테 꽃을 왜 선물하고 싶어요?"

궁금해서가 아니라 졸졸 따라오는 게 귀찮으니까 적당히 말을 돌려 떼어 내려고 물은 거였다.

"……꽃 선물하면 안 돼요?"

"안 된다는 것보단 이상하잖아요."

"뭐가요? 뭐가 이상해요? 해바라기가요?"

"아니. 버들 씨가."

버들의 눈이 올곧게 자신만을 향해 있다. 들러붙는 게 거머리가 따로 없다.

"보통 관심 있는 사람한테 꽃 선물하지 않아요?"

"……"

"버들 씨 남자잖아요. 나도 남자고."

"……"

"동성한테 꽃 선물하는 거 징그럽지 않아요?"

황 대표가 걸음을 멈췄다. 버들이 팔을 잡은 탓이었다. 탁. 버들을 뿌리친 황 대표가 인상을 구겼다. 원래부터 물기가 많은 버들의 까만 눈이 촉촉하게 일렁거리더니 차라리 환하게 웃어 버렸다.

"그냥, 저는……"

제 말을 끝까지 듣지 않고 가 버리는 황 대표의 뒷모습을 버들이 물끄러미 바라봤다.

조막만 한 글씨들로 카페 메뉴판이 빽빽하다. 주문을 끝내고 카드를 돌려받은 뒤 버들이 한쪽으로 비켜섰다. 미리 빨대를 챙겨 음료를 기다리는 동안 카페 내부를 둘러보았다. 점심시간이 갓 지난지라 많은 사람들로 북적거린다. 운 좋게 버들이 창가 쪽에 자리를 잡았다. 음료가 잘 섞이도록 빨대를 흔들자 큰 조각으로 들어가 있던 레몬에서 씨가 분리되었다. 엄청나게 시다.

황 대표님은 신 거 잘 드실까?

가는 곳만 가고 먹는 것만 먹는다는 황 대표의 성향이 문득 떠올랐다. 식재료의 상태에 따라 오늘은 어떤 게 괜찮다며 매니저가 권해 주는 메뉴를 흔쾌히 주문하는 제 형과 달리 황 대표의 주문은 일정히 고정되어 있었다. 생고기에 가깝게 살짝만 구워진 스테이크와 와인, 디저트로는 항상 커피를 시켰었지.

2층에서 내려와 화장실을 가려던 정민이 우연히 버들을 발견했다. 햇빛 때문인지 버들의 머리카락이 투명한 은빛으로 반사되고 있다. 점심을 배 터지게 먹은 뒤로 졸음이 쏟아지던 중이었다. 언제 그랬냐는 듯 정민이 번뜩 화색을 되찾았다. 앞에 앉아도 되냐고 물으면 싫다면서 당연히 툭툭거리겠지? 뻔뻔한 표정으로 정민이 버들의 앞쪽 의자를 빼 털썩 주저앉았다. 혼자 뭔가를 끼적거리고 있던 버들의 시선이 앞쪽으로 향했다. 깜박거리는 속눈썹에 의아함이 담겨 있다. 빤히 저를 응시해 오는 버들의 시선이 머쓱한지 정민이 헛기침을 터트렸다.

"우리가 모르는 사이도 아니고. 아는 척 안 해?"

"여기 내가 맡은 자리거든? 다른 데로 가."

"그렇게 아는 척할 거면 하지 마."

정민이 눈살을 모으더니, 다시 말을 이었다.

"네가 오해할까 봐 미리 말하는데."

오해? 버들의 고개가 한쪽으로 비스듬히 기울였다.

"너 따라다니는 거 아니다. 내가 너보다 여기 먼저 와 있었어. 증거로, 나 주문할 때 너 없었거든. 아무튼. 화장실 가려다가 너 보여서 와 본 거야."

결백을 주장하기엔 너무나 뜬금없을뿐더러 심하게 제 발 저린 어투였다. 주절주절, 늘어놓는 정민의 말을 멀뚱히 듣고만 있던 버들이 응, 단조롭게 고개를 끄덕였다. 오해를 하고 있지 않단 건 정말 다행이나 뭐든 별생각 없단 게 뻔히 드러나는 버들의 얼굴 표정이 읽혔다. 정민이 콧잔등을 긁적거렸다.

"할 말 끝?"

"응."

쫓아내는 것도 귀찮은지 다시 고개를 숙인 버들이 샤프를 움직였다. 어차피 버들이 쫓아내도 뻗댈 생각이었던 정민이 힐긋 버들의 노트를 훔쳐봤다. 자기가 써 놓고도 잘 못 알아볼 정도로 악필인 입장에서 버들의 거침없는 손길은 늘 신기했었다. 뭘 그리는 거지? 사람인 거 같은데. 연예인인가? 아니면 만화 캐릭터?

그사이 헤어스타일이 전부 완성되었다. 명암까지 줘서 꽤 근사하다. 오. 소리는 내지 않고 정민이 입모양으로만 감탄을 내뱉었다. 이어 이목구비를 채울 차례다. 버들의 손목 움직임이 조심스럽다. 신중히 그려 넣은 선 하나에 버들이 확 인상을 썼다. 뭐가 마음에 안 든 건지 지우개로 벅벅 지워 없애 버렸다.

"뭐 그려?"

"너는 몰라도 돼."

"왜?"

"너는 모르는 사람이니까."

정민이 눈을 흘겼다.

"나는 몰라도 되고, 나는 모르는 사람이 대체 누군데?"

"우리 형 친구."

깔끔하게 떨어진 버들의 대답에 곧장 수긍할 수밖에 없었다. 음. 그렇지. 너희 형 친구면 내가 당연히 모르는 사람일 테지? 몰라도 되는 사람이기도 하고. 여상한 중얼거림에 버들이 콧등을 찌푸렸다.

"보지 마."

형 친구 그림이 뭐라고. 손으로 노트를 가리는 버들의 모습이 새치름하기 짝이 없다. 흥, 정민이 콧방귀를 꼈다. 어차피 궁금하지도 않거든? 투덜거리면서도 꿋꿋하게 자리를 지켰다.

"형 친구를 왜 그려?"

"내 마음이야."

톡 쏘는 게 얄밉다.

"나도 그려 줘."

"싫어."

"왜? 나도 그려 줘."

"그릴 시간 없어."

"형 친구 그릴 시간은 그럼 어디서 난 건데?"

노골적으로 째려보는 정민의 시선에도 버들은 아랑곳하지 않았다. 흥. 재차 콧방귀를 뀌며 정민이 아예 그림에서 시선을 거뒀다. 대신 버들의 한쪽 귀와 드러난 목 부근을 빤히 바라봤다. 하얀 피부가 새빨갛다. 다른 계절이라면 인기가 많았을 창가 자리가 한산한 이유는 통유리로 된 인테리어 탓이었다.

"너 안 더워? 안쪽으로 자리 옮겨."

마침 시계를 확인하고 있던 버들이 이제 곧 가 봐야 한다며 주변에 늘어놓은 노트와 필기구 등을 챙기기 시작했다. 가방 지퍼가 활짝 열려 있어 속이 훤히 내보였다. 뭐가 가득하다. 야무지게 지퍼를 올리는 버들의 손목이 유독 가느다랗게 비쳐진다. 정민이 눈썹 끝을 긁었다.

"책 좀 빼고 다녀. 안 무거워?"

"다 필요한 건데 어떻게 빼고 다녀?"

"그게 다 필요한 거라고?"

"곧 시험인데 너 날짜도 모르지?"

감히 나를 멍청이 취급하다니. 정민과 버들이 서로 못마땅한 눈초리를 나란히 주고받았다. 자리에서 일어난 버들이 가방을 멨다. 무게를 이기지 못하고 순간 휘청거린 몸을 보며 정민이 그냥 지나치지 못하겠는지 쯧, 혀를 찼다.

"이거 더 마실 거야?"

반쯤 남은 음료를 향해 정민이 턱을 까닥이며 묻자 버들이 고개를 흔들었다. 대신 버려 주겠단 정민에게 버들이 괜찮다며 혼자서 깔끔히 주변 정리를 끝냈다. 곧 수업이다. 대충 손을 흔들고 가 버리려던 버들이 아, 뭔가 물어보고 싶은 게 떠올랐는지 다시 정민의 앞에 와서 섰다.

"뭔데?"

갑자기 저를 빤히 바라보는 버들의 맑은 눈에 정민이 순간 당황했다.

"너 남자한테 꽃 선물해 본 적 있어?"

말문이 막힌 정민이 입만 달싹거렸다.

"어? 있어? 없어?"

"……없는데. 그런 건 왜 물어보는 거야?"

"그럼 남자한테 꽃 선물 받으면 어떨 것 같아?"

"음……. 누가 주느냐에 따라 다르겠지."

"내가 주는 거야."

"……."

말끝을 흐린 것으로도 모자라 또렷한 대답을 들려주지 않는 정민의 앞에서 버들이 답답해했다. 지금 출발하지 않으면 수업에 늦을 수도 있다. 버들이 한숨을 폭 내쉬었다. 궁금한 걸 알아내지 못했지만 하는 수 없이 정민을 지나쳐 카페를 빠져나갔다.

한참 동안 멍하니 제자리에 서 있던 정민이 바깥을 살폈다. 이미 버들은 사라지고 없었다. 그제야 비틀비틀 계단을 올라 자기 친구들이 있는 곳으로 돌아갔다. 뭐야? 화장실 간다고 사라지더니 상태가 구려진 채 돌아온 정민에게 왁자지껄한 관심이 쏟아졌다. 빨간 얼굴로 정민이 의자에 푹 퍼질러졌다.

* * *

버들이 석고에 스케치를 끝냈다. 작은 크기라 작업에 속도가 붙는다. 스케치대로 깎아 내고, 세부 특징을 찾아 자세히 틈을 팠다. 사방으로 석고 가루가 날린다. 작게 기침을 터트리며 버들이 앞치마를 벗었다. 계절이 여름으로 짙어지면서, 정체 모를 풀벌레 소리가 들려오기 시작했다. 창틀에 걸터앉아 풍경을 감상했다. 담배 생각이 났지만 집에서 피울 순 없으니 버들이 인내했다.

버들은 계획했던 작업 양까지 끝내 놓은 뒤 갈아입을 옷을 챙겨 씻을 준비를 했다.

욕실 문을 열자 뜨거운 수증기가 바깥으로 뿜어져 나왔다. 진득하게 목욕을 끝내고 나온 버들이 현기증에 잠시 비틀거렸다. 머리부터 발끝까지 전부 흐물흐물 녹을 거 같다. 침대에 누워 가지런히 모은 손을 배 위에 올렸다.

꽃 선물이 그렇게 이상한가. 남자가 남자에게 꽃 선물하면 안 되는 건가. 거미줄처럼 복잡하게 엉킨 생각들이 어렵다. 한쪽 다리를 굽히자 가운 사이가 벌어지면서 버들의 동그란 무릎이 드러났다. 가만히 눈을 깜박거리고 있던 버들이 머플러를 꺼내기 위해 옆으로 몸을 굴려 서랍을 열었다. 사소한 뒤척거림에 버들의 허벅지가 훤히 내보여졌다. 피부가 희다.

버들이 머플러를 얼굴 위에 덮었다. 아낀다고 아꼈는데 향수 냄새가 많이 사라졌다.

「보통 관심 있는 사람한테 꽃 선물하지 않아요?」

관심? 아주 많다. 대단할 정도다. 그래서 황 대표와 제 모습들을 하나하나 비교하게 된다. 황 대표의 분위기를 닮고 싶다. 닮는 게 힘들다면 감히 흉내라도 내고 싶다. 흉내 내는 게 어렵다면 갖고 싶다.

향수 냄새를 맡고 있자니 황 대표의 웃는 얼굴이 보고 싶어졌다. 목소리도 듣고 싶고.

비로소 버들이 제 감정을 완전히 받아들였다. 어쩐지 코끝이 시큰거렸다.

황 대표를 떠올리며 보내는 시간이 부쩍 늘어났다. 시험지를 받아 든 순간에조차 황 대표 생각이 났다. 황 대표님은 공부 잘하셨을까, 궁금해하는 제 모습이 심각한 수준이란 걸 버들은 인정했다. 다행히 시험 문제는 쉬웠다. 가장 먼저 시험지를 제출한 버들이 강의실을 빠져나갔다. 기지개를 길게 켰다. 마지막 시험까지 잘 본 것 같다. 이게 다 황 대표 덕분이다. 시도 때도 없이 황 대표 생각이 나서 잠도 별로 안 잤다. 그 시간에 책을 보며 공부했고.

"보고 싶어."

버들의 작은 목소리가 바람에 묻혔다.

*   *   *

"아. 왜 전화 안 받지?"

유 대표가 핸드폰을 바라보며 고개를 갸웃거렸다.

"한가한가 봐?"

"누구? 나?"

제 가슴을 콕 찌르며 되묻는 유 대표에게 황 대표가 인상을 구겼다. 앞에는 영화관 확보 계약서가 두둑하게 쌓여 있었다. 오랫동안 깨알 같은 글씨들을 들여다보고 있던 터라 둘 다 눈이 피로했다.

"버들이 오늘 시험 끝나서 영양 보충시켜 줘야 돼."

"알아서 먹겠지. 일하는 중이니까 그 핑계로 중간에 빠질 생각 마라."

"알아서 안 먹으니까 내가 이러지."

"애냐?"

"보고도 모르겠냐? 내 새끼 아직 애야."

몇 번을 봐도 다 큰 사내놈이었기에 황 대표가 동의하지 않았다. 제 팔을 잡았던 지저분한 버들의 손이 떠오르면서 급격하게 기분이 불쾌해졌다.

"너 진동 오잖아."

유 대표가 턱짓으로 황 대표의 핸드폰을 가리켰다. 황 대표가 뒤집어 놨던 제 핸드폰을 손에 쥐었다. 발신인은 소희였다. 진짜 끈질기다. 무심한 표정으로 핸드폰을 종료시켰을 때 노크 소리가 들려왔다. 짧았던 휴식이 끝났다. 김 실장과 함께 들어온 영화사 관계자들과 회의가 이어졌다.

"맛없어?"

"아니."

"그럼 팍팍 먹어."

"노력 중이야."

사옥 근처의 서점에 들렀다가 우연히 황 대표를 발견했다. 서점에는 황 대표만 있는 줄 알았는데 제 형도 같이 있었다. 당황스러웠다. 진심으로 황 대표밖에 안 보여서 겨울이 아는 척을 해 왔을 때야 제 형이 있단 걸 알아차렸다. 우물쭈물하다가 겨울에게 덥석 붙잡힌 버들이 레스토랑까지 끌려왔다.

"마실 거 더 시켜 줄까?"

충분하다며 버들이 고개를 내저었다.

"뭐가 충분해. 탄산 마셔도 뭐라고 안 할게."

"그럼…… 그냥, 탄산수."

"오렌지 주스 마셔."

"형 마음대로 시킬 거였으면서 뭐 하러 물어봐?"

"오렌지 주스 마실 거야, 사과 주스 마실 거야?"

"……오렌지 주스."

"거봐."

득의양양한 채로 겨울이 오렌지 주스를 주문했다. 버들의 포크가 접시 위를 갈팡질팡했다. 데친 브로콜리를 입에 넣자 볼이 볼록 튀어나왔다.

"과일 더 먹을래?"

"내가 알아서 먹을게."

겨울이 바지런히 버들의 식사에 참견했다.

"시험은 잘 봤어?"

응, 대답한 버들을 기특하단 듯 겨울이 한껏 치켜세웠다. 제 맞은편에 앉아 있는 황 대표를 버들이 조심스레 힐긋거렸다. 손등을 타고 팔뚝으로 이어진 황 대표의 푸르른 힘줄에 금방 볼이 달아올랐다.

"나 잠깐만."

울리는 전화에 겨울이 양해를 구했다. 급히 서두르는 통에 겨울의 다리가 테이블을 세게 건드렸다. 그 바람에 테이블 귀퉁이에 놓여 있던 황 대표의 차 키가 바닥으로 떨어졌다. 그걸 목격하고 저만

치서 걸어오는 서버보다 버들의 행동이 훨씬 더 빨랐다. 벌떡 일어
난 버들이 바닥에 떨어진 황 대표의 차 키를 낚아채듯 주워들었다.
황 대표가 그쪽은 보지도 않고 미간을 구겼다.

"여기요."

버들이 내민 차 키를 받아들이는 대신 황 대표가 테이블을 손가
락으로 건드렸다. 원래 열쇠가 있던 자리로 거기에 놓으라는 뜻인
가 보다. 순순히 말을 듣고 버들이 제자리에 돌아가 앉았다.

"황 대표님."

말간 눈빛으로 버들이 황 대표를 바라봤다.

"잘 지내셨어요?"

"……."

"저 그동안 시험 기간이라, 공부해야 돼서 회사에 못 갔어요."

"……."

"며칠 전에 보름달 예쁘게 떴었는데."

"……."

"그거 알려 드리려고 메시지 보냈었거든요. 보셨죠?"

"……."

"드시고 있는 거, 맛있어요?"

"……."

"저도 나중에 먹어 보려고요. 와인이랑 같이."

"……."

"저기, 황 대표님."

일방적인 침묵이 사나웠지만 버들이 움츠러들지 않았다.

"저는 계속…… 꽃 선물하고 싶어요."

어이없단 황 대표의 시선이 버들에게 닿았다.

"왜요."

처음 되돌아온 반응이었다. 그 반응이 부드러운 어투라 버들이 화사하게 웃으며 안도했다.

"강아지 무서워하시죠?"

"……."

"전에도 말씀드렸었는데, 안 무섭게 제가 매번 강아지 잡아 드릴게요."

"……."

"방금처럼 열쇠 떨어지면 첫 번째로 주워 드리고 또……."

황 대표의 한숨에 버들이 손가락을 꼼지락거렸다.

"그러니까, 버들 씨가 왜요."

침을 삼킨 버들의 목이 올각거렸다. 긴장된다. 버들이 저도 모르게 주먹을 꽉 쥐었다. 큰 힘이 들어간 터라 손톱이 하얗게 짓눌렸다.

"제가 할 수 있는 일이면 뭐든지 다 해 드리고 싶고……. 그리고 제가 드릴 수 있는 거면 어떤 거든 황 대표님께 드리고 싶어요."

황 대표가 코웃음을 쳤다.

"진짜 저한테 관심이라도 있어요?"

"……있다면요?"

"징그럽다니까."

며칠 전 자신이 품고 있는 황 대표를 향한 감정이 어떤 의미인지 확고히 깨달았다. 촉촉이 일렁거리는 눈빛처럼 버들의 가슴속은 한없이 투명했다. 같은 남자지만 소중해진 사람을 향해 쓸데없는 자존심을 내세우거나, 저울질을 한다거나, 다른 색깔로 덧칠해 회피하지 않았다. 황 대표라면 일절 아까운 것도 없을 거 같다. 수수히 미소 지은 버들이 천천히 심호흡했다. 그리고 기꺼이 제 마음을 남김없이 탈탈 털어 보여주었다.

"좋아해요."

*　　*　　*

귓가 근처에서 뒤집혀 푹 퍼질러 있던 버들의 손가락이 조금씩 꿈틀거렸다. 가물가물한 정신이 서서히 맑아진다. 눈꺼풀 위로 빛이 쪼이고 귀가 뜨였다. 참새가 짹짹 비명 지르는 소리가 소란스럽다. 배꼽까지 말려 올라간 파자마 상의 끝을 버들이 아래로 잡아당겼다. 더듬거리며 베개의 행방을 찾았다. 오늘도 어김없이 침대 아래로 굴러떨어져 있는 베개를 주워 가슴팍에 끌어안고선 버들이 창문이 있는 방향대로 몸을 굴렸다. 해가 중천에 떠 있는 밖이 훤하다. 아침인 줄 알았는데 대낮이었다. 다른 때와 다르게 몸이 가뿐하다. 제대로 푹 잤다. 아마 황 대표를 알고 난 이후로 처음이었다.

*　　*　　*

회의가 뻑뻑하게 휘몰아쳤다. 패잔병 같은 몰골로 직원들이 우르르 빠져나갔다. 난장판이 된 회의실에 두 대표만 남겨졌다. 에어컨과 공기청정기 같은 가전 기기가 작동되는 미세한 소음을 제외하면 대체로 조용했다. 데스크 위 처참히 널브러져 있는 배우들의 사진과 프로필이 곧 휴지 조각으로 갈릴 운명을 앞뒀다. 이런 잔인한 새끼. 유 대표의 삿대질과 욕설, 그 어떤 비난에도 황 대표는 꿈쩍을 하지 않았다.

며칠에 걸쳐 신중하게 골라 놓은 배우들이었다. 하지만 제 작품 속 이미지와 맞지 않는다면서 황 대표가 단칼에 퇴짜를 놓았다. 기껏 회의한 보람도 없이 다시 원점이다. 외모야 작품 때마다 늘 심사숙고했던 부분이었다. 하지만 이번 작품엔 주인공의 전반적인 감정을 내레이션으로 녹일 거라 목소리까지 깐깐하게 점수를 매기고 있는 중이었다.

황 대표가 바라는 배우의 조건들을 읽어 보던 유 대표가 코로 비웃었다. 지랄하네. 가뜩이나 하늘 꼭대기에 눈이 달려 있는 새끼가 작정하고 따질 거 다 따지다 보니 배우 캐스팅에서 좀처럼 속도가 붙지 않고 있다. 외모가 훌륭하면 분위기가 약간 구릴 수도 있는 거고 분위기가 완벽하면 목소리가 좀 깰 수도 있는 거지.

관자놀이를 엄지 끝으로 압박하며 유 대표가 들고 있던 볼펜을 내려놨다. 다리를 꼰 채 비스듬히 몸을 기울여 뭔가를 들여다보고 있는 황 대표를 빤히 응시하기 한참이다.

"얼굴이 좀 까칠해 보인다?"

직전까지 평온했던 황 대표의 인상이 확 구겨졌다.

"아. 시비 거는 거?"

"그럼. 할 일도 많고 바빠 죽겠는데 설마 내가 네 걱정하겠냐?"

"신경 꺼. 잠 설쳐서 그런 거니까."

"너 예민해서 원래 잠 잘 설치잖아."

순간 속이 날카롭게 긁히면서 부아가 치밀었다. 밤? 잘 새운다. 잠? 잘 설친다. 하지만 다른 날도 아닌 어제 만큼은 얼굴이 까칠해질 정도로 잠을 설쳐야 했던 이유로 타고나길 예민한 성질머리 탓만 하기엔 오류가 있다.

갑작스레 매서워진 황 대표의 눈길에 못마땅하단 듯 유 대표가 혀를 쯧, 찼다.

"남자가 둥글둥글할 줄도 알아야지. 음? 나 봐. 보고 느끼는 점 없어? 내가 남녀노소 가리지 않고 인기가 많은 이유가 뭐겠어? 잘생기고 돈 많은 거? 인정. 하지만 결정적인 필살기란 게 있지. 그중의 하나가 바로 포용력이란 거야. 어떻게 생각해, 황 대표?"

훈계를 가장한 자기 자랑을 혼자서 묻고 답하며 잘도 입을 털고 있는 유 대표를 황 대표가 외면했다. 천 냥 빚을 지고 당당히 말로 갚을 놈이 분명하다.

"왜 무시해?"

유 대표가 곧장 황 대표에게 감사납게 따졌다.

「저는 계속…… 꽃 선물하고 싶어요.」

유 대표의 말마따나 충분한 포용력을 발휘했다고 본다.

「좋아해요.」

잠을 설쳤던 이유로 유 대표에게 연대 책임을 씌우고 화를 내도 타당한 것인지 헷갈린다.

「대표님.」

「……」

「……있잖아요.」

「……」

「황 대표님.」

맑은 눈에 비치는 자신의 모습에 소름이 돋았다.

「모범생이라더니. 유 대표가 헛소리한 거였네.」

냉랭한 황 대표의 태도에 달싹거리던 버들의 입술이 일순 잠잠해졌다. 도로 주위 담을 능력도 없으면서 괜한 말을 지껄여 댄 것에 신경질이 났다. 아무나 다 반갑다며 꼬리 치는 개새끼처럼 어느 순간 자신의 뒤를 졸졸 따라다니기 시작한 버들의 눈빛이 찝찝하고 거슬렸다.

「더 나가면 사고 치는 거니까 얌전히 있어요.」

「……제가 대표님 좋아하면 사고 치는 거예요?」

「유 대표한테 사고 치는 거지.」

「저 막 장난치고 하는 성격 아니에요…….」

「그럼 유 대표가 알아도 돼요? 버들 씨, 남자 좋아하는 거?」

조막만 한 머리가 한쪽으로 기울어졌다. 골똘히 생각에 잠긴 것처럼 보였다. 통화를 하러 나갔던 유 대표가 자리에 돌아왔고, 껄끄러운 식사가 마저 이어졌다. 차가 나오기 기다리는데 팔 쪽의 옷이 살짝 잡아당겨졌다. 내려다본 버들의 얼굴이 침착했다.

「……좋아해요.」

다시 떠올린 그 상황에 황 대표가 헛웃음을 켰다. 상황 자체만 떼어 놓고 보면 익숙했다. 하룻밤 상대들에게 사랑한단 말을 듣는 것도, 또 사랑한단 말을 하는 것도 인색하지 않으니까.

같은 거 달린 사내새끼한테 좋아한단 말을 듣고도 가만히 있었던 건 엄연히 친구의 동생이기 때문이었다. 나름 최선을 다해 차린 예의였다. 전혀 연관 없는 관계였다면 소름이 돋자마자 바로 쌍욕부터 튀어 나갔을 거다.

＊　　　＊　　　＊

　　교수님 목소리보다 등 뒤에서 들려오는 잡담에 버들의 집중이 모
아졌다. 학교 근처에 작업실을 마련했는데 차 끊기면 와서 자고 가
도 좋단다. 나도 작업실이 있다면 어떨까?
　　……야한 생각이 났다. 귓불이 빨개진 채 버들이 가방을 열었다.
사옥 근처 서점에 들려 구매한 책은 서울 관광에 관련된 잡지였다.
사계절 특성에 맞춰 둘러볼 곳이 참 많다. 꽂히는 부분을 골라 형광
펜으로 꼼꼼히 표시해 뒀다. 가는 곳만 가고, 먹는 것만 먹는다는
황 대표님과 함께 좋은 곳도 많이 찾아다니고, 맛있는 것도 많이 먹
으러 다니고 싶다. 생각만으로도 행복해지는 그런 날이 꼭 왔으면
좋겠다.

05. 그해, 물결치는 (1)

비스듬히 소파에 누워 스포츠 중계를 시청하던 겨울이 벌떡 일어났다. 1층이 시끄럽다. 문을 살짝 열어 보자 유 회장과, 장 여사와 함께 외출했던 버들이 돌아온 모양이었다. 주말이라고 세워 놓은 계획이 몇 개 있었더랬다. 오랜만에 사정없이 물고 빨고, 오붓하게 드라이브도 하고, 쇼핑도 하고 그러려고 했건만 눈 떠 보니 집 안은 적막했고 달랑 저 혼자뿐이었다. 겨울이 당장 아래로 내려갔다. 편안한 차림의 겨울을 보고 버들이 손을 흔들어 먼저 아는 척을 했다.

"형. 깼어?"

"깼지, 그럼. 지금 시간이 몇 시야."

오후 여섯 시쯤 됐다.

"부모님은?"

"저녁 약속 있으시대."

"왜 이제야 와? 형이 얼마나 기다렸는지 알아?"

"언제 일어났는데?"

"세 시."

"퍽이나 오래 기다렸네."

버들이 눈을 흘기고선 주방으로 들어갔다. 운전기사가 퇴근하기 전, 옮겨 놓은 짐들이 식탁을 수북하게 차지했다. 손을 씻은 뒤 버들이 본격적으로 짐을 풀기 시작했다.

"형 좀 깨우지 그랬어."

"뭐 하러. 모처럼 쉬는 날인데 푹 자면 좋지."

집에 들어온 버들의 뒤를 겨울이 졸졸 쫓아다니기 시작했다. 쓰레기를 버릴 때도 졸졸. 설거짓거리를 싱크대에 옮길 때에도 졸졸.

"놔둬. 내일 키퍼들이 와서 하게."

"냄새나잖아."

급기야 버들이 설거지까지 직접하고 나섰다.

"저리 좀 가."

"형 섭섭하게 자꾸 그럴래?"

"물 튀기잖아."

뒤에 서 있던 겨울이 버들의 어깨에 턱을 기대고선 과장되게 킁킁거리는 소리를 냈다.

"너한테서 낯선 형의 냄새가 난다? 응?"

"낯선 형? 하늘이 형 냄새?

이른 새벽부터 산해진미들로 음식을 장만해 군 복무 중인 다섯째 형에게 면회를 다녀오는 길이었다. 남들 다 가는 곳이 군대였다. 게다가 줄줄이 아들만 있던 터라 처음만 서글펐지 좀 지나고 나니 누가 군대에 가든 말든 알아서 잘 살아오겠거니 당연하게 무뎌진 유 회장과 장 여사와 달리, 버들은 제 형들을 참 살뜰하게 챙겼다. 이번 면회도 제 막내아들이 가자고 하니까 나들이 삼아 유 회장과 장 여사가 움직인 것이었다. 하늘이 역시 산해진미인 음식보다 누가 괴롭히진 않는지, 훈련은 너무 힘들지 않는지, 제 걱정을 하는 막냇동생부터 옆구리에 끼고 반겼다.

"걔 어떻디?"

"팔팔해."

"아직도?"

"그게 무슨 말이야?"

버들이 눈살을 찌푸렸다.

"다른 건?"

"음. 아, 좀 까맣게 탔어."

"촌스러워졌겠네?"

"아니야. 안 촌스러워."

한 번을 그냥 지나치는 법 없이 버들이 하늘을 두둔했다.

"그 새끼는 진짜 더 굴려야 하는데."

"하늘이 형도 비슷한 말 하더라."

"비슷한 말? 뭐라고?"

"형은 한 번 쫄딱 망해서 고생 좀 해 봐야 정신 차린대."

겨울이 쌍욕을 했다. 물 묻은 손으로 그런 겨울의 어깨를 버들이 철썩 내려쳤다.

"봄, 여름, 가을, 겨울, 하늘. 이렇게 물에 빠졌어. 누굴 구할 거야?"

"난 수영 못 하잖아."

펄쩍 뛰며 겨울이 진짜 섭섭하단 표정을 지어 보였다.

"변했네, 너! 예전에는 형부터 구한다고 그랬었잖아."

"그건 어렸을 때고."

"야, 새끼야. 지금도 너 어리거든?"

"뭐래. 다 컸거든?"

"아니. 어리거든? 애새끼거든?"

"애새끼 아니거든? 다 큰 어른 맞거든?"

유치하게 티격태격하는 새에 설거지가 끝났다. 그 많은 식기들을 기어코 전부 닦아 낸 것에 겨울이 고개를 절레절레 흔들었다. 시간이 늦었지만 지금이라도 버들을 데리고 나갈까 하다가 피곤해 보이는 기색에 겨울이 다음으로 계획을 미뤘다.

"귀찮게 하지 말고 저리 좀 가."

"가만히 있어 봐. 형 생각 중이잖아."

"무슨 생각?"

"많이 귀찮게 할까. 조금 귀찮게 할까."

버들이 재빨리 2층으로 뛰어 올라갔다. 곧 말도 못하게 빠른 속도로 겨울이 저를 잡으러 오는 것에 기겁하며 버들이 제 방문을 쾅 닫아 버렸다. 타이밍이 좋았다. 문을 잠그자마자 문고리가 철컥철컥 돌아갔다.

한참을 욕조에 느긋하게 몸을 담그고 나온 버들이 화들짝 놀랐다. 분명 문을 잠갔는데 어떻게 들어왔는지 제 방 침대에 겨울이 엎드려 누워 있었다. 수건을 한쪽에 내려놓고 그쪽으로 버들이 다가갔다.

"내려와."

"왜?"

"아. 내려와. 형 침대 아니잖아."

"네 거, 내 거 구분 지을래? 형제들끼리?"

버들이 겨울을 끌어내리려고 했지만 힘에 밀려 쉬운 일은 아니었다. 지치지도 않는지 두 형제가 또 한창 티격태격하고 있던 중이었다. 전화가 울렸다. 주머니에서 핸드폰을 꺼내 든 겨울이 버들에게 잠깐만 기다리라는 듯 손을 들어 보였다. 혹여 업무 전화일까 싶어 방해가 되지 않도록 버들이 얼른 한 걸음 물러섰다. 그런 버들의 착한 반응에 겨울이 픽, 웃었다. 하지만 통화 버튼을 눌렀을 땐 돌연 불쾌한 표정이 역력했다.

"어. 말해. 황 대표."

버들의 귀가 쫑긋하게 섰다.

"응. 주문 다시 넣어 놨어. 다음 주 화요일에 시안 나온다더라. 뭐? 그것도 이른 거야. 쪼아 댔어. 쪼아 댔으니까 다음 주 화요일까지 시안 빼 준다는 거지. 응."

은근슬쩍 침대에 걸터앉았다.

"어. 내일 회사에서 봐."

전화를 끊고 일어나려는 겨울을 버들이 다시 눕혔다. 이불도 턱 아래까지 끌어당겨 덮어 주었다. 얘가 왜 이러지. 제 침대에 좀 누웠다고 눈을 뾰족하게 뜨고선 당장 내려오라고 할 땐 언제고. 버들의 친절에 의심을 담은 눈초리로 겨울이 쳐다봤다.

"형. 방금, 황 대표님이야?"

도톰한 아랫입술을 손가락으로 집어 잡아당기던 버들이 머뭇거리며 물었다. 응. 간단하게 겨울이 긍정했다.

"황 대표님이 뭐래?"

"가까이 와 봐."

"왜?"

"비밀 이야기니까 그렇지."

슬금슬금 가까이 다가온 버들의 이마를 겨울이 아프지 않게 팍, 튕겼다. 아! 아무리 약하게 튕겼다고 해도 연약한 피부에는 무리였나 보다. 영락없이 빨갛게 손자국이 난 이마를 감싼 버들이 물러서자 겨울도 유유히 침대에서 일어나 앉았다.

"하늘이 타령하더니. 또 이제 황 대표 타령할 거야?"

"......아프잖아."

"겨울이 형 타령은 언제 할 거야?"

"안 해. 씨."

겨울이 짐짓 엄하게 으름장을 놓았다.

"어허. 사람이 공평해야지."

"형. 황 대표님이 형이랑 왜 친구 하는 거야?"

"뭐, 인마? 성격 좋은 내가 친구를 해 주는 거지. 그 새끼랑."

"부럽다."

"뭐야?"

"나도 친해지고 싶은데."

참지 못하고 결국 겨울이 너털웃음을 지었다. 도대체 황 대표 어떤 점에 버들이 꽂혔는지 모르겠다.

"네가 개랑 친해져서 뭐 하게."

"형. 나, 부탁이 있는데⋯⋯."

겨울이 퍼뜩 자세를 고쳐 앉았다.

"부탁? 뭔데."

욕심 없는 버들의 성향을 누구보다 잘 알기에 조심스레 꺼내 든 부탁이 무척이나 반갑다. 뭐가 갖고 싶다고 할까? 뭘 해 보고 싶다고 할까? 뭐든 다 들어줄 기세였지만 선이란 게 있는 거다.

"나 작업실 갖고 싶어."

"작업실 있잖아. 더 넓히고 싶어?"

"그게 아니라. 집에 있는 작업실 말고."

"그럼."

"학교 근처 작업실."

학교 근처에 작업실이 있으면 수업이 비는 시간을 허투루 버리지 않아도 된다는 둥, 종알종알 어필하는 버들의 말을 겨울이 가로막았다.

"독립하겠단 거야?"

"응."

해가 뜬 지가 언젠데 아직도 자고 있는 겨울을 버들이 살벌하게 내려다봤다.

"형. 일어나. 아침 먹으래."

말을 전하며 버들이 발로 겨울을 흔들어 깨웠다. 비몽사몽 한 몰골의 겨울까지 착석하자, 네 식구가 모두 식탁에 둘러앉았다. 잠이 덜 깬 몰골로 겨울이 물컵을 향해 팔을 뻗었다. 그런 겨울의 손등을 버들이 찰싹 내려쳤다.

"이거 내 물이야. 형 물, 저기에 있잖아."

"아. 쥐방울만 한 게. 왜 이렇게 손이 매워?"

버들의 볼을 꼬집자마자 그러지 말란 듯 유 회장이 큼큼, 헛기침을 했다.

"너 자꾸 이렇게 엇나갈 거야?"

"내가 뭘?"

살짝 버들을 향해 몸을 기운 채 겨울이 소곤거렸다. 혼을 내려는 겨울에게 버들이 아랑곳하지 않고 고개를 쳐들었다. 이놈의 새끼가. 다시 볼을 꼬집으려고 했지만 유 회장과 장 여사가 보고 있어서 겨울이 얌전히 수저를 쥘 수밖에 없었다. 음식물이 들어간 버들의 말간 볼이 제법 통통하게 부풀었다. 오물오물 잘 씹고, 잘 삼킨다. 맛있냐고 묻자 응, 부루퉁한 대답이 뒤따랐다. 정면을 향해 있는 버들의 속눈썹이 길다. 미운 스물한 살이야. 뭐야.

식사를 끝낸 버들이 가사도우미가 내준 차를 쟁반에 옮겨 거실로 나와 유 회장과 장 여사의 앞에 내려놨다. 겨울이 생수를 벌컥거리면서 그런 버들을 주시했다.

"있잖아요."

버들이 딱 한 마디를 꺼냈을 뿐이었다.

"안 돼!"

귀청 떨어져 나갈 듯 큰 소리로 겨울이 외쳤다.

*　　*　　*

사진을 고르던 유 대표가 인상을 찌푸렸다. 서른 넘은 형들에게 너무 늦게 귀가하거나 외박할 시에 가차 없이 뭐라고 나무라던 놈이 감히 독립할 생각을 해? 생각해 보니까 더 괘씸하고 어이가 없다.

"사춘기가 스물 넘어서도 오나?"

뭔 헛소리인가 싶었는지 황 대표가 대꾸도 하지 않았다.

"어? 황 대표. 어떻게 생각해?"

"뭐가."

"스물 넘어서도 사춘기가 올 수도 있나?"

"일할 땐 일만 좀 할 수 없어?"

유 대표가 눈을 흡떴다.

"나 지금 진지하다."

"나가라 너. 시끄러워서 안 되겠다."

"원래 육아는 공동으로 하는 거래잖아."

더 말할 가치가 없단 듯 황 대표가 욕했다.

"아. 왜 갑자기 작업실을 따로 내 달라고 그러지? 그것도 뜬금없이."

유 대표가 고개를 갸웃거렸다. 독립하고 싶어질 때는…… 제 머리로는 한 가지 이유밖에 떠오르지가 않는다.

"이놈이 좋아하는 사람이 생겼나."

사진을 넘기던 황 대표의 손이 멈칫거렸다. 자신이 왜 제 발을 저려야 하는지 모르겠고, 제 발을 저렸단 것도 영 마음에 들지 않는다. 황 대표가 인상을 찌푸렸다. 다 큰 사내놈이 독립한다는 것에도 저런 유난인 반응인 걸 보면, 분명 제 새끼가 남자 좋아하는 호모란 걸 유 대표는 일절 염두에 두지도 못한다는 것에 확신이 선다.

황 대표가 내려놓은 사진 뭉치들을 유 대표가 가져갔다.

"여기서 진짜 마음에 드는 배우가 한 명도 없어?"

"같은 말 반복하는 거······."

"어, 그래. 너 그거 질색하지."

"알면 하지 마. 다 마음에 안 드니까."

문득 유 대표가 맞은편에 앉아 있는 황 대표를 응시했다. 아주 어렸을 때에 만나 때때로 주먹싸움도 해 가며 쌓아 올린 세월이 지긋지긋하게 길었다. 웃으면 좀 나으나 그마저도 철저히 비즈니스를 위해 만들어진 웃음이고, 냉혈하고, 완벽함을 추구하는 정도가 도를 넘는 경우가 다수고. 이래저래 쉬이 가까이 다가갈 수 있는 분위기나 인상은 결코 아니었다. 이렇게나 성질 더러운 놈이랑 버들은 왜 친해지고 싶다고 하는 거지?

커피 잔을 쥐며 왜 쳐다보느냐는 듯 황 대표가 눈썹을 까닥였다.

"내 새끼가 너보고 예쁘다더라. 웃기지 않냐?"

"······버들 씨가 집에서 내 얘기를 해?"

"우리 버들이가 얼마나 바쁜데. 네 얘기만 하겠냐?"

"내 얘기만 한다는 거야?"

"야. 잘난 척하지 마라."

못마땅한 듯 유 대표가 표정을 구겼다. 겨울이 형 잘생겼다고 내내 말하다가, 너 예쁘단 말 잠깐씩 하는 수준이라고 아무렇지 않게 거짓말을 쳤다.

버들의 하얀 얼굴을 떠올리며 황 대표가 눈썹을 찌푸렸다. 호모라는 게 가족들 사이에서 밝혀지건 말건 그건 자신과 전혀 상관없는 일이었다. 그렇지만 그 가족들이 애지중지 키워 온 막둥이의 성적 취향이 황 대표, 자신이란 것까지 밝혀진다면 그건 좀 피곤해질 것 같았다.

"버들 씨 여자 친구 있어?"

핸드폰을 들여다보며 황 대표가 지나가는 어투로 물었다.

"있었지."

"……아. 그래?"

"한 네 살 때였나. 연상의 누님이 세발자전거 뒷자리에 싫다는 버들이 태우고 돌아다닌 걸 네가 봤어야 했는데."

그때의 기억이 떠오른 모양이다. 얼마나 귀여웠는지 아냐면서 유 대표가 한참 낄낄거렸다.

겨울의 사옥 대문에서 누군가와 부딪힌 버들이 저만치 밀려났다. 아픈 어깨를 짚고 고개를 들자 황 대표가 보인다. 뜻밖이다. 삽시간에 버들의 표정이 환해졌다. 햇볕이 강해서 그런지 그 웃는 모습이 반짝반짝 빛이 나는 듯했다.

"안에 유 대표 있어요."

"대표님. 어디 가세요?"

"주차장이요."

"아. 그건 아는데……."

주차장으로 향하는 황 대표의 뒤를 버들이 따라가는 중이었다.

"점심은 드셨어요?"

"……."

"저녁에 저 호텔 레스토랑에서 약속 있는데요."

"……."

"혹시 대표님도 오세요? 만약 우연히 만나게 되면……."

황 대표가 우뚝 멈춰 섰다. 널따란 황 대표의 등에 이마를 부딪친 버들이 얼굴이 새빨개졌다. 셔츠가 얇아서 그런지 황 대표의 단단한 등 근육이 느껴졌다. 황 대표가 뒤를 돌아 버들을 내려다봤다. 큼지막한 눈이 순하다.

"버들 씨."

"……네?"

버들 씨, 하고 제 이름을 불러 주는 저음이 오늘도 온갖 설렘을 안겨 주었다. 신발 속에 감춰진 발가락을 버들이 꼬물거렸다.

"전 여자 좋아해요."

가만히 선 채로 버들이 눈을 깜박거렸다.

수업이 끝나는 대로 버들이 레스토랑으로 향했다. 가는 곳만 가고 먹는 것만 먹는다는 황 대표의 성향에 전부 들어맞는 장소였다. 황 대표와 단둘이 만날 수 있는 확률은 회사보다 여기가 더 높을 것이다. 벌써 나흘 째 허탕을 치긴 했지만. 테이블에 책을 펼쳐 놓고 공부하던 버들이 음료를 한 잔 더 주문했다. 환했던 창밖이 곧 야경으로 물들었다.

화장실을 다녀오던 길이었다. 물기 젖은 손끝을 탈탈 털며 조명이 어둡게 조성된 복도를 걷던 중 버들의 발이 꼬였다. 앞쪽에서 남녀가 엉켜 있었다. 당황한 버들이 머뭇거렸다. 자리로 돌아가려면 저 앞을 지나쳐야만 했다. 천천히 가는 것도 이상하고, 후다닥 지나가는 것도 이상하고. 아무것도 보이지 않단 듯 평범하게 걸어 보려고 했지만 오히려 더 뻣뻣해진다. 버들이 남녀를 힐긋거렸다. …… 갑자기 심장이 빠르게 뛴다.

질척하게 여자의 입술을 혀로 가르던 황 대표가 설핏 웃었다. 갑자기 느껴진 인기척에 얼굴을 가리기 위해서 여자가 황 대표의 품에 안겼다. 여자의 머리카락을 뒤로 넘겨 주며 황 대표가 낮게 속삭였다.

"너 유명해?"

그러자 여자가 고개를 끄덕였다. 가수라고 그랬지. 텔레비전을 보지 않아 잘 모르겠지만, 저 스스로 유명하다니까 그런가 보다 넘겼다. 황 대표가 뒤를 돌았다. 주변을 벗어나는 사람이 보인다. 여자가 누군지 알아봤나? 걸음이 허둥지둥한 게 수상쩍다. 사진이나 영상을 찍었다면 덩달아 피곤해진다. 모퉁이로 꺾어 숨어든 사람에게 다가간 황 대표가 손목을 휘어잡았다.

"……."

"……."

놀라 커다래진 버들의 눈을 마주하게 된 황 대표가 인상을 확 구겼다. 황 대표의 입술이 타액으로 번들거린다. 차마 오래 쳐다보지 못하고 버들이 고개를 숙이는 걸로 시선을 피했다.

"하나만 해요."

"……."

"호모를 하든. 스토커를 하든."

짜증 섞인 황 대표의 목소리에 절로 위축된다. 어떤 말도 하지 못하겠다.

"사진 같은 거 혹시 찍었어요?"

황급히 버들이 고개를 내저었다.

"유 대표랑 왔어요?"

또다시 고개를 가로젓는 버들의 호흡이 잔뜩 흐트러져 있다.

황 대표가 와인 잔을 내려놨다. 테이블에는 여러 권의 책들이 활짝 펼쳐져 있었다. 굴러다니는 펜을 따라 시선을 옮기다 보니 버들의 손까지 닿았다. 더럽다. 손톱도, 거칠게 일어난 피부도.

"이제 좀 진정이 돼요?"

어이없단 투로 황 대표가 물었다. 아까 버들은 호흡만 흐트러졌던 게 아니라 얼굴까지 새빨갛게 달아올라 어쩔 줄을 몰라 했다. 물좀 마시라고 컵을 쥐어 줬더니 컵 밖으로 물이 넘칠 정도로 달달 손까지 떨어 댔었다. 지금은 호흡도 손도 잔잔하다.

황 대표가 핸드폰을 꺼냈다. 룸에서 기다리고 있단 여자의 메시지가 도착했다. 아까 그 가수는 아니었다. 다른 여자다.

"유 대표 불러 줄까요?"

버들이 숙이고 있던 고개를 들었다.

"저는……. 대표님 매일매일 예뻐해 드릴 수 있어요."

상황과 뜬금없으면서 기가 막힌 말이었다.

"예전에도 했던 말인데요."

"……."

"대표님이 갖고 싶다는 거 다 드릴 거고요."

"……."

"또 제가 할 수 있는 일이면 뭐든지 다 해 드릴 거예요. 정말이에요."

정적이 내려앉았다.

"……."

"⋯⋯."

속눈썹 뒤로 가려진 버들의 커다란 눈에 물기가 참 많이 어려 있다.

"모르는 거 같아서 해 주는 말인데 좋아한다고 자꾸 그러는 거, 상대방한테 지고 들어가는 거예요."

"⋯⋯저는 대표님한테 이길 생각 없어요."

까맣고 반질반질한 눈동자를 보며 어떤 생각이 들었다. 순종적이네. 그래서⋯⋯ 울리기 참 쉽겠다.

울려 볼까.

"대표님⋯⋯."

이 정도면 시간을 참 많이 할애해 준 거다. 필요하면 알아서 유대표를 부르든가 하겠지. 황 대표의 서늘한 눈매가 버들에게서 벗어났다. 동시에 버들이 분주해졌다. 자신을 바라봐 주는 황 대표의 눈빛이 좋고, 그 눈길이 오랫동안 자신에게 머물렀으면 하는 바람이다.

버들이 무릎 위로 끌어온 가방 지퍼를 열었다. 조심히 넣어 둔 해바라기가 보인다. 만날 수 있을지 없을지 모르지만 우연한 만남을 꿈꾸며 꼭 꽃집에 들르게 된다. 전에 없이 망설여진다. 자신이 선물한 꽃을 황 대표가 쓰레기통에 처박은 걸 직접 보았으니까 당연했다. 그래도. 그래도 주고 싶은 마음은 그대로다.

"버들 씨."

"네."

황 대표의 앞에 해바라기를 슬쩍 내밀고선 버들이 고개를 푹 숙였다. 어쩌면 꽃은 또다시 버려질지도 모른다. 그렇지만 황 대표님이 버들 씨, 하고 제 이름을 불러 줬으니까 그거면 충분할 거 같다.

"저 좋아해요?"

버들의 속눈썹이 말끄러미 황 대표를 향했다. 둘의 눈이 부딪혔다. 하얗고 순한 얼굴이 조금은 멍해졌다. 그 즉각적인 버들의 반응이 흥미롭단 듯 황 대표의 한쪽 눈썹이 위로 치켜떠졌다. 양심이란 건 애초에 갖고 태어나지 않았다.

친구 동생이건 뭐건 따지지 말고…… 울려 볼까. 내가 너무 좋은 나머지 나한테 이길 생각도 없다는데. 내 발 밑에 납죽 엎드려 있어 울리는 건 정말 쉬울 거다. 같은 남자란 점에서 오히려 더 거리낌이 없어진다.

재미있을 거 같으니까. 또 말로 해서는 도저히 못 알아듣는 거 같으니까. 질질 짜고 나야지만 정신 차리고 더는 내 앞에서 이딴 꽃을 들고 설치지 않을 거란 판단이 선다.

"버들 씨."

"네. 대표님."

나른한 표정으로 황 대표의 입술이 열렸다.

"좋은 거 하러 갈래요?"

잠깐의 정적으로 틈이 벌어졌다. 옅게 미소가 걸린 황 대표의 입가가 너무나 매혹적이라 머리가 그대로 굳은 느낌이다. 솔직히 말의 뜻이 잘 이해가 가지 않았다. 좋은 게 무얼까.

……좋은 거라는데 뭐든. 홀린 것처럼 버들이 연신 고개를 끄덕였다. 두근거린다. 다 퍼 줘도 아깝지 않을 정도로 좋아하고 있는 사람이 좋은 거 하러 가자는데 달리 다른 대답을 할 수 없었다.

여유롭게 황 대표가 식사를 주문했다.

"다 먹었어요?"

"네? ……네."

"안 모자라요?"

"배불러요. 많이 먹었어요."

"그럼 일어나요."

황 대표를 따라 버들이 서둘러 가방을 챙겨 들었다. 계산하는 모습도 멋지다. 황 대표의 옆얼굴을 빤히 쳐다보고 있던 버들이 잘 먹었다고 작은 목소리로 인사했다. 나란히 엘리베이터 앞에 섰다. 사선으로 위치한 창밖이 눈부시다. 높은 곳에서 바라보는 야경은 언제나 그렇듯 감탄이 나온다. 복잡하게 줄지어져 있는 자동차 헤드라이트 불빛이 꼭 크리스마스트리 장식처럼 화려하다. 유독 오늘은 밤하늘의 달도 짙게 떴다.

"버들 씨?"

엘리베이터가 도착한 줄도 몰랐다. 먼저 안에 타 있던 황 대표가 낮게 저를 부르는 소리에 버들이 화들짝 놀라며 얼른 안으로 들어갔다. 좁은 공간에 오롯이 단둘이다. 빨갛게 표시되는 층수가 높아진다. 거기에 신경 쓰지 못하고, 버들의 시야엔 저와 등지고 선 황 대표의 뒷모습만 담겨져 있다. 어깨가 어쩜 이렇게나 넓지. 등까지 포함해 정말 태평양이 따로 없다. 그리고 단단해 보인다. 황 대표만 바라보는 걸로 하루가 금방 갈 거 같다.

"내려요."

엘리베이터 밖으로 나오자마자 버들이 아래를 바라봤다. 폭신하게 카펫이 밟힌다.

천천히. 그리고 비밀스럽게. 황 대표의 몸을 버들의 눈동자가 마치 핥기라도 하듯 끈적끈적하게 바라봤다. 어깨에서 팔꿈치, 손목으로 다다랐다. 혹시나 포장으로 쓰인 비닐이 구겨질까 봐 조심히 대하는 자신과 달리 황 대표는 멱살이라도 잡은 모양으로 해바라기를 들고 있었다.

버리지 않았으면 좋겠다, 이번엔. 왠지 안 버릴 거 같단 기대감이 서린다. 반짝거리는 버들의 시선이 황 대표의 긴 종아리를 지나쳤다. 황 대표의 발 사이즈와 제 발 사이즈를 어림잡아 비교했다. 버들의 손이 주춤거리며 제 가슴으로 향했다.

심장은 일찌감치 난리가 난 상태였다. 이미 좋아한단 마음을 남김없이, 밑바닥까지 싹싹 긁어 보여 주었지만 빠르게 뛰는 심장 박동을 들키게 된다면, 이건 좀 많이 쑥스러울 거 같다. 주책없어 보일까 봐 걱정이다. 정신 좀 차리자. 버들이 제 뺨을 살짝 두드렸다. 그러느라 황 대표와 거리가 멀어졌다. 버들이 얼른 황 대표의 등에 가까이 붙었다.

문득 주변을 살폈다. 복도가 조용하다. 카펫 때문인지 흔한 발소리도 나지 않는다. 불편할 만큼 조명이 어둡게 설정되어 있었다. 좋은 거 하러 가는 걸까? 좋은 게 뭘까?

"대표님. 저희 어디 가는 거예요?"

룸을 지나치고 또 지나쳤다.

"버들 씨."

낮은 저음에 가슴이 떨렸다.

"해 봤어요?"

목소리를 음악처럼 감상하느라, 황 대표의 말이 제대로 귀에 들어오지 않았다. 미안한 기색으로 버들이 "네?" 하고 조심히 되물었다. 황 대표의 걸음 속도가 느릿해졌다.

"섹스, 해 봤냐고."

버들의 동그란 눈이 순간 깜박이는 걸 잊었다.

"태어났을 때부터 호모 새끼는 아니었을 거 아냐."

"……."

"여자랑 한 섹스가 성에 안 차거나 만족스럽지 않았어요?"

"……."

"그간 별 볼 일 없는 여자들만 만났나 봐요."

"……."

"그게 아니면, 버들 씨가 그쪽으로 형편없거나."

돌아선 황 대표가 걸음을 멈추자 버들의 걸음도 멈췄다. 말귀를 못 알아들은 것처럼 버들의 얼굴이 그저 멍청하다.

……섹스? 버들의 목울대가 침이 넘어가면서 일렁거렸다. 황 대표의 말투는 나긋할 정도로 부드러웠다. 잘못 들은 게 아닐까? 제대로 듣긴 한 걸까? 버들이 제 귀를 의심했다. 무슨 뜻이냐고 되묻고 싶었는데 목구멍이 답답해져 쉽게 말이 떨어지지 않는다. 싸늘하게 굳어 버린 표정을 의식하며 버들이 위로 입꼬리를 끌어당겼다. 억지로 웃는 거라 어색하다. 미세하게 떨리기 시작한 손끝을 감추기 위해 버들이 등에 메고 있던 제 가방끈을 움켜잡았다.

"좋은 거……."

"응. 좋은 것 해요."

웅얼거린 버들의 목소리가 쉽게 묻혔다. 멈춘 곳은 복도 제일 끝의 룸이었다. 황 대표의 노크에 문이 열렸다. 아름답단 수식어가 아깝지 않은 여자가 나왔다. 짧게 커트 친 머리를 쓸어 넘기는 몸짓에 물방울 모양의 귀걸이가 달랑거린다.

"기다리라고 해서 기다리긴 했는데, 나도 딱히 한가한 사람은 아니거든."

쌀쌀맞은 어조로 여자가 말을 하자 황 대표가 그쪽을 돌아봤다. 여자의 허리 뒤로 황 대표의 팔이 감겼다. 해바라기가 들려 있는 손이었다.

"셋이 놀자고 하더니. 어디서 애송이 하나 데려왔네?"

저를 훑어보며 여자가 비웃듯 꺼낸 말에 버들의 얼굴이 새하얗게 질렸다. 피가 식는다는 느낌이 뭔지 상세히 서술할 수 있을 것 같다. 먼저 씻고 있겠다며 여자가 유유히 돌아섰다.

저도 모르게 뒷걸음질 쳤나 보다.

"고맙다고 절을 해도 모자랄 판국에. 왜 도망가요."

단단한 황 대표의 손이 버들의 손목을 비틀어 잡았다. 주춤거리며 뒤로 물러나던 버들이 휘청거렸다. 힘 조절의 배려도 없었다. 잡힌 손목이 아픈지 버들의 눈가가 잔뜩 찌푸려졌다. 아. 들릴 듯 말듯 작게 버들이 신음했다.

"못 하겠어요? 힘 좀 쓰라고 기껏 밥도 사 먹였더니."

꼭 땅을 파고들 것처럼 아래로 꺾여 있던 버들의 고개가 위로 들렸다.

"……."

"……."

큼지막한 버들의 눈을 황 대표가 응시했다. 물기가 차차 더해지는 꼴에 바람 빠진 웃음소리가 샜다. 툭 치면 우는 거 아닌가 모르겠다.

"……아!"

잡고 있는 버들의 손목을 힘주어 황 대표가 끌어당겼다. 금방 룸으로 끌고 들어갈 것 같은 황 대표에게 놀란 버들이 버텼다. 그 바람에 엉덩이가 뒤로 쭉 빼졌다. 제 손목을 잡고 있는 황 대표의 손을 풀어 보려고 했지만 역부족이다. 오히려 올가미처럼 더 옥죄어온다. 금방 문 안쪽을 넘어설 거 같다. 다급한 심정에 다리까지 구르며 버들이 고개를 내저었다.

"누가 보면 나 나쁜 사람인 줄 알겠네."

"……."

"내가 여기까지 버들 씨 억지로 데려왔어요?"

"……."

"따라왔잖아. 네 발로, 네가."

반말에 설레어할 틈도 없었다. 버들이 힘껏 입술을 말아 물었다. 숨을 쉬는 것도 버거운데, 음? 하며 황 대표가 버들에게 대답을 종용했다.

"못 하겠어요?"

연신 고개를 끄덕이는 게 최선이었다.

"……."

"……."

침묵이 길게 느껴졌다.

"……실망이네."

미묘하게 웃음기가 섞인, 나른하게 떨어진 황 대표의 말에 버들의 눈빛이 정처 없이 주변을 헤매었다. 황 대표가 버들의 손목을 놓았다. 또 잡힐까 싶었는지 버들이 제 손을 얼른 등 뒤로 감췄다.

쾅. 문이 닫혔다.

꽃밭이었던 버들의 머릿속이 엉망이 되어 버렸다. 몸에서 열이
나는 거 같다. 울컥울컥, 속이 치민다. 엘리베이터로 걸어가던 중이
었다. 생각나는 게 있어 룸으로 돌아간 버들이 노크했다. 곧 문이
열렸다. 힘이 바짝 들어간 버들의 목에 안쓰러울 만큼 쇄골이 도드
라졌다.

"······같이 놀까?"

비스듬히 고개를 기울이며 황 대표가 물었다. 다정한 얼굴이라서
더 비수가 되는 거 같다. 단정했던 와이셔츠 단추가 풀려 있다. 뒤
엔 젖은 여자가 가운 끈을 아슬아슬하게 붙잡고 있었다. 버들이 손
을 내밀었다. 그걸 황 대표가 눈만 내리깔아 보았다. 미세했던 떨림
이 지금은 눈에 띄게 심해졌다.

"주세요."

불안정한 발음이었다.

"제가 드린 해바라기 주세요."

황 대표의 걸음을 버들의 시선이 따라갔다. 해바라기는 바닥에
떨어져 있었다. 밟혔는지 샛노란 꽃잎이 군데군데 짓이겨지고 납작
해져 있다. 돌려 달라고 내민 손이 무의미했다. 황 대표가 해바라기
를 던져 버렸기 때문이다. 제 어깨를 맞고 떨어진 꽃을 주워 든 버
들이 깜깜한 호텔 복도에 오도카니 홀로 남겨졌다.

아팠다. 삼 일 내내. 아침부터 밤까지. 머리가 울리는 것쯤은 문
제가 아니었다. 속이 쓰리다. 겨우겨우 조금 삼킨 음식물에도 버티
지 못하고 넘어오는 신물이 아주 곤혹스럽다. 뭐든 입에 넣는다는

것 자체가 머뭇거려지고 급기야 기피하기에 이르렀다. 먹은 게 없으니 기력을 잃었다. 기분은 어제보다 오늘 더 가라앉는 식이었다. 삼 일째니까 땅바닥에 곤두박질 친 것으로도 모자라 지금은 아예 지하 땅굴로 파고들고도 남았을 거다. 더 늦기 전에 건져 올려야 한다는 건 알지만, 생각뿐이다. 어떤 의욕도 생기지 않는다.

꺼내 든 담배를 입에 물고서 버들이 눈가를 찌푸렸다. 라이터가 보이지 않는다. 가방 곳곳을 들춰 보았지만 손에 잡히는 게 없다. 열어 뒀던 가방 지퍼를 모두 채운 다음 온몸을 수색하고 나서야 가장 나중에 확인한 뒷주머니에서 라이터를 발견했다. 가뜩이나 기력 없는 마당에 뭔가 실속 없는 짓을 저지른 거 같아 어깨가 축 처졌다. 천천히 내뿜은 담배 연기가 시야를 가렸다. 빨간색 정점으로 타들어 가는 건 담배뿐만이 아니었다. 속도 탔다.

좋으니까, 좋아하니까, 좋다.

상대방을 향한 내 마음이 어떤지 또렷하게 자각하는 게 최종적으로 도달하는 목적지인 줄 알았건만 정말로 큰 착각에 불과했다. 황 대표를 좋아하는 것으로 요 며칠 사는 게 즐겁더니 한순간에 잿빛으로 우울해졌다. 앞으로 어떻게 하면 좋을지 아무것도 모르겠다.

"유버들."

이기고 있던 연습 경기였다. 버들을 발견한 정민이 야구공을 집어 던지고 그쪽으로 뛰어갔다.

"야. 내가 부르는 거 안 들려?"

옆자리에 털썩 주저앉아 아는 척을 하는 정민의 호흡이 뛰어와서 그런지 가빴다. 턱 끝에 맺힌 땀방울을 대충 손등으로 닦아 내고 있는 정민을 슬쩍 바라봤다가 도로 앞을 향한 버들의 눈빛이 딱 무심하다.

"너 살면서 생긴 대로 놀라는 말, 들어 본 적 없어?"

유버들과 담배라니. 진짜 안 어울린다.

"저기. 네 친구들이 너 부르잖아."

"내버려 둬. 아. 맞다."

벌떡 일어난 정민이 다시 제 친구들 무리 속으로 파고들었다. 너 때문에 술값 내게 생겼다며 날아오는 발길질을 요령껏 피했다. 한쪽에 수북하게 쌓아 두었던 음료수 중 그나마 시원한 걸로 골라 무사히 돌아왔다.

"마셔."

"배 안 고파."

담배를 비벼 끄며 시큰둥한 버들을 정민이 흘겨봤다. 어이가 없네.

"너는 콜라를 뭐 배고파야 마시냐?"

"별로 생각이 없다는 거지."

"안 더워?"

"응."

"그럼 나중에 생각날 때 마셔."

정민이 제 손에 억지로 쥐여 준 캔을 버들이 바라봤다. 숙여진 고개를 따라 풍성한 머리카락이 밑으로 쏟아졌다. 캔 겉면에 묻은 물방울이 버들의 손바닥으로 옮겨 갔다. 시원해서 계속 만지작거리는 동안 손톱까지 축축해졌다. 갈증이 나지만 지금은 물만 마셔도 속이 뒤틀렸다.

"너 이런 거 마셔도 돼?"

옆에서 탄산을 벌컥벌컥 들이켜고 있는 정민을 향해 버들이 물었다.

"뭐가."

"몸 관리해야 한다면서."

"뭔 소리야?"

"탄산 몸에 안 좋잖아. 그래서 난 우리 형이 자주 못 마시게 하는데."

눈을 깜박거리며 쳐다보는 버들을 정민이 황당하게 마주 봤다.

"야. 담배가 훨씬 더 몸에 안 좋거든?"

그런가, 하며 낮게 대꾸하는 걸로 버들의 반응은 끝이었다.

"너 무슨 일 있냐?"

어깨를 툭 치며 물었다.

"……그냥."

"그냥. 뭐."

달싹거리는 버들의 입술이 애태운다. 정민이 눈가를 찌푸렸다.

"아 답답하네. 무슨 일 있어?"

"누구 좋아하는 게 무슨 일은 아니잖아."

"……어?"

"자연스러운 거 아니야?"

"어?"

여태 초연하게 잘 유지해 왔던 감정이 뱉어 놓고 보니 서럽다. 버들이 가방을 챙겨 들고 자리를 떴다.

*　　　*　　　*

　유 대표가 태블릿 전원을 켰다. 영화 제작에 들어간다는 소문이
좀 더 구체화되면서 기획사 측에서 먼저 접촉을 해 오고 있었다. 도
착한 메일들이 전부 그러한 내용들이다. 흥행은 보장되어 있고, 더
나아가 칸에 초청받을 수도 있을 테니 안달이 났을 거다. 초반일 땐
괜한 헛소문이 도니까 이러한 관심이 반갑지 않았지만, 지금의 진
행 단계에선 적당히 소란스러울 필요가 있었다. 캐스팅을 제외하고,
촬영 준비가 순탄하게 흘러가고 있다. 못마땅한 눈초리로 유 대표
가 황 대표를 노려봤다. 그렇게 포용력을 좀 발휘해 보라고 조언을
해 줬건만 일절 보람이 없다. 여전히 하늘 꼭대기에 달린 황 대표의
눈이 도통 내려올 줄을 모르고 있다.
　"야. 황 대표."
　"왜."
　"같은 말 반복하는 거……."
　"싫다고 했다."
　"응. 근데 새로운 배우거든? 한 번 봐."
　유 대표에게 건네받은 태블릿을 황 대표가 바로 내려놨다.
　"왜? 별로야? 괜찮지 않아? 우리 영화랑 이미지가 잘 맞을 거 같
은데."
　"안 돼."
　"왜?"
　"걔 나랑 잤어."
　"야. 새끼야."

얼굴을 확 구기며 유 대표가 역정을 냈다.

"개랑 왜 잤어?"

왜 잤겠어. 자자고 하니까 잤겠지. 유 대표의 잔소리를 흘려들으며 황 대표가 콧방귀를 꼈다.

"유버들 씨 말이야."

"내 새끼? 내 새끼가 왜?"

눈을 감자 해바라기를 든 채 바들바들 떨고 있던 버들이 떠올랐다. 물기로 가득했었던 동그란 눈이 울지는 않았다. 가소로웠다.

"물어볼게 있는데. 버들 씨, 경영 물려받아?"

곧바로 유 대표가 고개를 가로저었다.

"내 새끼는 경영 안 할 거야."

"그래?"

하긴. 경영할 깜냥도 없어 보였다.

"세상에 좋은 게 얼마나 많은데 내 새끼한테 경영 따위 시키겠냐."

"그럼."

"그냥 있는 돈 펑펑 쓰면서 하고 싶은 거 하면서 살 거야."

시시하다. 생각이 있다면 그딴 취급당해 놓고도 또다시 해바라기 들이밀며 설치지 않겠지만 또 나타난다면…… 함부로 대해도 될 거 같다.

「저는……. 대표님 매일매일 예뻐해 드릴 수 있어요.」

*　　*　　*

"속이 불편하고 또?"

"두통이요. 두통이 있어요."

버들이 약사 앞에서 또박또박 제 증상을 밝혔다.

"에어컨 너무 틀어 놓고 그러지 마세요. 냉방병 때문에 두통 있는 분들이 많거든요."

순하게 버들이 고개를 주억거렸다. 손과 발이 차서 웬만하면 에어컨을 틀지 않는다. 그렇다고 황 대표와 일면식도 없는 약사에게 "제가요. 황 대표님을 너무 좋아해서 머리도 아프고 밥도 못 먹고 있는 거 같거든요." 하고 말을 할 수도 없는 노릇이었다. 지갑을 꺼내 계산을 치른 뒤 약국 이름이 적힌 봉투를 건네받았다.

집으로 돌아오자마자 버들은 침대에 곧장 엎드렸다. 서랍을 열어 머플러를 꺼내 깊숙이 코를 파묻었다. 황 대표의 향수 냄새가 차차 희미해지더니 이제는 완전히 사라져 버린 것 같다. 가슴 한쪽이 묵직하게 저려 온다. 좋아하는 마음을 감췄어야 했나? 버들이 한숨을 푹 내쉬었다. 황 대표가 돌연 쌀쌀맞아졌던 게 아무래도 저가 좋아한다고 고백한 후부터인 거 같다. 좋아하는 마음을 감춰야 하는 게 정답이라면, 이미 몇 번씩이나 말해 버린 지금은 어떻게 해야 하는 걸까? 이정표도 없이 온통 처음 느껴 본 감정들이라 헤매게 된다.

첫사랑이다.

앞치마를 들고 버들이 터덜터덜 작업실에 들어갔다. 우울해하던 버들의 얼굴이 작업을 하자 조금이나마 생기가 돈다. 흙을 덧붙이느라 손이 잔뜩 지저분한 이때 하필 코가 간지럽다. 열심히 코끝을 꿈틀거리던 버들이 인상을 확 찌푸렸다. 손으로 벅벅 긁는 게 제일 시원할 거 같지만 어쩔 수 없이 가장 깨끗한 팔뚝으로 코를 비볐다.

황 대표님은 지금쯤 저녁 드셨을까?

"그래서 네 눈에는 그게 문제가 없다고?"

"야. 그렇게 디테일한 걸 관객들이 찾을 수나 있을 거 같아?"

"찾게끔 만들어야지. 내용상 그게 얼마나 중요한 복선을 나타내는데."

"황 대표. 그럼 어떡할 건데. 소품 나온 거 다 엎어?"

"엎어. 그것 말고 다른 방법이 있어?"

운전석에 앉아 있는 유 대표와 조수석에 앉아 있는 황 대표가 언성을 높였다. 뒷좌석에 앉아 있던 버들이 손가락을 꼼지락거렸다. 학교에 있던 중에 지나가는 길이니 같이 집에 가자며 겨울에게 전화가 걸려 왔다. 별생각 없었던 중에 황 대표와 만나게 됐다. 문제는 제 형과 황 대표가 다투고 있어 분위기가 딱딱했다는 것이다. 호텔 이후 처음 보는 건데 이대로 가다간 황 대표님이랑 말 한 마디 섞을 기회조차 없을 것 같다. 버들이 시무룩해졌다.

"어차피 지금 배우 안 정해졌잖아. 촬영 들어가려면 기간 남았어."

"내 말이. 배우부터 정하는 게 시급하지 않아?"

황 대표를 먼저 집까지 데려다준 다음 버들과 같이 귀가하려고 했으나 유 대표가 방향을 틀었다. 술집 앞에서 차를 멈췄다. 문 닫히는 소리가 세 번 들렸다. 공손하게 손을 내민 직원에게 차 키를 건네준 뒤 유 대표가 뒤를 돌았다. 부루퉁한 표정으로 서 있는 버들을 보고 화들짝 놀랐다. 그제야 아차, 싶다. 서로 감정 섞여 황 대표와 나눴던 욕들이 머릿속을 지나갔다. 깜박할 게 따로 있지. 어떻게 내 새끼 신고 온 걸 잊고 있었을 수가 있지? 그만큼 황 대표와 다투고 있는 내용이 심각했었다. 방금까지 종잇장처럼 표정을 구기고 있던 유 대표가 버들에게 다가가면서 씩, 웃었다. 그사이에 황 대표가 먼저 술집 안으로 들어갔다.

"버들아. 기사 불러 줄게."

"형. 술 마셔?"

"일 때문에 황 대표랑 회의하는 거지."

"내가 옆에 있어도 되잖아."

"재미없을걸."

"나 배고파."

"여기 밥 없어."

"술만 파는 곳이야?"

"응."

"안주는? 과일 같은 거 먹어도 돼."

"버들아. 그냥 기사님 불러 줄 테니까 집에 가서……."

"배고파, 형."

집에 돌려보내려고 했으나 배가 고프단 버들의 말에 유 대표가 약해졌다.

"그래, 그럼."

"나도 같이 가도 돼?"

"과일이면 되겠어?"

"응. 어차피 다른 건 없다면서."

안으로 들어가자 매니저가 예의 바르게 룸으로 안내했다. 버들의 어깨를 감싸고 안으로 들어온 유 대표를 보며 황 대표가 있는 대로

인상을 찌푸렸다. 세로로 길쭉한 테이블에는 이미 독한 도수의 술
과 얼음, 약간의 안주가 도착해 있었다.

"일 얘기 하러 온 거 아니었어, 여기?"

삐딱하게 황 대표가 불만을 던졌다.

"보안이 우선이야."

"내 새끼는 입 무거워."

황 대표가 비웃었다. 진짜라는 듯 버들이 눈을 동그랗게 떴다.

"과일만 먹고 간대. 지금 배가 고파서."

유 대표가 포크에 찍어 준 멜론을 버들이 베어 물었다. 차분히
오고 가나 싶더니 차에서처럼 두 대표의 언성이 높아지는 게 금방
이다. 어수선함 속에서 버들이 바지런히 황 대표를 힐끔거렸다.

"버들아. 기사 불러 줄까?"

"나 아직 덜 먹었는데……."

"그래? 더 먹을 거야?"

황 대표와 싸우고 있는 와중에도 유 대표가 틈틈이 버들을 챙겼
다. 평소 입이 짧아 뭐든 금방 물려 하는 걸 알기에 먼저 이것도 먹
고 싶다, 저것도 먹고 싶다 하는 버들이 반가울 수밖에 없다. 두 대
표의 목소리가 한껏 낮아졌다. 저가 들으면 안 되는 내용인가 보다.
눈치껏 버들이 화장실을 다녀왔다. 돌아오니 자리엔 겨울이 없었다.

"……저희 형은요?"

"통화하러 갔어요."

"아."

황 대표님과 만나는 날을 미리 예견할 수 있었으면 좋겠다. 오늘
옷 대충 주워 입고 나왔는데. 하필. 원래 제 자리에 앉지 않고 유 대

표가 앉았던 자리에 버들이 엉덩이를 붙였다. 그편이 황 대표와 더 가깝기 때문이었다.

「좋은 거 하러 갈래요?」

황 대표의 눈길이 저한테 닿기를 바라면서도 진짜로 닿을까 봐 겁이 난다.

"제가 대표님 좋아한다고…….."

"만날 때마다 그렇게 소름 끼치게 할 거예요?"

천천히 입을 연 버들의 말을 황 대표가 가로막았다.

"제가 대표님 좋아하는 게…….."

"잘못된 거라니까."

"우리 둘 다 남자니까요?"

응. 간단하게 황 대표가 대답했다.

"…….."

"…….."

속이 쓰리다. 황 대표를 좋아하는 마음이 스스로를 속상하게 만든다.

흡연해도 되는지 버들에게 양해도 구하지 않은 채 황 대표가 담배 케이스를 꺼냈다. 라이터를 달칵였다. 깊게 들이마신 연기를 일부러 정면을 향해 내뱉었다. 버들이 고스란히 희뿌연 담배 연기를 뒤집어썼다.

"이거…….."

버들이 가만히 담배 브랜드를 중얼거렸다. 기가 막힌지 순간 황 대표가 저도 모르게 웃었다. 하얀 얼굴이 기침을 내뱉으면서 도망칠 줄 알았더니, 냄새만 맡고 어떤 브랜드인지 알아맞힐 줄이야. 배

려 없는 제 행동에도 꿋꿋하게 앉아 있는 꼴이 자존심도 없는 모양
이다.

"대표님."

"네."

"제가 쭉 생각해 봤는데요. 오해예요."

"뭐가요."

"저 남자 좋아하는 거 아니에요."

"저 좋다면서요."

"그러니까 남자가 좋아서 대표님한테 고백한 게 아니란 거예요.
저는요, 대표님이 여자분이셨어도 좋아했을 거예요."

저절로 입장 바꿔 생각이 된다. 유 대표가 걸핏하면 들먹거리는
포용력이란 이런 걸까. 나라면 키 188cm에 어깨가 벌어진 여자와
는 침대까지 못 갈 거 같다.

"버들 씨."

차마 대답하지 못하고 버들이 애꿎게 손만 꾹 움켜잡았다.

"저랑 자고 싶어요?"

펄떡거리는 버들의 심장이 쿵 떨어졌다. 잔다? 황 대표님과?

"그게⋯⋯."

"섹스. 버들 씨, 저랑 섹스하고 싶어요?"

담배를 끄고 황 대표가 턱을 괬다. 여자들에게 사랑한단 말을 아
끼지 않는 편인데 그게 딱 침대 위에서만이다. 나른한 황 대표의 시
선이 버들의 머리에서 어깨로 떨어졌다. 긴장하고 있단 게 전부 티
가 난다. 힘이 바짝 들어간 채 움푹 파여 있는 쇄골이 그 증거였다.
음. 약간은 의외다. 사내새끼가 목도 가늘고 어깨 끝도 둥근 모양을

하고 있다.

버들이 긴 속눈썹을 빠르게 깜박였다. 앉아 있는데 현기증이 느껴진다. 섹스, 거기까지 미처 생각지 못했다.

"남자 놈들끼리 섹스 어떻게 하는지 알아요?"

나긋나긋한 어조가 혼을 빼놓는다.

"……."

"……."

버들이 입 안쪽 살을 깨물었다. 뭐라고 대답을 해야 할지 모르겠다.

"많이 아프다던데. 음?"

"아파요? 저랑 자면, 대표님 아픈 거예요?"

얼굴이 빨갛게 달아오른 버들이 정말로 같잖다.

"내가 아니라, 너겠지."

"……저만 아파요?"

"내가 넣을 거니까. 왜, 저한테 박고 싶어요?"

가정이란 걸 전제했지만 말을 뱉고 나니 헛웃음이 터졌다. 황 대표와 달리 계속 진지하고 심각했던 버들이 고개를 마구 가로저었다.

"대표님이랑 섹스하면, 저만 아픈 거죠?"

"응."

확실하게 확인하고 나서야 안도한 버들이 몸을 뒤로 기울였다. 아 다행이다.

"다행?"

미간을 찌푸리며 황 대표가 되물었다.

"네. 대표님이랑 섹스할 때 아파도 저 괜찮아요."

"……."

"왜냐하면……."

"……."

"저는 아픈 거 되게 잘 참거든요."

……유 대표는 알까. 죽고 못 사는 지 새끼가 어마어마한 꼴통이란 걸.

통화를 끝낸 겨울이 돌아왔다. 룸 천장에 담배 연기가 자욱하다. 황 대표의 앞에 놓인 재떨이가 채워진 걸 보고 대뜸 인상을 찌푸렸다. 알아서 자리를 꼬물꼬물 비켜 주고 있는 버들을 붙잡은 유 대표가 안색부터 살폈다.

"버들아. 괜찮아?"

"뭐가."

담배 연기에 기침을 많이 해서 힘들어할 줄 알았더니 멀쩡하다. 도리어 무슨 일이냐고 묻듯 버들의 커다란 눈망울이 말똥말똥 유 대표를 쳐다봤다. 칼집이 난 오렌지 껍질을 마저 까서 입에 물려 주자 버들이 마지못해 입을 벌렸다.

"아. 뭐야. 형. 이러지 마."

제 성에 찰 만큼 유 대표가 버들의 뒷머리를 벅벅 격하게 쓰다듬었다.

"황 대표님. 원래 싸가지 없는 줄은 알았는데 이 정도까지 막 나갈 줄은 몰랐습니다."

유 대표의 화살이 황 대표를 향했다. 무슨 뜻이냐는 듯 황 대표가 턱을 까닥거렸다.

"담배 말입니다."

"흡연이 가능한 곳에서 담배가 왜."

"애 앞에서 담배를 피우고 싶습니까."

"여기에 애가 어디에 있는데."

"안 보이냐? 눈은 장식이야? 여기에 있잖아."

유 대표가 당당히 버들을 가리켰다.

"내 새끼. 유버들."

주책바가지야, 진짜. 창피해진 버들이 겨울을 흘겼다. 제 다섯 형들 중 넷째와 다섯째가 제일 문제였다. 지들 나이 먹을 때 나는 노나? 버들 역시 착실하게 나이를 먹고 있었지만, 변함없이 애 취급을 해 대니 정말 환장할 노릇이었다.

"네 눈에만 애지. 다 큰 성인 아니야?"

황 대표의 말에 버들이 무의식중에 고개를 끄덕거렸다.

"아니야. 덜 컸어. 한참 더 클 때야."

대단한 콩깍지를 뒤집어쓴 유 대표가 뻔뻔하게 굴었고, 그에 황 대표의 미간이 구겨졌다. 민망한 건 버들의 몫이었다. 주책 그만 떨란 듯 버들이 겨울의 허벅지를 툭 쳤다.

"그러니까 내 말은 비흡연자를 존중하라는 거지."

겨울과 버들의 눈이 마주쳤다. 이윽고 "그치?" 하며 제게 동의를 구하는 겨울에게 버들이 간신히 턱을 주억거릴 수 있었다.

잠시 끊겼던 업무적 대화로 두 대표가 집중했다.

황 대표님은 그 담배를 피우는구나. 내일부터 나도 그 담배를 피워야겠다.

영양가 하나도 없는 잡생각을 진지하게 하던 버들이 문득 제 뒷

주머니에 손을 가져갔다. 볼록하게 라이터가 만져지자 뜨끔했다. 물론 흡연이 죄는 아니었다. 그렇지만 형들에게 들켰다간 필히 여러모로 곤란해진다. 살살 겨울의 눈치를 보며 간신히 라이터를 꺼낸 버들이 황급히 가방 안쪽 깊숙한 곳에 숨겼다.

두 시간쯤 더 지나고 나서야 두 대표가 슬슬 자리를 뜰 기미를 보였다.

"안 졸려?"

"괜찮아. 나 원래 잠 없잖아."

"형 따라다니느라 피곤하겠네."

틈이 생기자 과하게 안쓰럽단 투로 겨울이 또 서슴없이 꼴값을 떨어 댔다.

"아니야. 나 괜찮아. 일하느라 피곤한 건 형이지."

겨울에게 다정다감히 걱정을 돌려주면서 정작 버들의 시선이 슬그머니 향한 곳은 황 대표가 있는 자리였다. 입술, 목울대, 눈썹, 볼, 귓불, 목, 귓바퀴, 코, 콧대, 턱, 눈썹 뼈⋯⋯. 황 대표의 얼굴에 푹 빠져 있느라 늦은 시간임에도 불구하고 하품 한 번을 안 했다. 당연히 피곤한 줄도 모르겠다. 오늘 봤으니 다음엔 또 언제 만날 수 있는 걸까. 기약 없는 기다림이 참 막연하다.

"왜. 가방 무거워? 형이 들어 줘?"

황 대표를 조금이라도 더 보고 싶은 마음에 꾸물꾸물 늦장을 피우는 버들에게 겨울이 물었다. 라이터와 담배가 들어 있는 가방을 사수하며 버들이 얼른 고개를 가로저었다. 황 대표가 먼저 밖으로 나가 버리자 버들의 행동도 빨라졌다.

이미 가게 매니저가 대리 기사를 불러 놓고 대기하는 중이었다.

밤하늘이 서늘하다. 축축한 공기가 살갗에 닿는다. 불시에 버들의 가방을 낚아챈 겨울이 묵직한 무게에 한숨을 지었다. 화들짝 놀란 버들이 다시 제 가방을 뺏으려고 했지만 실패했다. 차 안쪽으로 버들의 가방을 던져 놓고선 유 대표가 황 대표에게 말을 걸었다.

"타. 가는 길이니까."

겨울이 껴안자 술 냄새가 난다고 버들이 진저리를 쳤다.

"어허. 형한테 그러면 돼, 안 돼?"

꼬부랑꼬부랑 굴러가는 혓바닥으로 으름장을 놓으며 겨울이 버들을 안고 있는 팔에 더 힘을 줬다. 어떻게든 벗어나려고 발버둥을 쳐 보았지만 확연한 체격 차이에 어림도 없다. 최선을 다해 꼬물거리던 버들이 다 포기하고 코를 움켜쥐었다.

제대로 교육을 받은 만큼 매니저가 겉으로 내색은 안 했으나, 처음 보는 유 대표의 모습에 뜻밖이란 눈치였다. 사회적 지위와 덩칫값을 저 멀리 날려 버리고 난리 블루스를 치고 있는 유 대표를 황 대표가 외면했다. 버들의 까만 눈동자가 황 대표를 따라 이동했다. 황 대표는 독한 도수의 술을 꽤 많이 마셨는데도 일절 흐트러짐이 없다. 심지어 걸음걸이조차 바르다.

"타. 왜?"

"됐어."

무심한 황 대표의 거절에 매니저가 재빨리 택시를 잡았다. 겨울이 이유를 물었다.

"스토커한테 집 알려지기 싫어서."

때마침 울린 경적과 황 대표의 대답이 겹쳤다. 제대로 못 들었는지 유 대표가 "뭐라고?" 고개를 갸웃거렸고, 버들은 눈에 띄게 침울해지고야 말았다. 황 대표의 비아냥거림이 제대로 귀에 박혔기 때문이었다.

……나 스토커 아닌데. 계속해서 황 대표에게 오해를 사고 있는 것 같다. 천천히 한숨을 내쉬며 버들이 쓰린 속을 손바닥으로 문질렀다.

*　　*　　*

몇 번의 노크 끝에 버들이 겨울의 방문을 열었다. 해가 아까 중천에 떴으나 넓은 방 안이 잠잠하다. 처참하게 널브러져 있는 옷가지들을 버들이 발끝으로 휙휙 치워 가며 침대로 다가섰다.

"형."

"……."

"겨울이 형."

"……."

엎드려 누워 있는 겨울의 등이 미동을 하지 않는다. 물론 예상했던 반응이다. 어제 술을 그렇게 많이 마셨으면 곱게 가서 자지 제 방까지 따라 들어와 한참 뻗대다가 돌아갔었다.

한심함을 담아 버들이 한숨을 폭 내쉬었다. 한쪽 무릎으로 침대에 올라선 뒤 가차 없이 겨울을 퍽퍽 내려쳤다. 맵기 그지없는 버들의 손맛에 그제야 겨울이 애벌레처럼 꿈틀거렸다. 꾹 감겨 있던 눈도 빠끔히 떴다.

"이제 너는 큰일 났다."

낮게 가라앉은 겨울의 목소리가 쩍쩍 갈라지며 나왔다.

"무슨 큰일?"

"너희 형 등짝 구멍 났어."

"구멍 안 났어."

"잘 봐 봐."

"지금 보고 있잖아."

"구멍 안 났어?"

"응."

그렇군. 허무하게 대꾸하며 겨울이 벽을 보고 돌아누웠다.

"일어나서 해장해."

"조금만 더 자고."

"지금 시간이 몇 신 줄은 알아?"

"그럼 5분만."

"안 돼. 이미 밥 차려져 있단 말이야."

"나중에 먹는다고 해."

"그럼 일 두 번 하시잖아."

"그걸 네가 왜 신경 써. 월급 받는, 아!"

저 쥐방울만 한 게. 확, 그냥!

"뭘 봐? 빨리 일어나기나 해."

닦달하는 쥐방울만 한 것에 못 이겨 겨울이 옷을 꿰입었다. 꿍얼 거리면서도 쥐방울만 한 것에 이끌려 순순히 계단을 내려왔다.

겨울을 식탁 앞에 앉히고 나서야 버들이 꿀물을 탔다.

"어때. 속 많이 아파?"

"……응."

"잘한다, 진짜. 어제 술 많이 마시더라."

"고작 그게?"

사납게 흘겨보며 버들이 겨울의 옆에 앉았다. 국을 뜨려다 말고 겨울이 그런 버들을 바라봤다.

"아직 밥 안 먹었어?"

"형이랑 같이 먹으려고 기다렸어."

"그럼 그렇다고 진작 말하지."

"빨리 먹어."

"뽀뽀나 한 번 할까?"

"술 냄새 나. 어제 안 씻고 잤어?"

"새끼야. 씻고 잤어."

멋쩍게 대꾸하며 겨울이 연거푸 국물을 들이켰다. 적당히 매콤한 해장국에 속이 확 풀어진다. 사우나에 들어간 아저씨처럼 걸쭉한 감탄을 내뱉었다. 점점 젓가락질이 느려지는 버들의 앞으로 좋아하는 반찬들만 골라 밀어 주며 겨울이 식사를 끝냈다. 씻고 나오니 침대에 버들이 벌러덩 누워 있다.

[대표님 해장하셨어요?]

15분 뒤.

[대표님 꿀물 타는 법 아세요? 저 꿀물 되게 잘 타요.]

제 형만큼이나 독한 술을 마신 황 대표의 속이 걱정이다. 해장은 하셨을까, 보낸 메시지 끝에 숫자 1이 사라지지 않고 있다. 그게 황 대표의 개인 비서 번호인 줄 모르는 버들이 틈나는 대로 핸드폰을 확인했다. 마음은 바짝 타고 입술은 부루퉁하게 튀어나왔다.

"왜. 뭐 할 말 있어?"

누운 채 저를 쳐다보는 버들을 보며 겨울이 눈썹을 까닥거렸다. 아무것도 아니라며 버들이 고개를 가로저었다.

"형 씻어서 이제 술 냄새 안 나는데 아까 못 한 뽀뽀나 한 번 할까?"

"싫어."

"그럼 너 장가가지 말고 형이랑 평생 사는 거다."

"그런 말 좀 그만해."

"새끼가. 뽀뽀도 안 해 주면서 장가까지 가겠다고?"

나한테 황 대표님이 장가왔으면 좋겠다. 그럼 나, 진짜 잘해 줄 자신 있는데.

"형, 어제 보니까…… 황 대표님이랑 왜 그렇게 싸워?"

"어제 직접 봤으니까 더 잘 알겠네. 싸울 만하지 않던? 그 새끼 고집 피우는 거 너도 봤지? 이미 전체적으로 소품이 나왔는데 영화 장면으로 몇 컷 나오지도 않는 걸 새로 제작하자고 하잖아."

하면 되잖아. 그게 싸울 일인가. 나라면 황 대표님이 하고 싶은 거 다 하라고 하겠다.

"형."

드라이기 코드를 꽂으며 겨울이 거울을 통해 버들을 쳐다봤다.

"나, 있잖아. 작업실……."

"너도 안 된다는 거 자꾸 고집 피울래?"

"……누가 고집 피웠다고 그래."

"너 작업실 따로 둬서 뭐 하게?"

"뭐 하긴. 작업하려고 그러는 거지. 학교랑 가까우니까 강의 빈 시간에 들러 조각도 하고, 그림도 그리고."

"너 곧 방학 아니야?"

"그렇긴 한데……."

말문이 막혔다.

"너 솔직히 말해 봐."

머리를 충분히 말린 뒤 겨울이 버들에게로 다가갔다.

"여자 친구 생겼어?"

"형. 황 대표님은 애인 있으셔?"

곰곰이 생각에 잠겼던 버들이 되게 조심히 물었다.

"그 새끼가 연애를 하건 말건 뭔 상관이야. 그런 건 왜 물어?"

"그냥. 궁금하니까 그렇지."

여자 친구 유무에서 왜 갑자기 황 대표의 연애로 말이 튀는지 모르겠다.

"왜 그렇게 봐."

겨울이 버들을 째려봤다. 하루라도 황 대표 타령을 안 하면 입에 가시가 돋나 보다. 형제들이 많아 제 막냇동생을 독차지 하는 게 쉬운 일은 아니었다. 가장 극성맞은 라이벌은 현재 군 복무 중이라 떨어져 있는 시점, 새로운 복병이 나타났다. 그게 황 대표일 줄이야. 오래 알아 온 사이인 만큼 황 대표의 성격이 어떤지 아는데 아마 제 막냇동생을 상종도 해 주지 않을 것이다.

"황 대표를 닮고 싶은 거야? 그래?"

"예쁘고 착하시니까."

잠시 호텔에서의 일이 떠올랐지만 버들이 고개를 흔들어 떨쳐
냈다.

"그 덩치가 예쁘냐? 어이가 없네. 야. 예쁘고 착한 사람 내가 한
트럭으로 데려와 볼게. 거기에 황 대표는 없어."

"황 대표님이 없으면 한 트럭이 무슨 의미가 있어?"

겨울이 버들의 코를 꽉 꼬집었다.

"이게 말대꾸하는 거 봐라. 황 대표, 어디가 착하던? 어제 형한테
욕하는 거 봤지?"

"형도 황 대표님한테 욕했잖아."

빨개진 코로 버들이 할 말은 했다.

"너 생긴 걸로 사람 판단하지 마. 그거 되게 위험한 거야."

"형. 나는 황 대표님을 외모만 보고 판단하고 그러지 않아."

"그럼."

"목소리도 봤어. 키랑 또……."

"확, 그냥!"

버럭 소리를 내지른 겨울을 버들이 흘겼다.

"나는 형이랑 같이 살기 싫어서 장가 갈 거야."

"뭐, 인마?"

겨울의 입장에선 청천벽력과도 다름없는 말이었다. 휙 가 버리려
는 버들을 잡아 다리를 걸어 침대 위로 쓰러뜨렸다. 파닥거리는 버
들을 겨울이 힘으로 눌렀다. 티격태격 다투고 있던 중에 겨울이 핸
드폰을 꺼냈다. 그 틈에 빠져나온 버들이 겨울의 종아리를 퍽, 발로
차 준 뒤 밖으로 나가려는데 그대로 발이 묶였다.

"왜. 황 대표."

−네 시에 약속한 거 잊지 마.

"어. 안 그래도 지금 나갈 거야."

−이따 봐.

버들이 서둘러 제 핸드폰을 열었다가 금방 실망했다. 저가 보낸 메시지 끝에 달려 있는 숫자 1이 그대로였다. 왜 내 메시지는 안 읽으시지?

겨울이 버들의 어깨를 감싸 귀 가까이 핸드폰을 대 줬다. 숨죽인 채 황 대표의 목소리를 듣던 중 버들이 순간 저도 모르게 재채기를 터트렸다. 한창 오늘 있을 회의에 대해 설명하던 황 대표가 침묵했다.

−……유버들 씨?

저만치 도망가 버린 버들을 보며 겨울이 웃었다. 침대에 엎드린 버들의 뺨이 서서히 달아올랐다. 자신은 평생 황 대표가 저음으로 제 이름을 불러 주는 것에 가슴 떨려 할 것 같았다.

겨울이 대충 둘러대며 황 대표와 전화를 끊었다.

"어깨 좀 주물러 봐."

"……."

"어깨 주물러 주면 황 대표 비밀 이야기 해 줄게."

거짓말인 거 같은데. 그냥 저 골려 주려고 꺼낸 말 같은데. 그러면서도 무시할 수가 없다. 울상인 얼굴로 버들이 겨울에게 다가갔다. 제 형의 어깨는 얼마든지 주물러 줄 수 있다. 그런데 거기에 황 대표를 조건으로 붙이자 어렴풋하게 깨닫는 게 있었다.

황 대표를 좋아하는 마음이, 약점이 됐다.

　　　　*　　　*　　　*

　복도를 묵직하게 울리며 현관문이 닫혔다. 엘리베이터가 의미 없는 층수에 멈춰 잠잠하다. 무의식중에 황 대표가 곡선으로 말려 있던 버들의 긴 속눈썹을 떠올렸다. 술자리 후 같은 차를 타지 않았다고 해서 내 개인 정보가 무사히 보호되리란 생각은 하지 않는다. 유대표가 가장 문제였다. 사소한 내용의 계약 사항 하나까지 책임져야 하는 위치라 공과 사를 확실하게 구분 짓고 있었지만 그간 목격한 걸로 보아 제 새끼 앞에선 와르르 허물어질 거란 게 안 봐도 훤하다. 유 대표는 버들이 자신에 대해 물어본다면 동업자의 사생활이라며 올바르게 함구하는 대신 줄줄 발설하고도 남을 인물이었다. 집 주소는 기본이겠지. 명확한 루트를 통해 날개를 단 스토커는 자신의 좁은 행동반경 또한 일찌감치 파악을 끝냈을 수도 있다.

　차를 끌고 나오면서 집 주변을 둘러보던 황 대표의 눈매가 평소와 달리 구석구석 집요하다. 물론 경비가 유독 삼엄해 외부인은 절대로 출입할 수가 없단 걸 알지만, 외부인도 외부인 나름인 거다. 아무리 내 눈에 하찮게 보여도 실체는 대단한 유가(家) 기업의 막내아들이었다. 태어난 순간부터 거절보단 승낙을 당연시 여길 수 있는 특권을 쥔 채 자랐을 거다. 그러니 삼엄한 경비 정도는 우습겠지. 본인이 내킬 때면 거기가 어디라도 자유롭게 들락날락할 수 있단 뜻이었다. 마찬가지로 저 역시 다를 바 없는 배경이기에 그 어렵지 않은 수준을 충분히 이해할 수 있었다.

　「좋아해요.」

　황 대표가 콧방귀를 뀌었다.

좋아한단 말을 입 밖으로 끄집어낸 순간 무조건 자신에게 손해라는 걸 약간만 계산해도 알 수 있을 텐데 버들은 멍청하게 생겨서 멍청한 짓만 골라 한다. 심지어 빙빙 돌리거나 꾸미는 것도 없었다. 좋아해요, 단조롭게 끝나는 네 글자는 너무나 올곧게 자신을 향해 있었다. 소나기처럼 갑작스러워 그 상황을 피하지 못했단 게 이제와 신경을 건드린다.

「제가 할 수 있는 일이면 뭐든지 다 해 드리고 싶고……. 그리고 제가 드릴 수 있는 거면 어떤 거든 황 대표님께 드리고 싶어요.」

태어나 처음이었다, 살면서 그렇게 덜떨어진 말을 들어 본 게. 멍청한 정도가 아니라 병신인가 싶다. 그에게는 아까운 게 아무것도 없으니 기꺼이 뭐든 다 줄 것이고, 뭐든 다 해 준다며 매달리는 그 투명한 마음이 기가 찼고 이어 귀찮아졌다. 경영을 물려받는다면 또 모를까. 애초에 단물 없는 껌 주제에.

성격상 귀찮은 걸 귀찮다고 내버려 두는 대신 뿌리까지 뽑아 없애 버리는 쪽을 택하는 편이었으나 어쨌든 상대가 같이 사업하는 이의 동생이란 점에서 황 대표는 그간 꾸역꾸역 최소한의 배려를 발휘했다. 그게 무관심이었다. 하지만 워낙 멍청해서 그런지 그걸 배려라고 전혀 못 느끼는 모양이었다. 동그란 눈을 깜박거리며 몇 번씩이나 자신의 앞에서 고백을 반복했다. 계산은 그렇다 치고 요령도 피울 줄 모르나. 슬쩍슬쩍 훔쳐보던 버들의 시선은 자신이 등이라도 돌리면 이때다 싶은지 노골적으로 들러붙었다. 형편없어 보이니까 아닌 척 좀 감춰 보라며 조언을 해 주고 싶을 지경이었다.

황 대표가 핸들을 꺾었다. 좀 더 속도를 높여 도로에 진입했다.

「저랑 자고 싶어요?」

하나만 하지.

「섹스. 버들 씨, 저랑 섹스하고 싶어요?」

가지가지 한다.

섹스 이야기에 달아올랐던 얼굴은 도망치지 않았다. 더 나아가 아픈 거 잘 참는다며 적극적으로 굴었다. 스토커에. 남자한테 발정하는 호모 새끼에. 변태에.

……아. 꼴통이란 걸 빼먹을 뻔했네.

수영장에 도착한 황 대표가 주변으로 눈을 돌린 뒤, 차에서 내렸다. 어디선가 불쑥 튀어나와 대표님, 하며 저를 부르는 목소리가 들릴 것 같다.

거슬린다.

*　　*　　*

짙은 어둠이 막 깔리기 시작했다. 최대한 빨리 씻고 나온 버들이 환기를 위해 열어 뒀던 창문을 모조리 닫았다. 커튼까지 단단히 쳤다. 그제야 침대 헤드에 등을 기대고 앉은 버들이 두 다리를 편안히 쭉 폈다. 말리지 않은 머리칼이 물기로 축축하다. 노트북을 무릎 위에 올려 두고 전원이 켜지길 기다렸다. 그간 이성에 쭉 관심이 없었기에 성(性)에 관련한 호기심도 적었다. 그런데 며칠 전, 수업이 시작하기 전 동기 녀석들 중 누군가 농담 삼아 흘렸던 성인 사이트가 다른 때와 달리 왜 기억에 남는 건지 모르겠다.

인터넷 창을 연 버들이 천천히 주소를 입력했다. 침을 삼킨 버들의 목울대가 일렁거렸다. 보이는 건 검정색 화면뿐이다. 여러 아이

콘을 클릭해 봤지만 화면이 꿈쩍도 하지 않는다. 일단은 로그인을 해야 하나보다.

겨울의 개인 정보를 입력 후 엔터를 누른 버들의 얼굴이 못마땅하게 찌푸려졌다. 아. 뭐야? 이미 가입된 이름과 생년월일이란다. 버들이 코를 훌쩍거렸다. 첫째 형의 개인 정보를 입력했다. 탈퇴한 회원이라고 뜬다. 둘째 형도 마찬가지였다. 둘은 유부남이라 그런가 보다. 셋째 형의 개인 정보도 쓸모가 없었다. 이미 가입했다니까. 군대에 가 있는 다섯째도 마찬가지였다. 침울하게 처졌던 버들의 어깨가 다시 붕 떴다. 다른 사람도 아니고. 제 형들이 가입했단 사이트라니까 아직 제대로 둘러보기 전임에도 불구하고 제대로 된 성인 사이트란 느낌이 확 든 것이다.

본인 개인 정보로 사이트 가입을 끝낸 버들이 로그인을 했다. 까맣게 보였던 화면이 금방 다른 색으로 꽉 들어찼다. 온통 살색이다. 놀란 버들의 입술이 자그맣게 벌어졌다. 미리보기 형식으로 짧게 재생되는 성행위의 장면이나 신체들이 노골적이다. 입안이 금방 바짝 탔다.

버들이 검색 창으로 마우스 커서를 옮겼다. 간신히 한 글자씩 쳐 검색한 키워드가 '연상'이다. 연상과 관련한 영상은 넘쳐흘렀다. 가장 첫 번째에 있는 걸 버들이 클릭했다. 연상의 여자 선생님을 막 어떻게 하는 내용으로 하필 수위가 높았다. 당황한 버들이 꺼 버렸다. 남녀의 동영상보단 다른 게 보고 싶었다. 그래서 버들이 두 번째로 검색한 키워드가 '대표님' 그리고 '게이'였다. 그 두 가지 조합으로 뜬 영상의 수도 무려 몇 페이지가 넘어갈 만큼 장난 아니게 많았다. 그중에서 어떤 걸 골라야 할지 모르겠다.

갈팡질팡하던 버들의 손이 또 제일 첫 번째에 있는 영상을 클릭했다. 서류 복사를 하다 말고 난리가 났다. 역시나 수위가 셌다. 시뻘게진 얼굴로 버들이 노트북 화면을 쳐다봤다. 황 대표님이 섹스하면 많이 아프다고 그랬다. 거짓말이 아닌 것 같다. 침대도 아니고 복사기 위에서 뒹구는 건장한 사내들이 매우 힘들어 보인다. 그러니까 정확히 아래쪽에 있는 사람이. 위에 있는 사람은 사냥을 끝낸 맹수처럼 포만감에 취해 있다. 버들이 화면을 껐다. 노트북을 저만치 밀어 버리고 침대에 벌러덩 누웠다.

내가 뭘 본 건가 싶다. 심장이 무진장 펄떡거린다.

나는 아픈 거 잘 참으니까…….

에어컨 바람에 손이 시리다. 버들이 파자마를 들춰 제 배꼽 주변을 만지작거렸다. 새벽이 깊어져 사방이 고요했다. 시계의 초침 소리만이 유일하게 들려오고 있었다. 발가락을 까닥거리며 천장을 올려다보던 버들이 은근슬쩍 바지 속으로 손을 집어넣어 봤다. 바지는 고무줄로 되어 있어 벌리면 벌리는 만큼 쉽게 벌어졌다. 속옷이 손끝에 걸린다. 잠시 고민하던 버들이 손을 뺐다. 몸을 뒹굴어 서랍 속에서 수첩을 꺼내어 엎드렸다. 첫 몽정을 하게 했고, 첫 자위를 하게 만들었던. 뚝뚝 끊긴 문장을 하나씩 연결하면 머릿속으로 상상의 나래가 펼쳐졌다. 섹슈얼한 느낌이 다분하다. 이게 성인 사이트 동영상보다 더 야한 거 같다.

똑똑. 갑자기 들린 노크 소리에 버들이 후딱 몸을 일으켰다. 다시 서랍 속에 수첩을 넣고 제 옷매무새를 가다듬었다. 노트북도 꺼졌는지 재차 확인했다.

"버들아."

노크 대신 이번엔 겨울의 목소리가 들려왔다. 응? 뒤늦게 대답하며 버들이 문 쪽으로 달려갔다.

"형. 이제 왔어?"

"문은 왜 잠그고 있어?"

"잠그고 있었는지 몰랐어."

그럴싸하게 둘러댔다.

"형이 심부름 하나 부탁해도 될까?"

날이 밝기 기다렸다가 버들이 급히 사옥에 도착했다. 정원이 잠잠하다. 감자와 금동이가 강아지들이 다니는 유치원에 입학했다. 버들이 비서에게 종알종알 궁금한 걸 물었다. 웃으면서 비서가 강아지들의 근황을 들려줬다. 유치원에서 잔재주를 많이 배워 와 앉으라면 앉고, 구르라면 구른단다. 실제로 본다면 너무 귀여울 거 같다. 마실 음료수를 챙겨 버들이 비어 있는 겨울의 대표실로 들어갔다.

황 대표가 차에서 내렸다. 금방 비가 내릴 것처럼 하늘이 우중충하다. 회사로 들어서자 비서가 벌떡 일어났다. 인사를 대충 받으며 황 대표가 유 대표의 대표실로 향했다. 문을 열자 정면으로 동그란 뒤통수가 보인다. 천천히 저를 향해 돌아보는 얼굴이 말갛다. 며칠 안 보이더니.

"대표님. 안녕하세요."

미리 와서 나를 기다리고 있던 건가? 내가 여기서 유 대표와 약속이 있는 줄 알고?

"대표님. 전에, 술 마시고 나서요."

"……."

"다음 날 해장은 잘 하셨어요?"

"……."

"속, 괜찮으셨어요?"

"……."

그날이 언젠데 이제 와 해장은 했는지, 속이 괜찮은지 물어. 황 대표가 코로 비웃었다.

맞은편에 황 대표가 앉기를 기다리던 버들이 가방을 열었다. 그 손길에 황 대표의 한쪽 눈썹이 위로 쭉 올라갔다. 해바라기를 꺼내겠지? 황 대표가 그 생각을 하자마자 버들이 앞쪽으로 해바라기를 내밀었다. 수가 빤히 보인다. 징그러운 걸 떠나 이젠 질리니까 레퍼토리 좀 바꿨으면 싶다.

무심히 내려다본 꽃을 들었다가 황 대표가 도로 버들을 향해 툭 던져 버렸다. 버들의 마른 팔이 버려진 꽃을 주워 들었다. 샛노란 색감이 언제나 화사하다. 황 대표에게 줬지만 버려져 다시 저한테 돌아온 해바라기가 시들어 집에 쌓여 간다.

아무런 말없이 꽃잎만 만지작대는 버들을 황 대표가 서늘한 눈매로 훑었다. 옷이 얇아 몸매의 선이 드러난다. 끝이 동그란 모양을 하고 있는 버들의 어깨가 옷을 벗겨도 동그랄지 궁금하다.

"버들 씨."

버들의 눈 깜박임이 잠시 멎었다. 황 대표가 낮은 저음으로 제 이름을 불러 주면 처음처럼 설렌다.

"저한테 뭐 바라는 거 있어요?"

무슨 뜻인지 단박에 알아듣지 못하고 버들이 곰곰이 생각에 잠겼다. 친절하게 황 대표가 뱉은 말을 일일이 풀었다.

"꼴이 웃겨서. 넙죽 엎드려서 밟아 달라고 사정하는 것처럼 보이는데, 정말 그래요?"

"네?"

"진짜 밟아 주길 기다리고 있는 건가 싶어서요. 꽃까지 줘 가면서."

버들이 얼른 고개를 내저었다.

"아니에요. 저 바라는 거 없어요."

"바라는 게 없어?"

"네. 저 바라는 거 없이 대표님 좋아해요."

투명한 버들의 눈빛에 황 대표가 오롯하게 담겼다.

"좋아한다고 매번 꽃 갖다 바치면서 진짜 나한테 바라는 게 없어?"

황 대표님이 매일 보고 싶다. 그런데 막상 만나면 무던히 행복하기만 한 게 아니라, 가슴이 따끔거리기도 한다. 지금처럼. 긴 다리를 꼬며 황 대표가 비스듬히 턱을 기울였다. 잘생겨서, 묻어나는 여유로움이 멋있어서 버들의 넋이 잠시 나갔다.

"말해 봐요. 혹시 알아요? 내가 머리에 총 맞아서 작은 것 정도라면 들어줄지."

음? 다정한 말투에 버들이 마음이 노곤히 풀렸다. 황 대표님한테 바라는 거……

"저한테 웃어 주세요."

뜻밖의 요구였다.

"웃어 주셨으면 좋겠어요."

바라는 거 없긴 개뿔. 웃어 주면 좋겠어요? 제일 말도 안 되는 걸 뻔뻔하게 바라고 있었다. 여기에서 그만둘까. 아니면 좀 더 놀릴까.

"친구 동생으로서, 아니면…… 섹스 상대로서?"

며칠 전에 본 성인 사이트가 떠올라 버들의 귓불이 뜨거워졌다.

"저 진짜 아픈 거 잘 참아요."

황 대표의 입가가 부드럽게 호선을 그었다.

"진짜예요. 저는 거짓말 같은 거 안 해요."

"그러니까 목적은 그거예요? 나랑 자는 거?"

버들의 가느다란 목에 힘이 들어갔다. 자꾸 대화가 이상한 쪽으로 흘러간다. 그냥, 그냥 나는……. 버들의 도톰한 입술이 달싹였다.

"아픈 거 잘 참는다고 그랬죠?"

"네."

"잘됐네. 많이 아프게 할 생각이었는데."

버들의 눈썹이 가라앉았다. 아픈 건 잘 참지만, 안 아프게 할 수는 없는 건가? 물론 황 대표님이라면 복사기 위에서건 뭐든 감내할 수 있을 거다. 그 정도 각오는 진작 되어 있었다.

"거짓말 진짜 안 해요?"

"네. 안 해요."

다부지게 말했다.

"그럼 확인시켜 줘요."

나른하게 황 대표가 눈을 감았다가 떴다.

"나랑 비슷한 키에 덩치면 다 좋을 거 아냐."

"……그게 무슨 말씀이세요?"

"다른 새끼랑 섹스하는 거 보여 줘요. 그거 보고 내가 결정할게. 버들 씨가 아픈 거 잘 참나. 못 참나."

귓불을 타고 버들의 얼굴 전체가 빨개졌다. 머릿속이 순간 엉켜 명확하게 생각이 정리가 되지 않았다. 해바라기 비닐 포장이 구겨졌다.

"저는······."

황 대표님이 나를 보고 웃어 주면 좋겠고, 이름을 불러 주면 좋겠다. 내가 터무니없이 큰 걸 바라고 있는 건가? 버들이 애꿎은 아랫입술만 질끈질끈 깨물었다.

"못 하겠어요?"

황 대표가 다정하게 물었다.

"또 실망시킬 거예요? 좋은 거 하자고 나 따라와 놓고 도망갔던 날처럼?"

버들은 어떠한 대답도 할 수 없었다. 그런 제 모습이 바보처럼 느껴져서 속상하다. 황 대표님에게 잘 보이고 싶은데 그 마음이 큰 만큼 속이 꽉 막히는가 보다. 버들이 간신히 황 대표를 쳐다봤다. 그것도 잠시. 진짜 실망이네, 하며 이어 들려온 황 대표의 말에 버들의 고개가 다시 푹 숙여졌다. 해바라기를 못살게 굴고 있는 버들의 손에 황 대표의 시선이 닿았다.

"버들 씨."

"네?"

버들의 속눈썹이 빠르게 깜박였다.

"손 안 씻어요?"

"······손이요?"

"볼 때마다 지저분해서."

……아니에요. 손톱이 엉망이고 살갗이 갈라지고 일어난 건 전부 전공과 관련이 있었다. 결코 위생에 소홀해서 제 손이 못난 게 아니었다. 힐긋 바라본 황 대표의 손과 너무나 비교가 된다. 저와 달리 예쁘고 참 곱다. 버들이 더 위축됐다. 빨간 볼이 어쩔 줄을 몰라 했다.

"……."

"……."

안 우네. 황 대표가 약해 보이는 버들을 빙글거리며 주시했다.

"아. 시간 다 됐는데 왜 안 와."

짜증 섞인 황 대표의 중얼거림에 버들의 심장 박동이 더 빨라졌다.

「내 새끼. 형이 심부름 하나 부탁해도 될까?」

「심부름? 어떤 거?」

「스승님 얼굴 본 지 오래됐지? 만나러 갈래?」

「그게 심부름이야? 너무 좋아!」

「황 대표랑 같이.」

「……나랑, 황 대표님이랑 둘이서?」

안 그래도 스토커로 오해받고 있다 보니 버들은 겨울에게 거듭 당부했었다. 황 대표님에게 미리 말해 놓으라고. 더하지도 빼지도 말고 있는 그대로 설명하라고. 원래는 제 형과 황 대표가 같이 이동하기로 한 일정이었는데 중요한 미팅이 잡혀 빠질 수밖에 없다고 그랬다. 황 대표가 길치이니 누군가와 대동해야 하는데 마침 적당한 사람이 자신밖에 없다며 겨울이 부탁했었다. 하지만 황 대표의 반응을 보니 겨울에게 어떠한 언질도 전해 받지 못한 게 분명하다. 핸드폰을 꺼내 겨울에게 연락을 취하고 있는 걸 보며 버들이 괜히 조마조마 가슴을 졸였다.

"어디쯤이야."

-거기 버들이 안 갔어?

"⋯⋯뭔 상관이야."

-난 못 가. 버들이가 길 잘 알아. 오히려 거기 내 새끼가 가면 환영할걸. 너랑 나랑 둘이 가 봤자 소금만 맞고 쫓겨나. 버들이 데려가. 아. 나 그리고 미팅 들어간다. 전화 못 받아. 계약금이 커서 집중해야 돼. 나중에 통화해.

일방적으로 끊긴 전화에 황 대표가 황당해했다.

침묵 속에 하릴없이 몇 분이 흘렀다. 버들이 입 안쪽 살을 깨물었다. 아까 황 대표와 나누었던 대화 중, 계속 걸리는 게 있었다. 이대로 지나가면 안 될 거 같다. 바닥부터 용기를 끌어 모았다.

"저기⋯⋯."

하지만 용기는 너무나 나약했다. 한숨처럼 작은 소리라 황 대표님이 못 들었을 거 같다. 버들이 낙담했다.

"네."

"어? 저기⋯⋯."

전혀 기대하지 못했던 황 대표의 대꾸에 버들이 허둥거렸다.

"저는 다른 사람이랑 안 자요."

핸드폰만 바라보고 있던 황 대표가 고개를 들어 버들을 마주봤다.

"셋이서 하기도 싫어요."

"⋯⋯."

"아무리 대표님이랑 키랑 덩치가 비슷해도 다른 사람이면 싫어요."

"······."

"대표님하고만 자고 싶어요."

더듬거리며 버들이 내뱉은 말이 전부 기가 찼다. 황 대표가 어떤 생각을 하는지 모르는 버들은 오로지 펼떡거리는 제 심장을 진정시키느라 고생하고 있었다. 황 대표가 자리에서 일어났다. 여기서 시간을 너무 많이 낭비했다. 세 시간 정도 차로 걸리는 길이었고 혼자서 이동한다면 길을 헤매어 배가 걸릴지도 모른다.

"어떻게 가는지 알아요?"

"알아요. 많이 가 봤어요."

황 대표의 턱짓에 버들이 몸을 일으켰다.

"버들 씨."

황 대표가 가만히 버들을 내려다봤다. 황 대표와 시선이 마주치자마자 버들의 긴 속눈썹이 저쪽으로 이동해 버렸다. 깜박거리는 버들의 눈이 뜸들이며 황 대표에게 향했다. 그때까지 황 대표가 끈질기게 기다렸다가 물었다.

"저 좋아해요?"

도톰한 버들의 아랫입술이 곧장 열렸다.

"좋아해요."

웃음이 났다. 너무 쉬워서.

황 대표의 차에 버들이 올라탔다. 무릎 위에 양손을 올리고 얌전히 앉아 있었지만, 이쪽저쪽 둘러보느라 눈만큼은 바빴다. 성격이나 특징이 엿보이는 장식 하나가 없다. 먼지도 마찬가지였다. 꼭 새

것 같다. 처음 만났던 날이 저절로 펼쳐진다. 겨울의 차였지만, 어쨌든 황 대표가 운전해서 집까지 바래다줬었다.

시간은 흐른다. 그 속에서 별다른 노력 없이도 저절로 쌓게 되는 추억이 생긴다. 오늘도 그런 날이겠지? 버들의 입가가 희미하게 꿈틀거렸다, 좋아서. 저만치서 담배를 피우고 황 대표가 걸어오고 있다. 거리가 좁혀질수록 황 대표의 인상은 짙어졌고, 버들의 맥박은 빨라졌다.

"안전벨트."

"아."

황 대표의 지적에 버들이 안전벨트를 채웠다. 흐린 하늘이 머리 위로 따라온다. 큰 도로로 나오면서 버들이 허리를 세웠다. 가슴팍을 가로지른 안전벨트를 꼭 쥐고 있는 버들의 주먹에서 열심히 길을 안내하리라는 의지가 엿보였다. 하지만 안내할 틈도 없이 황 대표는 내비게이션을 따라 무리 없이 핸들을 꺾어 가며 운전했다. 버들의 입술이 벙긋거렸다. 도착한 곳이 백화점이다. 차에서 황 대표가 내리자 멍했던 버들도 서둘러 뒤따라 내렸다. 지하라 차 문이 닫히는 소리가 유독 크게 퍼졌다.

"대표님?"

대꾸 없이 황 대표가 본관을 향해 걸었다. 멀뚱히 선 채 버들이 차와 황 대표를 번갈아 가며 바라봤다. 어쩌지? 여기는 왜 오신 거지? 하나둘씩 늘어 가기 시작한 물음표를 싹둑 잘랐다. 버들이 얼른 황 대표를 쫓아갔다. 하얀 셔츠와 검은 슬랙스의 황 대표와 하얀 여름용 니트와 검은 청바지를 입고 있는 제 모습이 너무나 만족스러워 슬쩍 웃음이 났다. 드레스 룸에서 오랫동안 시간을 할애한 게 전혀 아깝지가 않다. 버들의 시선이 아래로 뚝 떨어졌다. 짧은 바지 밑단 아래 드러난 황 대표의 발목은 여전히 섹시했다. 고운 복숭아뼈도 보인다.

언제부터 황 대표 생각을 하며 앓았나 하는 고민이 툭 하니 던져졌다. 답을 찾고 보니 별로 어려운 문제가 아니었다. 처음부터였다. 스스로 자각만 하지 못했을 뿐, 처음 황 대표의 머플러를 주웠던 날부터 자신은 황 대표가 좋았는지도 모르겠다. 그땐 사소한 점이었을지 몰라도 지금은 점차 눈에 굴려지듯 그 마음이 부풀어지고 있다. 지금보다 좋아하는 마음이 더 커지면 어떻게 하지? 내가 감당할 수 있을까.

한참 생각에 빠져 걷던 버들이 우뚝 멈췄다. 눈동자가 불안하게 흔들린다. 사람들 틈에서 황 대표를 잃어버렸다. 어딜 봐도 보이지 않는다. 어떡해. 뒤에서 걸어오는 사람과 부딪혀 버들이 앞으로 떠밀렸다. 바보 같다. 어떻게 좋아하는 사람을 잃어버릴 수 있지? 잘 따라갔어야지. 제 탓을 하며 버들이 터덜터덜 주차장으로 돌아왔다. 황 대표의 차 앞에서 버들이 한참 기다렸다.

황 대표는 작은 선물 상자와 함께 돌아왔다.

"아까 저 따라오지 않았어요?"

"……아. 그랬는데요."

따라온 거 알고 계셨구나. 그게 또 뭐라고 버들의 마음이 사르르 일렁거렸다.

"근데 왜 여기에 있어요?"

"그게……."

뭐라고 말을 해야 하지? 있는 그대로 말하면 왠지 한심해 보일 것 같아서 꺼려진다. 버들이 적당한 말을 고르고 있는 사이 답답했는지 황 대표가 낮게 한숨을 내뱉고선 먼저 차에 타 버렸다. 질문은 했지만 딱히 대답을 바랐던 건 아닌 모양이다. 차라리 잘됐다. 입을 다문 버들이 차 문을 열었다.

"안전벨트."

"아."

부랴부랴 안전벨트를 끌어당긴 버들이 황 대표가 뒷좌석으로 던진 작은 선물을 힐긋거렸다. 스승님 선물일까? 그러기엔 너무 분홍색이다. 예전에 보답의 선물로 황 대표가 선물했던 치즈케이크를 떠올렸다. 치즈케이크는 상해서 먹지 못했고, 빨간색 리본만 흔적으로 보관하고 있다. 혹시 어쩌면 길 안내를 해 주는 보답으로…….

"이거 제 거예요?"

버들의 손가락이 선물을 콕 가리켰다. 황 대표가 헛웃음을 켰다. 내버려 두니까 버들이 멋대로 김칫국을 들이마신다. 애초에 박아 줄 생각도 없는데 나하고만 섹스하겠다고 지껄이던 것도 그렇고. 황 대표가 시동을 걸었다.

"껌값."

"껌값이요?"

"저 안에 팔찌 들었어요. 여성용."

"……."

버들의 입술이 순간 축 처졌다. 여성용이라면, 제 것은 아닌 게 분명하다.

"대표님. 애인 있으세요?"

"참 빨리도 물어보네. 고백하기 전에 물어봤어야지."

있으면 어쩌지. 목격한 것들이 있어 뒤늦게 조마조마하다. 황 대표에게 애인이 있다면 좋아한단 마음을 품고 있는 것 자체가 그 애인에게 못할 짓 하는 게 된다. 주차장을 벗어나 맞이하게 된 하늘이 계속해서 흐리다.

"없어요. 애인."

우울하게 잠겨 있던 버들의 표정이 황 대표의 한 마디에 금방 환해졌다. 그러다가도 눈에 선하게 떠오르는 모습들에 다시 기가 죽었다.

"전에 키스하셨잖아요. 어떤 여자 분이랑. 또 다른 분이랑 손도 잡으시고……."

"진짜 스토커네."

"아니에요! 그냥 보여서 본 건데요."

애인은 없다니 다행이란 생각이 드는 한편 가슴이 허물어진 건 어쩔 수 없다.

"근데 껌값이 뭐예요?"

"껌은 섹스 파트너고. 값은 선물. 사랑한단 말까지 포함해서."

단조롭게 툭툭 튀어나온 황 대표의 말이 주변에 둥둥 떠다니는 것 같다.

"그럼 저는요?"

"너 뭐요."

말간 얼굴이 진지하다. 그 얼굴을 바라보던 황 대표가 어이없어 했다.

"버들 씨. 편의점 가면 껌 많죠? 종류도 많고, 브랜드도 많고."

버들이 살짝 고개를 주억거렸다.

"쉽게 씹었다가 뱉을 수 있는 새 껌이 그렇게나 많은데 내가 굳이……."

너무 황당하니까 말이 나오다가 말았다.

"그러면 저는 대표님한테 껌도 될 수 없어요?"

자신 역시 상대방에게는 껌이었다. 쉽게 씹었다가 뱉을 수 있길 서로 바라면서 뒹구는 거다. 자존심도 없는지 제발 씹어 달라고 애원하면서도 그를 올곧게 향해 있는 버들의 눈빛은 꾸밈없이 맹목적이다. 그냥 몸만 바라고 덤볐더라면 훨씬 나았을까. 내가 웃어 주면 좋겠다고? 그저 기가 막힐 뿐이다.

"버들 씨는 나한테 빨아먹을 단물도 없는 껌."

왜요? 되물으며 버들이 실망을 감추지 못했다.

"아직 안 빨아먹어 봤는데 단물이 있는지, 없는지 어떻게 알아요?"

……꼴통 새끼, 진짜. 유 대표가 들었다면 아마 뒷목 잡고 쓰러졌을 거다.

"직접 생각해 봐요."

경로를 이탈하였습니다.

"아, 그쪽 말고 저쪽으로 가셔야 돼요."

왜 황 대표에게 자신은 빨아먹을 단물도 없는 껌인 것인가 스스로 생각해 보려고 했지만 길 안내를 하느라 그럴 틈이 없었다.

안내를 종료하겠습니다.

세 시간 반을 운전해서 목적지에 도착했다. 서울 외곽에서 벗어나 눈에 들어오는 풍경들이 푸릇하다. 꼬불꼬불한 산줄기를 타고 또 강이 있는 다리를 건너기도 했다. 적은 세대수가 사는 마을이 옹

기종기 붙어 있다. 그곳과 좀 떨어진 곳에 덩그러니 집 한 채가 있었다. 차가 온전히 멈추기도 전에 버들이 안전벨트를 풀었다. 빨리 내리고 싶은지 엉덩이가 들썩거려진다.

"아이고."

외부인의 등장에 슬쩍 경계하더니 버들인 걸 보고서 누군가 대문을 뛰쳐나왔다. 차에서 내리자마자 버들도 그들에게 뛰어가 안겼다. 스승님! 노인 내외가 버들의 얼굴을 매만지거나 손을 잡아 가며 오느라 고생했네, 오랜만이네, 안부 인사를 쏟아 냈다. 붉게 상기된 버들이 방긋방긋 웃었다. 뒤늦게 내린 황 대표가 주변을 둘러봤다. 넓은 마당에 조각하다가 만 돌덩이들이 놓여 있다.

"황 대표 아닌가."

황 대표를 보자마자 노인의 얼굴이 험상궂어졌다. 영화 속 주인공의 방에 중요한 메타포로 배치할 조각품을 의뢰했다가 유 대표와 그 자리에서 욕을 먹고 쫓겨났었다. 제일 중요한 게 돈 아닌가? 속물처럼 치를 대가부터 언급했단 이유였다. 본인이 예술가란 타이틀에 흠뻑 취해 사는 성향은 정말이지 고리타분하고 상대하기 피곤하다. 콧대 높여 봤자 먹고 살기 급급한 위치면서. 천장이 낮고 지은 지 오래되어 보이는 낡은 집을 깔보며 황 대표가 콧방귀를 꼈다. 성격 괴팍한 노인이 내로라하는 조각가가 아니었다면 첫날 이후, 두 번 다시 여기에 올 일은 없었을 거다.

"여기가 어디라고!"

눈 깜짝할 사이에 벌어진 일이었다. 부엌에서 소금을 한 바가지 퍼 가지고 들고 나온 노인이 그대로 황 대표에게 쏟아부었다. 갑작스런 봉변을 당한 황 대표의 눈이 지그시 감겼다. 유 대표, 이 치사한 새끼. 애꿎은 화살이 겨울에게로 꽂혔다. 소금 안 맞으려고 혼자 빠진 거네.

아. 어떡해. 소금이 아까운 버들이 난감해했다.

마당에 있는 평상이 지저분해 조각가의 집에 도착한 뒤로 황 대표가 계속 서 있었다. 콘크리트를 대상으로 조각 중인 제 스승님 옆에 찰싹 붙어 버들이 쉴 새 없이 종알거렸다. 노인이 이것저것 세심하게 가르친다. 전공이 조각이라더니 버들은 아마도 기술을 전수받는 중인가 보다. 딱히 관심을 두고 싶지 않건만 눈앞에 있으니 볼 수밖에 없는 황 대표가 얼굴을 확 찌푸렸다.

노인의 손이 눈에 들어온다. 짧고 두꺼운 손이 엉망진창으로 상해 있다. 굳은살이 박이고, 아프게 갈라져 보이는 부분도 있는데 그마저도 생활인 것처럼 아무렇지 않아 한다. 버들도 나이가 들면 저런 손이 되는 건가? 황 대표가 저도 모르게 고개를 내저었다. 티끌 하나 없는 상품으로 새 껌이 널리고 널렸는데, 역시나 저 호모 새끼 아니다.

"대표님."

버들이 쪼르르 황 대표에게 다가갔다.

"스승님한테 뭐 잘못한 거 있어요?"

"……."

"무서운 분 아니세요. 절대요."

뭐라고 더 말을 덧붙이려는데 "버들아!" 하고 노인의 부인이 불렀다. 남편은 조각을 하고, 부인은 천연 염색을 한다. 버들의 눈에는 전통을 지키는 이상적인 부부의 모습이었고, 황 대표의 눈에는 그저 궁상으로 비쳐졌다.

"해 볼래?"

네! 대답 후 곧장 버들이 대야 앞에 쪼그려 앉았다. 안에는 하얀
색 천과 황토가 가득했다. 도톰한 입술로 버들이 재잘거렸다. 학교
에서 있었던 일, 집에서 있었던 일 등등 주제가 참 다양하기도 하
다. 가만히 듣고 있던 노부인이 동의를 해 주기도 하고 고민을 줄일
수 있는 힌트를 주기도 했다. 아! 버들의 하얀 니트 귀퉁이에 황토
가 묻었다. 마치 제 옷에 묻은 것처럼 황 대표의 기분이 구겨졌다.

저녁이 되자 한두 방울씩 비가 내리기 시작했다. 방 안으로 들어
간 황 대표가 떨떠름한 표정으로 자리에 앉았다. 조각가인 노인이
뭘 들고 와 앞에 내려놨다. 유 대표가 설명했던 시나리오대로 만들
고 있던 조각품이었다. 아직 미완성인 조각품을 집어 들더니 황 대
표가 세심히 살폈다. 너무 기교 부린다는 황 대표의 첫마디에 노인
이 벌떡 일어났다. 또 소금을 들고 나올 기세다. 버들이 얼른 나서
서 분위기를 돌렸다. 이건 저래서 멋지고. 저건 이래서 의미가 있
고. 이글이글 타오르던 노인의 눈길이 버들을 향할 땐 한껏 가라앉
았다. 저 어린 것이 어른들 기 싸움에 제 나름대로 노력하고 있단
게 기특한 모양이었다.

황 대표가 계약서를 내밀었다. 마감일은 절대로 넘겨선 안 된다
는 말에 노인이 또 발끈했다. 황 대표 역시 지지 않았다. 예술품을
의뢰한 게 아니라, 영화에서 소비될 상품을 의뢰하는 것이란 점을
분명히 짚었다. 소비라니! 노인이 노했다.

계약서에 붉은 지장이 찍히기 전까지 노인은 여러 번 화를 냈고,
줄기차게 욕을 내뱉었다. 어쨌든 계약이 성사됐다. 황 대표와 버들

의 시선이 마주쳤다. 잘된 거 맞죠? 버들의 휙 휘어진 눈이 그렇게
말하고 있었다.

"아쉬워서 어쩌누. 저녁은 먹고 가지."

노부인이 아쉬워하자 버들이 미적거렸다. 어두워지고 있는 데다
비까지 추적추적 내리고 있으니 더 지체할 순 없었다. 황 대표가 버
들의 손목을 붙잡고 질질 끌어 차에다가 태웠다. 버들의 표정이 폭
가라앉았다. 차 창문을 내려 노인 내외에게 버들이 방학하면 놀러
오겠다고 약속했다.

마을을 벗어난 지 얼마 안 돼서 다시 차를 돌릴 수밖에 없었다.
한치 앞도 볼 수 없을 만큼 비가 퍼부어 댔기 때문이다. 강물이 삽
시간에 불어 다리도 위험해 보였다. 불가피하게 일박을 해야 할 상
황이었다. 황 대표의 표정에서 신경질이 그득하게 묻어났다. 차를
튕겨 대는 빗소리가 점점 거세지고 있었다. 버들이 황 대표의 눈치
를 보며 가방을 주섬주섬 열었다.

"제가 우산 갖고 왔거든요."

망가진 해바라기 옆에서 버들이 우산을 꺼냈다. 하나밖에 없었다.

"같이 쓰실래요?"

쭈뼛거리며 물었지만 황 대표가 먼저 차에서 내려 버렸다. 뒤따
라 내린 버들의 마른 어깨가 하늘을 찢을 듯 순간 내리친 천둥에
흠칫거렸다. 노인이 다시 등장한 황 대표를 노려봤다. 독채로 분리
되어 있는 손님방을 빌릴 수 있었던 것도 오로지 버들 덕분이었다.

좁은 방에 침대가 딱 하나다. 다른 데 몸을 눕힐 만한, 예를 들어
소파 같은 가구도 없었다. 젖은 몸을 닦아 내던 버들이 황 대표를
슬쩍 바라봤다. 가방을 들고 저가 먼저 슬쩍 침대 가장자리에 엉덩

이를 붙이고 앉았다. 하얀 얼굴이 비루한 형광등에도 맑다.

"대표님. 어디서 주무실 거예요?"

황 대표의 시선이 침대로 향하자 버들이 눈꺼풀을 빠르게 깜박였다. 성인 남자 두 명이 눕기엔 침대 크기가 매우 약소했다. 황 대표가 수건을 내려놨다. 이런 데서 잘 수 있을 만큼 무신경하지 않다. 그렇지만 버들이 그렇게 묻자 가뜩이나 꼬인 심성이 발휘된다.

"침대요."

"침대 하나밖에 없는데요."

"버들 씨가 비키면 되겠네요."

"……저 곱게 자랐어요."

눈썹까지 처져 시무룩하게 버들이 꿍얼거렸다.

"나 좋아한다면서."

적막한 방 안을 빗소리가 채웠다.

"좋아하는 나한테 침대 하나 양보 못 해요?"

버들이 벌떡 일어났다.

"대표님 침대 쓰세요! 저는 바닥에서 자도 돼요! 아예 바깥에서 자도 돼요!"

뭐든 다 주고 싶고, 어떤 거든 다 해 주고 싶은 사람이다. 기꺼이 침대를 포기한 버들이 구석으로 가방을 옮겼다. 황 대표와 좁은 방 안에 둘이 있단 게 의식되자 두근거린다. 비가 내려서 참 여러모로 다행이다. 비 덕분에 이런 꿈같은 일이 일어나기도 했고 또 비 내리는 소리 덕분에 소란스레 펄떡거리는 제 심장을 감출 수도 있으니까. 어색하게 방 안을 맴돌던 버들이 무릎 꿇고 앉았다. 핸드폰을 꺼내 겨울의 번호를 찾아 꾹 눌렀다.

"형, 나야. 서울도 비 와? 여기 엄청 내려. 천둥도 치고."

자초지종을 설명하는데 펄쩍펄쩍 뛰는 겨울이 고스란히 전해졌다.

"어떻게 데리러 온다는 거야? 갈 수도 없는데."

─형이 보고 싶으니까 그렇지!

"참아. 고작 하루잖아."

─새끼야. 어떻게 그게 고작 하루야? 하루씩이지.

"형. 나 없다고 술 마시고 외박하지 마라. 일찍 들어가."

질척거리는 겨울을 내일 만나자며 달래 놓고, 버들이 이어 유 회장과 장 여사에게 전화를 걸었다. 겨울에게 전화가 걸려 왔지만 황 대표가 받지 않았다. 이건 무시하는 게 아니라 휴전을 위한 선택이었다. 신경질이 있는 대로 나 있는 상태라 지금 유 대표와 통화를 했다간 다투게 될 게 뻔했다.

황 대표의 시선이 버들에게 닿았다. 가족들과 거의 남이나 다름없어서 그런가. 가족들 한 명, 한 명에게 저가 어디에 있고 언제 귀가할 것인지 알리는 버들의 모습이 신기하다. 하얀 옷이라 아까 묻은 황토 색깔이 더 진해 보인다. 가뜩이나 단물 없는 껌인데, 포장에 흠집까지 났네. 저딴 건 팔리지 못하고 폐기 처분이다.

눈이 마주치자 버들이 웃었다. 폐기 처분의 결정이 내려진 줄도 모르고 보드레한 뺨에 숨겨진 수줍음이 읽혔다. 그 순간 벌컥 문이 열렸다. 탐탁지 않은 눈길로 노인이 황 대표를 훑었다. 궂은 날씨를 배경으로 두자 험상궂은 인상이 더욱더 살벌해 보인다.

"저녁은."

"됐습니다."

딱 한 번의 거절에 재차 묻지 않았다. 노인이 버들만 데리고 그

자리를 떴다. 방 안에 황 대표 홀로 남겨졌다. 노란 장판을 시작으로 낮은 천장 등 어디 하나 마음에 드는 구석이 없는 곳이다. 바닥에 앉기 싫은 황 대표가 침대로 향했다. 오래 운전을 하기도 했고, 전날 잠을 설치기도 했고. 피곤함이 겹친다. 그대로 눕자 침대 스프링이 사정없이 삐걱거린다. 짜증 난다. 겨우 노곤해지려던 찰나 벌컥 문이 열리면서 비바람 소리가 세게 들려왔다. 고개만 들어 황 대표가 그쪽을 바라봤다. 바깥엔 노인 혼자 서 있다.

"버들이 좀 옮기세."

뭔 소리야. 가만히 있는 황 대표에게 노인이 인상을 찌푸렸다.

"귓구멍이 막혔나?"

속으로 욕을 짓씹으면서 황 대표가 노인을 따라갔다. 처마 아래로 걸었지만 바람에 휘어진 비를 맞기도 했다. 꼴통은 동그란 상에 이마를 파묻고 잠들어 있었다. 저녁 후 노인에게 술잔을 받았단다. 국화주였다. 안주로는 두부. 넉살 좋게 따라 주는 족족 술을 마시더니, 한 잔, 두 잔이 금방 열 잔을 넘겼다고 했다. 등이 한껏 구부러져 불편해 보이는데 꿈쩍을 하지 않는다. 곱게 자랐기 때문에 아까 바닥에서 못 잔다는 새끼가. 기가 막힌지 황 대표가 한숨을 내쉬었다.

"뭐 하나. 어서 옮기지 않고."

노인이 황 대표를 향해 두 눈을 부릅떴다. 하는 수 없이 황 대표가 버들의 무릎 뒤로 팔을 넣어 안아 들었다. 성인 남자란 걸 감안했을 때…… 가벼워서 놀랐다. 제 품에 안긴 버들을 황 대표가 내려다봤다. 기력 없이 축 처져 있는 버들의 뺨이 제 가슴팍에 닿아 있다. 굴러다니는 빈 술병만큼이나 달큼한 꽃향기가 진동한다.

손님방으로 건너가는 도중 번개가 내리쳤다. 황 대표의 향수 냄새가 나자 무의식중에 버들이 꿈틀거렸다. 제 목에 버들이 코끝을 비벼 댄 감촉에 소름이 돋은 황 대표가 걸음을 멈췄다. 혹독한 노인의 시선이 느껴져 나오려던 욕을 겨우 참았다. 노인은 황 대표가 버들을 순순히 침대 위에 눕히는 것까지 보고 나서 이불을 곧 가지고 오겠노라 말을 남긴 뒤 문을 닫았다.

황 대표가 버들을 만졌던 손을 벅벅 씻고 나왔다.

"더워."

나지막한 버들의 중얼거림이 등 뒤에서 들려왔다. 비 와서 서늘한데 뭐가 더워. 아마 술 때문에 체온이 올라가서 그럴 게 분명했다. 무심코 뒤를 돌아본 황 대표가 그대로 굳었다. 훤히 드러난 버들의 배꼽이 움푹 파여 있다. 잠깐 다른 데로 향한 황 대표의 시선이 자석처럼 끌려 다시 버들에게 돌아갔다.

술기운에 버들이 옷을 벗다가 만 채다. 그 옷이 하필 바지였다. 풀려 있는 단추가 이상하게 은밀하다. 속옷과 함께 허벅지 중간쯤 내려간 바지로 인해 버들의 연한 살결이 드러났다. 사내새끼라고 전혀 생각되지 않을 만큼 뽀얗다. 욕을 내뱉으며 황 대표가 표정을 확 굳혔다. 뭔가 불쾌함이 몰려든다. 차라리 차에 가서 있으려고 문을 열었는데 노인의 목소리가 들려온다. 아, 이불 가지고 온다고 그랬지? 문을 닫은 황 대표가 다시 꼴통 새끼를 바라봤다.

저대로 내버려뒀다가 내가 벗긴 걸로 오해하면……. 아. 가정일 뿐인데 심하게 불쾌하다. 침대에 누워 있는 버들에게 황 대표가 다가갔다. 더 벗으려고 잠결에 꼼지락거리고 있는 버들의 손목을 붙잡았다. 술이 들어간 몸이 전체적으로 붉은 물감을 풀어놓은 것처럼 발갛다.

"가만히 있어라, 좀."

짜증 섞인 손길로 황 대표가 버들을 고정했다. 바지를 입혀야 했기에 버들의 성기를 가까이에서 보게 됐다. 순간 너털거리면서 헛웃음이 터졌다. 힘없이 포슬포슬 녹은 게 만지는 대로 고분고분하다. 그리고 작았다. 물론 사이즈야 발기 후에 재야 진짜라고 하지만 이 정도면 뭐. 발기해 봤자 그게 그거일 거다.

겨우 옷을 입히고 화장실에서 손을 씻고 나온 황 대표가 또 한숨을 내쉬었다. 기껏 입혀 놨건만. 꼬물거리면서 버들이 또 옷을 벗고 있는 중이었다. 유 대표는 자기 새끼의 고약한 술버릇을 알고 있으려나 모르겠다. 다행히 바지 단추만 풀려 있어 그걸 서둘러 잠갔다. 혹시 몰라 티셔츠 밑단도 그 안으로 꼼꼼히 집어넣었다. 창문을 살짝 열어 뒀다. 비가 들어오지만 어쩔 수 없었다.

"이제 시원해?"

대답은 없지만 다행히 버들이 더는 옷을 벗으려고 하지 않았다. 새근새근 고른 숨소리가 어이가 없다. 그때 노인이 문을 열고 이불을 던진 뒤 사라졌다. 무언가 허탈해지면서 배알이 꼴린다. 이럴 거였으면 옷을 벗든지 찢어 버리든지 신경 쓰지 말 걸 그랬다.

억세게 퍼붓던 비는 새벽이 깊어지면서 점차 잦아졌다. 처마 밑에 똑똑 떨어지는 물방울이 벽에 그림자를 만들었다. 무감한 표정으로 앉아 있던 황 대표가 소매를 걷어 손목에 채워진 시계를 확인했다. 곧 동이 틀 때다. 느릿하게 감겼다가 뜨여지는 눈꺼풀에 피곤함이 다분하다.

으음……. 버들의 목 안쪽에서부터 낮은 신음이 흘렀다. 비바람에 섞여 금방 묻혀 버릴 정도로 작은 소리였다. 하지만 황 대표의 귓가엔 밤새 내리쳤던 천둥 못지않을 만큼 크게 들려왔다. 아마도 거슬려서 그런가 보다. 잠시 뒤척거리는가 싶던 버들이 옷 속으로 손을 집어넣었다. 대체 뭘 하려나 싶어 예민하게 노려봤었는데, 단지 그뿐이다. 그게 습관인 모양이었다.

상의 끝자락이 조금 말려 올라가 버들의 배꼽이 드러났다. 크림처럼 흰 피부가 부드러워 보인다. 무의식중에 황 대표의 주먹에 힘이 들어갔다. 얼마 지나지 않아 버들이 다시 꼼지락거리기 시작했다. 엎드려 누운 버들의 한쪽 다리가 바닥에 닿았다. 절벽 끝에 매달려 있는 것처럼 아슬아슬하다. 잠시 다른 곳에 눈을 돌린 사이 쿵, 소리가 났다. 결국 버들이 이불에 말려 침대 밑으로 떨어졌다.

황 대표의 한쪽 눈썹이 꿈틀거렸다. 아프지도 않나. 잠버릇이 워낙 심한 것으로도 모자라 둔감하기까지 하니 진짜로 답이 나오지 않는다. 밤이 지나는 사이 이게 지금껏 몇 차례 반복되는 중이었다. 대치 중이던 황 대표가 자리에서 일어났다. 원래의 성질머리라면 침대에서 떨어져 꿈이 깨든, 절벽에서 떨어져 마빡이 깨지든 무시해야 하는 게 맞다. 버들이 금방 제 쪽으로 굴러 올 것처럼 굴자 황 대표의 입에서 짤막한 한숨이 터져 나왔다. 한 공간을 공유하고 있단 게 생각보다 성가시다.

버들의 앞에 느릿하게 앉은 황 대표가 버들의 앞머리를 손끝으로 걷었다. 벽에는 황 대표의 몸집이 그림자로 짙게 그려졌다. 등을 구부리고 앉은 황 대표가 먹잇감을 노리는 맹수처럼 커다랗게 보인다.

자고 있는 탓인지 평소엔 볼록하게 솟아 있던 버들의 눈 밑 살이 현재는 자취를 감추었다. 곱게 감겨 있는 버들의 속눈썹이 기다랗다. 숱도 꼼꼼하게 참 많기도 하다. 이러면 무겁지 않을까, 하는 헛생각이 잠시 났다. 귀찮은 걸 무릅쓰고 흔들어 깨워 봤지만 소용없단 걸 깨달은 뒤다.

기왕 침대에 옮겨 줄 거면 좀 곱게 옮겨 줄 것이지 태생부터 자비가 모자란 황 대표가 버들의 멱살을 움켜쥐었다. 한 손으로 마른 몸을 번쩍 들어 침대로 올렸다. 갑작스러운 움직임에 옷 속에서 버들의 한쪽 팔이 빠져나왔다. 나머지 손도 황 대표가 마저 빼냈다. 이불을 주워 성의 없이 덮어 줬다.

제 할 일을 끝냈단 듯 돌아서던 황 대표가 멈칫거렸다. 비가 내려 달도 없는 밤하늘이었다. 밖에서 켜 둔 어렴풋한 빛이 전부였다. 순간 황 대표의 턱 전체에 힘이 뻣뻣하게 들어갔다. 기껏 덮어 준 이불을 치워 버리고 황 대표가 버들의 바지 단추를 풀었다. 속옷을 잡아 당겨 안을 들여다보기까지 지체 없었다. 그 일련의 과정이 물 흐르듯 자연스럽기까지 했다.

문득 궁금했다. 애초에 털이 없는 건지. 아니면 깎아서 없앤 건지. ……작아. 황 대표의 입술 끝에 비릿한 비웃음이 걸렸다. 순하게 잠들어 있는 버들의 성기가 손바닥에 쥐자 아예 보이지 않는다. 황 대표가 손가락을 오므렸다. 살덩이의 감촉이 말랑말랑하다. 잠결에도 뭐가 이상한 모양이다. 몸을 비틀려는 순간 황 대표의 커다란 손이 버들의 골반을 잡아 그걸 제지했다. 버들의 허벅지 안쪽을 억지로 벌리고 손끝을 세우자 가느다랗게 떨림이 느껴진다. 녹아내릴 것처럼 만져지는 보드라운 살결이 정말로 의외다. 저도 모르게 황 대표가 미간을 좁혔다. 그대로 배꼽 밑 은밀한 부위까지 쓸어 올리자 버들의 아랫배가 납작하게 수축했다. 일부러 깎았다면 거칠어야 하는데 걸리는 거 없이 마냥 부들거린다. 기껏해야 솜털 정도다.

"아……."

벌린 입술 틈새로 가느다랗게 신음하던 버들의 눈이 불시에 뜨였다. 마주친 시선에 황 대표가 당황했으나 잠시였다. 버들의 가슴팍을 조심히 토닥거렸다. 끔벅거리던 버들의 눈꺼풀이 도로 사르륵 감겼다. 그제야 황 대표가 버들의 아래를 만지고 있던 손을 뗐다. 자는 애 데리고 뭔 짓을 한 거야. 방금 저지른 제 행동에 황 대표가 욕을 삼켰다. 화장실에 들어가 오랫동안 비누로 손을 씻고 나왔다.

……망할. 옷을 벗기기만 했지 입혀 준다는 걸 깜박했다. 아래가 무방비하게 드러난 줄도 모르고 내뱉는 버들의 고른 숨소리가 세상 태평하게 느껴진다. 내가 같은 게이 새끼였어 봐. 뼈째 씹혀 먹히고도 남았을 거다.

서서히 날이 밝아 온다.

"아. 추워……."

버들이 낮게 종알거렸다. 산과 가까운 곳에 위치해서 그런지 아침 공기가 매우 차다. 느릿느릿 몸을 일으켜 앉은 버들이 앞으로 쏠려 있는 머리카락을 양손으로 쓸어 넘겼다. 잠에서 막 깨 부스스한 몰골인 버들을 바라보면서 황 대표의 이마 힘줄이 불끈 솟았다. 뜨이지 않는 눈에 억지로 힘을 준 버들이 제 오른쪽 팔꿈치를 뒤집어 살폈다. 여기가 왜 아프지?

의아하단 듯 버들의 조막만 한 머리통이 갸웃거렸다. 어딘가에 부딪힌 것처럼 팔꿈치에 작게 멍이 잡혀 있다. 그 부위를 만지작거리다가 우연히 옆으로 돌린 고개에 황 대표와 정통으로 시선이 부딪혔다. 놀란 버들이 그대로 숨을 참았다. 이게 무슨 일인가. 도록도록, 머리 굴리는 소리가 여기까지 들려오는 것 같아 황 대표의 표정이 찌푸려졌다.

"황 대표님."

버들이 황급히 침대에서 내려왔다.

"침대 쓰세요."

"……."

시간은 아침 일곱 시경이었다.

"깨우지 그러셨어요, 그럼 침대 비켜 드렸을 텐데."

잠에서 깬 지 얼마 안 돼서 그런지 목소리가 평소보다 낮게 갈라져 있었다.

"저기, 황 대표님."

잘 보이고 싶은데 왜 자꾸 황 대표 앞에선 실수만 연발하는지 모르겠다. 다 주기로 해 놓고. 뭐든 다 해 준다고 떵떵거려 놓고. 아침 댓바람부터 버들의 마음이 소동을 일으켰다. 술이 원수다, 진짜.

"황 대표님."

네. 계속 무시할 줄 알았던, 황 대표에게서 대답이 돌아왔다.

"좋아해요."

"……."

"진짜예요. 좋아해요."

"……."

"많이 좋아하는데……."

혹시나 좋아한단 제 고백까지 침대 수준으로 그냥 해 본 소리로 넘겨 버리면 어쩌나 버들이 통통 부은 얼굴로 걱정했다. 황 대표에게 여러 번 멱살이 잡힌 버들의 목 주변 니트가 헐렁하게 늘어나 있다. 곱게 자란 거지새끼 같다. 황 대표가 버들을 외면했다. 비가 내려 고립된 건 사고였다. 그 사고에 여러 피해가 뒤따랐다. 저녁에 잡아 뒀던 일정을 불가피하게 취소할 수밖에 없었고 눅눅한 공기로 가득 채워진 곳에서 일박을 해야 했으며 다른 사람의 숨소리를 들으면서 밤을 지새워야 했다. 그리고 가장 큰 사고로 꼽자면 같은 거 달린 사내새끼의 몸을 보고 만졌단 거다. 그러게, 왜 거기에 털은 없어 가지고. 황 대표의 신경이 날카로워졌다.

"버들아."

문밖에서 들려오는 노부인의 목소리에 황 대표만 바라보고 있던 버들이 문을 열었다.

"일어났어?"

"네. 안녕히 주무셨어요?"

"그래. 밥 먹게 건너와."

"네, 금방 갈게요."

기세가 꺾인 폭우는 아침이 되자 부슬비로 변했다. 동네 집마다 밥 짓는 수증기가 꼭 안개처럼 하늘로 피어오른다. 서늘한 바람에 버들이 어깨를 움츠렸다.

"대표님."

황 대표에게 버들이 주춤거리며 다가갔다.

"식사하시래요."

"가서 먹고 와요."

"대표님은요?"

"난 됐으니까."

"저도 배 안 고파요."

"먹고 오라면 와."

"대표님이랑 같이 있을래요. 진짜 저 배 안 고파요."

버들의 배 속이 꾸르륵 울렸다.

"......"

"......"

타이밍이 하필 절망스럽다. 민망한 소리를 낸 제 배를 양팔로 껴안으며 버들이 황 대표 몰래 인상을 썼다. 원래 아침엔 입맛이 없는데 전날 마신 술 때문인지 드물게 속이 조금 허했다. 현재로서 되는 일이 전무하다. 비가 내렸던 덕분에 황 대표와 단둘이서 오랫동안 있을 기회였건만 망쳐 버렸다. 훌쩍 지나가 버린 밤이 야속하면서 아쉽다. 분명히 안 취할 정도로만 마시고 있었던 것 같은데.

"잠깐만요."

버들이 밖에 나가 새 칫솔 따위들을 얻어 왔다. 싸구려였다.

버들이 아침을 먹는 동안 먼저 씻고선 황 대표가 차로 향했다. 잠시 생각에 잠겨 있던 황 대표가 유 대표에게 사진 하나를 전송했다. 그게 이번 영화의 주인공이었다.

화나신 거 같았어. 맞아. 화날 만도 하지. 내가 양보한다고 해 놓고 침대를 썼잖아. 진하게 끓여진 시래깃국을 뜨며 버들이 침울해했다. 어제 저녁도 안 드셨는데 아침까지 안 드시면 배 많이 고프실 텐데 어쩌지. 눈 뜨자마자 버들은 내내 황 대표 생각만 하고 있었다. 오히려 눈에 안 보일 때보다 더 심하다. 밥을 먹는 둥 마는 둥하며 버들이 얼른 씻고 나왔다.

하늘이 계속해서 흐리다. 노부인이 미리 준비해 놓은 콩과 옥수수를 버들의 가방 속에 담아 줬다. 장 여사가 좋아하는 것들이라 버들이 꾸벅 허리를 숙여 감사 인사를 했다. 조심스레 뒷좌석 문을 연 버들이 무거워진 제 가방과 우산을 집어넣고선 조수석에 올라탔다. 아쉬움을 담아 차 창문을 열고 스승님과 부인에게 인사를 하는 중인데, 심술궂게 황 대표가 차를 출발시켜 버렸다.

"비 들어와. 닫아."

"……네."

코를 훌쩍거리며 버들이 창문을 올렸다. 험한 길바닥에 차가 덜컹거린다. 버들의 몸이 들썩거리더니 기우뚱 기울어졌다. 무심코 그쪽으로 팔을 뻗어 버들을 막아 주던 황 대표가 인상을 찌푸렸다.

"안전벨트."

"아."

긴장되니까 어제부터 자꾸만 안전벨트를 잊는다. 버들이 부랴부랴 안전벨트를 끌어당겨 채웠다. 앞에 고정되어 있던 황 대표의 시선이 간혹 옆을 향할 때가 있었다. 느리게 깜박거리는 버들의 큰 눈이 멍청해 보인다. 행색이 진짜 재벌 집 소중한 막내아들 같지 않다. 꼭 지적하지 않더라도 그걸 버들 역시 스스로 느끼고 있던 참이었다.

어제와 마찬가지로 황 대표는 번지르르했다. 겉으로 외박한 티가 전혀 나지 않았다. 턱을 당겨 제 모습을 버들이 훑어봤다. 처참한 몰골에 저절로 할 말을 잃었다. 창피함이 먹구름처럼 몰려온다. 그나마 구김이 심한 티셔츠가 아닌 여름용 니트를 골라 입은 게 천만 다행이었다.

차는 유려하게 고속도로에 진입했다.

꾸벅 졸던 버들이 화들짝 놀라며 깨어났다. 휴게소다. 다행히 어느덧 비가 완전히 멎었다. 저 멀리서 보이는 산의 능선에 구름이 둘러져 있다. 버들이 황 대표를 따라 안전벨트를 풀었다.

"유버들 씨."

"네?"

차에서 내려 기지개를 켜던 버들을 그냥 지나치지 못하고 황 대표가 걸음을 멈췄다.

"너 옷 늘어났잖아."

지가 늘려 놓고 황 대표가 양심 없이 굴었다. 황 대표의 쌀쌀맞은 어조에 아무것도 모르는 버들의 어깨가 축 처졌다. 도대체 잠을 어떻게 잤기에 옷이 이 사단이 난 걸까. 제 성격이 황 대표의 눈에 칠칠맞게 비춰질 거 같아 버들이 시무룩해졌다. 그런 버들의 앞에 차 앞을 빙 돌아 황 대표가 섰다. 눈만 빠끔히 치켜떠 저를 쳐다보는 버들을 무심하게 내려다봤다. 가느다랗게 쭉 뻗은 목 아래, 움푹 파인 쇄골이 아까부터 언짢았다.

우악스러운 손길로 황 대표가 버들의 니트를 가운데로 모았다. 힘이 과하게 들어간 바람에 버들의 몸이 잠깐 휘청거렸다. 코앞에 둔 황 대표 때문에 버들은 눈 둘 곳도 찾지 못하고 허둥거렸다. 황 대표에게 멱살이 잡혀 제자리에 멈춰 서 있는 거지 안 그랬으면 저 만치 도망쳐 버렸을 거다. 기묘한 감정이다. 좋으니까 한없이 닿고 싶으면서 또 좋아하기 때문에 닿는 게 버거워지는 순간이 있다. 황 대표로 인해 태어나 처음 알게 되는 감정들을 허투루 넘기지 않고 버들이 제 가슴에 조각조각 새겼다.

버들의 맥박이 툭툭 빠르게 뛰었다. 귓불도 붉게 달아올랐다. 그러거나 말거나 니트나 잡으라고, 인상 쓴 황 대표가 버들에게 종용했다. 사나운 황 대표의 눈빛에 버들이 위축됐다. 버들의 손이 드레스를 입고 시상식에 참석한 여배우처럼 조신하게 옷이 더 벌어지는 걸 막았다. 침을 꼴깍, 삼킨 버들을 두고 혼자만 만족한 황 대표가 멀어졌다.

"그러고 다녀."

담배를 피우는 황 대표의 옆에서 버들이 동전을 꺼냈다. 콜라를 마시기에 딱 백 원이 모자라다. 차에 가서 지갑을 가져와야겠다고 생각한 순간 황 대표가 담배를 껐다. 혹시나 사람들 틈 속에서 황 대표를 놓칠까 봐 버들이 자판기에 넣은 동전을 그대로 둔 채 다급히 뒤따라갔다.

한참 달려 서울에 도착하자 다시 추적추적 비가 내리기 시작했다. 그러고 보니 장마에 접어들 시기였다. 버들이 내비게이션을 따라 열심히 길을 안내했다. 핸드폰이 울리자 황 대표가 스피커폰으로 통화 버튼을 눌렀다. 들려온 여자 목소리에 버들의 표정이 굳어졌다. 안 들으려고 해도 황 대표와 나누는 대화들이 귓속으로 파고들었다. 밤에 호텔에 갈 예정인가 보다. 아무렇지 않은 척 굴고 있지만 버들의 얼굴에서 핏기가 싹 가셨다. 손끝이 꾹꾹 옥죄어 온다.

"대표님. 바쁘세요?"

통화가 끊어지고, 5분쯤 뒤. 버들이 입을 열었다.

"저 서울에 재밌는 곳 많이 알아요."

"……."

"맛있는 곳도 많이 아는데."

"……."

"황 대표님……."

호텔 가지 말고. 다른 사람 만나지 말고. 저랑 있어요.

"……."

"……."

버들이 손끝을 서로 모아 잡았다. 마음이 애탄다.

"궁에 가 보셨어요?"

"……."

"돌담길 걷기 좋다던데……."

"……."

"흐린 날 봐도 멋지대요."

"……."

버들이 끊임없이 말을 걸며 관심을 사려고 했지만, 황 대표에게서 돌아오는 대꾸는 없었다. 황 대표의 눈썹이 미세하게 일그러졌다. 종알종알, 시끄러워 죽겠다. 도착한 문자를 신호에 멈춰 설 때 확인했다. 영화에 출연하기로 배우가 수락했나 보다. 분명 그쪽 기획사에 뿌려 대는 기사들이 여럿 흘러나오고 있었다. 제목부터 자극적이고 유치하다. 물망에 오른 여배우 둘, 칸에 가는 그녀는 누구? 놀고 있네. 한창 주가를 끌어 모으고 있는 괜한 다른 배우를 들먹거리며 저울질을 해 댄다. 물론 그건 돋보이기 위한 쇼에 지나지 않는다. 저녁 즈음이 되면 칸에 가는 그녀로 최종 확정된 여배우 이름이 실시간 검색어에 오르내릴 게 안 봐도 뻔하다.

연이어 문자가 도착했다. 소희다. 후회하기 전에 만나잔 내용에 황 대표가 낮게 비웃었다. 도도하고 고귀한 여배우인 줄 알았더니 자존심이건 매력이건 전부 깎아 먹은 터라 영 우스워졌다. 신호가 바뀌자 황 대표가 차를 출발했다.

"궁에 갔다가, 삼계탕 먹어요."

"……."

"전복이 잔뜩 들어가 몸에 좋대요."

"……."

"황 대표님, 그리고……."

뭔가 생각해야 하는데 옆에서 너무 방해를 하니 짜증이 확 몰려들었다. 황 대표가 핸들을 꺾어 차를 세웠다.

"내려."

"……왜요?"

"같은 말 하는 거 싫어해요."

"……."

미적거리는 버들을 대신해 황 대표가 버튼을 눌러 차 문을 열었다. 열심히 구애를 하던 버들이 낙담했다.

"궁에 그럼 다음에 가고……."

"……."

"오늘은 집까지만 바래다주시면 안 돼요?"

"……."

"여기, 저 어딘지도 모르는데……."

"……."

황 대표가 한숨을 내쉬었다. 귀찮게 질척거리는 거 딱 질색이다.

"좋게 말하면 못 알아들어요? 내리라고. 꼴 보기 싫으니까."

버들이 차에서 내렸다. 부슬거리는 비가 그대로 버들의 몸에 쏟아졌다. 뒷좌석에 가방과 함께 넣어 둔 우산이 생각났다. 빌려 드린다거나 준다고 하면 왠지 황 대표가 거절할 거 같다. 놔두면 쓰시겠지?

버들이 차 문을 닫고 도보에 올라섰다. 가방이야 겨울에게 부탁해 가져다 달라고 하면 된다.

차를 출발시키자마자 신호에 걸렸다. 무심코 뒤를 돈 황 대표의 눈에 버들의 가방이 들어왔다. 거추장스럽다. 황 대표가 차에서 내려 가방을 들었다. 지퍼가 열려 있었는지 해바라기건 연습장이건 볼펜이건 콩이건 옥수수건 와르르 떨어졌다. 걸음을 멈춘 버들이 그걸 보고 있었다. 떨어진 물건을 줍는 대신 황 대표가 가방까지 함께 바닥에 내던졌다. 버들의 눈이 순간 동그랗게 커졌다. 서로의 눈이 부딪혔다.

알아서 주워가란 듯 황 대표가 턱을 까닥였다. 버들이 미동조차 하지 않는다. 가리고 다니라니까. 늘어진 채 옆으로 기운 버들의 니트를 보니 또 짜증이 난다. 황 대표가 버들의 물건을 발로 차 버렸다. 그때 발에 채인 게 버들이 취미로 스케치를 해 두는 노트였다. 페이지가 활짝 펼쳐졌다. 내리는 비에 종이가 축축하게 젖어 간다. 그걸 잠깐 바라보던 황 대표가 금방 고개를 돌렸다. 그러다가 문득 뭐에 홀린 듯 다시 그 노트를 내려다봤다.

"아. 안 돼."

황 대표가 스케치 노트를 주워 올리자 화들짝 놀란 버들이 그쪽으로 한달음에 뛰어갔다.

"너 이거 뭐야?"

신호가 바뀌고 황 대표의 차 때문에 출발을 못한 차들이 소란스레 경적을 울려 댔다.

"주세요!"

"뭐냐고 묻잖아."

황 대표가 따지듯 뭐냐고 묻는 페이지에 그려 놓은 그림은 풍경이었다.

"돌려주세요!"

버들이 안달을 내며 팔을 뻗었지만, 황 대표가 쉽게 피했다. 페이지 뒤쪽에 온통 황 대표를 그려 놓았다. 스토커라고 또 힐난하면 어떡해.

턱 아래에서 버둥거리는 버들을 밀친 황 대표가 노트를 갖고 차에 올라탔다. 화난 얼굴이라 더 붙잡지도 못했다. 혼자만 덩그러니 남겨진 버들이 비를 맞아 엉망으로 젖어 버린 제 가방을 챙겼다. 해바라기가 황 대표의 발에 밟혀 구겨졌다.

수십 번의 경로를 이탈하고 나서야 겨우 사옥에 도착할 수 있었다. 사납게 핸들을 꺾자 주차장 바닥과 바퀴가 마찰되어 날카롭게 소리가 울렸다. 어제부터 오늘까지 쓸데없이 날려 먹은 시간을 돈으로 합산하니 역정이 난다. 가방이나 줍지 어깨를 축 늘어뜨리고 선 길바닥에 서 있던 버들이 잠시 아쉬워졌다. 이따위로 길을 헤맬 줄 알았더라면 회사 근처까지 다 와서 떨어뜨릴 걸 그랬다. 뭐 어떠랴, 싶다. 멍청한 데다 자존심까지 없어 이렇게 버리나, 저렇게 버리나 다음 날이면 또 내 앞에 나타나 꽃을 들이밀며 귀찮게 굴 게 뻔했다.

조수석에 처박아 뒀던 버들의 노트를 황 대표가 집어 들었다. 축축하다. 비를 머금은 종잇조각들이 부풀더니 서로 들러붙었다. 샤프처럼 얇은 심으로 빼곡하게 그려진 풍경이 낯익다. 속이 들끓는다.

유 대표를 찾았지만 대표실이 텅 비어있다. 그간 제자리걸음만 걷던 배우 캐스팅이 결정 났으니 당장 바쁜 일이 늘어날 것이다. 하던 업무를 멈춘 비서가 부랴부랴 황 대표의 뒤를 따라왔다. 갑작스레 들이닥친 황 대표의 심기가 겉으로 봐도 매우 불편해 보인다. 혹시나 괜한 불똥이 튈까, 눈치껏 모든 창문을 닫고 공기 청정기를 작동시켰다. 원두 향이 사방팔방으로 번진다. 딱 황 대표의 입맛에 맞춘 커피를 내왔다. 그러고 나서 황 대표가 묻기 전에 유 대표의 일정에 대해 간략하게 보고했다.

소파 깊숙이 몸을 파묻은 황 대표가 알아들었단 듯 손을 들어 보였다. 공손히 허리를 숙인 뒤 비서가 대표실을 빠져나갔다. 차에 오랫동안 틀어박혀 있던 탓인지 목 전체가 뻐근하다. 고개를 뒤로 젖히고 눈을 감자 호흡이 깊어진다. 빗소리를 제외하고 조용하다. 드디어 어떠한 방해 없이 차분히 머리를 비울 수 있게 되었다. 목구멍으로 삼킨 뜨거운 커피가 날이 서 있던 신경을 누그러뜨린다.

오늘 말고 내일 지랄해도 어차피 똑같단 판단이 선다. 대표실 문이 열리자 자동으로 비서가 벌떡 일어났다. 수행 비서가 바로 앞에서 대기하고 있었다. 수행 비서가 운전하는 차를 타고 돌아온 집은 늘 그렇듯 고요하다. 샤워를 마친 뒤 드레스 룸으로 들어간 황 대표가 시계부터 바꿔 찼다. 셔츠 깃을 세워 넥타이를 둘렀다. 반대쪽 거울에 손목을 비틀어 소매 단추를 채우는 황 대표의 모습이 매우 여유롭게 비춰졌다. 벌어진 셔츠 틈새로 흉포하게 갈라진 복근이 드러났다. 호텔 일정까지 앞으로 남은 시간을 치밀히 계산했다. 콘돔은 충분하다. 창틀에 걸터앉아 잠깐 바깥을 내려다봤다. 세상이 온통 회색빛이다.

「궁에 그럼 다음에 가고…….」

「…….」

「오늘은 집까지만 바래다주시면 안 돼요?」

「…….」

「여기, 저 어딘지도 모르는데…….」

「…….」

애새끼도 아니니, 알아서 집에 잘 찾아갔겠지.

*　　　*　　　*

"공과 사. 구분 못 해?"

테이블 위로 웬 노트 한 권이 날아오자 유 대표가 인상을 찌푸렸다. 못지않게 미간을 구긴 황 대표가 맞은편에 앉았다.

"뭔데. 나 지금 바빠."

"유 대표님. 모든 계약서에 필수로 들어가는 게 '함구'입니다."

"아. 그러니까 하고자 하는 말이 뭐냐고."

황 대표가 노트를 펼쳤다.

"눈으로 봐."

"그림이잖아."

"우리 이번 영화에 들어갈 장면이야."

"뭐?"

그제야 유 대표가 태평히 들고 있던 홍차를 내려놨다. 그림을 더 자세히 보기 위해 집어 든 노트가 너덜너덜한 걸레짝이다. 남들 눈에는 끝없이 펼쳐진 갈대밭, 벤치, 무지개가 흔한 그림처럼 보여질 지도 모르겠다. 그렇지만 자칫 영화가 타격을 입었을 시 모든 책임을 져야 하는 두 대표에겐 심각한 사항이었다. 유 대표의 머릿속에 다양한 경우의 수가 떠올랐다. 갈대밭, 벤치, 무지개가 어쩌다 보니 한 페이지에 우연히 담겼을 수도 있다. 그 말을 잠자코 듣고 있던 황 대표가 콧방귀를 꼈다.

"그게 말이 된다고 생각해?"

"아니."

유 대표 역시 말이 되지 않는 가정이라며 기꺼이 동의했다. 바람을 맞고 휘어진 갈대의 방향, 벤치의 가장자리 무늬, 무지개가 뜬 새벽. 심도 깊게 다뤄야 하는 장면이 노트 한 장에 사진처럼 담겨 있었다. 즉, 시나리오를 봐야지만 그릴 수 있는 그림이란 거다. 어이가 없다. 몇 번의 영화를 진행하는 동안 이런 일은 처음이다. 대체 어디서 샜을까. 수습은 어떻게 해야 하지. 규칙 없이 뭉쳐지는 우려로 유 대표의 머릿속이 복잡해졌다.

"일단 범인 잡아서 족쳐야겠지?"

"그래야지."

"이거 누가 그린 건지 알아?"

"모르고 노트 뺏었을까 봐."

"알아? 안다고?"

황 대표가 고개를 끄덕였다.

"누군데?"

"유버들 씨."

"뭐?"

등잔 밑이 어둡다더니! 유 대표 입장에선 뜻밖의 인물이 범인으로 지목됐다.

"황 대표. 지금 농담할 때야?"

"그림체 몰라봐?"

"깍쟁이라 그림 잘 안 보여 줘."

"내가 직접 네 새끼한테 뺏어 온 거야."

"야. 왜 뺏어? 싸가지 없이 힘으로 뺏었지?"

버들이 범인이라고 하니 한결 너그러워진 유 대표가 애먼 것에 화를 냈다.

"시나리오 유출했어?"

"내가 유출했겠어?"

"그럼 이건 어떻게 설명할 건데."

황 대표가 손끝으로 노트를 들췄다.

"진짜 버들이가 이걸 그렸다고?"

팔이 안으로 굽어지는 건 어쩔 수 없나 보다. 변명을 만들기 위해 유 대표가 그림을 빤히 들여다봤다. 페이지를 몇 장 더 넘겼다. 뒤쪽에 무수히 그려진 황 대표를 발견했다. 유 대표가 못마땅한 듯 얼굴을 구겼다. 아, 이 새끼가, 진짜. 뼈 빠지게 고생해서 연필 사 주고, 노트 사다 줬더니. 싸가지 없는 황 대표를 뭐 하러 이 정도까지 정성스레 그려 놓은 거야? 혹시나 저도 있나 싶어 유 대표가 노트를 더 샅샅이 살폈다. 지들끼리 딱 달라붙은 종이를 떼어 냈다.

"아. 잠깐만."

황 대표가 노트를 가져갔다.

"왜?"

미처 발견하지 못했던 그림에 황 대표가 헛웃음을 켰다. 기가 막힌다. 최종까지 고심하다 시나리오엔 뺐던 장면이 여지없이 그려져 있다. 마치 제 머릿속에 들어갔다 나온 것처럼 아주 세밀하게.

"너 확실히 시나리오 유출한 적 없어?"

"시나리오 유출되면 나도 같이 손해 보는 거야. 새끼야."

제작자이면서 투자자이기도 한 유 대표가 불쾌함을 고스란히 드러냈다.

"황 대표, 어디 가!"

노트를 들고 황 대표가 회사를 빠져나왔다.

*   *   *

가방을 잡아 온 손을 버들이 야무지게 뿌리쳤다.

"말 안 해 줄 거야? 어?"

"그냥 좀. 일이 있었어."

"그러니까 그 일이 뭐냐고."

"일이 있다면 있는 줄 알아."

"그렇게 말하면 더 궁금해지잖아."

"대체 넌 뭐가 그렇게 궁금한데?"

"학교를 못 나올 정도의 일이 뭔데 그래?"

걸음을 우뚝 멈춘 채 버들이 한숨을 폭 내쉬었다. 황 대표에게 노트를 빼앗긴 날, 학교에 가지 못했다. 비를 맞아 뚝 떨어진 체온을 올리기 위해 뜨거운 물에 오랫동안 씻고 나오자 온몸에서 힘이 쭉 빠져 버린 뒤였다. 그리고 가방이랑 책도 바삭하게 말려야 했다. 그날이 벌써 이틀 전이다. 그리고 그 이틀 내내 학교에 못 나온 이유가 뭐냐면서 정민이 추궁하고 있었다.

"빨리 말해 줘."

"그게 왜 궁금한데."

"궁금하니까 궁금하지."

비가 내리고 있지 않지만 장마철이라 그런지 공기가 축 가라앉아 있었다. 불쾌지수가 저절로 올라가는 그런 계절에 도달했다. 버들이 제 아랫입술을 꾹 깨물었다가 놓았다.

"나 집에 가야 돼."

최대한 빨리 걸어 격차를 벌리려고 했지만 애석하게 키가 큰 쪽은 정민이었다. 금방 성큼성큼 따라잡히고 말았다. 정민이 손을 뻗었다. 가방끈을 잡아당기자 버들의 몸이 뒤로 딸려 온다. 그런 버들에게 정민이 정다운 모양새로 어깨동무를 했다. 하지 말라며 바로 패대기칠 줄 알았건만 어쩐 일인지 버들이 얌전하다. 그게 정민에겐 뜻밖의 횡재였다. 팔 아래로 버들의 뜨거운 피부가 느껴졌다. 순간 정민이 움찔거렸다. 갑자기 획 고개를 돌린 버들이 제 얼굴을 째려봤다.

"너 우리 형 같아."

"……형?"

미묘하게 피어오르는 기쁨을 감추고자 정민이 제 코끝을 긁적였다.

"내가 좀 형님 같지?"

"……."

"내 입으로 말하기 그렇긴 한데. 나는 여러모로 든든한 편이잖아."

"……."

"나도 음, 동생이 없어서 네가……."

제 어깨에 둘러진 정민의 팔이 무겁기 시작하자 힘껏 물리쳤다.

"귀찮단 뜻이거든?"

"야. 유버들!"

정민이 저한테 아는 척해 오는 사람들에게 대충 손을 흔들어 준 뒤 얼른 버들을 뒤쫓았다.

"왜 계속 따라오는 거야?"

"뭐. 나도 원래 이 길로 가려고 했어."

"유치해."

"유버들!"

학교 전체에 제 이름을 알릴 예정인가 보다.

"조용히 좀 해."

"형님한테는 존댓말을 써야지."

"너 생일 몇 월인데?"

"나 9월."

피하기만 하던 버들이 정민의 앞에 마주 섰다. 올곧은 허리가 꽤나 당당하다. 왜 그러는지 물어보려고 정민의 입이 막 달싹거리던 참이었다. 버들이 꿀밤을 때렸다. 아! 버들의 매운 손맛을 본 정민이 제 이마를 감쌌다.

"난 3월. 내가 너보다 형이네."

"어차피 우리 같은 학번이야."

"아. 저리 좀 가. 나 집에 가야된다고."

정문을 막 빠져나온 버들이 본능적으로 가로등 뒤에 몸을 숨겼다. 끈적끈적한 습기에 후덥지근한 날씨였다. 저도 모르게 더위를 먹어 헛것을 봤을지도 모른다. 그러길 내심 바라며 버들이 살짝 고개를 기울였다.

……황 대표님이었다. 여기는 무슨 일이시지? 근처에서 약속이 있으셨나? 그나저나 분명 노트에 내가 그려 놓은 그림을 보셨을 거다. 그 생각이 들면 자다가도 벌떡 깼다.

버들의 큰 눈에 황 대표가 넘칠 듯 담겼다. 목소리도 듣고 싶고, 가까이에서 얼굴도 보고 싶지만 당분간은 피하고 싶다. 그때였다. 정민이 "유버들!" 하고 제 이름을 크게 부르짖었다. 기차 화통을 삶아 먹은 줄 알았다. 그 바람에 황 대표와 정통으로 눈이 마주치고야 말았다.

묵직한 바람에 버들의 앞머리가 들떴다.

"누군데?"

속닥거리며 묻는 정민의 옆구리를 버들이 팔꿈치로 밀었다. 꿈적도 하지 않는다. 아까 황 대표님과 눈이 마주친 순간 온몸을 타고 전기가 피어올랐다. 발가락 끝까지 저릿했다. 잘 믿겨지지가 않는다. 그러니까 황 대표님이 학교 앞에 서 있었던 이유가 바로 나란거지, 다른 일 때문이 아니라.

「유버들 씨.」

저를 발견하자마자 지체 없이 황 대표가 걸어왔다. 피하고 싶었지만 마음처럼 쉽지 않았다. 황 대표와 거리가 점점 가까워질수록 버들의 두 다리는 꼭 나무뿌리처럼 땅속 깊숙이 박히는 것 같았다. 결국 꼼짝없이 붙잡혔다.

「학교 끝났어요?」

「……안녕하세요.」

「자주 가는 카페 있어요?」

「카페, 저기 모퉁이 뒤에요.」

카페만 알려 주면 끝인 줄 알고 선뜻 손가락을 뻗었다.

「같이 가요.」

잠깐 이야기 좀 하잔 황 대표의 말에 버들의 심장이 날뛰었다. 어떡하지. 왜 허락도 없이 자기를 그려 놓았냐고 물으면 뭐라고 대답해. 스토커 아니라고 해도 이젠 믿지도 않으실 거야.

"누군데? 어?"

"……"

"너 막, 모르는 사람 함부로 따라가는 거 아니다."

"……"

"유버들."

자기한테는 만날 가차 없이 집에 가야 한다고 하더니. 카페 갈 틈은 있나 보지?

"모르는 사람 아니야."

"그럼 대체 누군데?"

버들이 작게 한숨을 폭 내쉬었다.

"우리 형……"

"너희 형? 저분이 너희 형이셔?"

"……친구."

덜떨어진 표정으로 카페 입구 앞에서 정민이 남겨졌다. 우리 형 친구? 버들의 형이라면 잘 보일 필요가 있겠지만 버들의 형 친구라면 그냥 생판 남이다. 벌써 몇 번째 버들의 입을 통해 들어 본 적이 있는 '우리 형 친구' 황 대표를 정민이 쳐다봤다. 그런 정민의 눈빛에는 처음과 달리 적대감이 그득하게 담겨 있다.

키가 크다. 어른이란 느낌이 자연스레 드러나는 사람이었다. 골고루 발달된 근육을 보아 필히 운동을 하는 몸이란 걸 알아봤다. 덜컥 위기감이 닥쳤다. 바짝 마른 아랫입술을 혀로 축인 뒤 정민이 얼른 카페 문을 열고 안으로 들어갔다. 마침 황 대표와 버들이 막 주문하려는 참이었다. 다급히 버들의 옆으로 정민이 끼어들었다.

"버들 씨. 어떤 거 마실래요?"

버들의 고개가 메뉴판을 향했다.

"대표님은 어떤 거 마셔요?"

"저는 커피요."

"아. 그럼 저도 똑같은 거 마실래요."

정민이 버들을 내려다봤다. 커피 마시는 거 본 적이 없는데, 커피를 마시겠다고?

"유버들. 너 이거 좋아하잖아!"

재빨리 입을 연 정민이 아는 척을 했다.

"너 안 갔어?"

"안 갈 건데?"

뻔뻔하게 정민이 제 것과 버들의 음료를 대신 주문했다. 황 대표가 카드를 꺼내자 정민의 행동이 불을 붙인 것처럼 급해졌다. 간발의 차로 버들의 음료수를 제 카드로 계산할 수 있었다. 정민의 가슴이 활짝 펴졌다. 그게 뭐라고 무던히도 뿌듯해졌다. 옆에서 껄떡거리는 정민이 거슬릴 법도 한데 황 대표는 단 한 번 쳐다보지 않았다. 음료를 받아 들고 셋이서 구석진 테이블에 자리를 잡고 앉았다.

"잘 있었어요?"

부드러운 어투로 건네 온 황 대표의 인사에 버들이 귓불을 매만졌다. 빗속에 홀로 남겨진 것도. 가방과 책이 몽땅 젖어 버린 것도. 콩과 옥수수, 해바라기가 망가진 것도. 보여 주기 싫은 노트를 억지로 빼앗긴 것도. 꼭 암전이라도 된 것처럼 머릿속에서 사라졌다. 현재는 황 대표의 입가에 드러난 옅은 웃음만 각인된다. 잘 있었다며 버들이 고개를 끄덕거렸다. 애가 왜 이러지? 정민이 버들을 위아래로 훑어봤다.

"버들 씨."

"네?"

"둘만 있는 곳에 갈까?"

정민의 눈썹이 단박에 일그러졌다.

"……둘만 있는 곳이요?"

"둘만 있고 싶은데. 안 돼요?"

황 대표님과 둘만 있고 싶다, 당연히. 버들의 얼굴이 발갛게 상기되기 시작했다. 속도 함께 뜨거워진다. 그걸 식히고자 얼른 빨대를 물었다.

"지금 일어날래?"

나지막한 황 대표님 목소리가 설렌다. 하지만……. 둘만 있고 싶은데, 둘만 있게 되면 왠지 그림 갖고 화를 내실 거 같다. 차마 어떠한 대답도 내놓지 못하고 버들이 도톰한 제 아랫입술만 말아 물었다.

나한테는 엄청 툭툭거리더니. 정민이 계속해서 버들을 흘겨보고 있는 중이었다. 벌써 제 몫의 주스가 바닥을 보인다. 솔직히 코로 마셨는지 입으로 마셨는지 모르겠다. 그러는 와중에도 정민은 버들의 플라스틱 컵 표면에 맺힌 물기가 신경 쓰였다.

"어디가?"

"어?"

드르륵, 의자를 밀며 일어난 정민의 옷자락을 버들이 얼른 움켜쥐었다. 얼떨떨한 기분으로 정민이 버들을 내려다봤다. 버들의 큼지막한 두 눈이 참 댕글댕글하다. 붙잡으면 놓으라고 그러고. 놀자고 그러면 집에 간다고 그러고. 그동안 거절에만 익숙했던 정민이 저도 모르게 헤벌쭉 웃었다.

"티슈 가져다줄게."

"왜?"

"손 젖잖아."

"괜찮아."

정민의 말에 황 대표의 시선이 자연스레 버들의 손으로 향했다. 갈라진 손끝이 역시나 지저분하다.

"그냥 앉아 있어."

"어. 그럴게."

정민이 계속 싱글벙글했다. 입매가 시원하다.

"얼른 마셔."

"······마시고 있어."

"다른 거 시켜 줄까? 너 잘 먹는 거 또 있잖아."

"다 못 마셔. 이거면 돼."

"알았어. 얼른 마셔."

얼음이 녹으면 음료 맛이 옅어진다. 정민을 재촉하듯 턱을 까닥거렸다. 그걸 끝으로 셋에게서 대화가 끊겼다. 침묵은 얼마 가지 못했다. 정민이 조금씩 꿈질거렸기 때문이다. 너무 음료수를 한꺼번에 벌컥거린 모양이었다. 황 대표와 버들을 단둘이 두기 싫어서 생리적인 현상을 정신력으로 참아 보려고 했다.

······정신력은 운동할 때만 작용되나 보다. 슬쩍 자리에서 일어난 정민을 버들은 이번에도 놓치지 않았다. 제 옷을 또 움켜쥔 버들의 손을 정민이 내려다봤다. 박제라도 시켜 놓고 싶다. 그게 아니면 사진이라도. 살다 보니까 이런 날이 오긴 오네.

황 대표의 눈썹이 미세하게 일그러졌다. 어찌나 힘을 줬는지 옷을 잡고 있는, 버들의 손가락 마디마디가 하얗게 불거졌다.

"이것 좀 놔 봐."

"어디 갈 건데?"

"화장실. 금방 올 거야."

"아. 나도 갈래."

황 대표의 눈치를 보며 버들이 덩달아 자리에서 일어났다.

"대표님. 저 잠깐······."

"네. 다녀오세요."

얼른 다녀오겠다고 말하며 버들이 먼저 화장실로 향했다. 혹시, 노트 뒷장을 보지 못한 건가? 지금껏 화를 내지 않는 황 대표의 반응을 보면 그럴 가능성도 있을 것 같다. 아, 제발. 그런 거라면 좋겠다.

"……."

"……."

바지 지퍼에서 정민이 손을 뗐다. 뒤쪽 문가에 멀뚱멀뚱 서 있는 버들이 신경 쓰인다. 남중에 남고를 졸업해 체대를 다니고 있다. 땀내 나는 시커먼 사내놈들끼리 허구한 날 뒹굴어 대며 볼 것 못 볼 것 공평히 보여 주고 봤음에도 불구하고 버들에게만 생소하게 굴게 되는 제 행동을 모르겠다. 버들은 땀내가 안 나서? 시커멓지 않아서?

정민이 고개만 뒤돌려 버들을 바라봤다.

"너도 남자잖아."

"응?"

너무 당연한 소리를 하기에 버들이 뭐냐며 되물었다.

"아니야. 아무것도."

싱겁게 말하며 정민이 다시 자세를 잡았다. 그렇지만 여전히 바지 지퍼를 못 내리겠다. 그깟 오줌발 갈기는 소리가 뭐라고.

"안 싸?"

"……넌?"

"난 생각 없어."

"근데 화장실은 왜 왔어?"

"그냥 왔어."

마지막 버들의 말끝이 바닥을 기었다.

"……."

"……."

남중에 남고를 나온 건 아니지만, 버들에겐 형들만 다섯이었다. 정민과 달리 아무런 생각이 없었다.

"빨리 해."

"먼저 가라. 너."

"왜? 같이 가."

"……."

정민이 다시 버들을 바라봤다.

"너 이쪽 보지 마."

"그럼?"

"벽 봐. 벽."

"왜?"

"아. 시키는 대로 좀 해라."

"알았어."

투덜거리면서도 버들이 순순히 벽을 향해 돌아섰다. 정민이 인상을 썼다. 그렇다고 소리가 안 들리는 게 아니잖아? 정민이 급기야 버들을 화장실 밖으로 내보냈다. 어리둥절한 채 버들이 정민을 올려다봤다.

"여기서 기다려."

"응."

혼자 남겨진 화장실에서 지퍼를 내린 정민이 그대로 동작을 멈췄다. 아무래도 안심이 되지 않는다. 문을 열고 나오자 버들이 다했냐고 묻는다. 시작도 안 했는데 뭘 다해.

"너 귀 막고 있어."

"……."

"귀 막고 있으라고."

"왜?"

계속 정민이 조르자 영문도 모른 채 버들이 제 귀를 막았다.

"됐지?"

응. 대답 후 후다닥 화장실 안으로 들어간 정민이 바지 지퍼를 내렸다. 오래 참아 온 것을 시원하게 내뿜었다. 소리도 우렁차고, 시간도 길다. 홀가분한 기분으로 옷을 갈무리하고 뒤도는데, 버들이 화장실 안에 들어와 있다. 그야말로 화들짝 놀랐다.

"야! 밖에서 기다리고 했잖아!"

"나 손 씻으려고."

"언제 들어왔어!"

"얼마 안 됐어."

"귀는 왜 안 막아!"

"지금 막으면 되잖아."

"지금 막으면 그게 무슨 소용이야!"

버들의 눈이 뾰족해졌다.

"근데 너 왜 아까부터 소리는 지르고 그래?"

민망함이 어디서부터 몰려오는 것인지 모르겠다. 매사 능청스러운 정민의 얼굴이 드물게 빨개졌다.

"작게 말해. 그래도 다 들리니까."

나란히 선 채 비누로 꼼꼼히 손을 씻었다.

"줘?"

응. 고개를 끄덕인 버들이 공손히 손바닥을 벌렸다. 정민이 건네

준 페이퍼 타월로 손에 묻은 물기를 닦았다. 거울로 비추는 버들을
바라보며 정민이 궁금한 걸 물었다.

"너 키 180cm는 되냐?"

"응."

"한 10cm정도 모자라지?"

"죽을래? 4cm거든?"

"모자라면서 왜 180cm는 된다고 거짓말해."

"앞으로 자랄 수도 있는 거지."

기적이나 다름없는 뜬구름을 176cm가 아무렇지 않게 잡았다.
4cm 모자란 180cm란 흔한 신장이니만큼 주변에 널리고 널렸다. 정
민의 목울대가 매우 수상쩍게 꿀렁거렸다. 얘는 말라서 그런가? 여
타 다른 놈들과 똑같이 버들을 대할 수가 없다. 힘 넘치는 사내놈
들답게 서로 거침없이 주먹을 휘두르고 엎어뜨리는 게 일상이고 노
는 거라지만, 버들에겐 기껏해야 가방끈을 잡아당기는 게 전부다.
음. 얘가 확실히 마르긴 했지. 버들은 저가 주먹을 휘두르면 저만치
날아가 버릴 것 같고, 엎어뜨리면 부서질 것 같다. 유일하게 조심스
럽다.

"뭘 봐?"

정민의 물음에 버들이 큰 눈을 깜박거렸다.

"네가 나 먼저 봤잖아."

정확한 버들의 지적에 할 말이 없어졌다. 사용한 페이퍼 타월을
휴지통에 버린 뒤 버들이 손가락을 구부려 얼른 코 밑으로 가져갔
다. 비누 향이 흡족하다.

"이거 무슨 냄새인 줄 알아?"

"비누 냄새가 비누 냄새지. 뭘."

잠시 생각에 잠겼던 버들이 다시 물을 틀었다.

"왜?"

"한 번 더 씻게."

"그니까. 왜?"

"비누 냄새 좋잖아."

명절 선물 세트에 샴푸와 함께 들어 있는 평범한 비누였다.

"야. 이런 것 우리 집에 백 개 있어. 줄게."

"우리 집에도 비누 많아."

버들이 열심히 비누를 굴려 거품을 잔뜩 냈다. 전에 황 대표가 손은 씻었냐고 물어봤던 게 잊히지가 않는다. 떠오르기만 해도 얼굴이 달아오른다. 정확히 그 후부터였다. 강박증처럼 버들이 손 씻는 빈도가 부쩍 늘어났다. 전공이 조각이고 취미가 그림인지라 물감을 사용하니 원래도 물 닿는 게 잦았던 버들의 손 상태는 근래에 들어 더 건조해지고 갈라져 버석거렸다.

앞장서서 자리로 돌아가던 중 문득 불안해진 버들의 걸음이 갑자기 빨라졌다. ……아. 있다. 그대로 앉아 있는 황 대표의 뒷모습이 보인다. 뒷머리, 목덜미, 귀, 너른 어깨까지. 차근차근 제 눈에 황 대표가 담기고 나서야 버들의 표정에서 안도감이 번졌다. 황 대표와 자주 만날 수 있는 사이라면 또 모를까. 기약 없는 기다림이 계속되다가 어쩌다 하루, 그것도 잠깐 보는 게 전부인데……. 돌연히 황 대표가 가 버리고 없으면 어쩌나 조마조마했다.

"저 손 씻고 왔어요. 비누 냄새 나죠?"

고른 이를 드러내며 버들이 웃었다. 아주 약간 손을 흔들었을 뿐인데 공기 중으로 물망초 향기가 확 퍼져 나갔다. 죽을 때까지 자신은 절대로 쓸 일이 없을 싸구려 비누란 걸 황 대표가 알아차렸다. 획 휘어진 버들의 눈꼬리를 타고 허리로, 허리에서 팔로, 팔에서 또 손가락까지. 황 대표의 시선이 서두를 것 없단 듯 천천히 움직였다. 물에 젖기만 했을 뿐 더러운 게 전혀 나아지지 않은 버들의 손에 황 대표가 미간을 찌푸렸다.

"황 대표님. 식사하셨어요?"

"······."

"저는 오늘 덮밥 먹었어요. 그게 식당 '오늘의 메뉴'라."

"······."

"그런데 여기는 어쩐 일이세요?"

"······."

"겨울이 형은 안 와요? 데리러 온다는 연락 없었는데."

"······."

"대표님 혼자서 저 보러 오신 거예요?"

황 대표의 목소리가 듣고 싶어 떠오르는 대로 말을 걸던 중 버들이 멈칫했다. 매일 가는 곳만 가고 먹는 것만 먹는다는 사람이 먼저 내가 자주 가는 카페가 어딘지 묻고, 거기에 앉아 있었다. 황 대표가 주문한 커피의 양은 전혀 줄지 않았지만 어쨌든. 이게 무슨 의미일까. 버들의 눈빛이 반짝거린다.

"버들 씨."

"네?"

"서 있지 말고 앉아요."

종알거린 버들의 모든 말이 불쾌했다. 알고 싶지 않은 사생활을 드러내고, 건방지게 사생활을 물어 온다. 황 대표의 말을 따라 의자에 막 엉덩이를 붙이려는데 뒤가 소란스럽다. 버들의 고개가 그쪽으로 향했다. 우락부락한 누군가에게 귀가 잡힌 채 정민이 끌려가는 중이었다. 정민의 허리가 코치의 신장에 맞춰 풀썩 반이나 접혀 있다. 현재 내가 카페에 있는 건 아주 불가피한 상황이었노라, 가여운 톤으로 정민은 극심한 목마름을 호소하며 선처를 바랐지만 코치는 이를 곧장 기각시켰다. 농땡이 현행범에게 즉시 괘씸죄가 추가됐다. 그 벌로 코치가 정민의 귀를 인정사정없이 비틀었다. 뭐가 어쩌고 어째? 목이 말라? 이 시간이면 목구멍에 피가 터질 만큼 빡세게 훈련받고 있어야 할 놈이!

간신히 문턱에 발을 걸고 정민이 버텼다.

"야. 유버들!"

크게 불린 제 이름에 버들의 눈꺼풀이 떨렸다.

"나 여기 근처에 있을 거니까, 무슨 일 있으면 바로 전화해!"

눈이 마주친 정민에게 버들이 얼결에 고개를 끄덕였다.

"……"

"……"

황 대표와 둘이 남겨진 버들의 손이 플라스틱 용기를 감쌌다. 어느새 얼음이 반 이상 녹아 음료 맛이 밍밍해졌다. 버들이 애꿎은 빨대만 자근자근 물어 댔다.

"친구?"

침묵을 깨뜨린 쪽은 황 대표였다.

"네. 같은 과는 아니지만. 아. 이름은 정민이에요. 처음에는 되게 이상한 앤 줄 알았는데요. 알고 보면 그렇게 이상한 애는 아니에요.

나쁜 애도 아니고."

버들의 대답에 황 대표가 비스듬히 고개를 기울였다. 이상한 걸로 따지면 현재 버들이 제일 이상했다. 누구도 유출한 적 없는 시나리오 한 장면과 누구에게도 언급한 적 없던 시나리오 한 장면이 버들의 노트에 그것도 아주 세밀하게 그려져 있었다. 답 안 나오는 저 스토커를 어떻게 추궁해야 하나.

황 대표의 손가락이 일정한 간격으로 톡톡, 테이블을 두드렸다. ……곱다. 짧게 깎인 손톱 위 하얀 반달이 또렷하다. ……예쁘다. 버들의 눈빛이 멍해졌다. 섬섬옥수 같은 황 대표에게 홀리고야 말았다.

"버들 씨."

황 대표의 나지막한 부름에 버들이 정신을 차렸다.

"대표님. ……화내실 거예요?"

"왜요. 내가 화낼 만한 짓 했어요?"

찰나 떠오른 생각들이 너무 여러 가지였다. 헛기침을 하며 버들이 대답을 회피했다. 그게 너무나 어색해 보였다. 황 대표의 눈치를 살피던 버들이 스윽, 고개를 앞쪽으로 숙였다. 통통한 아랫입술이 벌어져 좁은 틈을 냈다. 빨대를 물기 직전 황 대표가 더 빨리 버들의 음료수를 낚아채 갔다. 화들짝 놀란 버들의 허리가 뒤로 쭉 물러났다.

"버들 씨."

"네?"

"오늘은 해바라기 안 줘요?"

가슴이 펑, 부풀었다.

"드릴게요! 드리고 싶어요!"

10분만 기다려 달라고 하며 버들이 서둘러 바깥으로 뛰쳐나갔다. 내 눈에 잘났으면 다른 사람 눈에도 잘난 거다. 남녀가 우글거리는 카페에 황 대표만 두고 나온 게 못내 걸린다. 쉬지 않고 달려 버들이 꽃집에 도착했다. 무리한 탓에 심장이 저릿저릿하다. 사 들고 온 해바라기를 황 대표의 앞에 조심히 내려놨다. 무감한 표정으로 황 대표가 시계를 확인했다. 10분이 아니라 15분이 걸렸다. 옆구리를 감싼 채 버들이 가쁘게 숨을 몰아쉬었다. 그 꼴에 황 대표가 옅게 코웃음을 쳤다. 쉽다. 쉬워도 너무 쉽다.

"우리 마지막으로 봤던 날."

⋯⋯'우리'래. 목구멍이 따끔따끔 아프면서도 버들의 입가에 미소가 떠올랐다.

"뭐 잃어버린 거 없어요?"

당연히 있다.

"노⋯⋯."

"우산."

노트라고 버들의 말이 완성되기 직전, 황 대표가 말을 가로막았다. 아. 버들이 순순히 고개를 끄덕거렸다. 정확히 우산은 잃어버린 게 아니라 일부러 놓고 내린 거였지만.

"우산 차에 있는데. 가지러 갈래요?"

황 대표가 먼저 자리에서 일어났다. 테이블에 남겨진 해바라기를 버들이 돌아보다가 그 뒤를 따라갔다. 뒷좌석을 열 줄 알았더니, 그게 아니었다.

"타."

"이따가 친구들끼리 만나기로 해서……."

"안 들려요? 타."

갑자기 쌀쌀맞아진 황 대표의 태도에 버들이 움츠러들었다. 차 안이 조용하다.

"우리 어디 가요?"

황 대표가 대답해 주지 않았다. 다행히 창밖에 펼쳐진 풍경이 익숙하다. 버들이 뒷좌석을 바라봤다. 여자들과 잘 때마다 선물로 준다는 껌값이 보이지 않는다. 기분이 금방 울적해졌다. 길이 막히지 않아 호텔 레스토랑까지 금방 도착했다. 버들이 쭈뼛거렸다.

"잘 먹었습니다."

식사를 끝낸 버들이 작게 인사했다. 머릿속이 내내 소란스러웠다. 황 대표님이 왜 학교까지 나를 찾으러 왔을까? 학교까지 오는 동안 몇 번이나 길을 잃어버렸을까? 겨울이 형도 없이 왜 나한테 밥을 사 주는 걸까? 피 나오는 고깃덩이가 황 대표님은 진짜 맛있는 걸까?

소화가 안 된 것처럼 속이 불편하다. 레스토랑을 나와 엘리베이터 앞에 섰다. 황 대표가 누른 버튼에 버들의 커다란 눈이 불안하게 흔들렸다. 여기서 위로 향하면 호텔 룸으로 가는 거다.

"누구 만나세요?"

"아니."

"그럼요?"

"호텔을 꼭 누구랑 같이 와서 쉬어야 해요?"

다른 사람 없이 혼자서 쉬실 건가 보다. 안도한 버들이 회원 카드를 가져다 댄 후 아래로 향하는 버튼을 눌렀다. 그걸 보고도 무심한 황 대표의 표정이 바뀌지 않았다.

"아. 우산은 가지셔도 돼요. 그거 되게 튼튼해요."

엘리베이터가 도착했다. 인사를 하는 버들의 손목을 붙잡고 황 대표가 그대로 안으로 들어갔다. 버들이 정신을 차렸을 땐 발 아래로 폭신한 카펫이 밟혔다.

"저희 어디 가요?"

"……."

"황 대표님. 저 좋은 거 다른 사람이랑 안 해요."

"……."

"저는 대표님 말고 다른 사람이랑 자는 거 싫어요."

다급한 버들의 목소리가 떨렸다. 웃겼다.

"……."

"……."

탁, 닫힌 문에 버들의 어깨가 움찔 튀었다. 커튼을 걷자 내부가 환해졌다. 그대로 얼어붙은 버들의 고개만이 이쪽저쪽 돌아갔다. 전과 달리 아무도 없단 것에 그나마 마음이 놓였다. 무슨 일인지 묻기 전에 황 대표가 버들을 손목을 다시 붙잡고선 구석으로 몰아세웠다. 도망치지 못하도록 버들의 팔을 머리보다 높게 들어 고정하자 반팔 셔츠 소매가 어깨 쪽으로 내려갔다. 황 대표의 매서운 눈빛이 무심코 버들의 팔 안쪽 살을 들여다봤다. 사내새끼가. 쓸데없이 피부가 참 희다.

"대표님?"

인상을 찌푸리며 버들의 팔을 놓아준 황 대표가 담배를 빼 물었다. 뒷골 빠지게 섹시한 여자들하고만 왔던 스위트룸에 난생처음으로 다 큰 사내새끼를 끌고 온 게 문득 어이가 없어졌다. 그렇지만 스토커에게 성질을 부리려면 카페가 아닌, 단둘이 있을 공간이 필요했다.

"너 이거 어떻게 그렸어?"

버들의 심장이 쿵쿵 뛰었다. 재킷 주머니에서 황 대표가 꺼낸 건 제 노트였다. 역시 본 거야. 화나신 거야.

"저 스토커 아니에요. 진짜예요. 제가 원래 그림 그리는 걸 좋아해서요. 예쁜 거나 멋진 거 보면 저절로 손이 움직여요."

"왜 그렸냐고 묻는 게 아니라, 어떻게 그렸냐니까."

"대표님. 화 많이 나셨어요?"

"물어본 거에 대답."

"그냥. 그냥, 황 대표님 떠올리면서 그렸어요."

둘의 온도차가 컸다. 황 대표는 여유로웠고 버들은 초조해했다. 잠시 대화가 끊겼다.

"나를 떠올리면서 그렸다고?"

버들이 연신 고개를 끄덕거렸다.

"이걸?"

황 대표가 그림을 보여 줬다. 아주 당연히 뒷장을 펼쳤을 줄 알았는데 의외로 앞장이다.

"이거 어떻게 그렸어요?"

"……그거요?"

"응."

"보고 그렸어요."

보고 그렸단 것이 글이었고, 그 글은 낡은 수첩에 쓰인 내용이란 걸 버들이 순순히 고했다. 불붙이지 않은 담배 필터를 황 대표가 재떨이에 버렸다. 잠시 생각에 잠겼던 황 대표의 미간이 좁혀졌다. 낡은 수첩의 외관을 언급하자 버들이 그걸 어떻게 알았냐며 눈을 동그랗게 떴다. 한숨이 나오다가 말았다. 몇 해 전, 뉴욕에서 잃어버린 제 수첩을 주운 사람이 버들이었다. 더할 것도 뺄 것도 없는 사실에 어처구니가 없어졌다.

약속이 잡혔다. 황 대표가 말해 주는 시간을 버들이 귀 기울여 들었다.

"내일 가져다 드릴게요."

황 대표님에게 도움이 되는 건가, 내가?

"제가 안 늦게 꼭 가져다 드릴게요."

황 대표를 화나게 만들었을까 걱정했던 버들의 어깨가 홀가분해졌다.

"제가 깨끗하게 닦아서……."

"아니. 뭘 하려고 하지 말고 그냥 가져와요."

"그럴게요."

버들이 해사하게 웃었다.

"대표님. 그럼 내일 뵙겠습니다."

허리를 굽히며 버들이 인사했다.

"친구들이랑 어디서 놀아요?"

네? 되묻는 버들에게 "네가 아까 논다고 그랬잖아요." 하며, 황 대표가 인상을 구겼다.

"학교 근처에서 놀 거예요."

작은 목소리로 버들이 거짓말을 쳤다.

"아까 그 친구도 와요?"

"……모르겠어요."

"뭐 하고 노는데?"

"밥 먹고…….."

"또?"

"아직 정해진 게 없어서요."

"술도 마셔요?"

"아마도요."

술 마시면 덥다고 바지부터 벗던 버들이 떠올랐다.

"헤프네."

맹한 인상이 그럴 만한 위인은 못 될 것 같지만 가볍게 나랑 자겠다느니, 어쨌다느니 하는 걸 보면……. 황 대표의 입술에 조소가 걸렸다.

"너 처음부터 게이 새끼였지?"

"……."

"네 주제에 여자한테 박아 만족시킬 수 있을 건 같지 않고."

"……."

"나 말고 또 누구 있어요?"

"……."

"너랑 붙어먹는 다른 게이 새끼. 있을 거 아냐."

"……."

"다리를 이미 벌렸든가, 아니면."

"……."

"나한테 하는 것처럼 제발 다리 좀 벌리게 해 달라며 네가 매달리는 새끼가."

"……."

"꽃 사다 주고, 좋아한다며 구걸하면서."

황 대표가 하는 말을 버들이 가만히 듣고만 있었다. 몇 분 전만해도 버들의 마음이 낡은 수첩으로 인해 몽글몽글 피어올랐었다. 그런데 지금은 목구멍이 답답하다. 자기도 모르게 주먹 쥔 손에 힘이 들어갔다. 손바닥으로 손톱이 파고들면서 따끔거렸다. 황 대표와 눈이 마주치자 버들이 순하게 웃었다.

"내일 비 온대요."

"……."

"우산 꼭 들고 외출하세요."

"……."

"그럼 내일 뵙겠습니다."

목소리가 형편없이 떨렸다. 문으로 향하는 버들의 손목을 황 대표가 낚아챘다. 배려 없이 들어간 힘에 욱신거리며 아팠다. 시야가 딱 반 바퀴 굴렀다. 그러면서 뒤통수에 푹신한 침대 시트가 닿았다. 놀란 버들의 눈이 깜박이는 걸 잊었다. 위로 커다란 그림자가 덮쳤다. 둘의 체격 차이가 컸다. 본능적으로 틈을 벌리려 굽혀지는 버들의 한쪽 무릎을 황 대표가 허벅지로 눌렀다.

"나하고만 잔다는 거, 진짜예요?"

부드럽게 물어 온 황 대표의 말에 버들이 느리게 턱을 주억거렸다.

"아픈 거 잘 참는 건?"

티끌 없이 깨끗한 버들의 눈을 황 대표가 무심히 내려다봤다. 원래 물기가 많은 눈인 건지. 아니면 눈물이 고인 건지.

"내가 너랑 잘 거 같아요? 아픈 거 잘 참는지도 모르는데. 음?"

버들의 가슴팍이 크게 들썩거렸다.

"잘 참아요. 아픈 거 저 아무렇지도 않아요."

"그럼 확인해 봐야겠네. 아픈 거 잘 참나. 못 참나."

어쩔 수 없단 투로 버들의 반팔 소매를 황 대표가 손끝으로 대충 치웠다. 예고치 못한 접촉에 버들의 몸 전체가 흠칫거렸다. 고스란히 전해진 버들의 긴장을 알면서도 황 대표는 무시했다. 만졌을 때 부드럽단 걸 알게 되니…… 팔꿈치보다 살짝 위쪽인 버들의 안쪽 살결을 황 대표가 손으로 살며시 문질렀다. 간지러움이 느껴지자 황 대표의 아래에 깔려 있던 버들이 꿈틀거렸다.

"혹시나 아픈 거 못 참겠다고, 소리 내지 마. 목소리 듣기 싫으니까."

황 대표가 고개를 숙였다. 예민한 피부에 황 대표의 코끝과 머리카락이 느껴지자 버들이 저도 모르게 몸을 움츠렸다. ……아. 신음이 샜다. 목소리 듣기 싫단 황 대표의 말이 바로 생각났다. 소리를 내지 않고자 버들이 한쪽으로 고개를 비틀며 턱에 힘을 줬다. 뜀박질을 한 것처럼 숨이 벅차다. 황 대표의 혀가 살갗을 지그시 짓누르며 뭉개는 게 느껴졌다. 버들의 눈이 질끈 감겼다. 그때였다. 황 대표가 이를 세웠다.

06. 그해, 물결치는 (2)

    현관 앞에 어지럽게 널린 신발을 그냥 지나치지 못하고 버들이 풀썩 주저앉아 짝을 맞추었다. 한집 사는 식구가 대폭 줄어든 만큼 신발 정리가 수월하게 끝이 났다. 몸을 일으킨 버들의 앞으로 껄렁껄렁하게 겨울이 나타났다.

"벗어."

버들의 단호한 요구에 겨울이 눈썹을 들썩였다.

"가족끼리 그런 말 하는 거 아니야."

"장난치지 말고 좀."

"형처럼 진지한 사람이 또 어디에 있다고 장난치지 말래."

"어딜 봐서 형이 진지한 사람이야?"

"서운해지네. 여태 그걸 몰랐어? 써서 외워라."

버들이 정색했다. 그 앞에서 보란 듯 겨울이 발을 까닥거렸다.

"벗어, 빨리."

슬리퍼의 본래 주인이 짜증을 냈다.

"와. 형을 막 치고, 이게? 응?"

겨울의 발등을 주먹으로 쾅쾅 내려쳤지만 꼼짝도 하지 않는다.

"언제 철들래, 너는?"

"어허. 형이라고 해야지. 공손하게."

겨울의 발아래에서 낑낑거리던 버들이 슬리퍼 한쪽만 겨우 빼앗을 수 있었다. 실밥 뜯기는 소리가 우두둑 났다. 다행히 겉으로는 상태가 멀쩡해 보인다.

"좋은 말 할 때 슬리퍼나 내놔."

"좀 신자. 닳는 것도 아니고."

닳다 뿐인가. 겨울이 큰 발을 억지로 욱여넣은 터라 버들의 슬리퍼가 곧 찢어지게 생겼다. 큰 눈을 끔벅거리던 버들이 한숨을 폭 내쉬었다. 버들의 한숨으로 인해 장난친다고 한참 작은 슬리퍼를 세시간 전부터 미리 신고 있던 겨울의 입장이 무척이나 한심해지고야 말았다. 가늘게 뜬 눈으로 겨울이 버들을 흘겼다.

"너 어디 갔다 와냐? 왜 이렇게 늦었어?"

버들이 빼앗은 슬리퍼 한쪽만이라도 신었다.

"형은 몰라도 돼."

제 옆을 지나가려는 버들을 놓치지 않고 겨울이 덥석 껴안았다. 버들에게서 후덥지근한 바깥 공기가 전해진다.

"왜 자꾸 이래?"

"좀만 안고 있을게."

"손 씻어야 돼. 나 신발도 만졌잖아."

"그니까 그걸 왜 만져?"

"형이 정리 안 해 놨으니까."

"그거 내일 출근하는 키퍼들이 할 일이야."

본격적으로 질척거리려다가 말고 겨울이 순순히 버들을 풀어 줬다. 물비누를 꾹꾹 짜 버들이 오랫동안 정성을 들여 손을 씻고 나왔다. 응접실을 마치 제 안방처럼 활개를 치고 다니는 겨울을 보아 아직 장 여사와 유 회장이 귀가하기 전인가 보다.

"형. 뭐 해."

"또 왜."

"비켜."

버들의 앞을 태연한 태도로 이쪽저쪽 가로막아 가며 방해하던 겨울이 제자리에 멈춰 섰다. 버들의 얼굴을 감싸 손바닥에 힘을 줬다. 통통한 버들의 볼살이 가운데로 모아지면서 붕어처럼 입술이 뾰족하게 튀어나왔다. 이러지 말라며 단박에 뿌리칠 거라고 예상했는데 어쩐 일인지 버들이 얌전하다.

"심심하지 않냐?"

아니. 버들의 목소리가 웅얼거리면서 나왔다.

"형은 심심해. 뽀뽀나 한 번 할까?"

"나 박치기할 거야."

협박을 하네, 이게. 좀 컸다고 몇 해 전과 달리 스킨십에 호락호락하지 않은 막냇동생이 겨울의 눈에는 고까웠다. 고작 스물한 살인 주제에 이 정도로 까칠하게 나오는데 스물두 살이 되면 또 얼마나 어른 행세를 하려고 들지. 벌써부터 웃기다.

지그시 저를 쳐다보는 겨울에게 버들이 "왜? 무슨 할 말 있어?" 하고 물었다. 산뜻하게 겨울이 고개를 가로저었다. 황 대표가 들고 와서 보여준 버들의 노트 속 그림은 분명히 시나리오를 봐야지만 그릴 수 있는 구도였다. 어떻게 된 일인지 물어봐야 하는데 겨울이 기꺼이 다음 날로 미루었다. 지금은 피곤해 보이는 버들이 안락하게 쉬는 게 우선이다.

"잘 자."

"응."

"형한테도 잘 자라고 해야지."

"잘 자."

"오냐. 내일 눈 뜨자마자 형한테 뛰어오고."

"왜?"

"뽀뽀나 하게."

콧김을 씩 내뿜은 버들이 계단을 밟았다. 끝까지 슬리퍼 한쪽은 돌려받지 못했다. 각자 한 발은 맨발인 채로 형제가 정답게 손을 흔들며 헤어졌다. 방 안에 들어선 버들이 문을 잠그자마자 그대로 허물어졌다. 아무렇지 않은 척하다가 혼자가 되니 온몸에서 금방 힘이 빠져나갔다.

벌써 보고 싶다.

새벽 즈음, 스산한 바람이 불더니 빗방울이 뚝뚝 떨어지기 시작했다. 그제야 자리에서 일어난 버들이 휘청거렸다. 갑자기 움직여서 그런지 현기증이 순간 핑 돌았다. 옷을 갈아입는 버들의 손길이 느릿하다. 그대로 방을 가로질러 욕실로 들어갔다. 뜨거운 물을 한참 맞고 있었다. 젖은 머리로 침대에 엎드려 누웠을 때는 창문을 때리는 빗줄기 소리가 커다랗게 들려올 정도로 비가 쏟아지고 있었다. 버들이 제 팔 안쪽에 손을 가져갔다. 정확히 황 대표가 물었던 그 자리에 달뜬 체온이 만져진다.

저도 모르게 잠이 들었나 보다. 꼭 하늘을 부술 것처럼 사납게 치는 천둥소리에 흠칫 놀라며 버들이 눈을 떴다. 커튼을 들춰 바깥을 내다봤다. 시간은 아침인데 비 때문인지 주변이 어둑어둑하다. 아마 매년 장마철이 되면 황 대표와 단둘이서 스승님을 뵈러 갔던 그날이 떠오를지도 모르겠다. 내 시간이, 내 하루가, 내 계절이, 황 대표로 물든다. 물드는 과정이 재차 반복될수록 색깔은 점점 짙어질 것이다.

「혹시나 아픈 거 못 참겠다고, 소리 내지 마. 목소리 듣기 싫으니까.」

가만히 깜박이던 버들의 긴 속눈썹이 아래로 잠겼다. 어제는 차마 보지 못했던 제 팔 안쪽을 살펴봤다. 황 대표가 물어서 생긴 이빨 자국이 시퍼렇게 새겨졌다. 황 대표로 인해 제 주변을 떠도는 감정들이 막연하다. 내가 하고 있는 게 첫사랑인 줄로만 알았는데……. 황 대표가 말해 주기 전까지 내가 하고 있는 게 구걸이란 걸 몰랐다.

*　　*　　*

레스토랑 입구에서 걸어 들어오고 있는 겨울을 발견한 버들이 들고 있던 물컵을 내려놨다.

"데리러 간다니까."

"반대 방향이라 그럼 형이 힘들잖아."

"괜찮아?"

겨울이 고개를 끄덕이는 버들을 걱정하는 눈빛으로 바라봤다. 열이 올라 응급실에 다녀와야 했던 버들의 눈가가 아직 붉다. 겨울이 버들의 이마를 만져 열이 있나 없나 꼼꼼하게 쟀다. 체온은 정상적으로 돌아왔지만 절대 침대 밖을 나오지 말았으면 싶었다. 하지만 버들이 답답해하니 잠깐의 외출을 허락할 수밖에 없었다. 그래 봤자 외식 정도다. 옆자리에 앉은 겨울이 주문을 끝냈다.

"누가 더 와?"

세 명의 자리가 준비된 것에 버들이 물었다.

"응. 황 대표."

겨울의 말이 떨어지기가 무섭게 인기척이 느껴졌다. 그쪽으로 고개를 돌린 버들과 황 대표의 눈이 부딪쳤다. 전까지 잔잔했던 버들의 마음에 돌멩이가 던져진 것처럼 파동이 일었다. 계속해서 황 대표만 생각이 났다. 저를 보고 웃어 줬던 얼굴, 다정하게 이름을 불러 줬던 목소리 등등.

두 대표가 일에 관련한 대화를 나누는 동안 버들은 손가락만 꼼지락거렸다.

"버들 씨."

"네?"

갑자기 불린 제 이름에 버들의 고개가 퍼뜩 위로 들렸다.

"수첩 가지고 왔어요?"

수첩을 가져다주기로 했던 황 대표와의 약속은, 응급실에 가 있느라 시간을 어겨 못 지키게 됐다. 수첩을 넣어 놓은 가방을 들고 나와서 다행이다. 왠지 숙제 검사를 맡는 심정이다. 황 대표에게 버들이 낡은 수첩을 천천히 내밀었다. 잊어버린 수첩을 오랜만에 보게 된 황 대표의 미간이 좁혀졌다.

"황 대표님 수첩이 맞아요?"

가죽에 이니셜 'H'가 새겨져 있었다.

"이거 뉴욕 어디에서 주웠어요?"

황 대표와의 인연은 머플러가 시작이 아니었다니. 버들의 얼굴이 상기됐다.

"카페에서요."

"카페?"

국적 불문하고 사람들로 넘쳐 나는 도시가 바로 뉴욕이었다. 번화가 중심에 위치한, 단골로 다니는 카페에서 공부를 하고 있던 중인 걸로 기억한다. 그 바글거리는 곳에서 황 대표가 잃어버린 수첩을 주운 사람이 나라니.

"사거리 끝에 있는 카페였는데."

손가락으로 사각형을 그려 가며 버들이 말을 덧붙였다. 목소리 톤에서 들떠 있는 게 전해졌다. 곰곰이 생각에 잠겼던 황 대표가 아, 낮은 탄식을 내뱉었다. 어렴풋하게 잡히는 기억이 있다. 유동 인구가 많은 장소에 위치한 카페는 항상 붐볐었다.

"그때요. 대표님이 저 대신 수학 문제 풀어 주셨어요."

"……"

"기억나세요?"

"……"

황 대표의 표정이 싸늘하다. 기억 안 난다고 하고 싶지만, 무의식 중에 펼쳐진 장면이 있었다. 볕이 잘 드는 야외 테라스에 앉아 문제 집을 들여다보고 있던 어린 동양인과 버들의 얼굴이 겹쳐진다. "앉 아도 되나요?", "앉으세요." 짤막하게 주고받았던 대화가 영어였기 에 서로가 한국인인 줄 몰랐다. 빽빽하게 채워지는 문제집을 무심 코 눈빛으로 따라갔다. 공식 중간에서부터 삐끗한 부분이 있었다. 그걸 모르고 답을 찾기 위해 끙끙거리고 있는 모습이 보기에 답답 했다. 내 일이 아니니 무시하려고 했으나 자꾸 그쪽으로 시선이 향 했다. 결국 문제집을 가져가 공식을 수정해 준 뒤 답까지 내 주었 다. 그리고 정해진 일정을 위해 자리를 떴었다. 아마 그때 서두르느 라 수첩을 흘렸던 모양이다.

"야, 너는 이런 거 주웠으면 형한테 말을 했어야지."

수첩을 먼저 낚아채 안을 살펴보던 겨울이 인상을 찌푸렸다.

"그때 형은 한국에 있었잖아."

"형이 매일 전화했잖아. 그때라도 말을 했어야지."

"……왜."

"위험한 거니까."

"수첩인데?"

"네 나이 때 보기 야한 내용이잖아, 새끼야."

맞다. 그래서 태어나 처음 몽정도 하고 자위도 했었다.

"이거 보고 그랬어요, 그럼?"

"……네."

황 대표가 유 대표에게 수첩을 받아 갔다. 손바닥에 닿는 가죽 느낌이 아련하다. 휘갈기듯 적어 놓은 내용이 의외다. 황 대표가 버들의 얼굴과 노트, 수첩을 번갈아 가며 바라봤다. 지금의 시나리오처럼 상세한 설명이 적혀 있는 것이 아니었다. 유출 걱정을 할 필요도 없을 수준이었다. 그런데 빈곳마저 버들은 그림으로 채워 넣었다. 유연한 황 대표의 손가락이 수첩 위를 톡톡 두드렸다.

"형. 어디 가?"

갑자기 자리에서 일어난 겨울을 황급히 버들이 붙잡았다. 황 대표의 눈썹이 미묘하게 일그러졌다. 전에도 다른 사람한테 저러더니. 자신을 좋아한다고 떠들면서 다른 사람과의 접촉이 스스럼없다.

버들의 머리를 쓰다듬은 유 대표가 김 실장에게 걸려 온 전화를 친히 보여 주면서 금방 돌아오겠단 말을 남기고 바깥으로 나갔다. 때마침 달그락거리며 음식이 나왔다. 버들이 제 앞에 놓인 커트러리를 들어 작게 고기를 조각내 입에 넣었다.

"유버들."

나지막한 황 대표의 목소리에 버들이 네, 대답했다.

"도둑질도 해요?"

"……네?"

"왜 약속을 안 지켜."

멍하게 버들이 눈을 깜박였다.

"막상 돌려주려니까 싫었어요?"

억울하다.

"제가 일이 생겨서 약속 못 지킨다고 연락드렸는데요."

느릿하게 고개를 끄덕거리긴 하나 못 믿는 눈치다. 도둑질이라니. 터무니없는 오해에 초조해진다. 정말로 미리 연락드렸는데. 사과도 했다. 숫자 1이 사라져 그 메시지를 읽으신 줄 알았는데.

"무슨 일?"

아픈 거 잘 참는다고 말해 놓은 게 있다 보니 사실대로 말을 못하겠다. 열이 올랐다고 그러면 실망하실 거 같다.

"친구들이랑 술 마시면서 노느라?"

버들이 대답을 머뭇거리는 사이, 겨울이 돌아왔다. 바통을 터치하듯 버들이 자리에서 일어났다.

"어디 가?"

"……잠깐. 화장실."

떨리는 손가락을 굽혀 감춘 뒤 버들이 복도로 나왔다. 화장실까지 가지 못했다. 갑자기 손목이 잡혔고, 비상구 계단으로 끌려 들어갔다. 놀란 버들의 호흡이 찰나 거칠어졌다. 눈앞에 황 대표가 서 있었다. 마주친 시선에서 도망친 버들의 눈빛이 황 대표의 어깨 즈음에서 머물렀다. 머리 위에서 나지막한 음성이 들려왔다.

"살 빠졌네."

체중계에 올라가 보지 않았지만 황 대표가 살 빠졌다고 하니까 진짜로 그럴지도 모르겠다. 버들이 아랫입술을 말아 물었다. 전에 겨울은 모르고 지나쳤던 제 체중 감소를 황 대표가 정확하게 알아맞혔던 때가 떠올랐다.

"보여 줘."

턱 끝으로 황 대표가 가리킨 곳이 제 팔이란 걸 버들이 알아차렸다.

"저 진짜 수첩 도둑질하려는 거 아니에요."

"……."

"돌려주려고 했었어요."

"알았으니까."

황 대표의 목소리에 짜증이 섞였다.

"팔, 보여 줘요."

"저기에…… CCTV 있어요."

비웃음을 흘리며 황 대표가 그 CCTV 바로 아래에 버들을 데려가 세웠다. 사각지대였다.

"됐지?"

"……"

"보여 줘요."

"……"

할 말을 못 찾고 굳어 버린 버들의 귓불이 붉어졌다. 꿈쩍 않는 버들의 손목을 황 대표가 머리보다 높이 들어 벽에 고정했다. 소매를 걷자 버들의 팔에 저가 물어서 생긴 잇자국이 고스란히 남아 있는 게 보인다. 스멀거리며 만족감이 퍼진다. 자근자근 씹어 버리고 싶은 가학성이 대체 어디서 오는 건지 모르겠다.

"소리 내지 마."

황 대표의 고개가 깊숙이 기울어지자 버들이 턱에 힘을 줬다. 제 피부 위를 배회하는 황 대표의 입술이 뜨겁다. 촉촉한 감촉으로 비벼지는 게 황 대표의 혀끝이란 걸 자각하자마자 예민한 버들이 못 견디고 파득거렸다. 황 대표가 곧장 이를 세웠다. 보드라운 버들의 하얀 피부가 얼룩지며 물들었다.

고개를 살짝 뗀 황 대표의 눈에 가느다랗게 뻗은 버들의 목과 움푹 파인 쇄골이 담겼다. 거기에 입술을 가만히 가져다 대자 툭툭 폭발하며 뛰는 버들의 맥박이 느껴졌다. 우습다. 확 물어 버릴까 하다가 참았다. 자국이 남으면 팔처럼 가려지지 않는 부위였다.

황 대표가 멀어지자 긴장이 동시에 풀리면서 버들이 휘청거렸다. 뻔히 알면서도 황 대표는 잡아 주지 않았다. 풀썩, 버들이 제자리에 주저앉았다. 황 대표의 구두가 시야에 들어온다.

"변태네."

"……."

"느끼는 거 아니죠?"

"……."

그대로 황 대표가 나가 버렸다. 비상구 계단에 홀로 남겨진 버들이 제 팔을 바라봤다. 황 대표의 타액으로 번들거린다.

*   *   *

시간이 늦은 만큼 도로가 한산했다. 운전에 몰두해 있던 황 대표의 시선이 문득 옆으로 향했다. 좌석 위에는 낡은 수첩이 비스듬히 놓여 있었다. 집까지 얼마 남지 않은 거리에서 황 대표가 핸들을 꺾어 차를 세웠다. 일정한 간격으로 세워진 가로등을 따라 갓길은 나약한 붉은빛만이 감돌고 있었다. 수첩 역시 본래의 가죽 색에 붉은빛이 더해져 보인다.

몇 분간 그저 바라만 보고 있던 수첩을 황 대표가 집어 들었다. 손바닥에 감기는 낡은 수첩의 느낌과 아릿하게 나는 냄새 등이 자물쇠가 풀린 것처럼 여럿 기억을 떠올리게 만든다. 귀퉁이의 이니셜 'H'를 정우가 손끝으로 천천히 매만져 보았다. 자수로 새겨진 터라 그 부분만 볼록하다. 수첩 속에는 우려했던 것과 달리 심각한 내

용을 적어 두거나 하지 않았다. 그렇다면 차라리 계속 잃어버렸던
게 나았을까. 공 던지면 물어 와 칭찬을 바라는 개처럼 수첩을 건네
며 초롱초롱하던 버들의 눈동자가 떠오른다.

*　　*　　*

버들의 방 안이 어둡다. 그래서 노트북에서 뿜어 나오는 빛이 더
욱더 강렬하다. 황 대표가 시나리오를 써서 제작된 영화를 밤을 새
면서 보고 있던 중이었다. 신경은 온통 화면 속에 집중되어 있었다.
저도 모르게 살짝 벌리고 있던 입술을 다물었다. 몽롱했던 정신이
퍼뜩 돌아오면서 다급히 베개부터 찾아 껴안았다.
　　여자 주인공과 남자 주인공이 은밀하게 숨어든 장소가 비상구 계
단이었다. 꼴깍 침을 삼킨 버들의 목울대가 일렁거렸다. 누가 먼저
랄 것도 없이 영화 속 주인공들이 고개를 꺾더니 키스했다. 간발의
차로 버들이 폭신한 베개에 얼른 이마를 파묻었다. 시야는 차단되
었으나 귀는 그대로 열린 채였다. 혀가 얽히면서 들려오는 질척한
소리에 버들의 얼굴이 확 달아올랐다.
　　“……진짜 변태냐.”
　　울상이던 버들이 벌떡 일어나 형광등을 켰다. 어느덧 화면엔 엔
딩 크레디트가 올라가고 있었다. 총 다섯 편의 영화를 보았는데, 아
직 볼 게 더 남아 있다. 어렴풋이 새벽이 찾아왔다. 노트북을 바닥
에 내려놓고 넓은 침대를 온전히 독차지하며 발라당 누웠다.
　　천장을 보며 멍해 있던 버들이 제 입술을 더듬거렸다. 영화를 보
는 동안 무심결에 자근자근 씹어 놓은 통에 아랫입술이 잔뜩 부어

있다. 전체적으로 뜨뜻한 열감이 전해진다. 버들이 한숨을 폭 내쉬었다. 작품을 작품으로만 봐야 하는데 저도 모르게 어떤 내용의 주인공이건 황 대표와 자신을 대입해 생각하고 있었다. 키스, 갈등, 섹스, 이별, 뽀뽀, 포옹, 만남. 영화 속에서 소용돌이 쳤던 감정들이 진하게 우려진다. 단지 영화를 봤을 뿐이건만 칼로리 소모가 엄청나다. 손바닥엔 옅게 진땀까지 뺐을 정도다.

황 대표님이랑 키스하면 어떨까?

황 대표님이랑 갈등 같은 건 없었으면 좋겠다.

황 대표님이랑…….

황 대표님이랑 이별하기 싫어.

황 대표님이랑 뽀뽀하고 싶다.

황 대표님이랑 매일매일 만날 수 있다면.

혼자 좌르륵 늘어놓은 생각에 버들의 얼굴이 붉으락푸르락 난리가 났다. 침대 위를 데굴데굴 굴러다니던 버들이 벽과 충돌하고 나서야 차분해졌다. 수첩 속 내용이나 영화를 보고 나서 느꼈던 차갑고 건조한 감동이 황 대표의 인상과 비슷하다. 본인과 닮은 느낌의 글을 쓰시는구나.

길게 호흡하며 버들이 눈을 감았다. 가뜩이나 멋있는 사람에게 새로 반해 버린 밤이다. 돌려 드린 수첩에 적힌 내용도 곧 영상으로 만들어진다고 하니 벅차오를 정도로 기대가 된다. 점점 수마에 빠져드는 버들의 뺨이 발그레 물들었다. 저의 첫 몽정과 자위의 기억도 알고 보니 황 대표가 녹아 있었다.

……야해. 바짝 수축된 버들의 아랫배가 찌르르 울렸다.

＊　　＊　　＊

"웃어."

"……."

"안 웃어?"

"……."

버들이 부루퉁하다. 그 옆에서 겨울만 홀로 신났다.

"네가 지금 그러고 있으면, 형이 억지로 끌고 온 것 같잖아."

"억지로 끌고 온 것 맞잖아. 내가 쉰다고 그랬는데."

난리 법석 블루스를 추며 겨울이 정신을 쏙 빼놓더니 정신을 차렸을 땐 백화점까지 동행한 뒤였다. 겨울에게 이리저리 끌려다니느라 진이 다 빠진다. 며칠 내내 황 대표의 영화를 돌려 보느라 잠이 모자란 버들이 피곤해하며 눈가를 비볐다. 하품도 나왔다. 힘든지 자꾸만 처지는 버들을 겨울이 다독거렸다.

"사탕 사 줄까? 아니면, 초콜릿?"

"내가 애야?"

화만 돋울 뿐이었다.

"여기만 마지막으로 딱 들렀다가 집에 가자."

불과 10분 전에 나온 매장 앞에서도 저 말을 똑같이 했었다. 공갈을 아무렇지 않게 치는 겨울에게 따질 기력도 없는지 버들의 고개가 순순히 끄덕거려졌다.

"어떤 게 더 마음에 들어?"

가만히 서 있는 버들에게 겨울이 이 옷도 대보고, 저 옷도 대봤다.

"아까 이거랑 비슷한 건 샀잖아."

"그랬나?"

"샀어. 확실해."

"그래도 브랜드가 다르니까 디자이너도 다르겠지?"

결국엔 두 개 다 살 거면서 뭘 고민하는 척을 하나 모르겠다. 버들이 코를 훌쩍거렸다. 다 입지도 못할 옷을 또 한가득 구매했다. 신발을 고르려는 겨울의 어깨를 버들이 얼른 잡아당겼다. 옷이야 사 두면 꺼내 입는다지만 신발은 사 놓고도 편한 것만 골라 신으니 정말로 낭비였다. 버들의 만류에 어쩐 일인지 겨울이 쉽게 돌아섰다. 겨울의 지시로 아까부터 직원이 들고 서 있던 바지를 버들에게 건넸다.

"입고 나와 볼래?"

"귀찮은데."

"사이즈 맞나 보게."

"내 사이즈 형이 더 잘 알잖아."

"이게 크게 나온 상품이라잖아."

"그럼 한 치수 작게……."

"확 그냥. 빨리 입고 나와."

옷걸이를 건네받은 버들이 탈의실로 들어갔다. 바지를 바라보는 버들의 표정이 시큰둥하다. 이런 옷, 집에 백 개는 더 있는 것 같은데. 마음에 안 든다고 버텨 봤자 어차피 제 손해다. 무늬가 어떻고, 디자이너 사상이 어떻고, 박음질이 어떻고. 제 입에서 결국 마음에 든다는 말이 나올 때까지 겨울은 옷에 관련한 역사를 줄줄 늘어놓으며 진을 빼 놓을 게 분명하다. 차라리 대충 장단을 맞춰 주는 게 시간을 절약하는 방법이었다.

갈아입은 바지의 허리둘레가 확실히 크다. 설렁설렁 공간이 남는다. 별 뜻 없이 제 모습을 거울에 비춰 보던 버들의 콧잔등이 문득 찌푸려졌다. 요 근래엔 반드시 소매의 길이가 팔꿈치 밑까지 내려오는 티셔츠만 골라 입는 편이었다. 가려진 팔 안쪽에는 황 대표의 흔적이 숨겨져 있다. 처음엔 시퍼랬던 잇자국이 지금은 자줏빛과 노란색이 섞여 주변으로 번져 가고 있었다.

"꽃 같아."

낮게 버들이 중얼거렸다. 참 예쁘게도 물어 놨다.

*　　*　　*

황 대표가 웃었다. 아래에 깔려 있던 여자가 그의 머리를 잡아당겨 눈을 맞추게 했다.

"집중해."

"그러게. 집중이 안 되네. 오늘따라."

"왜?"

"속옷이 별로라."

수치심 때문인지 여자의 얼굴이 찌푸려졌다. 일어나려는 여자의 어깨를 붙잡고 그대로 밀어붙였다. 도자기처럼 매끈한 여자의 피부에서 누군가의 보드라운 피부가 생각났고, 가느다란 여자의 팔에서 좀 더 말랑한 살이 붙어 있던 누군가의 팔이 떠올랐다.

*　　*　　*

"형. 어디야?"

정민에게 잡혀 방학 기념으로 저녁을 먹고, 술까지 마셨다.

-어딘 줄 알고 전화했는데.

"형 방."

-형은 지금 회사야.

"시간이 이렇게 늦었는데?"

-이렇게 늦은 시간에 너는 어딘데.

시간은 열한 시 정도였다.

"나는 학교 근처."

-뭐 하느라 아직도 학교 근처야?

"친구랑 노느라. 형. 집에 갈 때 나 데리고 가."

-형이 언제 집에 갈 줄 알고.

"몰라. 기다릴게."

기사 불러 준다는 겨울에게 어차피 바람도 더 쐬고 싶으니까 늦더라도 형이 데리러 오라고 말을 하며 버들이 전화를 끊었다. 방금까지 딱딱하게 굳어 있던 유 대표의 얼굴이 풀렸다. 맞은편에 앉아 있던 황 대표가 태블릿을 가져갔다. 무심한 황 대표의 시선은 복잡한 그래프에 머물러 있었다. 두 대표가 고민 끝에 연예 기획사로 사업을 확장시키기로 결론을 냈다. 그걸로 진득한 회의가 계속되고 있었다.

"버들 씨?"

"응. 목소리 들으니까 내 새끼 술 마셨네."

"……."

"영화 현장 가 볼 거지?"

차 키를 챙기며 유 대표가 황 대표에게 물었다.

"넌 빠지려고?"

"집에 버들이 데려다주고 넘어갈게."

황 대표가 겉옷을 걸쳤다. 통화 내용이 고스란히 들렸었다.

"그거 내가 갈게."

"뭘?"

"버들 씨 데려다주는 거."

"너 길도 모르잖아."

"알아. 길."

영화 현장에서 관계자가 기다리고 있는 이유가 실질적 경영 때문이었다. 따라서 직접 대화에 필요한 상대는 유 대표만으로 충분했다. 지금도 늦은 시각이었는데, 그 관계자를 더 기다리게 할 순 없었다. 잠시 생각에 잠겼던 유 대표가 선뜻 고개를 끄덕거렸다. 큰 길로 두 대의 외제 차가 나란히 내려왔다. 유 대표가 창문을 내렸다.

"야. 운전 거칠게 하지 마라. 내 새끼, 곱게 모셔."

두 외제 차가 서로 반대쪽으로 갈라졌다.

"겁도 없네."

학교 정문 바로 앞 버스 정류장에서 버들의 모습이 보였다. 통화할 때 주변이 시끄럽기에 다수의 사람들과 함께 있을 줄 알았더니 혼자다. 사내놈이라지만 요즘의 범죄는 남녀를 가리지 않고 일어났다. 꼿꼿하게 허리를 세운 채 눈을 감고 있는 버들이 영 못마땅하다. 차에서 황 대표가 내렸다. 문 닫히는 소리가 크게 울렸다.

"……아!"

멱살을 잡고 확 들어 올리자 화들짝 놀란 버들의 눈이 동그랗게 뜨였다. 눈가가 가물가물하다. 황 대표가 인상을 찌푸렸다. 그냥 눈만 감고 있는 건 줄 알았는데 잤어? 길바닥에서? 술까지 처마신 상태에서?

황 대표가 멱살을 놓았다. 벤치 위에 주저앉으면서도 버들의 시선이 황 대표를 따라갔다. 매일매일 보고 싶은 황 대표가 갑자기 나타나서 꿈을 꾸는 건가 싶었다. 퍼뜩 정신을 차린 버들이 주변을 둘러보았다. 겨울이 보이지 않는다. 잡혔던 제 멱살을 만지작거리면서, 버들이 조심스레 물었다.

"저희 형은요?"

"제가 대신 왔어요."

"······왜요?"

"타."

원하는 대답을 들려주는 대신 황 대표가 조수석 문을 열었다. 버들이 머뭇거렸다. 차에는 왜 타라고 하시지? 이유를 모르겠으니 당연히 뒷걸음질 칠 수밖에 없었다. 하지만 매서운 황 대표의 눈빛에 주눅이 든 버들이 결국 조수석 문을 열었다. 좁은 차 안에 둘이 남겨지자 숨이 꽉꽉 막힌다.

"안전벨트."

"아."

버들이 뒤늦게 벨트를 잡아당겼다. 차는 곧장 출발했다. 한 마디도 오가지 않은 상태였지만, 차 안은 시끄러웠다.

경로를 이탈하였습니다.

내비게이션에 찍혀 있는 주소가 제 집으로 가는 길이었다. 눈치를 보던 버들이 손가락으로 방향을 가리켰다.

"300m 전방은 지금이 아니라 더 가셔야 돼요."

조곤조곤한 버들의 안내에 따라 황 대표가 운전했다.

"안 데리러 오셔도 되는데……."

"술 마셨어요?"

"조금요."

"누구랑 마셨어요?"

"……친구랑."

술 냄새가 독한가. 눈치를 보던 버들이 슬쩍 창문을 내렸다. 파고 드는 바람에 연신 앞머리가 위로 날렸다. 황 대표님이랑 얼마 만에 만나는 거지? 손가락을 차곡차곡 접던 버들이 날짜를 계산하는 걸 아예 관뒀다. 지금은 여유롭게 운전하는 황 대표의 모습을 훔쳐보는 것만으로도 바쁘다. 앞을 내다보던 버들의 고개가 슬그머니 옆으로 향했다. 시계 주변으로 푸르게 돋아난 황 대표의 핏줄이 근사하다.

"본인 술버릇 알아요?"

"저 술버릇 없어요."

황 대표가 바람 빠진 소리를 내며 웃었다.

"전에 일 때문에 그러세요? 침대 뺏은 거."

버들이 얼른 변명을 덧붙였다. 변명이면서 곧 사실이기도 했다.

"저 원래 취할 때까지 술 안 마셔요."

"그런데 그날은 왜 취할 때까지 술 마셨어요?"

"그날은, 대표님이랑 있는 게 너무 좋고 긴장돼서……."

말을 하다가 말고 버들이 얼른 제 입을 가렸다. 변태라느니, 호모

새끼라느니, 스토커라느니. 그런 비난을 퍼부을 것 같았던 황 대표
가 예상과 달리 잠잠하다. 그래도 안심이 되지 않는다.

중간에서 차가 멈췄다. 버들이 창밖을 내다봤다. 3층으로 된 커
다란 카페가 대낮처럼 환하게 불을 밝히고 있었다. 지갑을 연 황 대
표가 가장 앞쪽에 꽂혀 있는 카드를 빼 버들에게 건넸다.

"마실 것 사 와."

"……네?"

"같은 말 반복하는 거 싫어한다고 내가 그랬던 거 같은데."

버들이 안전벨트를 풀었다. 황 대표가 준 카드를 손에 쥔 채 카
페에 들어갔다. 음료를 주문하고 기다리는 동안 버들이 화장실을
찾았다. 큰 카페라 그런지 양치액이 준비되어 있다. 작은 종이컵에
푸른 액을 담아 여러 번 입을 헹구었다. 손도 씻고 제 옷매무새를
정리했다.

커피를 찾아 돌아가 건네자 황 대표가 눈살을 찌푸렸다.

"너 커피 안 마신다면서요."

"……대표님 마실 거 아니세요?"

"가서 다시 사 와. 너 마실 걸로."

아무것도 마시고 싶지 않았지만 버들이 다시 차에서 내렸다. 뒤
를 돌아보자 황 대표의 표정에서 귀찮음이 전해진다. 카페 안에 들
어선 버들이 빽빽한 메뉴판을 보며 열대 과일 주스를 주문했다.

다시 차로 돌아가자 열린 뒷좌석의 문으로 앉아 있는 황 대표가
보였다. 버들의 큰 눈에 당혹스러움이 스쳤다. 황 대표가 들어오란
듯 턱을 까닥거렸다. 느릿느릿 그의 옆자리에 올라탄 버들이 문을
닫았다.

"잘 마시겠습니다."

카드를 돌려주며 조용히 버들이 인사했다.

"……."

"……",

정적이 마음을 조이게 만든다. 버들이 제 무릎께를 내려다보며 이따금씩 주스를 들이켰다. 달달한 망고 향이 주변으로 퍼진다.

"해바라기 있어요?"

버들이 고개를 가로저었다.

"기다리고 있으면?"

"사다 드릴까요?"

적극적인 꼴통에게 황 대표가 코웃음을 쳤다.

"……."

"……."

얼음이 달그락거렸다.

"꽃은 됐고. 보여 줘요."

"……팔이요?"

버들의 손에서 황 대표가 음료를 빼앗았다. 망설이던 버들이 소매를 들어 올렸다. 황 대표가 버들의 팔 안쪽으로 손끝을 가져다 댔다. 사라지고 없을 줄 알았더니 연한 피부에 멍이 참 오래도 간다. 살짝 쓸었을 뿐인데 버들이 움찔거렸다. 민감한 반응에 황 대표가 조소했다. 여태 남의 손을 타 본 적 없는 게 느껴졌다.

"버들 씨. 저 좋아해요?"

나지막한 황 대표의 목소리에 버들의 마음이 설렜다.

"여기 아팠어요?"

"아니요. 진짜 안 아팠어요."

고개까지 저어 가며 버들이 대답했다.

"넌 내가 여기 다 물어뜯어 놔도 좋다고 할 거지?"

눈처럼 희니까 그걸 지켜 주고 싶은 게 아니라 발자국을 내 더럽히고 싶어진다.

고개를 비튼 채 황 대표가 버들에게 천천히 다가갔다. 호흡을 멈춘 버들이 전해졌다. 입술이 닿은 버들의 살갗에서 단맛이 퍼지는 것 같다. 달달한 망고 향이 주변을 맴돌고 있어서 그런가 보다. 힘을 줘 빨아들이자 버들의 어깨가 움츠러들었다. 고개를 떼 버들의 팔을 확인하니 흐릿한 자국 위로 또렷하게 울혈이 새로 남았다.

황 대표가 다시금 버들의 팔에 입술을 묻었다. 보드라운 피부가 참 나긋나긋하다. 천천히 배회하던 혀를 감추고 황 대표가 이를 세웠다. 점점, 점점 강하게 힘을 줬다. 그럼에도 들려오는 소리가 없다. 기껏해야 미약하게 비트는 몸이 전부다.

버들의 팔 안쪽에 실핏줄이 전부 터졌다. 피까지 방울졌다.

황 대표가 버들의 턱 밑을 손가락으로 톡, 쳐올렸다. 할 말이 있지 않으냐는 듯.

"……좋아해요."

*　　*　　*

제 집에 들어선 황 대표가 차분히 씻고 나왔다. 핸드폰을 열자 버들이 제 카드로 음료를 결제한 내역이 문자로 찍혀 있었다. 그게 뭐라고 잠시 서 바라봤다.

바리바리 짐을 싸 들고 유 회장의 회사에 찾아온 버들이 그대로
굳었다. 가족들만 모이는 줄 알았던 자리에 뜻밖에 황 대표가 앉아
있었다. 저 짐들이 다 뭐냐고 묻는 겨울의 뒤에 버들이 숨었다. 귀
끝이 달아오른다. 왜 안 어울리게 수줍어하냐면서 눈치 없게 겨울
이 버들을 앞으로 끄집어냈다. 버들이 들고 온 짐들은 유 회장에게
팔려는 조각품들이었다. 황 대표가 빤히 주시하는 눈빛에 버들이
허둥거렸다. 곧 유 이사와 유 회장 간의 경매가 벌어졌고 버들이 만
든 조각품이 비싸게 팔렸다.

"버들 씨. 조각한 지 얼마나 됐어요?"

"역사가 꽤 깊지. 걸음마 떼고 다른 애새끼들 구구단 외울 때, 내
새끼는 찰흙 만졌거든. 그치? 버들아."

"그림은 얼마나 됐어요?"

"그것도 마찬가지로 역사가 깊지. 정식으로 배운 적이 없는데도
그 정도 실력이면 진짜 대단한 거 아니냐?"

황 대표가 버들에게 물어본 질문들을 팔불출 겨울이 대답했다.
그러면서도 겨울은 틈틈이 버들의 식사에 참견했다. 탄산수만 겨우
홀짝거리고 있던 버들이 하는 수 없이 감자 샐러드를 뒤적거렸다.

와인을 들이켜며 황 대표가 버들을 바라보았다. 현재 촬영에 들
어간 영화 속 주인공과 조각은 밀접한 관계를 가지고 있었다. 그렇
게 소비성이라고 언급을 해 놓았건만. 명장의 작품은 너무 과했다.
힘 좀 빼고 다시 제작하란 요구에 쌍욕이 되돌아왔었다. 딱 버들이
정도의 미숙함을 바랐다.

"버들 씨."

"네?"

"나랑 일해 볼래요?"

"일이요?"

더 들어 볼 필요도 없단 듯 겨울이 불쑥 끼어들었다.

"뭔 소리야. 일? 안 돼."

버들이 놀고먹기만 바라는 겨울이 단호하게 고개를 가로저었다. 밖에서 대기하고 있던 실장이 들어와 겨울에게 짧은 귓속말을 전했다.

"전화 한 통화 하고 올 테니까. 야, 황 대표. 나 없이 버들이한테 무슨 말도 하지 마라."

보호자가 자신이니 본인이 없는 데서 오고 가는 모든 대화는 법적 효력이 없단 둥 헛소리를 실컷 늘어놓고 나서야 겨울이 자리를 비웠다.

"……."

"……."

덥지도 않은지 버들은 손목까지 길게 내려오는 남방을 입고 있었다. 팔이 일절 보이지 않는다. 황 대표의 한쪽 눈썹이 위로 쭉 올라갔다. 들고 있던 와인 잔을 내려놓자 적색의 액이 찰랑거리며 은은한 향기를 내뿜었다.

"버들 씨. 나랑 일하기 싫어요?"

"형이……."

"스물한 살이면 어른인데 형 허락이 필요해요?"

어른. 버들의 입술이 살짝 벌어졌다.

"일하는 거 별로예요? 아. 나랑 하루 종일 붙어 있는 게 별로인가?"

하루 종일? 툭 흘린 황 대표의 말에 버들이 홀렸다.

"일은 어떻게 하는 건데요?"

"조각하는 거지. 내 옆에서 그림도 그리고."

손바닥에 땀이 난다. 순식간에 기분이 풍선처럼 부풀었다. 티를 안 내려고 노력하고 있지만 생각만으로도 황홀했다. 하루 종일 황 대표님 옆에서 조각도 하고 그림도 그릴 수 있다고?

"……제가, 그러니까 필요한 거예요?"

건방지게 확대시킨 버들의 말에 기가 찼다. 정확히는 버들의 조각과 그림이 필요했다.

「버들 씨는 나한테 빨아먹을 단물도 없는 껌.」

버들이 포크를 떨어뜨렸다.

"대표님. 저 단물 생겼어요? 단물 있는 껌인 거 맞죠?"

버들의 커다란 눈이 빠르게 여러 번 깜박였다.

"황 대표님!"

상기된 버들의 얼굴이 발갛다.

"저 빨아먹을 거예요?"

버들의 말이 끝나기가 무섭게 황 대표가 버들의 성기를 떠올렸다. 순하게 잠든 채 따끈했던 살덩이의 체온과 말랑말랑했던 감촉까지.

무심코 턱 전체가 빳빳해질 정도로 힘을 줬던 황 대표가 금방 여유를 되찾았다.

"안 돼요? 빨아먹으면?"

황 대표의 물음에 버들이 숨을 찰나 들이켰다.

"돼요!"

"……돼요?"

"네!"

청초하게 웃던 꼴통이 말을 이었다.

"제 단물 다 빨아먹어 주세요!"

07. 그해, 물결치는 (3)

　뿌연 담배 연기가 흐리게 흩어졌다. 오늘따라 목구멍이 맵다. 버들이 고개를 위로 젖혔다. 푸르게 우거진 나뭇잎들 사이로 내리쬐는 햇볕이 꼭 물고기 비늘처럼 반짝거린다. 눈이 부실 정도다. 자연히 눈가가 찌푸려졌다. 가늘게 좁혀진 눈꺼풀에 버들의 눈 아래 살이 볼록하게 튀어나왔다.

　요 근래의 날씨는 장마철답게 우중충하거나, 비가 내리거나 둘 중 하나로 극단적이었다. 그러니 오랜만에 맑은 날씨가 조금은 덥더라도 반갑다. 다소 세게 불어오는 바람을 타고 버들의 머리카락이 흔들렸다. 끝이 짧아진 담배를 막 꺼뜨렸을 때다. 같이 점심 먹기로 한 정민이 아는 척을 해 왔다.

　"오래 기다렸어?"

"아니."

"한 시간쯤 됐잖아."

"그게 오래야?"

버들의 대답에 정민이 웃었다. 오전 훈련이 막 끝난 상태였다. 녹초가 되어야 하는데 이상하게 힘이 남아돈다. 정민이 땀에 젖은 운동복 상의를 잡고 태극기처럼 펄럭거렸다. 탄탄한 복근이 바깥으로 얼핏 비쳐졌다.

"힘들어?"

가느다란 목을 한쪽으로 기울이며 버들이 물었다.

"그럼. 안 힘들겠냐?"

"난 담배 폈어."

"그래."

구겨진 필터가 세 개 정도가 된다.

"너 담배 늘었지?"

딱히 부정할 생각이 없는 버들이 낮게 응, 대답했다.

"줄여."

"너나 줄여."

"난 담배 안 피운다니까. 이래 봬도 몸 관리 철저히 해."

"……."

시큰둥하니 버들이 정민을 외면했다. 그 순간 흡연과 전혀 상관없이 몸 좋은 황 대표가 아른거린다. 닮고 싶다. 그렇지만 아무리 발버둥 치며 노력해도 안 되는 건 안 되는 거다. 잘 알고 있다. 터무니없는 간절함은 그저 허탈할 뿐이다. 끝에 가서 실망할 바엔 아예 처음부터 접어 버리는 편이 현명하다.

"같이 갈래?"

"어딜?"

"씻으러. 탈의실."

"뭐야. 싫어."

"거기 안에 에어컨 있어. 시원해."

"여기서 기다릴래."

버들의 시선이 운동장 쪽으로 향했다. 운동하는 애들은 선후배 관계가 확실하다던데 정말인가 보다. 올해 입학한 신입생들이 선배들이 운동하느라 썼던 공과 기구들을 분주하게 움직이며 정리하기 바쁘다.

"유버들. 너 방학 때 뭐 할 거냐?"

"나 되게 바빠."

"뭐 하느라 바빠."

"일하기로 했거든."

"일? 아르바이트? 어디서?"

"전에 본 적 있지? 황 대표님 밑에서."

큰 관심을 보이던 정민의 목소리가 커졌다.

"그 사람? 성격 별로지?"

정민의 지적에 버들이 허리를 꼿꼿하게 세웠다.

"네가 뭔데 황 대표님 성격 별로라고 해?"

"내가 뭐긴. 네 친구지. 아무튼. 잠깐 봤는데 싸가지 없어 보이더라."

"그때 너 황 대표님이랑 제대로 말을 해 본 것도 아니잖아."

황 대표를 두둔하며 버들이 꿍얼거렸다. 무어라 대꾸하려던 찰나, 운동부 중 누군가가 다가왔다. 미대와 체대. 어울리지 않는 둘을 바라보는 눈빛이 노골적이다. 무언가 짓궂은 낌새를 간파한 정민이 제 동기가 건네주는 수건을 휙 낚아채 가며 손가락으로 눈을 찌르는 시늉을 했다. 고맙다고 못할망정! 돌아오는 비난에 반성하는 대신 정민이 배은망덕함의 끝을 보여 줬다. 발길질을 휙 휙 해 대며 버들의 주변에서 얼쩡거리는 동기 녀석들을 멀리 쫓아냈다.

"빨리 씻고 와."

"어. 잠깐만 기다려. 금방 올게."

"응."

정민이 돌아서다 말고 다시 버들을 바라봤다.

"나 기다리면서 더위 먹지 마라."

"나는 원래 그런 거 안 먹어."

"다행이네."

"빨리 갔다 와."

버들이 짜증을 내고서야 정민의 행동이 빨라졌다. 가만히 앉아 정민을 기다리던 버들이 벤치에서 일어났다. 사람들이 전부 빠져나간 운동장이 직전까지 웅성거렸던 게 거짓말처럼 조용해졌다. 버들이 그 한구석을 향해 걸어갔다. 미처 챙기는 걸 깜박한 모양이다. 허리를 굽힌 버들의 손에 조그마한 공이 잡혔다. 의외로 단단해서 만질 때마다 놀란다. 야구공에 묻은 흙먼지를 버들이 툭툭 털어 냈다. 온 힘을 다해 힘껏 내던진 공이 근처에서 뚝 떨어졌다. 야속해진 버들이 그걸 말끄러미 바라봤다.

*　　*　　*

씻고 나온 황 대표가 전화가 걸려 온 핸드폰을 찾았다. 발신인을
확인한 순간 표정이 확 구겨졌다. 소희다. 내버려 두니까 새벽이건
대낮이건 가리지 않고 시도 때도 없이 전화를 걸어오고 있었다. 평
소처럼 그냥 넘어가지 않고 황 대표가 통화 버튼을 눌렀다. 인사나
안부 따위 필요 없는 사이였다. 전화가 연결될지 몰랐는지 잠시 침
묵이 이어졌다. 곧 소희의 목소리가 들려왔다. 소희가 하는 말들을
황 대표는 듣고만 있었다. 물론 건성이었다. 커피를 따르고 시계를
골랐다. 완벽하게 외출 준비를 마칠 때까지 통화는 계속되었다. 급
기야 흐느낌이 들려온다. 피곤한 기색으로 황 대표가 한숨을 내뱉
었다. 내가 뭐 어쨌다고 울어. 같이 잘 놀았잖아.

섹스하던 때처럼 달래 주길 기대했던 걸까. 예상과 달리 단조로
운 황 대표의 반응에 소희가 입을 다물면서 다시 침묵이 찾아왔다.
그대로 전화가 끊겼다. 뭐가 부서진 소리가 크게 났던 걸로 보아 아
마 핸드폰을 던져 버렸을 거다. 황 대표가 낮게 웃었다. 화끈한 성
격은 참 마음에 든다.

*　　*　　*

달력을 집어 든 버들이 침대 끝에 걸터앉았다. 오늘 날짜에 동그
라미가 여러 번 그려져 있었다. 황 대표와 만나기로 정해 놓은 날이
참 느리게 다가왔다. 황 대표가 물어 놓았던 잇자국이 만나지 못한
나날만큼 흐려졌다. 피가 나서 작게 흉터가 진 곳은 분명 송곳니가

그해, 물결치는 (3)　303

닿았던 자리일 거다. 버들의 입가에 옅은 웃음이 물들었다. 이거 진짜 꽃 같은데. 멍이 들어 색깔은 초록이지만 모양은 활짝 핀 해바라기를 닮았다.

사옥에 도착한 버들이 겨울의 대표실 문을 살짝 열어 안을 들여다봤다. 텅 비어 있다. 미련 없이 돌아선 버들이 복도를 따라 걸었다. 적막함이 곳곳에 내려앉아 있다. 황 대표의 대표실과 가까워질수록 심장 박동이 빨라졌다. 혹시 심장 뛰는 소리가 황 대표에게 들릴까 봐 걱정이 될 정도다. 노크를 하고 기다리자 들어오란 황 대표의 낮은 저음이 들려왔다. 앉으란 곳에 앉으면서도 버들의 시선이 황 대표에게서 떨어질 줄 몰랐다.

"대표님. 잘 지내셨어요?"

겨우 꺼낸 버들의 인사를 황 대표가 들은 척도 하지 않았다.

"읽어 보고 사인하세요."

계약서였다.

"야."

펜을 든 버들의 손목을 황 대표가 붙잡았다. 황당한지 눈썹을 찌푸렸다.

"내가 한 말 안 들었어요?"

"대표님이 사인하라고 해서 사인하려고요."

"그 전에. 읽어 보라고 한 말."

버들의 말간 얼굴이 뭐가 문제인지 전혀 모르는 것 같다.

"계약서 내용부터 확인해요."

황 대표가 손목을 놓아주자마자 버들이 페이지를 팔랑팔랑 넘기며 사인해야 할 공간마다 빠르게 채워 나갔다. 그런 버들의 꼬락서니를 황 대표가 잠자코 지켜봤다. 점차 인상이 써졌다. 안에 어떤 내용이 적혀 있을 줄 알고 그렇게 사인을 막 해. 겁대가리가 없다.

계약서를 내려놓은 버들이 맞은편에 앉아 있는 황 대표를 쳐다봤다. 잘난 사람은 오늘도 역시 잘났다. 볼 때마다 정장을 입고 있었는데 오늘은 어쩐 일인지 캐주얼한 느낌의 데님 셔츠 차림이었다. 황 대표와 무척 잘 어울린다. 나도 저런 거 입을걸. 저거랑 비슷한 옷 많은데.

"확인하라니까 뭐 해."

"확인 안 해도 돼요. 어차피 여기에 사인해야 황 대표님이랑 일할 수 있는 거잖아요."

무슨 말을 더 붙여 봤자 들어 처먹지 않을 게 분명하다. 황 대표가 알아서 중요한 내용을 찾아 페이지를 넘겼다. 보수에 관련된 조항이었다. 버들의 기다란 속눈썹이 깜박거렸다. 보수고 나발이고 좋아하는 사람과 함께 일을 한다는 건 매 순간이 특별할 것 같다.

"근데요, 대표님."

"응."

"저 돈 필요 없어요."

기가 막힌다. 황 대표가 헛바람을 내뱉었다.

"저 돈 받아도 쓸데없어요."

재벌 집 막둥이기에 지껄일 수 있는 말이었다.

"일을 했으면, 정당한 대가를 받아야지. 나도 일을 시켰으면 정당한 대가를 지불해야 하는 게 맞고."

점심은 드셨는지 궁금하다. 버들의 머릿속에는 이런 생각들로만 가득했다. 과연 꼴통다웠다.

그렇게 한 시간이 지났다. 한 시간 내내 미약한 두통을 느꼈던 황 대표가 반대쪽으로 다리를 꼬았다. 마치 창과 방패 같았다. 돈을 주겠다는 쪽과 돈을 받지 않겠단 쪽이 팽팽하게 맞섰다. 계약도 말이 통해야지만 진척이 되는 거였다. 사회 경험이 전혀 없는 어린애한테 조항을 하나하나 풀어 줘야 하는 게 성질을 끌어 모았다.

"이해했어?"

버들이 고개를 끄덕거렸다. 제가 봤을 땐 이해 못 했다. 한숨이 길게 흐른다. 이럴 줄 알았으면 전담 비서를 퇴근시키지 말고 옆에 앉혀 놓을 것을 그랬다.

"돈 말고 필요한 게 뭐야."

"……네?"

"돈은 필요 없다면서."

돈이 필요 없단 놈에게 달리 뭐가 필요하겠느냐마는.

"대표님 있잖아요."

"안 돼."

황 대표가 버들의 말을 단호히 잘랐다.

"……왜요?"

"너 이상한 거 말하려고 그런 거잖아."

"이상한 거 아니에요."

"그럼."

저랑 어디에 가요. 저랑 어떤 걸 보러 가요. 저랑 뭐 먹으러 가요. 이상한 건 아니었지만 황 대표의 입장에선 들으나 마나 한 말들이었다. 무슨 이딴 식으로 협상을 하자는 거야. 이익과 전혀 동떨어진 헛소리를 조잘거리는 버들의 도톰한 아랫입술이 쉬지 않는다.

"대표님. 언제 한가하세요?"

버들에게 닿아 있는 황 대표의 눈빛이 무척 따분했다. 주눅이 드는 것 같으면서도 조금씩 다가오려는 애탄 버들의 움직임이 빤히 전해졌다. 멍청한 게 자존심까지 없다 보니까 처참하다. 황 대표가 계약서를 찢어 버렸다. 어깨를 움찔거린 버들의 앞에 새롭게 출력한 계약서를 내려놓았다.

"읽어."

바깥으로 밤이 펼쳐졌다. 돈 말고 가지고 싶은 걸 버들이 겨우 떠올려 냈다. 다섯 명의 형들에게 돌아가면서 졸라 보았지만 마치 짠 것처럼 다들 "안 돼!" 하고 거절했던 걸 황 대표는 선뜻 고개를 끄덕여 줬다. 엘리베이터를 기다리며 버들은 심기가 불편해 보이는 황 대표의 눈치를 살폈다.

아까부터 겨울에게서 걸려 오고 있는 전화를 버들은 모르는 척하는 중이었다. 진동으로 설정했지만 주변이 워낙 조용해 전화가 걸려 왔단 걸 바로 알아차릴 수 있었다. 안절부절못하던 버들의 표정이 핸드폰에서 신호가 끊기면서 밝아졌다. 조용한 순간은 얼마 유지되지 못했다. 황 대표의 핸드폰에 전화가 걸려 온 것에 버들의 속이 다시 말라 갔다. 액정에는 겨울의 이름이 찍혀 있었다. 황 대표와 버들의 눈빛이 얼핏 스쳤다.

"받지 말아요."

버들의 목소리에서 조바심이 느껴졌다.

"아무한테도 말 안 하신다고 약속하셨잖아요."

버들이 황 대표에게 갖고 싶다고 말한 건 '작업실'이었고, 이어

붙인 조건은 '비밀'이었다. 분명 겨울이 알았다간 전부 없던 일로 뒤집어 놓을 게 분명했다. 도착한 엘리베이터에 올라탄 황 대표가 22층 버튼을 눌렀다. 불안하다 못해 아예 바짝 쪼그라들었던 버들의 마음이 핸드폰 전원을 꺼 버린 황 대표의 행동에 겨우 진정됐다. 위로 향하는 엘리베이터 속도가 빠르다.

"대표님. 운동하세요?"

"……."

"아니면 타고나신 거예요?"

"……."

아무 말도 없이 잠잠한 황 대표의 넓은 어깨를 버들이 빤히 바라봤다. 불투명한 엘리베이터 문으로 둘의 모습이 어릿하게 비춰지고 있었다.

"주로 수영해요."

황 대표의 대답은 한참 뒤에 들려왔다. 버들의 눈이 '존경심'으로 사정없이 반짝거렸다. 커다란 골격과 꽉 짜인 근육들의 비결은 수영이었구나. 감탄이 나온다. 버들이 자기 몸과 황 대표의 몸을 비교해 봤다.

"저도 수영할까요? 수영하면 황 대표님 몸처럼……."

문에 비춘 버들의 실루엣을 황 대표가 느릿하게 훑어봤다.

"넌 수영해도 안 돼."

제 말을 황 대표가 싹둑 잘라 버린 것에 버들의 눈썹이 처졌다. 꼭 그렇게 정확히 짚어 주지 않아도 알고 있었다. 그냥 그러려니 대충 흘려들으시지. 다른 건 다 대충 흘려들으시면서.

황 대표가 핸드폰을 꺼냈다. 그러자 버들도 핸드폰을 꺼냈다. 문자를 확인하는 황 대표 옆에서 버들은 까만 액정에 반사되는 자기 얼굴을 멀뚱멀뚱 바라봤다. 황 대표가 비스듬히 고개를 기울였다. 그러자 버들도 비스듬히 고개를 기울였다. 황 대표가 머리를 쓸어 넘겼다. 그러자 버들도 머리를 쓸어 넘겼다. 버들은 황 대표 흉내쟁이였다.

엘리베이터에서 내린 황 대표가 비밀번호를 눌렀다. 여섯 자리의 비밀번호를 딱 한 번 말해 주었지만 버들은 금세 외웠다.

"대표님. 진짜 이거 저 가져도 돼요? 주셔도 되는 거예요?"

생각보다 좋은 작업실에 버들의 눈이 동그랗게 커졌다. 딱 1인에 최적화된 인테리어다.

"너 계약서 안 읽었지."

가지라고 준 게 아니라 계약 기간까지 제공해 주는 거였다. 자기 상황이 불리해지자 버들이 야경이 멋지다느니 딴소리를 꺼냈다. 황 대표가 버들을 지나쳐 오피스텔을 찬찬히 둘러보았다. 작업실을 갖고 싶다는 버들의 계약 조건은 황 대표에게 어려울 것도 없었다. 어차피 충동구매로 사 놓고 놀리는 집들이 많았다. 작업의 진행 속도와 결과물을 직접 눈으로 확인해야 할 것 같으니 자신이 편히 오고 가기 위해선 현재 거처로 사용하고 있는 집과 작업실이 가까워야 했다. 그렇게 고르다 보니 여기였다.

버들의 작업실로 내주면서 오피스텔엔 오랜만에 방문하게 됐다. 낡은 가죽 수첩을 뜻밖에 되찾은 것처럼 불필요한 상자들의 자물쇠를 열어 본 기분이 든다. 오피스텔은 따로 관리인을 써서 관리를 하고 있던 터라 사람 없이 비어 있던 기간이 티가 나지 않는다. 먼지하나 없이 깨끗하다. 넝쿨처럼 엉켜드는 생각에도 무감한 표정인 황 대표가 소파에 앉았다. 주방에 들어가 서랍을 열어 보기 바쁜 버들이 정면으로 보인다. 잔뜩 들떠서 웃는 얼굴이 해맑다. 자신에게 아무것도 바라는 게 없다더니 결과만 놓고 봤을 때 버들은 껌값으로 돈도 받고, 부동산도 뜯어냈다.

"황 대표님. 여기 대표님이랑 저만 알고 있는 거예요?"

서랍을 열어 둔 채 버들이 황 대표가 있는 곳으로 쪼르르 다가갔다.

"자주 놀러 오세요. 제가 맛있는 거 많이 해 드릴게요!"

주인 행세하는 게 고깝다.

"아무것도 건드리지 마. 그냥 여기서 작업만 해."

깜박거리는 속눈썹 뒤로 버들의 큰 눈이 평온하다. 꼭 울 것 같은 상황이 몇 번이나 있었지만 그럴 때마다 버들은 울지 않고 넘겼다. 어쩌면 그러한 점이 가학성을 자극하는 건지도 모르겠다. 네가 어디까지 버텨 내나 보자, 하는.

하늘거리는 흰 티셔츠가 보기만 해도 얇다. 근처까지 다가온 버들의 손목을 붙잡아 황 대표가 잡아당겼다. 그대로 끌려간 버들이 소파에 비스듬히 눕혀졌다. 몸 위로 올라온 황 대표가 형광등을 가려 시야가 순간 컴컴했다. 달싹거렸던 버들의 입술이 가만히 다물렸다. 한동안 서로 묵묵했다. 갑작스레 잡아당겨진 통에 버들의 옷자락이 등 쪽으로 말려 올라갔다. 맨살과 소파의 가죽이 비벼졌다. 손을 뒤로 꺾어 옷을 내리려던 버들의 팔을 황 대표가 잡았다.

"넌 죽을 때까지 평생 게이 새끼겠다."

나지막하게 황 대표가 입을 열었다.

"안 설 거니까."

몽정도 하고 자위도 한 적 있다. 버들의 그런 비밀스러운 사생활을 알 리 없는 황 대표는 대답이 없는 걸 긍정으로 알았는지 비릿하게 조소했다. 버들의 턱 아래를 살짝 쓰다듬었다. 멍청해서 상처도 안 받을 것 같고. 앞뒤 안 재고 애가 먼저 달려들었으니 막 대해도 되겠네. 황 대표가 웃었다. 황 대표의 얼굴을 올려다보고 있던 버들의 가슴이 마구 뛰기 시작했다. 황 대표님이 웃어 주니까 너무 좋다. 버들이 따라 웃었다. 눈꼬리가 순하게 접혔다.

버들의 팔이 드러나게 소매를 걷은 황 대표가 일부러 물었던 곳을 또 물었다. 이를 세우고 피부가 떨어져 나갈 정도로 힘을 강하게 줬다. 시키는 건 잘한다. 소리 듣기 싫다고 했더니 꽁꽁 입을 다문 채 절대 내지 않는다. 그러한 버들의 노력이 징그러우면서…… 역시 편하다.

어떻게 할까. 스트레스 받을 때나 심심할 때 가지고 놀까? 단물다 빨아먹고 버리는 것도 참 쉬울 거다. 시키는 거 잘하니까 달라붙지 말라고 하면 달라붙지 않겠지? 아니면 속이든가. 실컷 갖고 놀다가 자장면이랑 꼬까옷 사 주고 시장 바닥에 데려다 놓고 버리는 거 아니란 식으로 말을 해 주면 철석같이 믿고 그런 줄 알 거다.

바짝 힘이 들어간 버들의 몸이 미약하게 꿈틀거렸다.

"진짜 안 아파?"

빨갛게 된 얼굴로 버들이 떨면서 대답했다.

"안 아파요. 더 세게 물으셔도 돼요."

말랑거리는 버들의 연약한 살에 진한 울혈이 몇 개씩이나 남겨졌다. 황 대표가 놓아주자 몸을 일으킨 버들이 팔소매를 씩씩하게 내렸다.

"난 너처럼 게이 새끼로 태어났으면 못 살았을 거야. 너 같은 취급당할 바엔 쪽팔려서 죽었을 수도 있겠다."

문을 닫고 나가 버린 황 대표의 뒷모습을 버들이 멀거니 주시했다. 황 대표가 했던 말이 마음을 비집고 돌처럼 박혔다. 정말 딱하단 황 대표의 어조에 볼이 저릿했다.

*　　*　　*

"그러니까 왜 전화를 안 받아!"

황 대표와 유 대표가 나란히 스캔들에 연루됐다. 유 대표가 역정을 냈다. 띄엄띄엄 앉아 있던 비서와 실장들이 움찔거렸다. 표정 변화 없이 한쪽 다리를 꼬고 앉아 있던 황 대표가 느슨한 태도로 소매를 살짝 걷어 올렸다.

유 대표에게 언제 전화가 걸려 왔었더라. 아마도 버들이 갖고 싶다던 작업실을 제공해 주기 위해 갔었던 오피스텔 엘리베이터 안에서였던 것 같다. 스캔들 같은 중대한 사안으로 걸려 온 전화인 줄 몰랐다. 단순히 연락 없이 평소보다 늦게 귀가하는 제 새끼를 찾는 전화일 줄 알았다. 전화받지 말아 달라며, 작업실 생긴 거 절대 형한테 이야기하지 말아 달라며 부탁하는 버들의 눈빛이 불안하게 흔들리고 있어 아예 핸드폰 전원을 꺼 버린 게 실수였다. 한숨이 텁텁하게 목구멍을 맴돈다.

황 대표 곁으로 다가온 실장이 태블릿을 건넸다. 환하게 밝힌 화면에 뜬 기사 내용이야 어차피 지어낸 말일 터니 사진부터 확인했다. 사진 속 배경은 영화 촬영장 근처였다. 밤이라 어두웠지만 사진에 찍힌 황 대표와 유 대표를 못 알아볼 정도는 아니었다. 각자의 손에는 담배가 들려 있었다. 실루엣에서 여유로움이 전해진다. 그리고 연달아 뜬 사진에는 영화배우 소희가 찍혀 있었다. 유행을 선동한 고유의 헤어스타일이 화려하다. 기사 마지막 줄에는 세 사람이 현장에 같이 있단 걸 들키지 않기 위해 거리 유지에 무던히 신경을 쓰는 모습을 보였다고 나와 있었다.

"너희 둘 뭐야. 진짜 사귀는 거 아니지?"

유 대표가 무심히 던진 물음에 황 대표가 눈가를 찌푸렸다.

"말이 돼?"

"현장에 소희 부른 적도 없고?"

"내 성격 몰라?"

알지. 너무나. 잘.

"근데 이런 사진이 왜 찍힌 거야."

사진은 더 있었다. 사진만으로 스토리가 연상된다. 아파트에 먼저 황 대표가 들어가면 근처에서 차를 세우고 기다리고 있던 소희가 따라 들어가고. 뒤늦게 나타난 유 대표 역시 그 아파트로 향하는. 사진 속 아파트는 황 대표 집이었다.

황 대표 앞으로 유 대표가 다른 사진을 건넸다. 유 대표와 황 대표가 관계자 미팅차 들렀던 호텔에서도 소희의 사진이 찍혀 있었다. 전부 작위적이었다. 지나친 허구에 오히려 황 대표의 머릿속이 차분해졌다.

"그래서 스캔들 대상이 너라는 거야, 나라는 거야."

"우리 둘 다야. 쓰레기란 말이 괜히 나왔겠어?"

"쓰레기는 너야, 나야?"

"우리 둘 다니까 쓰레기라고 하는 거지. 새끼야."

여자 한 명에 남자 둘이라. 황 대표가 다시 사진을 바라봤다. 미간이 지끈거린다. 다른 사람들 눈을 피해 두 대표와 밀접한 관계를 유지한 명성 높은 여배우라니. 자극적인 관계성에 불이 확 붙어 온갖 소설들이 만들어지고 있었다. 그런데도 소희의 소속사에선 마땅한 대응책을 내놓지 않고 있다. 그저 당사자를 통해 진위 여부를 확인하겠단 한 줄이 끝이다. 진위 여부 뭘 확인하겠단 거야? 정말 남자 둘이랑 놀아났냐고? 그게 사실이건 아니건 지금 명예가 사정없이 훼손되고 있는데 법적 대응부터 하는 게 맞는 거 아니야?

"다음 거 넘겨 봐."

유 대표의 말에 황 대표가 화면을 넘겼다. 그리고 그대로 할 말을 잃었다. 한여름임에도 불구하고 머리부터 발끝까지 담요로 꽁꽁 싸맨 소희가 출입한 건물엔 유독 한 병원의 간판이 크게 보였다. 태블릿을 테이블 위로 던지듯 내려놓은 황 대표가 관자놀이를 손으로 짚었다. 얼마간 싸한 정적이 찾아왔다.

"풀었어?"

"풀었겠어?"

유 대표가 흘린 의심에 황 대표가 날카롭게 대꾸했다. 두 남자 모두 가는 여자 안 붙잡고 오는 여자 안 내쳤다. 당연히 정관 수술을 한 상태였다. 정관 수술을 한 상태에서도 피임 도구는 꼭 사용했다. 상대방을 위한 매너 때문에. 혹은 일회성 만남에 혹시나 헛된 희망을 줘 피곤해질까 봐.

"내가 뭐랬어? 되도록 배우들이랑은 자지 말라니까?"

와중에 잔소리를 퍼부으며 유 대표가 차가운 물을 들이켰다. 생각에 잠겨 있던 황 대표의 고개가 한쪽으로 기울어졌다. 며칠 전 소희에게 받은 전화로 의중이 무엇인지 손쉽게 간파가 됐다. 뻔했다. 명문 집안의 외동딸이기도 하면서 아쉬운 게 일절 없는 여배우가 인지도를 손해 보게 될지도 모를 스캔들을 내야 했던 이유는 딱 하나였다.

협상이다. 배역을 내놓으라는.

저에게 있지도 않은 애정을 쥐어짜 내려 질척거리는 게 아니라 커리어를 위해 내 작품을 욕심낸다는 점에서 거침이 없다. 배역으로 소희를 캐스팅하게 되면 그간 현장에서 스캔들의 증거로 찍힌 사진들은 '촬영차 만남'이란 타당한 이유를 갖게 된다. 스캔들이 사실이 아니라고 판명이 난 뒤에 소희가 여성 전용 병원을 갔던 건 건강을 목적으로 한 검진이나 진료 때문이었다고 해명을 갖다 붙이면 쉽게 해소가 가능하다.

"황 대표. 어떻게 할 거야?"

"집에선 뭐래? 연락 들어온 거 있어?"

"있어도 전부 무시하고 있지."

집에선 불호령이 떨어졌다.

"황 의원님은……."

"나야 뭐. 어차피 없는 자식이나 다름없으니까."

유 대표가 꺼내려는 말을 황 대표가 막았다.

"어떻게 할 건지 결정이나 내라."

수습이 급했다. 소속사로 사업을 확장하기 위해 배우들을 물밑에서 섭외하는 중이었다. 여배우와 스캔들이 터진 두 대표의 이미지는 난봉꾼으로 찍혀 분명 사업에 걸림돌이 될 게 뻔했다. 현재 촬영에 들어간 영화도 마찬가지다. 현장으로 기자들이 몰려들게 된다면 곤란하다. 침묵을 유지하던 황 대표가 시나리오 속 누군가의 이름을 말했다. 유 대표가 터무니없단 듯 인상을 찌푸렸다.

"다른 사람도 아니고 소희야. 너 같으면 일개 엑스트라 역할을 허락하겠어?"

"일개 엑스트라여도 비중이 다르잖아. 이거 없이 내용 전개가 돼?"

그 말에 동의한 유 대표가 턱을 까닥이며 지시하자 유능한 실장들이 밖으로 빠져나갔다. 얼마 지나지 않아 두 대표가 보낸 협상의 뜻에 소희의 소속사가 답을 보내왔다. 압축된 파일을 풀자 사진이 뭉텅이로 나왔다. 황 대표가 가는 곳에 소희가 있는 식이다. 둘이 나란히 붙어 있는 장면은 없었지만 스캔들이 터진 상태이다 보니 누구라도 오해하게 만드는 사진들이었다.

"여기에 네 사진밖에 없다."

유 대표가 황 대표를 툭 쳤다. 황 대표로 스캔들의 포커스가 집중됐다.

스캔들에 반박하지 않았다. 반박해 봤자 어차피 불신만 키우는 꼴이다. 먼저 불을 지른 소희의 소속사에서 해결해야 하는 문제였다. 여배우의 위상이 있으니 얼마 버티지 못할 것이다. 그동안 더는 사진을 찍혀선 안 되었다. 가는 곳만 가고 먹는 것만 먹는 황 대표의 동선은 훤히 노출된 꼴이나 마찬가지였다.

"며칠만 시골에 내려가 있어라."

유 대표가 제안했다. 그런 유 대표의 제안에 고용인들이 숨을 죽였다. 아무리 단 며칠이라도 심기가 매우 불편한 황 대표를, 그것도 외딴곳에서 모셔야 한다니 대놓고 기피할 수밖에 없었다. 짜증이 난 채로 혼자 가겠단 황 대표의 앞을 유 대표가 가로막았다.

"길도 모르면서 어딜 혼자 가겠다고. 그러다 또 사진 찍히면 어쩌자는 건데?"

아무리 성격이 더러워도 내 동생이니 함부로 대하진 못하겠지. 버들이도 황 대표가 착하다고, 자기한테 잘해 준다고 노래를 부르기도 했으니까 걱정할 건 없을 거다. 고민을 끝낸 유 대표가 소파에 누워 잠들어 있는 버들을 잡아다가 불쑥 황 대표의 차에 태웠다. 무슨 일인지 어리둥절한 버들이 눈가를 비볐다.

"버들아!"

창문으로 버들의 얼굴이 쏙 나왔다.

"형이 열 밤 자고 데리러 갈게!"

정확하지도 않은 약속을 하며 유 대표가 황 대표의 차와 함께 멀어지는 버들에게 손을 흔들었다.

황 대표가 운전하는 차가 험난한 길을 따라 덜컹거린다. 스승님 댁으로 가는 중이란 걸 버들이 알아차렸다. 슬쩍 바라본 황 대표는 어마어마하게 화가 난 상태였다. 손가락을 꼼지락거리던 버들이 경로를 이탈한 황 대표에게 방향을 알려 줬다. 밥 먹으러 오라고 해서 회사에 간 건데 이게 무슨 일이지? 물기로 그렁그렁한 눈을 깜박이며 버들이 힘없이 차창에 머리를 기대었다.

"아이고. 버들아!"

안전벨트를 풀고 차에서 내린 버들을 노부인이 얼싸안으며 반겨 줬다. 전에 왔었을 때처럼 황 대표는 노인이 뿌린 소금을 머리부터 발끝까지 뒤집어썼다. 동그란 바가지를 휙 던진 노인의 얼굴은 후련해 보인다. 부인을 따라 노인이 집 안으로 들어가면서 마당엔 버들과 황 대표 둘만 남겨졌다. 쭈뼛거리며 버들이 바가지를 주워 왔다.

"대표님. 괜찮으세요?"

작게 물은 버들의 물음에 황 대표는 대답하지 않았다. 그저 지그시 눈을 감고 있는 황 대표 주위를 쩔쩔매며 버들이 맴돌았다. 고운 황 대표의 속눈썹에 굵은 소금 알맹이가 매달려 있다. 조심스레 버들이 팔을 뻗었다. 딱 그것만 털어 주려고 했을 뿐인데 닿기도 전에 버들의 손등을 황 대표가 내쳤다. 잘못한 게 없음에도 불구하고 꼭 야반도주한 것 같은 모양새에 황 대표는 불만이 컸다. 촬영 중인 영화 때문에 외국으로도 못 가고 이런 촌구석에 박혀 며칠을 보내야 한다니. 거기다가 혹까지 달고선.

버들은 들고 있던 바가지를 더 품에 꼭 껴안았다. 황 대표의 스캔들을 뒤늦게 알고 슬퍼하던 버들의 눈빛이 주어진 현실에 반짝거리기 시작했다. 겨울이 형이 열흘 뒤에 데리러 온다고 했었지? 그럼 여기서 황 대표님이랑 열흘 동안 같이 있는 건가? 같이 시간을 보내는 동안 황 대표님이랑 친해질 수 있는 기회가 아주, 아주, 아주, 아주, 많이 생겼으면 좋겠다.

황 대표의 뒤를 따라 방 안으로 들어가는 버들의 뒷모습이 기뻐 보인다.

"대표님. 오늘은 침대 꼭 황 대표님이 쓰세요."

침대 시트를 팡팡 두드리는 버들의 손이 꾀죄죄했다.

"대표님. 배고프시죠?"

"……."

"건너가서 밥 먹을까요?"

"……."

"아직 배 안 고프세요?"

"……."

"아. 운전하느라 피곤하시겠어요."

"……."

"그럼 제가요. ……안마해 드릴까요?"

"……."

"저 안마 잘해요."

"……."

"대표님. 오늘은 비가 안 내려서 다행이에요."

달고 온 혹이 매우 시끄러워 황 대표는 욕실로 피해 버렸다.

침대를 나보고 쓰라고? 씻고 나온 황 대표가 헛바람을 켰다. 주변을 울리는 나직한 버들의 숨소리가 안정적이다. 침대에 앉아 황 대표를 기다리던 버들이 그만 잠들어 버렸다. 한쪽 팔을 베고 가로로 누운 자세가 참 불편해 보인다. 사소한 모든 것들이 현재, 황 대표의 심기를 거슬렀다. 불안하다 싶더니 버들이 침대에서 굴러 떨어졌다. 무심히 외면한 황 대표가 밖으로 나가 차로 향했다. 시트를 뒤로 젖혀 이마에 팔을 올리는 모습이 매우 피곤해 보인다. 어딘가에서 정체 모를 풀벌레의 울음소리가 들려온다. 유독 밤이 길다.

"아침 다 차려 놨는데 먹고 가지."

"나중에 와서 먹을게요."

노인 내외에게 꾸벅꾸벅 감사의 인사를 전하며 버들이 얼른 황 대표의 차에 올라탔다. 머리를 말릴 여유를 주지 않은 탓에 감은 지 얼마 안 된 버들의 머리카락이 축축했다. 그래도 불만이 없는지 물기가 스민 버들의 하얀 얼굴은 그저 순하기만 하다.

버들이 도톰한 아랫입술을 말아 물었다. 틈이 생기는 대로 황 대표를 훔쳐보는 중이었다. 어제는 언제 잠들었는지 모르겠다. 황 대표님이 침대 쓰셨겠지? 안녕히 주무셨겠지? 잠꼬대로 침대에서 굴러 떨어진 바람에 어쩌다 바닥에서 자게 된 걸 모르는 버들이 몇 번이나 가슴을 쓸어내렸다.

황 대표의 차는 노인의 집과 얼마 멀지 않은 곳에서 멈췄다. 서울을 떠나기 전 직원을 시켜 미리 통으로 빌려 놓았던 펜션이었다. 어차피 시설이야 어딜 가도 고만고만하니 허접할 것 같아 개중에서 가장 신축 건물을 찾아냈다. 과분할 만큼 웃돈을 줬기 때문에 주인이 모습을 보이며 귀찮게 구는 일은 전혀 없을 거다.

시골에 도착해서 바로 펜션으로 오지 않고 노인의 집에서 하룻밤을 묵었던 건 청소가 덜 되었기 때문이었다. 호기심 어린 눈으로 마당 구석에 자리한 텃밭을 구경하던 버들이 황 대표의 뒤를 따라 안으로 들어갔다. 펜션 내부를 살피는 황 대표의 눈초리가 깐깐하다. 같이 일한 지 오래된 전담 비서가 알아서 챙겼을 제 옷과 필요한 물건들이 각도 맞춰 잘 정리되어 있다.

욕조는 물론 바닥 타일마저 얼마나 잘 닦였는지 번쩍번쩍하다. 평소 쓰는 목욕 용품들이 모두 새것으로 욕실 벽을 타고 일렬로 나

열되어 있다. 냉장고도 그냥 지나치지 않았다. 바로 꺼내 구워 먹으면 되는 스테이크가 밀봉되어 차곡차곡 채워져 있다. 에어컨과 공기 청정기를 차례로 작동시키는 황 대표의 눈빛이 조금은 누그러졌다. 호텔에 비하면 크기는 당연히 작았지만 그래도 편의성은 고루 갖춰져 있다.

"대표님. 우리 여기서 살아요?"

……우리?

복층으로 되어 있어서 그냥 한 방이나 다름없었다. 황 대표의 곁으로 버들이 주춤거리며 다가갔다. 어제부터 계속 말을 붙이고 있기는 하나 황 대표가 대답해 주지 않고 있다. 그래도 버들은 꿋꿋했다. 그때였다.

"야."

황 대표의 낮은 저음에 버들이 얼굴을 붉혔다.

"너 나가라."

황 대표에게 쫓겨난 버들이 졸래졸래 노인의 집으로 향했다. 조각을 하다가 해가 지자 황 대표가 있는 펜션으로 돌아왔다. 비스듬하게 선 황 대표가 버들을 무심히 내려다봤다.

"너 잘 데 없어."

"저 바닥에서도 잘 자요."

"네 잘나신 스승님 집에 가서 자. 필요할 때 부를 거니까."

"그 방 오늘부터 메주 말리고 있어요."

버들의 말끝이 바닥을 기었다.

"바닥에서 잘게요."

황 대표가 찰나 계산기를 튕겼다. 확실히 외딴곳이라 어딜 잠깐 나간다고 하더라도 길을 안내해 줄 단물이 필요했다. 이어지고 있는 침묵이 버들을 불안하게 만들었다. 메주 냄새를 뒤집어쓸 바엔 확실히 등과 허리가 아프더라도 바닥이 나았다. 또 황 대표님과 함께 있고 싶었다.

"거슬리게 하지 마."

무심한 어조로 흘러나온 황 대표의 말은 곧 허락이었다. 신발을 벗으며 버들이 열심히 고개를 끄덕거렸다.

"네! 저 대표님 거슬리게 안 할게요! 거슬리게 안 할 자신 있어요!"

삐뚤게 벗겨진 버들의 신발 자체부터 거슬렸다. 황 대표가 복층으로 올라갔다. 버들은 구석에 가방을 내려놓고선 얌전히 앉아 있었다. 시간이 유유히 지나갔다. 땅거미가 진 하늘은 어느덧 컴컴해졌다. 하품이 나오는 걸 버들이 손으로 가렸다. 복층에서 뭘 하는지 황 대표가 내려오지 않는다. 주무시나? 자리에서 일어난 버들이 계단 밑에 섰다.

"대표님. 저 먼저 씻어도 돼요?"

누워 있던 황 대표가 버들의 말에 인상을 찌푸렸다. 독립적인 성격이라 남과 뭘 함께 공유한다는 것 자체가 신경을 건드린다. 저게 유 대표의 막냇동생이 아니었다면, 조각과 그림이 내 취향에서 벗어났다면, 살아가면서 전혀 부딪힐 경우가 없었을 거다. 황 대표가 짤막한 한숨을 터트렸다. 싫은 건 싫은 거고 씻으란 말 말고 다른 방도가 없다.

"씻어."

머리 위로 들려온 황 대표의 목소리에 버들의 커다란 눈이 깜박거렸다.

"감사합니다. 그런데요, 황 대표님······."

"왜."

"부탁이 있는데요."

황 대표의 인상이 짙어졌다.

"빌려주시면 갚을 건데요."

"뭘 빌려 달라는 건데."

"갈아입을 옷이요. 저 진짜 갚을 거예요."

"······."

버들이 문을 열고 욕실에서 나오자 수증기가 모락모락 피어올랐다. 씻고 나온 버들의 어깨를 황 대표가 밀쳤다. 체격이나 힘이나 월등하게 차이가 나는 만큼 버들이 두어 발자국 물러나면서 수건을 놓쳤다. 쾅. 세게 닫힌 욕실 문이 황 대표의 성격만큼이나 심술맞다. 버들이 코를 훌쩍였다. 가족과 떨어진 밤, 어쩐지 서럽다.

황 대표가 각도가 틀어진 욕실 용품을 곧바로 정리했다. 저가 쓰는 진동 칫솔 옆에 노인의 집에서 받아 왔을 일회용 칫솔이 꽂혀 있는 걸 발견하고 어이가 없어졌다. 버들의 칫솔을 황 대표가 바닥으로 내던져 버렸다.

"겨울이 형. 뭐 하고 있어?"

─이제 막 퇴근했어. 너 밥은?

"먹었지. 형은?"

-형도 먹었어.

"유 회장님한테 오늘도 혼났어?"

-유 이사님한테.

"큰형한테? 돌아가면서 혼나?"

-안 자고 뭐 해?

자신의 질문에 말을 돌리는 겨울로 인해 버들의 입술이 톡 튀어
나왔다.

"이제 잘 거야."

-이불 꼭 덮고 자라.

"형. 진짜 열흘 뒤에 데리러 올 거지?"

-그래. 약속했잖아. 형이 어떤 남자야? 약속 꼭 지키는 거 알지?

버들이 고개를 주억거렸다.

-황 대표는?

"씻으셔."

-괴롭히면 형한테 일러.

"안 괴롭혀……."

-좋겠네. 내 새끼.

"뭐가?"

-너 좋아하는 황 대표랑 같이 있으니까.

"그렇기는 한데……."

-대답이 마음에 안 든다. 형이랑 떨어져 있어서 슬프다고 해야지.

"끊어."

끊으라는 전화는 안 끊고 황 대표랑 자기가 물에 빠지면 누구부
터 구할 거냐고 겨울이 닦달했다. 대답하지 않고 버들이 통화를 종

료했다. 황 대표의 근사한 골격이 수영으로 만들어졌단 걸 이제는
안다. 겨울이 형이랑 내가 물에 빠지면 수영 잘하는 황 대표님은 누
구부터 구해 줄까?

곰곰이 고민해 보던 버들이 곧 의미 없단 걸 깨닫고선 고개를 가
로저었다. 겨울이 형도 수영을 할 줄 알았다. 어느 누구에게도 민폐
를 끼치지 않기 위해선 물에도 못 뜨는 나부터가 물에 빠지지 않도
록 조심해야겠다.

"아. 맞다. 옷 보내 달라고 해야 하는데."

황 대표가 갈아입을 옷을 빌려주지 않았다. 시무룩하니 주저앉아
있던 버들이 청바지를 무릎까지 오게끔 돌돌 걷었다. 달칵. 문이 열
렸다. 진하게 샴푸 향기가 풍긴다. 황 대표와 단둘이 있단 게 자각
될 때마다 정신이 아득해진다. 그런 버들과 달리 황 대표는 태연했
다. 버들을 아예 없는 취급 하는 중이었다. 냉장고 문을 열어 황 대
표가 시원한 물을 꺼냈다.

"대표님. 저도 물 마셔도 돼요?"

목소리가 너무 작게 나왔다. ······나도 목마른데. 버들이 일어났다.

"······황 대표님."

"거슬리게 하지 마."

신경질적인 황 대표의 시선에 버들의 어깨가 움츠러들었다. 천천
히 뒤돌아 멀어지는 버들을 황 대표가 느릿하게 훑었다. 목선을 시
작으로 어깨와 옆구리, 그 밑의 골반, 발목까지. 난데없이 황 대표
의 눈가가 확 찌푸려졌다. 버들의 발뒤꿈치가 보얗다. 바지를 걷어
올린 통에 드러난 종아리가 일자로 곱게 뻗어 있다. 사내놈이 털 하
나 없이 미끈하다. 피부가 희니 복사뼈가 앙증맞아 보인다.

곱게 자란 재벌가 막둥이가 바닥을 피해 은근슬쩍 소파에 앉았다. 하필 에어컨 바람이 직통으로 쏟아지는 자리다.

"너 일어나."

소파에도 못 앉게 하고. 어차피 에어컨 바람 때문에 오래 앉아 있을 생각도 없었는데. 겨울이 형이 너무나 보고 싶다.

"저기서 아무거나 골라서 갈아입어."

"……진짜요?"

버들의 눈이 동그랗게 커졌다. 옷장을 열어 황 대표의 옷을 구경하는 버들의 표정이 언제 시무룩했냐는 듯 밝다. 그러더니 힐긋 황 대표의 눈치를 살피기도 했다.

……새로 사 놓으면 되니까. 훔치는 거 아니야. 잠시 빌리는 거지. 버들이 주머니에 황 대표의 새 속옷을 꾸역꾸역 집어넣었다. 최종적으로 고른 옷은 전에 보았던 황 대표의 데님 셔츠였다. 목 끝까지 단추를 채웠다. 품이 맞지 않아 꼭 포대 자루를 걸친 것처럼 꼴이 형편없다.

"대표님. 깨끗하게 빨아서……."

"갚지 마."

"이거 저 가져도 돼요?"

버리란 황 대표의 뒷말은 버들의 귀에 들리지 않았다.

"바지는?"

"괜찮아요."

욕실에 들어간 버들이 훔친 황 대표의 속옷을 꺼내 입었다. 같이 들고 온 황 대표의 바지가 크다. 어쩔 수 없이 본인 바지로 도로 갈아입었다. 욕실에서 나오자 황 대표가 버들에게 물병을 건네줬다.

갑자기 왜 이렇게 잘해 주시지? 속눈썹을 깜박거리며 잠시 의심을 하던 버들이 얼른 마른 목을 축였다.

"바지 그거 입고 자려면 불편할 것 같은데."

"아니에요. 괜찮아요. 저 원래 청바지 입고 잘 자요."

비스듬히 고개를 꺾어 황 대표가 버들을 응시했다. 셔츠 길이가 버들의 엉덩이 아래까지 내려와 있었다. 어차피 똑같은 거 달린 사내새끼인데 뭐 거칠게 있나 싶다.

"벗어 봐."

"……네?"

또렷하게 황 대표가 말했다.

"벗어 보라고."

속옷 훔친 거 들킨 거 아냐?

"한 번만 더 말하면, 같은 말 세 번 하는 거야."

"대표님. 있잖아요."

"벗어."

버들이 딱 버클만 풀었을 뿐이다. 못 벗겠다. 새빨개진 얼굴로 다리를 동동 구르는 버들에게 황 대표가 성큼성큼 다가갔다. 버들의 손목을 붙잡아 식탁에 돌려 눕혔다. 납작하게 엎드린 버들이 버둥거렸다. 물기에 들러붙은 바지를 벗기는 게 쉽지 않은지 황 대표의 손길이 거칠었다. 팔을 뒤로 두른 버들이 셔츠를 어떻게든 더 내리려고 노력했다. 황 대표의 사이즈라 속옷이 컸다. 고정이 되지 않았다. 딱 달라붙지 않고 헐렁거리는 속옷이 엉덩이까지 드러낼까 무섭다. 황 대표가 양 손목을 포박해 버들의 허리에 붙였다.

……다 망했어. 바지가 벗겨지면서 낙담한 버들이 이마를 차가운

식탁 위에 붙였다.

바깥에서 매미가 울었다.

버들의 맨다리에 황 대표의 눈빛이 깊어졌다. 저절로 목울대가 일렁거렸다. 손가락은 더러운데 버들의 발가락은 빨아도 될 정도로 투명해 보인다. 언제부터인가 버들이 눈앞에 보이면 가만히 못 두겠다. 싫으니까. 보안 버들의 발뒤꿈치에 황 대표의 손끝이 닿았다. 예고치 못한 접촉에 버들이 숨을 급하게 들이켰다. 종아리를 만지자 얼마 붙어 있지 않은 살이 말랑거린다. 주무르는 대로 버들의 피부에 자국이 새겨졌다. 버들이 다리를 꼬려고 하는 걸 황 대표가 방해했다. 보드랍고 여린 버들의 피부를 보고 있자니 턱 전체로 뻣뻣하게 힘이 들어갔다.

쿵, 소리에 황 대표가 눈을 떴다. 여름이라 해가 일찍 떠 시야가 밝았다. 아래를 내려다보니 굴러다니던 버들이 벽에 부딪힌 모양이었다. 목부터 어깨까지 뻐근하다. 근처에 수영장이 있으려나. 당연히 없을 거다. 낮게 욕을 내뱉으며 계단을 내려가는 황 대표의 발에 뭐가 밟혔다. 아침부터 짜증나게. 버들이 빨아서 계단에 널어놓은 양말과 천 하나가 후드득 바닥으로 떨어졌다. 비누로 빨았나 보다. 양말과 천에선 비누 향이 풍겼다. 황 대표의 시선이 양말을 지나쳐 다른 천에서 오래 머물렀다. 뭔가 싶었다. 집어 들고 보니 팬티다.

······엄청 작다.

비웃음 뒤에 황 대표가 짤막한 한숨을 터트렸다. 속옷을 빨았다는 건 속옷을 안 입었단 뜻인가? 어제 버들의 바지를 직접 벗겨 놓고도 모르겠다. 욕실을 향하던 황 대표의 걸음이 방향을 틀어 버들에게로 향했다. 몸을 낮춰 버들이 입고 있는 제 셔츠를 들추자 예상과 달리 속옷이 보였다. 브랜드를 통해 그게 자기 속옷이란 걸 알아차린 황 대표의 인상이 구겨졌다.

헐렁거리는 틈 사이로 버들의 연한 살덩이가 비쳤다. 털이 없어 노출되는 범위가 그대로 무방비하다. 속옷 사이즈가 커서 굳이 잡아 내릴 필요도 없겠다. 속으로 손을 집어넣으려는데 낯선 간지러움 때문인지 버들의 눈이 번쩍 뜨였다. 갑자기 마주친 시선에 놀랐는지 마른 몸이 움찔 튀었다.

"대표님. 뭐 하세요?"

가느다란 버들의 목소리가 더듬거리며 물었다.

"보려고."

"……네?"

"본다고."

"어디를요?"

"안에."

있는 힘껏 버들이 황 대표를 밀치고 일어났다.

"안 돼요!"

욕실로 숨으러 들어가는 버들의 뒷모습을 보며 황 대표가 나른히 입술을 핥았다. 버들의 종아리에 시퍼런 이빨 자국이 나 있었다. ……어깨랑 목도 물어도 되겠다. 어차피 둘인데. 자국 난다고 누가 보겠어.

스트레스가 조금은 해소된 기분이다.

＊　　＊　　＊

쪼그리고 앉아 있던 버들이 무슨 생각에선지 벌떡 일어났다. 손에 들고 있던 망치와 끝까지 미련 없이 내려놨다. 그러고는 턱을 잡아당겨 제 모습을 살폈다. 앞치마가 하필 검정색뿐이었다. 조각하면서 휘날린 하얀 돌가루들이 들러붙은 게 눈에 잘 띈다. 황 대표와 함께하는 시골 생활에서 자연스레 배우게 되었다. 보고 싶은 마음이 아무리 앞선다고 해도 이대로 갔다간 황 대표에게 절대 좋은 소리 못 듣는다. 앞치마부터 벗어 던진 버들이 꼼꼼히 손을 씻었다. 어딜 가는지 묻는 스승님께 버들이 대답 대신 씩 웃어 보였다.

도착한 펜션 문을 열었다. 식탁에 앉아 노트북을 들여다보고 있는 황 대표가 눈에 들어왔다. 황 대표의 얼굴을 보자마자 조각하느라 힘들었던 게 싹 가셨다. 버들이 얌전히 문을 닫고 다시 스승님 댁으로 발길을 돌렸다.

노부인의 요구대로 버들이 염색된 천을 빨랫줄에 걸었다. 햇볕이 따사로운 만큼 버석하게 마를 거다. 버들이 제 허리께를 주먹으로 두드렸다. 하도 굽히고 있었더니 저릿저릿하다. 노부인이 고생했다며 오디즙을 꺼내 왔다. 새콤하고 달콤한 냄새에 버들의 표정이 환해졌다. 잘 마시겠단 감사의 인사부터 했다. 막상 입에 대려고 하니까 생각나는 사람이 있다. 어딜 가냐고 묻는 노부인에게 버들이 환하게 웃으며 곧 돌아오겠단 말을 남겼다. 뜀박질까지는 아니고 조금 빠르게 속도가 붙은 걸음을 따라 버들의 머리카락이 신나게 들썩거렸다.

버들이 펜션 문을 열었다. 황 대표는 여전히 노트북을 들여다보고 있는 중이었다. 황 대표를 에둘러 싼 주변 공기가 고고하다. 작품처럼 품위가 느껴졌다. 아는 척을 하려다가 말았다. 지저분한 제 꼬락서니에 선뜻 안까지 들어가지 못하고 버들이 들고 온 컵을 바닥에 내려놨다.

"대표님. 황 대표님."

불러도 대답이 없다. 이젠 괜찮다, 이것도 적응돼서.

"이거 드세요."

"……"

"남자 몸에 좋아요. 아, 여자 몸에 좋나?"

"……"

"어쨌든 몸에 좋은 거래요."

"……"

"대표님. 이따가 봬요."

문을 닫자마자 금방 보고 싶다.

열심히 조각하다가 말고 펜션에 뛰어가 황 대표가 있는지 확인하고, 천에 염색물을 들이다가 말고 펜션에 뛰어가 보고 싶은 황 대표를 감상하고. 뜨거운 날, 틈만 생겼다 하면 두 집을 왔다 갔다 하는 통에 버들의 목덜미를 타고 쉴 새 없이 땀방울이 흘러내렸다. 그걸 버들이 손등으로 대충 훔쳤다.

여기에 있는 동안만큼은 황 대표님이 보고 싶으면 언제든지 볼 수 있다. 꿈같은 현실이다. 이게 현실이 아니라, 정말 한여름 밤의 꿈이라면 얼마나 행복할까. 뛰어가서 안기게.

"이거, 맛있는 건데……"

땅거미가 질 때쯤 모든 일을 끝낸 버들이 펜션으로 돌아왔다. 문 앞에 뒀던 오디즙이 그대로다. 황 대표가 제 뜻대로 그걸 마셔 주지 않은 게 아쉬워 물끄러미 응시하던 버들이 욕실로 향했다. 조각도 하고, 천 염색도 하고. 바빴던 만큼 지저분해진 황 대표의 데님 셔츠를 벗어 힘껏 펄럭거려 먼지를 털어 냈다. 새 칫솔을 뜯어 입에 물고선 버들이 욕조 틀에 걸터앉았다. 이거면 되려나? 필요한 물건들을 문자로 적어 겨울에게 전송했다. 그러자 전화가 걸려 왔다. 거품이 가득한 입안을 얼른 헹군 뒤 형, 밝게 겨울을 불렀다.

─옷이 없으면 벗고 있어?

"아니. 옷 입고 있지."

─옷 없다면서. 무슨 옷을 입고 있어?

"황 대표님 셔츠랑 황 대표님 양말이랑 황 대표님 속옷이랑."

─그 새끼가 그걸 전부 순순히 빌려줬어?

"응. 근데 빌려준 건 아니고, 나 가지래. 돌려주지 말래."

─진짜야?

"내 말이 맞지? 황 대표님, 착하시다니까."

새치름하게 버들이 대꾸했다. 말하기 전에 미리 옷 같은 걸 챙겨 보냈어야 했는데 세심하지 못했던 겨울의 사과에 버들이 고개를 끄덕거렸다.

─황 대표 바꿔 봐.

"황 대표님?"

버들이 우물쭈물했다.

"나 지금, 욕실이야."

─씻는 중이었어?

"아직 씻기 전이야."

—뭐가 문제야 그럼. 빨리 황 대표가 바꿔 봐.

재차 황 대표를 바꿔 달란 말에 하는 수 없이 버들이 벗어 뒀던 데님 셔츠를 걸쳤다.

"대표님."

근처까지 와서 저를 부르는 버들에게 황 대표의 고개가 돌아갔다. 분명 아침에 씻고 나왔을 때는 뽀얗기만 하더니 밖에 나가 있는 동안 머리부터 발끝까지 꼬질꼬질해진 채 돌아왔다. 통째로 불순물이 따로 없다. 그런 제 생각에 동의하듯 근처에 있던 공기 청정기가 저절로 작동됐다. 신경이 날카로워진다. 안 보이는 곳으로 좀 꺼지라고 손을 휘저으려는데 버들이 대뜸 들고 있던 핸드폰을 내밀었다. 유 대표의 목소리가 들리는 것에 화를 누그러뜨린 황 대표가 핸드폰을 가져갔다. 서로의 손끝이 살짝 부딪혔다. 그 짧았던 접촉에 버들은 긴장했고, 황 대표는 불쾌해했다. 버들이 뒤로 물러났다. 통화가 언제쯤 끝날까 기다리느니 씻고 나오는 게 낫겠다. 깨끗해져야지만 곁에 있는 걸 황 대표님이 너그러이 봐주시니까.

—유배당하니까 어때?

"일주일 안에 일 좀 마무리해."

—나도 버들이 때문에 최대한 빨리 일을 마무리시키고 싶어.

"그럼 해."

—시기상조야. 알잖아.

"편한가 봐?"

—새끼야. 나는 여기서 지금 욕을 바가지로 얻어먹고 있어.

나라고 뭐 편한 줄 아냐면서 유 대표가 욕을 지껄였다. 두 대표가 나란히 미간을 짚었다.

"여기 근처에 수영장 있어?"

황 대표의 속없는 물음에 유 대표가 헛바람을 켰다.

-황 대표님.

"수영장 있냐고. 물었잖아."

-휴가차 거기 가 있는 게 아니거든요. 네가 왜 거기로 유배 갔는지 모르겠습니까?

"호텔도 없어?"

-시골 촌구석에서 네가 아직도 정신을 못 차렸구나. 삼시 세끼 감자만 먹어 봐야 정신을 차리겠어?

황 대표의 인상이 험악하게 구겨졌다. 여기서 며칠 동안 구겨져 있어야 하는지 뚜렷하게 일정이 정해진 게 아니라 답답하다. 청량한 풀벌레 소리가 심히 언짢다. 잘하면 여기에 있는 동안, ……욕구 불만으로 죽을 수도 있겠다.

*   *   *

모락모락 수증기가 핀다. 씻고 나온 버들의 머리 위로 황 대표가 던진 옷가지들과 새 속옷이 우수수 떨어졌다. 유 대표가 당부하는 통에 어쩔 수 없었다. 흘러가는 레퍼토리는 뻔했다. 육아란 자고로 공동으로 해야 한다며 뻔뻔하게 억지를 피우는데 진짜 질린다. 물론 육아는 공동으로 해야 한다는 말에 반박할 생각은 없다. 그런데 그 육아를 왜 자신이 공동으로 해야 하는 건지 모르겠다. 그것도 다 큰 사내새끼를.

버들이 빠끔히 눈을 떠 황 대표를 바라봤다.

"이게 다 뭐예요?"

"입어."

"그래도 돼요?"

마주친 황 대표의 시선이 매섭다. 버들의 어깨가 바짝 움츠러들었다. 더 말을 붙이는 대신, 바닥에 떨어진 옷을 살폈다. 안 그래도 입었던 옷을 또 입어야 해서 찝찝했었는데. 저를 위해 황 대표가 먼저 옷을 꺼내 준 게 기뻤다. 버들은 겨울의 입김이 들어갔단 걸 알지 못했으니, 순전히 황 대표의 친절인 줄로만 착각했다. 무심코 호선을 그리려는 입술을 버들이 얼른 말아 물었다.

"잘 입을게요."

낮게 인사한 후 황 대표가 준 옷들을 주워 모아 버들이 다시 욕실로 들어갔다. 황 대표의 옷이기도 하면서 저 입으라고 황 대표가 직접 골라 준 옷이기도 했다. 그게 뭐라고 버들이 한참 구경했다. 옷에 얼굴을 파묻고 냄새를 들이켜자 황 대표의 향수 냄새가 은은히 저에게로 옮겨 온다.

08. 비 오는 날 흙냄새 *(1)*

버들이 재잘거렸다. 오늘 한 작업의 결과물을 황 대표에게 보고
하는 중이었다. 기술적인 용어들이 섞였다. 황 대표의 눈썹이 꿈틀
거렸다. 그래서 뭐. 잘됐단 거야. 어쨌다는 거야. 황 대표의 무심한
태도에 버들의 말이 점점 줄어들었다.

"내일 같이 가서 보실래요?"

"바빠요."

"아. 그럼…… 제가 내일은 사진 찍어 올게요."

"네."

짧게 뚝뚝 끊어지는 황 대표의 대꾸에도 버들의 표정은 헤실헤실
풀렸다. 버들이 가방을 열어 노트와 색연필을 꺼내 왔다. 나란히 앉
고 싶은 걸 꾹 참았다. 황 대표와 사선 방향에 버들이 의자를 빼고

앉았다.

"그릴 수 있겠어요?"

태블릿에 담긴 내용을 버들이 빤히 들여다봤다.

"이것도 영화에요?"

배경이 봄이다.

"황 대표님이 쓰신 거예요?"

"그릴 수 있겠어요, 없겠어요?"

까칠한 황 대표의 말투에 버들이 얼른 고개를 끄덕거렸다.

"있어요!"

텅 비어 있던 노트에 윤곽이 잡히면서 곧 그림이 채워졌다. 불친절할 정도로 황 대표가 짧게 적어 놓은 내용에도 버들의 손은 머뭇거림이 없었다. 몇 되지 않는 색깔의 색연필로 버들이 그려 놓은 그림은 모자람 없이 넉넉했다.

"대표님. 아침에 친구한테 전화가 왔었는데요."

"친구 누구?"

"정민이라고. 전에 카페에서 보신 적 있죠? 운동한다던."

"⋯⋯전화 왜 했어요?"

"아. 날씨가 안 좋아서 새벽 훈련이 취소됐대요. 할 일 없으면 전화 자주 해요. 여기는 되게 맑잖아요. 근데 서울은 흐리대요. 바람도 세게 불고."

황 대표가 턱을 괴었다. 권태롭게 감겼다가 뜨이는 눈꺼풀에 버들의 모습이 간혔다. 입 짧을 때부터 알아봤다. 위로 줄줄이 다섯이나 있는 제 형들과 비교해 봤을 때 버들은 크다 말았다. 저한테 딱 맞는 티셔츠가 버들의 마른 몸에는 참 볼품없을 정도로 헐렁거린

다. 물기가 어려 있는 볼이 촉촉하다. 가늘고 긴 목에 저도 사내라
는 듯 또렷하게 도드라진 버들의 목젖을 황 대표가 한참을 바라보
았다.

고심하던 버들이 색연필 색깔을 바꿔 들었다. 그 움직인 탓인지
버들의 티셔츠가 한쪽으로 축 기울어졌다. 금방이라도 어깨가 드러
날 기색이다. 저도 모르게 동요한 황 대표가 주먹을 꽉 쥐었다가 서
서히 풀었다. 수영을 못 해서 그런 걸까? 두껍게만 쌓여 가는 체력
을 어디에 풀어야 할지 모르겠다.

시골 촌구석이고, 단둘이다. 망설여야 할 이유가 전혀 없다.

의자를 밀고 일어난 황 대표가 버들의 팔을 움켜쥐어 사납게 끌
어당겼다. 억지로 일으켜 세워지면서 버들이 색연필을 놓쳤다. 황
대표의 바지를 입고 있었다. 그게 금방이라도 흘러내릴 것 같아 버
들이 서둘러 추슬렀다.

"대표님!"

"왜."

식탁에 눕히려는 걸 버들이 다리에 힘을 주고 버텼다.

"그게……."

"할 말 없지."

"아닌데요. 할 말 있어요."

없을 거 뻔하다. 황 대표가 쉽게 안아서 저를 식탁에 올려 버리
는 것에 버들의 눈이 동그랗게 커졌다. 식탁은 좀……. 황 대표의
노트북을 건들 위험이 있고 그림이 구겨질 수도 있다. 눕혀지고 나
면 황 대표의 몸에 깔려서 반항이 어려워진다. 반항을 하려면 지금
해야 했다. 버둥거리던 버들의 무릎이 우연치 않게 황 대표의 복근

을 쳤다.

일순 주변이 싸늘해졌다. 정작 맞은 황 대표는 별 타격이 없었는데 버들은 말도 못하게 당황했다. 아프실까? 아프시겠지? 걱정이 점점 커진다. 버들이 떨리는 손끝으로 황 대표의 배를 쓰다듬었다. 단단한 근육이 만져지면서 황 대표의 힘이 고스란히 전해졌다.

"대표님. 아파요?"

"……너 혼나야겠다."

버들이 고개를 끄덕였다.

"많이 아파요?"

제 장골 근처에 닿아 있는 버들의 손을 황 대표가 치웠다.

"대표님, 있잖아요."

"어."

"왜 눕혀요, 저?"

왜 눕히겠어. 눕히고 싶으니까 눕히는 거지.

"아침처럼 속옷 속 보여 달라고 할 거 아니시죠?"

버들의 물음에 여유가 없다.

"바지 벗기지 마세요."

황 대표가 잡고 있는 버들의 손목을 놓았다. 그렇다고 음습한 황 대표의 시선에서 버들이 완벽히 자유로워진 건 아니었다.

"그럼 어디 물어도 돼?"

"……아. 무실 거예요?"

버들이 선뜻 소매를 돌돌 걷었다.

"팔."

이미 버들의 팔 안쪽은 잇자국이 난무해 너덜너덜한 걸레짝이 되어 있었다.

"다리는?"

"다리? 바지만 안 벗기면 다리도 돼요."

유순한 얼굴이 기가 막힌다.

"목은?"

"목?"

제 목을 버들이 무심결에 만졌다.

"돼요."

황 대표가 낮게 웃음을 터트렸다. ……꼴통 새끼 진짜.

"그럼 누워."

"대표님. 식탁은……."

"어디 눕고 싶은데."

황 대표를 살짝 비켜 식탁에서 내려간 버들이 부엌을 빠져나갔다. 그리고 바닥에 발라당 누웠다. 그 모습에 황 대표의 입꼬리가 위로 올라갔다. 유흥거리가 하나도 없는 시골 바닥에 장난감 하나를 손에 쥔 기분이다. 섹스 토이까지는 자격이 한참 미달이고.

느릿하게 버들의 곁으로 걸어간 황 대표가 누워 있는 버들을 확일으켜 벽에 몰아세웠다. 일정했던 버들의 호흡이 몰려드는 긴장감으로 단박에 흐트러졌다. 황 대표가 움푹 파인 버들의 쇄골을 한참 구경했다.

얼마나 시간이 지났을까.

버들의 목으로 황 대표의 입술이 떨어졌다. 연약한 살갗을 뚫을 것처럼 사정없이 요동치는 버들의 맥박이 고스란히 전해진다. 버들이 질끈 눈을 감았다. 타인의 입술을 목에서 느껴 보는 건 태어나

생전 처음이었다. 떨려서 미치겠다. 다리가 절로 후들거린다. 누워 있었으면 좀 나았을 텐데. 쓰러지지 않으려고 버들의 손이 애타게 벽을 긁었다. 조금이라도 빨리 이 순간을 벗어나고 싶다.

버들이 날카롭게 이를 세울 황 대표를 기다렸다. 그렇지만 바람과 달리 입을 벌린 황 대표가 혀를 꺼냈다. 낯선 간지러움이 못 견딜 정도다. 소리를 내지 않으려 버들이 얼른 이를 꽉 깨물었다. 한바탕 소나기라도 퍼붓는 걸까. 황 대표가 쫀득하게 피부를 빨아들이면서 내는 소리에 꼭 온몸이 젖어 버리는 기분이다. ……아. 희미하게 신음이 샜다.

황 대표가 몸을 떼자 버들의 몸이 주르륵 흘러내렸다. 그런 버들의 목덜미 전체가 붉어지고 귓불까지 축축해져 있다. 꼴사납게. 가빠진 숨을 고르고 있는 버들의 머리 위로 조롱 섞인 황 대표의 비웃음이 들려왔다.

식탁 의자에 앉은 황 대표가 태연히 버들을 쳐다봤다. 몽롱한 시선의 버들이 마음에 들지 않아 속이 긁혔다. 자신과 똑같은 샴푸를 쓰는 건데 버들의 머리카락에서 나는 냄새가 다소 생소하게 다가왔다.

황 대표가 색연필 케이스를 버들이 있는 방향으로 내던졌다. 케이스 소재가 철이었다. 바닥에 뒤집혀 떨어지면서 큰 소리가 났다. 충격에 버티지 못하고 약한 색연필 심이 여러 개 부러졌다.

"와서 일해."

"어때요?"

여태 그리고 있던 그림을 버들이 황 대표 쪽으로 밀어 보여 줬다.

그림을 그리는 동안 버들은 계속 재잘거렸다. 꼭 새가 지저귀는 것과 느낌이 비슷했다. 시끄러웠단 뜻이다. 버들의 입에서 나온 말들은 주로 황 대표가 쓴 시나리오로 만들어진 영화에 관한 것이었다. 어떤 영화의 어떤 장면에서 느꼈던 감동과 감상을 버들이 꾸미지 않고 털어놓았다. 허투루 보지 않았나 보다. 주인공의 감수성에 빠져들지 않은 이상 그냥 지나칠 수 있을 법한 장치들을 발견해서는 왜 그랬는지 의도를 물어 오기까지 했다. 그게 꽤 흥미로웠다.

전에도 똑같은 생각을 했었다. 꼭 자신의 머릿속에 들어갔다가 나온 것 같다. 흐드러지게 핀 벚꽃과 개천의 구조를 보며 황 대표가 턱을 끄덕거렸다.

"잘 그리네."

버들이 찰나 숨을 참았다. ……잘 그리네? 칭찬이었다. 황 대표에게 칭찬을 받다니.

웃음을 참지 못하고 미소를 띤 버들의 얼굴을 황 대표가 물끄러미 바라봤다. 티끌 없이 맑았던 버들의 목에 핏줄이 터져 진한 자국이 만들어졌고 한쪽 귓불은 빨려서 퉁퉁 부어 있다. 그래도 좋단다.

"버들 씨."

"네?"

"너처럼 살면 세상 참 쉽겠어요."

"뭐가요?"

"생각이 없잖아. 멍청해서."

생각 많은데. 생각이 넘쳐 나서 어제 새벽까지 잠도 설쳤는데.

"남자 뒤꽁무니나 따라다니고."

"……여기는, 제가 따라오고 싶어서 따라온 거 아니에요. 형이 가래서……."

"넌 내가 아닌 다른 사람한테도 팔이건 다리건 목이건 물라고 대 줬을 거야."

버들이 노트 귀퉁이를 내려다봤다.

"저 아무나한테 안 그래요."

엷게 버들이 웃었다. 무리해서 웃은 탓에 어색해 보인다.

"저는 대표님, 좋아해요."

울렁거리는 마음을 붙잡고 버들이 고백했다.

"그렇게 살면 가족들한테 안 미안해요?"

"……제가 대표님 좋아하는 게, 가족들한테 미안해야 할 일이에 요?"

"응. 당사자인 나한테는 무릎 꿇고 빌어야 할 일이고. 너 예뻐해 주는 가족들한테는 미안해야 할 일이고."

"왜요?"

"뻔뻔하네. 호모 새끼가."

큰 눈이 어룽어룽해졌다. 손가락을 얽으며 버들이 차분히 숨을 가다듬었다.

"대표님."

자리를 뜨려던 황 대표가 버들을 내려다봤다.

"아까 저 보고 웃으셨어요."

기가 막힌다.

"내가 언제 널 보고 웃어."

"웃으셨어요, 방금. 얼마 안 됐어요."

"너 보고 웃은 적 없어."

"제가 그림 보여 드렸을 때 웃으셨어요. 다정하게."

"……다정하게?"

황 대표의 미간이 찌푸려졌다.

"또 저 그림 잘 그린다고 칭찬해 주실 때도 분명 대표님 웃었어
요."

버들의 목소리가 떨렸다.

"그 전에도 저 보고 웃으신 적 많아요."

표정에 어떠한 변화도 없이 황 대표의 고개가 비스듬히 기울었
다. 유 대표 동생이기에 몇 번 웃어 준 걸로 지랄이다.

황금빛 노을이 방 안 전체에 내려앉았다. 구불거리는 버들의 머
리카락 끝자락에도. 황 대표의 수려한 얼굴에도. 서로의 눈길이 조
용히 충돌했다.

"사랑해."

순간 달콤하고 낮은 음색이 주변을 물들였다. 버들의 목덜미 전
체가 달아올랐다. 손끝까지 옥쥔다.

"뭐, 이런 말 기대해요?"

"……"

"행여나 너 좋아한단 말 꺼내는 건 그냥 너랑 한 번 자 보겠단 뜻
이고."

"……"

"그럴 일은 평생 없을 거야. 내가 머리에 총 맞지 않는 한."

이 세상에 나랑 자고 싶은 여자가 반이고, 내가 자고 싶은 여자
가 반이다. 그런데 굳이 사내놈을?

돌아서는 황 대표의 태도가 냉랭했다. 복층 계단까지 갔다가 부

억이 있는 쪽으로 황 대표가 고개를 돌렸다. 버들이 목을 더듬거리고 있었다. 더러운 손바닥에 저가 만들어 놓은 자국이 가려졌다. 불쾌하다. 멋대로 만지라고 만들어 놓은 자국이 아니었다. 배알이 꼴린 황 대표가 기껏 버들이 주워 놓은 색연필을 바닥으로 쓸어 버렸다. 버들이 그걸 가만히 보고만 있었다.

두 시간 정도 지났을 때 버들이 자리에서 일어났다. 침이 넘어가는 목구멍이 따끔거린다. 분명 한 공간에 두 사람이 있는 건데 혼자 있는 것처럼 적막하다. 버들이 색연필을 주웠다. 서른세 개여야 하는 색연필이 서른두 개뿐이다. 노란색이 없다. 해바라기의 색이라 아껴 쓸 정도로 애정이 큰 색깔이다. 어디 갔지? 버들이 열심히 주변을 두리번거렸다. 장식장이 의심된다. 버들이 무릎을 꿇고 아래의 좁은 틈을 살폈다. 저만치 굴러 들어간 색연필이 보인다. 다행이다, 찾아서.

버들의 어깨가 축 처졌다.

아무리 노력해도 손이 닿지 않는다.

깨끗한 밤하늘에 콕콕 박혀 있는 별들이 선명하다. 별똥별인지 잇따라 큰 빛이 나타났다가 사라졌다. 버들이 뒤척거림을 멈추었다. 에어컨 바람 때문인지 온몸이 시리다. 잠도 오지 않는다. 최대한 소리가 나지 않게끔 조심하며 버들이 문을 닫고 밖으로 나왔다. 혹 끼치는 자연 바람이 뜨겁다. 버들의 고개가 주변을 둘러보았다. 서울이었다면 또 모를까. 이렇게나 늦은 시각에 집을 나왔다고 한들 갈 만한 곳이 없다. 고요하다. 가로등 조명마저 희미한 시골이었다.

버들의 눈길이 물끄러미 닿은 곳은 마당에 세워진 작은 정자였다. 잠시 제 모습을 점검했다. 버클을 채우고 지퍼를 올렸음에도 불구하고 소용없다. 황 대표에게 빌려 입은 바지가 금방 허벅지를 타고 벗겨지게 생겼다. 버들이 허리춤을 야무지게 움켜쥐었다. 한 발씩 떼는 버들의 걸음이 위태롭다. 바지 길이가 길어 질질 끌리는 탓도 있었고, 운동화 뒤를 편할 대로 꺾어 신었기 때문이었다.

정자에 엉덩이를 붙이고 앉은 버들이 두 다리를 쭉 뻗었다. 그새 해져 버린 바지 밑단이 흙으로 엉망이 됐다. 어차피 흙은 또 묻을 테니까 대충 털다가 말았다. 기둥에 허리를 기대니 편하다. 시골이라 그런가. 새 울음소리와 풀벌레 소리가 아침저녁을 가리지 않고 끊임없이 들려온다. 도시의 여름이 만약 유화라면, 시골의 여름은 왠지 수채화처럼 느껴진다.

사이좋게 지내고 싶은데, 황 대표를 생각하자 입술이 부풀며 한숨이 터졌다. 더운 숨이 앞머리를 건드렸다. 버들이 아까부터 뻐근했던 제 가슴께로 손을 가져갔다. 누굴 좋아한다는 게 정말로 쉬운 일이 아니구나. 마음이 자꾸, 자꾸, 자꾸 커져서 큰일이다. 상대방은 제자리에서 꿈쩍도 하지 않는데 나 혼자서만 안달을 내고 앞서 나간다. 속도는 어떻게 늦추는 거지? 크기는 어떻게 줄이는 거지? 제어하는 방법을 여전히 깨닫지 못한 채다. 감정을 깨닫고, 고백을 하고, 내가 좋아하는 사람이 웃어 주길 바라고. 딱 그뿐이라 소소하고, 소박할 줄 알았더니 전혀 아니었다. 험난하고, 어렵고, 괴롭고, 위험하고, 고생스럽다.

밤이 깊어진다.

"……나빴어."

혼자 내뱉은 투정이 금방 소멸됐다.

「그렇게 살면 가족들한테 안 미안해요?」

가족들 얘기는 왜 해. 버들의 눈썹이 침울하게 처졌다. 집 떠나면 고생이라고, 공연히 서글퍼진다. 버들의 집에선 결혼이란 곧 평생 독립을 의미했다. 집 떠나는 게 싫으니까 장가는 진짜 가고 싶지 않았다. 엉뚱한 걸로 고집을 부려 겨울이 형이 귀찮게 굴거나 문득 혼자 있고 싶어질 때면, 황 대표님이랑 저만 알고 있는 작업실에서 잠시 시간을 보내면 되지 않을까?

지금 당장 아무나 들어가 살아도 문제가 없을 만큼 깔끔히 관리가 되고 있던 오피스텔을 떠올렸다. 황 대표님 인테리어 취향은 어떻게 될까? 자주 들락날락할 예정이니까 곳곳에 식물을 배치해야겠다. 그러면 은연중에 맴돌고 있던 삭막함이 가실 거다. 아, 빨리 서울 가고 싶다. 그래서 작업실 꾸미고 싶다.

버들이 열심히 머리를 굴리는 동안 어느덧 새벽이 찾아왔다. 팔에 맺힌 이슬을 톡톡 손끝으로 튕겼다. 조금은 개운한 공기가 코밑에 스며들어 온몸으로 퍼진다.

황 대표님을 좋아하는 건, 가족들과 전혀 상관없다. 좋아하는 사람이니까. 그래서 가까이 가고 싶은 거고, 닿고 싶은 거고, 보고 싶은 거다. 아주 당연한 일로 가족들한테까지 미안해하지 않아도 된다.

버들이 무릎을 세워 끌어안았다. 좋아한다고 고백하기 전에 좋아해도 되는지 황 대표님에게 먼저 물어볼 것을 그랬나. 감정들이 갈팡질팡하다. 제 스스로 던진 물음표에 버들이 입술을 불퉁하게 삐죽거렸다.

······좋아하지 말라며 거절당했다고 한들, 뭐. 그렇다고 여유로운

몸짓과 권태로운 분위기의 황 대표에게 반하지 않았을 거란 확신이
서지 않는다. 분명 지금처럼 빠져 허우적거리고 있을 거다.

노란색 색연필 따위 필요 없다.

＊　　＊　　＊

황 대표의 숨소리가 거칠다. 30분가량 짧게 계획했던 조깅이 2시
간을 넘어섰다. 생소한 곳이니 돌아오기 쉽게 무조건 직진만 했다.
그게 실수였다. 직진한 길이 올곧지 않고 구불구불거렸다. 비슷비
슷한 집들과 고만고만한 골목들까지 더해 길을 잃고야 말았다. 고
즈넉한 시골 마을 전체를 싸잡아 황 대표가 힐난했다. 그는 한참 만
에야 가까스로 펜션에 도착했다.

마당에 나와 있던 버들이 인기척을 느끼고 고개를 들었다.

호흡을 가다듬느라 황 대표의 상박근이 거세게 들썩거리고 있었
다. 여태 운동을 하다 온 건 황 대표였지만 버들의 얼굴이 더 붉어
졌다. 흐트러진 머리카락과 이마에 땀방울이 송골송골한 황 대표의
모습에 버들의 가슴이 도근거렸다. 마주친 눈빛을 피해 버들이 고
개를 돌렸다. 어딜 가나 했더니 조깅하고 오셨구나. 트레이닝복을
보고 얼추 예상은 하긴 했었다. 다음엔 따라가야지.

침묵이 겸연쩍게 느껴진다. 빨랫감을 너는 중이었다. 하고 있던
일을 마저 끝내기 위해 버들이 빨랫줄을 향해 나머지 한 팔을 뻗었
다. 번갈아 가며 허리를 붙잡아 고정하고 있던 손이 모두 사라지면
서 바지는 뜻밖에 완벽한 자유를 찾았다. 차마 어쩌지도 못할 사이
였다. 버들의 발목까지 주르륵 바지가 흘러내렸다.

"......"

"......"

바람이 휭 불었다. 허벅지부터 무릎까지. 새하얗고 가느다란 버들의 다리가 그대로 드러났다. 황 대표의 시선이 더디게 그걸 훑어 내렸다. 무심결에 허벅지 안쪽을 골라 집요하게 파고들었다. 눈에 보이면 만지고 싶고, 손을 대면 감촉을 더 상세히 느끼고자 입에 넣고 싶어진다.

"아!"

뒤늦게 정신을 차린 버들이 얼른 바지를 추켜올렸다. 박시한 티셔츠가 중심은 가리고 있었으나, 그건 결코 위로가 되지 못했다. 버들이 조마조마한 심정으로 황 대표가 있는 쪽을 바라보았다.

"변태."

소리는 내지 않고 입모양으로만 저를 비난한 황 대표가 안으로 들어갔다.

씻고 나온 황 대표가 스테이크를 구웠다. 홀로 식사를 하는 황 대표의 사선 방향에 버들이 앉아 그림을 그리고 있었다. 달그락거리는 식기 소리만이 고요함을 비집고 틈을 냈다. 버들이 지우개 가루를 잘 모아 휴지통에 버리고 돌아오는 동안 황 대표는 빈 접시를 싱크대에 넣으며 커피를 내렸다.

"식사는."

"스승님 댁에서 먹었어요."

버들이 색을 칠하며 싱겁게 대꾸했다.

오후에 회사 사람들이 다녀갔다. 최대한 조용히 다녀갈 요량이었
는데 황 대표에게 딱 걸려 혼쭐이 났다. 스캔들 건에 대해 족쳐 물
을 줄 알았더니, 황 대표는 현재 촬영하고 있는 영화에 관련해서만
언급했다.

회사 직원들이 놓고 간 제 짐을 확인하던 버들이 인상을 찌푸렸
다. 아, 겨울이 형 진짜. 있는 거 보내 주면 되는데 겨울이 또 낭비
를 잔뜩 했다. 전부 새로운 옷에 새로운 물건들이었다. 포장도 안
뜯겨 있다. 이걸 몽땅 꺼내 정리해 놓기엔 펜션이 터무니없이 좁았
다. 재벌 집 막내 도련님이 로션을 들고 갈팡질팡했다. 어디에 놓
지? 한 번도 켜 본 적 없는 텔레비전 위에 올려 뒀는데 암만 봐도
별로다. 맨발로 욕실에 들어간 버들이 수납장을 열었다. 황 대표의
면도기 옆에 제 로션을 세워 놓고 이어 짐 속에서 전동칫솔을 꺼내
왔다. 일회용 칫솔은 꽂아 놓기만 하면 황 대표님이 버려 버렸었는
데 이건 안 그러겠지? 안 그랬으면 하는 바람이다. 부스럭거리며
버들이 오래된 서랍 깊숙이 속옷을 숨겼다. 옷 같은 건 필요할 때마
다 꺼내면 되니까 박스째로 구석으로 밀어 버렸다.

황 대표가 턱을 괴었다. 굉장히 바빠 보이는 버들의 등을 무연한
눈초리로 좇았다. 어느덧 제 물건들 사이로 타인의 물건들이 어지
럽게 섞였다. 불쑥 불쾌한 감정이 치밀어 올랐다.

"유버들 씨."

대답이 없어 한 번 더 부르려는 순간 욕실 바깥으로 버들의 얼굴
이 빠끔히 내밀어졌다.

"대표님 저 부르셨어요?"

"······."

"아, 전 저 부르신 줄 알고. 잘못 들었나 봐요."

황 대표가 손가락을 까닥거렸다. 부르신 건가? 아닌 건가? 긴가 민가하나 보다. 큼지막한 버들의 눈이 황 대표를 향해 슴벅거린다. 다시금 황 대표의 손가락이 까닥였다. 버들이 그 앞으로 쪼르르 달려갔다.

"가까이 와요."

"……."

"더 가까이."

"……."

주춤거리는 버들이 답답해 황 대표가 손목을 잡고 잡아당겼다. 황 대표의 배려 없는 힘에 잡힌 손이 아릿했다.

"이거 네 옷이야?"

네. 작게 대답을 흘린 버들에게 닿은 황 대표의 눈길이 매섭다. 본인 옷을 입은 거라는데 사이즈가 크다.

"버들 씨. 살 빠졌어요?"

귓가가 화끈거렸다. 황 대표가 살 빠졌냐고 물어볼 때마다 쑥스럽고 낯간지럽다. 버들이 고개를 흔들었다.

"안 빠졌어요?"

"잘 모르겠어요."

버들이 웃었다. 여기는 내 방도 아니라서 체중계도 없고, 중얼거린다. 느슨히 황 대표의 힘이 풀리자 버들이 손목을 비틀어 빠져나왔다. 그때였다. 황 대표가 불쑥 버들의 골반을 쥐어 왔다. 발바닥까지 빠른 속도로 전기가 관통했다. 소스라치게 놀란 버들이 펄쩍 뛰며 뒤로 물러났다. 그래 봤자 나약한 움직임이었다. 황 대표의 단단한 팔이 버들의 등 뒤를 감았다. 움푹 파인 버들의 등골이 만져지자 황 대표가 눈썹을 일그러뜨렸다. 욕을 지껄인 뒤 황 대표가 자기 다리 사이로 버들을 더 바짝 끌어당겼다. 아찔해진 버들이 순간, 황 대표의 어깨를 짚었다. 너무 가깝다. 가슴팍에 황 대표의 코끝이 닿기 직전이다.

"……아."

버들의 골반을 잡고 있는 황 대표의 커다란 손에 그악하게 힘이 들어갔다. 버들의 아랫배가 움찔거렸다. 황 대표가 고개를 비스듬히 꺾었다. 올려다본 버들의 얼굴이 발갛게 달아올라 있다. 바들바들, 미약하게 떨기 시작한 버들이 느껴졌다.

황 대표가 버들을 뒤로 돌려 세운 뒤 옷을 걷었다. 동그란 눈을 크게 뜨며 버들이 숨을 헉, 삼켰다. 꼭 머리 위로 번개가 내리친 기분이다. 혹시나 황 대표가 옷을 벗길까 버둥거리며 버들이 얼른 옷자락을 붙잡았다. 다리가 풀리기도 했고, 또 황 대표의 손을 피하려다 보니까 바닥에 무너져 내릴 수밖에 없었다. 황 대표의 발등을 깔고 앉은 버들이 헐떡거렸다.

눈이 마주쳤다.

"너 살 빠졌어."

*　　*　　*

메일로 도착한 촬영 영상을 황 대표가 확인하는 중이었다. 버들이 그런 황 대표와 에어컨을 번갈아 가며 쳐다봤다. 추워. 손과 발이 너무나 시리다. 그렇지만 함부로 에어컨을 끄면 안 될 것 같다.

하는 수 없이 버들이 체온이 높은 배꼽 근처를 만지작거렸다.

"그림 다 그렸어?"

촬영 영상을 전부 확인한 황 대표가 버들에게 물었다.

"아. 금방 다 그려요."

버들이 다시 색연필을 들었다. 사각사각, 종이에 색연필이 마찰되는 소리가 듣기 좋다.

"여기요."

버들이 그린 그림마다 황 대표의 마음에 들었다. 작정하고 찾아봐도 지적할 만한 데가 없다. 샘플이 이 정도라니. 과분할 지경이다. 결과물에만 치우쳤던 황 대표의 관심이 그림을 그리는 과정으로 번졌다. 버들이 무슨 생각을 하면서 그림을 그리는 건지 궁금하다.

"이걸로 캔버스 작업해요."

"오늘부터요?"

"작업량 기간 맞추는 건 버들 씨가 결정하는 거고."

"아. 그럼 내일부터 할게요."

버들의 입가에 웃음이 감돌았다. 무작정 황 대표의 옆에 있는 게 아니라, 황 대표에게 도움이 되고 있단 게 흡족하다. 버들이 색연필을 단숨에 정리했다.

"어디 가요?"

"조각하러 가요."

신발을 신고 버들이 나갔다. 햇볕이 가장 뜨겁다는 오후 두 시경이었다.

노인의 집과 가까이 다가갈수록 사나운 기계음이 들려왔다. 직접 가서 확인한 기계음의 정체는 톱이었다. 톱질하며 큰 바위를 분리하는 노인의 옆에 찰싹 붙어 있는 버들이 보인다. 돌가루가 튀는지 버들의 눈이 가늘게 뜨이기도 했다. 순간, 황 대표의 속이 울컥했다. 아니, 유버들 저게 어떤 집 새끼인 줄 뻔히 알면서 저따위로 위험한 일을 시킬 수 있어. 노인과 버들은 오랫동안 숙련되어 위험할 게 전혀 없는 상황이었지만 황 대표의 인상은 무섭게 일그러졌다.

"유버들!"

이름을 크게 불러도 기계음에 묻혀 듣지 못 했는지 버들이 여전히 노인을 돕고 있다. 빠르게 걸어간 황 대표가 버들의 뒷덜미를 낚아채 작업 중인 바위에서 멀찍이 떼어 놨다.

"대표님?"

황 대표가 노인을 노려봤다. 갑자기 나타난 황 대표의 분위기가 왜인지 심상치 않다. 스승님과 황 대표를 번갈아 가며 바라보는 버들의 눈동자가 불안함을 띤다. 검버섯 핀 노인의 볼이 노기로 떨렸다. 부엌으로 제 스승님이 사라지자 버들이 얼른 황 대표의 팔을 붙잡았다. 또 애꿎게 소금을 뒤집어쓸까 싶어 바깥으로 황 대표를 잡아끌었다.

"여기는 웬일이세요?"

버들의 얼굴을 황 대표가 잠시 응시했다.

"저 데리러 왔어요?"

치미는 화의 출처를 모르겠다.

"……근처에 슈퍼 있어요?"

가까스로 황 대표가 차분히 성질을 억눌렀다.

"아. 뭐 필요하세요? 제가 사다 드릴게요."

"같이 가요."

"같이? 조금 멀어요."

"괜찮으니까."

황 대표의 채근에 버들이 고개를 끄덕거렸다.

"저 금방 일 끝……."

"지금 앞장서요. 앞치마 벗고."

황 대표의 말을 따라 버들이 팔을 뒤로 꺾어 앞치마 매듭을 풀었다.

"밥 먹었어요?"

"네."

"아침 말고 점심."

"먹었어요."

갑자기 평소 안 묻는 걸 추궁하자 버들이 신경 쓰이는 눈치다.

"버들아."

벗어 둔 앞치마를 보고 노부인이 따라 나왔다.

"아. 저 슈퍼 다녀올게요. 혹시 뭐 필요한 거 있으세요?"

"밥도 안 먹고? 밥은 먹고 가지."

심부름을 시키더라도 애 밥은 먹이고 시켜야지. 황 대표를 힐긋거린 노부인의 시선엔 딱 그 뜻이 내포되어 있었다.

"나중에 먹을게요."

버들의 목소리가 바닥을 기었다.

"아까도 나중에 먹는다고 그랬잖아."

"……슈퍼 다녀와서 꼭 먹을게요."

"어제부터 아무것도 안 먹어서 어째."

거짓말한 게 이런 식으로 들통날 줄 몰랐다.

"얼른 다녀올게요."

난감해진 버들이 황급히 노부인에게 인사하고 황 대표를 지나쳤다. 황 대표가 천천히 버들의 뒤를 따라 걸었다. 바람이 뒤에서 앞으로 부는 중이었다. 옷자락이 버들의 몸에 달라붙어 마른 걸 여실히 드러냈다. 짜증 난다. 왜 나랑 있을 때 살이 빠지고 지랄이야.

유 대표가 곁에 앉아 참견해야지만 마지못해 음식을 입에 넣고 삼키던 버들이 떠오른다. 그때 체중이 감소한 거야 내 알 바 아니고. 나랑 있을 때 마르니까 추후 유 대표가 내 탓이라며 애먼 책임을 뒤집어씌울까 봐 역정이 나는 건지도 모르겠다.

부리부리한 인상의 장승을 지나쳤다. 마을 어디쯤 오니 소란스럽다. 버들이 속눈썹을 깜박였다. 장이 서는 날인가 보다.

"대표님. 혹시 뭐 사실 거예요?"

법석거리는 버들의 호기심을 황 대표가 알아차렸다. 사람 많은 곳은 질색이라 장 구경은 하고 싶지 않았다. 하지만 멀리 떨어져 있는 슈퍼까지 더 걸어가느니 차라리 시장에서 필요한 것을 사는 게 시간도 단축되고 나을 것 같다. 먼저 장이 선 곳으로 걸어가는 황 대표의 뒤를 버들이 서둘러 뒤따라갔다. 길도 좁고, 비릿한 냄새도 나고. 피곤한 황 대표가 제 선택을 후회하며 미간을 구겼다.

"대표님. 빈대떡 좋아하세요? 제가 사 드릴까요?"

"너 앞 좀 보고 걸어."

사방팔방에 정신이 팔린 버들은 앞을 똑바로 보지 않아 사람들에게 치이기 일쑤였다.

"아. 혹시 칡즙 드셔 본 적 있으세요? 저거 엄청 쓴데 몸에는 엄청 좋대요. 제가 사 줄게요. 먹고 갈래요?"

"……."

"황 대표님. 병아리콩이 뭔지 아세요? 저거 잠깐만 보고 가면 안 돼요? 신기할 것 같은데……."

"……."

"저기서 부침개도 파나 봐요. 저는 녹두전 좋아해요. 대표님은요? 좋아하는 종류로 제가 다 사 드릴게요!"

참다못한 황 대표가 걸음을 멈췄다.

"야."

"네?"

"너 내 옆에 서 있지 좀 마."

"……."

동행인처럼 보이기에 버들의 몰골이 심히 엉망이었다. 아, 진짜 거슬리네.

"야."

"네?"

황 대표와 거리를 벌리고 멀어지던 중인 버들이 움찔거렸다.

"너 얼굴에 뭐 묻었어."

거울 볼 틈도 주지 않은 게 누군데. 부루퉁해진 채 버들이 볼을 매만졌다. 전혀 닦이지 않고 오히려 검은 게 더 짙어졌다. 황 대표가 인상을 찌푸렸다. 내려뜨린 시선에 들어온 버들의 손이 지나칠 정도로 더럽다. 욕이 다 나온다. 가까이 다가가자 버들이 피하려 들었다. 아랑곳하지 않고 황 대표가 제 쪽으로 버들을 잡아당겼다. 두 사람의 옆으로 엿장수가 지나갔다. 금방 정신이 팔린 버들의 고개가 쨍강거리는 가위 소리를 따라 돌아갔다. 환장하겠다.

"너 집에서 이러는 거 알아?"

버들이 한숨을 삼켰다. 또 가족 얘기 하실 건가?

"제가 황 대표님 좋아하는 거요?"

"……그걸 집에서 알아요?"

"겨울이 형밖에 모르는데……."

"진지하게?"

"그 정도까진 아니에요."

"동성 좋아하는 게 자랑이야? 다른 데 가서 말하고 다니지 마."

네. 버들이 낮게 대답했다. 다른 데 가서 말하고 다닐 생각, 처음부터 없었다.

"유버들."

시무룩하게 가라앉은 꼴통 새끼를 보고 있자니 절로 한숨이 샌다. 집에서 톱으로 조각하는 거 아는지 모르는지 꼬치꼬치 물을 바에 황 대표는 그냥 입을 다무는 쪽을 택했다. 귀하디귀한 보물일 줄 알았더니 알고 보면 그냥 집에서 내놓은 새끼가 아닌지 모르겠다. 황 대표가 버들을 똑바로 직시했다. 숙여 들이려는 버들의 턱 아래를 붙잡아 살짝 위쪽으로 들었다.

황 대표에게 턱이 잡힌 버들의 입술이 조금 벌어졌다. 빳빳하게 굳어 버린 채 버들이 속눈썹만 하염없이 깜박거렸다. 샘물이 고인 것처럼 눈동자가 맑기도 하다. 이것도 다 멍청해서 그런 거라며 황 대표가 인상을 썼다.

"눈 감아."

"왜요?"

"감아. 빨리."

질끈 감긴 버들의 눈가가 파르르 떨렸다. 제 셔츠 소매로 황 대표가 버들의 얼굴을 닦아 줬다. 기왕 닦아 줄 거면 좀 살살 닦아 주지. 사정없이 벅벅 문지르는 바람에 버들의 하얀 얼굴이 얼룩처럼 붉어졌다. 딱 그 부위만 체온이 뛰었다. 눈을 뜸과 동시에 황 대표가 멀어졌다. 각이 진 어깨가 넓다. 가만히 멈춰 선 버들이 코를 훌쩍거렸다. 황 대표가 닦아 준 제 볼을 하루 내내 만졌다.

오일장에서 황 대표가 구입한 건 쌀이었다.

*　　*　　*

씻고. 머리를 말리고. 외출 준비를 끝냈다. 오늘도 날씨가 맑다. 신발을 신고 막 나가려는 버들을 황 대표가 붙잡았다.

"밥 할 줄 알아요?"

"할 줄 알아요."

"그럼 해."

부잣집 막둥이에서 갑자기 주인집에 얹혀사는 업둥이 신세가 되어 버린 버들이 군말하지 않고 팔을 걷어붙였다. 쌀을 담아 씻을 만한 그릇을 찾느라 버들의 고개가 두리번거렸다. 찬장 제일 꼭대기에서 마땅한 걸 찾아냈다. 그 아래에 선 버들이 팔을 쭉 뻗었다. 닿지 않았다. 176cm는 결코 작은 키가 아니다. 긍지를 갖고 다시 힘껏, 있는 힘껏, 버들이 팔을 뻗어 보았다. 역시 닿지 않았다. 소파에 권태롭게 앉아 유 대표가 보내온 서류들을 확인하던 황 대표가 버들의 하는 양을 지켜봤다. 버들이 까치발을 들었다. 중심 잡는 모습이 어째 좀 아슬아슬하다. 움푹 파인 버들의 아킬레스건이 도드라졌다.

깔짝거리던 버들이 슬쩍 뒤를 돌아봤다. 황 대표님은 저보다 키가 훨씬 크니까 쉽게 그릇을 꺼낼 수 있을 것 같다. 하지만 서류를 보는 황 대표에게 방해가 될까 봐 버들이 부탁하는 걸 망설였다. 잠시 정적이 흘렀다. 버들의 시선이 자신에게서 달아나자마자 황 대표가 숙였던 고개를 들었다. 그릇을 꺼내 달라고 버들이 부탁해도 들어줄 요량이 전혀 없었다.

"대표님. 의자 써도 돼요?"

"……."

"의자 잠깐만 밟고 닦아 놓을게요."

"……."

대꾸 좀 해 주지.

"……."

"……."

걸어오는 말은 전부 무시하면서 황 대표는 버들이 어떻게 하는지 지켜봤다. 찬장 아래에서 팔을 허우적거리던 버들이 번쩍 떠오른 생각에 밖으로 뛰어나갔다. 금방 되돌아온 버들의 손에는 어디서 주워 온 건지 콩 주머니가 들려 있었다. 그걸 찬장을 향해 내던졌다. 그 바람에 겹쳐져 있던 냄비들이 전부 다 와르르 쏟아지면서 큰 소리가 났다. 난리 통 속에 버들이 태연한 모습으로 원하는 걸 골라냈다. 황 대표가 헛웃음을 켰다. 황당하다.

"어디 가서 성격 좋단 말 못 듣죠?"

갑자기 들린 황 대표의 목소리에 버들이 휙, 뒤를 돌았다. 근처까지 황 대표가 걸어왔다. 시끄럽게 해서 화를 낼 줄 알았더니 그건 아닌가 보다. 버들이 안도했다. 주변에 흩어진 냄비들을 황 대표가 원래 있던 곳에 집어넣었다. 어지럽혀져 있는 건 딱 질색이다.

"진짜 할 줄 알아요?"

"밥이요? 저 잘해요."

자신 있게 말한 버들이 이내 쌀을 조물조물 씻었다.

그림을 그리다가 취사가 완료됐단 알림에 밥통을 열었다. 윤기가 좌르르 흐른다. 주걱으로 휘젓다가 손에 묻은 밥풀을 버들이 오물거리며 먹었다. 스테이크만 드시더니 쌀을 드실 때도 있구나. 황 대표에 관해 새로운 걸 알게 됐다. 버들이 밥을 소담스럽게 퍼 담은 밥그릇을 식탁 위에 올려놨다. 김이 모락모락 핀다.

"그럼 다녀올게요."

"……어딜."

"스승님 댁에요."

"조각하러 가는 거야?"

"네."

웃는 버들의 눈꼬리가 휙 휘어졌다.

"밥도 안 먹고 무슨 조각이야."

"스승님 댁에 가서 먹으면 돼요."

운동화를 구겨 신고 있는 버들의 뒷덜미를 붙잡아 황 대표가 식탁으로 데려갔다.

"앉아."

"……."

"앞으로 내가 보는 데서 식사해요."

황 대표가 협박처럼 말했다. 버들이 숟가락을 들기까지 한참이 걸렸다. 입맛이 없었다. 그리고 황 대표가 몸 여기저기를 세게 물어 올 때마다 소리를 내지 않고자 이를 꽉 깨물고 버텼던 통에 입안이 조금 헐기도 했다. 겨우 한 수저 떴다. 모래알을 씹는 것 같다.

"대표님도 드세요."

"네가 한 밥을 어떻게 먹어."

"······제가 한 게 어때서요."

아까 쌀을 씻을 때 황 대표의 눈빛을 언뜻 봤다.

"제 손, 더러워서요?"

버들이 주춤거리며 주먹을 말아 쥐었다. 뜯기고 갈라진 손톱이 감춰졌다. 나른한 황 대표의 목소리가 들렸다.

"네. 저 비위 약해요."

온종일 조각만 하고 돌아온 버들이 가족들에게 차례차례 안부 전화를 돌렸다. 장 여사와는 무려 50분이나 통화했다. 핸드폰이 뜨끈뜨끈하다. 버들이 겨울의 번호를 찾아 통화 버튼을 눌렀다. 뭐야. 아까도 부재중이더니 지금도 부재중이다. 버들이 작게 한숨을 내쉬었다. 철없는 형이 사고치고 다니기 전에 감시해야 하는데. 분명 나 없는 틈을 타 마음대로 외박을 해 대며 아주 살판이 났을 것이다.

일찍 다니란 메시지를 버들이 겨울에게 전송했다. 전화는 받지 못하지만 메시지는 확인할 수 있는지 이윽고 겨울에게서 온갖 색색별 하트로 꽉 찬 화면이 답장으로 날아왔다. 버들의 턱 아래에 작게 호두가 생겼다. 난리가 난 하트들이 무슨 뜻인지 알쏭달쏭하다. 일찍 다니겠다는 거야, 말겠다는 거야?

[형. 어디야?]
[돈 버는 중이야.]

그럼 회의 중이라 전화를 못 받나?

[회사야? 회의하고 있어?]
[어떻게 알았어?]
[형은 내 손바닥 안이야. 집에 일찍 들어가.]
[뽀뽀나 하자.]

대화의 흐름이 못마땅한지 버들이 인상을 찌푸렸다. 집에 일찍 들어가겠단 대답을 겨울이 이리저리 피하고 있는 게 느껴졌다. 그때 사진이 도착했다. 버들의 기다란 속눈썹이 빠르게 깜박거렸다. 뭘까 싶어 곧바로 사진을 확대했다. 겨울의 글씨체로 서류 귀퉁이에 뭔가 적혀 있었다. 자필 편지라니. 겨울이 형……. 그간 떨어져 있던 핏줄에게 그리움과 애틋함이 섞였다. 그렇지만 그 찡한 감정은 순식간에 사라졌다.

[이 편지는 영국에서 시작됐고 넌 앞으로 넷째 형과 일곱 번 뽀뽀를 하지 않으면 삼대가 재수 없을 줄 알아라.]

열 받아. 답장을 보내려는데 핸드폰 화면이 갑자기 새까매졌다.

배터리가 아슬아슬하더니만.

무릎으로 걸어간 버들이 핸드폰에 충전기를 연결시켰다. 뉴욕에 있었던 3년보다 여기 시골에서 머물고 있는 며칠이 훨씬 더 오래된 기분이 든다. 문득 제 방에 숨겨 놓고 온 보물들이 생각났다. 대표님 주려고 산 머플러와 대표님이 주신 치즈케이크 리본에 먼지가 쌓이진 않았을까 걱정이다. 그렇다고 남에게 확인해 달라고 부탁하는 건 싫다. 사진이라도 찍어 올 걸 그랬네.

고개를 돌려 바라본 창밖으로 어둠이 번지고 있었다. 노곤한 버들이 일찍 이불을 깔고 누워 베개를 벴다. 처음엔 벽을 보고 누웠다가 스리슬쩍 방향을 돌렸다. 버들의 눈에 황 대표가 담겼다. 노트북을 들여다보고 있는 황 대표의 자세가 바르다. 정민이 전에 소개팅 시켜 준다면서 이상형이 뭐냐고 물었던 적이 있는데 앞으로 유치하다고 피할 게 아니라 자세가 바른 사람이라고 대답해야겠다. 구체적인 이상형이 생기자 난데없는 수줍음이 몰려든다. 옅게 지어진 웃음을 감추고자 버들이 얇은 이불을 코밑까지 끌어당겼다.

댕글댕글한 큰 눈을 차분히 굴리며 버들이 황 대표를 탐구했다. 각 잡힌 정장 차림 대신 이곳에서의 황 대표는 편해 보이는 셔츠나 얇은 여름용 니트, 청바지를 갖춰 입는 편이었다. 실내에만 있어도 샤워 후 향수를 뿌리는 모습에 얼마나 두근거렸는지 모르겠다. 버들의 눈길이 언뜻 보이는 황 대표의 발목에 고정됐다. 코피가 날 것처럼 섹시하다. 얼마나 지났을까. 황 대표가 두드리는 키보드 소리가 귓가에서 멀어진다. 아련해지는 기분이라 눈꺼풀에 힘을 줘 봤지만 얼마 버티지 못했다. 고개가 외로 깊숙이 기울여지면서 버들이 결국 스르륵 잠에 빠졌다.

황 대표가 노트북을 밀었다. 소음 때문에 집중력은 이미 흐트러진 상태였다. 바깥에서 들려오는 풀벌레 소리보다 훨씬 작은 버들의 숨소리에 황 대표의 눈썹이 꿈틀거렸다. 목표했던 작업량을 마치지 못한 채 결국 날을 새고야 말았다. 다음 날 씻고 나온 버들을 잡아 황 대표가 벽에 가뒀다. 꿈도 꾸지 않고 잘 자고 일어나 기분 좋았던 버들의 하얀 얼굴이 그대로 굳었다. 화풀이로 목과 귓불을 황 대표가 함부로 씹어 대는 동안 버들이 소리 내지 않으려 끙끙거렸다.

마주 보고 앉아 식사를 하는 도중이었다. 젓가락 끝을 쪽 빨며 버들이 황 대표의 접시를 힐긋거렸다. 고깃덩어리가 나이프 끝에 찔려 정갈하게 썰어진다. 황 대표를 부를까, 말까 망설이면서 버들의 입술이 몇 번이나 달싹이다가 닫혔다. 앞으로 대표님이랑 집에서 끼니를 챙겨 먹겠다고 하니 노부인이 이것저것 밑반찬들을 싸주셨다. 솜씨 좋게 밑간을 해 무쳐 준 나물이 새콤하다. 고기의 질감과 제법 잘 어울릴 것 같다. 황 대표에게 맛있는 걸 권하고 싶어 버들이 우물쭈물했다.

둘 다 남자라고 다리를 쩍 벌리고 앉아 있었다. 웅? 어쩌다가 버들의 발끝에 황 대표의 발끝이 스쳤다. 둘 다 맨발이라 서로의 체온이 적나라했다. 버들이 놀라서 황급히 무릎을 오므렸다. 태연해 보이는 황 대표를 바라보며 버들의 눈이 깜박거렸다. 대표님 다리가 어디까지 오는 거지? 궁금한 걸 직접 해소하기 위해 버들이 고개를 꺾어 식탁 아래를 쳐다봤다. 딴짓하느라 전혀 줄어들지 않는 버들의 밥그릇을 보며 황 대표가 인상을 썼다. 주먹으로 똑똑 식탁을 두드렸다. 감정 따라 소리가 까칠했다. 스프링에 매단 인형처럼 버들의 허리가 바로 세워졌다.

"밥 먹어."

"⋯⋯네."

대답은 그렇게 했지만 먹기 싫다. 버들이 밥알을 세는 동안 황 대표의 식사가 끝났다.

"다 드셨어요?"

버들이 화색을 띠며 물었다. 먼저 황 대표가 자리에서 일어나길 기다렸다가 슬쩍 식탁을 치울 예정이었다. 그런데 어쩐 일인지 황 대표가 꿈쩍을 하지 않는다. 완벽할 줄 알았던 계획이 틀어지면서 버들의 눈썹이 축 처졌다. 시선이 마주쳤다. 황 대표가 팔짱을 끼자 버들의 손가락 사이에서 젓가락이 비틀렸다. 버들이 밥에 물을 말자 황 대표의 눈썹이 일그러졌다.

"대표님."

"나한테 말 걸지 말고 밥이나 먹어."

짜증 내며 황 대표가 말을 잘랐다.

"⋯⋯네."

황 대표의 감시 아래 버들이 어쩔 수 없이 꾸역꾸역 밥 한 공기를 비워 냈다. 그게 한 시간이 걸렸다. 황 대표가 커피를 내렸다. 진한 커피 맛만큼이나 원두 향이 짙다. 그게 안정제 역할을 해 주는 것 같다. 한결 침착해진 기분으로 황 대표가 잔을 내려놨다. 양치를 하고 돌아오자 버들이 싱크대 앞에 서 설거지를 하는 중이었다. 거품을 잔뜩 낸 수세미를 들고 주걱에 달라붙어 있는 밥풀까지 참 세심하게 닦아 없앤다. 어디서 난 건지 새빨간 고무장갑까지 끼고 있다. 꼴이 우습다.

"버들 씨."

"네?"

버들이 뒤를 돌아봤다.

"자존심 안 상해요?"

업둥이 노릇을 자처하는 재벌가 막둥이를 황 대표가 조롱했다. 느리게 깜박거리는 버들의 눈빛이 순하다. 황 대표의 물음에 아니라고 대답하는 대신 거품이 모자란 것 같아 수세미에 좀 더 세제를 묻혔다. 다시 설거지에 집중하려는데 문득 의문이 든다. 자존심? 웬 자존심? 멀뚱한 얼굴로 버들이 갸웃거렸다. 설거지를 하는데 무슨 자존심까지 찾아야 하는지 모르겠다. 이건 내가 사용한 숟가락이고. 이건 황 대표님이 사용한 접시고. 대체 어디서 자존심을 찾아야 하는 거지?

계속 궁금해하며 버들이 황 대표의 식기들은 더 꼼꼼하게 설거지했다. 사랑하는 장 여사를 위해 직접 장을 보고 재료를 손질해 상을 차리는 유 회장을 보면서 자랐다. 여섯 형제에겐 그게 몹시 당연한 일이었다.

"황 대표님."

버들이 황 대표를 바라봤다.

"좋아해요."

눈빛이 오고 갔다.

버들이 끼고 있는 고무장갑 끝에서 물이 뚝뚝 흘러내렸다.

"아주 많이, 좋아해요."

바닥에 거품 섞인 물웅덩이가 작게 생겨났다. 그걸 황 대표가 손으로 지적하자 버들이 허둥거리며 티슈를 가져와 닦았다.

* * *

열흘이 흘렀다. 열 밤 자면 데리러 온다던 겨울은 코빼기도 비치지 않았다. '이게 다 너를 위해서야. 거기 있으면서 너 맑은 공기 듬뿍듬뿍 마시라고.' 전화 너머로 겨울이 당당했다. 황 대표랑 조금이라도 더 오래 있고 싶은 버들은 처음으로 뻔뻔한 제 형의 성격이 반가웠다. 스승님 댁에서 얻어 온 동그란 의자를 버들이 그늘진 처마 밑에 가져다 놨다. 물감 냄새가 독해 예민한 황 대표가 싫어할까 봐 실내에서 작업해도 되는지 애초에 묻지도 않았다. 바람이 솔솔 불어오는 제 그림 작업실이 버들은 무척이나 마음에 들었다.

본격적으로 그림을 그리기 시작한 지는 이틀에 불과했지만 작업에 속도가 붙었다. 하얗기만 했던 캔버스가 빈틈없이 채워지는 중이다. 잠깐 고개를 들어 버들이 두껍게 뭉쳐 있는 구름을 감상했다. 평화롭다. 좋은 풍경에 너그러운 마음이 든다. 현관문이 열리는 소리가 나더니 마당으로 황 대표가 나왔다. 구름은 버들의 관심 밖으로 밀려났다. 잘난 남자는 어김없이 오늘도 잘났다. 바닥에 나타난 그림자마저 훤칠하다.

황 대표가 가까이 다가오자 버들이 무의식중에 의자에서 일어나려고 했다. 그런 버들의 어깨를 황 대표가 눌렀다. 긴장이 되는지 버들이 작게 "왜요?" 이유를 물었다.

"아……. 여기는 그러니까……."

그림이 얼마만큼 진행이 되었는지 확인하러 온 고용주에게 버들이 '여기는, 저기는' 그림의 구조를 설명했다. 버들의 어깨 뒤에 서 있던 황 대표가 그림을 자세히 들여다보기 위해 앞쪽으로 몸을 숙였다. 귀 옆으로 바로 황 대표의 얼굴이 느껴졌다. 저도 모르게 침을 삼킨 버들의 목이 울각거렸다. 은은하게 황 대표의 향수 냄새가 맡아진다.

……떨려.

"버들 씨. 그림이 왜 필요한 거 같아요?"

그림이 주인공에게 끼치는 중요성을 이해시키고자 황 대표가 입을 열었다.

황 대표의 말을 듣고 버들이 고개를 끄덕였다. 이어 자기가 느꼈던 생각을 말하기도 했다. 겉으로만 맴돌던 두 사람의 대화가 어느 순간 주인공의 감정으로 연결됐다. 캔버스를 뚫어져라 바라보며 버들이 생각에 잠겼다.

"그럼 해피 엔딩이 아닌 거예요?"

의외다.

"저는 주인공이 행복하게 끝나는 줄 알았어요. 사실은 비극이었네요."

표면적으로 해피 엔딩으로 보이게 쓴 시나리오를 버들이 완벽히 이해하고 받아들였다. 앞으로 나올 그림이 기대된다. 일하기 좋은 파트너다, 고리타분한 노인네에 비하면 훨씬. 황 대표의 시선이 버들의 옆얼굴로 향했다. 보드라워 보이는 볼이 보동보동하다.

"대표님, 그럼 제가 그린 그림이 진짜 중요한 역할을 하는 거네요?"

그래서 돈을 주는 거다. 황 대표가 고개를 끄덕거렸다. 동시에 버

들의 입가가 나긋해졌다. 어딘가에서 벌이 날아왔다. 매미가 목청
껏 울어 대고 있고, 바람이 적당히 살랑거리는 한낮이었다.

　－그래서 안 미안하다고?

　뒤를 꺾어 신은 운동화를 질질 끌면서 버들이 흙길을 걸어갔다.
노부인의 심부름으로 간장을 사러 가는 중이었다. 발에 뭐가 걸려
서 보니 나뭇가지다. 그걸 주워 흔들었다.

　"왜 미안해야 돼, 내가?"

　－너무하네. 친구끼리. 방학이라고 놀아 주지도 않고. 연락도 항
상 내가 먼저 하고.

　"넌 체대 애들이랑 놀면 되잖아."

　－같은 예체능끼리 서로서로 어울리면 좋지.

　버들이 간지러운 눈가를 주먹으로 문질렀다.

　－놀자.

　"나 못 노는데."

　－야. 나도 오늘은 못 놀아.

　"나는 당분간 못 놀아."

　－당분간이 언젠데?

　황당한 듯 정민이 되물었다.

　"그냥. 당분간이 당분간이지."

　또렷하게 대답해 주지 않은 건 회피가 아니라 진짜 몰라서였다.
오해하고 삐쳤는지 정민의 수다가 뚝 끊겼다. 통통한 입술을 모아
버들이 오물거렸다.

　"진짜야. 나 서울 아니란 말이야."

-그럼? 어딘데?

"일하러 왔어."

-아. 아르바이트? 전에 말했던?

"응."

그제야 정민의 목소리가 다시 밝아졌다.

-나도 지금 일하러 가는 중이야.

"일? 어디로?"

-시골 할아버지 댁. 훈련 쉬는 날에 노동을 해야 하다니. 이게 뭐냐?

앞쪽에서 흙먼지가 뭉게뭉게 일어났다. 덜컹거리며 작은 마을버스가 굴러 오고 있었다. 버들이 길 한쪽으로 비켜섰다.

"시골 할아버지 댁이 어딘데?"

-말해 주면 어딘 줄 아냐?

언젠가 얄미웠던 버들의 말을 정민이 따라 하며 크게 웃었다.

"끊어."

-야, 씨. 말해 줄게. 끊지 마.

"안 궁금해. 끊어."

-야. 유버들.

"끊으라니까. 전화비 많이 나와."

버들의 옆으로 버스가 지나갔다. 다시 슈퍼로 향하는데 뒤에서 누군가 뛰어오는 소리가 들렸다. 별생각 없이 버들이 뒤를 돌았다. 버스 정류장도 아닌데 멈췄던 버스가 요란스레 엔진을 울리며 막 출발했다.

"유버들?"

커다란 인영이 눈앞을 가로막았다. 정민이었다. '네가 왜 저 버스에서 나와?', '네가 왜 이 시골 바닥에 있는 거야?' 서로의 눈빛이 각각 의문을 담은 채 감겼다가 뜨였다. 여태 귀에 대고 있는 버들의 핸드폰을 정민이 대신 가져가 꺼 주었다.

"할아버지 댁이 여기야?"

산도 있고, 강도 있고, 계곡도 있다던. 전에 동기 녀석들이랑 떠들썩하게 잘 놀다가 왔단 곳이?

기다란 한쪽 다리를 황 대표가 접었다. 욕조의 폭이 심하게 좁다. 이게 무슨 꼴인지 싶다. 잇새로 욕설이 터졌다. 욕조에 팔을 걸치고 앉아 있던 황 대표가 머리맡에 뒀던 와인 잔을 집어 들었다. 천장을 향했던 고개를 똑바로 세웠다. 정면에 뭐가 있다. 그 순간, 얄팍하게 남아 있던 안락함마저 송두리째 흔들렸다. 황 대표의 손에서 빠져나온 와인 잔이 욕조 속으로 가라앉았다.

"대표님!"

황 대표가 가운 끈을 매듭지었을 때 버들이 집 안으로 들어왔다.

"⋯⋯아!"

버들이 얼른 눈부터 가렸다.

"아무것도 안 봤어요!"

가운 틈새로 가슴 근육 다 봐 놓고 버들이 거짓말을 쳤다. 헐레벌떡 집에 돌아온 이유는 황 대표에게 들려줄 말이 많았기 때문이다. 우연히 만난 정민이 얘기도 해 주고 싶고, 노부인에게 배운 가지 볶음 조리 방법도 알려 주고 싶고, 오늘 스승님과 함께 작업한 조각의 진행 사항도 보고해야 하고.

"대표님……."

눈을 가리고 있던 손바닥을 버들이 슬며시 내렸다. 젖은 머리카락을 쓸어 넘기는 황 대표를 차마 똑바로 쳐다보지 못하겠다. 갓 씻고 나온 황 대표의 모습에 심장이 난동을 부려 댔다. 진짜 변태가따로 없다. 그런 제 속마음을 감추고자 버들이 아랫입술을 말아 물며 신발을 벗었다. 욕실로 걸어가려는 버들의 앞을 황 대표가 불쑥가로막았다.

"문 열지 마요."

"왜요?"

"안에 뭐 있어. 경찰 불러야 돼."

"네?"

경찰이란 말에 버들의 눈이 동그랗게 커졌다.

"아무튼 열지 마."

돌가루를 뒤집어쓴 채였다. 찝찝해서 당장 씻고 싶었다. 황 대표의 눈치를 살피던 버들이 욕실 문을 벌컥, 열어젖혔다.

"아무것도 없는데요?"

"……아무것도 없어?"

통화 버튼을 누르려던 황 대표의 손가락이 삐끗거렸다. 액정에는정말 112가 찍혀 있었다. 핸드폰을 내려놓고선 황 대표가 욕실 안을 들여다봤다. 버들의 말처럼 욕실은 잔잔한 기운만 감돌고 있었다. 무슨 일이시지? 상황을 설명해 주길 바라며 버들이 빤히 황 대표를 쳐다봤지만, 황 대표의 입은 과묵했다. 갈아입을 옷을 챙겨 버들이 후다닥 욕실 안으로 들어가 샤워를 끝냈다. 뜨거운 물에 발갛게 익은 볼로 버들이 코를 훌쩍거렸다. 황 대표는 어느덧 옷을 갈아

입은 채였다. 황 대표님이 계속 가운을 입고 계시면 어쩌지? 변태처럼 안 보이려면 눈을 어디에 둬야 하지? 샤워하는 동안 머릿속을 꽉 채우고 있던 걱정거리는 한낱 쓸데없는 거였다. 황 대표가 버들을 응시했다. 그림은 밖에서 그린다지만 미술 용품들은 집안에서 보관하기 때문에 그윽하게 물감 냄새가 났다.

"야!"

황 대표가 기겁했다.

"너 손에 그거 뭐야!"

경찰을 부르려고 했던 정체가 버들의 부르튼 양손에 포박되어 있었다.

"개구리요."

"갖다 버려!"

"이거 때문에 아까 대표님 놀라신 거예요?"

"말 안 들려? 갖다 버리라니까!"

개구리는 매우 작았다. 겨우 엄지손가락 반만 했다.

"이거 안 물어요."

버들은 다가갔고, 황 대표는 물러났다.

"유버들!"

버들이 사색이 된 황 대표를 위해 얼른 개구리를 방생하고 돌아왔다. 당장 손 씻으란 황 대표의 말도 순순히 따랐다. 강아지도 무서워하시고. 개구리도 무서워하시고. 전에 강아지도 못 덤비게 내가 붙잡아 드렸었는데. 좋아하는 사람을 위해 뭔가를 해냈단 생각에 버들이 뿌듯해졌다. 버들이 황 대표가 있는 곳으로 뛰어갔다.

"대표님. 여기에 저랑 있어서 다행이죠?"

젖은 버들의 머리카락이 향기롭다.

"저랑 평생 같이 있으면, 강아지랑 개구리 무서워하셔도 돼요. 제가 잡아 드릴게요!"

황 대표가 어이없어했다. 강아지? 개구리? 그런 환경 자체를 만들지 않을 예정이다.

09. 비 오는 날 흙냄새 (2)

버들이 소파에 앉아 쉬고 있었다. 에어컨 바람이 너무 차다. 추워진 버들이 꾸물꾸물 배 속으로 손을 집어넣었다. 타자를 치던 황 대표의 손이 멎었다.

"손 빼. 빼, 빨리."

옆에 눈이 달리셨나.

"손 시린데……."

"손 시린데 배꼽을 왜 만져."

황 대표의 목소리에 신경질이 뚝뚝 묻어 있다.

"따뜻해서요."

주눅이 든 버들의 목소리가 바닥을 기었다.

"배꼽 만지지 마."

"……."

"머리 만져. 털 많아서 훨씬 따뜻하겠네."

"……."

"손 아직도 안 뺐어?"

어쩔 수 없이 버들이 배꼽에서 손을 뗐다. 황 대표의 말대로 머리카락 속으로 손을 파묻으니까, 웬걸. 의외로 따뜻하다. 버들이 만족해하는 동안 황 대표의 눈썹은 점점 일그러졌다. 하얗게 생긴 애가 저러고 있으니까 그냥 속이 꿈틀꿈틀 틀어진다.

"남중이나 남고 나왔어요?"

버들이 고개를 가로저었다. 그나마 다행이라고 황 대표가 생각했다. 한참 치기 어린 연령대에 게이 새끼란 걸 들켰다면 몹쓸 것들이 가만히 놔두지 않았을 거다. 멍청한 것으로 모자라 저렇게 무방비해 보이니 험한 꼴을 당하고도 남았겠지.

"대표님. 뉴욕에는 왜 오셨어요?"

황 대표의 곁으로 버들이 슬쩍 다가갔다.

"뉴욕 되게 넓고 사람도 많잖아요. 대표님이 잃어버린 수첩을 주운 게 저라니. 진짜 운명이었나 봐요, 우리."

운명 같은 소리 하고 자빠졌네. 한심스럽단 듯 황 대표가 한숨을 내쉬었다.

"오늘은 일 안 해요?"

"해요. 나가서 그림 그리려고 했어요."

버들의 눈이 반달처럼 휘어졌다. 총체적 난국이다. 자존심도 없고. 울지도 않고. 상처도 안 받고. 거기다가 웃음까지 참 헤프다.

햇볕이 따사롭다. 그림을 그리다가 필요한 색을 내기 위해 물감을 섞었다. 얼마 지나지 않아 그림을 확인하려는지 황 대표가 마당으로 나왔다. 때마침 전화가 걸려 왔다.

비록 시큰둥한 어조였으나 그냥 있다는 둥, 밥은 먹었다는 둥 지극히 사적인 황 대표의 대화만으로 통화 상대와 친근한 사이일 거란 짐작이 간다. 거리가 있어 상대방 목소리까지 들리지 않지만 어쩌면 여자가 아닐까 싶었다. 버들의 눈동자가 불안하게 흔들렸다. 당장이라도 황 대표님이 차를 탈까 봐 조바심이 난다. 호텔까지 길을 안내하라고 하면 어떡해.

"대표님. 누구예요?"

전화를 끊은 황 대표의 고개가 버들이 있는 쪽으로 돌아갔다. 통화 상대는 유 대표였다. 형식적인 안부를 묻고선, 새로 배웠단 음담패설을 줄줄 늘어놨다. 유 씨 형제들이 세트로 골치를 아프게 한다.

"대표님. 좋아해요."

버들이 붓을 내려놨다.

"저 서울에 맛있는 밥집 많이 알아요."

"……."

"전시회 일정 같은 건 꿰고 있고요."

"……."

"그리고……."

시끄럽다.

"버들 씨. 같이 나가요."

버들이 고개를 숙였다. ……싫다.

"말 안 들려요?"

호텔까지 길을 안내하라고 시키면 그렇게 할 수밖에 없는 처지였다. 하지만 걱정과 달리 황 대표는 그대로 차를 지나쳤다. 그제야 굳었던 버들의 얼굴이 살짝이나마 풀렸다. 얼른 황 대표의 등 뒤로 다가갔다.

"대표님. 어디 가요?"

"산책."

조깅하기 쉽게 길을 외워 볼 요량이었다. 빨간색 지붕을 지나서 파란색 대문을 지나서……. 뒤를 돌자 빨간색 지붕도 여러 개, 파란색 대문도 여러 개다. 참 개성 없는 촌구석이다.

"산책? 우리 둘……."

'우리'라는 지칭에 짜증이 나서 뒷말은 들려오지도 않았다. 주변에 인적이 없다. 담벼락 사이로 황 대표가 버들을 끌고 갔다. 뾰족이 튀어나온 돌에 버들의 등이 밀렸다. 야외라서 그런지 집보다 버들의 버둥거림이 심했다. 같잖아. 힘에 밀린 버들의 어깨가 바짝 움츠러들었다. 황 대표가 힘껏 깨문 버들의 가느다란 목에 핏줄이 터지고 울혈이 남았다. 큰 눈이 어룽진다. 쌕쌕, 빠르게 숨을 몰아쉬는 버들을 황 대표가 쌀쌀히 내려다봤다.

버들의 귀가가 평소보다 일렀다. 정자에 누워 있는 황 대표가 단박에 눈에 들어왔다. 불안했던 마음이 그제야 진정된다. 황 대표가 차를 타고 어디론가 가 버렸으면 어쩌나 울적한 생각들에 조각에 집중이 되지 않았다. 저 멀리서 노을이 진다. 버들이 황 대표가 있는 곳으로 천천히 다가갔다. 가족과 떨어져 있어서 외롭지만 황 대표님이랑 단둘이서 보내는 시간들이 꿈만 같다. 감겨 있는 황 대표의 속눈썹이 변함없이 곱다. 황 대표의 얼굴과 손, 어깨, 다리, 귓바퀴를 버들이 가만히 눈에 새겼다.

「사랑해.」

솜사탕에 절여지는 줄 알았다.

「뭐, 이런 말 기대해요?」

「……..」

「행여나 너 좋아한단 말 꺼내는 건 그냥 너랑 한 번 자 보겠단 뜻이고.」

「……..」

「그럴 일은 평생 없을 거야. 내가 머리에 총 맞지 않는 한.」

산뜻하게 바람이 불었다.

"대표님. 머리에 총 맞았으면 좋겠어요."

버들의 목소리가 소곤소곤 가라앉았다.

"그래서 저랑 뽀뽀도 하고, 손도 잡고, 맛있는 것도 많이 먹으러 다녀요."

나직하게 웃으며 제 할 말을 끝낸 버들이 뒤돌아 멀어졌다. 황 대표의 눈이 쓱, 뜨였다.

……저 쌍놈의 새끼가.

멀어지는 듯했던 발소리가 다시 가까워진다. 황 대표의 눈이 잠든 척 다시 감겼다. 헐레벌떡 뛰어온 버들이 방금 한 말을 취소했다. 대표님이랑 뽀뽀도 하고 싶고, 손도 잡고 싶고, 맛있는 것도 많이 먹으러 다니고 싶은데. 머리에 총 맞으시면 안 돼요.

버들이 저미는 입술을 열었다.

"사랑해요."

정민과 버들이 마주 보며 섰다. 나란히 거지꼴이다. 할아버지 포
도밭에 갇혀 있다가 나온 정민이나 직전까지 조각하고 온 버들이나
흙을 뒤집어쓴 상태였다. 양옆으로 벼가 익어 가는 중이다. 귀뚜라
미 소리가 우렁차다.

"야. 뭘 봐."

저답지 않게 과묵하던 정민이 그만 보란 듯 억실억실한 눈에 힘
을 빡 줬다. 전혀 영향력이 없었다. 순한 버들의 큰 눈이 여전히 빤
히 정민을 향한 채였다. 정민이 엉거주춤 각도를 틀었다. 상의는 할
머니 꽃무늬 티셔츠, 하의는 할아버지 고무줄 바지를 빌려 입은 채
였다. 부끄러움이 몰려든다. 원래의 계획은 씻고 옷을 갈아입은 다
음 버들을 만나러 갈 예정이었다. 하지만 '일하지 않은 자 먹지도
말라'를 솔선수범 실천하시는 할아버지는 하나뿐인 손자에게조차
호락호락하지 않았고 그러면서 계획은 틀어졌다. 꿀떡꿀떡 삼킨 음
식들이 목구멍에 걸린 기분이었다. 후회해도 이미 늦은 뒤였다. 아
침에 먹은 밥 두 공기와 신나서 미리 당겨 먹은 새참을 갚기 위해
선 할아버지의 호통 아래 한눈팔 틈도 없이 포도를 따야만 했다.
간신히 포도 지옥에서 탈출했을 땐 버들과 만나기로 약속한 시간
이 가까워져 있었고, 늦지 않으려면 엉망인 채로 달려올 수밖에 없
었다.

"너 멋있다."

툭 던진 버들의 한 마디에 정민의 볼이 단숨에 빨개졌다.

"그래. 내가 좀 멋있긴 하지?"

뻔뻔하게 굴었지만 도통 화끈거림이 가라앉지 않는다. 그런 정민
에게 버들이 운동화를 끌며 한 발자국 다가갔다. 버들의 손가락이

뭔가를 가리켰다.

"그거 어디서 샀어?"

"……뭐. 모자?"

챙이 둥근 밀짚모자였다.

"갖고 싶어?"

"어디서 샀는데?"

"줄까?"

정민이 밀짚모자를 벗었다.

"너 머리 이상해."

"야. 방금 전까지 멋있다며."

"모자 멋있다는 거였지."

김이 팍 샌다. 말간 버들의 얼굴을 흘겨보던 정민이 궁금한 걸 물었다.

"너 근데 귀가 왜 그러냐?"

걱정이 들어 버들의 귓불로 정민이 팔을 뻗었다. 화들짝 놀란 버들이 얼른 뒷걸음질 쳤다. 새벽에 황 대표가 잔뜩 씹어 놓은 통에 귓불이 전체적으로 퉁퉁 부어 여태 가라앉지 않았다. 불안해진 버들이 손바닥으로 제 귀를 얼른 가렸다. 공중에서 정민의 팔이 갈 곳을 잃었다.

"뭐야?"

"만지지 마."

"누가 만진대?"

억울한 투로 정민이 반박했다. 한가득 불신이 담긴 버들의 눈이 여전히 공중에 올라와 있는 정민의 팔에 닿았다. 말과 행동이 달라

머쓱해진 상황이었다. 정민이 헛기침을 하며 팔을 접었다. 이어 버들을 안심시키고자 팔짱을 꼈다.

"귀 빨갛던데."

손을 내리려던 버들이 다시 제 귀를 사수했다.

"보지 마."

"야. 치사해서 안 봐."

두 사람의 옆으로 자전거가 지나갔다. 울퉁불퉁한 흙길에 덜컹거리는 자전거 바퀴 소리가 금세 멀어졌다. 콧잔등을 찌푸린 버들의 앞으로 정민이 들고 왔던 뭔가를 내밀었다.

"뭐야?"

"포도. 내가 땄어."

비닐봉지 안을 활짝 벌려 버들이 안을 들여다봤다. 들어 있는 건 달랑 포도 한 송이건만 무게가 묵직했다. 그만큼 알갱이가 큼직하게 잘 익은 포도였다. 달콤한 냄새가 풍겨 온다. 그간 뭐가 딱히 먹고 싶었던 적이 없었는데 오랜만에 맡아 본 단내에 저절로 침이 꼴깍 삼켜졌다.

두리번거리며 그늘진 곳을 찾았다. 둘 다 어차피 옷은 더러웠다. 정민과 버들이 아무렇지 않게 바닥에 철퍼덕 주저앉아 포도를 나눠 먹었다. 씨를 후, 뱉느라 버들의 입술이 동그랗게 모아졌다. 안 먹겠다고 툭툭거릴 줄 알았더니. 의외다. 오물오물, 잘 먹는 버들의 모습에 정민이 땀 뻘뻘 흘려 가며 포도를 딴 보람을 찾았다. 이게 바로 할아버지가 모토로 삼은 착한 농부의 마인드인가.

"모기가 물었나?"

"모기?"

"너 귀."

"보지 말라니까."

까칠하게 버들이 발끈했다.

"빨갛게 부어 있는데, 알아?"

"내 귀야. 당연히 알지."

"안 간지러워?"

"응."

"근데 너랑 나……."

뜬금없는 감격에 젖어 든 정민이 마저 말을 이었다.

"여기서 보다니. 이 정도면 운명 아니냐?"

"그냥 우연이지."

버들이 인상을 썼다. 운명은 황 대표와의 사이에서만 쓰고 싶은 특별한 단어였다.

"많이 먹어라."

많이 먹고 키 4cm 더 커라. 버들의 뒷머리를 쓰다듬었다가 기어이 한 대 얻어맞았다. 정민이 제 옆에 앉아 있는 버들을 실컷 구경했다. 아르바이트가 고된지 많이 야윈 것 같다.

"유버들."

"왜."

"……아무것도 아니다."

살 빠졌냐고 콕 집으면 살 안 빠졌다고 바득바득 우겨 댈 버들의 모습이 안 봐도 선하다. 할아버지 댁에서 쫓겨나는 한이 있더라도 포도 따위 외면하고 버들이 하는 일을 적극적으로 나서서 도와주고 싶었지만, 아르바이트가 곧 조각이라고 하니 가만히 빠져 있을 수밖에 없었다. 그게 정민은 못내 아쉬웠다.

"어때?"

뽐내듯 정민이 씨와 껍질을 한꺼번에 씹어 삼켰다. 과격하게 턱이 움직인다.

"뭐가 어때?"

"남자답지 않냐?"

"씨랑 껍질은 버리는 거야."

"네가 포도에 대해서 뭘 알아?"

"포도에 대해서 잘 모르지만, 씨랑 껍질은 맛없어."

"원래 맛없는 게 몸에 좋아. 다 씹어 먹는 거야."

포도송이 줄기가 생선뼈처럼 앙상해진다. 이러다간 남는 게 없을 성 싶다.

"왜?"

말이 없어진 버들의 어깨를 정민이 건드렸다.

"나 그만 먹을 건데, 너는?"

포도는 한 다섯 살 때부터 물린 지 오래였는데 단지 버들이 먹기에 따라 먹은 거였다. 정민이 저도 그만 먹을 거라고 말했다. 왜인지 조마조마했던 버들의 얼굴이 밝아졌다. 줄기에 붙은 포도 알맹이가 몇 개 남지 않았다. 그대로 버려도 이상할 게 없어 보였다. 손끝에 물든 포도 물을 바지에 닦은 뒤 버들이 비닐봉지를 소중하게 오므렸다.

그러고는 둘이서 머나먼 여정을 떠났다. 물어물어 모자를 파는 잡화점에 도착했다. 잡화점답게 없는 거 없이 다 판다. 아이스크림 냉장고에 정민이 고개를 파묻었다. 저 밑바닥에서 생산이 중단된

아이스크림을 발견했단다. 여기저기 신기한 것들이 굴러다니는데 어쩐 일인지 버들은 한눈팔지 않고 모자에만 집중했다. 상체만 겨우 비춰지는 거울 앞에 서서 여러 디자인의 모자를 썼다가 벗었다가 반복한 뒤에야 지갑을 열었다.

"왜 두 개 사?"

"하나는 내 거고, 하나는 황 대표님 거."

혹시나 하는 기대로 크게 황 대표를 불러 가며 버들이 문을 열었다. 아무도 없다. 식탁 위에 모자와 포도가 든 비닐봉지를 내려놨다. 키보드 두드리는 소리 없이 적막한 분위기가 낯설다. 꼴깍거리며 물을 마시는 버들의 어깨가 축 처졌다.

오늘 새벽, 동이 틀 때쯤이었다. 배려 없이 황 대표가 집안의 모든 불을 켜는 바람에 눈이 부신 버들은 이르게 잠에서 깰 수밖에 없었다. 바깥이 아직 어둑어둑했다. 잠을 오래 설쳤던 통에 졸린 눈을 비비며 버들이 씻고 나왔다. 연신 하품이 터졌다. 손이 시려 습관대로 제 배꼽을 어루만지고 있던 참에 황 대표에게 잡혀 버들이 벽에 세워졌다. 평소보다 더 억센 힘으로 황 대표가 버들의 몸 여기저기를 물어뜯어 놓았다. 집중적인 부위는 귀였다.

그러고 나서 얼마 후엔 온갖 종류의 차가 마당에 들어와 복잡해졌다. 우글거리며 집 안으로 모여든 사람들로 공간은 금세 소란스러워졌고 정신이 없어진 버들이 뒷걸음질 치다 제 베개를 밟고 휘청거렸다. 예상치 못한 상황에 당황한 버들과 달리 황 대표는 계속 느긋했다.

사람들은 황 대표가 호출한 직원들이었다. 그들이 침대 매트리스를 교체하고, 공기 청정기 필터를 갈아 끼우고, 그릇들을 새로 정비하고, 옷가지들을 걸어 놓는 동안 황 대표는 시계를 고르고, 향수를 뿌리고, 소매 단추를 채우면서 외출 준비를 끝냈다. 불안정하게 눈동자를 굴리며 버들이 황 대표의 뒤를 열심히 따라다녔지만 함께 차를 탈 수 없었다. 황 대표가 올라탄 차에 시동이 걸렸다. 바짝 붙어 비키지 않은 버들이 때문에 차가 출발할 수 없었다. 창문이 내려졌고, 황 대표가 성가신 투로 입을 열었다. 일하러 가는데 방해할 거예요? 황 대표의 그 말에 버들은 하는 수 없이 물러섰다.

황 대표가 떠나고 혼자 남겨졌던 그 순간이 머릿속에서 계속 되풀이되었다. 샤워를 하고 나와 머리를 말리던 버들이 문득 황 대표가 없는 내부를 빙 둘러보았다. 아직 머리카락이 축축한데 드라이기를 내려놨다.

……안 들키겠지?

별로 넓지 않은 공간을 버들이 활개를 치며 야무지게 돌아다녔다. 만년필 뚜껑을 뽑아 심 두께를 한참 구경했다. 괜히 냄새를 맡아 보려다가 코에 점이 찍혔다. 시계를 제 손목에 둘러 본 버들이 실망했다. 황 대표가 찼을 때는 우아하고 고상해 보이더니, 막대기 같은 제 손목과는 별로 어울리지 않는다. 버들이 허공에 황 대표의 향수를 칙칙 뿌렸다. 황 대표의 고정석인 식탁 의자에 앉아 보기도 했다.

"커."

버들의 눈빛이 반짝였다. 포장을 뜯지 않은 황 대표의 새 속옷 위에 버들이 제 새 속옷을 꺼내 와 겹쳐 올려 봤다. 사이즈가 여실히 비교된다. 진득하게 탐닉한 결과, 버들이 결론을 내렸다. 황 대표의 속옷 취향은 온통 블랙이다. 제 속옷도 온통 블랙이었다. 황 대표님이랑 나는 운명이 맞아. 벅차오르는 걸 참지 못하고 버들이 다리를 굴렀다.

그때, 갑자기 문이 덜컹거렸다. 버들이 순간 기겁했다.

황 대표가 돌아온 줄 알았는데 아니었다. 가슴까지 쓸어내리며 버들이 안도했다. 덜컹거렸던 문은 단순히 바람 탓이었다.

복층으로 올라가던 버들이 중간에서 멈췄다. 부담스러울 정도로 깨끗하다. 황 대표가 사용하는 침구가 폭신해 보인다. 방금까지 멀 쩡했던 허리가 찌르륵 아픈 거 같다. 나도 침대에서 잘 자는데. 한 치의 거짓도 없이 곱게 자란 버들이 침울해져서는 입술을 비죽거렸 다. 남자는 허리가 생명이라지? 관리 잘해야 예쁨 받는다고 했던 말을 어디서 주워들은 적이 있다. 문이 다시 한 번 덜컹거렸다. 놀 란 버들이 계단에서 떨어졌다.

*　　*　　*

밤이 끝났다. 바퀴에 자갈이 깔려 으깨지는 소리가 점차 가까워 진다. 정자에 앉아 허리를 바짝 낮춰 땅바닥의 갈라진 틈새를 내려 다보고 있던 버들이 얼굴을 들었다. 마당 한가운데로 들어온 차 한 대가 헤드라이트를 밝혔다. 밑으로 조준된 빛이 사납게 쬐어진다. 푸르스름하게 깔려 있던 새벽안개가 주변으로 흩어졌다. 버들의 심 장이 뛰기 시작한다. 상의 없이. 시작처럼 멋대로.

차에서 내린 사람은 두 명이었다. 한 명은 황 대표였고, 다른 한 명은 운전기사 노릇을 한 수행 비서였다.

"······도련님?"

황 대표가 내리는 지시를 성실히 듣고 있던 중 비서가 우연히 버들을 발견했다.

"벌써 일어나셨습니까?"

유 대표와 공동으로 얽혀 있는 관계면 또 모를까. 정말 딱 황 대표의 업무만 보게 되어 있는 개인 비서다 보니 버들에겐 낯선 존재일 뿐이었다. 버들은 자기한테 말을 붙여 오는 인물에 큰 눈을 굴리며 경계했다.

"왜 나와 계십니까?"

버들에게 살가운 질문들만 골라 쏟아 내는 비서의 태도가 왠지 허둥거리는 것 같기도 하고 정신없어 보였다.

"그······."

비서가 제 뒷머리를 긁적이더니, "아무것도 아닙니다." 이내 싱겁게 입을 다물었다.

"도련님."

버들을 안심시켜 주려는 의도인지 비서가 활짝 웃었다. 그렇게 웃으면 어르신들이 사위 삼고 싶다고 칭찬을 모았다. 큰 풍채가 든든함에 한몫 더했다. 자신 있게 비서가 더 입가를 찢었다. 그러자 사색이 되면서 버들이 빳빳하게 굳어 버렸다. 실수를 깨달은 비서가 급히 웃음부터 집어치웠다.

"오해십니다!"

겁주려고 그랬던 게 아니라며 뭐라 해명하려던 비서가 황 대표에게 가로막혔다.

"이것밖에 없어서······."

주섬주섬 주머니를 뒤져 겨우 사탕 하나를 찾아낸 비서가 황 대표를 피해 버들에게 다가갔다. 사탕은 흔하디흔한 박하 맛이었다. 식당에서 밥 먹고 챙긴 거였는데 이거라도 있어서 다행이었다. 우물쭈물하던 버들이 사탕을 받아 갔다.

황 대표의 개인 비서가 일방적으로 버들에게 친근감을 갖는 이유는 따로 있었다. 벌써 몇 개월째다. 황 대표를 향해 버들이 보낸 메시지는 고스란히 비서의 핸드폰으로 전송되는 중이었다. 오늘도 그랬다.

[날씨 어때요?]

[제가 드린 우산 갖고 계세요?]

[지금은 어디에 있어요?]

[오늘도 산책하러 가실 거예요?]

[저녁 드셨어요?]

[대표님, 혹시요. 볶음밥에 버섯 넣은 거 좋아하세요?]

[언제 와요?]

가까이에서 보게 된 버들의 인상이 참 유순하다. 비서와 버들의 눈이 마주쳤다. 어린애를 상대로 괜히 죄짓는 기분에 속이 뜨끔해진 비서가 남몰래 황 대표를 째려보았다. 유 대표의 막냇동생이 연락처를 착각한 것 같다며, 저에게 메시지를 보내온다던 그 언젠가의 보고에 여지없이 짜증을 부려 댔던 황 대표가 생생하다. 사사건건 그런 말 다 듣고 있을 정도로 자신이 한가해 보이냐면서, 월급왜 주는지 생각해 봤냐면서.

「유 대표님 막냇동생님과는……」

오늘 버들에게 메시지를 받은 비서가 혼날 거 각오하고 물었던 말이었다. 같이 산단 대답이 황 대표의 입에서 아무렇지 않게 흘러나왔다. 의외였다. 놀라움이 뒤따랐던 건 마땅했다. 저 이기적인 인간이? 다른 사람한테 자기 공간을 양보해 준다고?

비서가 나름 해석하고 있던 '황 대표 안에서의 버들의 위치'가 달라졌다. 이전엔 그저 유 대표의 막냇동생에 불과했다면 지금은 무려 황 대표의 동거인이었다. 암만 생각해도 대단하다. 이기적이고 성격 더러운 황 대표와 함께 생활하고 있다니. 그 어려운 걸 버들이 해내고 있었다.

"……저기."

"부르셨습니까."

버들의 눈꺼풀이 잔잔하다. 침묵은 짧게 지나갔다. 고개를 숙이며 비서에게 인사하는 버들의 목이 가느다랗다. 부러 황송해하는 몸짓으로 비서가 버들에게 인사를 마주 건넸다. 무표정하게 두 사람의 모습을 바라보고 있던 황 대표의 표정이 금세 찌푸려졌다.

"뭐 해?"

황 대표의 목소리에 짜증이 섞인 걸 비서가 알아차렸다. 더 지체했다간 황 대표의 신경만 긁는 꼴이다. 팔을 걷어붙인 비서가 차에 싣고 온 책들을 바지런히 집 안으로 옮겨 황 대표가 일러 준 기준대로 차곡차곡 책을 꽂아 넣었다. 그동안 황 대표는 담배를 피웠다.

"그럼 가 보겠습니다."

황 대표가 고개를 끄덕였다. 차에 올라타기 전, 비서가 버들을 바라봤다.

"도련님. 또 뵙겠습니다."

숨을 삼킨 버들의 입술이 벙긋거렸다. 오지 말라고 당부하고 싶은데 차가 먼저 떠났다. 마당은 다시 한적해졌다. 손가락을 꼼지락거리면서 버들이 느슨하게 넥타이를 푸는 황 대표의 손길을 빤히 응시했다. 여기에 온 지 얼마나 됐다고 청바지가 아닌 반듯한 정장을 갖춰 입은 황 대표의 모습이 생소하게 다가온다. 반하고, 또 반하고. 지치지도 않는다.

"대표님. 다녀오셨어요?"

여기에선 황 대표님이랑 단둘이 있을 줄 알았는데 착각이었다. 길을 안내하는 역할로도 황 대표님의 옆을 차지할 수가 없었다. 미련스럽게도 덩그러니 혼자 남겨졌을 때야 그걸 알아차렸다. 홀리는 와중에 안절부절못하겠고, 넋이 나가는 와중에 초조하다.

"일은 잘 끝내셨어요?"

"일? ……아."

지극히 사적인 일이었다. 수영도 하고, 업무적으로 만날 사람들도 만나고, 정사도 나누고. 황 대표와의 거리를 천천히 좁혀 오는 버들의 머리카락이 조금 젖어 축축하게 가라앉아 있다. 소매나 바지 등 옷도 약간씩 물먹은 상태다. 아침 이슬이란 걸 황 대표가 알아차렸다. 기가 차서 한숨이 터졌다. 미련스럽다. 딱 봐도 밖에 나와 있은 지 꽤 됐다. 판판한 버들의 가슴팍과 올각거리는 목울대에 황 대표의 무심한 시선이 닿았다.

"대표님."

피곤하니 말 섞기 싫다. 뒤돌아선 황 대표가 집 안으로 들어갔다. 이윽고 뭐가 깨지는 소리가 날카롭게 들려왔다. 기운 없이 한숨을 내쉬던 버들의 눈이 휘둥그레졌다. 서둘러 문을 열었다.

"너 왜 내 물건에 함부로 손대."

버들이 구워 놓은 스테이크와 노인이 직접 캤다며 들고 가라 했던 버섯으로 만든 볶음밥, 포도 알맹이 다섯 개로 장식된 접시를 황 대표가 그대로 싱크대에 처박았다. 접시가 산산조각으로 갈라졌다.

"비위 약하단 말, 내가 했던 것 같은데."

버들이 숨을 참았다.

"눈 없어? 네 손 더럽다고."

미움받으려고 한 거 아니다.

"어제 저는 대표님 기다리다가, 바로 저녁……."

"기다려? 기다리는 것도 자격이 있어야지. 넌 그런 거 없어."

첫사랑이 참 모질다.

고작 하루의 외출이었다. 그마저 오롯하게 홀로 보낸 시간은 따지고 보면 얼마 되지 않았다. 수영 잠깐. 호텔 잠깐. 공적인 스케줄에는 일부러 많은 수의 직원들을 대동해 움직였다. 독립적인 성격이면서 독단적인 걸 선호하는 황 대표에겐 굉장히 드문 일이었다. 그만큼 어떤 틈이나 여지를 주지 않겠단 의도가 명확했다. 조용히 흘러가던 기류는 오후가 되면서 깨졌다.

새롭게 사진이 찍히면서 스캔들이 재차 불거졌다. 장소는 백화점 명품관이었다. 정장을 갖춰 입고 팔찌를 고르고 있는 황 대표의 모습은 당연히 튀었다. 문제는 뒤쪽에 걸린 흑백 화보였다. 스캔들로 엮인 영화배우가 그 브랜드를 상징하는 대표 디자이너의 뮤즈이면서, 전속 모델이었다. 거길 그렇게 들락거렸건만 모르고 있었다. 어이가 없어서 짧게 헛웃음이 터질 지경이었다. 유 대표의 전화를 받고 기사를 확인했을 때야 벽면 전체에 그런 화보가 걸려 있단 걸 알았다. 어떤 말이 들려와도 나서서 취하는 행동이 없자 스캔들은 자연스레 관심 밖으로 물러나는 중이었다. 하지만 짧았던 외출로 겨우 잠잠해지던 불씨를 직접 키운 꼴이다. 유 대표가 내뱉는 쌍욕들을 뒤로하고 전화를 끊으면서 황 대표가 관자놀이를 짚었다. 시골에서 좀 더 머물러야 하게 생겼다. 미미하게 두통이 번진다.

개어 둔 이불 위에 얌전히 앉아 있던 버들의 눈이 놀라서 둥그렇게 커졌다. 통화 내용이 세세히 들려온 건 아니었지만, 막판에 오고 가는 큰 소리만큼은 정확했다. 새로 튀어 오른 스캔들 건에 대해선 모르고, 그저 제 형과 황 대표가 서로 싸운 줄로만 아는 버들이 시무룩하게 처졌다. 겨울이 형 뭐야. 황 대표님한테 개새끼라고 하면 어떡해. 하필. 황 대표님은 금동이랑 감자 같은 새끼 개도 무서워하는데. 속상하다.

아침이 지나면서 비가 퍼붓기 시작했다. 세찬 빗방울로 인해 땅 가까이 물보라가 아스라이 일어났다. 기승을 부리던 더위도 한풀 꺾였다. 에어컨을 켜지 않아도 될 만큼 감도는 공기가 선선했다. 비 냄새가 난다. 언제쯤 비가 그치려나. 고립당한 거나 마찬가지인 버들이 기운을 잃었다. 하고 있는 작업 모두가 야외에서 이뤄지는데 비 때문에 현재 조각도도 붓도 들 수 없는 처지였다. 창가에 팔을 올리고 애꿎게 하늘만 쳐다보고 있던 버들이 뒤돌아 앉았다. 때마침 내려진 커피를 가지러 황 대표가 움직였다. 몰래 훔쳐보고 있단 걸 들키지 않기 위해 버들의 눈꺼풀이 얼른 밑으로 감겼다.

적적했던 집에는 황 대표가 돌아오면서 다시 키보드를 두드리는 소리가 들려왔다. 하지만 여전히 혼자 있단 기분이 든다. 제 아랫입술을 자근자근 씹으며 버들이 못살게 굴었다. 눈동자 가득 불안함이 고인다. 저가 있는 자리에서 식탁에 앉아 작업하는 황 대표의 자리까지. 고작 몇 걸음밖에 안 되는 거리가 오늘따라 까마득하다. 버들이 작게 한숨을 내쉬었다. 서울에서 돌아오자마자 화를 냈던 황 대표의 모습과 목소리가 반복되면서 펼쳐진다. 자신에게 진력난단 어조였다. 그 후부터 어떠한 대화도 주고받지 않고 있었다. 분위기가 서먹하다.

각자 식사 준비를 끝내고 식탁에 앉았다. 밥그릇에서 들린 버들의 젓가락이 휑하다. 밥풀 세 개가 들러붙어 있는 걸 입에 넣고선 버들이 느릿하게 씹었다. 조심히 황 대표를 힐긋거렸다. 여러 번 말을 붙이려고 시도했지만 기가 잔뜩 죽어 시도로만 그쳤다. 애탄다. 이러다가 황 대표와 평생 말도 못 하는 사이가 되어 버리면 어쩌나 속이 답답해진다. 다정하게 웃어 주셨으면 좋겠다.

"대표님. 비 내리는 날씨, 좋아하세요?"

버들의 목소리가 작다. 그러면서도 애써 쾌활함을 흉내 냈다.

"오늘은 시원한 거 같아요."

"……"

"서울, 다녀온 건 어떠셨어요?"

"……"

"비는 언제 그칠까요?"

"……"

말 한 마디 듣는 게 너무 어렵다.

"오늘 못한 작업, 내일 열심히 할게요. 그림이랑 조각."

빗소리가 막막해진다. 버들이 물끄러미 제 손을 바라봤다. 원망
스럽다. 손등은 부르텄고 갈라진 손톱엔 멍이 든 부분도 있다. 왜
이걸 스스로 더럽다고 못 느끼고, 당연하게 받아들이면서 살았을까.

"대표님……."

식사를 끝낸 황 대표가 먼저 자리를 떴다. 버들이 설거지를 끝냈
다. 여전히 비가 내리는 중이다. 잡화점에서 사 온 모자를 버들이
만지작거렸다. 하도 만져 댄 탓인지 테두리에 새겨진 무늬가 해지
려고 한다. 볼록하게 올라온 실밥을 버들이 문질렀다. 디자인이 똑
같은 모자 두 개를 신중히 저울질하며 비교했다. 상태가 더 좋은 게
물론 황 대표의 선물이다. 황 대표라면 뭐든 아깝지가 않다.

노트와 색연필을 품에 안은 버들이 조심스레 황 대표가 있는 식
탁으로 걸어갔다. 의자를 빼는 것도 조마조마하다. 목구멍을 휘젓
고 침이 넘어갔다. 대화를 하는 건 너무 큰 바람이었던 걸까. 지금
은 그저 황 대표의 눈길이 실수라도 괜찮으니까 저한테 한 번이라
도 스쳤으면 좋겠다.

사각사각, 종이를 스치는 색연필 소리와 키보드를 두드리는 소리
가 섞였다.

"황 대표님. ……화 많이 나셨어요?"

나지막한 버들의 한숨 소리가 거치적거린다. 만질 거면 원래대로
해 놓고 들키지나 말든가. 만년필은 거꾸로 꽂혀 있었고 시계와 향
수는 각도가 약간 틀어져 있었다. 남들은 모르고 넘어갔을 정도의
사소한 차이가 예민한 황 대표의 눈에는 전부 티가 났다. 안팎으로
난리다. 밖은 스캔들, 안은 유 대표 새끼로.

비가 퍼붓는 중인 하늘이 검다. 아까부터 혼자 좀 있고 싶은데

날씨가 이래서 버들을 쫓아낼 수가 없었다. 시든 잎사귀처럼 처져 있는 버들을 남겨 두고 황 대표가 계단을 밟았다. 침대에 누웠다. 두통이 나아지지 않는다.

하루 종일 내릴 것 같았던 비는 다행히 얼마 뒤 그쳤다. 구름 사이로 밝게 햇볕이 쬈다. 동시에 서늘함은 온데간데없이 여름다운 기온으로 올라갔다. 다시 에어컨이 작동됐다. 나갈 준비를 하는 황 대표를 보며 버들이 울적해졌다.

"나와."

황 대표의 말을 따라 버들의 몸이 엉거주춤 일으켜졌다.

"산책 갈 거니까 앞장서."

화 풀리신 건가?

"……대표님."

"산책 가기 싫어요?"

"아니요!"

버들의 표정이 부드럽게 풀렸다. 황 대표가 제게 말을 건 목소리가 화내기 전과 똑같았다. 다행이다. 연신 버들이 가슴을 쓸어내렸다. 정말로 다행이다. 난데없는 타이밍에 확 풀려 버린 긴장감으로 신발을 신던 버들이 휘우듬하게 흔들렸다. 황 대표보다 먼저 버들이 현관을 빠져나갔다. 시골은 시골이었다. 균일하지 않은 바닥에는 비 때문에 크고 작은 웅덩이가 여러 개 만들어졌다. 이리저리 잘 피해 황 대표와 산책을 잘 다녀와야겠단 사명감으로 버들이 불타올랐다.

"야. 너는……."

황 대표가 말을 잃었다.

"왜요?"

"너 방금 뭐 만졌어?"

"지렁이요."

황 대표가 무서워할까 봐 흙 위에 누워 있는 지렁이를 집어 저만치 던져 버렸다. 무슨 일인가 싶은지 버들이 황 대표의 턱 아래까지 바짝 다가갔다. 안 그래도 지렁이를 보고 식겁했는데, 그 지렁이를 잡아 던진 버들의 행동으로 인해 황 대표는 이미 사색이 된 채였다.

"너는 만질 게 있고 안 만질 게 따로 있는 거지. 그걸 왜……."

황 대표가 말을 하다가 말았다. 천진하게 버들이 눈을 깜박였다. 어렸을 적부터 땅 파면서 놀았다. 비가 내린 뒤의 흙은 감촉이 부드러워 더 좋아했다. 지렁이건 달팽이건 버들에겐 익숙한 애들이었다. 멀뚱히 서 있는 버들의 손목을 황 대표가 움켜잡았다. 그대로 다시 집 안으로 끌고 가 욕실로 집어넣었다.

"손 씻고 나와."

"네."

말 걸어 주는 게 기쁜 버들이 웃었다.

"대표님, 저요."

"한 번 더 씻어."

"네."

말도 가로막히고 욕실 밖으로 나오려는 것도 가로막혔다. 버들이 순순히 세면대 앞에 섰다.

"거품 더 내."

뒤에서 들려온 황 대표의 명령을 버들이 곧장 실행에 옮겼다. 손 세정제를 듬뿍 덜어 내 몽글거리는 거품을 잔뜩 만들었다. 양손이 마치 하얀색 장갑을 낀 것 같다. 그걸 황 대표에게 보여 줬다. 그 정도면 됐단 듯 황 대표가 턱을 끄덕였다. 그 무언의 허락에 버들이 또 웃음을 지으며 손을 헹궜다.

　다시 나와서 걷고, 걷고 또 걷다 보니까 개울이 나왔다. 비가 내려서 물이 불어났나 보다. 콸콸 힘차게 흐른다. 밟고 건너가라고 듬성듬성 놓인 돌덩어리가 고정되지 않아 물살에 흔들렸다. 멈춰 있는 버들을 황 대표가 지나쳤다. 황 대표를 따라 버들도 서둘러 돌덩이에 발을 올렸다. 황 대표는 아무렇지 않게 건너가고 있는데 저는 중심을 잡는 게 너무 어렵다. 결국 한쪽 발이 물속에 빠져 버렸다. 차라리 잘됐다. 무릎까지 오는 높이의 물을 버들이 획획 발로 차듯 걸었다. 무심코 뒤를 돌아본 황 대표가 어이없어했다. 종알종알, 버들이 수다를 떨었다.

　"앞으로 저, 대표님 물건 안 만져요. 절대로!"

　반성 많이 했다. 길가에 잠시 쉬었다 갈 수 있도록 나무로 된 벤치가 놓여 있었지만 물이 잔뜩 스며들어 있어 앉을 수가 없었다. 새가 푸드덕 날갯짓하며 날아올랐다. 반동이 생긴 나뭇잎에 촘촘하게 매달려 있던 빗물이 후드득 떨어졌다. 빠르게 피한 황 대표와 달리 버들이 그걸 홀딱 뒤집어썼다.

　"유버들!"

　현관 앞을 서성거리고 있던 정민이 산책하고 돌아온 버들을 발견하고선 이름을 크게 외쳤다.

　"여기는 웬일이야?"

　"놀려고 왔지. 왜. 안 돼?"

"약속 안 했잖아."

"꼭 약속을 하고 놀아야 하냐? 어차피 같은 곳에 있는데."

탐탁지 않은 시선으로 정민이 버들과 황 대표를 흘겨봤다. 두 사람 사이에 버들이 끼어 있는 꼴이다. 무덤덤한 황 대표의 눈빛이 버들을 외면했다. 아까 버들이 들려줬던 수다 속에 운동한단 친구의 이야기가 껴 있었다. 우연히 만났다고. 우연히 정민의 할아버지 포도 농장이 여기였다고. 거듭 '우연'을 강조했었다.

저와 놀려고 불쑥 찾아온 정민에게 뭐라고 대답하면 좋을지 모르겠는지 버들의 도톰한 입술이 우물쭈물했다. 이제 막 황 대표님이랑 화해해서 단둘이 더 붙어 있고 싶은데⋯⋯. 정민에게 딱히 신경 쓰지 않고 황 대표가 안으로 들어갔다. 자동으로 황 대표의 뒤를 따라가려던 버들이 멈칫했다.

"저 사람이랑 어디 갔다 와?"

정민이 성큼성큼, 버들의 곁으로 거리를 좁혔다.

"저 사람이 뭐야. 대표님한테."

"저 사람이 나한테도 뭐 대표님이냐?"

"그래도. 어른이시잖아. 우리보다 아홉 살 많아."

버들이 정민을 혼냈다.

"너 바지는 왜 그래?"

정민의 지적에 버들이 제 차림을 확인했다. 무릎까지 닿았던 개울의 높이만큼 바지가 젖어 있었다. 운동화도 마찬가지였다.

"나 잠깐만 씻고 올게."

기다릴 거니까 빨리 나오란 정민의 말이 등 뒤로 남았다. 시간이 걸리는 샤워는 어쩔 수 없이 미뤄야 했다. 다리를 깨끗하게 씻고 세수까지 끝낸 버들이 편한 트레이닝 바지로 갈아입었다. 새 신발을 꺼내야 돼서 버들은 겨울이 보내 준 박스를 활짝 열었다. 운동화나 슬리퍼 좀 보내 주지. 이게 뭐야. 형은.

밖으로 나온 버들이 잊지 않고 젖은 운동화를 햇볕이 잘 드는 벽에 기대 세웠다.

"여기서 놀 거 있어?"

"없지."

"놀자며."

"그게 꼭 중요하냐?"

할 게 없으니 결국 나란히 정자에 앉았다. 두 사람의 그림자가 하나로 덩어리졌다. 한 놈은 근육질 몸에 할머니 꽃무늬 티셔츠를 입고 있고, 한 놈은 읍내에 나가서 멋 잔뜩 부리라고 친형이 보내 준 새까만 정장 구두를 트레이닝복에 신고 있었다. 꼴이 두 배로 가관이었다.

"형은 내일 여기 탈출한다."

"탈출? 가는 거야?"

"넌 멀었냐?"

"난 언제 나갈지 몰라. 황 대표님 갈 때 나도 가는 거라."

자꾸만 황 대표를 짝꿍처럼 묶는 버들이 알미워 정민이 양껏 노려보았다.

"아쉬워 좀 해라."

"그럼 안 와, 이제?"

"왜? 형이 왔으면 좋겠냐?"

"넌 형도 아니면서 왜 자꾸 아까부터 형이래?"

"왔으면 좋겠냐고."

"응."

버들이 말끝에 "됐지?"만 안 붙였어도 완벽히 기뻐할 수 있었을 거다.

"훈련 없거나 쉴 때 올게."

"그래라."

"야, 씨. 그게 무슨 말투야?"

옥신각신하면서 이야기를 주고받았다. 그러다 문득 보고 싶은 영화가 떠올라 버들이 정민에게 "너도 본 적 있어?" 하고 물었다. 안 그래도 내일 그 영화를 보러 갈 예정이란 정민의 일정이 부러운지 버들의 큰 눈이 반짝였다. 정민이 주워들은 줄거리를 줄줄 말해 줬다. 고개까지 끄덕이며 버들이 주의 깊게 들었다. 그러다 결정적인 반전 부분을 말해 주기 직전, 정민의 주둥이를 간발의 차로 막을 수 있었다. 손바닥을 치워 주자 숨이 막혔는지 정민의 얼굴이 조금은 붉었다. 영화의 장르는 여름답게 스릴러였다. 재밌을 것 같아 벌써 기대된다.

태블릿을 들여다보던 황 대표가 창문 쪽으로 고개를 돌렸다. 밖에서 버들의 웃음소리가 타고 넘어왔다. 찰나 기분이 묘해졌다.

해가 지는데도 자꾸만 더 오래 뭉개고 있으려는 정민을 버들이 겨우겨우 돌려보냈다. 뜨거운 물에 목욕을 하고 나온 버들의 몸이 나긋나긋해졌다. 좋은 향기 풀풀 휘날리며 바닥에 앉아 머리를 말리는 중인 버들을 황 대표가 멀거니 응시했다. 축 처져 있던 머리카락이 버석하게 건조가 될수록 민들레 홀씨처럼 부푼다.

"유버들 씨."

"네?"

버들이 얼른 드라이기 전원을 껐다. 황 대표가 턱을 까딱였다. 굳이 말을 하지 않아도 그게 뭘 뜻하는지 알아차린 버들이 자리에서 일어났다. 가까이 다가온 버들을 잡아 황 대표가 버들의 목 칼라를 젖혔다. 피부에 황 대표의 손이 닿자 버들이 흠칫거렸다. 서늘하게 가라앉은 황 대표의 시선이 움푹 파인 버들의 쇄골에서 저가 남겨 놓은 울혈을 찾아냈다. 이어 버들의 팔 안쪽도 확인했다. 멍으로 남아 있는 흔적을 엄지손가락으로 힘을 줘 누르자 아픈지 버들이 콧잔등을 찌푸렸다. 그러면서도 황 대표를 뿌리치지 않는다.

"저 좋아해요?"

"······좋아해요."

버들의 기다란 속눈썹이 나풀거리듯 깜박였다.

"좋아해요. 많이."

품고 있는 감정을 꼭꼭 감춘 다음 조금씩 보여 줘야 팽팽히 줄다리기도 할 수 있는 건데 멍청하게 모든 패를 내놓은 채였다. 그것도 모자라는지 버들은 어떻게 하면 좋아하는 감정을 겉으로 더 드러낼 수 있을까 고심하고 있었다. 처음부터 지금까지 한결같은 버들의 마음을 단어 하나로 표현해 보자면 구걸 그 이상 그 이하도 아니다.

황 대표가 버들을 밀었다. 버들이 흐트러진 제 옷차림을 묵묵히 정리했다.

"버들 씨. 안 자요?"

버들은 한참을 황 대표의 맞은편에 앉아 그림에 몰두했다. 마무리만 남아서 일른 끝내고 싶었다.

"대표님은요?"

"나는 이따가."

"저도 이따가 잘 거예요."

서로의 시선이 마주쳤다. 먼저 외면한 쪽은 황 대표였다. 황 대표가 멈추고 있던 손을 키보드에 올렸다.

"대표님. 궁금한 게 있는데요."

버들이 영화에 대해 물었고, 황 대표가 답해 줬다. 영화를 중점으로 대화가 흘렀다. 그러면서 둘의 의견이 벌어지기도 하고 좁혀지기도 했다. 버들의 입가가 웃을락 말락 한다. 황 대표가 화를 내면서 얹힌 것 같았던 속이 지금은 함께 산책도 하고, 이야기도 나누면서 완전히 평온해졌다.

그사이, 그림이 완성됐다.

"대표님. 이거……"

쭈뼛거리면서 버들이 노트를 내밀었다.

"하늘색 해바라기가 어디에 있어."

노란색 색연필을 잃어버렸지만 괜찮다. 꽃잎이 하늘색으로 칠해졌지만 어쨌든, 황 대표가 해바라기란 것을 알아봐 준 것만으로도 버들은 충분했다.

"대표님. 앞으로도 저랑 친하게 지내요."

……친하게? 언제 친하게 지냈다고 '앞으로도'야. 단물 빠지면 뱉어 버릴 껌이다.

버들의 눈이 휙 접히면서 환하게 웃었다.

―내 새끼, 왜 전화 안 받는 거야?

유 대표가 황 대표를 닦달했다.

"네 새끼 아까 밥 먹는다고 나갔어."

-누구랑?

"누구겠어."

-스승님이랑? 아. 술 먹이실 거 같은데.

스승님이 부르는 바람에 어쩔 수 없이, 혼자 식사를 하게 해서 죄송하다며 나가기 전 버들이 미적거렸다. 황 대표가 시계를 확인했다. 밤 열 시가 넘어간다.

-버들이 잘 보살펴라.

"내가 왜 그래야 하는데."

-살 빠지나 안 빠지나 잘 감시하고.

"그러니까 그걸 왜 내가 감시해야 하냐고."

갑자기 유 대표가 목소리를 근엄하게 깔았다.

-황 대표. 나 할 말이 있다.

할 말 있으면 해 보라고 했다.

-내 새끼, 왜 전화 안 받는 거야?

"……."

술을 마시다 못해 아예 술독에 빠졌다가 나온 모양이었다. 주정뱅이가 된 유 대표가 같은 말을 벌써 여덟 번째 반복해 주절거리고 있었다. 상대해 주고 있는 시간이 아깝다. 그대로 황 대표가 전화를 끊어 버렸다. 혀 굴러가는 유 대표의 상태를 봐선 다음 날 저한테 전화를 해 민폐를 끼쳤단 것도 기억 못 할 게 뻔했다. 하루의 외출로 소희와 불거졌던 스캔들은 연예인 공식 커플의 결별 가십으로 인해 예상보다 빠르게 가라앉고 있는 중이었다. 운이 좋았다.

「주인공이 여자였어요? 저는 남자인 줄 알았어요.」

오전에 휘둥그레진 눈으로 버들이 했던 말이 상기됐다. 붓을 빼앗아 던져 버렸다. 넌 시나리오를 어떻게 이해했냐며 혼을 냈었다. 황 대표의 유려한 손가락이 식탁 위를 느리게 두드렸다. 감정을 끌고 가는 주인공이 남자라면 영화의 색깔이 확연하게 달라진다. 황 대표의 시선이 식탁에 펼쳐진 버들의 색연필로 향했다. 괜찮을까 미심쩍었던 물음에 황 대표가 괜찮을 것 같단 답을 내렸다.

욕조에 몸을 담그고 나오자 자정이다. 발소리가 접근했다. 이윽고 열린 문에 누군가 고개를 내밀었다. 당연히 버들인 줄 알았는데 버들의 스승이었다. 계약서를 통해 갑과 을이 확실하게 지정되어 있는 사이였지만 기본적인 예의조차 서로에게 차리지 않았다. 서로를 향한 적대감이 적나라했다.

딱히 오고 가는 인사 없이 침묵이 지속되는 중이다. 씻고 나온 황 대표는 현재 청바지만 입고 있던 터였다. 가슴과 복근, 상박근, 장골들이 또렷했다. 느긋한 태도로 황 대표가 머리 위로 티셔츠를 집어넣었다.

"버들이 좀 옮기세!"

노인의 호통에 황 대표의 눈썹이 꿈틀거렸다. 언젠가 들어 봤던 말이었다. '스승님이랑? 아. 술 먹이실 거 같은데.'라던 유 대표의 말이 겹쳐졌다. 설핏 본 노인의 얼굴이 붉다. 누가 봐도 저 얼굴은 거하게 취기가 오른 상태다. 자기 할 말만 끝내 놓고 노인이 쾅 문을 세게 닫고 가 버렸다. 콧방귀 뀐 황 대표가 와인을 꺼냈다. 버들이 어디서 누구랑 술을 처마시든 말든 저와 상관없다. 잔을 채운 적색의 술이 매혹적이다. 마시려고 입으로 가져간 잔을 황 대표가 도로 놓았다. 한숨이 샌다. 유 씨 형제 새끼들이 쌍으로 뭐 하는 짓들인가 모르겠다. 황 대표가 유 대표 개인 비서의 번호를 찾았다.

"유 대표한테 연락 없었나요?"

—아. 이미 집으로 모시고 가는 중입니다.

역시 문제는 버들이었다. 당사자인 버들은 모르고 있는 술버릇을 황 대표는 알고 있었다. 서둘러 밖으로 나갔다.

"여길세!"

노인의 집으로 가는 길 도중 큰 나무 아래 평상이 놓여 있었다. 거기에서 거한 술판이 벌어졌던 모양이다. 상 위에 나뒹굴고 있는 술잔이 여러 개다. 발에 채인 술병을 황 대표가 내려다봤다. 막걸리다.

어떠한 위기의식도 없이, 쌕쌕거리며 대자로 누워 잠든 버들을 내려다보고 있자니 열이 받는다. 숨을 들이쉬고 뱉을 때마다 버들의 배가 오르락내리락 움직였다. 기가 막힌다. 옴폭 파인 버들의 배꼽이 훤히 드러나 있었다. 우선 버들의 옷자락을 잡아 당겨 배부터 가리는 황 대표의 표정에서 신경질이 노골적으로 나타났다. 노인은 아침에 해장시키게 버들을 보내라는 말을 남기고 이리 휘청 저리 휘청 불안한 걸음으로 사라졌다.

둘만 남겨졌다.

보름달이 휘영청 밝다, 하필.

"너 배꼽 이 사람 저 사람 다 봤겠다, 아주."

종아리 부근을 툭 찼지만 버들은 깊게 잠들었는지 깨어날 기미가 없어 보인다. 아주 환장하겠다. 달빛에 불그스름한 버들의 볼이 비쳤졌다. 대체 누구한테 처음 술을 배웠는지 한심스럽다. 술을 얼마나 마시건 집 찾아갈 때까지는 온전하게 정신 붙들고 있어야지. 쯧. 절로 혀가 차 진다.

황 대표가 축 늘어진 버들의 팔을 잡아 몸을 일으켜 세웠다. 고개부터 뒤로 꺾이더니 쓰러질 것처럼 기운다. 그런 버들을 황 대표가 확 잡아당겼다. 마른 몸이 제 품속으로 폭 안겨 들었다. 순간 전체적으로 퍼진 연한 느낌에 황 대표가 움찔거렸다.

……사내새끼가 몸이 왜 이래.

풀벌레 소리가 청량하다. 황 대표가 고개를 꺾어 버들의 얼굴을 바라봤다. 어떻게 할까. 버리고 혼자 가 버릴까 하다가 버들의 무릎 뒤로 팔을 넣어 번쩍 안아 들었다. 체중이 감소한 탓에 버들이 지난번보다 더 가볍다. 버들의 엉덩이가 아래로 쑥 빠지려고 해서 몇 걸음 가지 못했다. 아, 새끼. 진짜. 하나면 하나, 열이면 열 전부 거추장스럽다. 그대로 멈춰선 황 대표가 버들의 팔을 제 목에 감게 했다. 마냥 다정함을 베푸는 손길은 아니었다. 거칠었다. 버들의 눈꺼풀이 파르르 떨리더니 위로 살짝 뜨였다가 금방 도로 감겼다.

"안아."

"……."

"놓고 가 버리기 전에."

"……."

힘이 빠지던 버들이 가까스로 황 대표의 목을 끌어안았다. 그제야 황 대표가 다시 걷기 시작했다. 간간히 버들의 몸을 추슬렀다. 술에 잔뜩 취해 제정신이 아닌데도 떨어질까 봐 무서웠는지 그럴 때마다 버들이 아등바등 난리였다. 마음껏 지랄해 보라는 듯 황 대표가 화를 삭이며 잠시 여유를 줬다.

보이니까.

그래. 보이니까.

황 대표의 입술이 버들의 목에 잠시 닿았다가 떨어졌다. 평소처럼 사납게 이를 세우지 않았다. 말 그대로 입술만 닿았다가 떨어졌을 뿐이었다. 버들에게선 옅게 풀 냄새가 났다. 그 냄새에 이끌려 다시 목덜미로 얼굴을 내렸다. 닿아 오는 코끝이 간지러운지 버들의 어깨가 잔뜩 움츠러들었다. 피하려 드는 나약한 움직임에도 봐주는 법 없이 황 대표가 집요히 굴었다. 의외다. 불쾌함보다 앞서는 것들이 있다. 청아하면서, 깨끗하면서, 부드러우면서. 딱 한 가지로 정의 내릴 수 없는 단어들이 떠다녔다.

……근데. 왜 풀 냄새가 나는 거야. 술 마신 거면 술 냄새가 나야지.

"풀밭에서 구르기라도 했나."

……응. 혼잣말 뒤로 바람 빠진 버들의 목소리가 들려왔다. 그게 대답인지, 그냥 헛소리인지 모르겠다. 황 대표가 둥글게 위로 말린 버들의 긴 속눈썹을 바라보았다.

"굴렀어?"

"응……."

"풀밭에서?"

"……응."

황당하다. 황 대표가 옅게 코로 웃었다.

"풀밭에서 왜 굴렀어?"

그저 통통한 버들의 입술이 달싹였을 뿐이었다. 작게 재채기 후, 한참이 지나서 또 "응."이란다.

"그냥 굴렸어?"

"······응."

황 대표의 입가가 저도 모르게 온화해졌다.

방에 불을 켜지 않아 달빛에만 의존해야 했다. 바닥에 누워 자고 있는 버들을 소파에 앉아 황 대표가 가만히 응시했다. 한쪽 다리를 여유롭게 꼬았다. 근처의 리모컨을 가져와 에어컨을 끄자 기계음이 사라지고 버들의 숨소리만이 적막을 흔들었다. 슬슬 공기가 뜨겁게 달궈진다. 황 대표가 와인을 음미하며 목구멍으로 넘겼다. 급할 게 전혀 없었다. 두어 시간이 지났다. 버들이 칭얼거리기 시작했다.

······더워.

버들의 손가락이 꼼지락거리면서 아주 힘겹게 바지 단추를 푸르고, 지퍼를 내렸다. 버들이 펼치는 어설픈 스트립쇼를 관람하며 황 대표의 눈꺼풀이 느릿해졌다. 더위에서 벗어나기 위해 버들이 꾸물 거리면서 최선을 다하는 중이었다. 바지를 내리고, 이어 속옷도 내렸다. 황 대표의 눈이 가느스름하게 뜨였다. 털이 없어 보드라운 버들의 다리 사이와 순해 보이는 살덩이가 여전했다.

돌연 버들이 몸을 뒤집었다.

소복하게 솟은 하얀 엉덩이가 토실토실하다.

*　　*　　*

잠은 서서히 깼다. ······답답해. 버들의 인상이 잔뜩 찌푸려졌다. 귓가 바로 옆에 매미 무리가 모여 있나 보다. 우렁찬 울음소리에 곧 고막이 찢어지게 생겼다. 작렬하는 햇볕이 발등에서 느껴진다. 겨우 눈을 뜨긴 했지만 정신머리는 여전히 혼탁했다. 코앞에 웬 나무 기둥이 있다. 오랫동안 골똘히 바라보고 나서야 나무 기둥의 정체가 정자란 걸 알아차렸다. 상황 파악이 제대로 되지 않는지 버들의 눈동자가 여태 멍하다.

곧, 왜 이리 답답한지 알아차렸다. 김밥처럼 몸 전체가 이불에 돌돌 말려 있어서 꿈틀거리는 것조차 쉽지 않다. 한참 낑낑거리고 나서야 버들이 이불 밖으로 어렵사리 팔 하나를 빼냈다. 부스스하게 일어나 앉은 버들의 몰골이 말이 아니다. 머리가 폭탄을 맞은 것처럼 산발이다. 무심코 배를 문질렀다. 언제 얼마나 마셨더라. 숙취로 속이 엉망이었다. 괴롭게 신음하던 버들이 이마를 바닥에 붙이고 고꾸라졌다.

그때였다. 자갈 밟히는 소리와 함께 인기척이 느껴진다. 버들의 허리가 다시 꼿꼿하게 세워졌다. 조깅을 끝내고 돌아온 황 대표와 눈이 정통으로 마주쳤다. 까칠한 눈초리에 버들은 기가 죽어 퉁퉁 부은 눈꺼풀을 아래로 내리깔았다. 대화 없이 몇 초가 흘렀다. 무언가 어색하고 민망하다.

"저……."

꽉 잠겨서 터진 제 목소리에 버들이 화들짝 놀랐다. 그러고 있는 사이 집 안으로 들어간 황 대표의 뒷모습에서 쎙하니 찬바람이 부는 것 같다. 현관문이 쾅, 닫혔다. 다급히 황 대표를 쫓아가고 싶은 버들이 정자 밑을 내려다봤다. 어떤 신발도 보이지 않는다. 그렇다는 건 술에 취해 맨발로 여기까지 걸어온 걸까? 못 살겠다. 왜 하필 잠들어도 여기서……. 끝도 없이 펼쳐질 것 같은 한탄을 버들이 우선 멈췄다. 이불을 품에 끌어안고 집 안으로 걸음을 옮겼다.

운동을 끝낸 직후라 그런가. 고작 물병 뚜껑을 돌려 따는 건데 황 대표의 손등에 굵은 핏줄이 불거졌다. 강인해 보이는 목덜미를 훑고 내려오는 땀방울에 주책없이 심장이 뛴다. 어떻게 된 게 매일 매일 새롭게 홀딱 반하게 된다. 황 대표의 눈치를 살살 살피며 버들이 이불을 개켜 제자리에 뒀다.

"대표님. 저 먼저 씻어도 돼요?"

조심스레 버들이 물었다. 그쪽은 쳐다보지 않고 황 대표가 고개를 끄덕이며 허락했다. 얼마 뒤 씻고 나온 버들이 욕실 앞에서 굳었다. 황 대표가 땀에 젖은 운동복 상의를 막 벗은 참이었다. 사소한 움직임에도 근사하게 짜인 근육들이 사납게 꿈틀거렸다. 젖은 머리에 뒤집어쓰고 있던 수건 양쪽 끝을 턱 아래로 끌어 모아 버들이 붉어진 얼굴을 감췄다.

"저, 대표님!"

제 쪽으로 가까이 다가온 황 대표를 버들이 불렀다.

"왜."

".......아니에요."

황 대표가 버들의 옆을 스쳐 지나갔다. 기분이 오묘하다. 자기가 사용하고 나온 욕실에 바로, 그것도 반 누드인 상태로 황 대표가 들어간다니까 아랫배가 다 근지럽다. 그게 아지랑이처럼 번져 발바닥까지 찌릿하다.

"몸에 열도 많은 새끼가."

욕실 문을 닫자마자 황 대표가 욕을 내뱉었다. 한여름에 덥지도 않은지 버들은 매번 뜨거운 물로 씻었다. 환기시킬 틈을 주지 않아 좁은 욕실 공간에는 사우나처럼 수증기가 가득하다. 찬물이 나오게끔 레버를 반대 방향으로 꺾었다.

부드러운 하얀 거품이 황 대표의 갈라진 등을 가로질러 다리 사이를 휘감았다. 수건을 꺼내다가 언뜻 스친 걸 황 대표가 다시 자세히 바라봤다. 젖은 칫솔모 두 개가 서로 맞닿아 있다. 그냥 지나치지 않고 황 대표가 굳이 버들의 칫솔과 제 칫솔을 멀찍이 떨어뜨려 놓았다. 바닥에 던지지 않은 것만으로 많이 참아 준 거다.

머리를 말리던 중인 버들이 욕실 밖으로 나온 황 대표에게 쪼르르 다가갔다. 똑같은 샴푸를 쓰는데 느낌이 다르다. 황 대표에게 풍기는 냄새를 맡느라 버들이 콧구멍을 벌름거렸다. 사용한 수건을 대충 식탁 의자에 걸쳐 놓고 버들을 향해 황 대표가 돌아섰다.

"대표님. 안녕히 주무셨어요."

퍽이나 안녕히 주무셨겠다.

"술버릇이 없어?"

날카로운 황 대표의 어조에 버들이 움찔거렸다.

"제 술버릇이요?"

"정말 본인 술버릇이 없다고 생각해요?"

"저 진짜 술버릇 없어요."

말간 버들의 얼굴이 뭐 잘한 게 있다고 오늘따라 맹랑하다.

"술에 취해 있는데 그걸 어떻게 구별해."

"구별은……."

"같이 술 마신 사람들한테 술버릇 있단 말 못 들어 봤어요?"

"네. 그런 말 못 들어 봤어요."

눈을 지그시 감고 황 대표가 잠시 숨을 골랐다.

"잘 생각해 보고 다시 대답해요."

황 대표의 말을 따라 버들이 곰곰이 머리를 굴렸다. 몇 분이 지났다.

"잘 생각해 봤어요?"

"네."

"그럼 대답해."

"술버릇 없어요. 저."

"생각 덜했네."

마지막, 권태로움이 묻어나는 황 대표의 질책에 버들이 눈을 깜박였다. 버들의 맑은 눈동자에서 억울함이 뚝뚝 흐른다.

"저 술 마셔도 집에 잘 찾아가고……."

황 대표가 화를 가까스로 억눌렀다.

"집에 잘 찾아왔어요?"

정자에서 깨긴 했지만 남의 집 정자가 아니지 않나. 게다가 이불도 덮고 있었고. 버들이 좀 더 자신감에 찬 얼굴로 고개를 끄덕였다.

"기억나요? 어떻게 집에 왔는지?"

"……나요, 기억."

황 대표의 턱에 힘이 들어갔다. 동시에 뽀얗고 둥글었던 버들의 엉덩이가 눈앞에서 펼쳐졌다. 깜빡깜빡, 저를 올려다보는 버들의 긴 속눈썹을 보고 있자니 기가 막힌다.

"솔직하게 말해. 너 기억 안 나지."

"……네."

버들이 웃었다. 억지로 끌어당긴 입매가 어색하다 못해 바들바들 떨리기까지 한다. 어떻게든 웃음으로 상황을 모면하려고 했지만 제 형들과 달리 황 대표는 전혀 끄떡없다. 참 쉽지 않은 남자다.

배를 문지르고 있는 버들의 손에 황 대표의 눈길이 닿았다. 당연히 속 쓰리겠지.

"가서 해장하고 와요."

"어디서요?"

"너 스승님 집."

"아. 대표님도 식사하고 계세요. 저 금방 다녀올게요."

속이 어지간히 쓰리나 보다. 바로 뛰쳐나간 버들을 보며 황 대표가 미간을 찌푸렸다. 고작 몇 시간 전이다.

「……하지 마.」

허벅지 중간쯤 걸쳐졌던 바지와 속옷은 버들이 야무지게 발길질을 해 댔던 통에 발목에 달랑달랑 매달려 있었다. 그걸 입혀 주려고 몸에 손을 댄 것뿐인데 버들이 눈살을 구기며 중얼거렸다. 토실토실하게 살집이 모여 있던 버들의 엉덩이 촉감이 지금도 손바닥에 잔잔히 남아 있는 것 같다. 우악스런 힘으로 골반을 쥐고 몸을 돌리자 뭐가 불편한 것인지 버들이 칭얼거렸다.

「응……. 하지 마.」

「나라고 하고 싶어서 네 수발들고 있는 줄 알아?」

짜증 섞인 목소리가 터졌다. 유 대표 동생만 아니었다면 진짜로 갈아 버렸을 거다.

「입히지 마. 더워…….」

「다 내놓고 있기에 이거 너무 부끄럽지 않겠냐?」

몽글한 귀두 끝을 톡톡 건드리자 버들의 아랫배가 바짝 수축했다. 한 줌이란 말을 버들의 성기를 보고 이해했다. 하찮다, 진짜. 버들의 발목에 걸려 있는 속옷을 허리까지 끌어올렸다.

……어쩔 수가 없었다. 부들부들한 버들의 성기를 손에 쥐었다. 벌써 두 번째였다. 순종적인 느낌이 여전했다. 오른쪽? 왼쪽? 어느 방향으로 갈무리해 정리해 줘야 하는지 모르겠다. 휘어진 부분도 없이 곧아 짐작도 어려웠다. 으……. 입가로 얇은 숨소리를 내며 버들이 반사적으로 제 팔을 잡아 왔다. 도톰한 입술이 자꾸 옷을 벗겠다며 보챘다. 기껏 입혀 줬더니만. 진짜 사람 돌아 버리게 만드는 술버릇이 아닌가 싶다.

「유버들 씨.」

버들의 볼을 손가락 두 개로 모았다. 입술이 꽃봉오리처럼 볼록해졌다.

「일어나 봐.」

하지 마, 입히지 마, 버들의 반말이 걸렸다. 혹시나 싶었다. 혹시나, 나인 줄 모르나?

「……대표님.」

작게 뜬 눈이 금방 사르륵 감겼다. 어쨌건 말을 놓는 게 괘씸하긴 하나 다른 사람으로 착각하지 않고, 저를 정확히 알아봤단 것에 마음이 놓였다. 버들이 덥다고 자꾸만 바지 지퍼에 손을 가져다 대니 에어컨을 도로 작동시켰다. 뜨겁게 달궈졌던 공기가 서늘해질 때까지 얼마간의 시간이 필요했다. 그러는 동안 버들의 이마에 송골송골하게 맺혀 있는 땀을 입김으로 불어 식혀 줬다. 잠잠해진 버들을 내려다보는데 울컥 짜증이 치솟았다. 바지와 속옷을 더 못 벗게, 배꼽도 만지지 못하도록 이불로 멍석말이를 해 버들의 팔을 압박시켜 바깥으로 들고 나갔다. 그리고 정자에 버렸다. 그런데, 뭐?

집을 잘 찾아가?

-어.

"목소리 봐라."

한심하단 어조로 황 대표가 인상을 썼다. 다 죽어 가는 목소리로 유 대표가 쌍욕을 지껄였다.

-기왕 전화한 거 내 새끼 좀 바꿔 봐.

"네 새끼. 지금 밥 먹으러 갔어."

-밥? 칭찬해 줘야겠네.

남들 다 챙겨 먹는 끼니가 뭐라고 칭찬을 해.

-버들이 잘 있어?

"네가 물어보면 되잖아."

-내가 물어보면 무조건 잘 있다고 하니까 그렇지.

"진짜로 잘 있으니까 그렇겠지."

-잘생긴 넷째 형아 보고 싶다, 뭐 그런 말은 안 하고?

대답할 가치가 없다. 입을 다물자 핸드폰 너머에서 유 대표의 한숨이 길게 흘러들어 왔다.

-집에 버들이 없으니까 휑하다. 슬슬 날짜 잡아 보자.

슬슬 잡아 보잔 날짜는 서울 복귀다. 유대표가 스캔들 때문이 아닌, 집에 자기 새끼가 없어 휑하단 걸 이유로 들먹거렸다. 술이 덜깬 모양이다.

-내가 꿀물 타서 마시니까 맛이 없어. 버들이가 타 주는 꿀물이 진짜 맛있는데.

정작 네 새끼도 현재 꿀물을 처마셔야 하는 상태라고 빈정거리고 싶은 걸 참았다.

-아무튼. 황 대표. 네 옆구리에 버들이 끼워 보낸 건 너 좋으라
고 그런 게 아니야. 이참에 좋은 공기 마시면서 쉬고 오라고 보낸
거지. 그러니까 잘 먹이고, 잘 재우고…….

유 대표의 주둥이가 쉬지 않고 나불거린다. 어떻게 된 게 영양가
라곤 전혀 없는 말뿐이다. 고개를 양쪽으로 꺾자 목에서 뚝뚝 소리
가 났다. 무감한 얼굴로 황 대표가 나지막하게 입을 열었다.

"유 대표."

-나 아직 할 말 끝난 거 아니거든.

"우리 영화 촬영 얼마쯤 진행됐지?"

-중반은 넘었어. 준비 다 된 상태에서 촬영 들어간 거니까.

"그거 뒤집어엎자."

-뭐?

삽시간에 정적이 내려앉았다.

-진심으로 하는 말이야?

"그래."

유 대표가 금방 진지해진 말투로 뭘, 얼마나, 어떻게 뒤집자는 뜻
인지 물었다. "주인공부터."라고 황 대표가 대꾸했다. 두 대표 사이
에서 잠시 아무런 말이 오가지 않았다. 각자 머릿속이 복잡했다. 반
드시 계산해야 하는 것들 위주로 생각들이 스쳤다. 관자놀이를 짚
었을 유 대표의 모습이 뻔히 그려졌다. 주인공을 교체하는 것. 이미
찍어 둔 필름을 버리는 것. 새로 촬영에 들어간다는 것. 모든 게 결
코 쉬운 일은 아니었다. 영화에 투자한 투자자들의 반응도 염두에
둬야 한다. 결단을 내리긴 했으나 대표 입장으로서 저 역시 벌써부
터 골치가 아픈 건 마찬가지였다.

-위약금은 계약금의 세 배야.

"그거 전부 회수할 수 있는 돈이야."

엔터테인먼트로 사업을 키우는 초반이라 돈이 물처럼 빠져나가고 있었다. 양쪽 모두가 재벌이었지만 기업을 물려받는 대신 단독으로 회사를 설립해 집안과 별개인 삶을 자유로이 누리고 있었다. 장단점이 물론 나눠졌다. 비슷한 환경에서 자라서 서로 합이 잘 맞는 사이였다. 사업 수완 역시 나란히 빛을 발했다. 계산 또한 정확한 편이었다. 둘 다 손해 보는 장사 따윈 하지 않았다.

-황 대표.

"확실해. 실패 없을 거야."

영화를 새로 찍는다는 건 처음 있는 일이었다. 금전적 문제를 떠나서 한창 엔터테인먼트 브랜드를 키우고 있는 시기란 게 아무래도 조심스러웠다. 더 나은 환경에서 일하게 해 주겠노라 파격적인 제안을 걸며 여기저기서 배우들을 빼 오고 있었다. 그런데 그런 회사에서 하루아침에 주인공을 교체해 배우를 자르게 된다니. 그때 발생될 파장에 대해, 그리고 어떻게 수습하면 좋을지에 대해 미리 대책을 고민해 보지 않을 수 없었다. 사람과 사람의 연결이다. 무엇보다 신뢰가 우선이었다. 대중들의 평가 잣대 역시 고려해 봐야 한다.

"시나리오는 크게 바뀌지 않을 거야."

지금보다 더 바빠질 게 분명한 유 대표가 서둘러 전화를 끊었다.

* * *

해장국을 몇 번 떠먹은 게 다다. 제 스승님은 속이 다 풀린다면서 시뻘건 고추기름이 둥둥 떠다니고 있는 국물을 벌컥벌컥 들이켰지만 버들의 숟가락은 영 맥을 못 추었다. 오히려 뭘 삼키면 삼킬수록 속 쓰리는 게 강해진다. 간이 별로 되지 않은 나물 몇 가닥을 꾸역꾸역 집어 먹은 걸로 식사를 끝냈다.

아. 황 대표님은 식사하셨을까? 떨어진 지 얼마나 됐다고 벌써 보고 싶어서 큰일이다. 메시지라도 보내 볼까 싶었으나 귀찮게 하는 거 같아 관두었다. 핸드폰에 저장된 황 대표의 번호를 버들이 빤히 쳐다봤다. 구름이 커다랗게 뭉쳐 유유자적 하늘을 가른다.

노부인을 도와 설거지를 한 뒤 버들이 조각도를 집어 들었다. 잠시 짬이 생겼다. 버들이 그늘에 털썩 주저앉았다. 염색물 먹은 천을 짜고. 조각도 하루 온종일 하고. 가장 고생하고 있는 손끝의 피부가 엉망진창으로 벗겨지고 있다. 갈라진 틈이 새빨갛다. 제 손가락을 버들이 고개를 푹 수그린 채 바라봤다. 손이 깨끗했더라면 황 대표를 위해 해 줄 수 있는 일이 훨씬 많았을 거다. 더러운 제 손이 못내 아쉽고 서러움을 당긴다. 엉덩이를 털며 버들이 자리에서 일어났다. 노인이 산책하면서 따 둔 자두가 잘 익었다. 벌이 꼬일 정도로 달큼한 냄새가 퍼진다. 버들이 자두 두 개를 주머니에 챙겨 넣었다. 하나는 내 것. 하나는 황 대표님 것.

"대표님. 이거, 드실래요?"

돌아오자마자 황 대표를 향해 버들이 손바닥을 펼쳤다.

"자두에요. 달아요."

황 대표의 손가락에서 볼펜이 회전했다.

"네가 봐."

건성으로 턱을 까닥였다.

"너 손 더러워, 안 더러워."

"……더러워요."

"손 씻었어?"

씻었다. 많이.

"나 바쁘니까 건드리지 마라."

가타부타 다른 말을 덧붙이는 대신 버들이 자두를 들고 나왔다. 정자에 앉아 한참 자두를 만지작거렸다. 한 입 베어 물자 새콤한 즙이 흐른다. 제 몫으로 들고 온 자두는 먹고, 황 대표에게 주려고 들고 온 자두는 모자 속에 담았다. 버들의 한쪽 볼이 씨앗으로 인해 볼록해졌다. 자두가 생각보다 더 맛있어서 한숨이 깊게 잠겨 들었다.

점심때가 됐다. 물을 마시는 척하며 버들이 황 대표의 접시를 살폈다. 역시나 스테이크다. 아무리 좋아하는 음식이라도 매번 저렇게 먹으면 물리지 않을까. 버들이 코를 훌쩍거렸다.

"대표님. 스테이크 말고 또 좋아하는 음식 있어요?"

"……."

"저 요리 잘하는데……."

"……."

"아니면, 저희 학교 근처에 맛있는 밥집 많이 있거든요."

"……."

"우동 좋아하세요? 새로 생긴 우동 전문점이 있는데, 맛있어요."

"……."

"거기서 우동 먹다가 어떤 남자랑 여자랑 뽀뽀하는 것도 본 적 있어요."

"……."

"칸막이가 쳐져 있어서 그런가? 대표님. 저랑 가 보실래요?"

……우동 전문점에서 뽀뽀라니. 아예 무시하며 반응을 보이지 않으려고 했건만 구질구질한 부분에서 절로 인상이 써졌다. 황 대표가 나이프를 한쪽에 내려놓고 버들을 향해 고개를 들었다.

"수작 부리지 마."

"……네."

버들의 눈썹이 처졌다. 황 대표는 바위고, 저는 꼭 계란 같다. 계란으로 아무리 쳐 봤자 바위는 흔들리지 않는다. 누구라도 빤히 알고 있던 사실이다. 생각에 잠긴 버들이 밥알 몇 개를 느리게 씹었다.

식사를 거의 끝마칠 때쯤 자리에서 일어난 황 대표가 와인과 함께 잔을 두 개 꺼내 왔다. 와인을 따른 잔 하나를 버들이 있는 쪽으로 내밀었다.

"저 주시는 거예요?"

언제 처져 있었냐는 듯 버들의 눈썹이 나비처럼 살아났다. 이거 만져도 되나. 황 대표가 허락해 주길 버들이 얌전히 기다렸다. 황 대표가 제 잔에도 와인을 채웠다. 바깥은 아직 대낮이었다.

"마셔."

"감사합니다."

두근거린다. 버들이 와인 잔을 들었다.

"야, 너……."

황 대표의 말이 끊겼다.

"네?"

버들의 잔이 텅 비었다. 한 번에 와인을 다 마셔 버린 뒤 입술을 혀로 축이고 있다.

"그걸 왜 한 번에 마셔."

"저희 형이 그랬는데요."

"누구. 유 대표?"

"네. 겨울이 형이 술은 원래 끊어 마시는 거 아니래요."

황 대표가 이유를 물었다.

"복 나간대요."

욕을 하는 대신 황 대표가 다시 버들의 잔에 와인을 따랐다. 따라 주는 즉시, 버들의 고개가 다시 한 번 뒤로 확 꺾였다. 황당해서 한숨이 절로 터진다. 왜 유 대표가 버들을 옆구리에 끼고 밥을 먹이고 잔소리를 퍼붓는지 알겠다. 버들의 빈 잔에 황 대표가 다시 와인 병을 기울였다.

"유버들 씨."

"네?"

"옆으로 와요."

잔을 들고 잠시 주춤거렸던 버들이 눈치를 보며 황 대표의 옆자리에 앉았다. 좋아하는 사람 옆에 앉은 것만으로도 설레는 감정이 휘날린다. 좋은 걸 숨기지 못하고 버들의 입가가 나긋나긋해진다.

"마셔."

또 확 잔을 꺾는다. 황 대표가 그런 버들의 손목을 잡아 말렸다. 놀란 버들이 재채기를 터트렸다.

황 대표가 버들의 잔을 들고 일어났다. 오늘 쓴 식기는 전부 모아 그대로 쓰레기통에 처박았다. 양치 후 노트북을 켰다. 작업을 하려고 했으나 손이 쉽게 움직이지 않는다. 황 대표가 턱을 괴었다. 제 옆자리에 버들이 한쪽 팔을 베고 잠들어 있었다. 숨소리가 안정적이다. 술을 가르쳐 주는 사이, 와인 한 병이 금방 비워졌다. 꾸벅꾸벅 졸더니 그대로 쓰러진 버들을 보며 황 대표의 미간이 좁혀졌다. 살이 왜 자꾸 빠지지. 버들의 등에 뼈가 도독도독하다. 제 새끼 잘 보살피란 유 대표의 억지에 세뇌라도 당했나. 아니면 흐릿한 술기운 탓인가.

황 대표가 가만히 버들의 등을 쓸어내렸다. 커다란 황 대표의 손바닥에 버들의 등이 전부 가려질 것처럼 말랐다. 엎드려 있던 버들이 고개를 반대쪽으로 돌렸다. 황 대표의 인상이 좀 더 짙어졌다. 버들의 턱을 붙잡고 다시 제 쪽을 보게끔 고개를 돌려놓았다. 술이 올라 버들의 볼만 동그랗게 붉다. 술도 마시지 못하는 게. 속이 꿈틀거린다.

버들을 안아서 황 대표가 이불에 내려놨다. 잠시 뒤, 배꼽을 만지작거리는 버들을 아침처럼 이불에 말아 정자에 옮겨 뒀다. 제정신이 박혀 있으면 자꾸 집이 아닌 다른 데서 눈뜨는 걸 심각하게 인지해 앞으로 술 안 마시겠단 다짐이라도 하겠지. 노트북 화면을 바라보고 있긴 하나 완벽하게 집중이 되지 않는다. 바깥에서 차 경적 소리가 짧게 울렸다. 황 대표가 자리에서 일어났다. 큰 창문을 열어 뒀다. 시야 정면으로 정자에 누워 잘 자고 있는 버들이 보인다.

버들이 별 무게 없이 흘린 그 말로 인해 영화를 새로 구상하게 됐다. 주인공이 여자에서 남자로 바뀌었다. 그러니까 남자와 남자가 감정을 연기하게 되었고, 그러면서 장르 자체가 바뀌었다.

"대표님……."

의외로 금방 깬 버들이 머쓱한 얼굴로 이불을 품에 안고 집 안으로 들어왔다.

"이리 와."

수정할 건 수정해야 하고, 보충할 건 보충해야 한다. 유 대표는 유 대표의 나름으로. 황 대표도 저 나름으로. 각자 할 일을 하며 정신없이 보낼 며칠이 예고된다. 황 대표가 버들에게 여러 가지를 물었다. 눈을 깜박거리며 버들이 황 대표의 질문에서 느끼는 바를 대답했다. 남성들 간의 로맨스를 그려야 하는데, 곁에 호모 새끼가 있어서 천만다행이다. 따로 인터뷰를 하거나 자료 조사를 할 시간이 그만큼 단축되는 거니까.

대화 도중 웃는 버들의 얼굴이 순하다. 황 대표도 마주 웃어 줬다. 버들은 현재 이용할 가치가 있는 단물 밴 껌이었다. 물론 단물이 전부 빠지면 필요 없으니 곧바로 뱉어 낼 거다.

노을이 진다. 운동화 앞코를 바닥에 툭툭 차며 버들이 바깥으로 나왔다. 정자 끝과 끝에 버들과 황 대표가 앉았다. 버들의 몸 방향이 아예 황 대표를 향해 틀어져 있다. 흡연하는 황 대표를 버들이 침이라도 흘릴 것처럼 바라보았다.

"저, 대표님……. 담배 저도 하나만 주시면……."

그제야 황 대표의 고개가 버들을 향해 돌아갔다.

"……."

"……."

제 형한테, 아니 제 형을 비롯해 아무한테도 말하지 말아 달라고
부탁하며 버들이 손바닥을 벌렸다.

"펴 본 적 있어요?"

"오래전부터 폈어요."

의심스런 눈빛이었지만 황 대표가 담배 케이스를 열었다. 라이터
와 함께 담배 하나를 정자 위에 내려놨다. 그걸 입술 사이에 물고
버들이 라이터를 달칵거렸다. 그 모습이 물 흐르는 것처럼 자연스
러웠다. 오래전부터 폈다는 건 거짓말이 아닌 모양이다. 의외다. 황
대표가 담배를 껐다.

"황 대표님."

좋아하는 사람에게 몹시 잘 보이고 싶다. 그래서 잘하는 걸 보여
주기로 했다.

"어때요?"

버들의 표정이 해맑다.

"저 이거 아무한테나 안 보여 줘요. 태어나서 처음, 대표님한테만
보여 주는 거예요!"

······하. 꼴통 새끼. 이거 진짜.

버들이 담배 연기로 만든 도넛이 뭉게뭉게 하늘 위로 올랐다.

10. 비 오는 날 흙냄새 (3)

에어컨 한기가 내려온 바닥이 차다. 이불 속에 파묻혀 있는 버들이 따뜻한 체온이 감도는 배꼽을 만져 시린 손을 달랬다. 커다란 눈동자가 데굴데굴 구른다. 괜히 집 안을 한 바퀴 훑어본 버들의 시선이 책장에 박혔다. 텅 빈 채 제 역을 못 하던 가구였다. 그런데 지난번, 황 대표가 외출하고 다녀온 뒤로 팔자가 바뀌었다. 황 대표가 들고 온 서적들이 책장에 빼곡하게 채워졌다. 별로 관심 없는 척 그 앞을 몇 번 서성거렸는데 어떻게 알았는지 책만큼은 절대 건드리지 말라며 황 대표에게 주의를 받았다. 싸늘한 어조였다. 거기에 겁을 먹은 버들은 그 뒤로 책장 근처에는 얼씬도 하지 않는 중이었다. 누운 채 버들이 물끄러미 황 대표를 바라봤다. 타자를 두드리는 손가락이 희고 곱다. 차차 수마에 빠져들면서 버들의 눈꺼풀이 차분히 감겼다.

$$* \qquad * \qquad *$$

달이 둥둥 뜰 정도로 늦게까지 조각하고 집에 돌아온 버들이 곧
장 씻었다. 그런 버들의 뒷덜미를 붙잡아 황 대표가 책장으로 데려
갔다.

"여기서부터 여기."

무슨 말이냐는 듯 버들의 말똥한 눈이 황 대표를 올려다봤다.

"읽어."

단조로운 대꾸가 황 대표에게서 돌아왔다. 여기서부터 여기까지
읽어도 된다고 황 대표가 허용해 준 범위는 딱 잡지가 꽂힌 칸이었
다. 영화와 관련된 것이니 틈을 내 공부하라고 명령하는 계약서상
갑의 태도에 계약서상 을은 그저 고개를 끄덕일 수밖에 없었다.

잡지 하나를 고른 버들이 주변을 둘러보다가 바닥에 납죽 엎드렸
다. 베개를 가슴팍 아래로 구겨 넣었다. 독서를 하기엔 자세가 마땅
치 않아 오래 버티지 못하겠다. 허리도 아프고, 목도 뻐근하고. 자
고로 남자는 허리를 보호하고 아낄 줄을 알아야 한다고 했다. 벌떡
일어난 버들이 황 대표가 작업하고 있는 식탁에 가서 앉았다.

이로운 내용들로 그득한 잡지를 보고 있다 보니 지금 당장 감상
하고 싶어진 고전 영화 리스트가 생겼고, 모르고 지나쳤던 촬영 장
소나 뒷이야기 등등 새롭게 알게 되는 사실들이 쌓였다. 황 대표의
영화가 나오면서부터는 페이지를 못 넘길 정도로 푹 빠져들었다.
버들은 그 부분을 통째로 외우기라도 할 듯 읽고 또 읽었다.

나중에, 그러니까 현재 황 대표와 함께 작업하고 있는 영화가 개봉하게 된다면, 이런 잡지에 황 대표님이 작업에 몰두했던 장소로 여기, 시골이 소개될 수도 있지 않을까. 낮에는 매미가 울고 밤에는 풀벌레 소리가 진해지는. 자갈이 깔려 있는 마당 구석에는 정자가 세워진. 텃밭도 있는. 여기서 나도 같이 살고 있으니까 어쩌면 황 대표의 이름과 제 이름이 세트처럼 묶여 거론될지도 모르겠다. 마음이 금방 벅차오른 버들이 잡지를 얼굴 높이에 맞춰 들었다.

"대표님."

"네."

"우리 여기서 그냥 평생 살래요?"

뭔 개소리인가 싶다. 황 대표의 얼굴이 옆으로 돌아갔다.

"제가 계획을 세워 봤는데요. 텃밭에서 브로콜리 따 먹고, 버섯 캐서 먹고, 감이랑 사과 따 먹고."

역시 개소리였다. 갑자기 왜 그런지 이유는 모르겠지만 살짝 상기된 버들의 볼이 현재 들뜬 감정을 역력히 드러내고 있었다. 금방이라도 달려들 기세에 황 대표가 무의식중에 허리를 뒤로 물렸다.

"감나무는 사옥에도 있어요."

"시골에 있는 감나무가 더 건강하지 않을까요?"

덜떨어진 버들의 계획에 황 대표가 상종하지 않았다.

"네? 여기서 우리 평생 살아요."

"여기서 살면 버들 씨, 학교는요."

"학교는……."

좀 고심하는가 싶던 꼴통이 이내 명쾌하게 답을 내렸다.

"저 학교 안 가도 돼요!"

불쑥 거리를 좁혀 온 버들의 이마를 황 대표가 손끝으로 쭉 밀었다. 이어 까불지 말고 마저 잡지나 보란 듯 턱을 까닥였다. 아픈 건 아니었으나 황 대표가 밀친 제 이마를 쓰다듬던 버들이 입술을 보로통하니 내밀었다. 노트북 화면에 집중한 황 대표를 말끄러미 응시했다. 버들의 기다란 속눈썹이 눈 아래에 그림자를 만들어 냈다.

"잡지 봐라."

"네."

하얀 건 종이요. 까만 건 글씨였다. 버들의 관심은 홀라당 황 대표에게 넘어가 버렸다. 세상에. 새삼 놀랍다. 황 대표님과 함께 저녁 시간을 공유하고 있단 게 꿈은 아닌지 의심하게 된다. 세상 참, 살다 보니 별일이다. 버들의 입가가 나긋하게 호선을 그렸다.

오전 작업을 끝마친 버들이 노부인이 싸 준 반찬 꾸러미를 달랑달랑 흔들며 집으로 돌아와 달그락, 식사 준비를 했다. 살짝 익힌 스테이크에 황 대표가 나이프 끝을 찔러 넣었다. 후추를 집기 위해 팔을 뻗던 황 대표의 시선이 문득 맞은편 버들의 밥그릇으로 향했다. 버들이 직접 퍼 담은 밥의 양이 극히 적다. 고작 주먹의 반만 하다. 사내놈이라면 한입에 털어 넣을 수도 있을 양이었다. 깔짝거리기만 할 뿐인 버들의 젓가락이 신경 쓰인 황 대표가 인상을 찌푸렸다.

"버들 씨."

시무룩하게 처져 있던 버들의 고개가 들렸다.

"오늘은 왜 저 좋아한다고……."

"좋아해요. 대표님 좋아한단 말, 하루에도 백 번은 하고 싶어요."

버들의 어깨선을 따라 옷이 한쪽으로 처졌다.

「대표님이 갖고 싶다는 거 다 드릴 거고요. 또 제가 할 수 있는 일이면 뭐든지 다 해 드릴 거예요. 정말이에요.」

황 대표가 와인 잔을 살짝 흔들었다.

「모르니까 해 주는 말인데 좋아한다고 자꾸 그러는 거, 상대방한테 지고 들어가는 거예요.」

「……저는 대표님한테 이길 생각 없어요.」

버들의 순한 얼굴을 보고 있자니 마음이 뾰족하게 비틀린다. 갖고 싶은 거 다 준다고 그러고. 해 줄 수 있는 건 다 해 준다고 그러고. 이길 생각이 없다고 그러고. 멍청한 게 나한테만 이러는 건지. 아니면 다른 놈한테도 가서 이러는 건지.

"유버들 씨."

"대표님, 좋아해요."

"누가 고백하랬어요?"

"……그럼요?"

내버려 두면 정말 하루에 백 번씩, 좋아한단 말을 하고도 남을 거다. 잠자는 시간 쪼개서. 밥 먹는 시간 쪼개서. 안 봐도 뻔하다. 버들의 보얀 귓불로 황 대표의 시선이 느릿하게 옮겨 갔다. 여태 남의 손을 타 본 적이 없는 건 확실했다. 나야 같은 거 달린 호모 새끼가 끔찍할 뿐이지만 다른 애먼 놈에게 걸렸다면 처참히 뼈가 발라졌을지도 모르는 일이다. 황 대표가 무심코 한숨을 터트렸다.

간지러운 제 볼을 버들이 젓가락 든 손등으로 벅벅 문질렀다. 오늘은 아직까지 잘못한 게 없는 것 같은데 괜히 위축된다. 저를 쳐다보고 있는 황 대표의 시선이 느껴지면서 버들이 허둥댔다. 어디 가

선 야무지고 총명하단 평을 받는 버들의 성정이 황 대표에겐 한없이 미련스레 비쳐지나 보다. 물론 황 대표 한정으로 버들이 미련하게, 물렁하게 굴고 있는 것도 사실이었다. 버들의 큰 눈이 슴벅거렸다. 황 대표가 정민에 관해 물었다. 사생활 같은 건 모른다면서 버들이 가볍게 어깨를 들썩였다.

"사생활 같은 것도 모르면서 어떻게 서로 친구가 돼요?"

"네? 그게 무슨 말씀이세요?"

아무하고나 스스럼없이 어울리기엔 집안으로 인해 벌어지는 격차가 있지 않나? 그러고 보니 희한하다. 대중교통도 아무렇지 않게 이용하고 다닐뿐더러 방과 후 시간도 자유롭게 만끽하고, 재벌가의 보석 같은 막내아들이 아니라 진짜 물가에 내놓은 미운 오리 새끼가 아닌가 싶다. 권위적인 유 회장과 유 이사가 버들을 보며 헤벌쭉 웃음을 흘렸단 걸 직접 목격하지 못했더라면, 방금 전 '유버들 미운 오리 새끼설'에도 좀 더 신빙성이 붙었을 거다.

"욕할 줄 알아요?"

하얀 얼굴이 어떤 욕을 지껄여도 위협을 주기엔 어려울 것 같다.

"저도 사람인데요."

"그래서 욕할 줄 안다고?"

"네. 욕해요. 최근에도 했어요."

"최근? 언제?"

버들이 차분히 대답했다.

"수강 신청 망했을 때."

황 대표가 순간 코로 비웃었다.

식사를 이어 하느라 침묵이 생겼다. 다 식어 버린 계란국을 버들이 괜스레 휘저었다. 식욕은 오늘도 여전히 없었다.

"버들 씨."

유지되던 침묵을 먼저 깨뜨린 쪽은 황 대표였다.

"아버지나 형들이 뭐 하는지 주변에 말하고 다녀요?"

"아니요."

"말 안 해? 왜?"

"해야 돼요?"

다이아몬드 스텝 밟고 태어난 걸 왜 과시하지 않느냐, 묻는 의미가 아니었다. 버들을 괴롭히려다가도 문턱 높은 집안을 보고 쫄려 물러설 경우도 있을 것 같은데 일절 그런 말을 하지 않는다니. 며칠 전 술에 취했던 버들이 떠오른다. 대체 애가 누군지는 알고 막걸리 따위 먹인 건가?

눈이 마주쳤다.

"황 대표님."

"어."

"좋아해요."

"……."

＊　　＊　　＊

―뽀뽀 안 해?

"형. 미쳤어?"

―너 행운의 편지에 답장해야지.

"행운의 편지, 그거 다 무효야."

-왜 무효야. 누구 마음대로 무효야.

유치함에 버들이 인상을 썼다.

"끊어. 전화비 아까워."

-영상 통화하면 전화비 더 많이 나가?

바보 같은 질문을 던져 놓고선 겨울이 뾰족하게 입술을 내밀었다. 점점 화면에 가까워진다.

"형 입술 지금 곱창 같아."

-곱창도 못 먹는 놈이.

"끊어, 빨리. 나 일해야 돼."

-황 대표가 일 많이 시켜?

버들이 황 대표가 있는 방향을 힐끔거렸다. 그러곤 "일 많이 안 시키셔."라고 낮게 속삭였다. 방 안은 좁았고, 버들의 목소리는 고스란히 황 대표의 귀에 들려왔다. 30분을 통화해 보았지만 결국 제 새끼에게 뽀뽀 한 번 받지 못한 겨울이 전화를 뚝 끊어 버렸다. 느닷없는 타이밍이었다.

버들의 핸드폰 화면이 시커멓게 암전된 대신, 황 대표의 핸드폰이 진동을 떨어 댔다. 유 대표의 이름이 액정에 떴다. 귀찮단 걸 감추지 않은 채 황 대표가 통화 버튼을 눌렀다. 피곤함이 다분한 기색이다.

-야. 황 대표. 내 새끼한테 일 시켜? 왜 일을 시키고 지랄이야. 시키는 척만 해. 진짜로 시키지 말고.

짧게 한숨을 터트리는 황 대표의 곁으로 버들이 쭈뼛거리며 다가왔다. 제 형의 주책에 버들의 낯이 붉어졌다.

"끊어."

-아니. 이것들이. 둘이 짰나. 왜 자꾸 전화를 끊으래.

"일해야 돼."

-아침 여섯 시부터?

"아침, 밤 가려서 일할 때야?"

-그래서 진짜 일한다고? 어? 이렇게 일찍?

"그래. 일해야 돼."

-그 말도 둘이 짰어? 뭐야?

겨울이 짓씹은 욕설이 핸드폰을 타고 넘어왔다. 잠자코 있던 버들의 눈썹이 일순간 뾰족해졌다. 황 대표의 손에서 핸드폰을 빼앗아 가져갔다.

"형! 황 대표님한테 개새끼가 뭐야?"

-…….

"전에도 개새끼라고 욕했지?"

-…….

"개새끼가 뭐야? 어?"

버들이 버럭 화를 냈다.

-개새끼를 개새끼라고…….

"다른 욕도 많잖아. 널리고 널린 욕 중에서 왜 하필 개새끼야? 개새끼라고 하지 마. 황 대표님, 강아지 무서워해."

이번엔 황 대표의 눈썹이 뾰족해졌다. 가만히 있다가 한 대 얻어맞은 기분이다. 내가 언제 개를 무서워했다고. 무서워하는 게 아니라 싫어하는 거다. 황 대표의 변명이 현재 버들의 귀에는 전혀 들려오지 않았다.

-다른 욕 뭐.

"개새끼 말고 다른 거."

-그러니까, 뭐.

"씹새끼도 있고."

이 새끼, 저 새끼 찾는 통에 아침부터 난장판이었다.

"형. 그래서 그게 잘못한 게 아니라고 생각해?"

오래전에 외박한 일까지 끄집어내 제 형에게 계속 바가지를 긁는 버들의 볼을 황 대표가 가만히 응시했다. 수강 신청을 망쳐 놓고 컴퓨터 앞에 앉아 씹새끼, 욕을 종알대는 버들의 모습이 저절로 그려졌다. 그래서 결론은…… 역시 하찮다.

* * *

회의 도중 문자가 도착했다. 잠깐 브리핑을 멎게 한 뒤 유 대표가 핸드폰을 쥐었다. 눈에 넣어도 아프지 않을 제 금쪽같은 새끼의 뜻을 따라 유 대표는 오늘 아침, 황 대표의 이름을 '씹새끼 황'으로 수정해 놓았다. 씹새끼 황께서 보내온 건 배우의 이름이었다. 유 대표가 빠르게 인터넷 창을 열어 인물을 검색했다. 두 명의 남자 배우 사진이 컴퓨터 화면에 나란히 띄워졌다. 황 대표가 원하는 캐스팅의 조합이었다. 괴상할 것 같더니. 동성임에도 불구하고 두 배우가 섞이는 분위기가 썩 나쁘지 않다.

* * *

밖에 나갔다가 돌아오는 길이었다. 동네 아는 할머니를 만난 버들이 참외를 얻었다. 네 개, 다섯 개 수북하게 담아 주시려는 걸 버들이 만류했다. 그러고선 딱 두 개만 챙겼다. 한 집에 두 사람이 사니, 두 개면 충분했다.

"……안 드세요?"

기대에 찼던 버들의 표정이 이내 가라앉았다. 황 대표의 표정만 봐도 어떤 대답인지 알겠다. 호의를 베풀 때마다 거절당하기 일쑤였다. 이번에도 마찬가지다. 거절이다. 터덜터덜, 마당으로 걸어 나온 버들이 정자에 앉았다. 등이 둥글게 굽혀졌다. 조그마한 칼을 기울여 신중히 참외 껍질을 깎았다. 황 대표가 먹지 않은 참외 하나는 역시나 모자에 담았다. 덥석 베어 문 참외가 자두처럼, 포도처럼 당도가 높아서 참 달았다. 10분도 안 됐다. 황 대표가 부르는 소리에 버들이 집 안으로 들어갔다.

"네 느낀 점을 말해 봐."

황 대표가 두툼한 시나리오를 버들의 앞에 던졌다. 시나리오 전부를 읽고 나니 듬성듬성 알고 있던 내용이 전체적으로 그림이 되어 버들의 머릿속에 흘렀다. 뉴욕에서 첫 몽정과 첫 자위를 경험하게 만든 수첩의 내용이 나왔을 땐 남몰래 숨이 멎기도 했다. 시나리오 마지막 장을 덮자 허벅지 안쪽에 괜히 힘이 들어갔다.

"아무 말이나 괜찮으니까."

"아무 말, 해도 돼요?"

황 대표가 고개를 끄덕였다.

"그럼…… 두 사람이 끝에 다 죽지 않았으면 좋겠어요. 한쪽은 살려 주시면 안 돼요? 한쪽이 죽었다고 왜 다른 한쪽이 죽어야 해요?"

"두 사람이 다 죽어야 해피 엔딩이니까."

"그게 왜 해피 엔딩이에요? 반대로 한 명이 남아 숨 붙어서 사는 게 왜 비극이에요?"

버들이 느낀 감상을 소홀히 흘리지 않고 황 대표가 메모했다. 영화 속에서 살아갈 주인공들의 삶, 그 자체의 대화였다. 정답이 또렷하게 정해져 있는 게 아니니 두 사람의 목소리가 얕아졌다가 깊어졌다가, 진해졌다가 옅어졌다가 했다.

하품이 터지자 버들이 얼른 입을 가렸다. 꼬박 날을 샜다. 시간 가는 줄도 모르고 두 사람이 마주 보며 이야기를 나눴다. 어렴풋하게 감만 잡히면 다행이라고 생각했는데 제작자 입장에서 뜻밖의 수확들이 많았다. 보상으로 가진 담배를 전부 다 털어 줘도 아깝지 않을 정도다. 휘날리는 글씨체로 빽빽하게 채워진 수첩을 보며 황 대표가 펜을 빙그레 돌렸다.

"예뻐요."

"……."

"대표님 손톱에요. 반달."

"……."

"엄청 예뻐요."

쓸데없는 소리를 했으니 담배는 안 줘야겠다.

미간을 살짝 좁힌 채 황 대표가 몇 가지 부분을 골라 줄을 긋다가 말았다. 식상함을 제외시키는 건 조금 있다가 해도 될 것 같다. 황 대표가 펜을 내려놓고 자리에서 일어나자 버들이 눈을 둥그렇게 떴다.

"씻고 자."

"대표님은요?"

"운동."

운동, 따라서 가고 싶다. 하지만 달리는 황 대표의 속도를 따라잡지 못하고 낙오될 게 뻔했다.

"대표님."

버들이 황 대표에게 청했다.

"산책 갈래요?"

"……."

"우리 어제 산책 못 갔잖아요."

"……."

"산책 가요."

차례대로 씻고 바로 집을 나섰다. 반 발자국 앞장서서 걷는 버들을 황 대표가 내려다봤다. 물기를 제대로 닦지 않았는지 티셔츠가 버들의 등에 살짝 들러붙어 있었다. 어깨뼈가 선명하다. 새벽 공기가 촉촉하게 피부에 닿는다. 여름답게 해가 중천에 뜨자마자 더위가 심해질 테니, 차분하게 가라앉아 있는 서늘함은 잠시뿐이다.

저를 내버려 두고 황 대표가 징검다리를 건너가자 급해진 버들이 예전처럼 물속으로 얼른 발부터 집어넣고 봤다. 햇볕에 바짝 말린 운동화는 물론 무릎 아래까지 바지가 젖어 버렸다. 무심코 뒤를 바라본 황 대표가 인상을 찌푸렸다. 정작 버들은 아무렇지도 않아 보인다. 마주친 시선에 눈꼬리를 획 접으며 웃는다. 해사하다.

개울을 건넌 뒤엔 사방이 나무로 둘러싸인 산책로를 따라 걸었다. 바람이 불 적마다 머리 위의 나뭇잎이 스쳤다. 조각에 관해 종알종알, 버들이 떠는 수다가 메아리로 겹쳐 들리는 것 같다.

"대표님. 힘들지 않으세요? 오래 걸어서 다리 아프실 거 같은데…… 우리 여기서 조금만 쉬었다가 갈까요?"

어디 허름한 숙박업소로 이끌 것 같은 말만 골라 나열하던 버들이 손가락으로 벤치를 가리켰다.

"젖었잖아."

"……그래도요."

흥건하게 아침 이슬이 스민 벤치에 버들이 보란 듯 털썩 주저앉았다. 예민하고 까다로운 남자인 황 대표가 눈썹을 구겼다. 진동으로 울리는 핸드폰을 꺼내 든 황 대표를 버들이 눈을 깜박거리며 주시했다. 가슴을 꽉 채우고 있는 감각이 동그스름하다. 그걸 조금이라도 더 잇고 싶다. 이대로 산책을 끝내고 집에 돌아간다면 비눗방울처럼 흔적도 없이 꺼져 버릴 거 같다.

목소리도 많이 들었고.

제 말에 대답도 많이 해 주셨고.

자주 웃었다, 황 대표님이.

"대표님."

버들이 낮게 황 대표를 불렀다.

"벤치 옷 안 젖게 앉을 수 있어요."

별로 못 미더운 눈치다.

"진짜예요. 옷 안 젖는 거, 장담해요."

"넌 이미 젖은 채로 앉아 놓고 뭘 장담해."

인상을 쓰면서도 황 대표가 버들이 있는 쪽으로 가까워졌다. 혹시나 싶었다. 진짜 그럴 듯한 방법이라도 있는 줄 알았다. 힘이 들어간 버들의 턱 아래 조그마한 호두가 생겼다. 혼날 각오를 여러 번

한 뒤에야 버들이 과감히 황 대표를 잡아당겼다.

"……."

"……."

버들이 제 다리 위에 황 대표를 앉혔다. 우랄산맥 같은 등짝이 눈앞을 가로막았다. 긴장되어 얼어붙어 있던 버들이 황 대표에게서 아무런 말이 없자 그제야 안심했다. 웃을락 말락 하던 버들의 입가가 꽃눈 틔운 꽃봉오리처럼 활짝 펴졌다. 어차피 안 보이실 테니까. 감히 만지진 못하고, 작품처럼 바라만 보고 있던 황 대표의 넓은 등에 제 옆 볼을 기댈 것처럼 살짝 가져가 보았다. 심장이건 맥박이건 마구잡이로 날뛴다.

황 대표의 등이 미세하게 진동했다. 웃으신 건가? 버들이 슬그머니 옆쪽으로 고개를 기울여 황 대표를 관찰했다. 표정에 아무런 변화가 없다. 그저 서 있을 때처럼 핸드폰을 보고 있는 채였다. 누가 뭐 재미있는 거라도 보내 준 건가? 아무럼 어떠랴. 짧게나마 황 대표가 웃으니까 덩달아 기분이 좋아진다.

황 대표의 입가가 느슨히 풀렸다. 하도 어이가 없다 보니 헛웃음이 재차 터졌다. 그래. 밤새우면서 고생했으니까. 저를 잡아당겼던 버들의 힘이 형편없이 약했지만 뜻하는 대로 한 번 따라 준 거다. 태어나 처음 남의 무릎에 앉아 봤다. 그 사실에 또다시 희미하게 헛웃음이 켜졌다. 같은 거 달린 사내놈 무릎 위에 앉게 될 줄이야. 황 대표가 일부러 체중을 쏟았다. 버들의 가느다란 허벅지가 돌덩이 같은 황 대표의 다리에 짓눌려 겉으로 아예 보이지 않게 됐다.

……황 대표님. 엄청 무거워.

집으로 돌아가는 길, 버들의 무릎이 후들거렸다.

손목의 뻐근함에 황 대표가 깜박이는 커서를 잠시 외면했다. 집 생각이 났다. 목을 뒤로 꺾자 곧바로 퍼붓는 형광등의 빛에 손등으로 눈가를 가렸다. 의자하며, 조명하며. 여긴 확실히 작업에 몰두할 수 있는 환경과 동떨어져 있는 곳이었다.

남자와 남자의 로맨스로 영화 내용이 바뀌게 되자 주연을 꿰차기 위해 거래를 제안했던 소희는 목적을 잃었다. 스캔들은 무의미했다.

「사람 꼴 우습게! 왜 삽질하게 만들어!」

며칠 전 전화를 걸어온 소희는 어울리지 않는 내숭은 집어치우기로 했는지 다짜고짜 비난과 욕을 퍼부어 댔다. 본래의 화끈한 성격이 반가울 지경이었다.

「그러게. 왜 시키지도 않은 삽질은 하고 그래.」

자신의 말에 극도로 화가 났는지 둔탁한 소음과 함께 전화가 끊겼다. 소희의 소속사가 전면에 나서서 스캔들을 수습했다. '둘은 오래된 친구 사이에 불과하며 여성 병원에 갔던 것과 스캔들은 어떤 연관성도 없다, 공인이기는 하나 공인이란 이유로 지극히 사적인 시간까지 침범해 감시받는 것 같아 그간 기사의 내용들이 매우 불쾌했다.'로 마무리되었다.

어차피 언론사와는 짜고 치는 고스톱이었다. 정정 기사들이 우르르 터졌다. 매혹적이고 당찬, 거기다 건강한 이미지가 더해진 소희는 유방암 예방 홍보 대사가 되었다. 건강을 위해 검진은 필수이다. 그러니 남 눈치 볼 필요 없이 적극적으로 병원을 찾아가라며 소극적인 여성들을 격려했다.

어느새 컵이 비었다. 커피를 내리자 원두 향이 사방팔방으로 넘실거린다. 황 대표가 창가 쪽으로 걸어가 커튼을 걷었다. 한강과 어우러진 도시의 전경이 눈앞에 펼쳐지는 대신…… 수돗가에 쪼그려 앉아 있는 버들의 뒷모습이 보였다. 여기에 온 지 며칠이나 지났더라.

매미 소리가 소란스럽다. 커피를 들이켜는 황 대표의 모습이 느긋하다. 고리타분하고 촌스러운 시골 생활도 시간이 지나면서 어느 정도 적응되어 가는 중이었다. 하얗게 덩어리진 큰 구름을 올려다 보던 황 대표의 시선이 그대로 내려와 버들에게 닿았다.

……저 꼴통은 그냥 여기서 태어나서 자란 게 아닌가 싶다.

대낮에 한여름이었다. 강렬한 햇볕을 피할 만한 그늘이 수돗가 주변에는 없었다. 열심히 손을 조몰락거리면서 버들이 자기 운동화를 빨고 있었다. 지지리 궁상맞아 보인다. 황 대표가 인상을 찌푸렸다. 버리고 새것을 사던가, 세탁소를 찾던가. 힘들이지 않고 해결할 수 있는 방법은 많았다. 그런데 꼴통 새끼답게 가만 보면 버들은 꼭 힘든 선택을 골라 했다.

"버들이 있는가."

낯선 목소리를 따라 창가에 선 황 대표도 운동화를 빨고 있던 버들도 고개를 돌렸다. 처음 본 노인이 서 있었다. 하지만 버들에겐 구면인가 보다. 당장 물기 줄줄 흐르는 운동화를 내팽개치고 그쪽으로 쪼르르 뛰어간 버들이 꾸벅 인사하며 참 밝게도 웃었다. 자외선 때문인지 드러나 있는 버들의 피부 곳곳이 붉었다. 볼이 그랬고, 귀가 그랬고, 목덜미가 그랬다.

"바빠 보이네만."

"저 안 바빠요. 뭐 시키실 거 있으세요?"

쫄래쫄래, 버들이 노인을 따라갔다. 골 때린다, 진짜. 그 스스럼 없는 일련의 과정을 목격하게 된 황 대표의 눈썹이 일그러졌다. 집 안 배경이 특수한 상황이라 납치의 위험을 배제할 수 없었다. 그러다 보니 아주 어렸을 적부터 받았던 교육 중 하나가 낯선 상대를 향한 경계심이었다. 그런 저와 다르게, 하물며 같은 핏줄이면서 같은 환경에서 자랐을 유 대표와도 다르게 버들은 마냥 허물없어 보였다. 물론 찾아온 노인과 버들이 서로 인사를 나누었으니 낯선 사이가 아니란 점은 분명하다. 또 버들이 한두 살 먹은 어린애가 아니었거니와 노인 역시 납치 뭐 그런 위험한 짓을 저지르기엔 힘이 하나도 없어 보였다. 그래도 그렇지.

마당에는 덩그러니 버들의 운동화만 남겨졌다.

버들이 집으로 돌아왔을 땐 뉘엿뉘엿, 노을이 지고 있었다. 새파랬던 하늘에 실처럼 가느다란 금빛 그물이 걸렸다.

"맞다. 운동화!"

까맣게 잊고 있던 운동화를 마저 빨아 탈탈 턴 뒤, 벽에 기대어 세웠다. 집 안으로 들어가자 마음이 편안해진다. 변함없이 키보드 두드리는 소리가 들려오고, 황 대표는 항상 같은 자리에 앉아 있었다.

"대표님. 저 왔어요."

황 대표의 눈이 버들을 향했다. 도대체 니가서 뭘 하고 돌아왔는지 잔뜩 꼬질꼬질해진 상태였다. 상대할 가치가 없단 듯 황 대표가 버들을 무시했다.

"대표님. 이거."

버들이 손바닥을 펼쳤다. 주먹에 꽉 차 있던 동그란 열매가 모습을 드러냈다. 초록색의 매실이었다.

"냄새 좋아요."

버들이 매실을 코에 파묻었다. 시골이라 힘을 써야 할 일이 있으면 젊은 사람이 필요했다. 오늘은 하루 종일 매실을 땄다. 싱그럽게 익은 알이 굵었다. 농약을 치지 않고 재배해 저희 농장의 매실은 명품이나 다름없다며 떵떵거린 노인의 자랑이 듣기 좋았다. 버들이 선뜻 황 대표에게 매실을 건넸다.

"냄새 맡아보실래요?"

"바닥에 흙 떨어지는 거 안 보여요?"

"아. 씻고 올게요."

욕실까지 버들이 매실을 들고 들어갔다. 이윽고 물소리가 들려온다. 빤히 노트북을 바라보고 있던 황 대표가 굳이 마시지 않을 커피를 내렸다. 일부러 진한 원두 향을 유도했다. 흐릿하게 감도는 매실 냄새가 완벽하게 없어졌다.

"대표님."

버들이 깨끗하게 닦아 반질반질해진 매실을 제 이불 위에 올려 뒀다. 황 대표가 있는 식탁으로 가기 위해선 반드시 구실이 필요했다. 주섬주섬, 색연필과 노트를 꺼내 자리에 앉았다.

"커피 냄새 좋아요."

"……."

"이제 다른 데서 커피 냄새 맡아도 대표님이 떠올라요."

원두 종류도 구분할 줄 모르는 놈이. 황 대표가 콧방귀를 꼈다.

운동하러 나간 황 대표의 귀가가 평소보다 늦다. 가만히 앉아 황 대표를 기다리고 있던 버들이 문을 열고 밖으로 나갔다. 오늘도 역시, 덥다. 마당 너머를 멀뚱히 내다보길 잠시. 다시 집 안으로 들어온 버들이 조금 느린 속도로 티셔츠를 벗었다. 거꾸로 쏠리는 바람에 뒷머리가 붕붕 떴다. 괜찮나? 욕실 거울에 제 모습을 비춰 보는 버들의 얼굴이 자못 심각해졌다. 누군가 체중이 줄었다고 지적해도 이제는 반박할 수 없을 만큼 선명해진 갈비뼈를 빠르게 외면했다. 커다란 버들의 눈동자가 이쪽저쪽 바쁘다. 황 대표가 주로 물어뜯는 어깨와 목 주변을 뚫어져라 바라보면서 흔적을 찾았다. 은근하게 남아 있던 멍도 사라져 지금은 살결이 완전히 깨끗해졌다. 팔 안쪽도 마찬가지고 종아리도 마찬가지였다.

이제 괜찮겠다.

제 스스로의 물음에 버들이 답을 내렸다.

그동안 울혈을 감추기 위해 기장이 긴 옷들을 골라 입었다지만 지금은 그럴 필요가 없었다. 버들이 새로 갈아입은 옷들은 전부 얇았다. 햇빛에 몸 윤곽이 고스란히 비칠 정도였다. 바삭하게 마른 운동화를 신고 입구까지 나왔다. 저만치서 달려오던 황 대표가 보인다. 탄탄한 흉곽이 거친 숨을 따라 부풀었다.

"대표님. 오늘 바쁘세요?"

"……."

"스승님이 조각에 대해 할 말 있다고 모셔 오랬어요."

"내가 왜."

흘린 땀을 황 대표가 건성으로 닦았다.

"오늘 바쁘시면 내일……."

"주제 파악을 못 하네. 필요하면 직접 오라고 해."

"......"

황 대표가 던진 수건이 버들의 얼굴을 맞고 바닥으로 떨어졌다. 수건을 주워 든 버들이 아무 말 하지 않고 그냥 고개를 숙인 채 수건에 묻은 흙을 털어 냈다. 문득 황 대표가 걸음을 멈추고 뒤를 돌았다. 옷이 뭐 저 따위야. 버들의 쇄골이 환하게 밖으로 드러난 채였다. 속이 뒤틀렸다, 꼴 보기 싫어서.

황 대표가 다짜고짜 버들의 손목을 잡고 집 안으로 끌고 갔다. 벽에 세운 버들의 피부에 입술을 파묻고 마음껏 이를 세웠다. 버둥거리는 버들을 빠져나가지 못하도록 단단히 고정했다. 어깨와 목 사이에서 고개를 뗀 황 대표의 눈이 느릿하게 감겼다가 뜨였다.

숨을 가쁘게 쉬며 버들이 파르르 떨었다. ......다 끝났나. 긴장이 풀렸는지 허물어지려는 버들의 몸을 봐주지 않고 황 대표가 억세게 밀어붙였다. 황 대표로 인해 버들의 한쪽 팔이 높게 들렸다. 손등과 벽이 세게 부딪히면서 오는 통증에 버들이 질끈 눈을 감았다. 소매를 걷고 할 필요도 없었다. 버들의 팔 안쪽 여린 살이 무방비하게 노출되었다. 피부가 희다. 황 대표의 날카로운 송곳니가 깊숙하게 박힌 만큼 상흔은 진하게 남겨졌다.

터져 나올 것 같은 소리를 버들이 악착같이 참아 냈다. 왜, 화가 나신 거지? 내가 뭐 잘못한 게 있나? 순간 눈앞이 하얗게 점멸했다. 현기증이 돌았다. 잠깐 사이 등에 식은땀이 잔뜩 뱄다. 기어이 버들이 바닥에 풀썩 주저앉고야 말았다. 황 대표가 배려 없이 잡아당긴 손목이 시큰거린다.

"진짜로 왔네."

버들의 반응이 시큰둥했다.

"내가 온다고 그랬잖아."

왜인지 의기양양한 태도로 정민이 콧대를 세웠다.

"진짜로 올 줄 몰라서."

"원래 나 약속 잘 지켜."

조각도를 내려놓고 버들이 앞치마를 벗었다.

"운동은?"

"하고 왔어. 내일 오전까지 자유 시간이야."

"그럼 자고 가는 거야?"

"아니. 그럼 포도 따야 돼서."

정민이 떨떠름한 표정으로 고개를 내저었다.

"너희 할아버지 포도 맛있더라."

"......따 줄까?"

"포도 따기 싫다면서."

"너 먹으면 따."

"안 먹어."

몸을 휙 틀어 버린 버들을 보며 정민의 한쪽 눈썹이 위로 쭉 올라갔다. 이게 사람을 아주 들었다 놨다 하고 있어. 얄미운 버들을 향해 정민이 꿀밤을 쥐어박는 시늉을 했다.

"그림자로 다 보여, 너."

으름장을 놓으면서 버들이 정민을 째려봤다. 갈팡질팡 고민 많았는데, 버들의 얼굴을 보고나니 역시나 오길 잘했단 생각이 든다. 어깨를 나란히 걷던 중이었다. 걸음에 속도를 늦추던 버들이 슬금슬금 정민의 반대쪽으로 위치를 바꾸었다. 덜컹거리며 지나간 경운기로 인해 흙먼지가 일어나 시야를 가렸다. 버들이 잔기침을 터트렸다. 정민이 차도로 나와 있는 버들을 아무렇지 않게 안쪽으로 이끌었다.

"뭐야?"

"뭐긴 뭐야."

"네가 오른쪽에 서."

"왜. 또 왼쪽 귀 안 보여 주게?"

버들이 얼른 왼쪽 귀로 손을 가져갔다.

"……모기가 물었어."

웅얼거리는 버들의 말을 정민이 찰떡같이 알아들었다.

"모기한테는 네 귀에서 단맛 나나 보다."

"……몰라."

"당연히 모르겠지. 네가 모기냐? 무슨 맛이 나나 궁금한데 내가 모기를 대신해서 한 번 물어 볼까?"

"죽는다."

버들의 눈이 표독스러워졌다. 참 나.

티격태격하는 사이 펜션에 도착했다.

"저기에 앉아 있어."

버들이 손가락으로 어딜 가리켰다.

"저기는 왜?"

"갈 데가 없으니까."

그렇기는 하네. 떨떠름하게 수긍하며 정민이 정자에 앉았다.

"너는 어디가?"

"대표님한테. 나 왔다고 말씀드려야지."

"그 사람이 무슨 학부모냐."

정민의 투덜거림은 귓등으로도 듣지 않고 버들이 집 안으로 들어갔다. 작업 중인 황 대표에게 인사를 했지만 돌아오는 대꾸가 없었다. 마당에 있을 거니까 혹시 뭐 시킬 거 있으면 부르라며 버들이 다시 신발을 신고 나왔다.

창문 밖으로 도란도란 대화가 들려왔다. 여전히 황 대표의 고개는 노트북에 고정되어 있다.

"운동은 잘돼?"

"어쩐 일이야? 그런 걸 다 묻고."

"잘 안돼?"

"돼. 곧 시합인데, 컨디션이 좋아."

팔을 뒤로 뻗어 체중을 지탱한 정민이 살짝 몸을 뒤로 기울였다.

"너 안 더워?"

"아……."

버들이 제 옷을 내려다봤다.

"탈까 봐."

사실은 황 대표가 만든 멍을 가리기 위해서 덥지만 긴팔을 챙겨 입어야 했다. 바싹 마른 입술을 버들이 혀로 축였다. 이상하게 기운 없어 보이는 버들을 흘깃거리면서 정민이 가방을 열었다.

"이거."

끝이 갈라진 제 손톱을 들여다보고 있던 버들이 정민이 건넨 걸

받았다. 초콜릿이다.

"이런걸 뭐 하러 사 왔어."

"왜. 고마워?"

"담배나 사 오지."

"……."

잠깐의 침묵 후 정민이 속사포처럼 말을 퍼부었다.

"이 초콜릿은 보통 초콜릿이 아니야. 아버지가 해외 출장 다녀오면서 선물이라고 딱 하나 사 왔는데, 그게 바로 이 초콜릿이야. 아껴 먹어야 하는데 내가 너 주려고 챙겨 온 거다. 응? 귀한 거라고."

갑자기 영업 사원으로 둔갑해 초콜릿을 어필하는 정민을 버들이 빤히 쳐다봤다. 편의점만 가도 쉽게 구입할 수 있는 초콜릿이었다. 다만 포장에 불어가 쓰여있냐, 한국어가 쓰여있냐, 그 차이뿐이었다. 정민은 열정만 가득할 뿐 수완이 없는 초보 영업 사원이었다. 초콜릿에 대한 비밀을 털어놓을까 하던 버들의 입술이 얌전히 다물렸다.

"고마워."

정민의 얼굴이 불시에 확 붉어졌다.

"근데 다음엔 뭐 가져오려면 담배 사 와."

붉어진 얼굴은 빠르게 가라앉았다.

"담배 좀 끊어라. 그거 몸에도 나쁘잖아."

"뭐. 넌 운동하잖아."

"그게 무슨 상관이야?"

정민이 어리둥절한 채 물었다.

"운동하는 게 벼슬이야?"

"그럼. 너야말로 골초가 벼슬이냐?"

"골초 아니야. 여기서는 담배 많이 못 폈어."

버들이 코를 훌쩍거렸다.

"왜? 대표님인가 하는 사람이 뭐라고 잔소리해?"

"아니. 담배도 주고, 라이터도 빌려주셔."

영 몹쓸 어른이었잖아!

"초콜릿이나 먹어라."

"……나중에."

"왜? 민트 맛 별로 안 좋아해?"

"그게 아니라. 입속이 좀 헐어서."

"왜?"

"모르고 깨물었거든."

아, 해 보라는 정민의 말에 버들이 아, 입을 벌렸다.

"어? 진짜네. 상처 났다."

상처가 난 건 제 입인데 정민이 더 아파하는 표정을 지어 보였다. 버들이 벌렸던 입을 다물었다. 제 탓이었다. 황 대표가 제 몸을 씹을 때 소리를 참느라 턱에 힘을 주는데 실수를 했다. 그 바람에 입 안쪽 살이 좀 깊게 뜯겨 나갔다. 음식이 들어가면 거치적거리고 따끔해 그 이후부터 쭉 밥도 안 먹고 있다. 침울한 감정이 번지면서 버들의 어깨가 축 처졌다. 그때였다.

"대표님!"

황 대표가 문을 열고 나오자마자 버들이 자동으로 벌떡 일어났다. 언제 어깨가 처졌냐는 듯 팔랑거리면서 살아났다.

"어디 가세요?"

"산책."

"아. 같이 가요!"

버들의 집중이 순식간에 황 대표에게만 쏠렸다. 기껏 놀아주려고 찾아왔더니만! 헌신짝처럼 저만 남겨 두고 가 버린 버들을 정민이 얼른 따라나섰다. 처음엔 셋의 산책이었다. 하지만 중간에 마실 나온 제 할아버지에게 딱 걸린 정민이 포도 농장으로 잡혀갔다. 그러는 와중에 정민은 고래고래 버들의 이름을 불러 젖혔다. 동네가 다 시끄러울 지경이었다. 아무튼, 정민에겐 비극이었지만 황 대표와 둘이 있고 싶었던 버들은 방싯거리기 바빴다.

"이리 와 봐."

"왜요?"

"두 번 말해야 돼요?"

제 앞에 선 버들의 꼬락서니를 황 대표가 위아래로 훑었다. 장이 선 날이라서 그런지 사람들이 많았다. 현재 자신과 버들을 빗대자면 저잣거리에 놀러 나온 품계 높은 집안의 자제와 종놈 그 자체였다. 맑은 버들의 눈빛이 황 대표를 피했다. 한숨을 내쉰 황 대표가 마음대로 헝클어진 버들의 머리카락을 정리해 줬다. 언뜻 시선이 마주쳤다. 사사로운 황 대표의 손길에 버들의 마음이 두둥실 날아다녔다.

"치사한 새끼."

간신히 포도 지옥에서 탈출한 정민이 산책하고 유유히 돌아온 버들을 보자마자 펄쩍펄쩍 뛰었다.

"왜 또 왔어."

"간다는 인사하러!"

"벌써 가?"

……가라는 거야, 말라는 거야.

서로 말똥말똥 마주 보고 있는 버들과 정민을 남겨 두고 황 대표가 집 안으로 사라졌다. 산책할 땐 분명 괜찮았던 것 같은데 찰나 황 대표의 표정이 좋지 않단 걸 알아차린 버들이 초조하게 굴었다.

"이거."

"뭔데?"

"연고. 입안에 바르는."

"그런 것도 있어?"

"사 왔어."

바스락거리는 비닐봉지를 버들이 건네받았다. 두 개였다. 하나는 정민이 사온 연고. 하나는 포도.

"포도 못 먹어."

"연고 발라서 나으면 먹어."

"대표님 드려야겠다."

"야. 내놔."

"……치사하다."

그냥 해 본 말인 줄 알았는데 진짜로 줬던 포도를 정민이 낚아채 갔다. 아쉬운 마음에 버들의 시선이 포도가 든 비닐봉지에서 떨어질 줄 몰랐다.

"연고, 얼마야?"

"됐어. 그거 뭐 얼마나 한다고."

"그래도."

예약한 버스 시간까지 좀 남았다면서 정민이 정자에 앉았다.

"너도 앉아."

"응."

코밑으로 포도 향기가 달달하게 풍긴다. 시골에 반드시 와야 하는 특별한 일이 있는 것도 아니고. 배차가 긴 차편 때문에 잠깐만 머물렀다가 가는 정민이 참 실속 없이 느껴졌다. 버들이 손가락을 꼼지락거렸다. 바람이 살랑거리며 지나갔다.

"너 여기서 안 심심해? 네 또래도 없잖아."

"나는 여기 놀러 온 거 아니라니까. 일하러 온 거야."

그리고 또래가 있다고 해도 걔랑은 안 놀았을 거다.

"그래서 안 심심하다고?"

"응."

선뜻 버들이 고개를 끄덕거렸다.

"나 여기서 살고 싶어."

"진짜? 왜?"

"황 대표님이랑 같이."

"……."

경기에서 이겨야 하는 운동선수들은 덩치가 커서 겉으로 둔해 보일지언정, 기본적으로 동물적인 촉이 발달하게 되어 있다. 정민 역시 마찬가지였다. 입안이 순간 썼다. 무의식중에 정민이 제 뺨을 매만졌다. 사실 황 대표란 사람을 향한 버들의 감정이 무언지 언뜻 짐작이 가능했다. 아무 감정이 없었다면 카페에 앉아 형 친구 얼굴을 뭐 하러 그리고 있었겠어?

"모자는 줬냐?"

"……아니."

"왜? 준다면서 신나게 사더니."

"안 받으실 거 같아서."

버들이 생각난 김에 모자를 들고 왔다.

"안에는 뭐야?"

"자두랑 참외. 황 대표님 드리려고 했는데, 싫다고 하셔서."

싱싱함을 잃고 물러 터지기 시작한 자두를 버들이 아까워하며 살폈다.

"유버들."

"응?"

기다란 버들의 속눈썹을 말끄러미 정민이 주시했다.

"너 남자 대 남자란 말 뭔지 알아?"

"알아."

버들이 돌연 정민을 뒤돌게 했다. 뭣도 모르고 정민이 버들을 따랐다. 아! 정민의 비명이 크게 울렸다. 버들이 주먹으로 정민의 등을 쾅 내려친 것이다.

"왜 때려?"

때린 쪽이나 맞은 쪽이나 어리둥절했다.

"남자 대 남자. 한 대씩 치자는 거 아니야?"

"누가 한 대씩 치자는 걸 남자 대 남자래?"

"아니야?"

"아니야!"

"그렇다면 미안."

버들의 손은 몹시 매웠다. 근육은 올록볼록해 가지고는 정민이 유난스럽게 좁은 정자를 데굴데굴 굴러다녔다.

"남자 대 남자가 뭔데?"

"솔직하게 털어놓자는 거지!"

정신 사납다. 여태 굴러다니는 정민의 멱살을 잡아 버들이 진정시켰다.

"뭘 솔직하게 털어 놓아?"

"유버들. ……우리 친구 맞지?"

평소 가벼운 어투가 아니었다. 그런 말을 진지하게 뱉고 나니, 버들과의 관계를 스스로 정리해 버린 꼴이다. 그나마 뭔가 본격적으로 시작하기 전이라 다행이라면서 정민이 씁쓸한 제 속을 위로했다.

"친구인 데다 남자 대 남자로 솔직하게 말하는 거다."

말간 얼굴로 버들이 고개를 끄덕거렸다.

"너……."

정민이 목소리를 낮췄다.

"저 사람 좋아해?"

저 사람이 곧 황 대표란 걸 알았다. 놀란 기색으로 버들이 정민을 마주 봤다. 모자 깃을 잡고 있는 버들의 손에 절로 힘이 들어갔다. 너무 단도직입적이라 뭐라고 말을 해야 할지 모르겠다. 버들의 눈이 갈 곳을 잃고 잠시 방황했다. 마른 침을 삼켰다. 포도 주변으로 벌 한 마리가 날아왔다. 작은 날개치고 꽤나 소란스럽다.

"저……."

더듬거리면서 말문이 터지자 엉켰던 머릿속이 풀리기 시작했다. 그러면서 굳어 있던 버들의 표정이 한결 편안해졌다.

"대표님은 나 싫어해."

무덤덤하게 버들이 대답했다.

"너 싫어하는 사람한테 모자는 왜 사 주려고 그러냐?"

"……."

"자두랑 참외는 왜 주려고 그러고."

불만스럽게 정민이 미간을 좁혔다.

"대표님이 나 싫어한다니까 그래서 내 마음대로 하는 거야."

"무슨 말인지 하나도 모르겠다."

버들의 입술이 차분히 열렸다.

"내가 모자 안 사 줘도 싫어하실 거고, 사 줘도 싫어하실 거고. 자두랑 참외 안 줘도 싫어하실 거고, 줘도 싫어하실 거고. 어차피 뭘 해도 미움받고 있으니까…… 내가 하고 싶은 대로 하는 거지. 대표님한테 나는 뭐든 다 주고 싶으니까."

두 사람은 잠시 동안 아무런 말없이 해가 지는 광경을 바라봤다.

"또 놀러 올게."

"너 차 시간 늦은 거 아니야?"

"늦었지."

"어떡해?"

"할아버지 집에서 자고 내일 아침에 출발해야지, 뭐."

그렇구나.

"다음에 놀 거 챙겨 올게."

"담배나 사 오라니까."

"그래. 담배도 사 오고, 놀 것도 챙겨 올게."

버들이 웃었다.

"너 다음에 오면 매실주 마시러 갈래?"

"웬 매실주?"

"내가 매실 열심히 땄거든. 매실주 담근 거 맛보여 주신댔어."

"그래? 알았어. 전화할게."

"응."

남자 대 남자로서 어색해진 침묵을 깨고 정민은 평소와 다를 바 없이 굴었다. 그런 정민에게 연신 손을 흔들어 준 뒤 버들은 황 대표가 있는 집 안으로 후다닥 뛰어갔다. 나란히 벗겨져 있는 황 대표의 신발 옆에 버들의 운동화가 저만치 날아가 짝짝이로 뒹굴었다.

"창문 닫을게요. 밤 되면 벌레 들어오니까."

작게 중얼거린 버들이 열려 있는 창문을 닫았다.

"대표님. 식사 안 하세요?"

"……."

"포도 좋아하세요?"

"……."

"정민이가 갖다준 게 있는데 되게 달거든요."

"……."

"제가 먹어 봐서 알아요."

"……."

"대표님. 포도 싫어하세요?"

과묵한 황 대표를 향해 서 있던 버들이 얕게 턱을 주억거렸다.

"저 씻고 나올게요."

수건을 챙긴 버들이 욕실 문을 닫았다.

「대표님은 나 싫어해.」

황 대표의 곧은 눈썹이 일그러졌다.

비닐봉지가 바스락거렸다. 버들이 연고를 들고 거울 앞에 섰다.

"유버들 씨."

"네?"

제 쪽으로 다가오란 황 대표의 지시에 버들이 연고를 내려놨다.

"그거 들고 와."

샤워를 한 것과 별개로 지저분한 버들의 손가락을 보며 황 대표
가 인상을 찌푸렸다. 제 옆자리에 버들을 앉게 했다.

"아, 해 봐."

"……."

"아."

"……싫어요."

순간 황 대표의 속이 어그러졌다. 아까 다른 사람한테는 스스럼
없이 아, 입을 벌려 주던 버들을 봤다. 도망치려는 버들의 어깨를
억세게 잡아 눌렀다. 흠칫 놀란 것도 잠깐. 아픈지 버들이 신음했다.

"아, 해."

"……왜요?"

"내가 억지로 벌려요?"

"……."

다그치는 황 대표의 앞에서 버들이 얼굴을 붉혔다. 무슨 일이 있
어도 끝까지 버티려고 했지만 그건 제 바람으로 그쳤다. 싸늘한 황
대표의 눈초리에 원하는 대로 입을 벌릴 수밖에 없었다. 제 자신이
무력해지는 기분이다. 버들의 입안의 상처를 황 대표가 눈으로 확

인했다.

"입, 이거 왜 이래?"

이유를 추궁해 봤지만 멍청한 게 미적거리면서 외면할 뿐이다. 하기야 이유가 뭐가 있겠어. 밖에서 까불고 다니면서 지가 씹었겠지. 못 미덥단 표정으로 황 대표가 버들의 손에 들린 연고를 낚아챘다. 남이 쓰던 거였으면 당장 내다 버렸을 텐데 연고는 새것이었다. 사용 기한부터 성분까지 모조리 확인하고 나서야 황 대표의 표정이 살짝 풀렸다. 서랍을 열어 면봉을 꺼내 들었으나 이게 썩 위생적인 방법은 아닌 것 같다. 황 대표가 내뱉는 한숨에 버들의 어깨가 움츠러들었다.

"잠깐만 있어."

깨끗하게 손을 씻고 황 대표가 돌아왔다. 그러곤 손가락 끝에 연고를 조금 덜었다.

"아, 해."

"……제가 할게요."

"또 두 번 말하게 하네."

권태롭게 들린 황 대표의 목소리에 신경질이 묻어 있었다.

"제가 바르면 돼요."

"아, 해."

버들의 눈가가 일렁거린다. 어떻게 제 입안의 상처를 황 대표가 알아차렸는지 모르겠지만 아픈 거 절대로 보여 주기 싫었다. 미어지는 속에 절로 고개가 숙여졌다. 그대로 넘어가 주길 바랐다. 버들의 눈이 질끈 감겼다. 제 턱 아래를 황 대표가 움켜쥔 것에 버들은 입을 열 수밖에 없었다.

황 대표의 손가락이 버들의 입안으로 들어갔다. 어떠한 침입도 받아 본 적 없는 여린 점막 위를 황 대표의 손끝이 긁었다. 소름이 돋았다. 처음 느껴 본 감촉이 절로 발바닥을 곱아들게 만들었다. 숨까지 멎으며 버들이 움찔 떨었다.

손가락에 남은 연고를 씻어 내기 위해 황 대표가 욕실로 들어갔다. 욕이 튀어 나갔다.

"매실 그거 갖다가 버려."

"……."

"매실주, 그런 것도 마시지 말고."

"제가 매실 많이 따서 주신다고 그랬어요."

"그러니까, 그거 마시지 말라고."

"매실주…… 맛있다던데. 그럼, 한 번만 마셔 보고……."

화풀이였다. 노트북을 밀어 둔 식탁 위에 버들을 눕혀 놓고 잇자국을 냈다.

＊　　＊　　＊

현관으로 올라가는 낮은 계단에 버들이 앉아 있었다. 그사이 헐겁게 뜬 달이 자취를 감췄다. 안개가 끼면서 동이 막 트기 시작했다. 무릎 위에 가만히 턱을 기대고 있던 버들이 퍼뜩 고개를 들었다. 희끄무레한 시야를 비집고 점점 다가오는 차가 보였다.

며칠 전처럼 새벽녘, 황 대표의 직원들이 잔뜩 다녀갔다. 살짝 기울인 손목에 황 대표가 향수를 뿌리는 동안 직원들은 일사불란하게 움직여 매트리스를 교체하고, 에어컨과 공기 청정기 필터를 갈아 끼우고, 마셔서 없앤 와인과 버려서 없앤 식기들을 충당했다. 한 번 겪어 본 적이 있는 상황이었다. 혼자 남겨질까 봐 버들의 불안함은 곧바로 몸집을 키웠다. 미처 간수하지 못한 버들의 베개가 직원들의 발에 밟혀 이리저리 채였다. 외출 준비를 하는 황 대표의 모습에 홀딱 빠져 있던 탓에 제 베개의 수난을 버들은 너무 늦게 알아차렸다. 베개가 두 개 있는 것도 아니고 저거 딱 하나뿐인데. 속상하다. 솜이 뭉쳐 팡팡해야 하는 부분들이 쑥 꺼져 있었다.

바닥에 주저앉은 버들이 베개를 원래대로 돌려놓기 위해 반죽을 하는 사이, 황 대표가 집을 나섰다. 집안이 한적해졌다. 놀란 버들이 베개를 내팽개쳤다. 부랴부랴 밖으로 뛰어나갔지만 황 대표의 차는 이미 빠른 속도로 멀어지는 중이었다. 시큰거리는 가슴을 버들이 붙잡았다. 베개 따위가 뭐라고 거기에 집중했을까. 황 대표에게 따라가고 싶단 말도 꺼내지 못했고 언제 오실 건지 묻지도 못했다. 기운 없이 하루를 보냈다. 그리고 해가 질 때부터 버들은 같은 곳에 앉아 황 대표만 기다렸다. 하루가 지나 시간은 또다시 새벽이 됐다.

황 대표와 버들의 시선이 짧게 마주쳤다. 버들을 발견하고선 덩달아 안전벨트를 푸는 비서를 제지한 뒤 황 대표가 차에서 내렸다. 완벽한 모습의 황 대표를 바라보던 버들이 다시 무릎 위에 턱을 기댔다. 속눈썹이 아래로 잠기면서 바닥이 눈에 들어왔다. 황 대표는 시간과 계절을 가리지 않고 늘 멋진 사람이란 걸 자신 있게 장담할 수 있을 것만 같다.

차가 후진으로 빠졌다. 은근히 답답했었던 소매 단추를 풀며 황 대표가 버들을 지나쳤다. 긴 다리가 여유롭다. 현관문을 열려던 찰나, 황 대표가 뒤를 돌아봤다. 구부정한 자세로 앉아 있던 버들이 한숨을 폭 내쉬더니 천천히 일어나 엉덩이를 털었다. 어깨를 어슷하게 비트는 순간 예고도 없이 황 대표와 정통으로 눈이 부딪혔고 그 바람에 움찔거리면서 놀랐다.

"······."

"······."

수영도 하고, 정사를 즐기고 온 터라 기분은 드물게 개운한 상태였다.

"저 기다렸어요?"

"아니요."

버들이 고개까지 저어 가며 황 대표의 물음에 바로 부정했다. 단정한 황 대표의 목울대가 일렁거렸다. 직전까지 개운했었던 기분이 버들을 보는 순간 점차 흩어졌다. 말만 기다리지 않았다고 했을 뿐, 그게 거짓말이란 건 빤히 알아차릴 수 있었다. 버들의 머리카락과 드러난 살갗이 아침 이슬 때문에 축축해 보였다. 저렇게 눈에 띌 정도로 젖었다는 건 밤새도록 밖에 나와 있었단 뜻이 된다. 몇 달을 거슬러 그 언젠가 호텔과 그리 멀지 않은 가로등 아래 막막히 앉아 있던 버들의 모습이 겹쳐졌다.

"진짜 안 기다렸어요?"

시선을 피한 다음에 버들이 턱을 주억거렸다.

「기다려? 기다리는 것도 자격이 있어야지. 넌 그런 거 없어.」

마음껏, 황 대표님을 기다릴 수 있는 자격이 있었으면 좋겠다. 그런 자격이 구체적으로 뭔지는 잘 모르겠지만.

버들이 계단을 하나씩 밟아 올라갔다. 다섯 개밖에 되지 않아 금방 황 대표와 나란히 설 수 있게 됐다. 하루 동안 너무 보고 싶었다. 고리를 돌려 버들이 문을 열었다. 황 대표가 먼저 들어갈 수 있도록 문을 잡아 줬다.

"대표님. 어디 다녀오세요?"

황 대표의 눈썹이 미세하게 일그러졌다.

"저 기다린 거 아니에요. 절대로."

버들이 저 스스로를 두둔했다.

"궁금해서요. 그냥, 궁금할 뿐이에요."

수작질이 어설프다. 무시로 일관하던 황 대표의 입술이 열렸다.

"……수영."

아. 수영! 울적하게 처져 있던 버들의 어깨가 언제 그랬냐는 듯 살아났다. 맞아. 여기는 시골이라 수영을 할 수 있는 스포츠 센터가 없으니까.

"대표님. 저, 어제……."

본격적으로 버들이 황 대표의 뒤꽁무니를 따라다니기 시작했다.

정장을 벗고 다시 편안한 청바지 차림으로 황 대표가 식탁 앞에 앉았다. 노트북이 켜지는 동안 손가락을 부드럽게 이완시켰다. 어제의 부재만큼 해야 할 일이 쌓여 있었다. 몇 시간째 황 대표가 업무에만 몰두했다. 재잘거리던 버들의 수다가 어느 순간 멎었다.

뻐근해진 어깨에 잠시 쉬고자 황 대표가 고개를 들었다. 맞은편 자리에는 나뒹구는 색색별 색연필과 함께 버들의 노트가 활짝 펼쳐져 있었다. 곧장 거기에 관심이 향했다. 황 대표가 손끝으로 노트를 끌어당겼다. 페이지 가득 버들이 그려 놓은 게 해바라기다. 어제 혼자 집 지키느라 심심했나. 고작 낙서 수준이 아니라 해바라기 한 송이마다 디테일을 고루 살려 놨다. 초록색, 파란색, 보라색. 해바라기의 색깔은 색연필만큼이나 참 다양했다. 그러면서 정작 노란색 해바라기만 빠져 있다.

"……아. 새끼 진짜."

노트 귀퉁이에 빨간색 하트가 작게 그려진 걸 발견한 황 대표가 인상을 썼다. 빨간색 하트보다 정확히 빨간색 하트 앞에 적힌 제 이름을 보고 인상을 찌푸린 거였다. 황정우. 제 이름 석 자 역시 버들이가 시뻘건 색으로 꾹꾹 눌러 적어 놨다. 황 대표의 인상은 금방 펴졌다. 팔랑팔랑, 페이지를 넘겨 가며 버들의 노트를 앞쪽까지 전부 구경했다. 비위 상하게 만드는 못난 손이 조각과 그림을 할 때엔 쓸모가 있다.

「저 빨아먹을 거예요?」

「안 돼요? 빨아먹으면?」

황 대표의 고개가 버들이 있는 곳으로 돌아갔다.

「제 단물 다 빨아먹어 주세요!」

황 대표가 잠시 턱을 괫다. 창밖으로 해가 중천에 떠 있었다. 평소라면 버들이 빨빨거리면서 돌아다니고 있을 시간이었다. 그때였다. 약하게 꼬물거리면서 버들이 잠투정 비슷한 걸 했다. 그 바람에 버들의 머리통이 베개 위에서 톡 떨어졌다. 동시에 황 대표의 미간이 좁혀졌다. 맨바닥에 누워 달랑 이불 한 장을 덮고 잠들어 있는 버들에게서 어떠한 불편함도 없어 보인다. 어떻게 저 정도로 둔할 수 있는지 기가 막힌 걸 떠나 이제는 신기할 지경이다.

잠이 들면서 버들의 수다가 멎은 대신 새근거리는 호흡이 귓가로

닿는다. 눈에서 안 보였을 땐 생각이 전혀 나지 않더니, 눈에 보이니까…… 또 거슬린다.

황 대표가 자리에서 일어나 버들의 밥그릇을 집어 들었다. 오늘만 그런 게 아니라, 버들이 제 곁에 바짝 붙어 하루 동안 저가 뭘 했는지 재잘거리는 말들 중에는 언제나 먹는 건 쏙 빠져 있었다. 밥그릇 안쪽은 물론 싱크대 자체가 물기 하나 없이 바짝 말라 있다. 그래도 혹시나 싶었다. 정말 한 끼도 챙겨 먹지 않고 미련한 새끼가 밖에서 하루 내내 저만 기다리고 있었나 보다.

「밥은.」

「먹었어요.」

「언제?」

「대표님은요?」

「…….」

「맛있는 거 많이 먹고 오셨어요?」

내버려 두니까 이게 갈수록 거짓말만 는다.

"유버들."

이름을 불러도 잠잠한 버들의 앞에 황 대표가 앉았다. 버들의 몸에 덮어진 이불을 확 걷었다. 역시나. 손이 시린지 버들이 배꼽을 만지작거리고 있었다. 못 만지게끔 버들의 손을 저만치 치워 버렸다. 동그랗게 파인 배꼽이 참 희고 뽀얗다. 황 대표가 버들의 납작한 아랫배를 물끄러미 응시했다. 얼마나 지났다고 버들이 또 자기 배꼽을 만지려 들었다. 황 대표의 얼굴에 짜증이 담겼다. 살결 고운 배를 홀라당 보여 주고 무방비하게 배꼽 만져 대고. 의도한 바는 아니겠지만 사람 환장하게 만드는 버릇이었다. 황 대표가 아예 버들의 상의를 바지 속에 꼼꼼하게 집어넣었다. 배꼽이 만져지지 않자 곱게 잠이 든 버들의 눈가가 와락 찌푸려졌다.

"배탈 나."

나지막하게 황 대표의 목소리가 내려앉았다.

가만히 버들의 손목을 쥐어 봤다. 얇다. 사내새끼란 걸 감안했을 때, 정말 지나칠 정도로 가늘다. 황 대표가 묵직한 한숨을 목구멍 뒤로 눌러 삼켰다. 귀찮은 거 질색인 이기적인 성격대로라면 뭐 어찌되든 등한시했을 텐데, 현재 같이 살고 있고 또 유 대표 동생이라니까 드물게 신경이 쓰이나 보다.

개를 두 마리나 데리고 사는 회사 비서가 했던 말이 현재의 상황과 적절하게 맞아떨어진다. 사료가 입에 맞지 않는지 개들이 잘 안 먹어서 걱정이라고. 그 개들은 식성이 좋아져 현재 날아다니는 파리도 잡아먹는다. 아. 반려동물을 처음 키워 보는 거라 서툴단 말도 했었지.

유 대표를 불러서 데려가라고 해야 하나.

"유버들 씨."

황 대표가 잘 자고 있는 버들을 흔들어 깨웠다. 낮과 밤이 바뀌면 더 고생할 게 뻔하다. 버들의 눈이 뜨인 걸 보고 나서 황 대표가 멀찍이 물러났다. 일어나 앉은 버들의 얼굴이 멍하다.

"그러게 밤 꼴딱 새면서 누가 나 기다리랬어요?"

"……안 기다렸어요!"

극구 부인하는 꼴이 진짜 같잖다.

"밥 먹어."

"나가서 먹고 올게요."

주섬주섬 일어나 이불과 베개를 정리하는 버들을 황 대표가 직시했다.

"내 앞에서 먹으라고."

"집에 밥 없어요. 스승님 댁에 가서 먹고 올게요."

신발을 신은 버들이 잡을 새도 없이 얼른 밖에 나가 버렸다. 집에 밥이 없어? 거짓말인지 확인하기 위해 황 대표가 밥통 앞에 섰다. 난관이 바로 닥쳤다. 오븐과 가스레인지는 능숙하게 작동시킬 줄 알지만 단 한 번 사용해 본 적 없는 밥통은 어떻게 열어야 할지 모르겠다. 정체 모를 버튼이 여러 가지다. 헤매다가 관뒀다. 먹고 온다고 했으니까 알아서 잘 먹고 오겠지. 괴팍하더라도 스승님이라고 불리는 노인이 제자인 버들을 굶기지는 않을 테니까.

버들이 작은 돌멩이를 발로 찼다. 스승님 댁에는 가지 않았다. 그 늘진 나무 밑에 앉아 꾸벅꾸벅 졸다가 적당히 시간을 보낸 뒤 집으로 돌아갔다.

그림 작업에 집중해 저녁을 보낸 버들에게서 유화 물감 냄새가 났다. 저가 한 작업물이 만족스러웠는지 굉장히 뿌듯해 보인다.

"이리 와."

씻고 나온 버들을 황 대표가 불렀다. 황 대표가 빼 준 의자에 버들이 앉았다.

"입안에 약 발랐어요?"

"발랐어요."

"한 번도 못 봤는데, 내가?"

"⋯⋯지금 바를게요."

작게 대답 후 자리에서 일어나려는 버들을 대신해 황 대표가 연고를 가져왔다.

"주세요."

"너 손 더럽잖아. 감염되면 어쩌려고."

"손 깨끗하게, 여러 번 씻었어요."

"씻어도 더럽잖아. 이걸 내가 몇 번을 말해야 돼."

고개를 숙이면서 버들이 주먹을 쥐었다. 흉측한 손톱이 가려지자 이번엔 갈라지고 튼 손등이 신경이 쓰였다.

"기다려."

버들의 눈이 황 대표를 좇아갔다. 욕실에 들어간 황 대표가 손을 씻고 나와 물기까지 말끔히 제거한 뒤에 연고를 짰다.

"아."

처음엔 안 보여 주려고 바득바득 버티더니 지금은 황 대표의 말에 버들이 순순히 입을 벌렸다. 확실히 입속의 상처에 제 지저분한 손이 닿는 건 별로 건강에 좋지 못한 일인 것 같단 판단이 들었다.

"가까이 와."

황 대표 쪽으로 버들이 제 얼굴을 내밀었다. 서로가 가까워졌다. 소란스럽게 요동치며 심장이 반응했다. 아, 제발. 황 대표님에게 안 들켰으면 좋겠다. 부끄러운 조바심에 버들의 속눈썹이 빠르게 깜박이더니 한쪽으로 어색하게 비껴 났다. 황 대표의 향수 냄새가 은은하게 스며들었다.

버들의 아랫입술을 스쳐 황 대표의 손가락이 천천히 입안으로 들어갔다. 버들이 움찔움찔 떨었다. 에어컨이 쌩쌩하게 돌아가고 있는데 어째서인지 더운 기분이 든다. 제 입안의 여린 점막을 긁는 황 대표의 손끝은 단지 낯선 기분으로 끝나지 않았다. 날카롭게 번개가 치는 것 같다. 척추를 타고 오소소 돋아난 소름에 버들의 어깨가 바짝 움츠러들었다. 보이지 않는 발가락도 옴짝 말았다.

신중하게 약을 발라 주던 황 대표가 돌연 눈썹을 찌푸렸다.

"혀 저쪽으로 해."

"……."

"저쪽으로 하라니까."

"……."

황 대표의 눈빛이 매서워졌다. 난감한 기색으로 버들이 쩔쩔맸다. 저쪽으로 혀를 하려고 해도 의식이 되니까 뜻대로 따라 주지 않았다. 버들의 혀가 황 대표의 손가락 측면을 다시 말캉하게 짓눌렀다. 약을 두껍게 발라 준 뒤에 황 대표가 손가락을 빼냈다. 넣었을 때와 마찬가지로 버들의 아랫입술을 은밀하게 건드렸다. 거기에 버들이 흠칫거리며 놀랐다. 황 대표의 손가락이 타액으로 젖어 촉촉했다. 손을 씻고 황 대표가 욕실에서 나왔다. 황 대표가 발라 준 연고를 혀로 굴려 맛을 보던 버들이 척추를 꼿꼿하게 세웠다. 고맙다고 인사해도 되려나. 생각하면서 버들의 큰 눈이 끔벅거렸다.

"기다리지 마."

"안 기다렸는데……."

"안 오면 안 오나 보다 해. 내가 너 기다린다고 일찍 들어와야 하는 거 아니잖아."

"진짜예요. 저, 대표님 안 기다렸어요. 제가 얼마나 바쁜 사람인데요."

참 나.

"……진짜 기다린 적 없는데."

버들의 말끝이 바닥에 닿을 정도로 작아졌다.

"스승님 댁에서 밥은 잘 먹고 왔어요?"

"네."

진짜로 먹은 건지 안 먹은 건지 의심스러워서 바라본 건데 눈 마주치니까 좋아서 그저 버들이 방싯거리면서 웃었다.

"해바라기 그려 놓은 거 봤어요."

"……보셨어요?"

"노란색 해바라기는 왜 안 그려요?"

"그려 드릴게요! 노란색 해바라기 백 송이, 천 송이, 만 송이……."

버들이 부르는 숫자가 터무니없이 커져 갔다.

"일조 송이……."

사기꾼이네. 황 대표가 버들을 두고 자리에서 일어났다.

*　　*　　*

여느 때와 다름없이 한가로운 오후에 접어들었다. 밖에 나갔던 버들이 헐레벌떡 집 안으로 뛰어 들어왔다. 한창 시나리오를 수정 중이던 황 대표가 인상을 썼다. 기어이 타자를 치던 손이 우뚝 멈췄다. 조각할 때 두르는 버들의 앞치마에서 돌가루가 우수수 떨어졌다. 그걸 지적하려던 순간이었다. 버들의 조막만 한 얼굴이 눈에 들어왔다. 가뜩이나 하얀 얼굴이 더 새하얗게 질려 있다.

"뭐야."

"……대표님."

"왜."

"저랑 어디 좀 같이 가 주세요……."

귀찮다. 황 대표가 들은 척도 하지 않았다.

"저 조각칼 잃어버렸는데, 그거 가지러 혼자 못 갈 거 같아서요."

"……."

"황 대표님. 무서워서 그러는데, 한 번만 같이……."

황 대표가 커다랗게 한숨을 내쉬었다. 노골적으로 성가시단 걸 드러내자 버들의 말문이 닫혔다.

"너 조각칼 잃어버린 걸, 나보고 어쩌라고."

"……."

숨을 쌕쌕 내쉬며 버들이 뒤늦게 고개를 내저었다.

"바빠."

군더더기가 없다. 딱 자른 황 대표의 거절에 더 부탁하지 못하고 버들이 문을 닫았다. 집에 오기 전 놀랄 일이 있었다. 조각도를 놓칠 만큼 크게 위협받았다. 계단에 쭈그려 앉아 놀란 가슴을 진정시키려는데 그게 잘 안 된다.

황 대표가 일어나면서 의자가 거칠게 뒤로 밀려났다. 한 번 깨진 집중이 돌아오지 않는다. 아. 짜증나.

"뭐야."

문 열리는 기척에도 버들은 그대로 굳어 있었다.

"무슨 일이냐고."

아무것도 아니란 듯 고개만 내저을 뿐이었다. 황 대표가 버들의 팔을 잡고 일으켜 세웠다.

"두 번 말하는 거 싫어한다고 했죠."

"……물려고 해서."

"누가? 너를?"

황 대표가 인상을 썼다.

"물렸어?"

"아직 물리진 않았는데……."

"물릴 뻔했어?"

버들이 고개를 끄덕거렸다. 풍성한 머리숱이 찰랑거렸다.

"……."

"……."

버들의 맑은 눈동자에 화가 난 황 대표의 모습이 그대로 비춰졌다.

"너는 사내새끼가 네 몸 하나 못 지켜?"

내가 진짜 언젠가 이런 일이 일어날 줄 알았다. 순간적으로 신경질이 솟구쳤다.

"어디서 누가 그랬는데."

"……."

"어디서 누가 그랬냐고, 너한테."

"……."

혼나는 줄 알고 버들이 아연해졌다.

"말 안 해?"

"……."

"유버들 씨."

"……."

버들이 아랫입술을 질끈 말아 물었다. 속이 터지겠다. 애가 멍청하게 생기고, 모자라 보이니까 분명 괴롭히고 싶은 악한 마음이 들었을 거다. 그렇다고 실제로 만만하게 봐도 되는 놈이 아니었다.

"조각칼, 뺏겼어요?"

"뺏긴 게 아니라, 제가 놓쳤어요."

"어디서?"

"저기…… 파란색 집 대문이요."

"기다려."

황 대표가 집 안으로 들어가 핸드폰을 찾아 당장 변호사 팀을 호출했다. 당황한 변호사에게 자초지종 상황을 설명하는 대신, 확실하게 용건만을 전하고 그걸로 전화를 끊어 버렸다.

"대표님. 제가 생각이 짧았는데요."

"그래서, 뭐. 빨리 말해."

"가서 어떻게 하실 건지……."

잔뜩 더듬거리는 목소리로 버들이 황 대표에게 물었다.

"말로 풀 거야."

황 대표가 이를 으득 씹었다.

"확실히 물려고 했어?"

"네."

"넌 뭐 하고 있었는데."

"저는 그냥…… 인사했어요."

"그냥 인사했는데, 그랬다고?"

"네. 이빨이 엄청 무서웠어요."

변태 새끼 아니야? 애가 인사했는데 왜 물려고 해? 황당함을 넘어 황 대표의 표정이 냉혹해졌다. 파란색 집 대문이 가까워졌다. 버들이 떨어뜨렸던 조각도는 그 자리 그대로 있었다. 황 대표가 조각도를 주워 버들에게 건넸다.

"재야?"

어느 틈에 제 등 뒤에 숨은 버들을 향해 황 대표가 물었다. 버들이 고개를 끄덕거렸다. 잠시 말을 잃었던 황 대표가 다시 전화를 걸어 변호사 호출을 취소시켰다.

"가자."

버들의 손목을 붙잡고 대문 앞을 떴다.

"대표님?"

"앞으로 여기 지날 때 인사하지 말고 그냥 고개 숙이고 가."

"……."

"눈도 마주치지 말고. 알았어?"

"말로 푸신다고……."

"말로 해서 알아듣는 상대가 아니잖아."

파란색 대문에는 '개조심'이란 종이가 찰싹 붙어 있었다. 버들이 힐긋 뒤를 돌았다. 눈이 마주치자마자 커다란 개가 사납게 으르렁 이빨을 드러냈다. 목줄이 찰캉거렸다. 움찔 떨며 버들이 황 대표에게 더 바짝 붙었다.

"……아. 대표님!"

집까지 버들을 끌고 와 식탁에 엎드리게 한 황 대표가 제 잇자국이 잘 남아 있나 확인했다.

그늘을 따라 걸었다. 한적하다. 황 대표가 통화를 끝내자 주변에서 들리는 것들이라고는 바람소리, 벼가 흔들리는 소리, 풀벌레 울음소리가 전부였다. 두 개의 그림자가 길쭉한 형체로 흙바닥에 그려졌다. 살짝 턱을 치켜들어 구름을 보며 걷던 버들이 황 대표의 목소리가 들리지 않자 힐긋 뒤를 돌아봤다. 버들의 손에는 어디서 주웠는지 모를 나뭇가지가 들려 있었다. 황 대표의 눈썹이 미세하게 찌푸려졌다. 주워도 꼭 자기 같은 걸 골랐다. 앙상하단 뜻이었다.

제 뒤를 잘 따라오고 있는 황 대표를 확인하자마자 안정감이 물씬 차오른다. 차오르다 못해 넘쳤다. 버들이 유유히 다시 앞쪽을 바라봤다. 터벅터벅. 버들은 어김없이 운동화 뒤를 꺾어 신은 채다. 곧 벗겨질 것처럼 불편해 보인다. 황 대표의 시선이 움푹 파인 버들의 아킬레스건과 새하얀 발뒤꿈치를 가만 주시했다. 발목까지 대충 돌돌 만 바지를 더 올리면 버들의 종아리 정중앙에 자신이 물어놓은 흔적이 있다.

"넌 무인도 가도 잘 살겠다."

"대표님. 무인도 가실 거예요?"

"미쳤어?"

"그럼 저도 갈 일 없어요."

가느다란 버들의 목 뒷덜미가 절레절레 흔들린다.

"내가 무인도에 가면?"

"저도 따라가야죠."

단순한 대답에 웃음기가 살랑 전해져 왔다.

"넌 단순해서 좋겠다."

"대표님. 무인도에 가서도 제 단물 빨아먹으면 되잖아요."

"무인도에 가면 넌 그냥, 씹을 가치도 없는 껌이야."

"왜요? 조각이랑 그림, 저 계속할 건데요?"

"그러니까. 무인도에서 조각이랑 그림을 어디다가 팔아 써먹을
건데."

"......"

무인도, 그 까짓 게 뭐라고. 되게 현실성 있게 구는 황 대표를 버
들이 부루퉁하게 흘겼다.

"무인도에 개구리 나와라."

버들이 작게 중얼거렸다.

"메뚜기도 나오고. 매미도 나오고. 지렁이도 나오고."

"......야."

더 이상 언급할 가치도 없단 듯 황 대표가 콧방귀를 뀌었다.

"개구리나 벌레, 제가 다 잡아 드릴게요!"

"앞에 보고 걸어. 넘어지니까."

"대표님. 무인도에 갈 때 저 꼭 데려가세요."

"아까 뭐 들었어. 무인도에 안 간다니까."

"그럼 어디 가실 거예요?"

"아무 데도 안 간다고."

별생각 없이 내뱉은 대답이었지만 황 대표의 그 단호한 어투는
버들을 설레게 만들었다. 눈망울이 초롱초롱하다.

작게 들리기 시작했던 물 흐르는 소리가 점점 커진다. 별 말 없

이 발길 닿는 대로 걷다가도 마지막 종착지는 꼭 개울가였다. 겨우 아침 열 시를 넘겼을 뿐이건만, 지극히 여름다운 날씨였다. 태양이 뜨겁다. 상대적으로 물이 튀기는 개울가 근처의 공기는 제법 시원하게 느껴졌다. 서둘러 반대편으로 건너가고 싶다.

개울가 반대편은 가뜩이나 한가하고 고요한 시골 마을에서도 더 한가하고 고요한 느낌을 받을 수가 있다. 거기에서 황 대표의 마음에 든 건 나무로 울창하게 둘러싸여 은은하게 퍼지는 솔잎 향이었고, 버들의 마음에 든 건 나무로 울창하게 둘러싸여 은은하게 퍼지는 솔잎 향을 감상하며 여유를 즐기는 황 대표의 모습이었다. 어디가 되었든, 설사 거기가 그림도 조각도 할 수 없는 무인도라고 할지언정 황 대표와 함께라면 그 자체만으로 행복할 거 같다.

황 대표가 개울을 건너갔다. 버들이 물속에 발을 집어넣었다. 깊이가 아쉽다. 차라리 허벅지, 가슴, 목까지 물이 차올랐다면 더 좋았을 뻔했다. 그럼 여기서 황 대표님, 충분히 수영할 수 있었을 텐데. 그럼 수영하려고 서울 갈 일도 없으실 거고, 그렇게 되면 나도 여기서 황 대표님 없이 혼자 남겨지는 일도 없을 텐데.

물속에 비뚤게 겹쳐진 돌을 밟은 버들이 휘청거렸다. 다행히 넘어지진 않았다. 버들이 놀란 가슴을 쓸어내리며 안도의 한숨을 내쉬었다. 홀딱 젖어 버리면 그야말로 꼴사납다.

"황 대표님."

"네."

"좋아해요."

"……."

　　　　　*　　　*　　　*

　"아, 나도 보고 싶어."

　필요한 자료를 찾던 중 황 대표가 창가로 고개를 돌렸다. 밖에서
그림을 그리던 버들이 통화 중인 모양이었다. 열어 놓은 창문을 통
해 무슨 말을 하는지 고스란히 들려왔다.

　-나는 세 번 봤어. 네 동기들도 두 번씩은 봤을걸?

　"두 번, 세 번 씩이나? 왜?"

　-이해가 안 가서.

　"너 내용 다 알고 보는 거였잖아. 왜 이해가 안 가?"

　-이건 직접 봐야지만, 내 말뜻을 알 수가 있다.

　버들이 코를 훌쩍였다.

　"너 지금 서울 산다고 잘난 척하냐?"

　-넌 날라리처럼 담배 피우는 걸로 잘난 척하잖아.

　"어른인데 뭐."

　-옛날부터 폈다며, 담배?

　"그렇기는 한데……."

　오랜만에 정민과의 말다툼에서 버들이 밀렸다.

　"나도 보고 싶다."

　-내가?

　"영화."

　본인도 모르게 구기고 있던 표정을 황 대표가 폈다. 아. 보고 싶
다는 게, 영화.

　-야, 끊어.

"안 그래도 끊으려고 했어."

-왜? 전화비 아까워서?

"그래."

-이거 내가 건 전화거든? 전화비 아까우니까 끊어.

"응."

-바로 응, 이러면 되냐, 안 되냐.

정민과 버들이 유치한 주제로 서로 옥신각신했다.

-서울 안 와?

"몰라."

-영화 금방 내려갈걸.

"어쩔 수 없지."

-영화 보고 싶다면서?

"나중에 텔레비전에서 해 주지 않을까?"

-그때까지 기다린다고?

"……."

버들이 손등으로 제 코끝을 문질렀다.

"이제 진짜 끊어야 돼. 나 그림 그리고 있었거든."

-……알았어. 놀러 갈게.

"담배 사 와."

나이가 몇인데 담배 셔틀을 해야겠냐고 투덜거리면서 정민이 전화를 끊었다. 고개를 폭 숙인 채 버들이 핸드폰으로 보고 싶어 했던 영화를 검색했다. 요즘 가장 인기를 끌고 있는 영화인 만큼 후기들이 와르르 올라와 있다. 생각이 필요한 스릴러란 장르도 좋고, 프랑스 영화란 점도 끌린다. 발음이 우아하다. 불가피하게 뉴욕에서 3년간 시간을 보냈어야 했지만, 선택권이란 게 있었더라면 무조건 프랑스로 날아갔을 거다.

……아. 한창 색칠 중이던 버들의 손이 멈췄다. 무심코 아쉬움에 잠겨 있던 생각을 얼른 지워 냈다. 뉴욕이어야지. 그래야 황 대표님이 잊어버렸던 수첩을 내가 줍지. 역시. 운명이라니까. 버들이 콧노래를 작게 흥얼거렸다.

11. 비 오는 날 흙냄새 (4)

학습 능력이 생겼다. 개울가 앞에 선 버들이 허벅지 중반까지 옷을 쭉쭉 잡아당겼다. 탄력이 없는 소재라 입을 앙다물고 힘을 줘야 했다. 운동화를 벗어 양손에 들었다. 이러면 빨랫감을 줄일 수 있다.

"넌 여기 밟고 가란 돌이 안 보여?"

황 대표가 인상을 쓰며 지적했다.

"……흔들려서."

"이정도 균형도 못 잡아?"

황 대표의 꾸중에 담배 생각이 났다. 묵묵히 버들이 물가를 휘저으며 건너갔다.

"너는 그 몸을 어디다 쓸래?"

황 대표의 시비에 버들이 턱을 당겨 제 몸을 내려다봤다. 대표님은 아무것도 모르면서.

"저도 대표님 나이 되면 균형 잘 잡을 수 있을지도 모르잖아요."

기죽지 않고 버들이 따졌다.

"넌 애초에 글러 먹었어."

"저는 대표님 몸이었으면……."

"……내 몸이었으면 뭐."

마주친 눈빛이 은근하게 지속되었다.

"대표님. 군대 갔다 왔어요?"

"유 대표랑 나란히 입대하고 나란히 제대했어."

"……아."

"왜. 넌 군대 안 가려고?"

버들이 딴청을 피웠다.

"와. 양아치였네."

권태로운 어조로 황 대표가 조롱했다.

"……."

"……."

진짜 아무것도 모르면서.

"버들 씨."

산책을 끝내고 다시 개울가 반대쪽으로 건너가기 위해 운동화를 벗어 드는 버들을 황 대표가 불러 세웠다. 멀뚱히 저를 올려다보는 버들의 눈빛에 황 대표가 낮게 한숨을 쉬며 거리를 좁혔다.

"어?"

들어서 옮겨 주려면 좀 곱게 들어주지. 황 대표가 버들을 짐짝처럼 한쪽 어깨에 둘러멨다. 가뿐했다. 가뿐하다 못해 지나치게 가벼운 버들의 무게에 잠깐 놀랐던 게 사실이었다. 갑자기 붕 들린 몸에 놀란 건 잠깐이었다. 거꾸로 엎어져 코가 황 대표의 등에 부딪히고 피가 쏠려 얼굴이 빨개지면서도 버들은 마냥 해맑았다.

"대표님."

"가자. 집에."

황 대표가 땅에 내려 주자마자 버들이 손에 들고 있던 운동화를 황급히 꿰신었다. 놓칠세라 바짝 쫓아갔다.

"저 왜 들어 주신 거예요?"

"⋯⋯."

"네? 저 왜 들어 주셨어요?"

"⋯⋯."

"저 물에 젖어도 되는데요?"

"⋯⋯."

"운동화 젖어도 되고, 옷도 다 젖어도 되는데요?"

"⋯⋯."

"홀딱 젖어도 저는 상관없는데요?"

"⋯⋯."

"황 대표님. 저 왜 들어 주신 거예요? 네?"

⋯⋯두 번 다시, 안 들어 준다.

＊　　＊　　＊

기껏 황 대표가 입안에 발라 준 약을 혀로 굴려 맛보는 걸 들켰

다. 도망치려는 버들의 손목을 황 대표가 붙잡았다. 진득하게 혼이
난 버들이 풀이 죽은 채 입을 벌렸다. 황 대표가 다시 버들의 입안
에 꼼꼼하게 연고를 발라 줬다. 손가락이 점막 어디를 스칠 때마다
척추까지 저릿해지는 기분이 들어 버들의 귓불이 조금 붉어졌다.

"밥 먹고 연고 또 발라야 하니까……."

"밥은 나가서 먹고 올게요."

버들이 대뜸 황 대표의 말을 가로막았다.

"그래. 그럼 잠도 나가서 자라."

쌀쌀맞게 외면한 황 대표의 모습에 버들은 점심때에 맞춰 하는
수 없이 그릇을 들고 식탁 앞에 앉아야 했다. 나이프와 포크를 내려
놓은 황 대표가 와인 잔을 들었다. 고개를 살짝 꺾었을 때 황 대표
의 시선이 버들을 향했다. 젓가락질이 신통치 않다. 밥을 처먹지 않
고 밥그릇의 밥알이 얼마나 되는지 세고 자빠진 버들이 심기를 매
우 거슬리게 만든다. 아, 진짜. 뭐 저런 새끼가 다 있나 싶다. 사사
건건 마음에 안 드는 짓만 골라 해 대는 것 같다. 끝까지 무관심으
로 일관하려고 했으나 혈압이 올라 결국 입을 열 수밖에 없었다.

"맛없어요?"

노부인이 솜씨를 발휘한 반찬들을 훑어보며 버들이 얼른 고개를
저어 부정했다.

"입이 아파서요."

그리고 입맛도 없었다.

"음식 들어가면 아파요?"

"네."

황 대표가 인상을 썼다. 버들의 눈이 찰나 반짝였다. 그만 먹으라

고 할 줄 알았다.

"그래도 끝까지 다 먹어."

또 하루가 간다.

* * *

하루가 느리게 흐르는 거 같으면서, 빨리 지나가는 거 같고. 무미
건조 하는 거 같으면서, 평온한 거 같기도 하다. 서울에서는 집중이
필요할 때면 아무도 안 만나고 집에만 틀어 박혀 24시건 48시건,
72시건 보낸 적이 다수였다.

대꾸 한 번 하지 않아도 재잘거리는 목소리가 공중을 메우고, 밥
그릇이 달그락거리고, 산책을 함께하고. 딱 한 명과 24시, 48시, 72
시를 보내고 있단 사실이 새삼 자각되어 조깅 잘하다 말고 황 대표
가 괜히 울컥했다. 평소와 다를 바 없는 일상의 기준이 여기선 조건
이 성립되지 않았다.

황 대표가 커피를 따라 자리에 앉았다. 노트북 화면을 빤히 바라
보던 황 대표가 스페이스 바를 두어 번 눌렀다. 신경질적이다. 무슨
일이시지? 벽에 등을 기대고 앉아 잡지를 보고 있던 버들이 빠끔히
고개를 들었다.

"유버들 씨."

"……네?"

아직까지 사고 친 거 없는데, 나. 여태 가만히 앉아 잡지만 보고
있었는데. 그럼에도 불구하고 괜히 뜨끔했다. 가까이 오란 황 대표

의 턱짓에 버들이 잡지를 내려놓고 주춤거리면서 다가갔다.

"노트북 같은 거 잘 다뤄요?"

"이거 왜 이래요?"

노트북 화면 가득 블루 스크린이 떠 있다. 잠깐 짜증이 나긴 했지만 외장하드에 자료들을 전부 저장해 놓기에 정작 황 대표는 별로 심각성을 못 느꼈다. 반면에 버들의 조막만 한 얼굴은 잔뜩 심각해졌다.

"고쳐 봐."

아주 쉽고, 간단한 어조로 그러면서 우아하게 황 대표가 명령했다.

"고쳐요? 제가요?"

"응."

의자를 뒤로 밀어 물러난 황 대표와 노트북 사이로 버들이 들어왔다. 꼴에 본 거는 있나 보다. 에프로 시작되는 숫자들을 일일이 눌러 보고, 엔터를 반복해서 치는 버들의 손가락이 신중하다. 그런 정성에도 블루 스크린은 꿈쩍도 하지 않았다. 오히려 아까까지 없던 이상한 까만색 빗금들이 쳐졌다. 버들이 당황했다. 둘 다 내로라하는 재벌가의 자제들이었다. 물건 아까울 줄 몰라도 되는 환경에서 자랐다. 특히 가전기기에 문제가 발생하면 한 놈은 당연히 새로 사는 것에 익숙했고, 다른 한 놈은 공대생 애인을 둔 제 다섯째 형을 부르는 것에 익숙했다. 잠시 머뭇대던 버들이 이제는 컨트롤과 아무 키를 조합하기 시작했다. 창조적인 레시피였다. 근본도 없었고.

황 대표가 느긋하게 팔짱을 꼈다. 뒤로 서 있는 버들의 거리가 가까웠다. 모니터 화면을 좀 더 자세히 들여다보기 위해서인지 버들이 허리를 바짝 낮췄다. 그만큼 뒤로 빠진 엉덩이가 곧 닿게 생겼다. 벗겨 놓으면 저 엉덩이가 어떤 모양인지 잘 안다. 소복하게 살이 올라 탱글탱글했다. 황 대표의 고개가 한쪽으로 기울어졌다. 느릿하게 감겼다가 뜨이는 황 대표의 눈빛이 음습함을 담아 버들의 무방비한 뒷모습을 샅샅이 핥았다. 가느다란 허리와 긴 다리. 팔꿈치. 어깨뼈……. 황 대표가 눈가를 찌푸렸다. 또 출처를 모를 화가 슬금슬금 기어 나온다.

"비켜."

황 대표가 버들을 옆으로 밀쳤다.

"아. 이렇게 해 보면 어때요?"

밀려나는 도중 버들이 마우스를 흔들었다.

"……."

"……."

가진 건 돈뿐인 재벌가 도련님들이 사이좋게 힘을 합쳐 노트북을 박살 냈다.

처음엔 새로운 노트북을 사 오라고 비서를 시킬까 했다, 어차피 쓰는 기종만 쓰는지라. 운전석에 올라탄 황 대표가 손목시계를 확인했다. 찌푸려진 눈가가 불만이 가득하단 걸 말해 주고 있었다. 가방을 멘 버들이 느지막하게 현관문을 열고 나왔다. 황 대표가 기다렸단 듯 시동을 걸었다. 큰 눈을 슴벅거리며 황 대표를 주시하던 버들이 다시 집 안으로 쏙 들어가 버렸다.

저 새끼가. 닦달하기 위해 황 대표가 기어코 안전벨트를 풀었다. 그사이 잔뜩 상기된 얼굴로 버들이 다시 옷을 골랐다. 황 대표가 걸친 셔츠가 검정색인 줄 알았는데 햇빛 아래서 보니까 남색이었다.

검정색 티셔츠를 벗어 던지고 서둘러 남색 티셔츠로 갈아입은 버들
이 문을 열었을 때 코앞에 서 있는 황 대표 때문에 화들짝 놀랐다.

"……아. 깜짝이야."

"나와. 빨리."

"네."

오늘도 버들은 성실히 길을 안내했다.

"대표님. 오늘은 수영장 안 가요?"

"……."

"오늘은 서울에서 계속 저랑 있을 거예요?"

"……."

"대표님. 맛있는 거 먹으러 갈래요?"

한 번만 더 시끄럽게 하면 내리라고 하려고 했는데 어떻게 알고
버들이 그때부터 꾹 입을 다물었다.

황 대표가 뒷좌석에 새로 산 노트북을 실었다. 뭐가 신이 난 것
인지 버들이 생글생글하다. 손이 꾀죄죄한 건 어디서든 매한가지나
시골에 있을 땐 못 봐줄 정도로 암담하더니 그래도 번듯하게 차려
입어서 그런 건지 한결 나아 보인다. 주차장을 부드럽게 빠져나오
면서 황 대표가 버들을 힐긋거렸다.

"유 대표 보러 갈래요?"

"대표님은요?"

"난 유 대표랑 볼 일 없어요."

"그럼 저도 없어요."

"……."

유 대표가 실제로 들었다면 뒷목 잡고 쓰러졌을 거다. 자식새끼

키워 봤자 아무짝에도 소용없다고 하면서.

"대표님. 이제 우리 시골 가요?"

밤마다 가족들이랑 통화하는 주제에 버들의 말간 얼굴은 곧바로 시골에 가더라도 전혀 아쉬움이 없어 보인다. 반나절도 안 걸린 외출이었다.

"유버들 씨."

"네?"

황 대표가 나지막하게 물었다.

"영화 보러 갈래요?"

순간 잘못 들은 줄 알고 버들이 "네?" 되물었다.

"싫어?"

영화 보러 가잔 황 대표의 말에 거절할 이유가 없었다. 버들이 머리카락이 휘날릴 정도로 고개를 내저었다. 심장이 덜컹거릴 정도로 두근거림이 거셌다. 마침 보고 싶었던 영화가 있었고, 마지막 상영일이 바로 오늘이었다. 혹시나 황 대표가 일정을 번복할까 싶어 냉큼 좌석을 예매했다.

아직 영화 시작까지 시간이 널찍하게 남았다. 조명이 훤한 상영관에 들어서면서 버들이 코를 훌쩍거렸다. 와서 보니 커플석이다.

"너 내가 수작 부리지 말랬지."

"그게 아니라, 저는 두 자리 있는 거 체크했을 뿐이에요."

억울했다, 나름.

"진짠데. 이런 자린 줄 모르고 저는……."

얼굴은 새빨개져서 종알종알 버들이 변명했다.

"너 영화 보고 나와."

"대표님은요?"

"따라 나오지 말고 앉아."

버들이 엉거주춤 앉았다.

"차에서 기다리고 있을 거니까 보고 나와요."

커플석인데 버들의 옆자리만 텅 비어있는 채였다. 고개를 빼 앞 뒤, 옆을 두리번거리던 버들이 시무룩해졌다. ……수작 부린 거 맞기는 했다. 어떻게 알았대, 여우같이. 그래도 손끝도 안 건드릴 예정이었다. 한숨이 절로 나온다.

시작부터 푹 빠져들었을 만큼 영화는 재밌었다. 반전을 거듭했던 결말 또한 기대했던 것 이상이었다. 그래서 아쉬움이 남는다. 황 대표님도 봤다면 재미있다고 하셨을지도 모르는데. 아. 취향과 멀어 재미없다고 하셨을까? 영화를 보았더라면 황 대표의 반응이 어땠을지 상상하느라 버들이 가장 늦게 극장을 빠져나왔다.

"대표님."

조수석에 올라탄 버들이 용기를 내어 황 대표의 탄탄한 허벅지 위에 들고 있던 해바라기를 올려놨다. 샛노란 꽃잎에 생기가 잔뜩 머금어져 있다. 버들이 눈을 가만가만 깜박였다. 영화관 일층에 있던 꽃집을 미리 봐 뒀었다. 황 대표가 아무런 말이 없다. 허벅지 위의 해바라기를 건드리지 않고 내려다보고만 있을 뿐이다. 그런 황 대표의 눈치를 버들이 조심스레 살폈다.

"이제 집에 가요?"

황 대표가 인상을 썼다. 핸드폰만 열면 바로 호텔에서 만날 상대들을 찾을 수 있었다. 노트북이 고장 난 바람에 오전까지 처리했어야 할 업무가 밀렸다. 차에 앉아 곰곰이 생각하니까 이도 저도 아닌 기분으로 붕 떠 있는 것 같았다. 어떤 생산성도 없이 시간을 낭비하는 걸 제일 끔찍이 여기는데 지금이 딱 그랬다. 예민한 황 대표의 신경에 자잘한 틈이 벌어졌다.

"······어디야."

고개를 조수석 쪽으로 돌리자 체중이 준 탓에 비쩍 마른 버들의 어깨가 오늘따라 유독 약해 보인다.

"네?"

"전에 말했던 우동 전문점."

그래. 이틀도 아니고 단 하루니까. 나온 김에 겸사겸사.

「대표님. 스테이크 말고 또 좋아하는 음식 있어요?」

「······.」

「저 요리 잘하는데······.」

「······.」

「아니면, 저희 학교 근처에 맛있는 밥집 많이 있거든요.」

「······.」

「우동 좋아하세요? 새로 생긴 우동 전문점이 있는데, 맛있어요.」

「······.」

「거기서 우동 먹다가 어떤 남자랑 여자랑 뽀뽀하는 것도 본 적 있어요.」

「······.」

「칸막이가 쳐져 있어서 그런가? 대표님. 저랑 가 보실래요?」

우동 전문점은 대학가의 후미진 골목에 위치해 있었다. 주차장도 없다. 차안에 잠시 적막이 흘렀다. 먼저 입을 연 건 황 대표였다. 자리 잡고 있으란 말로 버들을 먼저 들여보냈다. 적선하는 기분으로 여기까지 왔다지만 아무래도 시간 아깝단 생각이 머릿속을 빙빙 떠돈다. 허벅지 위에 버들이 올려놓은 해바라기를 황 대표가 멱살 잡듯 거칠게 집어 들었다. 연보라색 투명한 포장지가 잔뜩 구겨졌다. 전봇대 아래 쓰레기 봉지가 난잡하게 쌓여 있는 곳으로 걸어가 그대로 해바라기를 처박았다. 생기가 가득했던 샛노란 꽃잎에 덕지덕지 더러운 오물이 묻었다. 문득 둘러본 거리에 매미 울음소리 대신 차 경적 소리만 들려온다.

"황 대표님. 여기 앉으세요."

우동 전문점은 터무니없을 정도로 좁았다. 몇 개 되지 않는 테이블이나 의자 역시 작고, 좁았다. 간격이 다닥다닥한데 칸막이까지 처져 있어 뭔가 싶다. 방학이라 그런지 손님이라곤 단 한 명도 없었다. 벽 곳곳마다 붙어 있는 각지의 해외 관광 명소들이 우동과 무슨 상관이 있는 건지 모르겠다. 사업가인 황 대표의 시선으로는 새로 생겼단 우동 전문점은 망하기 직전이다. 버들이 물컵만 응시하고 있던 눈꺼풀을 살며시 들어올렸다. 위생적으로 민감한 황 대표가 선호하는 환경이 전체적으로 아니란 걸 모를 리가 없었다. 영화관에서처럼 앉기도 전에 나가 버리면 어쩌나 전전긍긍했다.

좁은 공간에 두 사람의 다리가 쩍 벌어졌다. 통로라 그런지 뭘 가지러 왔다 갔다 하는 주인이 불편해 보인다. 버들이 두 무릎을 다 소곳하게 모았다. 황 대표와 발끝 하나라도 부딪히지 않기 위해 방법을 찾아냈다. 쩍 벌리고 있는 황 대표의 다리 사이, 빈 공간으로 버들의 두 다리가 안착했다.

황 대표는 무감한 표정이지만 속으로는 욕을 짓씹는 중이었다. 버들은 물론 연대 책임으로 유 대표까지 싸잡아서. 불쾌하다. 열댓 번은 더 자리를 박차고도 남았을 거다. 차에 앉아 있을 테니까 먹고 나오라고 하면 영화와 달리 안 먹고 버들이 따라 나올 것 같다. 입이 짧은 버들은 식사하는 동안 언제나 감시가 필요했다. 황 대표가 꾸역꾸역 화를 억눌렀다.

"대표님. 아까 영화……."

버들이 눈치도 없이 영화 이야길 늘어놨다. 밥집에서 못 하는 소리가 없다. 장르가 아무리 스릴러라도 그렇지. 손목이 왜 잘려 나갔단 거야? 황 대표의 미간이 좁혀졌다.

이윽고, 전문점답게 직접 면을 뽑아 만들었단 우동 두 그릇이 각각 두 사람 앞에 놓였다. 김을 폴폴 뿜어 대고 있는 국물이 투명하다. 의외로 젓가락을 냉큼 든 버들을 황 대표가 바라봤다. 입안이 헐었으니까 밥보단 이런 매끄러운 면을 먹는 게 수월할지도 모르겠다. 버들의 젓가락에 면발 하나가 걸렸다. 수제란 걸 일부러 뽐내기 위해서인지 우동 면이 균일하지 않은 두께다. 먼저 뜨겁지 않게 잘 식힌 다음 버들이 얌전히 먹기 시작했다.

버들이 눈을 깜박였다. 학교 근처 밥집 중에 여기가 다섯 손가락 안에 들 만큼 맛있단 걸 소문을 통해 알았다. 황 대표에게 좋은 게 있으면 주고 싶고, 맛있는 게 있으면 먹이고 싶다. 밥 먹을 때 반찬이라도 달라지는 저와 달리 황 대표는 시골에 있는 동안 똑같은 스테이크만 먹었다. 그게 버들의 마음에 걸렸다. 언뜻 두 사람의 시선이 부딪혔다.

"대표님."

"네."

"여기서, 저 뽀뽀 안 해요."

……뭐?

"아니. 겁먹으신 거 같아서요."

너무 어이가 없다 보니 비난할 의지도 꺾인다. 그렇지만 눈길만큼은 냉담했다.

"내가 왜 겁을 먹어."

"제가 뽀뽀할까 봐……."

"뽀뽀하지 마라."

"안 해요, 뽀뽀."

176cm, 188cm 키 큰 남자 둘이서 한참 뽀뽀로 다퉜다.

"목소리 낮춰."

"……네."

봐주니까, 이게 아주 요즘 기어오른다. 황 대표가 낮게 욕을 내뱉었다.

금방 풀이 죽은 버들이 다시 젓가락을 움직였다. 황 대표와 다투는 사이 우동은 딱 먹기 좋게 식어 있었다. 오물오물 씹는 버들의 턱을 황 대표가 물끄러미 바라보았다. 그나마 거치적거렸던 게 좀 가시는 것 같다. 역시 사료를 바꾸는 게 정답이었던가. 이제 좀 살이 찌려나. 우동 한 끼 먹이면서 너무나 큰 바람을 황 대표가 아무렇지 않게 흘렸다.

"더 먹어."

슬쩍 젓가락을 놓으려는 버들에게 황 대표가 턱을 까닥였다. 버들이 다시 우동을 입에 넣었다. 한쪽 볼이 볼록해졌다.

"대표님은 안 드세요? 이거 진짜 맛있는데……."

이런 밀가루 따위 안 먹는다.

"진짜 맛있어요."

우동을 권하는 버들의 말끝이 바닥을 기었다. 그때였다. 우동 그릇을 마치 엎어 버릴 것처럼 굴던 황 대표가 젓가락을 들자 버들의 눈이 휘둥그레 뜨였다. 우동 그릇에 황 대표의 젓가락이 성의 없이 처박혔다. 덜 씹은 면을 버들이 급하게 삼켰다.

한입도 먹지 않고 황 대표가 다시 젓가락을 내려놨다. 탁! 짜증이 다분했다. 처음부터 끝까지, 그 모습을 지켜보던 버들이 나지막하게 물었다. 대표님…….

"……젓가락질 못하세요?"

곧장 황 대표가 쏘아봤다. 화들짝 놀란 버들이 얼른 고개를 숙였다. 스테이크를 썰던 황 대표의 능숙하고 여유로웠던 손길이 떠올랐다. 와인 맛의 깊이를 감별하고, 원두 향을 구분했던 성숙한 모습도 함께 스쳤다.

"뭐 하는 거야."

차갑다 못해 사나운 황 대표의 눈빛에 진작 움츠러들었지만 버들이 꿋꿋하게 버텼다. 새로운 숟가락과 젓가락을 빼 자리에서 일어나 앞쪽으로 허리를 기울였다. 정말로 뽀뽀를 한다면 할 수도 있을 만큼 황 대표와 거리가 가까워졌다. 황 대표의 우동 그릇에 젓가락을 넣으려던 버들이 멈칫했다. 티슈를 꺼내서 제 손톱에 돌돌 감았다. 흉측한 부분이 얼추 가려졌다. 숟가락 위에 버들이 짧은 우동 면을 건져 올렸다. 화내실 거야. 진짜 화내실 거야. ……그렇지만.

긴장이 휘몰아쳤다. 꼭 달리기를 한 것처럼 숨이 가빠졌다.

제 입가로 내밀어진 숟가락을 황 대표가 노려봤다. 버들의 가는 손목이 바들바들 떨리는 중이었다. 째깍째깍, 시간이 갔다. 버들의 귓불이, 목이, 얼굴이…… 점점 붉게 물들어 가고 있었다. 한눈에 봐도 겁에 질려 있는 주제에 수저만큼은 꿋꿋하게 황 대표를 향해 있었다. 옅은 황 대표의 한숨이 침묵을 깼다.

버들의 다리가 막 풀려 가려던 찰나 황 대표가 입을 벌려 우동을 받아먹었다. 빈 숟가락을 들고 버들이 뒤로 주저앉았다. 상기되어 있는 얼굴이 여전하다. 심장이 이만큼이나 뛰는 걸 보아 체온이 최고치로 올랐을 거다, 분명. 버들의 눈가 주변이 파르르 떨렸다.

"대표님. 어때요? 맛있어요?"

맛이라고 할 것도 없다. 밋밋하다. 이걸 먹느니, 생수를 먹는 게 낫겠다.

"너 다 먹었어?"

"네."

잘 먹었단 버들의 인사는 무시한 채 황 대표가 계산을 끝냈다. 먼저 조수석에 올라탄 버들이 포만감이 느껴지는 배를 두드렸다. 시동이 걸렸다. 아직 주변이 화창했다. 안전벨트를 잡아당기면서 버들이 황 대표를 흘깃거렸다.

"대표님 우리, 이제 궁에 가 볼까요? 거기에 군것질할 것도 많다고 그랬고 또……."

"집에 갈 거야."

"……네."

차창에 흐릿하게 반사되어 비춰지는 황 대표의 모습을 버들이 마음껏 마음에 담았다. 온 세상의 공기가 발그레하다.

노트북을 닫고 시계를 확인한 황 대표의 한쪽 눈썹이 위로 쭉 올라갔다. 어느새 자정을 넘어 새벽이 되어 가고 있지만 여전히 하루의 연장선이다. 집에 돌아와서 버들이 막 씻었을 때다. 노인이 들이닥쳤다, 한잔하러 가잔 말과 함께.

「……대표님. 같이 가실래요?」

샴푸 냄새 폴폴 풍기면서 제 눈치를 살피던 버들은 자신이 아무 말이 없자 슬금슬금 신발을 신고선 나가 버렸다. 아무한테나 배꼽을 보이건 말건, 아무 앞에서 바지를 벗건 말건. 뭐 어쩌라고. 짧게 욕을 해 보아도 어느 틈에 자리 잡은 역정이 가실 기미가 없다. 시간이 이상하게 느릿느릿 흐르는 것 같다. 황 대표가 밖으로 나갔다. 정체 모를 새소리가 저기 먼 산속에서 울린다.

노인의 집 방향으로 좀 걷다 보니까 떠들썩한 목소리가 퍼졌다. 가까이 다가가니 역시나. 예술 하는 사람들이 많이 살고 있는 동네라고 언젠가 버들이 해 줬던 말이 있다. 예술은 무슨. 하나같이 시뻘건 얼굴들이 전부 술꾼들이다. 사람들을 한 명, 한 명 거쳐 가던 황 대표의 걸음이 우뚝 멈췄다. 예술가 집단에서 가장 막내인 버들은 끝자리에 앉아 있었다. 그렇게 술 마시지 말라고 했더니만.

"대표님?"

무섭게 눈썹을 추켜세운 황 대표를 발견한 버들이 양쪽 볼을 물들인 채 허둥거렸다.

"서울에서 온 양반 아닌가."

반가워하며 누군가 황 대표를 덥석 붙잡아 앉혔다. 타인의 손길을 뿌리친 황 대표가 버들의 옆으로 자리를 옮겼다.

"얼마나 마셨어."

"……별로 안 마셨는데요."

다짜고짜 황 대표가 버들의 턱을 움켜잡았다. 고개를 쓱 기울이는 황 대표에 놀란 버들이 질끈 눈을 감았다. 술자리는 한창 무르익어 있었다. 나간 시간으로 계산을 해 보면 벌써 뻗고도 남았을 것 같은데 아직 제정신이 박혀 있는 버들의 얼굴을 물끄러미 탐했다. 별로 안 마셨다고? 황 대표가 버들을 놓아주었다.

예술가 술꾼들이 앞다퉈 버들의 잔에 술을 콸콸 채워 넣었다. 막걸리다.

"이것만 마시고…… 안 마시려고 했어요."

작게 종알거리다가 딸꾹질이 터지자 버들이 얼른 제 입을 가렸다. 얼굴을 서서히 구긴 황 대표가 버들이 든 잔을 가져갔다. 이건 '잔'이라고 할 수 없다. 그냥 사발이다. 희멀건 액체에서 고약하고 텁텁한 냄새가 풍겼다. 별로 좋지도 않은 술로 이렇게 무식하게 마시니까 얘가……. 황 대표가 한숨을 터트리며 고개를 가로저었다.

저 대신 막걸리를 마시는 황 대표의 옆에서 버들이 좌불안석이다. 아. 대표님, 막걸리 마시면 안 되는데. 맛없다고 성질내실 거 같은데. 잘근잘근, 아랫입술을 깨물었다. 그렇게 두 시간이 지났다.

석류처럼 양쪽 볼이 제대로 빨갛게 익어서는 버들이 고개를 까닥까닥 흔들었다. 눈빛이 멍하다. 손에는 젓가락이 들려 있다. 상을 두드리며 버들이 흥얼거렸다. 아까 외출하다가 들었던 노래의 멜로디가 기억에 남았나 보다. 신명 났던 술자리는 늘 그렇듯 주변이 초토화되면서 끝이 났다. 코가 삐뚤어진 순서대로 비틀비틀, 한두 명씩 자리를 떴다.

"젊은 양반들이 술이 그렇게 약해서야!"

아닌데…….

"황 대표님, 술 잘 마셔요. 뭐든 다 잘해요. 젓가락질 조금 빼고. 진짜예요. 연도 따라 와인 맛도 감별할 줄 아는데. 오늘은 운전 오 랫동안 하시느라, 피곤하셨나 봐요."

다 풀려 가는 혓바닥으로 버들이 황 대표를 두둔하면서, 새치름 하게 잘난 점을 자랑했다.

"그죠? 대표님?"

어느 순간, 제 어깨에 기대어 잠이 든 황 대표에게 버들이 동의 를 구했다. 얌전히 감긴 속눈썹이 참 곱다. 금세 마음이 벅찼다. 행 복하다, 진짜. 이대로 어디에 황 대표님을 숨겨 두고 싶다. 무심코 턱을 들자 보름달이 꽉 차 있다. 버들이 웃었다.

"저희 이제 집에 갈게요."

"어떻게 해서? 버들이 저 양반 업을 수 있어?"

"그럼요."

남아 있는 사람들은 그나마 젊은 층에 속했다. 장신의 황 대표를 끙끙거리며 버들의 등에 업혀 줬다. 버들이 그대로 앞으로 고꾸라 졌다. 쯧쯧, 여기저기서 혀를 찼다. 제 무릎에 묻은 흙보다 저 때문 에 바닥을 구른 황 대표를 가장 먼저 버들이 살폈다. 두리번거리던 버들의 눈에 어떤 게 들어왔다.

"저거 저 한 번만, 빌려주시면 안 돼요?"

리어카였다.

"버들아. 이거 진짜 밀고 갈 수 있어?"

"있어요. 있어요."

"차라리 여기서 재우고 너만 집에 가라. 여기서 하루 자도 안 죽어!"

모기가 많았다.

"아니에요. 실어만 주세요. 제가 끌고 갈게요!"

남아 있는 사람들이 땀을 뻘뻘 흘리며 겨우 황 대표를 들었다. 그리고 버들이 바란 대로 리어카에 거의 던지듯 옮겨 주었다. 버들이 야무지게 리어카 손잡이를 잡았다. 호기롭게 힘껏 끌어 봤는데 한 발짝 걷기도 힘들었다. 술도 마셨고, 여태 밥도 별로 안 먹었고. 그래도 제 크고 소중한 황 대표님을 무사히 데려가야 한다는 생각이 술에 취했어도 확연하게 박혔다.

여기저기서 도움의 손길이 닿았다. 리어카를 뒤에서 밀어 준 덕분에 무사히 집까지 왔다.

"감사합니다."

사라지는 사람들을 향해 버들이 이마가 땅에 닿기 직전으로 인사했다. 리어카 안에서 구겨진 채 황 대표는 잘 자고 있었다. 그런 황 대표를 버들이 느릿하게 눈을 끔벅거리며 오랫동안 바라봤다. ……예쁘네. 잘생겼네. 어차피 술에 취해 듣지도 못할 테니, 제 마음대로 황 대표를 칭찬했다. 좋아한단 말도 수없이 반복해 황 대표에게 들려줬다.

"대표님. 아까 제가 드린 해바라기 어디에 있어요?"

내내 묻지 못한 것도 물었다. 물론 돌아오는 대답은 없었다.

버들이 황 대표의 팔 하나를 들어 어깨에 걸쳤다. 엄청 단단하고 또 엄청 무겁다. 결국 어깨동무는 포기했다.

버들이 황 대표를 질질 끌었다. 팔을 잡아서. 다리를 잡아서. 한참이 걸려 겨우 현관을 통과했다. 이마에 송골송골 맺힌 땀을 버들이 닦아 냈다. 복층 계단을 올라가는 건 도저히 무리다. 빠르게 단념한 뒤 버들이 제 이불을 황 대표의 위에 덮어 주고 베개도 양보했다. 뒤늦게 신발을 벗기려는데 황 대표의 발에 신발이 한쪽밖에 신겨져 있지 않다.

아이. 인상을 찌푸린 버들이 비틀거리면서 다시 현관 밖으로 나갔다. 움직이면 움직일수록 몸속에 들어찬 술기운이 진하게 번지는 거 같다. 논바닥에 굴러다니는 황 대표의 신발을 찾아 주워 와 수돗가에 앉아 묻은 진흙을 말끔히 씻어 냈다.

그제야 편히 고꾸라진 버들이 스르륵, 잠에 빠졌다.

*   *   *

잠자리가 사납다. 눈을 뜨고 나서야 그 이유를 알게 됐다. 어떤 꿈을 꿨더라. 갑자기 돌풍을 타고 날아온 무언가에 깔렸었던 것 같은데. 인상을 찌푸린 황 대표가 누운 채로 고개만 살짝 들어 제 몸을 내려다봤다. 아직 바깥은 어두웠다. 어둠에 시야가 적응하자마자 짤막한 한숨이 터졌다. 꿈처럼 현실에서 깔리긴 했다. 웬 한쪽 다리가 제 배를 가로질러 턱 하니 놓여 있다. 누구 다리일지는 굳이 머리 굴려 생각하지 않아도 뻔했다.

별로 무게감도 없는 버들의 한쪽 다리를 황 대표가 제 몸 위에서 치워 냈다. 거친 손길이었다. 그 바람에 버들의 발뒤꿈치가 바닥으로 쿵 추락했다.

……이 꼴통 새끼가.

쓸데없을 정도로 버들은 참 한결같았다. 멀쩡할 때나, 술에 취했을 때나, 지금처럼 잠을 잘 때나. 슬몃슬몃 기분이 뒤틀리는 자신과 달리, 쌕쌕거리는 버들의 숨소리는 일정하기만 하다.

얼마 지나지 않았다. 휙, 공중을 가른 버들의 한쪽 팔이 황 대표의 복근 위에 툭 떨어졌다. 성질은 나나 현재 황 대표에겐 화를 낼 기력이 없었다. 동의 없이 낙지처럼 저를 찰싹 끌어안은 버들의 몸뚱이를 황 대표가 일어나 앉음으로써 벗어났다. 단박에 관자놀이부터 짚었다. 가뜩이나 어지러웠던 머릿속이 지끈지끈 아프기 시작했다. 속이 꼬인다. 날카로운 바늘로 콕콕 찌르는 것 같은 최악의 고통이다. 실로 오랜만에 느껴 보는 숙취였다. 불쾌하다. 황 대표가 이를 악물었다.

눈을 가늘게 떠 간신히 시계에 집중했다. 새벽 4시경이었다. 황 대표의 예민함이 점차 극에 달했다. 어떻게, 언제 집에 왔는지 도통 감이 잡히지 않는다. 어느 순간부터 기억이 까맣게 암전되었다. 미쳤나. 흐릿해진 판단력을 접어 버리자 저 자신에게 짜증이 났다. 침대도 아닌 바닥에서 이따위로 널브러져 잠이 들었단 것이야말로 꿈 같다. 옷차림이 그대로다. 당장 일어나 씻고 싶은데 도무지 맥을 못 추겠다.

별 도리가 없이 황 대표가 다시 누웠다. 조용히 내려앉은 고요함을 비틀고 기척이 느껴졌다. 버들이 반대쪽으로 돌아누웠다. 잘됐다. 황 대표의 한쪽 발이 버들의 등에 닿았다. 굽히고 있던 무릎을 펴자 마른 몸이 별 저항도 없이 쭉 밀려났다. 황 대표의 긴 다리만큼이나 거리가 뚝 떨어졌다.

미간을 좁히며 황 대표가 이마에 팔을 기대었다. 좀 자야지만 숙취가 조금이라도 가실 것 같은데 이래선 어렵다. 침대로 가는 길인 복충 계단을 가만 응시했다. 무리하게 움직였다간 뇌가 곤죽이 되어 버릴 것 같아 바로 관뒀다. 억지로 눈을 감았다.

"……야."

목소리가 한없이 낮게 터졌다. 기껏 저만치 떨어뜨려 놓았던 버들이 어느새 가까이 다가와 있었다. 여전히 속 편하게 잠이 든 채다. 그야 저는 허리가 아작 날 것 같은 바닥이 버들에겐 안방이나 다름없을 테니까. 꼬물꼬물, 제 옆구리를 파고드는 버들의 체온이 느껴졌다. 손 하나 까닥하기 귀찮다. 어차피 잠버릇이 고약하니 다른 곳으로 굴러가길 바라며 내버려 뒀다. 째깍째깍. 시계 초침 소리가 커다랗게 들려온다. 재차 한숨이 샜다.

다시 눈을 떴을 땐 날이 밝아 있었다.

"유버들."

이름을 불러 봤지만, 버들의 눈꺼풀이 잠잠하다. 저만치 굴러가길 바랐던 버들은 여전히 제 옆구리에 달라붙어 있었다. 찰거머리가 따로 없다. 그뿐만이 아니었다. 손이 시렸던 버들이 잠결에 따뜻한 걸 찾아 방황했고, 이윽고 안정을 찾았다.

황 대표의 한쪽 눈썹이 꿈틀거렸다. 황 대표가 언제부터인지 제 배꼽을 만지고 있는 버들의 못된 손등을 찰싹 때렸다. 지 배꼽도 아니면서 못 만지게 했다고 버들이 콧등을 찌푸리며 약하게 칭얼거린다. 황 대표의 표정이 쌀쌀맞다.

확실히 자고 일어나니까 좀 낫다. 낫다는 건 움직이는 게 낫다는 거지 컨디션을 완벽하게 회복했단 뜻이 아니다. 버들이 대신 막걸리를 들이부은 속이 아직까지 아리다. 어처구니가 없다. 첫 경험한 막걸리는 뒤끝이 길게 남아 황 대표에게 좋지 못한 인상으로 남았다. 죽겠단 말이 저도 모르게 튀어나왔다. 별 거지 같은. 그것도 술이라고 마시는 거야? 무식하게.

문득 황 대표가 버들을 내려다봤다. 속눈썹에만 서성거렸던 황 대표의 눈길이 점차 넓어졌다. 새우처럼 웅크리고 있는 버들의 몸을 머리부터 발끝까지 차분하게 훑었다. 자세 때문인지 동그란 어깨가 안쪽으로 말려 있다. 구부정한 손가락 아래 손목이 가늘다. 밤새도록 에어컨이 계속 작동되고 있어 옷을 벗거나 하진 않은 모양이다. 버들의 바지 지퍼가 단단하게 채워져 있다.

나랑 같은 술을 마신 거 맞아? 얘는 왜 멀쩡해 보이지? 말간 얼굴로 일정하게 호흡 중인 버들을 보고 있다 보니 부아가 치민다. 하여튼 희한한 새끼다.

바닥에서 잤던 통에 근육 곳곳이 뻐근하다. 목을 좌우로 꺾으며 황 대표가 욕실로 들어갔다.

버들이 멍하게 깼다. 무릎 꿇고 일어나 앉은 모습이 부스스하다. 앞으로 쏠려 시야를 방해하는 제 머리카락을 버들이 야무지게 빗어넘겼다. 아득하게 물소리가 들려온다. 버들이 고개를 돌려 욕실을 바라봤다. 정신이 서서히 차려지는 것에 비례해 버들의 얼굴은 점차 초조해졌다. 어떡해. 안 돼. 지금? 이거 아니야. 눈을 깜박거리며 현실을 외면하는 사이 욕실 저편에서 물소리가 뚝 끊겼다.

찬물이 오랫동안 쏟아졌던 욕실에는 냉기가 가득 찼다. 갈아입을 옷을 챙기지 않은 황 대표가 태연히 가운을 걸쳤다. 사용한 면도기를 제자리에 되돌려 놓기 위해 수납장을 열었다. 잠시간 멈춰 안을 빤히 쳐다봤다. 황 대표의 시선은 정확히 버들이 가져다 놓은 로션에 꽂혀 있었다. 그동안 없는 물건 취급하며 지나쳤던 평소와 달리 황 대표가 그걸 꺼내 들었다. 이리저리 돌려 가며 성분이 뭔지 무슨 향을 내는지 살펴봤다. 거슬린다. 버려 버릴까 하다가 마음을 고쳐 먹었다. 제 면도기는 수납장에 고이 됐다. 그리고 버들의 로션은 천장과 맞닿아 있는 수납장 위에 올려놓았다. 분명 버들의 신장으로는 손을 쭉 뻗는다고 한들 닿지 않을 거다.

문을 열자 밖에서 마치 그 순간만을 기다리고 있었단 듯 버들이 확 튀어 들어왔다. 부딪힐 수도 있었던 걸 황 대표가 어깨를 비틀어 피했다.

"야!"

황 대표가 곧장 인상을 썼다. 대꾸 없이 욕실에 들어간 버들이 다짜고짜 문부터 닫으려고 했다. 황 대표가 문고리를 쥐었다. 힘의 차이로 버들은 뜻하는 바를 이루지 못하였다. 황 대표에게 손목이 붙잡힌 버들이 욕실 벽에 세워졌다. 아직 빠져나가지 못한 습기로 버들의 옷이 축축해졌다.

"야."

버들의 머리가 산발이다. 칼만 쥐여 주면 영락없겠다. 망나니.

둘의 눈이 부딪혔다. 버들이 얼른 고개를 숙여 버렸다. 잠깐이었지만 버들의 눈에 서려 있던 초조함을 황 대표가 발견했다. 왜 이래? 의아해하며 황 대표가 잡고 있던 손목을 놓아주었다. 버들의 발가락이 움찔거렸다. 인생은 실전이라던가. 날쌔게 도망칠 방법들을 궁리해 실행에 옮겼으나 황 대표의 움직임이 더 빨랐다. 다시

손목이 붙잡혔다. 욕실 벽과 황 대표 사이에서 꼼짝도 하지 못하게
됐다.

"뭐야."

"……씻으려고요."

큰 눈이 데굴데굴 구른다.

"왜 눈을 못 맞춰."

"저 아직 안 씻었고 또…….."

주절주절 변명을 늘어놓으면서 버들이 어떤 걸 삐죽삐죽 감추려
고 했다.

"치워 봐."

"……네?"

같은 말을 반복하는 대신 황 대표가 버들의 나머지 한쪽 손목도
잡았다. 티셔츠 끝자락을 아래로 늘리고 있던 손이 불시에 치워지
면서 당혹스러워진 버들이 숨을 급하게 들이켰다. 황 대표를 향해
원망 담은 눈초리로 버들이 고개를 확 치켜들었다. 아랫입술을 꾹
말아 물었다. 여유로운 태도로 황 대표가 그런 버들을 내려다봤다.
한쪽 손목을 자유로이 풀어 주면서 작게 비웃음을 흘렸다. 아등바
등하며 버들이 왜 불안해했는지, 어떤 걸 감추려고 했는지 황 대표
가 전부 알아차렸다.

느릿하게 물었다.

"세웠어?"

버들의 얼굴이 새빨개지기까지 순식간이다.

"그게 세워져?"

황 대표의 기준에선 그저 한 줌에 불과했던 버들의 성기를 떠올

렸다. 같잖다, 진짜.

"제가 일부러 세운 거 아니에요."

쩔쩔매던 버들이 겨우 입을 뗐다.

"네가 세운 거 아니면 그걸 누가 세웠는데."

아침이니까 저절로 선 거다. 거기까지 차마 말이 나오지 않는지, 버들이 애꿎게 제 아랫입술만 자근자근 씹어 댔다. 황 대표가 불쑥 거리를 좁혀 왔다. 화들짝 놀란 버들의 눈이 휘둥그레졌다. 더 다가오지 못하도록 황 대표의 배를 밀었다. 딱딱한 황 대표의 복근이 손바닥 전체로 번지면서 버들의 어깨가 흠칫거렸다. 그렇지만 지금은 수줍어할 틈이 없었다. 무조건. 악착같이. 버텨야 했다.

황 대표가 한숨을 내쉬었다.

"저 지금 막 씻었어요."

"……."

"더러운 손으로 어딜 만져."

버들의 어깨 전체가 처졌다. 황 대표의 몸에서 손이 툭, 떨어졌다. 버들이 버틴다고 버텼던 게 아니라 당연히 황 대표가 봐주는 거였다. 결국엔 힘에 밀릴 수밖에 없었다.

"……대표님."

제 몸과 차츰 가까워지는 황 대표의 하반신을 바라보던 버들이 고개를 마구 가로저었다. 저와의 접촉을 버들이 조금이라도 반겼더라면 그야말로 끔찍했을 거다. 못된 성질머리를 타고난 황 대표의 눈빛이 반짝였다. 버들이 밀어내고 싫어하니까 흥미가 유발된다. 황 대표의 한쪽 다리가 버들의 다리 사이에서 굽혀졌다. 그러면서 서로의 다리가 포개지기 직전이다.

황 대표에게 벗어나기 위해 버들이 방법을 떠올렸다. 엉덩이를 뒤로 빼 보았지만 벽이다. 처음부터 막다른 골목에 막혀 있었다. 애를 쓰던 버들이 까치발을 들었다. 발버둥 친다는 게 고작 그 수준이다. 하지만 현재로선 그게 최선이었다. 높이가 달라지면서 황 대표의 중심이 버들의 몸에 쓱, 문질러졌다. 낯선 감촉을 확인하고자 버들이 무의식중에 고개를 숙였다. 곧이어 버들의 입술이 벌어졌다. 가까스로 나오려던 소리를 삼켰다. 황 대표의 가운 사이가 벌어져 아슬아슬했다.

"대표님……."

아랫배가 기어코 맞닿았다. 간지러운 건지 뭔지. 벌렁거리는 기분이 버들의 척추를 타고 피어났다. 황 대표의 묵직한 그게, 이질적이다. 단지 타인이라서가 아니다. 저 자신도 남자고, 위로 형만 줄줄이 다섯이었다. 동성과의 스킨십이 잦았다. 그렇지만……. 아마도 좋아하는 사람의 몸이라서. 그래서 더 뜨겁게, 더 특별하게 제 모든 신경을 건드리는 모양이었다.

"아. 이상해."

꺼려하는 버들의 어투에 황 대표가 한쪽으로 고개를 기울였다.

"뭐가 이상해."

따지듯 묻게 된다.

"호모 새끼가."

"……."

"너 이런 거 바라고 나한테 매달리는 거 아니야?"

버들의 눈에 그렁그렁하게 물기가 고였다.

"대표님이랑 저는……."

버들이 숨을 크게 들이마셨다.

"평생 섹스 못 할 거예요."

무슨 말을 하나 기다려 줬더니 어이가 없다. 황 대표가 꼭 맞닿았던 하반신을 느릿하게 뗐다. 이미 버들의 숨은 가빠질 대로 가빠진 뒤였다.

"왜."

이유를 묻는 황 대표의 탁한 목소리가 나지막했다.

"대표님 거기, 저한테 안 들어가요."

확고한 어조였다.

"……"

"……"

씩씩거리는 버들을 두고 황 대표가 돌아섰다. 욕실 문이 쾅 닫혔다. 냉장고에서 물병을 꺼내 뚜껑을 돌려 땄다. 물을 반 정도 마시다가 말았다. 직전까지 무감했던 황 대표의 얼굴이 확 일그러졌다. 곱씹을수록 황당해진다. 황당함은 이내 불쾌함으로 바뀌었다. 내가 애초에 넣어 줄 생각이 없는데 평생 섹스 못 할 거라고 왜 네 쪽에서 못을 박아. 호모 새끼가. 변태 새끼 주제에. 대체 무슨 자격이 있다고.

"대표님."

"……"

"로션 꺼내 주시면 안 돼요?"

"……"

"황 대표님."

볼록하게 솟아 있던 버들의 앞섶이 판판해졌다.

"네 일은 네가 해야지."

"손이 안 닿아요."

"그래서 뭐."

버들이 손가락을 꼼지락거렸다.

"제 로션……."

"너 그 로션 쓰면서 피부 안 따가워?"

"안 따가워요."

"그거 네가 샀어?"

"아니요. 겨울이 형이 사 줬는데 왜요?"

지가 직접 샀다고 하면, 끝까지 무시했을 거다. 그렇지만 유 대표가 사다 바친 거라고 하니. 자기 새끼가 쓰는 건데 고르고 고른 거겠지. 성분 하나가 별로였지만 황 대표가 로션을 꺼내 줬다.

황 대표의 머리카락은 바짝 마른 채였고, 버들의 머리카락은 푹 젖은 채였다. 상태는 달랐지만 둘에게선 같은 샴푸 향기가 감돌았다.

버들이 눈가를 문질렀다. 여태 가시지 않은 숙취로 속이 거북했다. 얼큰한 음식들로 연신 해장을 해도 모자랄 판국에 평소와 다를 바 없는 밥상머리 앞에서 둘 다 표정이 좋지 않았다. 젓가락 끝만 문 채 버들이 황 대표 눈치를 살폈다. 표정 없이 앉아 있던 황 대표가 나이프 끝으로 접시 귀퉁이를 톡톡 두드렸다. 스테이크를 구우면서 사용한 버터 냄새가 배 속 전체를 꼬이게 만드는 것 같다. 통째로 날려 버린 어제로 인해 이후 해야 할 일들이 산더미였다. 잠깐 숨을 참았다가 황 대표가 내뱉었다.

"……잘까?"

전혀 뜻밖이었다.

"네!"

버들이 얼른 고개를 끄덕였다. 동시에 일어난 두 사람이 식탁을 벗어났다. 황 대표는 침대로, 버들은 바닥으로 각각 제자리를 찾아 갔다. 폭신한 매트리스가 안락하다. 바닥에서 자 본 게 난생처음이 었다. 불과 몇 시간 채 안 되지만, 잠깐 떠올려 보는 것만으로도 진 저리 치게 된다. 누워 있던 몸을 반쯤 일으켜 황 대표가 밑을 내려 다봤다. 뒤척거리던 소리가 줄더니 버들은 어느덧 잠이 든 채였다. 저 꼴통 새끼는 무인도에 가도 잠만 잘 잘 거다.

햇살이 바닥에 길게 길을 냈다.

중단되었던 식사는 저녁이 되면서 이어졌다.

"먹어, 빨리."

"대표님은요?"

"난 하루쯤 안 먹어도 돼."

"저도요! 하루쯤 안 먹어도……."

저녁 식사는 일방적이었다. 황 대표의 사나운 눈매에 버들이 밥 알 몇 개를 떴다.

"너 허리 안 아파?"

황 대표의 물음을 따라 무심코 버들이 제 허리를 더듬거렸다.

"허리가 왜요?"

"바닥에서 자는 거."

아. 무슨 말인지 알겠단 듯 버들이 고개를 끄덕거렸다.

"안 아파?"

"저 아픈 거 잘 참아요."

물컵을 쥐려던 황 대표가 잠시 멈칫했다. 버들이 황 대표를 멀뚱하게 쳐다봤다.

"왜요?"

아무것도 아니란 듯 황 대표가 외면했다. 안 아프단 대답을 예상하고 있었나 보다, 너무 아무렇지 않아 보였으니까. 아픈 거 잘 참아요. 여러 차례 버들의 입을 통해 들었던 말이었다. 그래서 새삼스럽지도 않아야 하는 게 맞다.

황 대표가 저도 모르게 잠깐 골몰히 생각에 잠겨 들었다. 그사이 버들이 밥그릇에 와락 물을 쏟아부었다. 야. 너는……. 못마땅한 표정으로 그걸 황 대표가 지적했다. 그대로는 못 삼킬 거 같아서 그랬단 버들의 핑계에 더 하려던 말을 관두었다. 하루 동안 버들의 입속 상처에 연고를 발라 주지 못했다. 앞쪽으로 수그리고 있던 어깨를 버들이 빳빳하게 폈다. 달그락거리며 수저질을 했다.

"대표님."

슬슬 회복이 되나 보다. 재잘재잘, 떠든다.

"저 꿀물 잘 타는데. 꿀물 마시면 술 깨요."

"술이 안 깰 땐 숙취 해소 음료를 마셔야지."

"저는 그런 약에서 오히려 술 냄새 나던데, 대표님은 안 그래요?"

"안 그래. 넌 술꾼이라 그런가 보지."

"저 술꾼 아니에요."

버들이 코를 훌쩍였다. 술자리에 황 대표가 직접 찾아오도록 만들었으니 제 해명이 별로 신빙성이 없단 걸 잘 알았다.

"대표님. 제가 꿀 사 와서 꿀물 타 드릴까요?"

"······."

그러라고 하면 곧장 튀어 나가고도 남을 버들이 충분히 그려졌다.

"밥이나 마저 먹어."

버들의 식사가 끝날 때까지 황 대표가 자리를 뜨지 않았다. 양치를 하고 돌아온 버들을 붙잡아 입을 벌리게 했다. 입안의 상처가 얼마나 나았는지 확인하기 위해 황 대표가 얼굴을 바싹 가져갔다. 움찔거리며 뒤로 물러나려는 버들의 뒷목을 억세게 고정했다. 옴짝달싹 못 하게 되자 아까 전 욕실에서 있었던 일이 떠오른 버들이 속눈썹을 빠르게 깜박였다.

힐긋힐긋, 황 대표를 바라봤다. 제 눈은 찬물로 세수를 했음에도 불구하고 통통 부어 있지만 황 대표는 멀쩡했다. 저보다 더 많은 술을 마셨고, 잠은 똑같이 잔 거 같은데. 그런 게 전부 무색할 정도로 단정한 황 대표에게 버들의 뺨이 화끈거렸다. 속으로 감탄이 폭죽처럼 터졌다. 어쩜 이러시지? 내가 진짜 엄청난 사람을 좋아하고 있는 게 아닐까?

아마 눈이 부었어도 황 대표를 보며 버들은 감탄했을 거다. 눈이 부었는데 왜 이렇게 잘생겼지? 하며.

어제는 하루가 길었던 반면 오늘은 하루가 짧았다.

작업하고 있던 걸 잠시 미뤄 뒀다. 담배 케이스와 라이터를 챙겨 황 대표가 밖으로 나갔다. 날씨가 흐리다. 먹구름이 잔뜩 끼면서 흐릿하게 비 냄새가 났다. 벌써부터 김칫국을 마시고 기어 나온 지렁이가 있으면 어쩌나 신중하게 바닥을 살피며 황 대표가 정자에 가서 앉았다. 다리를 꼬고 담배를 빼 물었다. 그러자 슬금슬금 다가온 버들이 슬쩍 곁에 앉았다. 굳이 달라는 말을 하지 않아도 황 대표가 기꺼이 제 담배를 버들에게 내밀었다. 흡연자이기 때문에 그 심정을 헤아려 베푸는 친절에 불과했다.

턱을 조금 치켜 든 버들이 여유롭게 담배 연기를 내뿜었다.

비는 짧게 내리다가 멈추었다. 대신에 빗줄기가 굵어 더위가 식었다. 황 대표가 창문을 열었다. 밖에 있는 버들이 보였다. 소재가 얇은 옷 밖으로 어릿하게 실루엣이 비쳤다. 황 대표가 미간을 좁혔다. 버들은 혼자서 엄청나게 바빴다. 이리 갔다가 저리 갔다가. 뭘 들었다가 뭘 내려놨다가. 그렇다고 그게 목적성이 분명한 행동은 아니었다. 그냥 실속 없게 분주한 느낌이다. 저러니까 살이 안 찌나. 먹는 것에 비해 많이 빨빨거리면서 움직이니까. 추측에 확신이 선다.

"유버들 씨."

황 대표의 부름에 버들이 걸음을 멈추고 뒤를 돌아봤다.

"들어와요."

순순히 말을 듣고 집 안에 들어온 버들이 손부터 여러 번 씻었다. 큰 눈이 맑다.

"대표님. 뭐 시키실 거 있으세요?"

"옆에 와서 앉아요."

턱을 까닥이며 황 대표가 지시했다.

"앉았는데요."

"응."

"뭐 시키실 거……."

"그냥 그대로 앉아 있어요."

'그냥 그대로 앉아 있기'를 시킨 황 대표의 옆얼굴을 빤히 주시하며 버들이 고개를 갸웃거렸다. 타자 두드리는 일정하게 들려오기 시작했다. 지루하다. 잠자코 있던 버들이 더는 못 참겠는지 입을 열었다.

"대표님. 저 오전에 복숭아 땄는데요. 혹시 좋아하시면……."

"말도 하지 마."

"……."

황 대표가 한숨을 쉬었다.

"나 보지도 말고."

……아무것도 못하게 하냐. 왠지 치사하다.

"……."

"……."

꼿꼿이 뻗대고 있는 버들의 얼굴을 황 대표가 친히 앞쪽으로 돌려 주었다. 싱크대에 걸려 있는 주걱이 버들의 시야에 들어왔다. 아랫입술이 절로 부루퉁하게 내밀어졌다. 차마 따지지도 못하고 버들이 얌전했다.

세 시간이 지났다. 그사이 버들은 엎드린 채 잠이 들었다. 턱을 괸 황 대표가 말간 버들의 얼굴을 물끄러미 응시했다. 다른 데는 전부 말라 가면서 볼살만큼은 변함이 없다. 그런 버들의 볼을 황 대표가 손가락으로 콕 찔러 봤다. 통통한 게 폭신하다. 이어 꼬집어 봤다. 부드럽다. 깨우기 위함인데 곱게 감겨 있는 버들의 속눈썹이 살짝 움찔거렸을 뿐이다.

이런 자세로 자면 허리랑 목, 전부 안 좋을 거다. 황 대표가 버들의 무릎 뒤쪽에 팔을 넣어 번쩍 안아 들었다. 이불을 펴지 않았다. 개켜져 있는 상태가 조금이라도 두툼하니까 그 위에 버들을 눕혔다. 바닥에서 자고 깼을 때 허리가 가장 불편했었다. 황 대표가 베개를 가져왔다. 그리고 그걸 버들의 허리 아래로 밀어 넣었다.

썩…… 좋은 방법은 아니었던 것 같다. 오히려 허리 근육에 더 무리가 갈 자세가 되어 버렸다. 황 대표가 제 착오를 빠르게 인정했지만, 당장 수습하진 않았다. 버들의 하반신이 베개 높이만큼 올라왔다. 손끝이 묘하게 간지러워져 무심코 주먹을 쥐었다가 폈다. 버들의 몸을 가만히 바라만 보고 있던 황 대표가 버들의 바지를 들췄다. 허리 부분이 밴드로 되어 있어 힘을 준 만큼 쉽게 벌어졌다. 속옷이 보인다. 더 깊숙한 곳을 보기 위해 황 대표의 고개가 비스듬히 기울어졌다. 은은하게 잡혀 있는 윤곽에 콧방귀가 뀌어졌다. 작아 가지고. 허벅지 안쪽의 뽀얀 살결을 만져 볼까 하는데 버들이 뒤척거렸다. 버들의 허리 밑에서 빼낸 베개를 머리 아래로 옮겨 줬다. 노트북 앞에 앉기도 전이었다. 다시 버들의 곁으로 돌아간 황 대표가 베개를 빼내 저만치 던져 버렸다. 황 대표의 심술에 버들의 뒤통수가 바닥에 쿵, 부딪혔다.

「대표님이랑 저는…… 평생 섹스 못 할 거예요.」
잠 못 들고 있는 황 대표가 반대쪽으로 돌아누웠다.
「대표님 거기, 저한테 안 들어가요.」
커튼을 치지 않아 달빛이 그윽하게 방안을 밝혔다.

"너 솔직히 섹스해 봤어? 남자랑."

버들이 고개를 들었다. 색연필로 공간을 채우면서 음영까지 줘야 했기에 몰두했던 집중이 와장창 깨졌다. 사선 방향에 앉아 있던 황 대표와 그대로 눈이 마주쳤다. 무의식중에 버들이 침을 꼴깍, 삼켰다.

남의 손 타 본 적 없다는 거 알아차린 지 꽤 됐지만 그래도. 잠자코 다물려 있던 버들의 두툼한 입술이 달싹거리자 황 대표가 저도 모르게 아래턱에 힘을 줬다.

"복사기에서……."

"복사기에서? 복사기에서 뭐?"

"봤어요."

……봤다고? 황 대표가 인상을 확 찌푸렸다. 회사에서? 내 회사에서? 유 대표랑 내가 있는 회사에서? 회사 복사기에서? 남직원들이 그랬다고?

버들이 기억을 더듬었다. 그 언젠가 복사기 위에서 섹스하던 동영상을 봤던 게 상세히 떠올랐다. 사이트 주소를 외웠다. 폭발하기 직전이었던 황 대표가 허탈함에 짧게 욕을 짓씹었다.

"했냐고 물어봤지, 내가 언제 너 야한 거 본 적 있냐고 물어봤어?"

짜증이 역력하다. 황 대표가 작업하고 있던 걸 모조리 저장시킨 뒤 인터넷 창을 켰다. 그리고 버들이 말해 줬던 주소를 검색했다.

"너 이리 와."

머뭇거리는 버들을 보고 있자니 신경질이 난다. 손목을 확 잡아당겨 옆에 세웠다. 노트북을 버들이 있는 방향으로 살짝 틀었다.

"로그인해."

로그인을 하자마자 인터넷 화면 전체가 난리, 난리, 그런 난리도 없었다. 금발에 흑발에 국적도 다양하다. 굳이 재생 버튼을 누르지 않아도 움직이는 영상이 여럿이다. 모자이크도 없이 신체 구석구석이 적나라하다. 여자의 교성, 남자의 탄식 등등 신음도 다방면으로 섞였다.

"뭐지?"

당황한 버들이 혼잣말을 중얼거렸다. 전에 자신이 접속했을 때보다 더 강력하게 업그레이드되어 있었다. 다리를 동동 구르던 버들이 황 대표의 귀를 막아 주었다. 손바닥으로 귀마개처럼 막은 게 아니라, 귓구멍 속으로 손가락을 쑤셔 넣었다. 귀는 황 대표의 성감대였다. 뭘 생각하기도 전에 소름부터 돋아났다. 황 대표가 버들의 손목을 탁, 아프게 내쳤다. 힘 조절을 못 했다. 여린 피부에 금방 황 대표의 손자국이 벌겋게 그려졌다. 버들이 욱신거리는 제 손목에 호, 입김을 불어넣고 있는 동안 정신을 차린 황 대표가 마우스를 쥐었다. '마이 페이지'에 들어가자 구매한 영상 목록이 보인다. 복사기에서 저게 뭐 하는 짓들이야. 양복 입은 두 명의 덩치 큰 사내들이……. 더 말하고 싶지도 않다. 몇 번 페이지를 이동하면서 원하는 걸 기어이 황 대표가 찾아냈다.

"탈퇴해."

"……네?"

"탈퇴하라고."

버들이 꾸물거렸다.

"적립금 많은데요."

야한 걸 뭘 얼마나 보겠다고 돈을 참 빵빵하게도 충전해 놓았다.

기가 찬다.

"세 번 말해야 알아들을 거예요?"

모른 척 회피하던 버들이 하는 수 없이 마우스를 넘겨받았다. 버들의 커다란 눈망울이 봐달란 식으로 황 대표를 향했다. 단호한 황 대표의 눈매에 어림도 없단 게 짐작된다. 눈을 질끈 감고선 버들이 탈퇴 버튼을 눌렀다. 적립금은 물론 딱 하나 구매한 영상마저 끝까지 보지 못한 점이 너무나 아까웠다.

"가. 이제."

터덜거리면서 버들이 자리로 돌아왔다. 색연필을 쥐었다.

"너 남자랑 남자, 어떻게 자는지 알아?"

……바보 취급하시는 건가.

"구체적으로."

"알아요."

버들의 목이 올곧게 세워졌다.

"저 공부 많이 했어요."

"공부?"

버들이 고개를 끄덕였다.

"공부를 많이 해서 안다고?"

"네."

"구체적으로?"

"네."

"어떻게 자는데."

"순서가 있어요."

황 대표의 눈가가 미세하게 찌푸려졌다.

"첫 번째는……."

버들이 알아서 말을 이었다.

"제가 깨끗하게 준비해야 돼요."

"……깨끗하게 어떤 준비를 해야 되는데?"

"대표님은 모르세요? 남자랑 남자가 어떻게 자는지?"

황 대표가 욕했다. 공부를 많이 해서 황 대표보다 더 많이 알고 있을 거란 자부심에 버들이 주눅 들지 않았다. 도리어 눈빛이 말똥 말똥하다.

"말해 봐."

버들이 한숨을 폭 내쉬었다, 한심하단 듯.

"모르셔도 돼요. 대표님은."

……이 새끼가. 그게 무슨 말버릇이냐며 뭐라고 하려는 참에 버들의 전화가 울렸다.

"어. 정민아."

버들이 나가 버렸다.

"……."

황 대표만이 덩그러니 남겨졌다.

* * *

버들이 뒤척거림을 멈췄다. 입안이 바싹바싹 탄다. 등을 좀 더 웅 크렸다. 전에는 이러면 괜찮아졌던 것 같은데 지금은 이상하게 소용없다. 에어컨이 작동되고 있어 집안의 공기는 오한이 들 정도로 싸늘하나 온몸 전체로 식은땀이 번졌다. 더 버티지 못한 버들이 결국 눈을 떴다. 코앞에 벽이 보인다. 시간이 늦은 만큼 사방은 적막했다. 이불을 걷고 버들이 일어나 앉았다. 축 처진 어깨에 도통 기운이 들어가지 않는다. 황 대표가 잠들어 있을 복층을 물끄러미 응시했다. 목이 말랐지만 냉장고를 열고 닫는 기척에 혹시라도 깰까 봐 걱정이다. 차라리 집밖으로 나오는 쪽을 택했다.

버들의 걸음이 조심스럽다. 정자에 앉은 버들이 곧장 기둥에 머리를 기대었다. 기다리다 보면 괜찮아진다. 언제나 그랬다. 느릿느릿, 감겼다가 뜨이는 버들의 긴 속눈썹이 축축하다. 손등으로 눈가를 벅벅 문질렀다. 목구멍 밑으로 최선을 다해 숨을 죽였다. 머리가 묵직하고 체한 것처럼 속이 답답하다. 여전히 소화가 잘 되지 않았다. 버들이 제 명치 부근을 엄지 손끝으로 꾹꾹 짓눌렀다.

밤하늘에 뜬 달이 참 높다.

*   *   *

황 대표와 버들이 나란히 서서 남의 집 담벼락 안을 바라보고 있었다. 황 대표가 다짜고짜 변호사 팀을 호출시켰다가 취소하게 만들었던, 문제의 바로 그 집이었다. 파란색 대문이 꽉 닫혀 있다. '개 조심' 종이는 언제부터인지 떼어지고 없었다. 목줄이 팽팽히 당겨지면서 찰캉 소리가 났다. 전과 달리 버들이 겁먹지 않았다. 황 대표 역시 표정에 변화가 없다.

날카로운 이빨을 드러내고 금방이라도 달려들 듯 사납게 굴던 큰 개는, 며칠 사이 180도 달라져 있었다. 저가 언제 그랬던 적이 있냐는 듯 꼭 시침을 뚝 떼는 것 같다. 주인아저씨가 나오자 양쪽 귀를

바짝 눕히고 순한 표정으로 꼬리를 흔들기 바쁘다. 아저씨! 버들이
인사했다.

"버들이 들어올래?"

"어……. 아니에요."

마음 같아선 백 번, 천 번 "네!"를 외치고 남았지만 혼자가 아니
었다. 짤막한 안부를 주고받는 버들을 황 대표가 힐긋 내려다봤다.
큰 눈이 휙 접히며 방긋방긋 참 잘 웃기도 한다.

"구경해. 그럼."

마당에서 소쿠리를 챙겨 주인아저씨가 집으로 들어갔다. 원래는
순한 성격이었다는 걸 증명하듯 큰 개는 꾸준히 꼬리를 흔들고 있
었다. 개집 안에는 볏짚이 그득하게 깔려져 있었다. 곧 들썩거리더
니 바깥으로 강아지들이 우르르 몰려나왔다. 버들의 표정이 환해졌
다. 그동안 새끼를 배고 있어 큰 개가 사납게 굴었던 모양이다. 손
가락으로 짚어 가며 버들이 강아지 수를 세었다. 총 열 마리나 된
다. 저놈들이 한꺼번에 배 속에 들어가 있었다는 건데. 더운 여름에
얼마나 몸이 무겁고 힘들었을지. 기특하면서 측은함까지 느껴진다.
금동이랑 감자는 잘 있을까? 못 보는 사이 되게 많이 자라 있을 거
같다.

"돼지 새끼들이네."

황 대표가 툭, 감상을 내놓았다.

"귀엽잖아요."

어미가 어찌나 젖을 잘 물렸는지 강아지들은 전부 토실토실했다.
털에는 윤기까지 좌르륵 흘렀다. 아직 아가들이라 앞발과 뒷발이
짧아 움직일 때마다 배가 땅에 끌리는 놈들도 있다. 기우뚱, 넘어지

자 보이는 분홍색 배가 역시나 빵빵하다. 버들이 저도 모르게 입을
틀어막았다.

"저 똥개 새끼들. 털 엄청 날리겠다."

무심한 어투로 황 대표가 자꾸만 감동을 파괴했다.

"말 안 듣는 거 봐라."

묶인 어미가 케어 못할 범위로 넓게 강아지들이 벗어났다. 어미
가 안달을 내며 강아지들의 꼬리를 물어 잡아당겼다. 그것도 잠깐
이다. 놓아주면 다시 자기들 멋대로 뿔뿔이 흩어지기 바쁘다. 말 그
대로 개판이다.

"좀 크면 말 잘 들을걸요?"

버들이 새끼 강아지들을 두둔하고 나섰다.

"대표님. 쟤네들은 안 무서워요?"

"무서워한 적 없다니까. 그냥 싫어."

못마땅하게 황 대표가 인상을 찌푸렸다.

"대표님."

"헛소리 계속할 거면 입 다물어."

"동물원에 갈래요?"

"입 다물라고 했지."

"동물원 가잔 말이 헛소리예요?"

"그럼 아니야?"

가려운 턱 아래를 긁적이며 버들이 황 대표를 바라봤다.

"대표님은 좋아하는 동물 없어요?"

"없어."

황 대표의 대답이 단호하게 끊어졌다.

"그러면 동물 없고 예쁜 데 갈래요?"

버들이 오래 전부터 세워 뒀던 계획을 늘어놨다.

"저랑 궁에 가요. 돌담길 좀 걷다가 맛있는 거 먹어요."

황 대표가 한숨을 내쉬었다.

"헛소리 계속할 거야?"

"궁에 가자는 것도 헛소리에요?"

"너랑 어딜 가자는 것 자체가 헛소리야."

"……."

재차 열리려던 버들의 입술이 그대로 오므려졌다. 잠시 생각에 잠겼다.

"저거, 너 같다."

뚱해진 버들의 옆 머리카락을 황 대표가 삐죽하게 잡아당겼다.

"뭐가요?"

"저거."

황 대표가 가리킨 쪽을 버들이 쳐다봤다. 하얗고 쌍꺼풀이 도드라져 보이는 강아지 한 마리가 아장아장, 담벼락 아래로 걸어오고 있었다. 걸음마다 손톱보다 더 작게 접힌 귀가 팔랑거렸다. 버들이 더 가까이 와 보라며 손을 내밀자 조막만 한 꼬리를 마구 흔든다. 언제 봤다고 서로 반가운 척이야. 그 모습을 보며 황 대표가 작게 헛바람을 켰다. 열 마리 중에서 버들과 가장 닮은 놈을 제대로 골라 냈다.

"너 아무한테나 잘 웃잖아."

"……."

"쟤도 아무나 다 따라가게 생겼다."

"……."

갑자기 저를 빤히 쳐다보는 버들의 맹랑한 눈빛에 황 대표가 한 쪽 눈썹을 치켜떴다.

"뭐. 나 좋아한다고?"

"제가 지금 그 말 하려고 했는데 어떻게 아셨어요?"

"……."

물이 졸졸 흐른다. 황 대표의 어깨에 둘러메진 버들이 싱글벙글 하다. 거꾸로 뒤집혀 언뜻 보이는 물살이 색다르다. 요즘엔 개울을 건널 때마다 황 대표가 들어 주니 옷과 운동화가 무사하다.

"대표님. 저 진짜 빠져도 되는데요?"

"……."

"옷 다 젖어도 돼요! 운동화랑."

"……."

"햇볕이 뜨거워서 금방 마르거든요."

"……."

"대표님. 안 무거워요?"

"……."

"저는 진짜 괜찮아요."

"……."

아, 진짜 시끄럽네.

"황 대표님. 힘드실 텐데 내려 주세요."

힘들거나 무겁지 않았다, 당연히. 그럼에도 황 대표가 버들을 던 져 버렸다. 풍덩! 물에 던져진 버들이 머리부터 발끝까지 전부 젖어 버렸다. 한쪽 운동화가 벗겨져 곧 물에 떠내려가게 생겼다. 그 전에 다행히 운동화를 붙잡을 수 있었다. 물에 빠져서 옷과 운동화가 몽땅 젖어도 괜찮다던 버들이 코를 훌쩍거렸다. 그런 버들을 외면하고 황 대표가 다시 개울을 건너가기 시작했다. 버들이 일어나자 몸에서 후드득 고인 물이 떨어졌다. 다급히 황 대표를 뒤따라갔다. 티셔츠 귀퉁이를 비틀어 버들이 물을 쭉 짜냈다.

"대표님. 오늘은 왜 안 앉아요?"

길목에 놓인 벤치를 버들이 가리켰다.

"흙 묻었잖아."

버들이 손으로 흙을 털어 줬다.

"됐어요. 앉으세요."

버들이 이제 흙 없단 말을 덧붙였지만 황 대표는 무심히 고개를 저을 뿐이었다. 꼼짝 않는 황 대표를 보며 버들의 눈썹이 처졌다. 도란도란 이야기하고 싶은데. 황 대표와 함께하는 산책이 혹시나 짧아지면 어쩌나 애가 탄다. 젖어서 오늘은 무릎에 앉힐 수도 없고.

푸드덕, 새가 낮게 날아간 방향을 따라 고개가 돌아갔다. 황 대표의 시선이 자연스레 버들에게 닿았다. 물에 홀딱 젖어서 그런지 햇볕에 버들이 반짝반짝 빛나 보인다. 머리카락 끝이나. 입술이나. 귓바퀴나. 목선이나.

「아. 이상해.」

욕실에서 하반신을 가져다 대자 꺼려했던 버들의 목소리가 떠올랐다. 호모 새끼 주제에. 감지덕지해야지. 고개까지 저어 가며 달아나려고 발버둥 치는 게 가소로워 그땐 그냥 가벼이 그 말을 흘려들었다. 그런데 시간이 지나면 지날수록 그 상황에 계속 생각이 머무른다.

이상하단 표현은 오로지 자신에게만 해당되어야 한다. 꺼려해도 자신이 꺼려해야 하는 게 맞다. 꽃 사다 바치고, 따라다니고, 고백하고. 하나같이 그의 입장에선 끔찍한 짓이었다. 유 대표 동생이기에 성질대로 하지 못하고 어쩔 수 없이 그랬던 선이, 언제부터인가 미묘하게 틀어졌단 게 감지됐다. 그게 분명 '갑자기'는 아니었다. 머릿속이 순간적으로 혼잡해졌다.

"유버들 씨."

"네?"

침울하게 앉아 흙바닥만 바라보고 있던 버들이 황 대표를 찾아 고개를 들어 두리번거렸다. 시선이 마주칠 때까지 황 대표가 차분히 기다렸다가 물었다.

"내가 자자고 하면 잘 거예요?"

버들의 입술이 작게 벌어졌다.

"섹스 말하는 거야."

"대표님. 저랑 섹스하실 거예요?"

"내가 미쳤어?"

날카롭게 돌아온 거절에 버들이 큰 눈을 깜박였다. 잠깐 침묵이 유지됐다.

"내가 너랑 잘 거 같아?"

버들이 고개를 저었다.

"내가 너랑 안 잘 거 알면서, 섹스하는 방법은 왜 공부해?"

"……."

"너 다음에 다른 새끼 좋아하면 나한테 한 것처럼 굴 거지?"

"……."

"그 새끼가 너처럼 제정신이 아니면?"

"……."

"나랑 다르게 똑같이 너 좋다고 하면?"

"……."

"복사기에서건 어디건 헤프게 웃으면서 배운 대로 다리 벌릴 거고."

"……."

순간 볼이 저릿했다.

"왜 얌전해? 너무 정곡을 찔려서?"

버들의 아랫입술이 살짝 떨렸다. 비슷하게 전에도 들었던 말이다. 그런데 처음 들었을 때보다 지금, 더 심장이 요동치며 목구멍이 조인다. 황 대표가 무슨 대답을 원하는지 잘 모르겠지만 저는 똑같은 말을 되풀이할 수밖에 없었다. 버들의 호흡이 흐트러졌다.

"저는, 대표님 좋아해요. 평생 대표님만……."

"그럼 너는 평생 짝사랑만 하다가 죽겠네."

노골적인 황 대표의 비웃음에 버들이 애꿎은 제 허벅지만 문질렀다.

"나는 너 징그러워."

"……."

"나 좋아한다고 별 지랄을 떨 때마다 소름 돋고."

"……."

"너랑 있는 거 자체가 수준 떨어지는 기분이야."

"……."

"그래서 네 얼굴 볼 때마다 기분 더러워."

나는 황 대표님이 좋고, 황 대표님은 나를 싫어하고. 그러니 그 간격에서 오는 상처는 당연하게도 혼자서 감당해야 하는 무게란 걸 안다. 정말 잘 아는데…….

작게 턱을 주억거리며 황 대표가 하는 말을 가만히 듣고만 있던 버들의 시선이 더 버티지 못하고 아래로 잠겨 들었다. 조금만 참아 달란 부탁은 입안에서만 맴돌 뿐 끝끝내 황 대표에게 전하지 못했다. 볼록한 주머니가 문득 서럽다. 마치 사과처럼 식감이 아삭하니 맛있어 황 대표에게 주려고 어제부터 챙겨 뒀던 대추를 꺼내 버들이 꾹 움켜쥐었다. 갈라진 제 손톱에 원망이 찼다.

"……."

"……."

주변을 둘러싼 공기는 딱딱해졌건만 시간만큼은 지체 없이 흘렀다. 다행인지 불행인지.

　　　　　*　　　*　　　*

"대표님."

황 대표의 주변을 맴돌던 버들이 눈이 마주치자 웃었다.

"아침 안 드세요?"

"신경 꺼."

"식사 안 하실 거예요?"

"입맛 없어."

타자를 두드리는 황 대표의 손가락이 길고 곱다. 버들의 시선이 그 위로 한참을 머물렀다.

"대표님 드시고 싶은 거 있어요?"

"……."

"저 요리 잘해요."

"……."

"입맛 없으시면 간단하게 샌드위치 같은 거 만들어 드릴까요?"

"……."

재잘재잘, 곁에 붙어 혼자 떠들더니 조각하러 가겠다며 버들이 나갔다. 자존심도 없는 새끼. 황 대표가 욕을 내뱉었다. 아무한테나 꼬리 치고 따라갈 기세였던. 진짜 딱 그 똥개 새끼 수준이다.

「너랑 있는 거 자체가 수준 떨어지는 기분이야.」

점심때에 맞춰 집에 돌아온 버들이 마당 구석의 화단 앞에서 한참 동안 쪼그려 앉아 있었다. 얼마 전 저가 꽂아 준 나뭇가지를 타고 나팔꽃 줄기가 꼬불꼬불 올라가고 있다. 점점 버들의 얼굴에서 표정이 사라졌다.

나는 황 대표님 좋아했을 때부터, 어느 영화 속 대사처럼 점점 더 나은 사람이 되어 가는 거 같은데……. 단둘이서 보내는 시간에 대해 미치는 황 대표의 막심한 손해가 신경 쓰인다. 짝사랑 주제에. 나만 너무 이득인가?

식사를 하고 있는 황 대표의 모습에 버들의 걱정이 쑥 내려갔다. 입맛 없다고 끼니 몇 번을 거르시더니 지금은 괜찮나? 접시 위의 고깃덩어리가 평소와 똑같은 크기처럼 보인다. 양이 줄거나 한 게 아니란 점에서 버들이 안도했다.

"뭘 봐."

"……."

버들의 속눈썹이 깜박였다.

"밥이나 먹어."

"네."

입안에 든 걸 꿀꺽 삼켰다.

"대표님. 우리 오늘……."

"밥 먹으라니까."

"네."

젓가락으로 밥알을 세던 때와 다르게 버들이 수저 가득 밥을 펐다. 앙, 크게 입을 벌렸다. 모래처럼 버석거리며 밥알이 씹힌다. 어차피 밥그릇을 전부 비워야 식탁을 벗어날 수 있으니까 속도를 내는 게 훨씬 낫다. 어제처럼 참다가 새벽에 토해 버리면 된다.

다음 날, 아직 식사 때가 아닌데 버들이 부산을 떨었다. 지나치지 못하고 황 대표가 뭐 하는지 물었다.

"죽 끓여요."

버들이 냄비를 휘젓다가 말고 얼른 대답했다.

"그러니까. 죽은 왜."

"대표님도 드실래요?"

황 대표가 인상을 썼다.

"묻는 말에만 대답해."

"그냥 밥 먹으면, 입속이 아파서요."

"거짓말하지 말고."

"……."

아까 입속에 연고 발라 줄 때, 상처가 다 나았던 걸 직접 본 터라 황 대표가 콧방귀를 뀌었다. 가스레인지를 대신 끄고 황 대표가 버들의 손목을 잡았다. 의자에 앉힌 뒤 입을 벌리게끔 했다. 역시나 흉터 없이 말끔하다. 냄비 속 허연 죽이 맛없어 보인다.

"그냥 밥 먹어. 반찬이랑."

"……네."

식사를 마친 뒤 햇볕이 강해지기 전 산책을 나왔다. 먼저 앞장서서 버들이 개울을 건너갔다. 바짓단이 온통 젖었다. 서로 아무런 말이 없었다. 간간히 불어오는 바람에 버들의 앞머리가 들떴다.

"집에 가자."

들어주려는 황 대표를 버들이 화들짝 놀라며 피했다. 황 대표가 인상을 썼다.

"왜."

"……."

"또 던질까 봐서?"

"……."

"너 조용하면 안 던져."

버들이 우물거리면서 입을 뗐다.

"……그게 아니라, 저 젖어서요."

"근데."

"그럼 대표님도 젖잖아요."

황 대표를 앞질러 버들이 이미 젖은 운동화를 신고 물에 들어갔다.

"이제 어디쯤 왔어?"

잡지 페이지를 넘기며 버들이 물었다.

-30분 정도? 그쯤 남았어.

"응."

-왜. 심심하냐?

"끊어."

-야. 왜 끊어? 바빠?

"어차피 30분 뒤에 도착한다면서."

-전화비 아깝다고 해라, 또.

"맞아. 이건 내가 건 전화야."

-아이, 씨.

정민의 투덜거림에 버들이 픽, 웃었다.

-도착하고 나서 전화할까? 아니면 도착하기 직전에 전화할까?

"알아서 해."

-마중 나와 있어.

소파에 앉아 태블릿 화면을 넘기던 황 대표가 다 들리는 전화 통화에 고개를 들었다. 마중 나와 있어? 그러기엔 날씨가 너무 더 웠다. 거절하지 않고 버들이 응, 짧게 수락한 점이 거슬린다. 핸드폰을 내려놓고 버들이 턱을 괴고 잡지를 읽어 내려갔다. 목을 타고 어깨로 이어지는 선이 하루가 멀다 하고 말라 가는 거 같다. 잘 먹는데 도통 이유를 모르겠다. 인상을 찌푸린 황 대표가 태블릿을 내려놓고 자리에서 일어났다. 바깥으로 나가 현관문을 잠갔다. 안에 마실 물도 있고, 먹을 것도 있고. 하루쯤······ 가둬도 뭐.

덜컹. 현관문이 열리려고 하기에 황 대표가 문고리를 쥐었다. 안쪽에서 버들이 문을 열려고 시도 중이었다. 힘이 없다 보니 포기가 빨랐다. 금방 주변 공기가 잔잔해졌다. 황 대표가 마당을 가로질렀다.

아침에 건너뛴 조깅이라도 할까 싶었다.

"대표님. 어디 가요?"

제 등 뒤에서 불쑥 들려온 버들의 목소리에 황 대표가 움찔거렸다. 현관문부터 바라봤다. 잘 닫혀 있다.

"······어떻게 나왔어?"

"창문으로요."

가둬 두기엔 여러모로 조건이 부합되지 않았다. 창문 따위. 버들의 긴 다리를 미간을 좁히며 황 대표가 훑어봤다.

"창문 막 불쑥불쑥 넘어 다니면 되겠어, 안 되겠어?"

"안 되는 거 아는데요. 현관문이 갑자기 안 열려서 어쩔 수가 없었어요."

"······."

황 대표에게 버들이 한 발 더 다가갔다.

"어디 가세요?"

"······아무 데도 안 가."

황 대표가 다시 집 안으로 들어갔다.

공손히 내민 버들의 양손에 정민이 담배를 올려놓았다.

"고마워."

사 오긴 했지만, 영 찝찝하다. 영화 내리기 직전 날에 봤다며 버들이 종알종알 늘어놓는 자랑을 정민이 묵묵히 들으며 호응해 줬다. 서울에 왔는데 나한테 연락을 안 했단 말이야? 마냥 해맑은 버들을 위해 섭섭함을 접었다. 버들의 말이 끝나길 기다렸다가 그제야 정민이 어깨를 툭 치며 궁금한 걸 물어보았다.

"너 여기서 못 먹었냐?"

"아니. 왜?"

"그냥."

볼 때마다 버들의 옷이 점점 더 헐렁해지는 거 같다.

"이 형님이 너를 위해서 놀 만한 걸 챙겨 왔다."

"그게 뭔데?"

"특정한 장소에서 놀아야 더 재밌는 거라."

"특정한 장소?"

버들이 코를 훌쩍였다.

"잠깐만 있어. 말하고 올게."

집 안으로 들어간 버들이 곧장 황 대표에게 다가갔다.

"대표님. 저 잠깐만 나갔다가 올게요. 정민이랑."

"……어디 가는데."

"근처 하우스에 갈 건데요. 금방 올게요."

"……."

버들이 얌전히 대답을 기다렸다. 황 대표가 고개를 끄덕였다.

더운 날 하우스는 잘 달궈진 찜질방이 따로 없었다. 지나치게 후끈후끈하다. 먼저 오자며 제안한 만큼 정민은 힘이 드는데도 무더위를 버티고 있었다. 추운 것보다 오히려 더운 게 나은 버들은 상대적으로 아무렇지 않아 보였다.

다만 황 대표가 계속 걸린다. 오랜만에 창문도 활짝 열어 놓으셨
던데. 창문을 통해 일하는 황 대표를 볼 수 있는 기회가 바로 오늘
이었다.

"우리 그냥, 마당에서 놀자. 안 돼?"

"돼! 그러자!"

정민이 냉큼 대답했다. 하우스를 벗어나 집으로 돌아온 두 사람
이 정자에 서로를 마주 보고 앉았다. 정민이 가르쳐 주는 걸 버들이
눈까지 초롱초롱 빛내며 학습했다. 얼마 지나지 않았다. 떨떠름한
표정으로 정민이 버들을 흘겼다.

"50원만 받아."

"왜? 80원 줘야 되잖아."

"친구 좋다는 게 뭐야. 그깟 30원도 못 깎아 줘?"

"그러는 게 어디에 있어?"

버들이 기어이 역정을 냈다.

"여기. 50원 준다."

"싸고 흔들었는데? 그럼 80원이잖아."

"그래. 너 싸고 흔들어서 80원인 거 아는데, 그럼 60원."

"80원이니까 80원 줘야지."

"너 이거 처음 해 보는 거 맞아?"

"내놔! 빨리!"

정민이 버들에게 멱살이 잡혔다. 화투장이 뒤집혔다. 소란스러
움에 황 대표가 창문 밖을 내다봤다. 버들에게 멱살이 잡혀 껵껵거
리면서도 정민이 큰 소리로 웃고 있었다. 황 대표가 자리에서 일어
났다.

"황 대표님."

호모 새끼면서. 변태면서. 스토커이기도 한 게 역시나 곧바로 제 뒤를 따라온다. 무심코 황 대표의 입가가 호선을 그렸다.

"어디 가세요?"

"똥개 새끼들 보러."

"그 집은 반대쪽으로 가야 되는데……."

"……."

황 대표가 걸음을 멈췄다. 반대쪽으로 걷기 시작했다.

"유버들. 80원 줄게."

"나중에."

버들을 따라 걸음을 옮기던 정민이 눈살을 구겼다. 황 대표와 버들의 관계성은 모르고 싶어도 모를 수가 없다. 딱 봐도 훤했다.

황 대표의 걸음이 우뚝 멈추면 버들이 멈춰 섰고, 버들이 멈춰 서면 정민의 걸음도 멈추었다. 왜 그러시지? 황 대표의 옆얼굴을 빤히 쳐다보던 버들이 불현듯 앞쪽을 바라봤다. 길 정중앙에 사마귀가 있었다. 몹시 늠름한 자태였다. 표정엔 아무런 변화가 없지만 분명 무서워하고 있을 황 대표를 위해 버들이 발을 쿵 굴러 사마귀를 쫓아냈다.

"이제 괜찮아요. 대표님."

황 대표가 몸을 틀었다. 다시 집 방향으로 걸어가는 황 대표의 뒷모습을 멀거니 바라보며 버들이 침을 꼴깍, 삼켰다.

"되게 귀엽지?"

"뭐야?"

두근두근하다.

"아. 나도 어쩔 수 없는 남자인가 봐."

"……뭐래."

"보호 본능에 끌려."

나란히 붙어 서 있던 황 대표와 버들의 모습을 정민이 떠올렸다.

"손도 많이 가고. 내가 지켜 줘야 돼."

버들의 말은 웃기지도 않았다. 황 대표와 버들은 어깨 넓이며, 손목과 허벅지 두께 등 덩치 차이가 확연했다. 대체 누가 누굴 보호한다는 거야. 누가 누굴 지켜 줘?

황 대표를 다시 따라가기 시작한 버들의 뒷모습에서 저가 끼어들 틈이란 게 전혀 보이지 않는다. 씩씩거리던 정민이 도도하게 콧방귀를 뀌었다. 상관없다. 나는 덩칫값을 할 줄 아는 남자니까. 그런데 그때…… 마침. 진짜 마침. 하필. 마침 딱 하필. 나비가 눈앞에 팔랑였다. 구해 달라며 정민이 커다란 몸을 구겼다. 우렁차고 굵직한 엄살에 놀란 버들이 하마터면 돌부리에 걸려 넘어질 뻔했다.

"화투 섞어."

"안 할래."

"왜?"

"이제 재미없어졌어."

"80원 줄게."

정민이 주섬주섬 100원짜리 동전을 찾아 건넸다. 됐다며 안 받을 줄 알았더니 버들이 냉큼 동전을 낚아채 갔다. 이놈, 이거. 80원 때문에 아까 내 멱살 진심으로 잡은 거였네. 은근히 섭섭해진 정민이 버들을 흘겼다.

"우리 형들이 그랬거든. 돈 계산은 어떤 경우든 철저히 해야 한다고 해서."

아주 어렸을 때부터 제 다섯 형들에게 붙들려 가르침을 받은 돈 개념을 외며 버들이 거스름돈마저 착실하게 거슬러 줬다. 떨떠름한 표정으로 정민이 고개를 가로저었다.

"돈 계산할 게 뭐 있냐, 이게? 게임한 거잖아."

"게임이면 더 정정당당해야지. 받아."

한 마디도 그냥 넘어가는 법 없이 종알거리는 버들의 입술이 붉다.

"이제 뭐 하고 놀래?"

버들에게 슬쩍 가까이 붙으며 정민이 물었다.

"생각이 잘 안나."

우렁차게 울어 대는 매미 울음소리가 귀청을 따갑게 했다.

"영화 몇 번 봤어?"

"나는 한 번밖에 못 봤어."

"범인이 누군지 이해됐어?"

"아니. 한 번만 봐선 좀……. 두 번은 더 봐야겠더라."

"거봐. 내가 뭐랬냐?"

정민의 우람한 어깨가 버들의 어깨 뒤쪽을 살며시 건드렸다.

"영화 보고 우동 먹는 동안 나한테 연락해야겠단 생각은 안 들던?"

"……아. 맞네."

눈을 홉뜨자 정민의 눈이 더 부리부리해졌다.

"대답이 뭐 그러냐?"

"근데 어차피 연락했어도 못 만났을 거야."

"왜? 운동 중간에 빠져나올 수 있어."

"내가 혼자 있던 게 아니라서."

"그럼? 누구랑 있었어?"

"황 대표님."

버들의 말이 끝나기가 무섭게 정민이 되물었다.

"사귀는 거 아니지?"

버들이 인상을 찌푸렸다.

"내가 전에 말해 줬잖아."

"뭘. 전에 나한테 뭘 말해 줬는데?"

한숨을 폭 내쉬느라 버들의 어깨가 들썩거렸다.

"대표님은 나 싫어한다니까."

아주 당연한 어조였다.

"근데 왜 같이 영화 보고 밥을 먹어?"

"너는 영화 보고 밥 먹으면 다 사귀는 거야?"

"안 사귀는데 뭐 하러 같이 영화 보러 가고 밥을 먹어?"

"……그럼 안 돼?"

"시간 아깝게. 그게 무슨 짓이야?"

예리한 탐정을 자처하며 정민이 눈을 회번덕거렸다.

"그게……."

선뜻 버들의 말이 이어지지 않았다. 단지 영화 보고 밥을 먹었단 걸로 사귀냐며 오해를 받은 게 근심스럽다. 물론 저야 그날 하루가 순간마다 기쁘고 즐거워서 어떤 소리를 듣건 상관없었다. 하지만 황 대표의 입장은 엄연하게 다르다. 저 때문에 괜한 피해를 볼 수도 있다. 그걸 고려하자 못된 짓을 저지른 것처럼 손끝이 따끔거린다. 버들이 제 아랫입술을 안쪽으로 말아 물었다가 놓았다.

"영화관만 같이 간 거야. 영화는 나 혼자 봤어. 우동도 거의 나 혼자 먹은 거나 다름없었고."

정민이 작게 콧방귀를 뀌었다.

"어쨌든."

뭐가 '어쨌든'인지 잘 모르겠다. 버들이 고개를 갸웃거렸다.

"그 자리에 같이 있었단 게 중요한 거라고."

울적해진 표정을 감추기 위해 버들이 제 이마를 긁적거렸다.

"유버들."

잠시간 이어지던 침묵을 깨뜨리며 정민이 말을 걸었다.

"다음 주에 개봉하는 영화 중에 또 스릴러 있어. 보러 갈래?"

버들의 어깨가 비스듬히 기울어졌다.

"너랑?"

"……어."

"너랑 나랑 둘이서?"

"내가 팝콘 사 줄게. 캐러멜 팝콘 좋아하냐?"

"시간 아깝게 나랑 뭐 하러."

"……."

찰나 제 실수를 깨닫게 된 정민이 뒤늦게 아차, 싶었다. 후회가 밀려들면서 욕이 입안을 맴돈다. 앞으로 단둘이서 영화 보러 가자거나, 밥 먹으러 가자고 못 하게 생겼다. 정민이 와락 눈썹을 구겼다.

"사귀는 사람이랑 가."

"나 지금 사귀는 사람 없어!"

과하게 펄쩍 뛴 정민을 버들이 멀뚱히 올려다봤다. 그래?

"친구끼리는 괜찮아."

헛기침을 터트리며 정민이 저가 저지른 말실수를 수습했다.

"둘이서 영화 보러 가고 밥 먹으러 가는 거. 친구끼리는 시간 아까운 거 아니라고."

별생각 없이 쳐다보는 버들의 눈빛을 정민이 어색하게 피했다. 조용히 몇 분간의 시간이 흘렀다.

"맞다. 너 내가 연고 준 건 발랐어?"

"아. 그거 고마워. 나 이제 상처 다 나았어."

"내가 준 연고 발라서?"

고개를 끄덕인 버들의 대답에 정민의 가슴이 뿌듯하게 펴졌다.

"연고 제대로 발랐나 보네?"

"황 대표님이 발라 주셨어."

뿌듯함은 짧았다.

"발라 줬다고? 입안에다가? 연고를?"

"응. 매일 발라 주셨어. 아침저녁, 꼬박꼬박."

그래서 빨리 나은 것 같다면서, 버들의 입가가 나긋나긋 풀어졌다.

"어떻게 발라 줬단 거야? 입안을?"

"응?"

"설마 손으로 발라 주거나 그런 건 아니지?"

"손으로 발라 주셨는데……."

……아니 이것들이. 이미 사귀는데, 내가 중간에 끼어서 놀아나는 건 아니겠지?

"너 확실하게 말해."

버들이 큰 눈을 끔벅거렸다.

"저 사람이 너 싫어하는 거 맞아? 확실해?"

처음부터 그랬다. 이미 충분하게, 누구보다 자세히 알고 있는 사실이자 현실이었다. 버겁게 침이 삼켜졌다. 그런 버들을 향해 빨리 대답해 보라며 정민이 눈썹을 까닥였다.

"나 싫어해. 완전 싫어해서."

어떠한 기대도, 일말의 바람도 포함시킬 수가 없었다. 그런데도 가볍게 날아가지 못한 그 말은 언제나 묵직하게 저를 짓누른다. 가슴이 뻐근하니까 이따금씩 숨 쉬는 것도 답답하다.

빨개진 버들의 얼굴을 쳐다보던 정민이 더듬거리며 상황을 돌릴 말을 찾았다.

"야. 너는⋯⋯. 너 싫단 사람한테 벌레는 왜 쫓아 주고 그러냐?"

보호 본능에 끌린다는 버들에게 되도 않는 내숭을 피우다가 오히려 욕만 된통 얻어먹었다. 어쩔 수 없는 남자인가 봐? 그래서 보호 본능에 끌린다고? 자고로 진정한 남자라면 공평할 줄을 알아야지.

버들의 보호 본능이란 매우 편파적이었다. 차라리 벌이었다면 쏘일까 봐 그랬단 핑계라도 댈 수 있지. 하등 공격력 없는 연약한 날갯짓의 나비 앞에서 겁먹은 척 굴었던 게 때늦은 쪽팔림을 불러일으켰다. 덕지덕지 붙은 근육을 어떻게든 접어 보려다가 포기했다. 정민이 벅벅, 제 뒷머리를 헤집었다.

"내가 좋아해. 대표님."

어렵게 꼬는 법 없이 담백했다. 저절로 정민의 말문이 막혀 버렸다. 버들의 시선을 따라가니 창문을 통해 집 안의 황 대표가 보인다.

"저 사람 좀 그만 봐."

대체 뭐에 꽂혔나 도통 이해할 수가 없다. 하긴. 내가 저 사람을 봐서 어떤 점을 좋아하는구나, 하고 이해가 된다면 그게 더 큰 문제겠지. 부르르 몸을 떤 정민이 눈을 가느스름하게 떴다.

"저 사람 혹시 돈 많아?"

"많아. 엄청나게."

……이런. 말을 뱉을 때마다 의문의 패만 당하는 거 같다.

"근데. 넌 나 안 이상해?"

갑자기 궁금해졌다. 버들이 불쑥 물어 온 말에 "뭐가?" 하고 구체적인 뜻을 정민이 바랐다.

"나 남자 좋아해."

"……."

"안 이상해?"

"……."

"친구하기 징그러울 수 있고……."

잠시 퓨즈가 나갈 수밖에 없었다. 정민이 저도 모르게 턱 하니 벌리고 있던 입을 서둘러 다물었다.

"그런 게 뭐가 이상해."

내심 긴장하고 있던 버들의 어깨가 탁 풀렸다. 별 대수롭지 않단 투로 넘겨준 정민에게 물씬 고마움이 느껴졌다.

"좋아한다고 말해 봤어?"

"황 대표님한테?"

"응."

"하루에도 열 번은 더 해."

"……열 번?"

"원래 백 번 하고 싶은데, 백 번 하지 말라고 하셔서."

고백을 받은 걸로 몇 번 여자 친구를 사귀어 보긴 했지만 늘 운동이 우선이라 흐지부지 끝나기 일쑤였다. 자신감에 찬 얼굴로 정민이 쯧, 짧게 혀를 찼다. 번지르르한 연애 경험이 없는 건 둘 다 매한가지였다. 그렇지만 황 대표의 뒤를 마치 어미 닭 쫓는 병아리처럼 졸졸 따라다니는 버들보다야 자신이 월등하게 낫단 생각이 든다.

"너 그렇게 하면 안 돼."

"뭐가?"

"아무리 좋아도…… 어? 안 좋은 척도 조금 하고."

버들이 웃었다.

"그런 건 너처럼 시간 많은 애들이나 그러고."

"……야. 나도 바빠. 운동하느라 24시간이 모자라요, 아주."

"누가 너 안 바쁘대?"

"……."

머리 위로 유유히 구름이 지나갔다. 정민이 가방을 뒤적거렸다.

"캐치볼 할래?"

버들의 눈에 금방 호기심이 가득하다.

"어디서 났어? 네 거야?"

"음. 비슷해."

"그게 네 거라는 거야, 아니라는 거야?"

일부러 친척집에 들러 미취학 아동에게 빌려 온 거였다. 버들이 테니스공을 손바닥 위에서 굴렸다.

"내가 던질게 받아."

거절할 틈도 없었다. 정민이 반대편에 가서 공을 던지려는 시늉을 취하자 버들이 저도 모르게 엉거주춤 일어났다. 획, 던져진 공을 받지 못했다. 어깨 뒤로 넘어간 공이 저만치 굴러갔다. 엄청나게 살살 던진 건데 그것도 못 받느냐면서 한껏 비웃는 정민을 흘겨보다가 버들이 순순히 공을 주워 왔다. 다음번부터 공이 크게 포물선을 그렸다. 정민이 아예 버들의 손에 공이 안착되는 식으로 여유롭게 던져 주었다. 버들의 눈꼬리가 획 휘어졌다. 웃음소리가 날씨만큼이나 맑다. 황 대표가 그 모습을 물끄러미 바라보았다.

"이제 그만할래."

"왜? 재미없어?"

재미없다고 고개는 끄덕거렸지만, 사실은 재미있었다. 하지만 숨이 찼다. 겉으로 내색은 못하고 빨리 뛰어 대는 심장을 가라앉히기 위해 버들이 노력했다. 심장은 태어났을 때부터 좋지 않았다. 예나 지금이나 심장 박동이 높아지면 겁부터 났다. 그걸 가라앉히지 못하고 적정 이상을 넘길 때면 반대로 체온이 하강하는 경우가 생겼다. 면역력이 약했던 어렸을 적엔 그대로 정신을 잃곤 했었다.

돌려준 공이 다시 가방 안으로 사라지는 걸, 버들이 끝까지 지켜봤다.

*　　*　　*

"열어."

황 대표가 시키는 대로 버들이 밥통을 열었다.

"여기 누르면 열려요."

버들이 황 대표의 옆얼굴을 올려다보며 친절하게 가르침을 덧붙였다. 콧대와 입술, 속눈썹이 너무 멋지고 예쁘다. 저게 전부 내 거라면 참 좋겠다. 밥통에서 모락모락 피어오른 김이 금방 시야를 흐릿하게 가려서 아쉬웠다. 황 대표가 저벅저벅 싱크대로 걸어갔다. 밥통을 닫으려던 버들의 손이 주춤거렸다. 다시 돌아온 황 대표의 손에는 뜻밖에 밥그릇이 들려 있었다. 뭐 하시냐고 버들이 물었지만 황 대표가 무시했다. 그저 밥그릇에 그득히 밥을 눌러 담았을 뿐이었다.

"앉아."

밥그릇 옆에 젓가락과 숟가락을 챙겨 황 대표가 내려놨다. 버들의 커다란 눈이 불안하게 흔들렸다. 분명 정민이네 가서 저녁 먹고 온다고 말하고 나갔다가 온 거였다.

"저 밥 먹고 왔어요. 정민이네 할머니가 맛있는 거 많이 해 줘서……."

"내가 내 앞에서 밥 먹으라고 했잖아."

"지금 또 먹으면, 저 밥 두 그릇 먹는 거예요."

"그럼 애초에 내 앞에서 한 번만 먹으면 될 걸 나가긴 왜 나가."

잔잔했던 버들의 호흡이 뭉개졌다. 억울함 때문이었다.

……그럼 보내지 말던가. 밥 먹고 온다고 했을 때 분명 고개 끄덕이면서 허락해 줬으면서.

앞에 턱 하니 앉아 황 대표가 감시하니 어쩔 수 없이 버들이 밥알을 우물거렸다.

"대표님은 안 드세요?"

입맛 없단 말이 돌아왔다. 왜 입맛이 자꾸 없으시지? 걱정된다.

"빨개졌잖아."

황 대표가 쭉 뻗은 팔로 버들의 손목을 잡았다. 눈가를 비비적거리고 있던 바로 그 손이었다.

"머리카락이 간지러워서⋯⋯."

"자르면 되겠네."

"정민이가 내일 잘라 준대요. 안 그래도. 많이 긴 것 같다고."

말끝마다 다른 사람 이름 붙이는 게 은근히 짜증을 일으켰다. 그것도 닳을 정도로 저를 찾아 황 대표님, 부르던 입으로.

"자격증 있는지 물어봤어요?"

"자를 수 있대요. ⋯⋯어디 가세요?"

"먹고 있어. 담배 금방 피우고 올 거니까."

따라 나가려던 버들이 다시 엉덩이를 붙이고 앉았다. 황 대표가 나가면서 문이 닫혔다. 기회였다. 버들이 얼른 남은 밥을 밥통에 쏟아 부었다. 금방 오겠단 황 대표가 3분이 지나도 오지 않았다. 5분까지가 한계였다. 더는 못 기다리겠다. 오늘은 같이 있었던 시간도, 같이 이야기 한 것도 적었다. 버들이 신발을 신고 쪼르르 바깥으로 나갔다. 혹시나 어디 멀리 가 버리셨으면 어쩌나 걱정했다. 다행히 정자에 앉아 있는 황 대표가 보였다. 주변에 담배 필터가 떨어져 있지 않았다. 라이터를 까닥거리는 황 대표의 손가락이 여유롭다. 제발 저려 묻지도 않았건만 먼저, 밥 다 먹고 나온 거라며 중얼거린 버들이 은근슬쩍 곁에 가서 앉았다. 서서히 어둠이 깔리는 풍경이 오묘하면서 신비롭다.

황 대표가 일어나 빨랫줄로 걸어갔다. 파란색 빨래집게를 빼서 버들의 앞에 섰다. 향수 냄새가 은은하게 난다.

"이러면 머리 길어도 안 흘러내리네."

태연히 버들의 앞머리에 빨래집게를 꽂았다.

"……."

"……."

깜박거리는 버들의 큰 눈이 순하다. 빨간색, 노란색, 초록색, 하늘색. 골고루 빨래집게를 모아 오더니 버들의 머리에 몽땅 찔러주었다. 풍성한 머리숱이 알록달록하게 장식되었다. 크리스마스트리가 따로 없다. 어쩐지 시무룩하게 버들이 고개를 숙이자 황 대표가 턱을 잡아 눈높이에 맞춰 들어올렸다. 놀란 버들의 새까만 눈에 딱딱하게 표정을 굳힌 황 대표가 고스란히 담겼다.

"네 머리 못 만지게 해."

나지막한 목소리였다.

"일부러 만지라고 제가 한 게 아니라요. 긴 부분만 조금 잘라 준다고……."

"그러니까. 그거 못 하게 하라고."

버들의 심장이 쿵쾅거렸다. 꼭 발작이라도 일으킨 것처럼.

12 비 오는 날 흙냄새 (5)

물감을 섞던 중에 진동이 울렸다. 허겁지겁 붓부터 입에 물었다. 자유로워진 양손을 주머니에 꽂아 넣었지만 잡히는 게 없다. 두리 번거리던 버들이 허리를 굽혔다. 바닥에 내려놨던 핸드폰 화면에 겨울의 이름이 번쩍거린다. 한가할 때 전화 달라고 메시지를 남긴 지 겨우 10분 남짓이 흘렀다. 이렇게나 일찍 전화가 걸려 올 줄이 야. 엄청 반갑다. 통화 버튼을 누르는 버들의 얼굴이 화사하다.

"형. 뭐 하고 있었어? 집이야?"

−돈 벌고 있었지. 내 새끼 맛있는 거 사 주려고.

"회의 중이였단 거야? 다 끝났어?"

−잠깐 멈췄어. 괜찮아.

저를 토닥이는 겨울의 의연함에 버들이 콧잔등을 찌푸렸다.

"형. 나 때문에 회의 멈췄단 건 아니겠지?"

-내 새끼. 다 컸네. 응? 언제 이렇게 컸지?

감동받았다면서 겨울이 과하게 훌쩍이는 척을 했다. 회의 중이라면 장소는 분명 회사일 테고 주변에는 당연히 직원들도 있을 거다. 그런데 마치 단둘이 있는 것처럼 아무렇지 않게 주책을 떨어 대는 제 형에게 버들이 대신 민망함을 느꼈다. 조용히 좀 하라고 말려 보았지만 소용없다. 원래부터 겨울은 그랬다. 별거 아닌 것도 그냥 넘어가는 법 없이 칭찬을 후하게 퍼 주었다. 그걸 구실 삼아 상이라면서 당사자인 자신이 마다함에도 불구하고 마음껏 선물을 사다 나르는 게 일상이었다. 언제까지 이럴 건지. 세 살 버릇 여든까지 가면 어쩌나 싶다.

"나는 원래 다 컸는데 형들만 모르고 있어."

-그랬어?

도톰한 아랫입술을 사리물면서 버들이 앞치마 끈을 비비 꼬았다.

"나중에 통화해."

전화를 끊으려는 버들을 겨울이 붙잡았다.

-냉정하게 새끼가. 지금도 통화하고 나중에 또 통화하면 되잖아.

"지금은 회의 중이었다면서."

-그냥 엎어 버릴까? 그래도 너희 형 돈 잘 벌잖아.

"나 때문에 회의 멈추고, 그러지 마."

-아, 새끼, 진짜. 오늘 작정했어?

"무슨 말이야?"

-자꾸만 형 감동시키는 말만 골라 할래?

대체 어느 부분에서 감동을 받았단 건지 잘 모르겠다.

—너 때문에 회의 멈춘 거라니. 이젠 얼굴값 하는 소리도 지껄일 줄 알고. 진짜로 다 컸네.

아, 뭐야. 잔잔함을 띠던 버들의 눈가가 확 찌푸려졌다. 너무 황당하다. 귓가에서 핸드폰을 떼어 내 바라봤다. 한심하단 눈초리다. 한숨까지 절로 샌다. 스스로 절충하는 법을 깨우치며 적당한 시기에 앞가림을 했던 다른 형들과 달리 겨울은 눈이 오나 비가 오나 변함없이 뺀질거리기 바쁘다. 돈 잘 벌면 뭐 해. 제 형이 대체 언제 철드는지 걱정이 된다. 이런 걸 바로 아픈 손가락이라고 하는 건가?

"형. 회사가 장난이야?"

외박하지 마라, 밤늦게까지 술 마시고 다니지 마라. 이어지는 버들의 추궁과 잔소리가 웃긴지 겨울이 수화기 너머로 오두방정을 떨어 댔다. 내 새끼, 예쁜 새끼, 다 큰 새끼. 세상에 존재하는 온갖 새끼들을 겨울이 혀 짧은 소리로 찾아 댔다. 버들이 전부 한 귀로 듣고 한 귀로 흘렸다. 왜 이래? 질색하며 잠깐 말려 보았지만 말을 들어 먹지 않는다. 포기했다. 철딱서니 없는 제 형의 지랄이 진정될 때까지 버들은 차분히 기다렸다.

더운 열기를 담은 바람이 버들의 앞머리를 건드렸다. 풍성하게 들떴다가 아무렇게나 가라앉았다.

「네 머리 못 만지게 해.」

머리카락 끝이 닿아 간지러운 눈가를 긁으려던 버들이 의식한 채 손을 내렸다. 만 하루도 지나지 않은 일이건만 마치 오래된 것처럼 아득하다. 노을을 등지고 저를 내려다봤던 황 대표의 눈빛과 옅게 퍼졌던 향수 냄새, 슬며시 닿아 오던 손길. 모든 게 차곡차곡 쌓여 간다.

꼭두새벽부터 가위를 들고 찾아온 정민을 버들은 어르고 달래 돌려보냈다.

"형. 이제 할 말 다 했어?"

-응. 이제 내 새끼가 말할 차례야.

"뭐 좋아하셔? 황 대표님."

잠깐 잠잠했다.

-형은 뭐 좋아하냐면…….

"형 말고. 황 대표님 말이야. 뭐 잘 드셔?"

못들은 척 시침 떼려던 겨울이 실패했다.

-그렇게 쓸데없는 정보를 알아서 뭐 하게.

쓸데없다니. 버들이 웅얼거렸다.

-너는.

"나? 뭐."

-너 밥 잘 먹고 있냐고, 너.

"응. 내 걱정은 하지 마."

고개까지 끄덕이며 버들이 곧장 둘러댔다.

"황 대표님이 식사를 거르셔. 입맛이 없대. 내가 세어 봤거든? 어제까지 두 번밖에 안 드셨어."

-내버려 둬. 여름이면 특히 그러더라. 원래 예민하잖아, 성질머리가.

아무리 원래 그렇다지만…….

"어떤 음식 좋아하는지 형은 몰라?"

-같이 살고 있잖아. 네가 직접 물어보지. 왜?

여러 번 물어봤는데 대꾸하지 않았다. 버들의 눈썹이 침울하게 가라앉았다.

—황 대표, 그 새끼 돈 좋아해.

"……그게 뭐야. 돈은 못 먹는 거잖아."

—쥐 봤어?

버들이 한숨을 폭 내쉬었다. 시작은 창대했을지 몰라도 끝은 하등 영양가 없는 통화였다.

목표했던 것만큼 그림 작업을 끝내고 나서 버들이 집 안으로 들어가 씻었다. 젖은 머리를 내버려 둔 채 잡지를 빼든 버들이 벽에 등을 기대어 앉았다. 페이지는 팔랑팔랑 넘기고 있으나 내용을 읽고 있는 건 아니었다. 맞은편에 황 대표가 보인다. 올곧은 자세로 작업 중인 모습이 우아하다. 좋아한단 감정을 막 깨우쳤을 때부터 심각했던 상태였다. 그런데 같이 사는 동안 구덩이가 더 깊게 파였다. 그곳에 그대로 갇힌 기분이 든다. 그만큼 황 대표에게 홀딱홀딱 빠지는 순간, 순간이 넘쳐 났다. 갈증이 일었다.

무엇이든 다 황 대표의 손에 쥐여 주고 싶고, 잘해 줘서 황 대표가 기뻐하는 걸 보고 싶다. 첫사랑이 아니라 두 번째, 세 번째였다면 어땠을까? 지금보다야 덜 서툴렀을지도 모르겠다. 시작부터 단추를 잘못 꿰는 바람에 줄줄이 엉망이다. 버들이 눈가를 찡그렸다. 좋아한다는 고백, 그런 식으로 하지 말걸. 그게 현재로서 가장 사무친다. 낭만이랄 게 전혀 없었다. 시간을 되돌려 그때로 딱 돌아가고 싶다. 그럼 커다란 케이크를 주문해야지. 풍선이랑 촛불로 그윽하게 주변을 꾸며 무드를 조성한 다음에…….

어차피 거절당하겠지만. 아쉽고, 미안하다.

"대표님. 바빠요?"

잡지를 들고 조심스레 버들이 황 대표에게 다가갔다.

"이거 무슨 뜻이에요?"

옆에 앉아 모르는 용어들을 몇 개 물어보는가 싶었다. 그러다 잡지는 덮어놓은 채 종알종알 버들이 모아 뒀던 수다를 실컷 떨었다. 주로 어디 가서 뭘 보고 왔는지, 뭘 하다가 왔는지 그런 별 시답지 않은 일상이 대다수였다.

"밖에 나가 운동화를 벗은 적이 없는데요. 나중에 보니까 발등에 모기가 물려 있었어요. 너무 신기하죠?"

……시끄럽다. 내쫓지 않고 그냥 내버려 두는 이유는 그런 버들의 수다가 들을 만해서가 아니라 대답할 가치가 없어 상대를 하지 않는 것뿐이었다. 황 대표에게 무시당하는 줄 알면서도 그게 하루 이틀이 아닌지라 버들은 언제나 꿋꿋했다.

새근새근 약한 숨소리에 황 대표가 옆을 돌아봤다. 어느 틈에 버들이 잡지를 베고 잠들어 있었다. 바깥이 훤했다. 얼굴을 가리고 있는 버들의 앞머리를 황 대표가 손끝으로 슬쩍 들어 보았다. 꾹 감긴 눈꺼풀이 보인다. 황 대표의 고개가 반대쪽으로 기울어졌다. 매일 자정도 안 되는 이른 시간에 잠자리에 들고 있으면서도, 요즘 들어 버들은 꼭 이렇게 낮잠까지 챙겨 잔다. 그늘 아래에서 그림 작업을 하다가 말고 꾸벅꾸벅 조는 걸 본 적도 여러 번이었다. 잠이 늘었다고 볼 수밖에 없다. 도련님 팔자 한 번 참 좋네. 황 대표가 비죽거렸다. 모니터에 집중하던 황 대표의 고개가 얼마 못 가 다시 버들에게로 향했다. 턱을 괬다.

"유버들."

"……."

"너 왜 거짓말하고 다녀."

"……."

유 대표에게 전화가 걸려 왔었다. 버들의 방학이 얼마 남지 않았단 걸 쓸데없이 재차 반복해 상기시켰다. 그러면서 어쩐 일이냐고 한참 호들갑을 떨어 댔었다. 내 새끼가 그러는데 말이야. 황 대표, 네가 잘해 준다면서? 이기적인 네 새끼가 어쩐 일이래? 너는 안 처먹으면서 꼬박꼬박 내 새끼 삼시 세끼는 챙겨 먹인다니. 뭐야, 드디어 돌았어? 잘 먹고, 잘 자고, 거기 좋은 공기 마시고. 내 새끼 이러다가 포동포동, 건강이 넘쳐서 오는 거 아니냐? 안 그래도 영상 통화할 때마다 볼 빵빵하게 살이 올라서 만져 보고 싶어 환장하겠던데.

유 대표는 버들의 말마따나 전화비 아깝게 개풀 뜯어 먹는 소리만 해 댔다. 간략하게 업무 이야기로 넘어갔지만, 집중이 잘 되지 않았다.

볼은 빵빵하네. 딱 거기만.

황 대표가 팔을 뻗어 옅게 오르락내리락하는 버들의 등을 가만히 쓰다듬었다. 말라서 오돌토돌한 척추뼈가 손바닥 밑으로 고스란히 만져진다. 자세가 불편할 버들을 번쩍 안아 들었다. 살짝 인상을 찌푸리면서 버들이 뭐라고 칭얼거렸다. 조심히 바닥에 눕히니 곧바로 몸을 웅크린다. 베개를 가져와 목 뒤에 넣어 주고 이불을 덮어 줬다.

버들의 오른쪽 발등이 볼록하게 부풀어 있다. 모기가 물어 놓은 자국은 동그란 모양으로 분홍색이었다. 워낙 살결이 곱고 뽀얗다 보니까 그 부분만 크게 도드라진다. 살짝 손만 가져다 댔을 뿐이건만. 잠이 든 상태에서도 뭔가 귀찮게 느껴지는지 버들이 발을 이불 속으로 쏙 숨겨 버렸다. 모기 물린 자국, 아직 덜 구경했다. 버들의 발목을 덥석 움켜쥔 황 대표가 예고치 못한 감각에 흠칫거렸다.

……사내새끼가. 어떻게 된 게 발목 두께가 제 한 손에 전부 잡히게 생겼다. 힘을 주면, 버들의 모든 몸을 조각조각 부러뜨릴 수도 있을 것만 같다. 기가 막힌 황 대표가 저도 모르게 미간을 구겼다.

"긁지 마."

버들이 그대로 굳었다.

"……간지러운데."

황 대표가 자리에서 일어났다. 울상을 짓던 버들이 눈을 빠르게 깜박였다. 낮잠 한숨 푹 자고 일어나 밖에 나갔다가 돌아온 버들이 그때부터 모기 물린 제 발등을 못살게 굴고 있었다. 주의를 주면 그때뿐이다. 황 대표의 시선이 돌아가면, 그걸 기회로 삼았다. 눈치를 살펴 가며 버들이 슬금슬금 다시 발등에 손을 가져갔다.

"머리에 손 올려."

주춤거리면서 버들이 말을 들었다.

"왜요?"

"보려고."

"제 발을요?"

놀라서 감춰 보려고 했지만 역시나 힘에 밀렸다. 도톰하게 부풀어 올랐던 자국에 가로 세로를 겹쳐 손톱으로 찍어 누른 흔적이 있다. 아까까진 멀쩡했으니 누가 그랬을지 안 봐도 뻔했다.

"정민이가 이러면 안 간지럽다고 해서요."

"그래서. 이러니까 안 간지러워요?"

"……아뇨. 간지러워요."

짜증이 확 났다. 버들을 데리고 황 대표가 욕실 문을 열었다.

"왜 따라 들어와."

"……."

"안까지 따라 들어와서 나랑 뭐 하게."

"……."

버들이 나가려고 반쯤 몸을 돌렸다.

"누가 나가래."

"……."

버들이 갈팡질팡했다.

"얌전히 있어."

문지방에 버들을 앉혀 놓고 황 대표가 바지를 걷게 했다. 차가운 물을 틀었다. 버들의 모기 물린 발등에 샤워기를 가져다 댔다. 화들짝 놀란 버들이 어깨를 움츠렸다. 금방 발 전체가 얼얼해졌다. 그러면서 간지러움이 둔해졌다. 자기 무릎 위로 버들이 턱을 기대었다. 발에 소나기처럼 쏟아지는 물줄기를 거슬러 올라갔다. 샤워기를 지나, 황 대표의 손목까지 시선이 닿았다. 굵직하게 돋아난 파릇한 핏줄이 주인의 성격을 닮아 사납게 느껴진다. 걷어 올린다고 올린 바지 밑단이 살짝 축축해졌다.

"됐어?"

황 대표의 물음에 버들이 턱을 주억거렸다.

"이제 안 간지러워?"

"네. 이제 괜찮아졌어요."

황 대표가 물을 껐다. 타일로 둘러싸인 욕실 특성상 똑똑, 여운처럼 물 떨어지는 소리가 동굴처럼 울렸다. 버들의 발등이 붉어졌다. 꼼지락꼼지락 움직이는 걸 황 대표가 물끄러미 응시했다. 푹 젖어서 그런지 더 여리게 보이는 버들의 발톱과 발가락이 기묘한 가학심을 자극해 아랫배 깊숙한 곳이 순간 움찔거렸다.

"……대표님?"

버들을 확 잡아당겨 벽에 기대 세웠다. 황 대표가 눈을 내리깔았다. 버들의 배꼽 밑을 유심히 바라보았다.

"그 뒤로, 안 세웠어?"

그 뒤로도 섰고, 그 전에도 섰었다. 아침이면 으레. 남자니까.

"……."

"……."

말을 잃은 버들에게 황 대표가 바짝 제 하반신을 가져다 댔다.

"아. 이상해요."

당혹스러운 얼굴로 버들이 고개를 저었다.

"뭐가 이상해. 게이 새끼야. 넌 좋아해야 한다니까."

"……이상해요."

황 대표가 버들의 등 뒤로 손을 감았다. 얇은 티셔츠가 황 대표의 손가락을 따라 주름이 졌다. 움푹 파인 허리 뒤쪽을 황 대표가 엄지손가락으로 밀듯 문질렀다. 금방 헐떡거리며 버들의 호흡이 가빠졌다. 어깨를 밀치고 벗어나려는 버들의 꼴이 같잖아 내버려 뒀다. 수건으로 발을 닦은 다음 버들이 소파에 앉았다. 의미 없이 바닥을 내려다보고 있지만 사실은 욕실 문을 닫고 나온 황 대표에게 모든 오감이 쏠려 있었다.

"……무거워요."

버들을 소파에 눕혔다. 황 대표가 버들의 다리 사이 빈 공간에 무릎을 딛고 올라왔다. 내려다보길 잠시. 황 대표가 버들의 목과 어깨 사이로 얼굴을 묻었다. 뜨겁게 호흡이 스며들자마자 버들이 딱딱하게 굳어 버렸다. 숨도 참아 버린다. 이를 세우려던 황 대표가 잠시 고개를 뗐다. 지금을 견뎌 내기 위해서인지 두 눈을 질끈 감은 것으로 모자라 버들이 아래턱 전체에 힘을 줬다.

……아. 이러다가 입 안쪽 살을 깨물면 또 상처가 생기는 거지.

상처가 왜 생겼는지 파악하게 된 황 대표가 눈살을 찌푸린 뒤 버들의 입술 틈을 비집고 제 손가락 하나를 집어넣었다. 상냥함 따위 없는 갑작스러운 삽입이었다. 화들짝 놀란 버들의 눈이 휘둥그레졌다. 말랑한 혀가 밀어내려고 반항해 보지만, 나약할 뿐이었다. 황 대표의 손가락 전체가 습한 기운으로 젖어 들었다. 느릿하게 넣었다가 뺐다. 버들의 아랫니에 달그락 긁힌 제 손가락을 시작점으로 몸 구석구석, 뜻밖의 자극이 번졌다.

깊어진 황 대표의 눈빛을 더는 못 버티고 버들이 저쪽으로 고개를 돌려 버렸다.

"왜 네가 피해."

넌 매달리고, 내가 피해야지.

화난 황 대표의 목소리가 가슴을 저리게 만들었다. 왜? 뭐에 화가 나셨을까. 머리를 굴려 보지만 짐작 가는 게 없다. 그저 평소처럼 화풀이로 제 몸을 씹어 댈 황 대표를 기다리면서 좁은 소파에 누운 버들이 바르작거렸다.

황 대표의 얼굴이 다시 버들의 어깨로 내려앉았다. 일부러 이를 세우지 않았다. 달뜬 입술과 혀로만 느릿느릿 버들의 피부 위를 지분거렸다. 버들이 다급히 숨을 삼켰다. 머리카락이 쭈뼛 선다. 기이한 감각이 피어오르면서 소리가 나올 거 같다. 참기 위해 입을 다물고 싶지만, 입안을 지그시 누르는 황 대표의 손가락이 그걸 방해했다. 어찌할 바를 모르겠다. 버들이 무릎을 버둥거렸지만, 돌덩이 같은 황 대표의 허벅지에 고스란히 깔려 버렸다.

황 대표가 버들의 귓바퀴를 핥았다. 단맛이 난다.

"아……."

버들이 결국 신음을 흘렸다. 눈가가 글썽거린다. 반면 황 대표는 처음부터 여유로웠다. 티셔츠를 들추고 들어온 황 대표의 커다란 손이 버들의 배꼽 밑까지 파고들었다. 희미한 버들의 신음이 숨소리에 섞여 황 대표의 귓가로 흘러들어 갔다. 보드랍고 연한 곳에 손길이 닿자 버들의 아랫배가 바짝 납작해졌다. 온몸의 솜털이 쭈뼛 서는 기분이다. 더는 못 참겠다. 버들이 있는 힘껏 황 대표의 손가락을 물어 버렸다.

"대표님. 아파요?"

황 대표가 몸을 일으키자 버들이 얼른 물었다. 목소리는 불분명하게 잔뜩 떨고 있는 주제에, 눈에 걱정은 한가득이다.

"네 손으로 직접 보여 줘."

"……아!"

황 대표의 손이 가슴을 스쳐 지나가면서, 전율이 찰나 폭탄처럼 터져 숨이 꽉 막혔다.

"보여 줘. 직접."

"제 거, 젖꼭지요?"

바들바들 떨면서 버들이 되물었다. 젖…… 뭐? 황 대표의 말문이 콱 막혔다.

"……"

"……"

황 대표가 제 몸 위에서 완전히 떨어져 나갔다. 힘이 전체적으로 빠져 버렸지만 그렇다고 계속 누워 있을 순 없었다. 한쪽 팔꿈치를 밀어 체중을 지탱하며 버들이 엉거주춤 상체부터 일으켰다. 그 잠깐 사이 진땀이 뻘뻘 났다.

"너 왜 못 만지게 해? 보지도 못하게 하고."

새빨개진 얼굴로 버들이 숨을 골랐다.

"바지 한 번 벗어 볼래?"

"……바지요?"

"왜. 싫어?"

"……"

버들의 속눈썹이 아래로 잠겨 들었다.

"이게 입만 열면 거짓말이네."

쌀쌀한 어조였다. 무슨 말이냐는 듯 버들이 황 대표를 올려다봤다.

"내가 갖고 싶다는 거 뭐든 다 준다고 하지 않았어요?"

"……"

"해 줄 수 있는 건 다 해 준다면서."

"……"

난감하다.

「대표님이 갖고 싶다는 거 뭐든 다 드릴 거고요. 또 제가 해 줄 수 있는 건 다 해 드릴 거예요. 정말이에요.」

그런 뜻으로 한 말이 아니었다.

사뭇 진지해진 버들의 얼굴을 바라보며 황 대표가 속으로 비웃었다. 저를 놀리고 있단 걸 버들이 못 알아차리고 있다. 표정을 보아하니 이제 곧 가슴도 홀라당 보여 주고, 바지도 벗게 생겼다. 아니나 다를까. 눈에 띌 정도로 달달 떠는 손으로 버들이 지퍼를 찾아쥐었다. 한숨에 물기가 척척하게 섞여 있다.

"대표님······."

"네."

"······."

작은데······. 볼품없는데. 훨씬 큰 거 갖고 계시면서.

"됐어."

황 대표가 고개를 돌렸다.

"줘도 안 가져."

순간 당황스러움에 버들이 눈을 동그랗게 치켜떴다.

"가지세요. 드릴게요."

"됐어요."

"망설였던 건, 주기 싫어서가 아니라 제가 잠깐 생각할 게 있어서 그랬어요."

남들과 달리 털 한 올 없는 제 아래를 보고 황 대표가 또 징그럽다느니 그런 말을 할까 봐 두려웠다. 내가 애초에 털이 없고 싶어서 이렇게 태어난 게 아닌데.

"생각 다 했어요?"

"네! 생각 다 했어요."

소파에서 내려온 버들이 현기증으로 잠시 휘청거렸다. 그러는 와중에도 황 대표를 향한 시선만큼은 올곧다.

"대표님 줄 거예요."

"어딜."

"다요. 다. 제 몸 다."

"안 가질래요."

"왜요? 가지세요. 네?"

"어디다 써요. 내가 네 몸을."

"청소나 빨래나 심부름 같은 거 시키실 때요."

"됐어요."

"왜요?"

"말라서 별로예요."

"대표님. 저 밥도 많이 먹을 거고, 앞으로 근육도 키우고. 어디 가세요? 대표님!"

버들이 황 대표의 뒤를 졸졸 쫓아다녔다.

정자에 누워 잠이 든 황 대표의 곁으로 버들이 살살 걸어 다가갔다. 저가 물었던 손가락을 유심히 살폈다. 크게 상처는 없었지만 일자로 긁힌 자국은 또렷했다.

……어떡해.

버들이 어딘가에서 얻어 온 반창고를 황 대표의 배 위에 살짝 올려놓고 돌아섰다. 물론 황 대표는 그 반창고를 사용하기는커녕 건드리지도 않았고, 버들의 애만 바짝 타들어 갔다.

* * *

나른한 눈을 깜박이며 담배 연기를 내뿜던 황 대표가 다리를 꼬았다. 집 안에 있던 버들이 쌩하니 튀어나왔다. 당연히 저를 찾아 옆으로 올 줄 알았는데 웬 모자를 챙겨 다시 안으로 들어갔다. 필터를 비벼 끄고 몇 분 더 풍경을 보며 앉아 있었다.

정신도 차릴 겸 욕실에 들어갔던 황 대표가 곧장 다시 나왔다.

"유버들."

"……네?"

"너 이리 와."

아무렇지 않게 표정 관리를 하고 있다지만 그 자체만으로 어색했다. 황 대표님은 섬세한 남자니까 이런 걸 좋아하지 않을까? 나름 준비해 본 이벤트에 기뻐할 모습들을 상상하며 전날부터 행복했더랬다. 딱딱한 황 대표의 얼굴을 보자마자 잘못되었단 걸, 알아차렸다. 이미 늦었다. 황 대표가 도망치지 못하게 버들의 손목을 움켜쥐었다. 나란히 욕실로 들어갔다. 버들이 코를 훌쩍거렸다.

"너 이거 뭐야."

"……대표님 기분 좋으시라고, 제가 준비했어요."

욕조엔 둥실둥실 정체 모를 꽃잎들이 떠다녔다.

……아. 진짜. 꼴통 새끼.

"다 건져 내."

"대표님. 목욕하세요. 제가 와인 따라 드릴까요?"

"건져 내라고 두 번 말했어요. 이게 어떤 꽃인 줄 알고 목욕을 해."

"……식용 꽃이라서 먹어도 돼요. 안전해요."

"건져 내. 빨리."

"네."

시무룩해져선 버들이 다시 모자를 들고 왔다. 꽃잎을 건져 내기 위해 버들이 허리를 숙이고 있었다. 허리 밑으로 소복한 엉덩이가 보였다. 뒤에 선 황 대표가 문에 비스듬히 기대어 선 채 느릿하게 버들의 몸을 훑었다.

"욕조 닦아."

"……."

"꽃 뿌렸잖아."

"……."

"왜 시키지도 않은 짓을 해. 그러니까."

"……."

황 대표가 타박하자 버들의 눈썹이 축 처졌다.

어김없이 밥때가 돌아왔다. 식기 부딪치는 소리가 침묵이 이어지는 걸 막았다. 황 대표의 난데없는 행동에 버들이 오물거리고 있던 걸 꿀꺽 삼켰다.

"저 이거 다 주면, 대표님은 뭐 드세요?"

"여기 내 거 따로 있으니까 잠자코 먹기나 해요."

"……양 많은데."

먹기 싫어서 둘러대는 말일 게 뻔했다. 황 대표가 듣는 척도 하지 않았다. 반찬은 가짓수가 다양하나 전부 풀 쪼가리들이었다. 이런 걸 먹어서 애가 말랐나 싶었다. 황 대표가 스테이크를 두 덩이 구워 하나는 버들에게 내밀었다. 미적거리기에 대신 한 입 크기로 잘게 잘라 주기까지 했다.

"대표님."

"……."

"황 대표님."

황 대표가 고개를 들었다. 눈이 마주쳤다.

"좋아해요."

황 대표가 맞은편을 힐긋거렸다. 막 씻고 나온 버들이 머리를 말리지도 않고 노트와 색연필부터 챙겨 자리에 앉았다. 보통 그런가 보다 가벼이 그냥 넘겨 왔던 게 로션 성분을 확인한 터라 신경 쓰인다. 옆으로 불렀다. 가까이 다가온 버들의 볼을 황 대표가 빤히 살폈다. 눈 아래가 다소 울긋불긋하다.

"로션 발랐어요?"

"아직 안 발랐어요."

"……아. 안 발랐어?"

"네."

황 대표가 미간을 좁혔다.

"바르고 와."

"대표님. 저 할 말 있는데요. 앞으로 조각……."

"일단 로션 바르고 와."

버들이 욕실로 뛰어 들어가 로션을 통째로 꺼내 왔다.

"조각 이제 마무리 작업 들어가요."

"……."

"거의 다 완성됐어요."

"……."

"엄청 웅장해요."

"……."

"제가 한 조각, 진짜 대표님 영화에 나오는 거예요?"

"……."

"그림도 거의 다 그렸고."

손바닥에 덜어 낸 로션이 하얀색이었다. 그걸 마치 세수하듯 버들이 벅벅 문지르면서 발랐다. 성의라곤 일절 찾아볼 수가 없었다. 무식한 손길에 황 대표가 움찔거렸다. 울긋불긋한 게 더 짙어졌다.

"너 로션을 왜 그렇게 발라. 여기는 하나도 안 발라졌잖아."

황 대표에게 잔소리를 들은 버들이 큰 눈을 멀뚱히 깜박거렸다. 역시 사나이답게 터프하다면서, 겨울은 칭찬해 줬었다.

"이거 진짜 안 따가워요?"

"안 따가워요. 오래전부터 썼던 거예요."

손을 씻고 온 황 대표가 자기 손등에 버들의 로션을 적게 덜었다. 말없이 버들의 턱을 붙잡고 제 쪽으로 고개가 향하도록 돌렸다. 버들의 이마, 볼, 턱 아래에 로션을 조금씩 묻혔다. 버들이 얌전했다. 겉으로만 그럴 뿐이었다. 속으로는 심장이 난동을 부려 대는 중이었다.

버들이 최대한 숨을 죽였다. 황 대표가 손에 힘을 뺐다. 별짓을 다한다면서 속으로 자조 섞인 욕설을 내뱉었다. 볼부터 넓게 문지르며 로션을 발라 주는데 놀랐다. 새삼 버들의 피부가 꼭 생크림처럼 녹아 버릴 것 같단 생각이 들었다.

손길이 떨어지자 버들이 가만히 눈꺼풀을 들었다. 황 대표의 눈에 제 모습이 언뜻 비춰지는 게 신기했다.

"대표님."

"……응."

"속눈썹이 왜 그렇게 길어요?"

"너도 길어. 속눈썹."

보드레한 버들의 볼이 붉게 물들면서 숫접게 웃었다. 버들은 처음부터 단 한 번의 이탈이 없었다. 작정하고 날카로운 단어들을 골라 퍼부으며 자존심을 긁어 대도 직진만 하면 되니 쉬워서 그런지 길 잃는 법이 없었다. 언제나 제 앞에 방긋방긋 웃으며 다가와 좋아한다고, 예쁘다고, 근사하다고 소곤거렸다. 그마저 병신 같은 새끼라고 비웃어 버리면 됐다.

같이 사업하는 동생이라서 어쩔 수 없이 그었던 선이 있었다. 저를 못 쳐다보게 눈을 멀게 만드는 게 아니라, 애달프게 쳐다보건 말건 내버려 두는 것. 딱 거기까지였다. 직접 세운 기준으로 그었던 선이었건만 어느 순간부터 흐릿해졌다. 무심코 뒤를 돌아보면서 틈틈이 제 뒤에 서 있는 버들을 봤다. 감정이 오락가락 널뛴 건, 버들 때문이 아닌, 순전히 자신의 탓이었다.

단물을 빨아먹지 말았어야 했을까?

아픈 거 잘 참나 호텔에서 쓰러뜨리지 말았어야 했을까?

회사에서 우연히 마주쳐 한 공간에 있는 것만으로 끔찍했던 때와 비교하면 더 확연하게 현재와 차이가 벌어진다. 그게 자각이 되면서 머릿속이 일순간 혼잡스러워질 때가 있었다. 자다가 문득 깨 혐오스러운 게이 새끼랑 한 집에 살면서, 같은 샴푸 냄새를 공유하면

서, 살찌우기 위해 고심하면서 도대체 뭐 하고 있는지 스스로 묻게
되는 경우도 종종 생겨났다.

"유버들 씨."

"네."

"저 좋아해요?"

"좋아해요."

버들의 눈빛이 맑다.

"나랑 뭐 하고 싶어서 좋아한다는 건데. 솔직하게. 화 안 낼게. 섹
스하고 싶어요?"

"저 대표님이랑 섹스하고 싶어서 좋아하는 거 아니에요."

"……그럼. 지지고 볶고, 연애질 뭐 그딴 거 하고 싶어요?"

"아니요. 저는……"

버들이 웅얼거렸다.

"섹스가 목적도 아니고. 연애질도 아니고. 그럼 나 왜 좋아해요?"

버들이 깊게 숨을 들이켰다.

"저는 그냥…… 대표님 보자마자 좋았어요. 얼굴이 좋았고, 몸이
좋았고, 발목이 좋았고, 손가락이 좋았고, 목젖이 좋았고, 눈이 좋았
고, 입술이 좋았고, 눈매가 좋았고, 머릿결이 좋았고, 목소리가 좋았
고…… 전부, 다. 다 좋았어요."

워낙에 투명해서. 계산할 줄도 몰라 제 마음 하나하나 뒤집어 까,
남김없이 탈탈 털어 전해 주는 버들의 맹목적인 애정에 아무런 감흥
이 생기지 않는 게 맞는 건데 불쾌하고, 신경질이 솟구치며, 어렵다.

황 대표가 얼굴을 기울여 버들의 목덜미에서 나는 향기를 맡았다.

"풀밭에서 굴렀어요?"

"아, 이거 로션 냄새에요. 허브 향."

"······."

"대표님한테, 지금 제 냄새 나요."

*   *   *

조각도를 정리하고 버들이 앞치마를 풀었다. 빨리 가서 황 대표
님과 있고 싶다. 일분일초 더 서두르는데 부엌에서 노부인이 부르
는 소리가 났다. 크게 대답하며 버들이 그 안을 들여다봤다. 비릿한
피 냄새가 코를 찔렀다. 이제 막 잡아 온 놈이라며 오골계의 뒷다리
를 노부인이 들어 보였다. 몸보신할 때가 된 것 같단 말에 버들의
눈썹이 치켜떠졌다.

"그거 저 주시는 거예요?"

"응. 푹 고아 줄게."

"저 이거 집에 가서 먹어도 돼요?"

"고아 줄게. 가져가. 같이 사는 대표 양반이랑 나눠 먹어."

"아니요. 제가 요리할게요."

노부인은 놀란 눈치였다.

"요리할 수 있어?"

"네. 유 회장님이 하시는 거 봤어요. 옆에서 제가 자주 도와드리
기도 했고."

"아니야. 아니야. 내가 해 줄게."

"부탁할게요. 제가 하고 싶어서 그래요."

버들의 고집에 그녀가 졌다. 못 하겠으면 곧바로 가져오기로 약

속한 뒤 버들이 오골계를 소쿠리에 담아 옆구리에 끼었다. 압력 밥솥도 빌렸다. 입맛 없는 황 대표가 더위 타서 그런 걸 수도 있단 판단이 들었다.

벌컥, 문을 열었다. 어디 외출하셨는지 집이 텅 비어있다. 차라리 잘됐다. 버들이 팔을 걷어붙이고 오골계 손질부터 서둘렀다. 식칼로 배를 가르고 거침없이 내장을 뜯어냈다. 흐르는 물에 깨끗하게 오골계를 씻었다. 본격적인 손질은 지금부터다. 배 안쪽에 닭 껍질이 말려 있는 걸 그대로 삶으면 너무 기름지니 전부 제거해 줬다. 누린내를 줄이기 위해 닭 머리가 있었을 목까지 칼로 내려쳐 잘라 냈다.

다시 한 번 흐르는 물에 닭을 벅벅 씻어 준 다음 노부인이 따로 챙겨 준 한약재와 전복 같은 걸 배 속에 집어넣었다. 오골계의 다리를 서로 모아 실로 감았다. 압력 밥솥에 넣은 뒤 가스레인지를 켜고 나서 버들이 바깥으로 나갔다.

어디 가셨지? 길치라 혼자 멀리 나가진 않았을 테니까 근처에 계실 텐데. 마당을 기웃거리면서 버들이 황 대표를 기다렸다. 시간이 흘러 압력 밥솥이 달궈지는 소리가 났다. 버들이 신발을 벗고 후다닥 집안으로 뛰어갔다. 상을 미리 차려 놓기 위해서 버들이 조심스레 압력 밥솥을 들었다.

식탁에 옮기는 중이었다. 10년도 더 된 압력 밥솥의 꼭지가 떨어지면서 손등 위를 굴렀다. 뜨거움을 못 참고 반사적으로 버들이 손을 놓아 버렸다. 압력 밥솥이 그대로 식탁 위에 엎어졌다. 노트북 쪽으로 국물이 길을 내며 흘러갔다. 버들의 얼굴이 하얗게 질렸다.

어떡해. 다리를 동동 구르며 압력 밥솥을 치웠다. 아래 황 대표의 가죽 수첩이, 자신이 뉴욕에서 주워 찾아 줬던 그게 흥건히 젖어 엉망이 되어 버렸다. 뚜껑이 벌어지면서 오골계가 빠져나오려고 했다. 다급한 마음에 손부터 뻗은 버들이 뜨거움에 화들짝 놀라 물러났다. 집 꼴은 한순간에 엉망이 되어 버렸다. 하필 그때, 현관문이 열렸다.

"⋯⋯대표님."

잠시 멈춰 상황을 파악하던 황 대표의 얼굴이 있는 대로 구겨졌다. 성큼성큼 걸어 노트북과 외장하드를 저쪽으로 치웠다. 버들의 손에 들린 제 수첩을 바라봤다. 기가 막힌다. 수첩을 낚아챈 뒤 자신에게로 다가오려는 버들의 어깨를 황 대표가 세게 밀어 버렸다. 버들의 몸이 벽에 가서 부딪혔다.

벽에 튕겨진 버들이 풀썩 바닥에 주저앉았다. 곧바로 일어나야 한다는 건 알았지만 애써 노력해도 무릎에 힘이 들어가지 않는다. 버들의 눈가가 곧장 불콰해졌다. 잘게 떨리기 시작한 아랫입술을 버들이 비틀어 힘껏 깨물었다. 가빠진 호흡에 목구멍이 옥죈다.

"평소에나 잘 처먹지 너 이게 무슨 짓이야."

"제가 먹으려고 한 게 아니라, 대표님 입맛 없다고 하셔서⋯⋯."

더듬더듬 늘어놓은 버들의 변명에 순간 한계까지 신경질이 치솟았다.

"이 미친 새끼야. 왜 애를 쓰고 지랄이야. 너 가만히 있어도 정신 나가 보여. 나서서 미친 짓 골라 할 필요가 없다니까."

식탁 위에 엎어져 뒤범벅인 된 음식 냄새가 진하게 올라오더니 황 대표의 비위를 건드렸다.

"네 손으로 만지고 만든 음식, 내가 먹을 거 같아?"

버들이 바닥에 널브러져 있는 손을 주먹 쥐어 제 등 뒤로 감췄다.

"거지새끼처럼 구걸하려고? 제발 좀 먹어 달라고 따라다니면서?"

싸늘한 목소리 톤으로 황 대표가 욕을 짓씹었다. 노트북과 외장하드보다 수첩이 망가진 게 모든 성질을 건드려 댔다. 출국 날짜까지 미뤄 가며 왔던 길을 되밟고, 또 되밟아 가며 찾아다니다가 잃어버렸단 걸 겨우 인정하고 나니 산사태처럼 덮쳐 오던 허망함이 아직도 선명했다.

다시 되돌아온 수첩이다. 같은 실수를 반복하지 않으려고 늘 품에 지니고 다니면서 세심한 주의를 기울여 왔다. 황 대표의 손목 주변으로 핏줄이 단단하게 섰다. 마디마디가 하얗게 불거져 나올 정도로 손에 힘이 들어가면서 낙엽처럼 수첩이 반으로 접혀 구겨졌다. 뚝뚝. 수첩 끄트머리에 고여 떨어지는 국물의 양이 상당했다. 굳이 자세히 확인할 필요도 없다. 수첩의 상태가 어떨지 짐작됐다. 오래된 가죽이었다. 아무리 닦아 낸다고 한들. 바짝 말린다고 한들. 원래대로 복구시키는 건 거의 불가능이다. 'H' 자수 역시 축축했다.

쓰레기통에 황 대표가 직접 수첩을 처박았다. 난폭하게 널뛰는 제 심장 소리를 애써 무시하며 황 대표가 차 키를 챙겨 들었다. 난장판으로 더럽혀진 집 꼴과 정신 나간 게이 새끼를 보고 있자니 도무지 침착할 수가 없었다. 현관문을 나가기 직전, 황 대표가 짧게 한숨을 내뱉었다. 그리고 뒤를 돌아봤다.

"유 대표한테 전화해서 데리러 오라고 하세요. 그리고 오늘 이후로 절대 내 눈에 띄지 마."

버들의 옆에 사용한 휴지가 산처럼 쌓여 갔다. 그만큼 시름은 깊어졌다. 어떻게든 황 대표의 수첩을 깨끗하게 닦아 보려고 했으나 오히려 티슈에서 묻어 나온 하얀 먼지까지 들러붙어 더 최악이 되어 버렸다. 종이로 된 속지가 젖어 저들끼리 뭉쳐 떼어지지 않는다. 안에 중요한 내용이라도 있으면 어쩌나. 미치겠다. 괴롭고 마음속이 절절 끓는다. 자꾸 못살게 깨물어 댄 버들의 아랫입술이 부어 텄다. 한숨이 사라지지 않고 겹겹으로 쌓인다.

좋아한다고 멋대로 귀찮게 굴었다. 내 감정부터 막무가내로 앞세웠다. 한 대 맞아도 할 말 없는데, 오히려 황 대표가 잘해 준 것들이 수북하다. 작업실도 내줬지, 여기 와서 옷이랑 속옷도 빌려줬지, 담배도 같이 피우게 해 줬지, 같이 살게 공간도 양보해 줬지. 입에 맞지 않았을 게 분명한데도 저 대신해서 막걸리도 마셔 줬지, 무거운 거 참고서 저를 번쩍 들어 개울가를 건넜지, 로션 발라 줬지, 잡지도 보게 해 줬지, 밥 먹으라고 챙겨 줬지…….

손가락 열 개 정도는 금방 접힌다. 그런 반면 저는 황 대표의 옆에서 폐만 끼쳤다. 잘해 주려고 정성을 보일수록, 또 잘 보이려고 노력할수록 어긋나는 느낌이다. 왤까. 이대로 황 대표 때문에 제 애간장이 전부 녹아 버리게 생겼다.

가늘게 떨어지기 시작했던 빗줄기가 차츰 굵어졌다.

번개가 내리쳤다. 현관문으로 향하는 계단에 앉아 있던 버들이 일어났다. 밝게 켜진 자동차 헤드라이트가 가까워진다. 몇 번 들어 본 엔진 소리가 기억에 박혀 저 멀리서도 미리 황 대표의 차란 걸 알아차렸다. 처마 끝에 덧붙여진 좁은 지붕이 차양 역할을 완벽히 해 주지 못했다. 바람이 불어닥치는 방향대로 빗줄기가 정처 없이 휘어졌다. 앞서 빌려다 놓은 우산을 줍기 위해 허리를 굽히자 날카로운 이명이 들려왔다. 익숙하다. 침을 삼키며 버들이 눈을 지그시 감았다가 떴다.

"대표님. 수건……."

눅눅해진 수건에 버들의 말이 나오다가 말았다. 차에서 내린 황 대표는 현관 아래로 건너오면서 자신처럼 젖어 버렸다. 빗물로 얼룩진 황 대표의 등과 어깨, 귀 등을 차례차례 버들의 눈동자가 집요하게 짚었다. 보통은 나갔다가 돌아올 때 옷이 바뀌어 있었던 것 같은데, 어제 그대로다. 버들의 눈꺼풀이 아래로 잠겼다. 수건과 우산을 준비해 놓으면 뭐 해. 늘 그랬듯 황 대표에게 자신은 도움이 되지 못하였다. 우울함을 감추기 위해 숨을 깊게 들이켜자 가슴이 들썩였다.

"대표님. 수영장, 다녀오셨어요?"

버들이 있는 쪽으로 돌아간 황 대표의 눈길이 매섭다.

"유 대표한테 전화했어요?"

딱딱 끊듯 내뱉은 질문에 버들이 움츠러들었다. 틈을 두고 고개를 저었다. 비가 내리고 있었고 또 밤이었다. 기온이 낮았다. 긴팔을 챙겨 입었으나 천이 늘어질 정도로 젖어 있는 버들을 보며 황 대표가 비웃었다.

"불쌍한 척 굴면서 뭐 하자는 건데."

사과하고 싶었다. 수첩에 대해. 진심으로.

"대표님 제가, 수첩 똑같은 걸로……."

"너 내가 눈에 띄지 말라고 했잖아."

권태로운 톤으로 비난이 돌아왔다.

"넌 내가 하는 말들이 우스워?"

"……."

"아니면. 멍청해서 듣고도 금방 잊어버리는 거야?"

분명 쓰레기통에 처박았던 제 수첩을 버들이 더러운 손으로 들고 있었다. 그걸 빼앗은 황 대표가 마당에 던져 버렸다. 빗물에 패인 구덩이 속에 수첩이 푹 잠겼다. 놀란 버들의 큰 눈이 느릿하게 깜박거렸다.

"대표님. 제가 잘못했어요."

눈을 감았다가 뜰 때마다 속눈썹이 축축해졌다.

"어딜 따라 들어와."

주춤거리며 버들이 뒤로 물러났다.

관자놀이가 지끈거린다. 갑자기 얼얼하게 번지기 시작한 두통에 눈가를 찌푸리며 황 대표가 현관문을 닫아 버렸다. 기껏 차를 끌고 나갔지만 사실 목적지 자체는 애매했다. 내비게이션의 안내를 따라 핸들을 꺾었고 그때마다 경로를 이탈했다. 그러면서 뻔히 길을 잃었다. 예고치 못하게 비까지 퍼부었고 결국 갓길에 차를 세워 놓을 수밖에 없었다.

주변으로 물안개가 희뿌옇게 일었다. 무연하게 차 안에 갇힌 채로 유 대표가 버들을 데려갔을 시간을 얼추 계산한 뒤에 돌아왔다. 그런데 말을 들어 처먹지 않는 게이 새끼 때문에 하루만 낭비한 셈이 됐다. 열이 받자 속이 울컥거린다.

황 대표가 스위치를 눌렀다. 몇 번의 깜박거림 끝에 형광등이 환하게 켜졌다. 천천히 주변을 둘러보다가 주방으로 걸음을 옮겼다. 식탁을 중심으로 난장판이었던 집안 꼴은 몇 시간 사이 깔끔하게 정리된 채였다. 비위를 건드렸던 음식 냄새 역시 완벽하게 사라졌다. 마치 아무런 일이 없었단 듯 시침을 떼는 거 같아 심기가 거슬렸다.

"대표님……."

다시 현관문을 열자 버들이 서 있었다. 황 대표가 버들의 짐이 들어 있는 상자는 물론 옷, 칫솔, 로션, 곱게 개켜진 이불과 베개까지. 전부 던져 버렸다.

다음 날 버들은 잠에서 깨자마자 신발을 신었다. 뒤에서 밥 먹으란 노부인의 목소리가 들렸다. 금방 다녀와서 먹겠다며 걸음을 재촉했다. 새벽으로 넘어가면서 비가 그쳤다. 땅이 온통 질척거린다. 마당에 차가 있는 걸 보고 버들이 가슴까지 쓸어내리며 안도했다. 현관문을 차마 바로 열지 못하겠는지 버들이 창가 근처를 기웃거렸다. 커튼 틈이 작게 벌어진 곳을 포착했다. 집중해서 쳐다봤다. 매직 아이처럼 곧 눈동자가 가운데로 몰리고야 말았다. 아이. 뭐야. 버들이 잔뜩 콧잔등을 찌푸리며 손등으로 눈가를 벅벅 문질렀다. 아쉽게 안이 잘 보이지 않는다. 너무 이른 아침이었다. 아직 주무시나? 나중에 조깅하러 나올 황 대표가 놀라지 않았으면 해서 버들이 꼬물거리는 지렁이를 집어 화단으로 옮겨 주었다.

황 대표는 오후가 지나서 볼 수 있었다. 담벼락 뒤에 숨은 버들이 꾀죄죄한 앞치마를 움켜쥐었다. 주머니 안에 넣어 놓은 수첩이 만져진다. 재차 심호흡을 한 뒤에 몸을 살짝 기울였다. 방금 전까지 텅 비어있던 버들의 눈빛이 햇볕만큼 초롱초롱 생기를 머금었다. 제 스승님과 황 대표가 조각품을 두고 이야기를 나누는 중이었다. 혹시나 싶어 콧구멍을 벌름거렸다. 황 대표의 서늘한 이미지와 잘 어울리는 향수 냄새까진 맡아지지 않아 조금 아쉬웠다. 건강하게 벌어진 넓은 등짝을 타고 버들의 눈꺼풀이 아래로 떨어졌다. 어쩜 저러지. 아킬레스건과 발목이 저렇게나 야해 보이는 사람은 태어나 처음 만나 봤다. 황홀함이 비눗방울처럼 둥실거린다. 아. 조각하기 정말 잘했다. 안 그랬으면 황 대표와 아는 사이로 남을 기회가 일절 없었을 거다.

다리가 풀린 버들이 흙바닥에 벌러덩 누워 버렸다.

*   *   *

이틀 뒤, 황 대표의 비서가 내려와 그림이 완성된 캔버스를 차에 실었다. 큰 눈을 슴벅거리는 버들에게 비서가 팔을 내밀었다. 전처럼 조심히 건네주는 박하사탕을 받아 가며 버들이 꾸벅, 허리를 굽혀 인사했다.

"감사합니다."

목소리가 바닥을 기었다. 그림과 함께 황 대표까지 데려가면 어쩌나 조마조마했다. 하지만 황 대표 없이 차만 빠져나갔다. 버들이 힐긋, 황 대표가 있는 쪽을 바라봤다. 단정한 입매가 굳건하게 닫혀 있다. 사소한 줄 알았더니, 그림 그리느라 수고했단 칭찬 한 마디가 너무 큰 바람이었나 보다. 눈이 마주쳤다. 동시에 숨까지 멈추며 굳어 버린 버들을 남겨 두고 황 대표가 집 안으로 들어가 버렸다.

"대표님……."

버들이 현관문을 빠끔히 열었다. 황 대표의 고개가 오로지 노트북 화면에 고정되어 있다. 차라리 욕이라도 해 주지. 아예 없는 사람 취급을 해 버리니 더욱더 애가 타고 긴장된다. 버들이 신발을 벗었다. 눈치를 보는 하얀 발가락이 애처롭다.

"저 일부러 여기 온 거 아니고, 볼일 있어서 왔어요."

"……."

"색연필 가지러 온 거예요."

"……."

"근데, 대표님. ……식사, 하셨어요?"

"……."

집안에 남은 물건이라고는 이제 색연필 정도뿐이었다. 철제 뚜껑이 비틀려 제대로 잘 닫히지 않아 달그락거렸다. 품에 안은 색연필을 버들이 다시 원래 자리에 되돌려 놨다.

"아. 생각해 보니까, 지금 필요 없겠다."

혼잣말이었지만, 황 대표가 들었으면 싶었다. 이제 여기에 올 수 있는 구실은 색연필밖에 없었다.

무릎 꿇고 앉아 있는 버들의 뒷모습에 황 대표의 눈길이 무심히 닿았다. 쯧. 낮게 혀가 차졌다. 거지새끼, 거지새끼 했더니 정말로 거지꼴로 버들이 돌아다니고 있었다. 대체 누구 옷을 빌려 입은 건지 모르겠다. 손등까지 푹 내려오는 긴 티셔츠가 버들의 마른 몸에 맞지 않았다. 부대 자루를 뒤집어쓴 것처럼 볼품없다. 하마터면 한 푼 적선할 뻔했다. 그거 받고 떨어지라고.

"야."

더 이상 핑곗거리도 없어 이만 돌아가야 할 것 같아 마당을 가로지르고 있는 버들의 운동화가 뒤를 꺾어 신은 탓에 금방 벗겨질 것처럼 헐떡거렸다. 터벅터벅 걷던 버들의 걸음이 우뚝 멈췄다. 갑자기 들려온 황 대표의 목소리에 심장이 쿵, 떨어졌다. 다시 말 걸어 주시는 건가? 예전처럼 이름도 불러 주시고, 웃어 주시고.

"……아."

발 근처를 노리고 황 대표가 던진 색연필이 버들의 둥근 어깨에 정통으로 부딪혔다. 낮게 신음하며 버들이 제 어깨를 감싸 쥐었다. 와르르 쏟아진 색연필 심이 여러 개 부러졌다. 이어 페이지가 아무렇게나 펼쳐진 채 노트가 날아왔다. 황급히 버들이 노트부터 주워 들었다. 여태 그려 놓았던 그림들에 진흙이 스며들어 너덜거렸다.

……어떡해. 황정우 하트는 물론, 해바라기까지 전부 다.

쾅. 문이 닫혔다.

정민이 눈살을 찌푸렸다.

"앉아."

"잠깐만 있어."

할아버지가 휘두르는 빗자루를 맨몸으로 맞서면서 정민이 포도 몇 송이를 따 왔다. 동네 길목의 나무에 등을 대고 앉아 있는 버들의 허벅지에 그걸 내려놨다. 낮은 높이로 잠자리 몇 마리가 날아다녔다. 정민의 귓가가 홧홧하게 붉어졌다. 멀뚱하게 저를 올려다본 버들의 얼굴이 말갛다.

"나 주는 거야?"

"……어. 먹어."

"이렇게 많이 필요 없어."

"누가 당장 다 먹으래? 뒀다가 먹어. 다른 사람 주지 말고, 너만."

"……."

딱 나흘 만이었다.

"너 어디 아파?"

"아니."

포도를 우물거리면서 버들이 고개를 흔들었다.

"근데 왜 이렇게 말랐어?"

"옷이 커서 그렇게 보이는 거야."

버들의 눈이 순하게 접혔다.

"옷 빌려줘서 고마워."

"……고맙긴. 내 허락 맡지 말고, 너 알아서 빨랫줄에 걸린 거 다 꺼내 입어."

정민이 버들의 옆에 앉았다. 잠시 망설이다가 재차 물었다.

"진짜 어디 아픈 데 없어?"

"없다니까. 나 되게 튼튼해."

"……그럼 작업하느라 힘들어?"

곡선으로 말린 버들의 긴 속눈썹이 깜박였다.

"아니. 그림 끝내서 오히려 일이 줄었어. 한가해."

"넌 모르는데 네 몸은 스트레스 같은 거 받고 있는 거 아니야?"

"응. 아니야."

걱정이 그득하게 담긴 제 물음들에 비해 버들의 대답은 온통 장난처럼 쉽고, 가벼웠다.

"너 금방 가 봐야 한다고 안 그랬어?"

"어……."

다른 지방에 거주하는 친척 생일로 인해 정민의 가족 나들이가 예정되어 있었다.

"넌? 운동하느라 힘들지 않아?"

"아니. 오히려 운동 안 하고 건너뛰면 근육 배겨서 힘들어."

"운동 안 하는 날에도 그럼 운동해라. 여기 오지 말고."

"……."

버들이 작게 재채기를 터트렸다.

"너 수영 할 줄 알아?"

"어."

"할 줄 알아?"

그렇다고 대답한 정민의 얼굴을 버들이 길게 바라봤다.

"……난."

"너 뭐."

"나는 담배 펴. 부럽지?"

"그게 부러운 거냐."

단지 허세로 짐작하며 정민이 실없게 픽, 웃었다.

"넌 못 피우잖아."

"몸 관리 차원에서 안 피우는 거지."

"그러니까. ……잘 생각해 봐."

"뭘."

"나 담배 피우는 거 부러울 수도 있잖아."

달짝지근한 포도 향이 코 밑으로 스몄다. 우연히 스친 생각에 정민이 인상을 찌푸렸다. 협소한 스탠드에 앉아 물끄러미 운동장을 내려다보던 버들의 모습이 어른거렸다.

"너 나 운동하는 거 부러워?"

버들의 목울대가 침이 넘어가면서 올각거렸다. ……아니! 뒤늦은 강한 부정이었다.

"……."

"……."

수다쟁이 둘이서 입을 다물자 별안간 정적이 찾아왔다. 궁금한 게 생긴 버들이 먼저 침묵을 깼다.

"너도 수영하러 수영장 가고 그래?"

"여기 바다 있어."

황 대표가 욕을 내뱉었다. 며칠 쥐죽은 듯 굴더니 또다시 버들이 거치적거리기 시작했다. 버들의 한쪽 어깨를 타고 사이즈 큰 옷이 주룩 흘러내렸다.

"혹시나 싶어서. 나 열 받게 해서 버들 씨가 얻는 거 있어요?"

"대표님. 부탁드려요. 한 번만요. 한 번만, 저랑 산책 가시면 안 돼요?"

버들이 두 눈을 질끈 감았다.

"대표님이랑 가고 싶은 곳이 있어요."

조르고, 조르고, 또 졸랐다.

파리를 때려잡으면 손이 더러워지니까 나가라고 문을 열어 두는 것처럼, 괜히 더 말 섞기가 싫은 황 대표가 결국 턱을 작게 끄덕거렸다. 버들의 얼굴이 환하게 밝아졌다.

해가 기울었다. 새파랬던 하늘이 황금빛으로 물들었다. 앞장서서 걷던 버들이 슬쩍 뒤를 돌아봤다. 계곡만 있을 줄 알았는데 바다까지 있었을 줄이야. 횡재했단 기분이 앞섰다. 여기 바다가 있단 정민의 말이 끝나기가 무섭게 다짜고짜 어디로 가야 하는지 물었다. 전봇대를 지나 빨간 지붕 집을 지나 감나무를 지나…… 차근차근 떠올려 보지만 헷갈린다. 미리 먼저 가 보고 나서 조를걸. 또 마음이 앞섰던 게 후회가 된다.

「너 아직 안 가 봤지? 바다, 외국 같다.」

걷고 또 걸어도 바다는커녕 눈앞에는 커다란 산밖에 보이지 않는다. 마을을 벗어나니까 급기야 울퉁불퉁 길이 험해졌다. 지친다. 질척질척, 두 사람의 바지 밑단이 더러워졌다. 버들이 황 대표의 눈치를 살폈다.

"대표님……"

간신히 입을 열었다. 마른 입술을 버들이 혀로 핥았다.

"다음에 제가 길 확실하게 알아서……"

"너한테 '다음에' 그런 거 없어."

기가 찬다. 욕이 나오다가 말았다. 황 대표가 뒤돌아섰다. 주변이 서서히 어두워진다. 버들이 한숨을 폭 내쉬었다.

바로 앞에서 속도를 줄이지 않고 달려드는 트럭을 피하다가 황 대표가 핸드폰을 떨어뜨렸다. 버들이 얼른 그걸 주웠다. 조막만 한 기계에 진흙이 여기저기 묻었다. 제 옷에 열심히 문질러 닦아 다시 황 대표에게 건네줬다.

이번엔 뒤에서 차가 달려왔다. 큰 소리에 화들짝 놀란 버들이 휘청거렸다. 넘어지지 않고자 뻗은 팔을 황 대표가 잡아 주지 않고 바라만 봤다. 버들이 풀썩 쓰러졌다. 엉덩방아를 크게 찧으면서 황 대표의 얼굴로 진흙이 튀었다.

＊　　＊　　＊

"정민아."

버들의 목소리가 낮았다.

"정민아!"

크게 불러 봤지만, 어두컴컴한 집은 그대로다. 할아버지와 할머니만 친척 집에 모셔다 드리고 저는 금방 오겠다더니. 아쉬움에 버들의 눈썹이 축 처졌다. 내일이면 오려나? 그러겠지? 턱을 잡아 당겨 버들이 제 모습을 내려다봤다. 엉망이다. 이대로 스승님 댁에 가면 걱정하시니까 어쩔 수가 없다. 남의 집 대문 앞에 버들이 쪼그려 앉았다. 산속 깊은 곳에서 정체 모를 새소리가 들렸다.

＊　　＊　　＊

진득하게 씻고 나온 황 대표의 표정이 좋지 않다. 그때 벌컥, 문이 열렸다. 당연히 버들인 줄 알고 욕부터 튀어 나갔다. 하지만 문고리를 쥐고 있는 사람은 버들의 스승이었다. 노인의 주름진 얼굴이 무서울 정도로 와락 구겨졌다.

"버들이 있는가!"

깜박거리는 커서에서 황 대표가 눈을 뗐다. 팔꿈치를 식탁에 올리고 마른세수를 했다. 눈가가 피곤하다. 따라 놓은 와인이 금방 바닥을 보였다. 자리에서 일어난 황 대표가 밖으로 나갔다. 시간이 늦어 동네 자체가 고요했다. 노인의 집에 도착한 황 대표가 손님방을 열어 봤다. 당연히 버들이 잠들어 있을 줄 알았는데 아무도 없다. 다시 집으로 돌아온 황 대표가 노트북 앞에 앉았다. 냉담한 태도였다.

그러기 잠깐이다. 추적추적, 비가 내리기 시작했다. 빗줄기는 실처럼 얇았다. 노인이 버들을 찾으러 왔을 때 시간은 이미 자정이 넘어 있었다. 늦게까지 어디서 뭘 하고 돌아다니는지 모르겠다. 신경질적으로 황 대표가 와인 잔을 던져 버렸다. 파삭, 얇은 유리가 산산조각이 났다. 재차 욕설을 내뱉으며 황 대표가 제 이마를 짚었다. 눈앞에 있을 때나. 안 보일 때나. 버들은 이젠 똑같은 크기로 제 속을 뒤집어 놓기 시작했다. 창백한 안색을 기점으로 큰 눈, 바짝 마른 버들의 어깨 같은 것들이 떠올랐다. 어디 가서 쓰러져도 이상할 거 없어 보였다. 급하게 펜션을 나섰다.

한 시간은 족히 주변을 헤매야 했다. 끝끝내 황 대표가 버들을 찾아냈다. 몸을 잔뜩 웅크리고 앉아 내리는 비를 고스란히 맞고 있었다. 어김없이 짜증이 폭발했다.

"……대표님."

무릎을 세우고 그 위에 턱을 기대어 앉아 있던 버들이 놀라 숨을 들이켰다.

"너……."

말문이 나오다가 막혔다. 버들이 비틀거리면서 황 대표의 앞으로 다가갔다.

……아. 어떡해.

"무슨 일 있어요?"

"……."

"황 대표님……."

쩔쩔매던 버들이 제 신발을 벗었다. 황 대표가 맨발이었다. 그 앞에 신발을 내려놨다.

황 대표가 주먹을 쥐었다. 버들의 하얀 얼굴을 보고 있으니 뺨이라도 한 대 쳐 버리고 싶은 충동이 거세게 일었다. 그걸 황 대표가 가까스로 억눌렀다. 버들의 신발을 집어 들어 논두렁으로 던져 버렸다.

"너 따라와."

나란히 맨발이 되어서 집으로 돌아왔다. 버들이 눈치를 봤다. 황 대표가 짤막한 한숨을 내쉬었다. 이대로 노인의 집에 보내기엔 버들의 꼴이 말이 아니었다.

"씻어."

마른 몸을 밀치자 밀치는 대로 밀린다. 반대로 잡아당기면 잡아당기는 대로 끌려왔다.

기껏 씻어 놓고선 더러운 옷을 그대로 주워 입은 버들의 앞에 황 대표가 제 옷을 건넸다.

"……감사합니다."

작은 목소리로 인사 후 버들이 황 대표의 옷으로 갈아입고 나왔다. 소매가 길어서 다행이었다. 여기에 있어도 되는 건가. 나가야 하는 건가. 머릿속이 줏대 없이 갈팡질팡 난리가 났다. 어차피 저는 이기적이고, 뻔뻔했다. 황 대표님이랑 조금만 더 같이 있고 싶다. 쫓아내면 하는 수 없겠지만.

버들이 잡지를 꺼냈다. 황 대표가 앉아 있는 식탁 맞은 편 의자를 조심히 뺐다. 벽에 얼룩진 와인과 깨진 잔을 곁눈질로 바라보기만 했을 뿐 왜 그런지 이유는 묻지 못했다. 비 내리는 소리만 공간을 메웠다.

황 대표의 눈길이 버들에게 닿았다. 옷에 삼켜진 버들의 한쪽 손가락이 꼬물거렸다.

"잘 거야."

"……네."

버들이 사용할 수 있는 여분의 이불이 없었다. 황 대표가 던져준 재킷의 용도를 버들이 알아차렸다. 양해를 구하지 않고 황 대표가 집안의 모든 불을 꺼 버렸다. 잡지의 글자가 보이지 않게 됐다. 황 대표가 잠을 청하고 있을 복층을 물끄러미 바라보는 사이 곧 눈에 어둠이 익었다. 버들이 재킷을 덮고 누웠다. 하루 종일 한 건 없지만 왜 이렇게 몸이 노곤한지 모르겠다. 금방 잠에 빠졌다.

"……미친."

이불을 걷고 벌떡 일어난 황 대표가 바닥을 내려다봤다. 신음이 노골적이다. 변태 새끼가 야한 꿈이라도 꾸는지.

"야. 조용히 해."

잠깐 멎는가 싶더니 버들이 다시금 신음을 흘려 댔다.

"닥쳐."

황 대표가 제 베개를 던졌다. 베개가 버들의 웅크린 등을 맞고 튕겨 나왔다. 푹신해서 어차피 아프진 않을 거다. 끙끙거리는 버들의 숨소리가 신경을 갉아먹는다. 더는 못 참고 황 대표가 계단을 내려왔다. 불부터 켰다. 재킷을 걷자 식은땀에 푹 젖은 버들의 얼굴이 허옇게 질려 있었다. 손을 대자마자 놀랐다. 온몸이 불덩이다.

"유버들."

"……."

"버들아."

"……."

인상 쓴 황 대표가 서둘러 버들의 몸을 안아 들었다. 땀에 젖어 이마 위에 들러붙은 앞머리를 치웠다. 꼭 감긴 속눈썹이 처연하다. 헐떡거리는 숨소리가 거칠면서, 가냘프다. 그때 늘어진 손이 바닥에 툭, 닿으면서 버들이 앓는 소리를 냈다. 황 대표가 버들의 손을 확인하기 위해 소매를 걷었다. 손등에 옅은 화상 자국이 있다. 뜨거운 국물이 식탁 말고 버들의 발까지 적셨나 보다. 발등마저 울긋불긋했다. 비가 잦아 쌀쌀해진 날씨 탓에 긴 옷을 입고 다녔던 게 아니라, 이걸 가리기 위해서였나 보다.

황 대표가 버들의 손목을 쥐었다. ……아! 전기에 감전되듯 파르르 떨며 버들의 고개가 힘없이 외로 꺾였다. 뭔가 이상하다. 마른 몸을 추스르던 황 대표가 살짝 걷은 소매를 아예 팔꿈치 위까지 올렸다. 버들의 왼쪽 손목 둘레가 해괴할 정도로 퉁퉁 부어 있었다.